在广州的时候，台风来袭，李先生住的宾馆被吹成了废墟。他被压在废墟下不省人事的时候，不知道从哪里来的神秘狮子，把他从废墟中救了出来，然后消失不见……

狮子

一部颠覆大脑认知的
多维度小说

清宫 李东兵◎著 谜影

上

辽宁人民出版社

© 李东兵　　2020

图书在版编目（CIP）数据

狮子.清宫谜影：上、中、下 / 李东兵著. —沈阳：
辽宁人民出版社，2020.9
ISBN 978-7-205-09879-7

Ⅰ.①狮… Ⅱ.①李… Ⅲ.①长篇小说—中国—当代
Ⅳ.①I247.5

中国版本图书馆 CIP 数据核字（2020）第 071213 号

出版发行：辽宁人民出版社
　　　　　地址：沈阳市和平区十一纬路 25 号　邮编：110003
　　　　　电话：024-23284321（邮　购）　024-23284324（发行部）
　　　　　传真：024-23284191（发行部）　024-23284304（办公室）
　　　　　http://www.lnpph.com.cn
印　　刷：辽宁新华印务有限公司
幅面尺寸：160mm×230mm
印　　张：37.5
字　　数：460千字
出版时间：2020 年 9 月第 1 版
印刷时间：2020 年 9 月第 1 次印刷
责任编辑：赵维宁
装帧设计：留白文化
责任校对：耿　珺
书　　号：ISBN 978-7-205-09879-7
定　　价：148.00元（上、中、下）

目　录

1

（一）

楔子

　　我现在是一所师范大学文学院的老师，七岁的时候，和父母一起到过非洲的坦桑尼亚，当时爸爸妈妈同时在一家外贸公司工作。记得那座城市的名字叫做达累斯萨拉姆，城市的边缘就是一望无际的草原，那个草原有个神秘的名字——塞伦盖蒂，而我就经常在当地小伙伴的陪伴下到草原深处的大自然中去玩耍。

　　那是七月底的一天，我在草原深处的一堆烂木旁，看到了一只毛茸茸的小家伙，我蹲在地上把它抱了起来。呀！是一只雄性小狮子！它无比的可爱，通体金黄，绒毛光滑柔顺，大大的眼睛眨呀眨的，一个黑黑的大鼻头下，一张小嘴半张着，呻吟着。虽然小狮子的一双眼睛依旧如同夜空中的星星一般闪亮，但是眼神十分迷离、痛苦，好像找不到妈妈了。我突然发现它的身体在瑟瑟发抖，偶尔还抽搐几下，似乎很疼痛的样子。于是我捧起它浑身上下仔细看了看，才发现它的身上好几处都被荆棘刺破了，很多棘刺深深地刺在肉中，一丝一丝的鲜血顺着毛流到了肚皮下面。

　　我把它抱在怀里，找了一根干爽的木头坐下，帮助它把棘刺一根一根地拔出来。小家伙很懂事，把头埋在我怀里，虽然剧烈的疼痛使得它不断地抽搐，但是它依旧友好地舔着我的双臂，嘴里不时地发出猫科动物特有的呼噜声。两个小时后，我把最后一根棘刺拔出来，小家伙一下子开心地跳到地上，围着我转了好几圈。这时我才看清楚，小家伙的左耳朵残缺了一半，可能是被其他野兽撕掉了，也可能是它顽皮的时候妈妈教训它留下的伤痕吧。我笑着，疲惫地站起身来，向它挥挥手。小家伙亲热地用头来回蹭着我的双腿，嘴里一如既往地发出呼噜的声音。

天色已晚，头上的热气渐渐散去，我要回家去了，再晚点爸爸妈妈会生气的。我向小狮子挥手道别后，转过身向城市的方向走去，身后却传来了小狮子呜呜的哽咽声。我回头看了看它，它深情地凝望着我，那残缺的耳朵一抖一抖的，好像在和我表达着谢意，同时也流露出浓浓的不舍之情。

最后一缕阳光消失在地平线的时候，我走回到了家里。在晚餐的时候，我把今天的事情和爸爸妈妈绘声绘色地说了一遍，自己还给小狮子起了个好听的名字——"乐福"，谐音 LOVE，就是爱的意思。

妈妈爸爸互相对视了一眼，面无表情地告诫我，以后不要再去接触大自然里的野兽，更不要接触非洲大地上凶猛的狮子。我头也没回地走进屋去，一边走一边说："'乐福'不是野兽，我喜欢它。"

身后传来爸爸的声音："狮子是通灵的神物！不要去招惹它！"爸爸的话根本没在我脑海中停留，我一心地盼望着能够与"乐福"早日再次相见。可是从此以后，我便再也没有见过"乐福"，虽然我常常会去那天发现它的草原深处的烂木旁。

七年后，我回到了中国。每到夜里，我总会想象着在无边的夜色中，"乐福"欢快地向我跑来的场景。它应该已经是一只威风凛凛的狮王了……

二十年过去了，一次偶然的机会，我回到了曾经生活过的非洲，又来到那个生活了七年的城市——达累斯萨拉姆。

一天下午，我叫了几个朋友一起顺着曾经熟悉的小路，向草原深处散步。一路上，我和同行的伙伴们饶有兴致地讲着我小时候见到"乐福"的故事。草原还是那样幽静，我讲话的声音在草原上空回荡，如同空灵的梦境，那一刻我无比地思念我曾经见到的那可爱的小狮子——"乐福"。

　　走着走着，应该已经快到当年见到"乐福"的地方，四周的野草已经有一米多高，但是那一大堆烂木头竟然还在！我激动得大声地喊着："就是这里，就是这里！"

　　可是在那一刻，我突然发现同行的伙伴们都僵立不动，默不作声了，我再一次回头呼喊着他们，却发现他们用了极度惊恐的眼神望着我身后的正前方。

　　我慢慢地转过头向前面看去，在距离我十步远的地方，不知道何时竟赫然蹲着一个庞然大物——那是一只雄性的狮子！它那伟岸的身躯遮住了远处的森林，金色的项毛在阳光的照耀下熠熠生辉，还有它那深邃的眼神释放着道道寒光——这巨大的雄狮伫立在那里，浑身上下散发着王者的非凡气息！

　　我刚要转身逃跑，那雄狮却慢步向我走来，没有嘶鸣，没有威吓，只有那缠绵的眼神和友好的呜呜声。那一刻，我真的想跑，可是双腿已不属于我，我只得呆立在原地，任凭雄狮走到我的眼前。

　　雄狮突然人立起来，两只前爪搭在我的肩膀上。好重！我瞬间觉得一座大山压在我的身上，我身子一软就要跪倒在地，好在身后的那堆烂木支撑着我的身体，使我没有倒下。那狮子仔细端详着我，我也近距离地看着它那巨大且英武的脸庞，似乎如此的熟悉、亲切！

　　它，伸出舌头舔了舔我的脸，我无法拒绝，伸手摸了摸它脖子上的毛，接着它慢慢地把前爪从我肩上拿下去，嘴里发出呼噜声，凝望了我许久，然后才悠悠地转身离开了。

　　同行的人已经晕倒了两个，清醒的也差不多都尿了裤子。我们互相搀扶着沿原路往回走，一路是如此的安静，只有喘息的声音。快到草原的边缘，城市就在眼前。大家回头望了望身后蜿蜒的小路和远处幽暗的丛林，都长长地吁了一口气。

"它是'乐福'吧？"一个人实在忍不住问了一句。

我没有回话，大家也就不再追问，可能是怕我陷入回忆，更加难过伤心。

回国后，在一天的晚餐时我和女儿讲了这件事。女儿饶有兴致地问我狮子的样子，我平淡地和她描述着那只雄伟的狮子的样貌。女儿若有所思，眼中散发着光芒，嘴里嘟囔着："我要是在现场就好了……"

妻子在厨房刷碗，伸出头来问我："它一定是'乐福'吧？"

女儿接过话说："一定是的！它是来找爸爸报恩的！它没有忘记爸爸！狮子是通灵的神物！"

我一边看报，一边平静地回答："不，它有左耳……"

（二）

天灾

又过了几年后的一个暑假前，学院教研组组织部分教师到广州参加学术会议，我们一行七八个人怀着出去走走的想法出发了，乘坐飞机抵达广州白云机场的时候已经是晚上七点多钟。透过飞机的舷窗，只见外面天空乌云密布，风雨交加，天地间一片诡异的黑暗。我问了空姐才知道，原来我们"幸运地"碰到了台风过境——而且据说这次台风是历史上最强烈的一次。

入住宾馆后，我们顾不上吃饭，先各自回房间美美地睡了一觉。可能是太疲劳的缘故，我再睁开眼睛的时候，就已经是第二天早上了。从睁眼开始，天色就一直是灰蒙蒙的，窗外暴雨倾盆，狂风大作。我从小到大一直生活在北方，很少见过这种极端天气，心中不免忐忑不安起来。接着就好像约好了一般，家人纷纷打来电话——先是妻子和女儿，接着是老妈老爸，一伙人轮番嘱咐了我半天，什么注意安全，什么别感冒，好像我是小孩子第一次出远门一般。放下电话，望着外面的疾风骤雨，我心里没有半点平静，相反倒更加的紧张了。

我坐在房间里的沙发上发呆，突然，一阵奇怪的声音从耳边响起，不由得令我毛骨悚然——那好像是什么东西在撕裂时发出的声音！

更诡异的是此刻房间里的电视突然自动打开了，电视里正在播放台风过境的实时画面——雨灾、风灾成患，大树连根拔起，大水冲毁了房屋，汽车在洪水中漂来漂去，还有在风雨中四散奔逃的人们……

我一下站起身来，快步走到客厅的落地窗前，一把拉开窗帘，向外面望去。我住的酒店在广州的市郊，四周并没有太多高大的建筑。平日里窗外一片田园风光，打开窗子，闻着窗外清新的空气，应该是很惬意的事情。酒店左手边不远处，听说是一个野生动物园，听说平时很是热闹。我本想抽时间去动物园里转转，一来我本就喜欢溜达，二来我对狮子情有独钟。是的，那感情完全是由于"乐福"的缘故。

可是此时，动物园的围墙似乎已经消失在雨幕中，目光所及的树木已经尽数倒下，原来动物园外宽阔的马路已被雨水淹没，四面雨雾茫茫，根本看不到任何人影。连成线的大雨不停地从天上倾泻下来，拍打着天地间一切的物体，耳畔到处都是"啪啪"的声音。风还是很大，倒在地上的树竟然还在狂舞，我甚至感觉面前的落地玻璃都在摇晃。不，确切地说，是整个大地都在摇晃……

天空越来越黑，好像刚刚天亮就到了晚上。我刚把房间里所有的灯都点亮，突然，"啪"的一声，屋子里竟然断电了！四下里顿时一片漆黑，门外的走廊里传来一阵喧哗声，我也不自觉地喊了一声："啊……"我摸黑向沙发的方向走去，还没等我走到位置，突然我只觉得什么东西绊了我一下，我就直挺挺地摔倒在地毯上。

还没等我爬起身来，我只觉着四下里一声巨响并伴随着剧烈的摇动，我还没明白究竟发生了什么，就被什么东西砸中脑袋，失去了知觉。

再醒来的时候，我发现自己竟然躺在一大堆瓦砾的最高处，原来豪华的酒店此刻竟然已经完全被台风吹成碎片！我四下望了望，只能从下面游泳池的位置来判断我现在所处的位置大概就在我原来的房间处。唯一让我疑惑的是，我本住在酒店二楼，而整个酒店有三十层楼，巨大的楼房倒塌，我也应该被埋在最下面，可是看现在的位置，我起码应该在酒店大楼楼顶的位置，难道……难道是我被巨大的破坏力弹到了瓦砾堆的最上面？我百思不得其解，下意识地伸出手去挠头，这时我才发现整个手臂已经抬不起来了。

我仔细看了看自己，全身上下的衣服都被撕碎了，只剩下一条一条的，好像非洲的草裙。肩膀连带着右手整条手臂都被碎石瓦砾磨得血肉模糊，鲜血直流。这时我才觉得疼痛难忍，不由得大声地呻吟起来。瓢泼大雨直接拍打在我的头上、脸上，眼镜也不知道甩到哪里去了。我眼前的世界变得更加的模糊，浑身上下慢慢变得麻木起来，那一刻疼痛似乎减轻了不少。

血流得太多太快了，人就会听得见自己的心跳，而我此刻慢慢地感觉到心跳在减慢，而血流动时发出的声音却越来越清晰！也许那不是我血液流淌发出的声音，可是为什么我身下流淌着红色的河流呢？那红色的河流漫山遍野地流淌，吞噬着一切，最终汇流成一望无际的红色的海洋……

正当我躺在瓦砾堆上一个人胡思乱想之际，突然大雨之中两个身穿黄色抢险服的救援人员抬着担架冲到我面前。两个人七手八脚地把我抬起来，小心翼翼地放在担架上。这时，又过来一个穿着军装的人给我的身体盖上雨衣，几个人互相配合着把我从瓦砾的最高处抬了下来，等到了下面救护车前的时候，我几乎再一次失去了知觉。

蒙眬中，我身边又围上来十几个人，戴着口罩的医生和护士在拼命地给我急救，一个护士给我扎针，我却感觉不到任何的疼痛。此外还有几个穿着军装的人跑前跑后的，戴着袖标大声指挥的……

依稀听到一个人对着另一个人大声地说："就是他，被动物园的狮子从瓦砾堆里叼出来的，然后给拖到瓦砾堆最上面的避雨处了。这人的命简直太大了！不过救他的时候可真是吓死我了，你没看到吧，那么大个狮子……"

狮子……狮子？狮子！我脑子猛地一下清醒了过来，一下抬起身，双手抓住那个说话的人的衣领，用着全身的力气对他喊着："什么狮子？！你看清楚了吗？那狮子在哪儿？救我的狮子到底在哪里？"

那个人挣脱了我的双手，嘴里说："跑了！救完你就跑了！还吼了几声！狮子不跑我们怎么救你下来！真是怪事！动物园狮子还跑出来了！！"那个人看我激动的样子很是不解，脸上满是疑惑的表情，他一边摇着头，一边转身想要离开。

我挣扎着再一次拉住他，用了近乎发狂的语气问道："那，那是一只什么样的狮子？"

那人脸色惨白，看了我一眼，吁了口气说："就是狮子，很大，非常凶猛。"

我再也无法支撑自己的身体，一下子跌倒在担架上，这一刻我的大脑一片空白。狮子，是狮子救了我，这到底是怎么回事？我脑子里一片混乱，这时耳边又传来刚才那个人喃喃的声音："对了，那个狮子好像只有半个左耳……"

（三）

标本

在医院里足足躺了四个月，我才逐渐地恢复元气。很多人知道了我的奇遇，都给我发来邮件详细了解当时的情况，还有一部分人直接跑来当面问我问题，这里面有生物界的学者，有文学圈的朋友，当然也少不了各种媒体的记者。

而我实在说不出什么，我的脑海里只有残存的片段信息，而遗忘的，恰恰就是大家想知道的部分。

这种被打扰的日子持续了好一段时间，事情慢慢失去了热度，我的生活才回到了正常轨道。

当我再次走进校园给学生们上课的时候，已经是深秋时节了。

一天午饭后，我信步来到了图书馆，穿过大厅，走进了期刊阅览室，随手拿起一本杂志看了起来。那是一本地理类杂志，我个人比较喜欢旅游，更喜欢摄影，所以经常在报纸杂志上面寻找这个世界上景色最美的地方，然后再规划假期出游的行程。

这本杂志的彩页很多，翻着翻着，突然一页彩图吸引了我的注意力。图画的正中间是一只雄性成年狮子，正面朝着草原深处升起的太阳凝视，下面配的文字写的是："已经消失的物种"。

狮子已经消失了？我不由得笑出声来。怎么会？动物园里不还有很多狮子嘛，而且我的命还是狮子救得嘞！想到这里，我又咧开嘴笑了笑。

"这是一只巴巴里狮。"身后传来一个温柔女人的声音。我回头一看，是我们学校生物生命科学学院的张茜教授，她可是我们国家动物学研究界小有名气的专家。

张茜对我点了点头，嘴里接着说道："李先生，你好利索了？你的命可够大的！这是又跑到这里回忆你的'乐福'来了？"

她怎么会知道"乐福"的事？哦……也许是我说的，和谁说过我都已经忘记了。我看了看她脸上类似于轻蔑的表情，没有直接接她的话，却径直问道："巴巴里狮是在非洲吗？"

张茜个子高挑，眉目清秀，平时喜欢穿着研究室的白大褂。虽然已经四十来岁了，可是看上去至少比我年轻一大截！一头长发乌黑如墨，披在肩上洒脱自然，白皙的脸上架着一副金丝眼镜，精致的五官让她更具学者气质。

听我问她专业问题，张茜拉了一把椅子坐下，端起手中杯子喝了一口里面深褐色的茶，用手指了指杂志上的狮子照片，吐了口气，反问我："你的'乐福'和这只狮子一样吧？"

我又仔细地端详了一下照片上的狮子。我看到"乐福"的时候，它还没有长大，样子和这个照片上的狮子没有办法比较。后来我再一次回到非洲看到的狮子倒是和照片上的狮子很相像，只是当时在极度惊惧的状态下，依稀记得那狮子要比照片上的狮子大很多。而在广州救我的那只狮子，我当时在昏迷中，根本没有任何狮子的图像留存在脑海记忆中。所以我实在无法确定眼前杂志上的狮子和"乐福"有什么关系，心里唯一的感觉就是图片中狮子那长长的鬃毛、深邃的眼神，看上去十分的熟悉亲切。

张茜看我沉默不语，便慢条斯理地说道："狮子是大型猫科动物，物种起源于十二万年前的非洲大陆，一般寿命只有十二到十五年。"说到这里，她又用手指了指图片上的狮子，接着说："这个是巴巴里狮！如果我没猜错，你记忆中'乐福'就是这个种类的狮子。它是非洲狮中体态最大、鬃毛最发达的一种。身长可达 3—4 米，体重也超过三百公斤。"

我是学文的，对数字不太敏感，只是觉得张茜说的狮子应该是很大很大，我喃喃自语道："'乐福'现在也应该很大很大了吧……"

"可是问题是，你的'乐福'如果活到今天，恐怕已经三十多岁了。"张茜站起来，走到我面前，夺过我手中的杂志，放回到了展架上。我惊讶地抬起头看着她，她眼角竟掠过一丝冷笑，瞬间，表情便又回归了温暖。她顿了顿，说道："除非……"

"除非什么？"我忙问。

"除非……除非你在说谎！"张茜的语气突然变得咄咄逼人。

"说谎？"我笑了，摇着头说道，"我这么大年龄，拿一个编出来的狮子来哄骗大家？"

"这也正是我想知道的！你们这些搞文学的，喜欢虚构幻想出来些噱头，来博大家眼球。"张茜又喝了口水，抬起头轻蔑地说，"从科学角度，'乐福'是不存在的！李先生！"

我无语了，刹那间头脑一片空白，难道在我脑海深处美好的记忆是虚幻的？难道"乐福"真是我在梦境中臆想出来的吗？不！那是我亲身经历，亲眼所见！可是此刻我无法反驳张茜的质疑，我只能在心里反反复复地问自己，在广州天灾中，狮子把我从废墟中救出来到底是怎么回事？难道一切都只是巧合？

张茜看着我胡思乱想，以为戳破了我的骗局，正兀自在那里洋洋得意。

突然，一声巨大的吼叫声从窗外传来！那声音简直震耳欲聋，巨大的声波震得阅览室的玻璃哗哗作响！我全身剧烈地抖动了一下，抬头看向张茜，她脸色惨白地望着我，嘴里低声说道："狮子，是狮子的叫声……"

狮子？是"乐福"？"乐福"在我们学校？

我顾不上张茜，飞快地起身向外面跑去……

声音是从学校的古生物博物馆方向传来的！我来不及细想，一溜烟朝古生物博物馆跑去。平时人头攒动，热闹喧嚣的甬路上，此时竟然连一个人影都没有！突然身后传来脚步回声，我边跑边回头看去，原来张茜竟然也跟在我后面。

古生物博物馆成立于上个世纪末，是目前全省唯一的一所古生物研究机构，集科研、教学、展览功能于一体。古生物博物馆在学校正门的北面，距离图书馆有两千多米远，当我爬上门前的巨大石砌台阶顶部的时候，基本上已经全身无力了。

我躺在地上不住地大喘气，身后张茜也跑了上来，脸色比我更加难看。她刚到我面前，脚下一软竟跌倒在地！

我一把拉住她，断断续续地问道："去，去，去哪里，去哪里找？"

张茜连喘了几口气，大声说："狮子，狮子标本！"

我一惊！是啊！古生物博物馆古代动物标本室里确实有一只狮子的标本！先去那里看看！

我挣扎着爬起来，拉起张茜，我们两个一前一后，踉踉跄跄地跑进博物馆大门。

古生物博物馆里竟然一片漆黑！

我们两人打开手机的灯光，摸索着向负一层的古生物博物馆的标本室走去。不知不觉间，我全身衣服都已经被汗水打湿，不知什么原因心跳得厉害，或许是疲惫，或许是恐惧，或许是期待……

费了好一番劲，我们终于来到了标本室，里面影影绰绰地摆满了各种各样生物的标本，平时看上去憨态可掬的动物们，此时此刻在黑暗中却显得如此狰狞可怖！

凭着记忆，我和张茜鼓起勇气在黑暗中寻觅着狮子的标本。

"是这个！"张茜手指着角落里一个巨大的黑影低喊了一声。

我连忙把手中的灯光朝着她指着的方向照去！是的！是狮子！高大威猛，栩栩如生的雄狮！那深邃的眼睛紧紧地盯着前方，不！应该是紧紧地盯着我们！

"啊！"突然间，张茜的一声怪叫吓得我魂飞魄散！

我连忙大声问道："怎么……怎么了？"

张茜用发抖的声音，断断续续地说："你，你，你看它的，左边的耳朵……"

我把手机的灯光照向狮子的头部，在幽暗的灯光照射下，眼前那雄狮标本的左耳，分明只有半只……

（四）

纸片

　　沉默中，我向光线照射到的雄狮标本的左耳看去，我的心颤抖着，随之碎裂。那半只左耳本是我心中"乐福"的标志，可此时此刻却幻化成了无数的谜团，绕得我头晕眼花，喘不过气来。偏要在思考的时候，大脑只剩下一片空白，莫说回忆与判断，就是感受自身的存在都是那样的困难与无助。

　　自己以及身后的呼吸声慢慢地平缓下来，我回头看了看张茜，她的眼神还是直勾勾地望着那狮子的左耳。许久，她嘴唇微动，小声地说着："狮子的左耳，好像，好像有东西……"

　　听了她的话，我又望向狮子的左耳，可是灯光实在太过昏暗，我睁大了眼睛也看不出个所以然来。

　　"我上去看看！"我挣扎着抬起麻木的双腿，缓步来到了狮子标本的前面。这狮子通体巨大，又伫立在高大的石台上面，看上去起码有四米高，我费了好大的力气，才爬到了两米高的石台上，为了不让自己摔倒，我只能抱紧狮子的身体，那一瞬间，我仿佛觉得狮子标本竟然有体温！但是我马上打消了自己的胡思乱想。

　　眼前狮子的鬃毛竟如此的光滑，让人无法想象这是一具死去多年的狮子标本。特别是环绕在它颈部的一圈项鬃，一根根鬃毛如同孔雀开屏般强力地伸向四周，显示着无上的尊贵和威严。还有那如手指长短的利齿，在手机灯光的照射下，竟发出阵阵的寒光。

我蹑手蹑脚地转到狮子巨大的头颅下方，它那只残缺的耳朵清晰地映入眼帘。我跷着脚伸手摸了摸狮子标本的左耳处，嘴里不由自主地发出了"咦"的声音。下面的张茜听到后连忙问我："怎么了？"

我嗫嚅了半天，说了一句："耳朵不是一半，是完整的，看上去是人为折起来的，而且……"

张茜急不可耐地喝道："而且什么？"

我回头看了她一眼，扬了扬手说："折耳里面，竟然有个纸片！"

张茜连忙招呼我下来，我从石台上一跃蹦到地上，震得双脚直发麻。张茜顾不上我，一把把我手中的纸片抢了过去，放在手机的灯光下认真端详起来。

其实这并不算是一张普通的纸片，四四方方的大概有巴掌大小，手触摸起来感觉更像是布，像是铺在房顶防水用的油毡纸。四周边角有切割的痕迹，看上去这一块好像是一大块油纸中的一小部分。我脑海中马上闪出"拼图"这两个字眼来，不过我没有和张茜说，怕她笑话我的幼稚。现在唯一可以确定的是这张纸片肯定不是狮子身上自带的，应该是有人故意放在这里的。

手机快要没电了，灯光越来越弱，张茜把纸片紧紧地贴近灯光，发现纸的表面用红笔写了很多字，仔细地辨认一番发现那根本就不是什么文字，但是也不是画，我们两个研究半天也看不出什么端倪。

我看得心烦了，脑袋一阵阵地迷糊，索性叹了口气，直接躺在了地上，嘴里念叨着："也许这就是哪个工人随手撕来一块纸片画几笔工程图，或者是咱们学校摆放标本的老师放在狮子左耳那里用来垫耳朵的破纸板。"当然，说完之后，我自己都不相信这解释。

这一段时间发生的事情实在是太让人匪夷所思了，我的大脑此时此刻真的已经失去发散思维的能力了，或者直白地说，我懒得想了，也不敢想了。

"不！"张茜突然坚定地说，"这应该是一种古老的图画文字。"

听了她的话，我又坐起身来，看着她认真并且坚定的神情，我嘴角扬了扬，不屑一顾地说："绝对不可能！这批标本都是建馆的时候统一订制的，满打满算也就十几年的历史，怎么会有古老的文字？张教授，张老师，你是不是吓出神经质了？"

张茜把头摇得和拨浪鼓一样，声音颤抖着说："我，我没骗你，因为我家里也保存着一张纸，和这张几乎一模一样！"她抬头看了我一眼，接着说："你别忘了，我父亲可是古生物研究这方面的专家！我小的时候就看到过那张纸片，和这张几乎一模一样的纸片！"

"什么？"我脱口喊出声来的同时才意识过来，对啊，张茜的老爸就是古生物研究所的创始人啊，这老张教授是国内古生物、古文字学的泰斗，甚至在全世界范围内都享有极高的知名度。我在学校读本科的时候，就经常去参加老张教授的报告和讲座，那时候我还后悔自己为什么学文，和老张教授一样研究古生物该多好！

我静下心来再一次仔细端详起这张纸片上的符号，没错，我记得自己上过老张教授的古代文字学课程，这上面的红色的符号确实很像一种古老的文字。我抬头看了看张茜，她从小在她父亲身边耳濡目染，应该也是见多识广，判断这类东西比我强过十万八千里，估计她说的不会错。可是问题是，据我们判断，眼前的纸片只是一张大纸的很小一部分，那其他的部分都在哪里？为什么这一部分突然出现在了这里？难道是有人故意把纸片放在了狮子标本的左耳处？可是，刚才那声巨大的狮吼又是从哪里发出来的呢？

我挠了挠头，难道小说里的情节真的发生在我身边了？绝对不可能！浪漫主义也是有限度的！突然我的脑海中闪过一丝念头：也许，也许是张茜设计好的这一切，她故意要捉弄我一番，嘲笑我编出狮子的故事来骗她！极有可能！于是，我冷笑一声，对着张茜说："现在看来，事情只有两种可能，一是你在说谎，二是……"

张茜抬起头，哑声问："二是什么？"

我爬起来，拍了拍身上的灰尘，用了极其轻蔑和不屑的口气说道："二就是你疯了！"

我一脸鄙夷地看向张茜，心中满是戳穿了她阴谋诡计的快感，同时我也做好准备，等待她发疯似的冲上前来骂我。可是，张茜没有动静，我疑惑地转头看向她，当我看到她的面孔时，却发现她的脸上布满了恐惧，五官甚至扭成了一团，她双手指着狮子标本的地方，张着嘴却半天说不出话来。

她这是怎么了？我顺着她手指的方向回头一看，不由得也倒吸一口凉气！我身后那刚才爬上去的，摆放着雄狮标本的高大石台上，此刻竟然空空荡荡！那只有着半只左耳的巨大的雄狮标本，竟然已不见了踪影……

（五）

奇遇

偌大的狮子标本突然消失在眼前，这种感觉甚至用"惊悚"都不足以来形容。我和张茜都紧张地屏住了呼吸，四下里一片黑暗，好像随时随地都会有危险跳出来吞噬我们。眼睛看不清什么，我们就只能竖起耳朵仔细倾听，可是，除了死一般的寂静，唯一可以听得见的就是彼此一下一下的心跳声了。

就这样过了一会儿，张茜突然用手轻轻碰了碰我，用低沉颤抖的声音说道："你……去看看，去看一看……"

我硬着头皮站起身来，谁让我是个男人呢。此时我的手机电量耗尽已经关机了，我只能借着张茜手机微弱的灯光，壮着胆子，缓慢地绕着巨大的石台走了一圈，却什么都没有发现。

身后的张茜讷讷地说道："难道……它……是活的？"

我没有回话，我该说什么？我又能说什么？好像一切的一切都因我而起，而此时我如坠雾里，理不出任何头绪。疲劳、恐惧、疑惑一起占据了我的大脑，我努力地思考，可是思考的结果就是更加的疲劳、恐惧、疑惑……

突然楼上依稀响起一阵喧哗声，好像是从博物馆的入口处传来的，接着是嘈杂的下楼梯的脚步声，应该是很多人朝着这个大厅走来。

张茜一把拉住我，低声说："咱们先离开这里。"

我点头称是，这要是进来一堆人，问我们把狮子标本弄到哪里去了，我又能怎么回答呢？好汉不吃眼前亏，还是三十六计——走为上吧。

我站起来朝楼梯方向跑去，张茜从后面一把抓住我，低声喝道："你找死呢！"

"哦，对啊，这不是和那些往这里来的人迎面碰上了嘛。"我挠着脑袋笑了笑，可是，除了楼梯，我们还能从哪里出去呢？这古生物博物馆的负一层，四四方方就这么大，放眼望去就只有楼梯那里一个出口啊。难道，我们蹲上石台去装狮子标本？我回头看了张茜一眼，还没等说话，她早已转过身，嘴里小声说着："跟我来！"

张茜并没有往楼梯方向去，而是关掉手机的灯光，倒转过头朝着这间展馆的最里面走去，我抬头向里面看了看，两旁的动物标本在黑暗中显得更加的阴森恐怖，让人不寒而栗。这时，楼梯处的声音越来越近，事态紧急，我也顾不上太多了，紧迈了几步跟上了张茜。

黑暗中我们一直走到展厅的尽头，张茜摸索着来到一扇门前，低头鼓捣了半天，门开了。门里一片漆黑，她回头朝我摆了摆手，闪身进入了门里。我还有点犹豫，转身看见大厅另一头的楼梯上已经隐隐有了人影和手电筒的光柱在晃动，我咬了咬牙，也低头进入了那扇门里，回手把门从里面锁住了。

门里面的屋子好像是一个装备间，黑暗中，四周似乎摆满了木桩、梯子和板凳。我感觉脚底下踩着不知什么东西，软绵绵的。我刚想问张茜我们怎么出去，张茜回身对我做了一个闭嘴的动作，然后拉住我的手，我们来到了一个巨大的石球前面。

这个大石球有餐桌面大小，球体的表面在黑暗中竟然散发出一层油油的绿光。我伸手摸了摸，石球的表面冰凉如水。

"这是什么？"我没忍住，问出声来。

张茜一阵沉默，看也不看我一眼。我纳闷地走到她前面，仔细端详她的脸。她此刻竟闭着眼睛，嘴里念着什么，那模样庄严至极，也恐怖至极。

我正兀自诧异，张茜突然抬起头，拉着我的手，猛地向石头撞去，我一点没反应过来，只是下意识嘴里发出"呀"的喊声，这力道，怕是我们要撞得头破血流啊！慌忙中，我紧忙闭上了眼睛……

"睁开眼睛！"耳畔一声低喝。

我慢慢地睁开眼，眼前张茜正面无血色地看着我，我揉了揉眼睛四下里望了望，发现我们此时已经身处在博物馆的外面的一间小院子中。天还是灰蒙蒙的，微风吹来，院子中间池塘里的荷叶摇摇摆摆，还发出哗哗的响声。再往前面看，院子两侧是硬山式的排屋，朱红色的户牖上结满蛛网。这不是到了古生物博物馆侧面的神秘庭院里吗？我们怎么过来的？！

这神秘的小院子一直是我们学校的禁地，从我第一天来学校，老师就告诫我们千万不要到这间院子附近来，据说这里面祭祀着某个家族的先人，到现在这个院落也是私人领地，谢绝任何人参观。可是我和张茜怎么就进来了？而且还是通过大石球穿越过来的，简直不可思议！来不及问什么，张茜已经拉着我从院落的角门走了出去，就在我们离开院子刚刚迈出十几步，只听身后咔嚓一声，身后的院子角门竟然被人从里面锁上了！

我不敢回头去看，只是跟着张茜朝教学楼的方向走去。一直跨过了弯月桥，我才回头看了一眼，远远的，古生物博物馆的一角在树荫里若隐若现，而那神秘的院落已经消失在树丛中了。

"我们……"我想问问张茜刚才究竟发生了什么，可是转过头来我才发现，她竟然不见了！

人呢？这一切简直太让人匪夷所思了！我站在原地四下里张望寻

找，心里乱成一团。

突然，一辆红色的宝马轿车从远处体育场路飞也似的转过来，眨眼间停到我的面前。随着一阵发动机的轰鸣声，张茜从缓缓落下的车窗里露出苍白的脸来，嘴里冷冷地说了句："上车！"这语气让人无法抗拒，我乖乖地进了车子。

一路默然无语，我知道这个时候问什么张茜也不会回答，索性闭上眼睛，休息一会儿。张茜一改往日慢条斯理的性格，车子开得飞起来一般。出了学校，张茜沿着学校门前的大街继续向北开去，开了十几分钟，左右拐了数次，接着又是一阵急刹车的声音后，车子停了下来。我睁开了眼，顿时感觉胃里一阵翻腾，稍微平复了一会儿，才四下打量起周围的环境来。车子停在了一个高档小区的一栋别墅旁，园区里环境优雅，小桥流水，碧树红花，草坪上还有用五彩石子铺成的蜿蜒小路，当真是诗情画意！再看眼前这栋房子，门窗、墙壁粉刷得五颜六色，全部的建筑用料都极为考究，连门前的步道都是上好材质的整块大理石板铺就的，看起来一定价格不菲。

我和张茜下了车，沿着步道朝别墅大门走去。张茜看了我一眼，嘴里终于说了句话："这是我家，有些问题只能先进去问问我爸！"

原来这里是老张教授的家，我从没来过。金色防盗大门竟然是感应的，门前的电子眼扫描了张茜后，大门自动打开了。我跟着进到屋里大厅才发现，如此豪华宽敞的别墅里竟然一片漆黑！还没等张茜开灯，一个幽灵般的身影一下子蹿到我们面前，一边在空中挥舞着两只枯树枝般的手，一边嘴里还念叨着："狮子！狮子……"

（六）

老张教授

灯亮了，紧紧站在我面前的是一个满头白发的老头儿，大概有七十多岁的样子，蜡黄的脸上布满了密密麻麻的皱纹。鼻子上的眼镜少说也有两千度，那厚厚的镜片比啤酒瓶底还要厚得多。这老头胡须倒是稀稀楞楞的没几根，嘴上叼着个烟斗，浑身散发出浓浓的烟草味道。

没错，他就是老张教授——张茜的父亲。这老教授的年龄比我们学校的年龄还大，我小的时候听他的报告时他就长这个样子。要是没记错的话，他穿的这身工作服还是几十年前的那一套，原本蓝色的布料，此时此刻已经变得油黑发亮了。

"张，张老师，您，您好！"我紧张中还不忘打个招呼。

还没等老张教授说话，张茜已经从后面递过来我们在古生物博物馆拿到的那张纸片，"爸，你看看这个。"

老张教授侧头看了一眼，脸上突然一阵抽动，瞬间脸色变得惨白，"你从哪里得到的？"伴随着尖利的声音，老张教授一把把纸片抢到手里，闪身进了里面的屋子，张茜也快步跟了进去，只把我一个人扔在了客厅里。

我不敢贸然跟着进去，就只好在客厅里四下转转。书架上有几本厚厚的影集，我便随手拿了一本翻了起来。

我的思绪并不在影集这里，所以也就信手乱翻起来。开头的几页都是风景照片，没有人物，也看不出是在哪里。突然，目光所及，一张照片吸引住了我。

照片拍的是秋天广阔的草原，大地一片金黄，草密而高，偶尔有几棵矮树矗立其中，远处群山若隐若现，一切是如此的熟悉。

"阿特拉斯山，那是巴巴里狮最后的家园。你去过那里？"不知道什么时候，老张教授站在我身边，眼睛盯着我看的那张照片问我。

"哦，是的，坦桑尼亚，我小时候去过那里。"我抬头看了老张教授一眼，并没有多说什么。

过了半天，老张教授才说道："不，那不是在坦桑尼亚，是在摩洛哥！你，见过狮子？"

"是的，小狮子，后来长大了。"我点头说，心里却在想那景色明明像极了我小时候去过的坦桑尼亚的丛林。

"左耳是断的？"

"您怎么知道？"我一边点头，一边疑惑地问道。

"在广州的时候，狮子救了你？"他并没有回答我的问题，而是继续问道。

"不，我什么都没看见，是救援人员告诉我的。"我如实回答。

老张教授紧盯着我的眼睛，半晌，他知道我并没有说谎，长吁了一口气，转身又走进了里面的屋子。

过了十分钟，这次出来的是张茜，她朝我挥了挥手，淡淡地说："你先回去休息吧，纸片先放在我这里，有什么消息我再告诉你。"

"那……"我欲言又止，心里总觉得应该问她些问题，可是问题又不知从何问起。我站起身来，走到门口处，刚想拉开门出去，突然脑子里好像想起了什么，于是我回身问道："我怎么回去？"

"打车！"话音落处，张茜已经闪身进了里面的屋子。

我悻悻地从别墅出来，四下张望了一下，除了张茜开的红色宝马，园区里一辆车都没有。想打电话叫个车，拿出手机才想起来，手机早就没电关机了。哪边是大门呢？无所谓了，我叹了口气，迈步顺着甬路走去。

我需要理清一下思路，从哪里开始呢？广州还是非洲？眼前却又不断地出现古生物博物馆里的景象。狮子，一切都和狮子息息相关，一个个疑问不断地出现在脑海中，归根到底，"乐福"在哪里？为什么狮子会救我的性命？古生物博物馆的狮子标本去了哪里？那张纸片到底是什么？张茜到底是谁？老张教授又是谁？一切的一切都显得如此的扑朔迷离。

半个小时后，我才走出张茜所住的园区，脑子里还是乱成一团，理不出任何的头绪。恰好遇到了一辆出租车，上了车我和司机借了充电宝，几分钟后手机开了机，接着便跳出几十个提示短信，除了几个陌生号码以外，其他的都是家里打来的。

我先给妻子回了电话，电话里妻子一顿埋怨，说我故意关了手机是不是去做了什么坏事。我苦笑了一下，这一切还真不知该如何解释，只能说了句："回去再说吧。"便匆匆忙忙把电话挂掉了。我又照着那几个陌生的电话拨了回去，奇怪的是，电话那边传来的竟然都是一个声音："欢迎致电古生物博物馆……"

古生物博物馆给我打电话干吗？平时很少有什么交集，难道是因为他们发现了我和张茜潜进了标本陈列室？电话一直没有人接听，我只好把电话挂断。

转眼到了学校，用微信付了车费，我回到办公室去取背包。办公室一个同事一直在等我，看我回来了，就先走了。等我拿了背包，办公室已经没有人了，我锁好门下楼回家，迎面却碰见隔壁办公室的学院领导。我心不在焉地和领导打了个招呼，转身要走，领导却突然喊住了我。他四下看看，然后用了略带神秘的语气在我耳边说道："刚才，狮子吼，你听见了吗？"

我愣住了，不知该怎么回答，只能机械地点了点头。

领导再一次四下里张望了一番，然后盯着我看了半分钟，语气更加神秘地说："狮子一吼，汇文楼前的梵玲湖水一下子泻光了！"

"也许是巧合，哪有狮子吼声能把湖水泻光的。是不是学校的环卫处要清理淤泥啊？"我胡乱地应付着，只想着快点摆脱领导的纠缠，回家去整理我的思绪。

可是领导丝毫没有要放过我的意思，相反，他满脸跑眉毛地向我递眼色，让我不知所措。接着领导狠狠地用手拍了我肩膀一下，小声说道："湖底淤泥中露出一尊石像，好像是……一尊狮子！"领导的话音还未落，我已经转身跑向了梵玲湖……

（七）

下马碑

梵玲湖，位于学校的音乐楼前，是我们学校主要的自然生态景观区。湖面常年波光粼粼，许多的野鸭和天鹅在湖面上游着，成为学校一道别致的景观。湖边还有一组雕像，杂乱地布置在一起，听说还起了一个取自陶渊明《杂诗》的古怪名字——"骞翮远翥"。翮，就是羽毛。翥，就是展翅高飞。这个名字的大概意思就是湖面满是飞鸟，有的在梳理羽毛，而有的张开翅膀，将要飞翔。

我经常来梵玲湖畔散步，不仅仅是因为这里有优美的景色，更是因为在湖边的水泥路上，有许多趁着水泥未干时而刻下的名字。有的地方单独刻着一个名字，也有的地方是两个人的名字刻在一起的，所以没事的时候到这里来猜看别人的名字，感受不同的故事，可以让我短暂地忘记疲劳和烦恼。

梵玲湖离我所在的汇文楼并不遥远，我一路小跑就来到了湖边的卧波桥上。昔日平静的湖水已经不见了踪影，只有臭气熏天的塘泥裸露在外面，原来湖面上成堆的荷叶根，现在也都瘫软在了淤泥之中。

目光所及之处，在湖的中心区域，有一个巨大的黑色石块躺倒在淤泥之中，远远望去，确实如同狮子静卧一般。我沿着湖边走了两三圈，却再也看不出什么端倪。望着一潭臭泥，我急得来回搓手，却始终下不了蹦到泥塘里面去探个究竟的决心。

恰好学校保卫处的一位老保安从这里路过，我一把拉住他，问他可曾知道水中的那个石像。老保卫摇着头说不知道，而且还说，他在学校工作三十多年了，往年冬天的时候，湖面也曾干涸过，却从未见过湖底有什么石像出现。

我心里也奇怪这事，要是湖里真有石像，学校早就派人清理了，怎么会任由石像一直躺在湖底？难道这石像是刚刚丢在湖里的？这么大的东西，谁又能搬得动呢？狮子一吼，湖水干涸，马上露出了从未见过的狮子石像，这难道又是巧合？

就在我胡思乱想的时候，路旁开来一辆校园洒水车，一位绿化园丁站在车厢的水罐旁，手提着喷水管在浇灌道路两旁的灌木丛。我脑海中突然闪出一个主意，于是我一边高喊，一边挥手让洒水车开到卧波桥上来。司机和手拿喷水管的园丁都不知道发生了什么事，一脸茫然地将车开到了桥面上。

我把园丁叫过来，介绍了一下自己，然后指着泥塘中间的石像说："师傅，你用高压水枪冲洗一下中间的石像，我想看看是什么东西，有没有什么价值。"

那园丁不知所以然，疑惑地看了看我，又看了看下面的石像，欲言又止。他思考了几秒钟，还是转身上了车厢，让司机把车发动起来。园丁打开了水枪，水流直冲向下面泥塘的石像。随着水压越来越强，水流的冲击力也越来越大。不一会儿，强力的水柱便把石像上的淤泥冲得荡然无存，园丁便把水枪停下了。我走到湖边仔细端详一番才发现，那湖中哪里还有什么狮子石像，原来看到的"狮子"形状，只不过是敷在外面的泥块罢了。这所谓的石像，其实是一块方方正正的石碑，除了两头的花纹之外，石碑朝上的一面还模模糊糊写着一大串文字。

我略微有些失望，但还是走到距离石碑最近的地方，仔细打量起石碑上的文字。

其实石碑上的字不多，但是很大，看笔画和结构都十分熟悉。我换了几个角度辨识，突然拍了拍脑袋，惊愕地叫了出来："这不是下马碑嘛！"

没错，这石碑就是我们平时常在明清皇家陵寝中看到的下马碑。石碑的正面分明用汉、满、蒙、回、藏五种文字写着：官员人等，至此下马。

下马碑是古时候皇家设立的谕令碑，是一种显示封建等级礼仪的标志，一般都是设立在皇城四门、紫禁城四门外，还有就是皇家陵寝的外面。各级官员上朝或者祭祀时，遇到下马碑必须下马下车，步行前往，以示尊重和虔诚。

清朝头两位皇帝都葬在沈阳，清太祖努尔哈赤葬在天柱山旁的福陵，也称东陵。清太宗皇太极葬在沈阳城北十里的昭陵，也称北陵。此外清朝前四世祖辈葬在新宾老城赫图阿拉，世称永陵。这就是著名的"关外三陵"。这三座陵园的正门及边门分别矗立着四到六块下马碑。

沈阳也有故宫，清顺治帝入北京前，努尔哈赤、皇太极这两代皇帝都在沈阳故宫办公起居。所以沈阳故宫门前的文德坊和武功坊，以及皇宫四周，也竖立着六块下马碑。

可是我们学校这地方根本就不是什么皇家宫殿和陵寝的旧址啊！就算是距离最近的昭陵，离我们学校也有十公里远，下马碑怎么会在我们这里出现呢？我十分地不解，听说我们学校这块新校址在建校前是一片荒凉的坟地，难道这块石碑是后人仿制的？可是在清朝仿制下马碑是要杀头灭族的！现代人仿制就更没有什么价值和意义了。再说原来梵玲湖底根本就没有石碑啊。难道是从昭陵冲来的？绝对不可能！这石碑少说也有上千斤，水是冲不动的。

我一个人蹲在湖边胡思乱想，等到想起帮忙的园丁师傅，回头再看时，那洒水车早已经走得没了踪影，我竟然连谢谢都没有说一句。

　　石碑估计是动不了的，我低头看了一眼手表，已经下午五点多了。此刻我突然感觉全身开始酸疼起来。整整一天，我始终处在极度惊恐和疲劳之中，此刻，确实已经有些挺不住了。

　　我来到停车场，迷迷糊糊地找到自己的车子。车子发动后，我先给手机充上了电，又给妻子打了一个电话，告诉她我回家吃饭。接着我简单看了一下微信，回复了几条工作上重要的信息，然后开车出了校门，往家的方向开去。

　　路上依旧堵车，一个小时后，我才进了家门，洗了个热水澡，妻子这时正好接女儿放学回来。妻子出门前已经把饭菜准备好，我们围坐在饭桌前一边吃饭，我一边把事情的经过说给她们听。饭吃得差不多了，故事也讲了大概，妻子听得脸色惨白，女儿却越听越开心，非要我找时间带她去古生物博物馆看看狮子消失的地方，妻子眉头一皱，打发她赶紧去书房写作业。女儿不情愿地进了书房，我也把剩下的几口饭吃完，一个人坐在沙发上发呆。回想着今天发生的那些令人匪夷所思的事情，脑子里一阵阵的眩晕。

　　妻子收拾好厨房，也坐到沙发上，看了看我，把电视打开，一边用遥控器搜索节目，一边对我说："张茜什么来头啊？她和她那个老爸神神道道的，我看你还是离这样的人远点。"

　　我心不在焉地答应着，其实我对张茜也不是很了解。她是五年前从北京师范大学引进的青年骨干专家，平时我们不在一个学院工作，接触并不多。只是有几次教师聚会，我们坐在了一起，简单寒暄过。听别人说，她读书时是个学霸，工作时是个狂人，今天接触起来，看来脾气也不是很好。一句话，张茜和她爸爸老张教授一样，百分之百是个怪人！我对她们父女俩不感兴趣，我心里只想着狮子，想着我的"乐福"……

电视里正演着《延禧攻略》，看着一大堆挺大岁数的人穿着各种鲜艳的衣服装嫩，我昏昏欲睡，身旁的妻子倒是看得津津有味，一会儿哭一会儿笑的。

突然，一阵急促的电话铃声响起，把我一下子从半梦半醒的状态惊醒。妻子也埋怨道："这么晚了，谁还来电话？"我拿起手机一看，竟然是张茜打来的。我把电话放在耳边，嘴里的"喂"还没发出声音，电话那头已经传来张茜焦急却又低沉的声音："我爸爸失踪了！"

"什么？失踪了？老张教授干什么去了？刚才我不还看见他了吗？"听了张茜的话，我简直一头雾水。

"不知道！你刚走，他就说要去古生物博物馆我们发现字条的地方看看，去了就一直没有消息，再打电话已经关机了。"张茜的语气明显已经不耐烦起来。

"啊？那你没去古生物博物馆找一找、问一问吗？"我听了她的话顿时有一种不祥的预感。

"我，现在就在这里呢！我已经查看了全部的视频，他……"张茜欲言又止。

"他，到底怎么了？"我急着问。

"他，他爬到狮子标本消失的石台上，"张茜顿了一下，接着用一种诡异的语气说，"然后，就消失了……"

（八）

入口

挂断电话，我起身穿好衣服，拿起包和车钥匙，和妻子打了个招呼，转身出门。刚到楼梯口，妻子追了出来，递给我一个充电宝，用了命令的口吻对我说："手机保持畅通！"

我接到手里，点头答应。

妻子又说："保持距离！"

我又点头。

进了电梯，我突然回过味来，保持什么距离，是让我和张茜那个怪物保持距离，还是让我和狮子保持距离？简直一头雾水。

我下了楼，看了看表，已经晚上十点了，马路上还是车水马龙。我驾着车子一路飞奔，四十分钟后赶到了学校西门的古生物博物馆门前。我把车子停好，抬头望了望眼前古生物博物馆高大的建筑，月光照射在巨大的玻璃墙上，散发着诡异的寒光。我心里不由得泛出一丝忧虑，前面等待我的究竟会是怎样的答案？狮子、张茜、纸片、老张教授……一切的一切都好像坠入云雾之中，迷茫且诡异，而更可怕的是，这一切好像只是才刚刚开始……

古生物博物馆肯定已经锁门了，我正愁怎么进到博物馆里面，突然耳边一声口哨传来，我抬头一望，博物馆正门的台阶处，张茜已经在那里等我了。

我快步走上前去，发现她竟然穿了一套夜行衣，全身上下青黑透亮，貌似腰间身前还配带了好多专业的装备。我看了不由得嘿嘿一笑，对她说道："你这可够专业的！你到底是不是学生物学的？看样子你是特工吧？"

张茜没搭理我，径直朝大门里走去，我讨个没趣，悻悻地跟在后面。

我们直接从正门进入，里面灯光大亮，却一个人也没有。我刚要问怎么回事，张茜好像知道我要说什么，直接说了句："都搞定了。"脚下却一点没停，直奔楼梯走去。

我一边走一边纳闷，她这个"搞定"是什么意思，疏通好了，打招呼了，还是……全干掉了？眼前这个女人瞬间从一个大学教授，幻化成复仇者联盟的英雄形象，我没猜错的话，她一定是新加入的强力英雄——"光头强"吧！

我一边想一边咧嘴傻笑，张茜已经带着我走下楼梯，楼下展厅里的灯也都亮着，所有的标本展品都静静地立在各自的展台上。我们直接来到曾经拿到纸片的展放狮子标本的大石台前，上面依旧空空荡荡，连根狮子毛都没有。我绕着大石台转了一圈，地面上也是干干净净。

我指着大石台问张茜："老张教授就是在这里失踪的？"

张茜点了点头，低声说："大厅里我都找遍了，确切地说，整个馆里都没有任何踪迹。"

我皱了皱眉，又接着问："一个大活人，一下子就消失了？"

张茜没言语，把手机递给我，我接了过来，发现手机上是一个暂停的视频。我把视频拉到开头播放起来，视频是从眼前这个展室头上的一个摄像头录制的监控视频，恰好拍到这个大石台的位置。

视频开始是一片漆黑，不一会儿镜头里影影绰绰出现了一个人影，接着亮起了一束手电光。一个人影打着手电，径直来到了石台旁，不用说，这个人就是老张教授了。只见老张教授打着手电，绕着石台缓慢地转了一圈又一圈，好像在寻找什么。接着，他就站在石台旁边不动了，嘴里不停地念叨着。过了足足有二十分钟，老张教授突然往石台上爬去，因为年龄很大了，所以他的动作略显笨拙。费了好大的劲，老张教授终于爬到了石台上面，令人匪夷所思的是，视频中的老张教授竟然慢慢地躺在了石台上面，身体呈大字形张开，接着就一动不动了。我正纳闷，说这老张教授怎么跑这里睡觉来了，可就在我一眨眼的工夫，石台上的老张教授竟然一下子消失了！

"啊！"我不禁叫出声来，这，这简直太不可思议了！张茜和我说她爸爸消失了，我还以为是躲在哪里或者被劫持了，可是看了视频我才发现，她说的消失，就是眼睁睁地看着一个人在面前失去踪影！

我把视频来回看了五六遍，也没看出个所以然。我把视频定格在老张教授消失的那一页画面，也没有找到什么剪辑的痕迹，可以确定，老张教授就是一下子消失了！

张茜站在一旁不说话，好像依旧在思考。我不好打乱她的思绪，就一个人爬到大石台上，想看看上面有什么线索。石台上有五米见方，光溜溜的，什么都没有。忙活了半天，疲劳劲又上来了，我一屁股坐在了石台上面。

张茜突然走过来，示意我也把她拉上去。我纳闷地说："这上面什么都没有，你还上来干吗？"说是这么说，但是我还是伸出手去，把她拉了上来。

张茜上来后，蹲在石台表面仔细观察，还用手仔细地摸索着。其实这石台的表面我已经看过摸过好几遍了。石台表面是大理石制成的，十分光滑，别说文字记号了，就连一点划痕都看不见摸不着。既然张茜愿意再查看一遍这大石台，我也别多说话惹她发怒了。此刻我大脑一片空白，困意一下子涌了上来。我索性也仰面朝上，躺在老张教授曾经躺过的地方，想闭眼休息一会儿。

我刚躺下，还没等闭眼，突然发现石台上方展室的棚顶，好像是画着一张脸，在凝望着这里。这间标本厅的棚顶本来绘的是一片星空，整个头顶都画满了闪烁的星星，怎么会突然多出一张脸来？我睁大眼睛仔细辨认，竟然发现棚顶夜空中的星星好像组成的是一只狮子的脸孔，那两只眼睛的位置，恰好是两颗最亮的星！

我连忙喊张茜一起来看，张茜也惊呆了，站在那里仰望棚顶的星空，连眼睛都不眨。

仰头看东西时间长了就会眩晕，特别是像星空这样的景象。我开始感觉自己眼前模糊起来，嘴里一阵发咸。我连忙闭上眼睛，平躺着舒缓一下眼睛的疲劳。

突然，我感觉张茜竟然紧挨着我躺了下来。咦？她这是要干什么？我想起出门时妻子嘱咐我的"保持距离"，连忙睁开眼睛，刚要张口问她想要做什么，突然，我只觉得眼前一黑，身子下面一空，我们两个竟然直挺挺地向下摔去……

（九）

洞穴

　　我和张茜一直向下摔去，张茜不停地在我耳边大叫，把我耳朵震得嗡嗡作响。人在黑暗中，最怕脚下踩空，更何况是直挺挺地摔下去。我下意识地拉着张茜的胳膊，另一只手不停地在空中挥舞着，拼命想要抓住救命的稻草。突然，"扑通"一声，张茜的叫声停止了。紧接着又是"扑通"一声，我全身一震，一股水流直冲向口鼻，脑子一下清醒起来。看来我们是掉进了水中！我不停地划动双手双脚，身子直冲出水面。我顾不得满脸的水花，大口地呼吸起来，但是水进到了气管里，一时我被呛得剧烈地咳嗽起来。

　　我平缓了一会儿，一边继续划着水，一边向四下张望。水面并不大，但是脚下踩不到水底，看来水还是很深的。我朝着距离自己最近的岸边游去，大概双手划动了七八下，脚就踩到水底了，再划了五六下，我干脆站起身来，踉踉跄跄走到了岸上。与此同时，张茜也游到了不远处的岸边。我步履蹒跚地走过去，把她拉上岸来。衣服全湿透了，好在背包没有丢，我们两个找了一个干燥一点的地方，坐了下来。

　　我赶快把背包打开，还好，这背包竟然有防水功能，里面没有进水，东西都完好无损。我拿出手机，手机处于正常开机状态，只是一点信号都没有，屏幕上是紧急呼叫模式。

我的眼镜在掉进水里的时候甩丢了。还好，我的包里还有一个备用的眼镜。我拿出眼镜戴好，四下里变得清晰起来，这时我才发现，我们的身后不远处就是陡峭的石壁。

张茜脸色惨白，头发不停地往下滴着水，嘴唇发紫，浑身上下都在不停地发抖。她哆哆嗦嗦地从口袋里掏出一个小手电递给我，我茫然地接过来，看了她一眼，她一边甩着自己的头发，一边说："你四下里去看看，这是在哪里。"

我没有说话，心里暗道："这是哪里，那还用说嘛！古生物博物馆地下呗！"

我把手电打开，先是四下照了照，原来我们正处在一个四方的山洞之中，山洞貌似并不大，除了正中间的水面，四周就是石壁了。我拿着手电向头顶照去，手电的光柱竟然消散在黑暗之中，看不到尽头，看来上面是极高的。我暗自咋舌，从这么高的地方掉下来没有摔死，我们的命倒是很大啊！

我沿着水面向前走去，仔细打量着旁边的石壁，看看有没有可以出去的路。大概二十分钟，我绕着水面走了一圈，什么也没有发现。

再回到张茜坐着的地方，她已经好些了，全身上下也收拾整理得差不多了，只是身上的夜行衣还没有干，紧紧地贴在她的身体上。我低头看看自己身上还在淌水的 T 恤，无语地坐了下来，早知道这样，随身带件换洗的衣服该有多好。

张茜看了我一眼，知道我并没有找到出口，她叹了一口气，说："看来我爸也应该是掉到这里了。"

我心里一震，忙说："可是，四下没有出口，岸边也没看到老张教授，难道他老人家还在水里？不会他已经……"我紧张得站起身来，惊恐万分地向水面看去。

张茜没有说话，而是抬手指了指我身后的石壁。我疑惑地回身去看，可是石壁上什么都没有。我又转过头来看张茜，她又用手指了指我身后的石壁，我只能再一次回身去看石壁。这次我把手电向上抬了抬，突然发现两块石壁中间的缝隙里好像有什么东西。我爬起身来，走到石壁的缝隙前仔细端详，原来里面竟然夹着一根两根手指粗的绳子！

我连忙把绳子掏出来，试着拉了拉，绳子很紧，一直通往石壁上面。我抬头再望向上面，手电所及只是一片黑暗。

我回过头，看张茜已经来到石壁前，还没等我说话，她就直接用命令的口吻说："我先上，你跟在我后面。有什么紧急情况，我喊你。"说完，她一把从我手里夺走了手电，插进了自己肩膀上手电专用的口袋里，然后双手抓紧绳子，一下一下灵巧地向上爬去。

我看着张茜慢慢向上的背影，心里不由得感叹：这个女人可不简单！这哪里是一个大学教授，简直就是一个女特种兵嘛。我撇了撇嘴，生怕被张茜瞧不起，连忙双手拉起绳子，用尽全身的力气，也向上爬去。

我虽然平时经常踢足球、锻炼身体，可是就这样爬了一会儿，也手脚发酸，身体哆嗦起来。虽然岩壁上有很多可以立足的凹陷，可是手里的绳子总是向外荡，稍不留意就容易滑脱下去。我脸上豆大的汗珠噼啦地掉下来，眼镜不停地往下滑，双手被占上了，我只好一次又一次地用肩膀艰难地推着眼镜。

我想看看张茜爬到哪里了，可是抬头才发现，上面哪里还有张茜的影子！我一下子慌起神来，手忙脚乱地向上爬去，可是动作一变形，向上的速度反倒更慢了。

正当我万分恐惧、精疲力尽的时候，突然石壁中伸出一只手猛地拉了我一把！我猝不及防，一下子横甩过去，手中的绳子也脱落了。我大叫一声，以为自己死定了，可是突然身子着地，睁开眼才发现，原来我摔到了石壁上的一个平台上，而张茜正蹲在我旁边盯着我看，那眼神中充满了鄙夷的神情。

被一个女人嘲笑是从来不曾有过的事情，我红着脸爬起来。好在四下里一片黑暗，张茜转过头去，不曾发现我的大红脸，否则她又要变本加厉地鄙视我了。

这时我才发现，我们所处的平台前方有一个方方正正的洞口，而绳子的一头就是系在洞口的大石头上的。

张茜走到洞口的石头前，低声说："要是没猜错，我爸爸也应该是从这里上来的。不过这绳子应该是从上面放下去的，看来在我爸爸到这里之前，还有人来过这里。"

听了张茜的话，我更加糊涂了。我们这是在哪里？难道我们是穿越了？怎么还有别人来过这里？也是来我们学校古生物博物馆看狮子标本的吗？绳子从上面放下去，难道这里还有别人在欢迎每一个到这里来的人？

容不得我细想，我和张茜一前一后钻进石洞，石洞的高度有一米六左右，宽度有两米左右，石壁表面十分光滑，应该是有人精心打磨而成的。我一米八三的大个子就不用说了，张茜的个头也有一米七多，我们走在里面都要弯着腰，走了不远我就腰酸背疼起来，可是看着前面张茜没有吭声，我也只好咬着牙继续往前走。

突然，张茜停住了，我一下撞到她背上，她竟然没有吭声。我抬头看去，手电光照射处，前面竟然是一个横着的岔路口，分别通向左右。正对面的墙上还画着一只巨大的金光灿灿的狮子头像，在那浓密鬃毛的映衬下，一双幽蓝的眼睛正直直地望着我们，而那巨大狮子头上的左耳，分明只有一半……

（十）

甬道

张茜看了我一眼，我知道她是在询问我往哪一边走。我怕指错了方向，就拿起张茜的手电往两个方向分别照了照。两边的甬道是对称分布的，手电所及范围的甬道没有任何不同。我转过头来，看了张茜一眼，耸了耸肩膀，又摇了摇头。

张茜拿过手电，又夹在肩头的手电袋里，然后伸手指了指左边的通道，低声说："走这边。"说完当先向左边甬道走去。跟这样的女子同行，好处就是你基本不用做任何决定，因为即使你决定了，也会被无情地否决，因为在张茜的心中，其实早就已经做好了决定。我二话不说，紧紧跟着她向左边的甬道走去。

甬道很平坦，感觉略微有些向上的坡度，走起来倒不是很费力，就是总要弯着腰前进，这对我来说简直太难熬了。大概走出去一百步，张茜又停下了。我抬头一看，竟然又是一个和刚才一模一样的岔口，一条甬道向左，一条甬道向右。正对面的石壁上也画着一只栩栩如生的狮子，同样也是有着残损一半的左耳。

我们继续选择左边的甬道前进，大概走了一百步，又是一个岔口出现在眼前，整个布局和刚才完全一模一样。我们还是一如既往地选择左边的路口前进。

当我们又前进了一百步，前面出现石壁和岔口的时候，我彻底按捺不住了。我怒气冲冲地擦了一把汗，大声问张茜："我们不会是在一个地方绕圈吧？"

张茜漠然地看了我一眼，低声说："绕圈？你没发现每一幅石壁上的狮子有什么变化吗？"

"变化？"我瞪大眼睛盯着面前石壁上的狮子看，哪里有什么变化呢？完全一样啊！

看我一脸错愕的神情，张茜无奈地摇了摇头，伸手指了指狮子的眼睛。

我顺着张茜的手指端详起狮子的眼睛，半晌，我才恍然大悟地喊出来："对啊！确实有变化！这狮子眼睛睁得越来越大！"

的确如此，之前最开始看到石壁上的狮子，眼睛是闭着的。接下来第二只狮子的眼睛，便微微张开一条缝。再接下来的狮子眼睛就好像打开了，而眼前的这只狮子，眼睛可以说是怒目圆睁了，好像在发怒，又好像在给我们一种警告。为什么狮子的眼睛慢慢打开了呢？难道我们是要接近什么危险了？此刻狮子的眼睛睁得如此大，难道是又在传递着什么警示信息？

我正兀自瞎想，无意间目光扫了张茜一眼，竟然发现此刻张茜的脸色骤变！我心说不好，刚要发问，就看见张茜一个箭步来到石壁前，蹲下身紧紧地盯着狮子画像嘴巴下面的鬃毛部分。我凑过去一看，原来那里竟然用荧光记号笔写着两个字：快走！

张茜低着头，紧锁着眉头，用了颤抖的声音说："这，这是我爸爸的字。"

我又仔细地辨认了一下荧光笔写的字，心下不解地问道："这老张教授写的'快走'是什么意思啊？是让我们快点离开，还是让我们快点通过啊？这老张教授的语文表达太不到位了啊。"

张茜瞪了我一眼，说："其他的先不说，这两个字至少说明我爸爸选择的是和我们相同的路。不过……前面路途肯定会更加凶险，不行，你就回去吧！"

我一想，她说的也在理。看身手，我真帮不上张茜什么忙，弄不好还要扯她的后腿。而且这老张教授也来历不明，行为乖张诡异，我何必非要蹚这一摊浑水呢？还不如及早退出，毕竟家里有老有小，没必要舍身犯险啊。

于是我刚要答应，但是马上转念一想，我一个大男人临阵逃脱，把一个女人扔在这诡秘恐怖的地方，也太说不过去了！这要是传出去，我这以后还怎么做人？学校里的学生不得戳我脊梁骨啊，最起码我不能让我女儿嘲笑我啊，她可是最瞧不起窝囊废的男人了。再说，就算我按照原路返回去，我一个人赤手空拳的能爬上那水面上方的洞口吗？就算爬上去，洞口能开吗？难道我还能回到古生物博物馆的大石台上面去？所以，话说回来，其实现在也就只有面前一条路可以出去！换句话说，唯一的希望就在前面，回去基本上就是死路一条。

"哈哈哈。"心下做好打算，我连忙用笑声来掩饰刚才脑海中复杂的思考和盘算，然后大声对张茜说："既然都来了，事情也发生了，我们总要找到一个自己满意的答案吧。再说了，老张教授还没找到，人命关天的大事，我不能袖手旁观。我大小是个汉子，没你想得那么孬，别浪费时间了，快走吧！"

张茜盯了我十秒钟，看得我手心发凉，冷汗直流。还好，她什么也没说，转身向左边甬道深处走去。

我们继续前行，大概走出去五六十步，突然张茜停下脚步，我刚要问她又发现了什么，她一把按住我的嘴，然后在我耳边低声说："好像有什么声音。"

我侧耳倾听，甬道里十分安静，根本听不到任何声音。我望了望张茜，小声说："你是不是太累、太紧张了？"

张茜没有说话，摇了摇头，继续向前走去。又走了大概三十几步，突然一阵若隐若现的笑声出现在我们脑后，我一下子吓出了一身的冷汗。那笑声好像是九天玄女在歌唱，又像是一群孩童在嬉戏，更像是一个女子在哀啼，但是不管是什么声音，绝对是不应该出现在这里的！

突然，那声音消失了，紧接着一阵急促的脚步声从身后的甬道传来，并且越来越近！我面无血色地看了一眼张茜，大喊一声："快跑！"我们两个不约而同地用尽全身力气顺着甬道向前跑去！

身后的脚步声越来越近，那声音嘈杂而恐怖，好像万马奔腾，又如同鬼魅齐哭，发出那声音的物体好像马上就要从我们后背碾轧过去，瞬间会把我们轧得粉碎。

"快看！"张茜指着前面上气不接下气地喊道。我抬头望去，黑暗中的甬道尽头竟然透出了一丝光亮！黑暗中的光亮就意味着希望！我们用尽最后的力气，拼命冲向那光亮，尽管脚步已经跟跟跄跄。那光亮越来越近，我们也看得越来越清晰，那是一间明亮的石室，而就在此时，我感觉脖颈后面一凉，好像有什么东西搭上了我的脖子！我大叫一声，一个鱼跃，连同前面的张茜一起，扑进了石室里面。就在我们摔倒在一片亮光里的时候，身后的声音，消失了……

（十一）

石室

我这一跤摔得可是实实在在，脸和地面完全亲密接触，不仅浑身像散了架一样酸痛无比，而且膝盖、手掌全都摔破了皮，渗出血来。张茜更惨，被我推得飞了出去，在地上摩擦了好久才停下。虽然夜行衣没有磨破，但是张茜疼得五官都扭在了一起，两只手一个劲地在膝盖、髋骨和胳膊肘处搓来搓去，她一边搓着，一边转过头，用了极其怨恨的目光狠狠地盯着我。

此刻也顾不上张茜的抱怨了，足足缓了有一刻钟，我的身体才慢慢能动。我挣扎着坐起身来，这时才打量起我们所处的这间石室。这是一间二百平方米见方的石室，看上去十分宽敞明亮。四周墙壁上点着火把，地面都铺着齐整的青砖，我们进来洞口的正对面是一个带着飞檐门楼的双扇石门，石门高大厚重，通体朱红，应该是在石门的表面涂满了朱砂。门楼上的出檐、瓦垄、吻兽均为青白石雕刻，手法细腻，线条明快。每扇朱红色的石门中间刻有一尊一米半高的立式菩萨像。大门左、右两侧石壁上还各雕刻了一个巨大的狮子头像，左边的闭着眼睛，右边的睁着眼睛。

我正仔细端详，张茜也爬起来，一边揉着自己的腰，一边围着这两扇石门上下打量，边看还边自言自语地说道："这怎么看怎么像陵墓的大门呢。"

我心里冷笑一声，我们怎么会进到陵墓来呢？我看张茜一定是刚才摔进来的时候，把脑壳摔坏了。我没搭理她，兀自一个人继续打量石室里的东西。

我正仔细看着石门上的雕花，这时张茜低声喊我过去，我不情愿地走到她身边，发现她正在仔细地研究墙壁上的火把。一个破火把有啥可研究的，我哼了一声，刚要走开，张茜一把拉住我，指着火把的把杆说："你看这个！"

顺着她的手指头，我定睛一看，这火把分明是一根有内外双层结构的长长的容器，里面一层容器装的是深色的液体，应该是灯油，灯芯的一头插放在液体之中，另一头在顶端燃烧。外面一层容器里装的是水一样的透明的液体，应该是用来冷却灯油，防止灯油挥发的。这种结构设计得十分巧妙。因为油灯消耗的油主要不是点燃而消耗光的，绝大部分是受热挥发掉的。这样的结构不仅能保持油灯低温，防止失火，外层容器内的水还可以有效阻止油温上升，避免造成灯油不必要的挥发损耗。

我笑着对张茜说："这可是个伟大的发明啊！"张茜却没有回应。我疑惑地看了张茜一眼，发现她脸色很差，我刚要问她怎么了，她已经咬着牙从嘴里说出一句话来："这是长明灯，我们确实在陵墓中……"

张茜的话就如同晴天霹雳，让我一阵眩晕。点长明灯本是中国古代一项古老的传统风俗，指的是除夕之夜，家家户户都点燃一盏油灯，不可吹灭，直到油尽烛终自行熄灭。表示着全家对于光明的渴求和期盼。中国君王的陵墓中也会放置很多的长明灯，希望墓室可以犹如生前的宫殿一样辉煌璀璨。问题是，我们怎么就跑到陵墓中来了？这又是何人的陵墓？我们怎么才能出去？一大堆的问题一下子冲进脑海中，可是我的嘴里半个字也说不出来。

我回身看看我们冲过来的黑漆漆的甬道口，估计回去是不可能了，继续向前？可是路在哪里？前面的石门紧闭，四周的石壁又没有任何通道，难道我们要困死在这里不成！我下意识地摸了摸背包，我知道里面空空如也，这次出来的匆忙，也没想过会发生这样的事情，别说是吃喝了，就连口香糖都没有带，真是衰到家了！

我低头看了看手表，手表竟然停了！表停时指针指的时间是凌晨四点，现在不知道又过了多久。我是又困又饿又累，一屁股坐在青石砖地上，长长地叹了口气。

张茜走过来，丢给我一条士力架，哼了一声，说："白面书生没经过这些吧？先把这个吃了，我这里还有两瓶水，你省着点喝。"说完又从随身的包里抽出一瓶矿泉水塞到我手里。

我抬头问："没有红牛啊？"

张茜尬笑着说："现在给你什么也没有用，给你一瓶云南白药，你的心就不流血了吗？我们还是看看怎么出去吧。"

我讨了个没趣，三口两口把士力架吞了个干净，然后拧开矿泉水喝了几口。肚里有了东西，我顿时感觉到舒服了很多。这时我突然想起了什么，回头问张茜："刚才我们在甬道里拼命地跑，后面追我们的到底是什么东西？"

张茜摇了摇头，叹了口气说："恐怕只有找到我爸爸，这一切才能找到答案。"

张茜的手表也停了，我们已经没有了时间的概念，只能默默地坐在这恐怖的空间里等待，我们又能等待什么呢？我们也不知道。

"对了，老张教授也应该到这里了，他是怎么离开的？"我突然问张茜。眼前的大殿除了出来的甬道口和紧闭的石门，没有任何路。难道老张教授会遁地术，还是刚才我们一路狂奔进来的甬道里还有别的岔路？

我实在没有勇气回到甬道里再查看一番。石门进不去，甬道不敢回，在这一瞬间，人好像要被憋疯掉了一般。

张茜挣扎着站了起来，走到石门前，用力地推了推，石门纹丝未动。张茜又四下检查了一番，也没发现任何的机关和暗门。

我站起身来，鼓足勇气说："看来我们只能回到甬道里看一看了。"张茜默然，没有反驳，低头把手电打开，叹了口气，当先走进了甬道之中。我长吁了一口气，紧跟着也走了进去。

我们在手电光柱的指引下，顺着甬道往回走着，来时恐怖的经历让我们此刻不寒而栗。我毕竟是男人，让张茜走在我身后，当然，我们也做好了随时转身往回狂奔的准备。

我们走几步就停下来，竖起耳朵听，没有声音就继续向前走。走了四五十步，我突然发现眼前手电的光柱越来越大，正兀自纳闷，突然额头一阵剧痛，我发现自己竟然迎面撞上了一个石壁。难道有岔路口，应该转向了？我把手电照向左右，两边都是石壁，没有任何通道！不会吧！这甬道竟然变成死胡同了！

我和张茜呆立在原地，这条甬道确实是我们来的时候走的那一条啊！刚才一路上，我们也小心留意甬道石壁的两边，并没有发现任何的岔路和洞口啊！

我们完全地崩溃了，转过身去，顺着石壁滑坐在地上，脑子里只有一个念头："我们被封死在这墓穴里面了！"正在我们沉浸在无尽的沮丧和绝望之中，无法自拔的时候，突然我感觉两边的石壁在动！

"咦！"我不由自主地叫出声来，同时我又感觉屁股被下面的青砖磨得火辣辣的疼。我站起身来仔细一看，不由得大吃一惊，迎面把路堵死的石壁竟然在缓缓地向前移动，与此同时，身后传来了一声吼叫，我脸色苍白地看着张茜，没错！那是狮子的叫声……

（十二）

长明灯

　　我们连滚带爬地跑回到点着长明灯的大殿里，然后不约而同地去看那石门两边石壁上的狮子头，难道那声狮吼是这两个石狮子发出来的？

　　石狮子头还是原来的样子，没有任何变化，我蹑手蹑脚地走到近前，用手电敲了敲石狮子的鬃毛，那声音清脆悦耳，肯定不是肉身发出来的。我纳闷地回头看了看张茜，张茜却尖叫一声，一把把我的头扭向石门。

　　"你这是要干什么……"一句话还没说完，我就被眼前的景象惊呆了。

　　眼前的石门和刚才的石门已经完全不同，门斗的横额上竟然出现了一个巨大的牌位，上面密密麻麻地写了一堆字。原先两扇石门刻着的半米高的菩萨已经不见踪影，而是变成了两个巨大的狮子头，狮子张着血盆大口，口中还各含着四个大大的铜铃，铜铃上竟然也刻着字。

　　我走上前去，用手轻轻摸了摸那大大的铜铃。细看之下才发现，原来每个铜铃都可以顺时针转动，铜铃上写着的是大写的"零"到

"九"十个数字，整个铜铃看上去倒像是一个密码锁。

张茜慢慢走到门楼下，她的注意力完全被头顶牌位上的字所吸引。

我继续来回地摆弄狮子口中的铜铃，就如同小的时候玩孔明锁一般，胡乱地拼着数字，心里盼望着好运来临。突然，张茜挥挥手喊我到她那里去。我来到她身旁，也同样抬起头望向头顶的牌位，这时我才发现，那牌位上面竟然写着汉、满、蒙三种字体的文字。

张茜指着上面最右侧的一列说："你是学古汉语文字的，看看这些繁体字写的是什么。"

我仰头注目凝视，嘴里把看到的字一个一个地念出来："大清应天兴国弘德彰武宽温仁圣睿孝敬敏昭定隆道显功文皇帝之墓。"

张茜看了看我，说："大清文皇帝是哪一个？"

我挠了挠头，嘴里念叨着："文皇帝，文皇帝，大清文皇帝就是清太宗，清太宗！"

张茜失声叫道："清太宗？"

我点点头说："对，这是清太宗皇太极的牌位，这里是皇太极的陵墓。"

接着我们面色大变，异口同声地喊出来："皇太极！天哪！皇太极的陵墓不是北陵吗？我们现在竟然在北陵下面！"

清太宗，就是清朝的第二位皇帝——爱新觉罗·皇太极，他是清太祖爱新觉罗·努尔哈赤的第八个儿子，是清朝真正的开国皇帝。崇德元年即1636年，皇太极在盛京（今沈阳）称帝，建国号大清，并且迫使李氏朝鲜臣服于清朝。在崇德六年即1641年的松锦大战中，皇太极生俘洪承畴，自此明朝关外精锐丧失殆尽，宁锦防线彻底崩溃。崇德八年即1643年，皇太极猝死于清军入关前夕，未能实现夺取全国政权的夙愿。

皇太极前后在位十七年，他在位期间，大力发展生产，不断增强兵力对明朝作战，为清王朝迅速扩张，入主中原，打下了坚实的基础。皇太极庙号太宗，谥号"应天兴国弘德彰武宽温仁圣睿孝敬敏昭定隆道显功文皇帝"，死后葬于沈阳昭陵，他的第九个儿子爱新觉罗·福临即位，也就是清朝的顺治皇帝。

我和张茜说的北陵就是清昭陵，是清朝关外三陵中规模最大、气势最宏伟的一座。因为昭陵位于沈阳城北十公里，所以俗称北陵。而我们学校，位于北陵再往北十公里，难道一晚上我和张茜竟然在地下甬道中走了十公里远？这在地面上是不可能的！不过这回彻底验证了我们果真身处在陵墓之中，原先新鲜好奇的心理此刻早已荡然无存，现在除了恐惧和绝望，剩下的就是浑身的酸痛和极度的疲倦。

就在我和张茜研究石门楼的牌位和狮子头像上的铜铃的时候，突然脑后传来"咣"的一声巨响，把我们都吓了一大跳！回头一看，那个进来的甬道口竟然已经被巨大的石壁堵得严严实实，我们来时的路已经彻底堵死，走回头路是不可能了。

张茜快步走到石壁那里仔细地看了看，然后垂头丧气地走回来，一屁股坐在我脚边，想必是没有找到任何出去的希望。我从背包里掏出手机，仍旧是一点信号也没有。我看了一眼张茜，嗫嚅着说道："看来我们一时半会是出不去了，现在最主要的是得想办法通知家里人一声，而且单位也得打个招呼。"

本来我就是随口一说，其实我心里明白，现在我和张茜的处境可以说是生死未卜，极端险恶，弄不好我们俩就要葬身在这墓穴之中，给皇太极当陪葬了！此刻再想其他的事情基本都是白白地浪费时间和精力，可没想到张茜却低着头回答道："单位，出发的时候我已经替你请完假了，说我们一起出去参加一个学术会，但是没说多久回来。至于你老婆那里，你自己想办法吧。"

听了张茜的话，我不由得感叹这女人的思维太缜密了，考虑问题面面俱到，十分周全，让我心服口服。我用手机邮箱给妻子发了个邮件，告诉她我出门参加学习考察，得需要十几天，学习完事就回家。

我还额外提到了这次出来学习的地方很偏僻，手机信号不好，电话无法接通，让她别担心。邮件写完后，我把这封邮件设置成每半小时发一次，万一遇到有信号的地方，邮件就自动发送成功了。以前我倒是经常随时随地地出门采风或是考察，经常会临时发通知给妻子，相信只要她收到邮件，就应该不会太过于担心。

忙活完这些，我发现自己的大脑已经开始混沌了。相信此时此刻，张茜和我一样，都已经疲乏到了极点。我们坐在一支长明灯下，吃了点东西，喝了几口水。食物进肚，困意马上袭来，我的眼皮开始打架。就在我昏昏欲睡的时候，张茜却突然站起身来，几步走到石壁旁，挥臂用手电把一侧的长明灯全部打碎！接着她又走到石室的另一侧石壁前，把石壁上的几支长明灯打碎，石室里只剩下我们头顶上的一支长明灯，整个石室顿时昏暗了下来。

我一下清醒过来，满脸错愕地对着张茜大声喊道："张茜，你，你疯了？！"

张茜没有搭理我，径直走到石门楼前，半晌她才回过头看了我一眼，用极其严肃的语气对我说："我们得赶紧想办法，把这扇大门打开，从这里出去！"

我仍然不解张茜刚才疯狂的举动，用了愤怒并且带着哭腔的语气喊道："现在着急有什么用！有什么用！我们已经被堵死在这里了！我看你是急疯了，疯了！为什么你要把长明灯都打碎了！你喜欢黑暗？你不害怕吗？大不了不走了，要走你自己走吧！"

张茜低沉着脸，一字一句地说："不马上离开，恐怕，要耗尽了！"

我一脸的不屑一顾，依旧气哼哼地吼道："耗尽？现在我们恐怕只剩下时间了！时间耗尽又能怎样？你拿长明灯出气，时间就不走了？"

张茜慢慢地走到我们身后仅剩的那支长明灯前，看着闪烁跳跃的火苗，轻轻地说："我说的不是时间，是氧气……"

（十三）

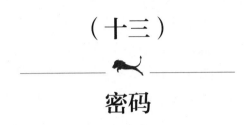

密码

张茜的话着实让我吓出了一身冷汗！确实如此，在这密闭空间里，最珍贵的就是氧气。原来这里有条进来的甬道，石室里的空气可以通过甬道流动，所以这石壁上的长明灯可以一直地燃烧着，否则密闭空间中氧气耗尽，长明灯就会灭掉了。

古代帝王陵墓里的长明灯，也不都是挂在墙壁上这种双层结构的。还有一些长明灯，结构原理相同，但是制作工艺比较简单。比如明代第十三代皇帝明神宗朱翊钧，也就是万历皇帝的陵墓——定陵的地宫里，就有一个青花瓷大缸装满了燃料，应该是在墓室中设计的长明灯。可是1956年发掘定陵地宫的时候，打开中殿时看见里面的长明灯并没有燃烧着，而青花瓷大缸中的灯油早已凝结，却基本没有什么损耗。原因应该就是墓门关闭之后，密闭的空间里氧气被耗尽了，定陵地宫里的长明灯便熄灭了。

心里虽然十分的恐惧和担心，可是此刻我还是暗暗为张茜果断地打碎多余的长明灯而叫好！经过了这一段的接触，我对眼前这个女子已经有了全新的认知，除了未解的疑问，更多的是由衷的佩服和赞叹。

张茜说得对，现在首要问题是在有限的时间里找到出口，而出口极有可能就在这眼前巨大石门的后面！刚才我们已经仔仔细细查看了半天，并没有从这石门上看到任何的端倪，而此刻大殿里的长明灯只剩下一盏，随着空气也即将消耗殆尽，长明灯中的火焰越来越昏暗，在这一片昏暗之中，想再找出什么线索真是难上加难。

　　我走到一侧石门的巨大的狮子头那里，用手摆弄着那四个刻着数字的铜铃，一边转动铜铃，一边问张茜："你说，这两边的大铜铃上都刻着数字，像不像咱们家里用的旅行箱上的密码锁啊？你说这玩意有没有可能就是个古代的大个密码锁呢？"

　　张茜听了我的话，快速地走到石门前，仔仔细细地观察了一番，然后兴奋地说："你说得对！这一定是密码锁的原理！而且，咱们这一路走来，并没有看到我爸爸的踪迹，这说明他极有可能也是通过转动这个密码锁进到了这扇石门里面！不过，这么多铜铃，数字组合起来可是很费劲的。老猴，你说，你觉得密码该是什么呢？"

　　"老猴？谁是老猴？"我听她这么自然而然地给我起外号，鼻子都气歪了！这里只有我们两个人，她这外号肯定不会是起给别人的！我心底生出一股恶气，实在是不明白为什么会给我起这么难听且极不形象的外号。

　　张茜哈哈大笑，一边笑一边说："我这是夸你呢！好话都听不出来！老猴就是孙悟空嘛！"

　　"哼！"我冷笑一声，她还真以为我傻到分不出来好赖话呢！这明显是说我丑得吓人！

　　在《西游记》原著中，有这么一段话是描述孙悟空的："真个是生得丑陋——七高八低孤拐脸，两只黄眼睛，一个磕额头；獠牙往外生，就像属螃蟹的，肉在里面，骨在外面，黄发金箍，金睛火眼；毛脸雷公嘴，朔腮别土星，查耳额颅阔，獠牙向外生。"

　　所谓孤拐，是指人的脚踝骨，一个人的脸长得像脚踝骨一样，你可以想象是丑到什么样子了。而且孙悟空还有一个典型的特征就是雷公嘴，也就是尖嘴，再加上往外翻的獠牙，这形象真的是相当恐怖了！

在这种场合，张茜说出来的话肯定是心里话，可是我的气生出来一下，马上就消了。都什么时候了，丑就丑吧，命都要没有了，再英俊又有什么用呢？还是赶紧找到出路才是正题。

我回过头来继续盯住大门上的铜铃，既然两扇门上各有四个铜铃，那就说明两侧大门上各有四个数字的密码，总共是八位的数字密码。那这个八位的数字会是什么呢？

张茜慢慢地走到左侧的大门前，把狮子嘴里的铜铃依次转成数字1、2、3、4，然后又走到右侧大门前，把狮子嘴里的铜铃转成7、8、9、0，然后张茜退后观望大门，但是大门没有任何动静。接着她又把右侧门上的铜铃转成4、3、2、1，又快步走到左侧的大门，把上面的1、2、3、4改成了9、8、7、6，可是大门还是没有任何响动。

我忍不住咧开嘴，捧着肚子笑道："你觉得这密码跟你家旅行箱一样是默认数字呗？这皇太极的北陵就用你这1234密码就进去了？还说我是老猴，我看你就是那一团肉肉！"

"肉肉"当然就是猪八戒，她既然说我是丑陋的猴子，我就用猪八戒来说她愚笨，也算报了刚才的一语之仇。

张茜怒瞪了我一眼，恨恨地说："你说我是猪，那好，你来破解！你破解不了，你就是蠢蛋……"

好家伙！这下可得罪了张茜！我怎么忘记了女人最讨厌别人说自己胖呢！耳听着张茜极尽所能地骂出一连串的称呼，虽然既难听又侮辱人，但是我不敢再回话了。此刻我先不与张茜一般计较，既然她让我来破解，那我就解开这密码锁给她看看！

我这个人不怕别人说我穷，说我丑，但是绝对不愿意别人说我笨！学习工作这么久了，我一直自诩为很聪明的一类人，此刻在张茜一介女子面前，虽说她也是一名地道的学霸博士，但是堂堂七尺男儿岂能让一个女人看扁了？

我重新来到石门前，仔细看了看石门上方中间立着的牌位，上面写的是皇太极的谥号。既然把牌位摆在门楼正中间，那下面的密码一定和皇太极是相关联的！那究竟什么数字会和皇太极产生联系呢？

我绕着大殿走了不知多少圈，张茜还在那里转着自己觉得可能的数字，每次绕到她身后，我心都会嘲笑一次理科女内心深处的幼稚情怀。我随口问道："张老师，你微信、淘宝、支付宝密码一般都设什么数字？"

张茜头也没回，一边继续转铜铃，一边随口回答："别人我不知道，反正我记性不好，一切密码都是我的生日。"

"生日？！"张茜的话，恰似一道闪电劈开了我头脑中重重的迷雾，难道这石门上的密码也是皇太极的生日？我连忙仔细地回忆起皇太极的生日。据史料记载，皇太极出生于公元 1592 年 11 月 28 日，暴崩于公元 1643 年 9 月 21 日，我小时候酷爱读中国古代君王的传记，这个皇太极的生日应该是不会错的。想到这里，我连忙走到左侧的石门前，把狮子口中的铜铃依次转到 1、5、9、2 四个数字。然后又到右侧的石门前，把铜铃依次转成 1、1、2、8 四个数字，石门没有任何反应。我原地未动，伸手又把右侧石门上铜铃的数字改成了 1、6、4、3 四个数字。

张茜看了，顿时明白过来，大声地喊道："哦！我知道了，这大门两侧的数字分别是皇太极出生和死亡的年份啊！也不对啊！清朝有公元纪年吗？"

我笑嘻嘻地说道："也许他们那时真的知道呢！"

话音未落，一阵巨响，我和张茜面前的两扇巨大的石门缓缓地向外打开，门缝里一下子涌出一大团白色的雾气……

（十四）

恶斗

雾气涌入到石室中，久久不能散去。张茜辨别了一下，确认雾气中并没有有毒物质，我们两个才放下心来。待到石门完全地打开后，雾气才逐渐地消失了。

张茜用手电往石门里面照了照，里面空间十分广阔，眼前竟然还有一条宽敞的石板路。石板路有五六米宽，两边就是高大的石柱，石柱的后面不远处就是石壁了。我仔细地观察了一下，发现柱子和石壁上还刻有很多龙凤图案。石路正中间镶嵌着巨大的汉白玉条石，如果没猜错的话这应该就是陵寝的神道了。神道又称天道，也就是我们通常说的墓道。神道一词出自《易经》，书中说"大观在上，顺而巽，中正以观天下。观，盥而不荐，有孚颙若，下观而化也。观天之神道，而四时不忒，圣人以神道设教，而天下服矣"。自汉代以后，神道便特指"墓前开道，建石柱以为标"。古代人认为人死了，灵魂会从肉体中脱离出来游荡，灵魂走的路自然不能是活人走的普通的道路，于是就给灵魂修了一条专门的道路——神道。所以，老人们常说，到了古人的陵寝墓园之中，我们活着的人最好不要走神道，免得撞到了在神道上游走的先人的灵魂。

不过，遇到此时此刻的情形，我和张茜也顾不上什么忌讳了。我们各自长吁了一口气，一前一后踩上神道的汉白玉条石，向石门里的无尽黑暗走去。

眼前神道所在的空间，可比进来的时候走的甬道高大宽敞多了！棚顶距离地面起码有四五米高，我们不必再弯腰走路，迎面偶尔还会有微风吹来。既然有风，就证明这里并不是密闭空间，所以我和张茜也就不必担心氧气耗尽的问题。唯一让我们不安的就是张茜背包里的食物和淡水要用尽了，而我们出去的路好像还很漫长。张茜给我的几块士力架早就让我吃没了，矿泉水瓶里还剩下一口水。虽然口渴，但是我舍不得喝，把水放在包里，以备不时之需。

我和张茜顺着地面上的神道一路向前，倒也不必担心走错方向。就这样，我们走了有一个多小时，前面的神道仍然看不到尽头。在黑暗中行进，本来就容易疲劳，再加上我们一直没有合眼休息，此时此刻，我竟然困得一边走一边打起瞌睡来。突然，我的脚下一绊，"扑通"一声，我眼睛还没睁开就摔倒在地。这一下把旁边的张茜吓了一跳，连忙抓住我的胳膊把我扶起来。我跟跟跄跄地爬起来，钻心的疼痛使我的脑子一下清醒了过来。我半蹲着，使劲地揉着双膝。这一跤摔得太过突然，我心里根本没有什么准备，两个膝盖直接摔在神道的汉白玉石面上，转眼间两个膝盖就肿得像馒头一样。好半天我才直起腰，拿过手电回身往地上一照，发现刚才把我绊倒的竟然是一个装得鼓鼓囊囊的大背包！

我抬头看了看张茜，张茜脸上掠过一丝惊讶。她蹲在地上把背包打开，里面有一套冲锋衣，盘成一团的登山绳，一大串钥匙，两只高强度手电，十余节电池，一盒常备药物，几副手套，十几袋军用压缩饼干，几十袋真空小包装牛肉干，还有七八瓶饮用水。最后，张茜在背包最外面的拉链里，还掏出了一本笔记本。

张茜借助手电光打开笔记本，一页一页从头翻到尾，里面竟然一个字都没有。她缓缓地把笔记本合上，抬头看了我一眼，继而摇了摇头，看来这背包应该不是老张教授留在这里的。

我坐下身来，拿过背包，又细致地翻了一次。这回我还仔细查看了食物和水的生产日期，竟然都是前几天刚生产的！难道在这神秘恐怖的帝王陵寝里，还特意为我和张茜设置了一个资源补给站？这场景和"吃鸡"游戏中的场景有几分相似，不过包里没有枪支和弹药而已。管他呢，现在也顾不得太多了，反正这些东西也正是我们需要的，却之不恭嘛。

既然得到了补给，我和张茜索性就在原地休息了一会儿。我们分别吃了点压缩饼干，喝了几口水，然后我便把大背包重新收拾了一下。我把自己背包里的东西全部都塞进大背包里，然后把背包拉链拉好，背在自己的后背上，最后扬手把自己背包里刚才仅存的那一口水，一饮而尽。

我和张茜站起身来，准备继续前进。我突发奇想，转头问张茜："刚才我们在大殿出不来的时候，你怎么没用上次你念的咒语呢？我们不就可以穿越回学校去了吗？"

张茜皱了皱眉头，犹豫了一会儿，低声说："那不是咒语，也不是穿越，那是……空间转换。"

"什么？空间转换？"我哑然失笑，气不打一处来，"你咋不说那是大变活人呢？你把我当幼儿园花朵呢？"

张茜皱了皱眉头，说道："这是流传于古埃及的极为古老的巫术，而且传输的时候还必须要有'传输石'才能成功进行传输。这种法术是我小的时候，我爸爸教给我的，说多了你也不懂，出去之后再给你细说吧。"说完她竟然把我丢下，一个人抬腿向前走了。

我才不信她和我说的鬼话呢，这套说辞完全是在侮辱我的智商。既然不愿意说，我也不勉强，我骨子里的酸腐文人的骄傲自尊又来了，于是我默不作声，紧走几步跟上了张茜。

一路上我和张茜都默不作声。走的时间久了，我浑身上下都被汗水打透了。我不停地用袖子擦拭脸上流下来的汗水，突然感觉脖子后面汗水流过的地方奇痒无比。于是我伸出手去对着发痒的地方使劲地挠了几把，不承想手却抓到了一团黏糊糊的东西！我大叫了一声，回头一看，发现我头顶上竟然闪着两点幽幽的绿光。听到我的叫声，张茜连忙停下脚步转过身来，发现我正呆立在原地望着头顶上方，她便走过来也抬起头向上看。想必她也看见了那两点绿光，张茜猛地用一只手抓住我的胳膊，另一只手用手电照向那绿光，可是光柱范围之内什么都没有看到。我连忙把背包里的强光手电掏了出来，打开开关，一道强烈粗大的光柱直射向那绿光，整个甬道一下子亮堂了起来。我和张茜借着光柱往绿光处定睛一看，不由得吓得半死，此刻我们头顶上竟然盘着一条水缸粗细、十几米长、通体漆黑的巨蛇，那两点绿光正是巨蛇的双眼！巨蛇的头起码有小轿车那么大，头部正中间还有一弯一米多长的赤红色尖角！这巨蛇张着大嘴，半米长的獠牙露在外面，时不时还吐出细长血红的芯子，一团一团的唾液从芯子上滴落！难不成我脖子上的液体是这条巨蛇的哈喇子……想到这儿，我的胃里一阵翻腾，下意识地甩了甩刚才摸过黏液的手！

我这一动，巨蛇那幽绿的眼睛突然一亮，张茜叫了一声："不好！"话音未落，巨蛇的头如弹簧一般冲向我们！伴随着一阵腥臭的气息扑面而至，那带着獠牙、大如卡车的蛇头已经一下子扑到了我们面前！

我和张茜根本来不及躲闪，瘫坐在地上闭目等死。就在这时，一声巨吼伴随着一阵劲风从身后传来，一个巨大的金色身影从我们头上跃出，一下子咬住巨蛇的头部！巨蛇吃痛，头部撞向一旁的石柱，一下子便把石柱拦腰撞断，大大小小的碎石雨点般地砸向我和张茜。我们抱着头原地缩成一团，饶是如此，浑身上下也被碎石打得疼痛难忍。等到我好不容易站起身来，看向巨蛇的时候，这一刻我才看清楚，那黄色的巨影分明是一头巨大的雄性狮子！这狮子身长有六七米，锋利的巨爪正紧紧地抓住巨蛇的身体，脖子上的鬃毛来回抖动，在手电的照射下发出闪闪的金光！

　　我忘记了危险，目瞪口呆地向狮子走去，嘴里喃喃地叫着："'乐福'，'乐福'……"

（十五）

"乐福"

　　狮子死死咬住巨蛇的头，巨蛇疼痛难忍，便扭曲着身子拼了命地来回甩动，巨大的力量把狮子身体都带离了地面！狮子任凭蛇头来回摇摆，却咬得更加用力，巨蛇头部的鲜血不断地喷涌出来。那蛇头上猩红的高角在空中胡乱摆动，在黑暗中划出无数道幽幽的红光。

　　我们现在生活中常见的蛇类，基本上都是无角的，但是现在地球上也不是没有长角的蛇。例如在阿拉伯半岛有一种蛇叫做角蝰，其双眼位置有一对竖立的刺状角鳞。但是角蝰的长度平均只有30—60厘米，记录中最长的角蝰也只有85厘米长，而且角蝰的体色分布主要以黄色为主，另外也有浅灰色、粉红色、浅棕色等多种颜色构成纹理。

　　眼前的巨蛇明显不是角蝰，看样子更像是古代民间传说中提到的螣蛇——浑身铁一样的鳞片，还有红色的角冠。长成这么大的蛇，在古代可以称为龙了。螭、虬、蛳、蛟、蟠、虺这些带虫字部首的字，在古代都用来表示龙。这些字的字形、字音不同，表示不同阶段、不同形态的龙。龙是中国古代神话中的神兽，当今世界中并不存在，所以大家也都明白，古代这些字既然都用虫字做部首，那就都是用来形容体型较大的蛇，而身形特别巨大的蛇也就慢慢幻化成了古代人心目中神圣的龙。

不过话说回来，眼前这么粗大的蛇，我是从来没想过会真实存在的。我看过一部电影，名字叫做《狂蟒之灾》，里面可以吞噬活人的森蚺有十几米长，当时看了觉得十分恐怖。现在我看了眼前的巨蛇，顿时觉得那电影中的森蚺就是小小的玩具，根本不值得我畏惧害怕。当然，眼前这样巨大的狮子也是完全超出我想象的，不过出于内心深处对于狮子的好感和信赖，狮子拥有多么庞大伟岸的身躯，我也是可以自然而然接受的。

此时此刻，狮子与巨蛇仍旧翻滚缠斗在一起。巨蛇开始用粗壮的身体一圈一圈地把巨狮缠住，并且不断地用力缠紧。巨蛇身上的铁甲鳞片深深地刺入了雄狮的身体，鲜血顺着鬃毛汩汩地流到石板地面上。虽然浑身满是伤口，血流如注，可巨狮丝毫没有松口的意思，面部肌肉紧绷，双目圆睁，一根粗壮的尾巴直挺挺地立着，如同一杆大旗，在战场上猎猎生风！

突然间，狮子猛地向空中一蹿，整个身体瞬间从巨蛇缠绕中挣脱出来。狮子不等身体落地，直接在空中挥起巨爪，狠狠地拍向巨蛇那红色的蛇角。巨蛇的头部被狮子咬住动弹不得，红色的蛇角被狮子的巨爪结结实实地拍个正着，只听"啪"的一声巨响，红色蛇角竟然被拍得粉碎，红色的角块瞬间满天飞舞。就在巨狮落地的一刹那，巨蛇的身子开始剧烈地来回翻滚，紧接着又抽搐了几下，最后瘫在地上不动了。

雄狮从巨蛇尸体旁慢慢踱步观察了一会儿，确定巨蛇已死，这才潇洒地抖了抖金色的鬃毛，仰天低吼了一声！然后它竟转过头来深情地注视着我，那深邃的眼神好像在向我诉说着什么。

狮子和巨蛇之前打斗扬起的碎石雨，有不少块砸在了我的头上。此刻不知道我的头上哪里的伤口流出血来，热乎乎地顺着眉角流了我满脸。巨狮慢慢地走到我的面前，看了看我的面容，然后竟低下头，伸出舌头为我舔舐伤口。这一刻，一股暖流流淌进我的心底，我伸出双手抱住了狮子硕大的脖颈，把自己的脑袋深深地埋在它那柔顺光亮的鬣毛里。我轻轻地呼唤着："'乐福'，是你吗？你是我的'乐福'吗？你是'乐福'，对吗？你一定是我的'乐福'！"

狮子慢慢伏倒在我面前，把头微微侧向一边，我突然想起了什么，举起手电照向狮子的头顶，恰好它的左耳出现在光柱里——真的是半只左耳！我知道，另一半耳朵一定是它小时候过于顽皮，在妈妈教训它的时候失去了——我在非洲的时候，"乐福"就是这么和我说的！

它真的是我的"乐福"，只不过它长得更大了！我的泪流了下来，这泪水除了代表我心中无比的激动之情，更多代表的是这些年来我心里对乐福的思念。

"'乐福'，你怎么会在这里？你怎么会突然出现来救我？还有，在广州台风中是你把我从废墟中救出来的吗？我们学校里的狮吼是你发出的吗？古生物博物馆里的狮子标本是你装扮的吗？这一切，究竟是怎么回事？"我把满肚子的疑问一股脑都倒给了"乐福"。

"乐福"低头看了看我，接着慢慢地眯上了眼睛，把嘴巴转过来，用鼻子轻轻地嗅着我，然后又伸出柔软的舌头舔着我的脸颊。于是，我心里一切的问题以及整个神道上的血腥味，在这一刻，都被这祥和温馨的场面融化消失了……

我再一次把头埋进"乐福"的怀抱里！曾几何时让我抱在怀里为它拔刺的小"乐福"，此时竟已长得如此高大威猛！现在也换做"乐福"把我抱在怀抱中，让我尽情享受它带给我的温暖和幸福了。

张茜慢慢地走过来，满脸错愕与惊讶。她上上下下仔细打量着"乐福"，我知道张茜此刻的内心是崩溃的。她一边用手轻轻抚摸着'乐福'的鬣毛，一边口中自言自语地说道："这不会是梦吧，难道这一切都是真的？'乐福'竟然真的存在……"

过了好一会儿，张茜才缓过神来。她从我的背包中掏出医药盒，拿出碘伏和棉签帮我上药，然后又熟练地拿出绷带替我简单包扎好伤口。接着张茜又帮助"乐福"处理了身上被蛇鳞片刺破的伤口，耐心地为"乐福"每一个伤口都涂抹了止血药。"乐福"似乎知道张茜是自己人，温顺地接受着张茜的治疗，只是偶尔疼痛难忍，便仰起头轻轻地嘶吼一声。

趁着张茜给"乐福"处理伤口，我咬牙站起身来，绕着巨蛇的尸体查看了一圈，心里还是惊恐万分。这么大而且带着角的巨蛇，恐怕在这地下的空间里已经生存了几百年。蛇是带有灵性的神物，这条死去的巨蛇是否也肩负着某种神秘的使命，世世代代守护在这里，保护着这里不为人知的秘密呢？

我又回到"乐福"身边坐下，张茜正靠在"乐福"身上沉思着什么。我拍了拍她，低声问道："接下来我们该怎么办？"

张茜摇了摇头，刚要说话，突然"乐福"一下子立起身来，刚才还眯着的眼睛瞬间睁得滚圆，嘴里还发出"呜呜"的低吼声。难道又出现了什么危险？我和张茜连忙站起来，收拾好背包，再回头的时候，发现那远远的黑暗中竟然又升出两点幽幽的绿光。不！是又升起无数点幽幽的绿光……

（十六）

巨门

　　我和张茜对视了一眼，低头看了看眼前巨蛇的尸体，又望了望远处黑暗中无数点幽幽绿光，不由得全身发抖！在这漆黑的墓道里，究竟隐藏着多少这样的巨蛇呢？"乐福"如此威武勇猛，与一条巨蛇搏斗还受了伤，这要是所有的绿光全涌上来……我咽了口唾沫，不敢往下想了。

　　正当我们手足无措的时候，"乐福"突然再一次昂首嘶吼了一声，然后用巨大的狮头轻轻地撞了撞我，我顿时明白它是要我和张茜赶快向前跑。"乐福"再一次用深邃的眼神深情地望了我一眼，好像有千言万语要对我诉说，我刚要再一次拥抱一下"乐福"，张茜猛地一把拉住我，用颤抖的声音说："不好！它们来了！快跑！"

　　这时我才发现，远处那一片幽幽的绿光在快速向我们游来！

　　我和张茜顺着神道一路狂奔，跑了有十多分钟，我才发现"乐福"并没有跟来。我惦记着"乐福"，想回头看看它在何处。这时，我们身后的黑暗中传来了激烈的打斗声，一时间整个墓道里如同山崩地裂，脚下的大地好像都在颤抖。偶尔，我可以听到一声"乐福"的吼声，我知道"乐福"正在全力搏斗，它在为我和张茜争取更多的逃脱时间！不知不觉间，我的泪水如泉涌一般流了下来。虽然此刻我已心如刀绞，步履凌乱，但是我仍然奋力地向前跑去。是的，我绝不要辜负"乐福"用生命的代价为我付出的爱！

我和张茜就这样一路向前，狂奔了有半个小时，身后搏斗的声音已经渐渐消逝在黑暗中，四周又恢复了死一般的寂静。我的心情越发地沉重起来，脚步也逐渐放慢了速度。张茜时不时地看我一眼，她知道"乐福"在我心中的位置，所以对我的状态也十分担心。她几次想出言劝慰我，却又生生咽了回去，最后只能扭过头，继续向前狂奔。张茜应该知道，这个时候，保持沉默才是最明智的安慰。

就在这时，我们发现前方手电光柱所及的地方，好像有一扇巨门。

我手里拿的是捡来的强光手电，因为是用二极管作为光源，所以这种手电照射距离可以达到五百米以上！而且手电的照射筒部分采用的是最先进的光面金属反光杯，照射出的光线非常集中，所以那扇巨门虽然还很远，可是已经完全处于光柱的照射范围内了。随着距离越来越近，我不由得被眼前巨门的雄伟壮观惊呆了。

巨门同样分左、右两扇，巨门的上沿竟与神道走廊的顶棚齐高，高度至少有四米！每一扇门都有五六米宽，两扇门合起来正好与左右廊柱的宽度契合。具体点说，这扇对开的巨门就如同面前顶天立地的一面巨墙。远远看过去，巨门的表面还模模糊糊地竖刻着两列大字，好像是一副对联一样。

巨门看上去很大，我和张茜又足足跑了几百米，才来到了巨门脚下。这时整个巨门已尽收眼底，比刚才远观更加雄伟，我们两个再一次被巨门的恢宏的气势所折服！

细看之下，这两扇巨门竟然是由整块汉白玉石雕成，每扇门上横九路竖九路雕刻着八十一枚门钉。古代大门上的门钉作用有很多，一个是起到装饰作用，再一个是表现家族身份等级，还有一个作用就是可以加固两扇门板。最早人们在大门上加装门钉只起加固门板的作用，因为一扇大门往往要由若干块板子拼起来，时间一久容易散开。所以为了避免这些板子散落下来，木匠们就在门板里头穿上带，又怕带不结实，于是再用门钉加固。后来木匠们把门板上的门钉做得越来越整齐，横竖成行，钉子的数目也就成了等级的标志了。门钉的数量和排列，在清朝以前未有规定。清朝则对门钉的使用有一定之规，皇家建筑，每扇门的门钉是横九路、竖九路，一共是九九八十一个钉。九是阳数之极，是阳数里最大的，象征帝王最高的地位。

除了门钉，两扇巨门的门头上还雕满了祥云彩叶、寿桃石榴。在巨门上方的装饰庄梁上，赫然雕刻着一条巨大的蟠龙。这条蟠龙身体粗壮丰满，身尾缠绕在一起难以分辨，脊背至尾都雕满了粗大的鳞片，高高翘起的尾巴上还有一圈火焰鳍。蟠龙的龙头圆厚而丰满，脑后有鬣，龙嘴上唇很长，顶端成尖形，下唇短而不再下卷，整个龙嘴凹凸有致，棱角分明。蟠龙头顶的龙角巨大丰满，英气逼人，前段历然卷起，角尖锋利。再看蟠龙的四爪紧抓庄梁，后爪和龙尾交叉盘旋，祥云围绕。整个雕刻栩栩如生，真是巧夺天工，令人叹为观止。

我们仰头向两扇巨门的中部看了看，巨门中间果然用隶书刻着一副对联，左侧大门刻的是"凌蛟海群龙飞跃"，右侧大门刻的是"渡蛋盆万蠖沸腾"。横批四个字刻在两扇巨门的中间，每扇各两个字，连到一起写的是"黄泉宝地"。

我回过头看了看张茜，她正用疑惑的眼光盯着我。我指了指"蛟"字，皱着眉头低声说："这'蛟'说的应该就是我们刚才看到的大蛇！蛟海，唉，看来数量不少。"

张茜伸手指了指"蛋"字说："这个字我知道，就是蛇和毒虫子的意思。"说完又伸手指了指"蠖"字说："这个字不是尺蠖的蠖吗？难道我们还要碰到尺蠖那样的虫子？不过尺蠖不算大，我们倒也不用害怕。"

我摇了摇头说："此时此刻，你就不要再用你的生物知识来联想和猜测了！你作为生物学教授，见过刚才那么大的蛇吗？如果这里真有尺蠖，你觉得尺蠖也会和你平时见的一样大？"

张茜听了脸色一变，默不作声了。

我走到巨大的石门前，伸手推了推。本来想试试手感，感受一下它的厚重，不承想用力之下，"吱呀"一声巨响，大门竟然被我推开了一条门缝，刚好够一个人进入。大门里面黑洞洞的，什么也看不清楚。

我瞠目结舌地看看里面，又回头看看张茜。张茜撇了撇嘴，用了戏谑的语气说："白面书生变成大力水手了，什么时候偷吃的菠菜？"

唉，此时此境亏得她还开得出玩笑！我苦笑一声，不经意向张茜身后看了几眼，突然发现几点幽幽的绿光浮现在远远的黑暗之中！我不由得冷汗直流，慌乱中一把拉过张茜，把她推入到巨门的缝隙里，自己也闪身跟入。然后我回过身来，用力把巨门合上。这时我又发现地上横着一条压门石，连忙把条石抱起，卡在大门和地面的锁洞处。一切搞定，我长吁了一口气，这才转身望向前面。

前面还是一条伸向黑暗之中的神道。我用手电扫了一下四周，左右竟然空阔寂寥，看不到任何墙壁和柱子，难道这间大殿比之前的大殿还要大？我脑海深处没有任何比较和参照的标准，所以根本无法想象出任何的答案。

正当我和张茜振作精神，准备迈步向前走的时候，我们的耳边突然传来了令人毛骨悚然的窸窸窣窣的声音……

（十七）

蛊盆

经历了刚才的凶险，又面对无尽的黑暗，我此刻的心情无法用语言来形容——恐惧是一定有的，还有对生的渴求，更有一份对"乐福"的牵挂与担忧！不知刚才黑暗中的殊死搏斗，"乐福"能否全身而退——本来它就带着伤的。

一想到"乐福"，我的心里便暖暖的，一股幸福感从心底里油然而生。这么久过去了，"乐福"还记着我，念着我，在危险的时候保护我。面对这从天而降的爱，没有人能不为之痴迷，为之感动。

一旁的张茜看我表情复杂，伸手轻轻拍了我一下，颇有深意地对我说："你感觉不到它一直还在吗？"说完，张茜朝我点了点头，一马当先地大步向前走去。

我知道张茜说的"它"是"乐福"，也指的是我们走出去的希望。我咬了咬牙，振奋一下精神，迈步紧跟了上去。

神道仍然顺着这条宽阔无边的甬道向前延伸。虽然看不见四周，可是我们越走就越觉得四周无比的空旷，不再像之前走过的那些甬道，明显能感觉得到四面石壁的存在。走了一会儿，耳边又传来窸窸窣窣的声音。这次声音变得更加靠近，而且更加的空灵，如同山谷中鸟叫虫鸣。那声音来回地在耳边回荡，让人浑身战栗，内心惴惴不安。

我们一路一直保持着沉默，这时张茜突然问我："老李，你是第一次身临如此的险境吧？说实话，你心里有过恐惧、绝望的感觉吗？"

我想了想，苦笑着回答道："说实话，恐惧肯定是避免不了的，但是绝望……还真没有，总觉得有希望，特别是知道'乐福'就在身边以后。"说到这里，我心里又惦记起我的"乐福"，神色不由得黯然起来。

张茜听了，撇了撇嘴说："又是'乐福'，'乐福'是不是对你来说特别重要啊？你说实话，你对你女儿是不是都没有这样深的感情啊？"

我没有回答，也不知道该怎样回答，可是谁又能说明白这种感情呢？女儿是最亲的，可是"乐福"也像是我的家人一般。家人就该难分难舍，不离不弃，所以在我心里，"乐福"和所有的家人都是一样的亲。

我们说着话，脚下却丝毫没停，耳边"嗒嗒"传来脚步的回音，而刚才那令人感到窒息的窸窸窣窣的声音好像突然消失了。

又走了有半个多小时，神道还是笔直地向前，强光手电照向前方仍旧看不到道路的尽头。这时候，我发现张茜的脚步突然慢下来了，她不断大口地喘着粗气，还不时地用手擦着额头滚落的汗水，我心里知道她一定是疲劳到了极点。这样险恶的行程，无法得到有效的补给和充分的休息，更重要的是眼前没有任何希望，别说她是个女同志，即使是我这样经常锻炼身体的男人也吃不消了。

我停下脚步，拉住张茜，示意她原地休息一会儿。张茜没等放下背包，就直接瘫软在地上了。我给她拿了压缩饼干和水，让她赶紧吃点东西补充一下体力，然后自己也掏出一袋饼干，狼吞虎咽地吃了起来。

张茜一边吃，一边有气无力地问我："老李啊，刚才我们两个进来的那扇大门上的对联，上面写的'蛊盆'是什么东西？"

我咽下喉咙里的食物，喝了口水，才对她说道："你看过《封神演义》吧，蛊盆就是书里面商纣王和苏妲己发明的一种酷刑。直白点说，就是挖一个方圆数百步、深高五丈的大坑，里面放上蛇蝎蜂蛊等毒虫，将受刑罚的人扔到里面让百虫噬咬，最后惨叫而死。"

张茜听了，半天没有说话，过了好一会儿，才又开口问我："既然古代把巨蛇称为龙，那刚才我们跑过来的那段养满巨蛇的神道应该就是'蛟海'吧？"

"对啊。"我抬起头看着她，不知道她想说什么。

她眨眨眼睛，想了想，接着说："那我们现在是不是就应该在蛊盆里了？"

听了张茜的话，我一下子愣住了，不知道该怎么回答。不知不觉间，我的后背出了一下子的冷汗。我突然感觉在我和张茜周围，在这无边的黑暗里，有无数的虫子在窥视着我们，一边咽着口水，一边摩拳擦掌，跃跃欲试……

正当我胡思乱想之际，突然间，张茜一下子跃起身来，迅速地把手电关掉，四下里陷入一片漆黑。本来我心里就发怵那些所谓的虫子，这一下子身处黑暗之中更是让我头皮发麻。蒙蒙眬眬之中，隐约感觉好像有虫子爬到了我身上，浑身上下顿时奇痒难耐，我忍不住地伸出手在身上来回地搔痒。

我一边来回地抓挠，一边张嘴要问张茜是怎么回事，为什么要把手电关掉？还没等我张嘴发出声音，张茜已经一把拉着我离开神道，快步向旁边跑去。跑了二三十步，她又示意我趴下不要动，我十分纳闷，但还是照做了。

张茜也缓缓地趴在地上，眼睛紧盯着神道方向。过了七八分钟，一束雪亮的灯光从黑暗中探了出来。那灯光越来越近，也越来越强烈。慢慢地，一束灯光变成了两束，三束，很多束………不一会儿，这十几束灯光就来到了我们面前的神道处！在灯光的照射下，我定睛一看，顿时又惊又喜！在神道上行走的竟然是一支庞大的队伍，整个队伍有十几个人，每个人都打着强光手电，背着各种装备，看样子应该是一支考古队。

在这恐怖阴森的陵墓深处，能遇到这样一支装备精良的队伍，我忍不住就要欢呼起来！看来皇天不负有心人，我和张茜终于可以获救了！想到这里，我连忙站起身来，准备和这些人打个招呼！身旁的张茜却一把按住我的嘴，重新把我按倒在地上，接着她小声地在我耳边说："等等！你看最后一个人身后……"

我顺着张茜手指的方向睁大眼睛端详这支队伍走在最后的那个人，只见那个人身材魁梧，手里拿着一盏极亮的风灯，在黑暗中如同灯塔一样照亮了他周围几十米的范围。这时我突然发现，在他身后十几米处，竟然跟着一个带着尾巴的巨型怪物……

（十八）

神秘队伍

　　我虽然吓得不轻，但还是壮着胆子望去，想仔细地分辨一下那到底是什么怪物。那东西好像是在地上速度极快地爬，身上似乎披着厚厚的甲壳，那甲壳好像镜子一般，在灯光照射下闪闪发光。它的身体分成好多节段，身子两端伸出几对肢脚，最前面还举着一对巨型的螯！巨大的甲钳一张一合，偶尔还发出"嗒嗒"的钳击声，远远望去，这东西不就是一个巨型的螃蟹吗！不过这怪物身体的最后的尾巴末端弯曲向上，如同一个高高举着的旗杆。我揉了揉眼睛，发现这怪物尾巴头上还举着一根极其锋利的尾刺！

　　我张大了嘴，掩饰不住自己的惊恐，侧头看了看张茜，小声问道："这，这是个什么东西？你是学生物的专家，赶紧给鉴定一下。"

　　这东西会自己动，明显是个动物，而动物学恰恰是张茜的本专业，此刻让她这个动物学专家鉴定一下，是再合适不过的。

　　张茜却一脸茫然地看了我一眼，然后一边用袖子擦了擦脸，一边小声回答说："这还鉴定什么？这不就是个大蝎子嘛！不过个头大了点罢了。"

　　这话从她嘴里说出来，听上去既轻松又自然。可是我听在耳中着实吓出一身冷汗！这蝎子也太大了吧，少说也有三四米长，这哪里是个头大了点啊？这是大好几十倍、好几百倍！我心下暗道："这玩意不会是《西游记》里的蝎子精吧？"

我和张茜对话间，这支队伍沿着神道继续往前走着。我又死死盯了那最后的"蝎子精"半晌，这才转过头来又望向张茜。这时我发现在黑暗中，张茜正表情紧张地打量着神道上这支队伍的每一个人。我把目光也投向神道上的队伍，发现这支队伍一共有十一个人，全部穿着迷彩冲锋服。每一个人都背着大小不同的装备包，队伍中间有几个人还拄着拐杖。走在最前面的是个年轻人，看样子大概不到三十岁，身材修长，脸皮白净，手里举着一盏明亮耀眼的风灯，在前面探路。

排在第二位的年纪大些，来来回回地和前后一边比画，一边说着什么，看上去是个队长。他头上戴着一顶盔帽，脸上戴着风镜，腮边都是毛茸茸的胡子，嘴里发出的吆喝声听起来不是东北人，倒像是河南一带的方言。

跟着队长后面的几个人都背着很沉重的包裹，身子几乎弯成了弓状。从面相上看，这几个人年纪也都在三四十岁，四肢粗壮，孔武有力，貌似这支队伍的民夫。

再接下来的这个人看上去却很奇怪！他的头好像很大，在脑袋上还披着一个大盖头，远远望去身材极不协调。盖头盖得很严，我根本看不见这个人的面目，不过更令我诧异的是这个人走路好像不迈步，而是在路面上飘浮！这人手里拿着一根木杖，上面好像还带着很多铜环，走起路来哗啦哗啦地响着。

这个大头怪人身后跟着一个秃头。秃头手里捧着什么东西，上面还盖了一块金黄色的布。秃头一边走路，一边行礼，不知道是对大头怪人还是手里捧着的东西表现得毕恭毕敬。

秃头身后的两个人与其他人的状态略有不同，看上去这两个人走路走得很辛苦，已经吃不消了。一个人穿着紧身的迷彩服，身材纤细，弱不禁风，面容白皙，走路扭捏，貌似一个女子。另一个人身材五短，大腹便便，貌似年龄不小，走路摇摇晃晃，不停地喘着粗气。两个人与前面的秃头已经落下一段距离，虽然两个人都手拄拐杖，且互相搀扶，可是仍然又是擦汗又是喝水，嘴里似乎还在不停地抱怨着什么。

跟在这两个人后面的又是两个背包的壮汉，同样背着装满了东西的大背包。

两个壮汉后面就是我们最先注意的那个走在队伍的最后面，手里拿着风灯的人。

这一行人表情严肃，脚步匆匆，一转眼又走出去了一百多米。这时走在中间那个大头怪人突然低喝了一声，队伍中那个貌似队长的人听到以后，连忙让领头探路的年轻人停下。然后快步走到大头怪人面前，两个人耳语了几句，接着我便看到那个队长模样的人的脸上露出了极度恐慌的表情！

队长模样的人朝队伍后面喊了一声。走在最后的那个手举风灯的人听到喊声，马上蹲在地上，先把手中的风灯放下，再从背上放下背包，从背包里面拿出一根黑色棒状物。接着队伍最后的这个人站起身来，扯着脖子吆喝了一声，然后双手一拧。只听得"砰"的一声，一道火球从黑棒中喷出，看样子是发出了一颗信号弹。信号弹极速升到空中，看样子有十几米高，可是这信号弹竟然还没有碰到这条甬道的棚顶！不过这支队伍的四周，一下子被照得如同白昼一般，眼前的景象一下子把我和张茜惊呆了！

那神道上队伍的周围，密密麻麻地爬满了刚才我们见到的那种巨大的蝎子，数量众多，数不胜数，看得我和张茜毛骨悚然，肝胆俱裂。蝎子们拥挤在一起，摩肩接踵，不仅尾部的毒刺高高地举在头上，每一只蝎子还都高举着双螯。看到光亮，蝎子们举着的螯钳开始来回地张合，发出整齐的"嗒嗒"响声，一时间空阔的神道空间里被这种声音所覆盖，就连信号弹照不到的地方都弥漫着这样的声音。

张茜"咦"了一声，这声音明显在发抖，看样子她也是被眼前的景象吓坏了。饶是她是经验丰富的动物学家，百只千只蝎子她可能见过，可是数量如此众多的巨型蝎子聚在一起的场景，恐怕她是想都不曾想过，不是亲眼所见是根本不能相信这是事实的。不过她发出的这一声，明显是发出疑问，而不是表示恐惧。

我转过头，看了张茜一眼，尽量掩盖住自己内心的恐惧，低声说："怎么了？"

张茜又环视了一圈，颤声说："我们，我们周围怎么没有蝎子？"

我听她一说才注意到，我和张茜周围目光所及之处，竟然真的一只蝎子都没有！仔细聆听后发现，黑暗中也有无数的蝎子好像在我们周围拥挤、爬过，但就是不进我们所在的圈子，只是那双螯开合发出的"嗒嗒"声就在不远处，让人不寒而栗。

这是怎么回事？难道冥冥之中，"乐福"还在身边保护着我们，还是我和张茜某个人身上带有未知的神秘力量，让这些怪物们对我们心有忌惮，不敢靠前呢？唉，先不管这些了，反正暂时我和张茜没有生命危险，我们赶忙转过头继续看向神道上被蝎子包围的那支队伍。

这时，张茜突然伸出手指向神道，紧声对我说："你看，你看！"

我慌忙顺着她指的方向定睛一看，只见队伍中间那个大头怪人，正在缓缓地摘下自己头上的盖头……

（十九）

大变活人

　　我和张茜都十分好奇那个大头怪人这么大的脑袋上究竟长成一副什么样的嘴脸，所以看他摘下盖头，顿时好奇心被燃到了极点。可以说这一刻，我和张茜已经到了瞪着眼睛张着嘴的疯癫程度，连身子都直挺挺地向前倾斜，仿佛已经等不及，要去伸手帮助那个大头怪人把盖头摘下来一样。可是那个大头怪人的盖头一摘下来，我和张茜顿时像泄了气的皮球一样，瘫坐在了地上。原来那个大头怪人的盖头是摘下来了，可是露出的脸上竟然还戴着一张面具！

　　那面具画得十分狰狞，红色的主线条配着黑色的花纹，两边还戴着雪白的獠牙。面具周围挂着一圈金色的毛发，看上去十分诡异恐怖。唯一意料之中的是大头怪人摘掉盖头后，脑袋依旧大大的，看上去要比身子大一圈，毫无疑问，身体严重地比例失调。

　　远远望去，这大头怪人面对四周群蝎的聒噪，不紧不慢地走到身后那个虔诚的秃头面前，然后伸手从秃头的手中接过那盖着黄布的神秘东西。此时其他人都已经面朝外面，背靠背围成一圈，把那个大头怪人围在了中间。那几个身材强壮的背包的人，虽然身体跪在地上，可是手里都拿着各种刀棍匕首，战战兢兢地做好了战斗准备。

奇怪的是蝎群虽然始终在"摩拳擦掌"，跃跃欲试地围着这群人，却一直没有发动攻击，似乎还是忌惮着什么。

在这么危急的时刻，那个戴着面具的大头怪人竟然站在众人围着的圈子中间，不紧不慢地一边高举着蒙着黄布的神秘物件，一边恭恭敬敬地礼拜作揖。折腾了好一会儿，然后才站直了身子，嘴里念念有词地读着什么咒语。

这段咒语又足足念了有五分钟，这时，戴面具的大头怪人突然大喝一声，只见神道上亮光一闪，四下里瞬间陷入一片漆黑，我和张茜没有任何的心理准备，忍不住"啊"地惊呼起来。

黑暗中，蝎群也一下子安静下来。好一会儿，我和张茜的耳边才又响起窸窸窣窣的声音。听声音，好像这些巨蝎在四处奔走，但是四下一片漆黑，我和张茜也不敢打开手电，所以只好在黑暗中等待着。我们唯一能确定的，就是身边依旧没有任何一只蝎子靠近。就这样，又过了十几分钟，耳畔窸窸窣窣的声音也慢慢消失了。

"啪"的一声，张茜把手中的手电打亮了，我也连忙把手中的强光手电打亮。我们四下里缓慢地照了一圈，神道上什么都没有，周围也什么都看不见，巨蝎和那一队人都消失得无影无踪。

我看了看张茜，一头雾水地问她："大头怪人他们，他们也空间转换了？这里也没有你说的那什么石头啊。"

张茜默不作声，脸上布满了疑惑和不安。

看张茜不作声，我一边站起身来，一边自言自语道："看来这年头不会个'大变活人'的技术，都不敢行走江湖啊！"

张茜低头沉思，对我的话置若罔闻……

我和张茜收拾好东西，一前一后地慢慢向神道走去，来到了刚才那支队伍停留的地方。我刚要四周查看一番，突然脚下一绊，差点摔倒。张茜一把拽住了我的衣领，我才借力找到平衡。我低头一看，脚下横着一根黑色的木杖，我就是被这东西绊在了脚上。

我弯腰把黑木杖捡起来，借着手电的光柱，仔细地端详一番。这根木杖有一米长，通体漆黑。杖头处雕刻成狮子头模样，做工十分精细，狮子鬃毛全立，张口欲吼，神态威猛，惟妙惟肖。杖身周围雕着龙花，局部地方还镂空雕着祥云。

张茜接过木杖，也仔细端详了半天，抬头看了看我说："这可是件珍贵玩意！"

我努了努嘴，未置可否。这黑灯瞎火的，让我判断这根木杖是不是古董简直是开国际玩笑。刚才那一队人在和蝎子群对峙的时候，我并没有注意到谁拿了这样一根木杖。不知道为什么，我的内心深处隐隐地有一种感觉，就是这根木杖似乎隐藏着某种特殊的能量！

这时，张茜忽然问我："这木杖一定是刚才那队人丢在这里的，他们会是什么人呢？"

我摇了摇头，和张茜一样，我对这伙人的来历一无所知。我们这些大学里的教授，在象牙塔里生活惯了，对于社会中的各种规矩都只是局限于理论的一知半解，更别说了解熟悉这些江湖人士的规矩了。刚才这伙人肯定不是来旅游的，要么是考古队，要么是盗墓团伙，看样子后者的可能性更大。不管是考古队还是盗墓团伙，都属于社会人，与我们教师行业基本上没有任何交集，我又怎么能准确地判断出这伙人的身份和目的呢？

我把木杖递给张茜，让她先拄着走路。她不屑一顾地白了我一眼，用了嘲讽的语气对我说："还是您老人家用吧，您可得保重贵体。"

我苦笑一下，也就没再勉强，随手把木杖插到我的背包背带处。我和张茜又四下转了转，再没发现其他东西，就又顺着神道向前走去。我们心里对那巨型的蝎子还是比较惧怕，所以走得小心翼翼，速度也并不是很快。

大概又走了一顿饭的工夫，突然包里的手机传来"嘟"的一声，我连忙拿出手机来看。不知道什么时候，我在石室里写的邮件已经发出去了，我老婆给我回复了邮件，只有短短的四个字："收到。小心！"看来这地下陵墓的空间里，偶尔还是会收到微弱的手机信号的。想到这里，我心里马上平静安稳了不少。就在这个时候，张茜突然拍了拍我，低声说："你看前面！"

我抬头向前一看，原来不远处竟然出现了一丝亮光。继续向前走了二百多步，亮光已经越来越明显。等到再往前走了二百多步，我们已经清楚地看到亮光的源头，那是一个人在一扇巨大的石门前正举着巨大的风灯！

石门有四五米高，对开两扇，和之前的石门相比，这两扇大门上面什么装饰都没有，只是在大门的中间处镶嵌着两个金兽头衔环。大门通体涂满了红色的朱砂，每一扇门上整齐地排列着九九八十一颗铜门钉。

门前站着的那个举着风灯的人竟然一动不动，好像被点穴了一般。我和张茜在暗中观察了他好久，也不明白这个人站在那里的原因。无奈之下，我和张茜使了个眼色，于是我们两个蹑手蹑脚地慢慢靠近那个举着风灯的人。从服装和体态辨认，这个人应该正是刚才那支神秘的队伍中走在最后面的那个持灯大汉。可是令人匪夷所思的是，这个人依旧摆着这样一个古怪的姿势一动不动——换成一般人，一个姿势一动不动这么久，早就坚持不住了。

我正暗自纳闷，张茜拉着我缓缓地绕到大门的侧面，从这个角度可以清楚地看到那个人的脸——那个人的脸上表情僵硬，细看之下，竟然好像还带着诡异的微笑。

我和张茜又观察了半天，然后才小心翼翼地从侧面靠近那个人，直到走到那个人的面前，那个人却依旧眼皮都不眨一下。张茜用手探了探这个人的鼻息，接着脸色一变，回过头对我说："他，他，死了……"

（二十）

警幻仙境

我听了张茜的话，心里大骇！在这诡秘幽暗、阴森恐怖、处处充满危机的地下皇陵中，一个正常人的心理状态已经时刻处在崩溃的边缘，现在眼前又突然出现一个带着诡异笑容的死人，实在令人内心再也无法承受。

我一屁股坐在石门前，把头转向另一面，尽量不让自己的视线接触到那具诡异的尸体。张茜也瑟瑟地走过来，和我并肩坐下，蜷起双腿，把头埋在双臂中，伏在膝盖上。我知道这几天她也始终处于极度的惊恐和疲惫之中，奋力挣扎，到了此时此刻，我们两个无论是精力还是体力，都已经到了极限。

既然已经无力前行，我和张茜索性就在这恐怖阴森的皇陵中稍微地休息一会儿。虽然明知道身处的黑暗空间里，无数的巨型毒蝎正在暗处窥视着我们，但是一想到"乐福"，一想到有着神秘的力量在保护着我们，一想到失踪的老张教授和那神秘的纸片，我便慢慢忘却了那一切恐惧和烦恼，渐渐地睡着了。

蒙蒙眬眬之中，一个人走到我身边，使劲摇晃着我的胳膊。我勉强地睁开惺忪睡眼仔细一看，四周竟然一片大亮，好像是到了白天。

再看看身边的环境，我也不再是身处于陵墓里面，而是在露天的野外。我揉了揉眼睛，定睛一看，面前竟然站着一个绝顶美丽的女子。这个女子看上去有二十多岁的年纪，穿着一身暗红色的奇怪的连体紧身衣服，长长的头发束成马尾在脑后来回摇摆。她的皮肤白皙透亮，好像上等的象牙一般，一双水汪汪的大眼睛含情脉脉，如同那圣水河畔的紫罗兰。她那小巧的鼻子下面有一张樱桃小口，娇艳得就如同盛开的玫瑰花瓣。这五官精致得完美无瑕，让我心里不由得为她的美貌而赞叹不已。

这漂亮的女孩子盯着我看，却不说话。我只好清了清喉咙，笑着对她问道："你好，你可真漂亮！请问，你是警幻仙姑吗？"

"警幻仙姑"也叫"警幻仙子"，是《红楼梦》中的美神、爱神，太虚幻境的司主，相当于西方神话中的维纳斯、丘比特。

那女子听了我的问话，脸上一红，显得更加娇艳动人。她笑着对我说："即便我是警幻仙姑，那你也不是贾宝玉啊！哪有这么老的贾宝玉，你应该是刘姥姥。"

我是最不情愿别人说我老的，那会让我觉得青春已逝，韶华难在，不自觉地会从心底里流出些许伤感和无奈。特别是此刻，被一个绝色的美女嫌弃，当真是让我无比的尴尬。

看我脸上难堪的表情，那女子又微微一笑，柔声道："一点玩笑罢了，切莫当真！你起身来，跟着我去上面看看。"说完，不等我回话，便当先向一条笼罩在雾中的小路走去。

我虽然心里不爽，但是四下环视，却是环境陌生，张茜更是不见踪影，于是急忙快走几步，跟上那个美丽女子，想问问她自己究竟是在哪里。

那个女子虽然身材纤细，可是脚步不慢，把我远远地落在后面。我索性快步跑起来，追到她的身后。

"这是哪里？我同来的女伴呢？"我喘着粗气问道。

那个女子略微停下脚步，扫了我一眼，依旧含笑回答道："你自己过来的，哪里有什么女伴？至于这是哪里，一会儿你就知道了。"说完这一席话，脚下生风，头也不回地走了。

这美女的回答简直太玄幻了，完完全全就是电影里的台词。我心里知道，再问下去也毫无结果，现在也只能硬着头皮跟着她往前走了。

脚下的路面有一层浓浓的水雾，也不知道地面是什么样的，只能大概分辨道路的方向。我一边走一边四下张望，也不知道张茜到底去哪里了，她该不会一个人乱走走丢了吧！可是张茜把我一个人丢在这里，她自己又能去何处呢？我正低头乱想，前面的女子已经把我引到了一个十分空旷的巨大圆形石台处。女子回头看了看我，依旧默不作声，顺着阶梯向上而去。

我跟着那个女子顺着台阶向圆坛上面登去，这台阶宽阔高大，爬起来很是费力气。我本来就十分疲劳，这一口气跟着那女子不知爬了多少级台阶，一时之间感觉双腿已经酸痛麻木，抬不起来了。好在这时，我和那女子已经到达了一个宽阔的平台，平台周围设有雕刻精细的汉白玉石围栏，脚下是扇形的巨大石板。

那女子任由我歇了一会儿，才又带着我往石台中心走去。我正兀自纳闷这石台中心会有什么，结果走了好一会儿，面前出现的竟然又是向上的楼梯！那女子没有半刻停留，迈步顺着台阶继续向上。我暗自叹了口气，虽说两腿酸痛难忍，可是心下却怕那美丽的女孩子笑话我。俗话说得好：宁可人前多受点罪，也不要被女人说是白费。想到这，我咬紧牙关迈上台阶，跟了上去。

就这样我们两个人又向上爬了十几分钟，最后我们又登上了一个和刚才一模一样的宽阔的平台。平台的地面和围栏，甚至雕刻的花纹都和下面经过的平台完全一样。那女子又带着我向平台的中心走去，不出所料，出现在我们眼前的还是向上的台阶。事已至此，我只好硬着头皮继续跟着那美女向上而去，这时我的双腿除了酸痛麻木，就是烈火灼烧般的剧痛！我不住地擦汗，一边咧着嘴，一边机械地来回挪动着双腿。此时此刻，每爬一级台阶都让我痛苦万分！

就这样，我再一次"与命运抗争"了一盏茶的工夫，跟着那美女爬到了第三层高台上。我一边走，一边在心里不停地咒骂自己："自古红颜多祸水，老李，活该你自己看见美女迈不动步，非要跟着人家来！好，这回腿折了都不招人怜惜！"

我正骂自己骂得兴起，前面那个女子突然停住了脚步。只见她毕恭毕敬地朝前面鞠了一个躬，然后柔声道："师傅，我把他带来了。"

"师傅？"我心里暗说，"不是《红楼梦》的警幻仙子吗？怎么突然进入了《西游记》？"我抬起头，屏息凝视前方，雾气缭绕之中，赫然站着一个高大的人影。我又上前几步，仔细端详一番，那个雾中人影越发清晰起来。细看之下，我不由得大吃一惊，那人影身形诡异，身小头大，脸上还带着一个红黑相间、露着白色獠牙的面具！这，这不正是我在陵墓中看到的那一支奇怪队伍中的大头怪人嘛！

（二十一）

噩梦

　　那个戴着面具的大头怪人注视了我好一会儿，然后从漆黑的袍子里伸出一只干瘪的手，朝着我的方向挥了挥。我正兀自纳闷，他这是什么意思？就在这时，带我到这里来的那个美女款款地鞠了一个躬，然后转身离开了。我这时才明白，原来这个大头怪人挥手是让这个女孩退下。我紧紧盯着那个绝色的美女从我身边退下，心中竟然有一丝不舍。就在我们两个擦肩而过的一刹那，那个女孩竟然眼睛朝我眨了一下！还没等我明白她是什么意思，她那婀娜的身影便消失在一团氤氲的雾气中了。

　　我挠了挠脑袋，心中不断猜测她对我眨眼的用意。男人往往会对长相柔美的女人很留意，这不是说男人都是好色的，相反我觉得这是很正常、很自然的一种审美现象。可是这个穿着古怪的美女，刚才在来的路上都没有和我说些什么，更没有给过我任何警示和劝告，那她在这个时候突然地对我眨一下眼睛，究竟是想表达一种怎样的含义呢？我心里理不出个头绪，只能默默地对自己说："算了，李先生，别再胡思乱想了。记住！不要把别人对你的微笑都当成是一见钟情了！"想是这样想，可是不知为什么，我的心里还是无比的失落和惆怅。

这时，我面前的那个大头怪人轻轻地咳嗽了两声，好像在提醒我他要说话了。接着，从他那恐怖的面具下，传来了一种油腻腻、苍老且古怪的声音："李先生，你这个年轻人，此刻已经卷入到了一个千年迷局之中，你自己还不知道吧？"

我四下瞅了瞅，年轻人？我？周围没有别人，那一定是在说我了！这个称呼我喜欢！我紧张的心情顿时舒缓下来。我都四十多岁了，这个大头怪人竟然叫我年轻人！看来这个大头怪人不是老得糊涂了，就是眼神太差了！不过话说回来，说谁年轻谁不开心呢。

至于这个所谓的"千年迷局"，我深信这一定和我手上经常收到的我中了特等奖的信息一样，百分之一千是个骗局！虽然这一路走来惊险万分，每时每刻我都在刷新着自己认知的上限，可是就这么随随便便地告诉我，像我这么一个凡夫俗子卷入了一个所谓的千年迷局，莫不是太过于可笑了！我一边咧嘴笑着，一边心里想：接下来这个丑八怪恐怕该说，我肩上承担着拯救人类或者整个宇宙的重任了吧？

刚想到这，大头怪人面具下就又传来那让人后背发凉、胃里想吐的声音："李先生，你为什么非要插手这件事呢？难道你乐于肩上承担着拯救人类甚至整个宇宙的重任？"

我忍不住"哈哈哈"地笑出声来！这个剧本虽然老套，但是猜中结尾的感觉还是爽到极点。只是和我配戏的这个演员实在是太丑了——大脑袋、小身子，这样的人和自己配戏，实在是太影响心情了。

我上前几步，绕着大头怪人转了几圈，然后站到他面前，笑着说："咱们先不说拯救人类的事，我先问你，你到底是谁呢？为什么要故意站在这里，装神弄鬼地逗我！你不会是张茜吧？不对不对，张茜比你高，那你难道是我妈？要不你就是我媳妇？"我一边说，一边伸手去掀掉那大头怪人的面具，看看到底是哪一个人这么有闲心来开这国际玩笑。就在我左手刚刚触碰到面具的一刹那，突然我的头顶上方"咔嚓"一声巨响，一道电光从天而至，一下子劈在我的左手上！那巨大的力量把我直接击飞了出去，我的身体在地上足足滚了十几圈才停下来！我刚要挣扎着从地上爬起来，猛然觉得一阵剧痛从左手掌传了过来。我低头一看，刚才那道电光竟然已经把我的左手掌击出了一个鸡蛋大小的血洞。鲜血不停地从血洞中涌出来，顺着我的左手流了一地。

我脸色苍白，麻木地用右手紧紧握着受伤的左手，眼神中透露出来怨恨，死死地射向那大头怪人！看来，这不是一个熟人在和我开玩笑，而真的是命运在和我开着玩笑！

大头怪人面具下的那双眼睛，也同样死死地盯着我。足足看了几分钟，大头怪人突然对着我大声地嘶吼起来："死亡！死亡的拼图已经出现！既然出现了，那就一定要把这拼图完成！而你——李先生，你不要再痴心妄想做什么所谓的'救世主'！你只是一个连自己都无法保护的废物！废物！让你的狮子和你一起见鬼去吧！"

"狮子？'乐福'？"我忍着剧痛脱口而出。

大头怪人仰天大笑，那笑声就如同午夜里的鬼魅在唱歌，不由得让我毛骨悚然。接着他往前移动了半步，又从袍子里伸出那干枯的手臂，用一根留着很长指甲的手指指着我的鼻子说："要么滚蛋退出，要么去死，别再打拼图的主意，也别再妄想得到天眼！记住了，留下就意味着死亡，别说我没警告你！"大头怪人说到这里，略微顿了一下，接着他又压低声音对我嘶喊道："一切都是命中注定的！任何人都无法更改！任何人！"

我根本听不懂他在说什么，在我一头雾水之中，大头怪人又伸出手臂，在空中摆了摆，接着我的身后便传来了"喀啦啦"的巨响！顺着声音的方向，我突然发现一个巨大的铁笼子从朦胧的迷雾中被缓缓地推了过来。我瞪大眼睛往笼子里面一看，一头巨大的狮子正躺在笼子里面一动不动！巨狮身上伤痕累累，鲜血顺着笼子流了满地！啊！这头狮子正是我的"乐福"啊！

我顾不得自己手上的伤痛，用尽全身的力气站起身来向笼子跑去。我刚到笼子跟前，还没等我把手放到铁栏上，突然从笼子下面燃起巨大的火焰，瞬间便把整个笼子吞噬了！巨大的热浪直把我顶出去七八步，我的眉毛、头发眨眼间都被火焰烤得"吱吱"冒烟。几秒钟的工夫，我的脸上、手上已经起了一层巨大的水泡。我顾不上全身剧烈的疼痛，面对冲天的火团泪如雨下。我跪倒在铁笼前，呼天抢地大喊："'乐福'！'乐福'……"

脱口而出的喊声一下子把我从梦中惊醒！我挣扎着站起身来，环顾四周——周围还是漆黑一片，我的身后还是那个巨大的石门，石门前面还是站立着那个带着诡异笑容的举着风灯的男人尸体。眼前没有火焰，手上没有伤口，四周也没有大头怪人，更没有被烈火吞噬的"乐福"……原来刚才是一个梦，我长吁了一口气！回想刚才的梦，内容实在是令人匪夷所思，一切都好像真实发生过一样。我突然发现自己的脸上早已泪水横流，前衣襟都已经被眼泪打湿了！我连忙转过身用手擦了擦眼睛，怕我的丑态被张茜发现，免不了又要被她挖苦一顿。等我再转过头，看向我身旁张茜刚才睡着的地方，可是一看之后我不由得大吃一惊，咦！张茜怎么不见了……

（二十二）

失踪

我十分焦急地借着门前那具尸体手里巨型风灯的光亮四下寻找张茜，又把手中的强光手电打开，顺着大门两侧在黑暗处找了好几圈，可是张茜就好像凭空消失了一样，没有一点踪影。难道她去偏僻处上厕所，回来的时候走丢了？不可能，那个手持巨型风灯的尸体就是黑暗中的灯塔，怎么都可以分辨出方向啊。难道她被黑暗中的巨型蝎子掳走了？也不可能，张茜明明知道四周充满了危险，是绝对不会远走的。

我脑子里胡思乱想，急得满头大汗。此时此刻我身处在陵墓之中，四下里黑暗之中遍藏危险，眼前石门紧闭，无路可走，身旁还立着一个带着诡异笑容的死人，一起同行的伙伴凭空消失……反复经历了一件件无法用现实生活中的科学理论可以解释的神奇经历，现在我内心的感受，已经没有办法找到任何合适的词汇来形容了！

再回头想想那个可怕的噩梦，我的汗一下子从额头流了下来！这一切发生得太令人匪夷所思、无法接受了！而更致命的是——现在的我竟然茫然若失，大脑一片空白！我该怎么办？我该去向哪里？现在我又可以做些什么？我不停地问自己这些问题，可是找不到半点答案，我的耐心和沉稳已经一点一点地消耗殆尽。

我心里开始极度焦躁起来，内心变得抓狂，血液快要沸腾了！看着四周无尽的黑暗，我发现自己已经控制不住自己的身体和思维，这么多天压抑的情绪彻底爆发了！

我暴跳着把背包撕开，把里面的东西全部掏出来再摔向四周！我用脚使劲地踩矿泉水瓶，一下一下，直到把水瓶踩爆，水花四溅。接着我开始撕扯自己的衣服，拉拽自己的头发，狠狠地抠破自己的皮肤！转眼间我的身上和周围的地面上都已经是一片狼藉。

突然，我看到站立在石门口手举风灯的尸体的腰间竟然别着一支手枪！我癫狂地冲过去，一把抽出手枪，把枪口对着自己的头，手指紧紧扣着扳机，嘴里歇斯底里地大喊："来吧，来吧，不就是一起死嘛！来吧，一起死！"

就在这千钧一发的时刻，一声嘹亮的狮吼从头上传来！那声音一下子打破了我心中的魔障，我的头脑瞬间清醒起来，手中的枪"啪"地掉在了地上，我也一屁股瘫坐了下去。虽然我的四肢已经没有一丝力气，却强迫自己高仰着头，瞪大眼睛四处寻觅。刚才那叫声一定是"乐福"发出的！它在呼唤我回归本性，它又一次在我最危险的时候拯救了我！从蛟海离开后，我一直担心"乐福"的安危，梦中"乐福"遍体鳞伤，被火焰吞噬更让我内心无比悲痛，此时此刻这一声狮吼也让我一颗心落在了地上——"乐福"还活着！我终于从无尽的牵挂和担忧中解脱了出来。

虽然我在心里还在反复地念着"乐福"的名字，但是我已经慢慢地恢复了平静。我低头看了一眼地上的手枪，刚才我着实一只脚已经踏进了鬼门关，在这险恶境地一旦发作狂躁症，确实太可怕了。其实我在学校也是心理学辅导小组的一员，平时也会对大学生进行专业的心理辅导，所以我对狂躁症也有着比较专业的深入了解。

狂躁症是以情感的病理性高涨为特征的一种精神疾病，会诱导躯体做出过分的事情，它的特性是具有暴力和人身攻击。狂躁症分为多种，主要包括狂躁型精神病、狂躁型抑郁症、电脑狂躁症等。它的成因也有很多种，比如遗传因素、体质因素造成的狂躁症都比较普遍，外界突然带来的精神刺激更是诱发狂躁症的主要原因。现在社会中狂躁症人群呈年轻化趋势，经过研究后发现，痴迷手机暴力游戏是青少年患狂躁症的主要原因之一。很多孩子沉迷于暴力游戏的情境之中无法自拔，造成对游戏环境与真实生活环境混淆不清，内心压抑暴躁，精神恍惚，少言寡语，无法正常与外界沟通，最终性格形成暴力倾向。狂躁症一旦发病，很难短时间内治愈，可以说会给患者和家人带来巨大的痛苦和伤害。

我一直以来都劝孩子们在生活中尽量地屏蔽掉手机，不管是大学生，还是中小学生。生活中除了手机，有很多值得孩子们感兴趣的事，沉溺手机游戏不仅会影响孩子们身心健康成长，更会对孩子们的眼睛造成巨大的伤害。

可现在，在这短短的时间里，在这一望无尽的黑暗之中，我竟然也成了一个狂躁症患者、一个患有心理疾病的人。还好，我的身边有一个称职的"医生"，它就是"乐福"。当一个人在痛苦和迷惘的时候，是多么需要有人在你身边给你安慰和帮助啊。同样，当一个人狂躁不安、失去理智的时候，一声真诚的训斥和教导也是弥足珍贵的。这一声怒吼，这一声训斥，也许真的会拯救一个人的生命，挽救一个人的一生。

平静过后，我的大脑又开始恢复了思考。当务之急，我先要收拾一下装备，清点一下食品和饮用水。还好，刚才的狂躁时间较短，背包里的装备损失不大，除了几瓶水，还有一些食物，手电也还能正常工作。不过刚才我把手机屏幕摔碎了，看来回家又免不了被妻子絮叨一番。

我把东西都重新装进背包里。再细看自己身上的衣服，一条一条的已经破损得十分厉害。我索性换上了包里的冲锋衣。我一边换衣服，一边暗自庆幸自己的裤子很结实，否则后果不堪设想啊。

这时我发现，我和张茜在一起捡到的那根黑色的木杖不见了，难道是张茜拿着木杖离开了，还是她和那根神秘的木杖一起被劫持了？我摇了摇头，一瞬间，木杖的样子在我眼前浮现出来，也许那木杖真的很重要，也许它就是解开一切谜题的钥匙……

我又看到了地上的那把手枪，我犹豫了一下，又把它捡起来拿在手中。虽然我从未接触过真枪，可是一直以来我都是一个军事迷，特别喜欢欣赏和研究枪械的图片，所以对于枪支的种类有一定的了解。我简单地辨识了一下，眼前这一把应该是奥地利格洛克 17 型手枪，发射 9 毫米巴拉贝鲁姆手枪弹，初速 360 米／秒，枪全长 185 毫米，重 0.62 千克，枪管长 114 毫米，弹匣容量 17（或 19）发，有效射程 50 米。格洛克手枪的特点就是重量轻，安全系数极高，现在世界上有五十多个国家的军队和警察都配备了格洛克，我们国家不少城市的警察也配备这款手枪。

我小心翼翼地用手掂了掂这只精巧的手枪，确实轻巧方便。我知道和平时期枪械绝对不是什么好东西，但我环视了一下无比黑暗的四周，想了想现在的境况，还是把格洛克手枪轻轻地别在了自己的腰间。

收拾好了自己的装备，我又看到了那个带着诡异笑容的尸体，也许他身上会有什么线索可以帮助我出去，至少他身上的装备可以搜集过来，以备不时之需。

经过了刚才的狂躁，我已不再像之前那么害怕了。我慢慢地踱步到了尸体的面前，四下打量了一下这个人的全身，看不出来有任何的伤口。突然我脚下踩到了什么，低头一看，原来是我刚才从他身上拔枪的时候，把他腰间的一个笔记本也带到了地上。我弯腰拾起笔记本，外表没有任何特殊之处。我慢慢翻开第一页，突然从里面掉出了一片巴掌大的纸片！我拿起手电一照，啊！这不正是我和张茜在古生物博物馆狮子标本耳朵上取下来的那一张纸嘛……

（二十三）

尸体

　　我把这块纸片从地上拾起来，用手电照着又仔仔细细地查看了一遍。没错！就是我从古生物博物馆的狮子标本的耳朵上得到的那块！当天，我和张茜一起去她家，张茜把纸片交给了老张教授。当时，老张教授如获至宝，乐得手舞足蹈。记得张茜说她家里还有与这纸片相关的物件，我一直听得是云里雾里。说心里话，我从来没觉得自己是个英雄人物，更不会想到小说和电影中的情节会发生到自己身上。那些所谓"拯救地球、拯救人类"的事情我自认为和自己一点也搭不上边。我就是个老师，普普通通的老师，就想着把自己知道的知识教给孩子们，让孩子们健康快乐地成长，自己也能够和家人快快乐乐地生活，仅此而已！

　　现在可好，我一下子坠入了重重迷雾之中，到现在为止，自己还不知道究竟发生了什么，就迷迷糊糊地走到了这里。就看此刻我手上拿着的这张似纸非纸、似布非布的东西，上面画着乱七八糟的条条道道，文字不像文字，图画不像图画！这东西丢在马路上，我看都不能看一眼，踩着就过去了，可是现在，它竟然成了所谓解读谜团的密码！

到底密码是什么，我也看不出来，现在张茜又凭空消失了，否则我非要好好地问她个明白——我总得知道我在忙什么，为什么而忙吧。如果我最后出不去，我是因为什么事"壮烈牺牲"的，我心里也得明明白白啊！

想得这么悲情，可是路还在面前，我总归还要咬牙坚持下去——不为自己，也要为了自己的家人，也要为了"乐福"坚持下去。我叹了口气，把这张纸片折叠好了放进我衣服的贴身口袋里。想了想，又怕汗水把这张纸片打湿磨损，于是我又把纸片掏出来，准备放在外面冲锋衣的里怀兜里。一翻之下，恰好从兜里找到一个防水的小塑料袋！我一边兴奋地把纸片装在塑料袋里面，认认真真地把塑料袋放到冲锋衣里怀的兜里，拉好拉链，一边嘴里嘀咕着："看来我的命运真的就交给这么一张破纸片了！"说完，我还伸手拍了拍冲锋衣里怀兜的位置。

这张地图碎片应该一直在张茜的身上，现在出现在这个人的身上，想必张茜一定是遇到了什么危险。想到这里，我的心不由得一紧，不由得担心起张茜的安危来。

接着，我又提起精神，再一次认真地翻了翻那本夹着纸片的笔记本。从外观上看，这个笔记本和我在前面甬道里拾到的那本完全没什么两样。我耐下心来，把笔记本从头到尾一页一页地又翻了一遍，里面当真半个字都没找到。我只好无奈地把笔记本塞进了背包——书这东西在包里是既沉又占地方，没办法，万一以后用得着呢。

我让自己冷静下来想了想，接下来首要的任务就是要先找到张茜，再找到出去的路。此刻阴暗的墓道里，就剩下我一个人，有什么困难和问题也没人可以商量了，那我就自己听天由命吧。我一边想着，一边用眼睛扫着那个站立的尸体，总觉得他身上也许会有什么线索。

我慢慢地围着这个带着诡异笑容的尸体绕了一圈，不时伸手到他身上仔细查找。这个人的个头很高，看上去比我还要高一头。除了脸上的笑容，浑身上下看不出任何异样的地方。我跷起脚，把风灯从他手中取下来，放在石门前的地上。然后连抱再扛，费了好大力气才把这个人放倒在石板地面上。这时我才发现，他的头顶正中竟然插着一根长长的尖刺！那尖刺有大手指般粗细，足足有半米长，看样子很像那些巨蝎尾巴上的毒刺。难道他是被蝎子刺死的？也不对！蝎子尾部的毒刺更像是一个钩子，不是这样直直的尖刺啊！我不敢用手去碰那根刺，怕上面有毒，只能用手电照着，来回地仔细查看。这根刺深深地刺进这个尸体的头顶，伤口处却没有任何血迹，当真令人匪夷所思。

我又仔细查看了尸体的手指，发现这个人指尖略微发黑。我费了好一番功夫，把尸体的衣服掀开，发现他身上起了很多黄豆粒大的水泡。没猜错的话，这个人应该是中了剧毒而死！他身体里的血液在剧毒作用下，瞬间凝固了。除此之外，尸体上没有任何外伤，剧毒应该就来自于他头上的毒刺，可是是什么生物身上会有这么大的毒刺呢？

我一边思索，一边把这个尸体衣服上里里外外的口袋都翻了一遍——除了一串钥匙、两个手枪弹夹、一个打火机、四五盒香烟、一个便携式防毒面具以外，在这个人的里怀兜里还发现了一封信和一张照片！照片上是一个三十来岁的穿着空姐服装的漂亮女人，照片背面只有一个黑笔写的时间：2017年8月24日。信的内容只有一句话："求你，请不要去 H·C，为了我和我们的孩子！"

这些物品和信息看来暂时是没有什么价值，我刚要把这些东西放回原处，接着又转念一想，也许以后会用得到，于是我把全部东西都放在了我的背包里，当然，香烟我没有拿，留给这个人在阴间慢慢享受吧。

这时，我突然听到身后的大门发出"嘎吱嘎吱"的响声，回头一看，这大门竟然在慢慢向外打开！我吃了一惊，马上又是一阵高兴——一定是张茜回来了！她什么时候自己一个人进到大门另一边去了？既然她不告而别，让我担心了这么久，那我也吓唬吓唬她！想罢，我关了手电筒，快速地背好背包，闪身躲在了大门另一侧的黑暗中。

大门缓缓地打开了一条缝，从里面扫出一道手电光柱，紧接着一个身影从门缝中闪了出来。灯光照在这个人的脸上，我大吃一惊，这人根本就不是张茜，而是一个瘦高的女人。这个女人突然看到尸体倒在地上，大吃了一惊，赶紧打着手电去查看我刚才睡着的地方。当发现我不在那里的时候，这个女人回身从腰间拔出了手枪，同时弯下了身子，伏在地面上四下观察。

我屏住呼吸，动都不敢动。只见那个女人观察了一圈，缓缓站起身来，重新回到那具尸体旁边，摸索着什么。尸体身上的东西，除了香烟，剩下的都被我拿来放在背包里了。那个人摸了个空，站起身来很焦急的样子。然后从身上掏出一个带着很粗天线的卫星电话，朝里面小声说着什么。电话里也传来沙沙的说话声，不过我距离得有点远，什么也没有听清楚。

接着这个女人从口袋里掏出一个瓶子，对着地上躺着的尸体，倒着什么。刹那间，尸体发出"吱吱"的声音，同时冒出青烟来。烟雾越来越浓，不一会儿就把地上的尸体完全包在了里面。十几分钟后，"吱吱"声停止了，又过了一会儿，烟雾也散尽了。这时我惊讶地发现，地上的尸体不见了——连尸体身上的衣服都消失得无影无踪，地面上连一滴水都没有剩下！

这时，那个女人提起地上的巨大风灯，然后在大门前的地上放了一个小小的圆盒，盒子里不知道为何冒出了一缕青烟。那个女人敏捷地回到了石门的门缝前，回头冷笑了一声，闪身进了石门，接着，石门慢慢地合上了！

我正纳闷这个女人在地上放的圆盒到底是什么，突然间鼻子里闻到一股淡淡的清香，接着耳边就传来了那熟悉的窸窸窣窣的声音……

（二十四）

石球

一听见这声音，我后背冷汗就下来了，眼前马上就浮现出那巨大蝎子铺天盖地涌过来的场景。这些蝎子本来是绕着我走，不伤害我的，一定是闻到了这种香气，诱发出了这些蝎子的野性。听这声音，好像巨蝎已经集结到一起，准备向我所在的位置冲过来了！

我赶忙跑到石门前，先用脚把冒烟的盒子一脚踩碎，然后赶紧打量起石门来——这是我逃生的唯一出路！石门刚才是向外开的，我上下左右端详了一番，除了龙纹暗花和大门中间的石门钉外，整个大门竟然没有可以拉拽的地方。两扇大门足有上千吨，连个把手都没有，这可叫我如何是好！

我正暗自着急，突然发现在手电的照射下，左侧大门的一个门钉显得比其他的门钉要光滑许多！我连忙用手摸了摸，感觉这个门钉就好像是一个巨大的按钮。于是我使出全身力气，把这个门钉使劲往下一按，只听"喀啦啦"的响声过后，左侧大门上竟然伸出了一个石盒子！石盒子里放了十多个洁白光滑的圆石球。就在同一时刻，另一侧大门上竟然也弹开一个小门，里面露出五个石球大小的圆洞。

难道是让我把石球放进小门里的圆洞中？我来不及细想，随手拿起一个石球，刚要塞进小门的圆洞里，突然发现手里的石球上竟然刻着一行字：博尔济吉特氏·哲哲。

我一下愣住了！这博尔济吉特氏·哲哲，不就是清朝开国皇帝清太宗爱新觉罗·皇太极的皇后嘛！哲哲是蒙古科尔沁贝勒莽古斯之女，历史上称她为孝端文皇后。

我连忙回头，又看了一下石盒子里其他的石球，果然其他的石球上面也写着不同的字。有的写着钮祜禄氏，有的写着乌拉那拉氏，还有的写着叶赫那拉氏。看样子，石球上写的都是皇太极的妻子的名字。

我又回过身来，仔细打量小门里五个圆洞的情况。最上面的圆洞，旁边写着"清宁"两个字，对！哲哲就住在清宁宫，是皇太极登基前的大福晋，登基后的中宫皇后。我连忙把手里拿的刻有"哲哲"名字的石球放在了最上面的洞口。石球刚到洞口，竟然一下子就被吸了上去，紧紧地卡在了圆洞里。

我再看第二行右边洞口写着"关雎"二字，左边写着"麟趾"二字，这是皇太极的东、西二宫妃子居住的寝宫名。关雎宫住的是皇太极最为宠爱的宸妃——海兰珠，麟趾宫住的是皇太极的贵妃娜木钟。我连忙回身，在石盒子里翻找带有这两个人名字的石球。一番仔细辨认后，我终于找到这两个石球——一个写着"博尔济吉特氏海兰珠"，另一个写着"博尔济吉特氏娜木钟"。我手忙脚乱地把两个石球按照位置摆好，接着把目光扫向小门里最后一排的洞口。只见最后一行的两个洞口处分别写着"衍庆"和"永福"二字，这时我心里就完全明白了！这就是一个归类的小游戏——把带皇后和妃子名字的石球放在其所住宫殿名字对应的洞里！我心里兴奋不已，赶忙去找带有这最后两个人名字的石球。

衍庆宫住的是淑妃博尔济吉特氏巴特玛，我很容易就找到了，赶忙把石球放在了小门里最下方右边的位置上。回过头再急忙去找最后一个刻有庄妃——博尔济吉特氏布木布泰名字的石球时，我一下子愣住了——剩下的石球上没有任何一个刻着这个名字！

我的汗一下子就流了下来，这怎么可能呢？难道我推测的方向是错误的，还是这个石球被之前经过的人拿走了？正在我六神无主、思前想后之时，一股劲风从我脑后直劈下来！我闪身一躲，那阵风从耳边掠过！我回身看时才发现，在我的身后，已经爬满了密密麻麻的巨蝎！

这些巨蝎都围着我跃跃欲试，尾巴直挺挺地立着，而尾尖的毒刺全部齐刷刷地对准了我，这阵势如同禁卫军组成的长矛林，团团围住了攻击目标！与此同时，巨蝎的双螯又开始有规律地张开闭合，不断地发出"嗒嗒"的响声，一时间震得我眼前发黑，直欲呕吐。

此时此刻，我只好背对着大门，防止再有巨蝎偷袭。正当我寻思如何应对群蝎之时，突然一只巨蝎猛地朝我扑来，它举起巨螯恶狠狠地夹向了我！我无处可退，只能狼狈不堪地就地一滚，那桌面大的巨螯贴着我的头皮扫过！接着另一只巨蝎横身一甩，尾巴上的毒刺又迎面向我刺来！我再一次侧头翻身，幸运地躲了过去！就这么两下，已经把我弄得头晕目眩，浑身上下大汗淋漓，嘴里大口大口地喘着粗气。

这时，前面那只巨蝎竟然上半身人立起来，挥起两只双螯一齐向我砸来！此刻我身子左右也都爬满了巨蝎，每一只都举着双螯，立着毒刺，所以我根本无法再往左右两边闪躲。情急之下，我只能用尽全身力气向后滚去。刚滚了有半圈，我的脑袋狠狠地撞在什么东西上面，顿时一阵剧痛！我回头一看才发现，此刻我已经全身紧紧地贴在石门上，无路可退了！

领头的巨蝎见此情景，连忙带动着蝎群一步一步向我紧逼而来。看来这次我真的是在劫难逃了！反正是个死，我索性把眼睛闭上，等待最后时刻的来临！这时，我的脑海里一下浮现起家人的模样——勤劳贤惠的妻子，可爱乖巧的女儿，还有我深深牵挂的"乐福"……想到自己再也不能与她们相见，我心里不由得难受至极！

　　就在这时，蝎群突然一阵骚动，停止了向前！我慢慢睁开眼睛，看到领头的巨蝎四下转了几圈，突然尾巴不断地颤抖起来，好像是在发号施令。接着所有的蝎子都把尾巴高高举起，尾巴顶端的毒刺不再指向我，而是直挺挺地对着上方！难道，脑袋上面会有什么东西出现？

　　我不禁下意识地举起手挡在自己的头上，同时睁大眼睛四下找寻。可是整个空间除了我手拿的强光手电在石门前射出一道光柱，四下里都是黑漆漆的，什么也看不见。我看着眼前几米长的庞然大物都战战兢兢的样子，心里暗道一声："不好！头上的东西怕要比这巨蝎更为可怖！"

　　就在这时，一片嗡嗡的响声由远到近，有规律地传来。这声音如同直升机在慢慢靠近，我心里纳闷，难道是谁开着直升机闯到陵墓里来了？突然，手电光柱里出现了密密麻麻一群庞然大物，拍着翅膀直奔大门飞来。眼见这东西浑身上下长满粗大的绒毛，斗大的头上顶着两只水缸大的巨眼，血盆大口里卷着一根来回伸缩的舌头，脑袋后面肥大的身体起码有三米长。这东西身体带着黄黑相间的条纹，肚皮鼓鼓，尾巴的后面还挺着一根半米多长的尖刺！

　　"天啊！"我惨叫一声，这些头顶飞着的，不就是巨大的"杀人蜂"嘛……

（二十五）

杀人蜂

　　杀人蜂，最早来自于南非，血统属于非洲蜂。20个世纪50年代，巴西的养蜂专家发现，非洲蜂的产蜜量特别高，它们的毒性虽然不强，但攻击性很强。为了培育一种产蜜量高的蜜蜂，他们特地从非洲引进了三十五只这种蜜蜂，让它们在巴西安家落户。为防止这种蜜蜂逃走，当初研究人员曾在蜂箱的出入口装上特制的金属网，还专门派人值班看守。殊不知，有个不了解情况的管理人员擅自取下了金属网，让二十六只非洲蜂逃了出来，它们在野外与巴西蜜蜂交配后形成了一种毒性和攻击性都很强的杀人蜂。

　　由于杀人蜂的繁殖能力极强，因而这场蜂灾很快波及秘鲁，并沿亚马孙河密林向北蔓延，现在这二十六只逃逸的非洲蜂已经繁殖出了超过一万亿只杀人蜂。不过杀人蜂只比一般蜜蜂体型稍大一点，像眼前这么大的巨型杀人蜂，恐怕全世界都绝无仅有。

　　巨型杀人蜂对我好像没什么兴趣，相反，地面趴着的巨蝎看上去倒很合它们的胃口。巨蜂群在天空结队盘旋，越压越低，地面的巨蝎好像十分畏惧这种巨蜂，竟然趴在地上不敢动弹，似乎连逃走都忘记了。

巨型杀人蜂一面在半空中盘旋，一面用自己身后巨大的毒针对准地上的巨蝎，不断地刺下去。巨蜂每刺一下，都会精准地刺穿巨蝎身上厚厚且光滑的甲壳。虽然巨蝎也想用尾部的毒刺进行反击，可是又如何刺得中灵巧的杀人蜂？所以基本上巨蝎反抗不了几下，就死于非命了。让我惊讶的是，巨型杀人蜂和普通蜜蜂不同，尾部的毒针刺中猎物后竟然不会脱离，还可以拔出来继续攻击。这就如同战场上士兵们在进行白刃战，刺刀一遍遍地刺向敌人，直到杀光最后一个敌人才肯罢休。

　　趁着这边巨型杀人蜂和巨蝎乱战成一团，我赶忙转过身子，迅速地挪到了石盒子跟前。我又低头查看了一遍里面的石球，确认石球上根本没有写着"博尔济吉特氏布木布泰"的名字，我的冷汗一下子又落了下来。正当我六神无主，不知如何是好的时候，我突然察觉到石盒子里面有一个石球无论是颜色，还是球体上的字体都和别的石球完全不同——这个石球通体涂着红色的颜料，球体上写着"孛尔只斤氏大玉儿"，与其他石球上的字体采用的是楷书不同的是，这个石球上的字体采用的是隶书。

　　我抓起这只石球，在手心中来回把玩。突然，我想起来，庄妃的乳名就叫做"大玉儿"，那么"孛尔只斤"就应该是"博尔济吉特"——虽然全部的正史记载的都是"博尔济吉特氏"！

　　虽然心里还是想不明白为什么这个石球与其他的石球做工完全不同，可是现在情况紧急，我也顾不上再想别的了。于是我连忙拿起这个石球，三步并作两步地跑到了小门前，把这个石球放在了最后一个写着"永福"的洞口。石球"啪"地被洞口吸住了，就在同一时间，大门里面传出了"哗啦哗啦"的声音。我惊喜地发现，石门正在慢慢打开！

　　这时，一只巨大的杀人蜂突然向我飞来，径直飞到了我的头顶上方。杀人蜂抖了抖翅膀，转过身体挺了挺尾部的毒针，猛地向我头顶刺来！我心里一惊，脑海中马上涌现出那个拿着风灯、面带诡异笑容的尸体。那个尸体的头上不正插着一根尖刺吗！难道，难道他就是死于巨型杀人蜂的尖刺下？可是巨型杀人蜂为什么要杀他呢？刚才巨型杀人蜂群刚到这里的时候，并没有直接攻击我，可见它们对于人类并没有特别强烈的攻击性。可是此时这一只巨型杀人蜂为什么要来刺我呢？难道这些毒蜂的任务就是在守护这扇石门吗？

我正胡思乱想，巨蜂的毒针已经刺到了我的头顶！我下意识地一歪头，毒针紧贴着我的额头划过。巨型杀人蜂身体太大，冲过来的力量又用得太猛，所以这一刺被我躲开之后，竟然停不下来，毒针直接插向了石门！只听得"叮"的一声，毒针与石门竟然迸出一串耀眼的火花！还没等我回过神来，另一只毒蜂又迎面刺来，我就地顺势一滚，毒针再一次刺空！

此时的我不知哪里来的勇气，趁着就地前滚的势头，直接爬起来朝着徐徐打开的大门跑去。我一边跑，一边顺手抽出了腰间的手枪，此时大门刚好打开一条足够我进去的缝，我直接闪身躲进了大门，甩手朝着门外"啪啪"就是两枪！不知道子弹是打中了靠近我的巨蜂，还是吓坏了靠近我的巨蜂，那几只率先攻击我的巨蜂一抖翅膀都不见踪影了。其他的巨蜂稍稍愣了愣神，也赶忙向后飞去，地面上的巨蝎则趁此机会都飞快地溜到黑暗中去了。

我一看，天赐良机，连忙站起身来，用尽全身力气推合上石门。随着"咣"的一声巨响，四下里又陷入了一片黑暗之中。这时我才想起来，刚才就地十八滚跑进大门门缝的时候，我的强光手电甩落在了石门外面！难道接下来的路程我要在黑暗之中度过吗？这可如何是好！我只能后悔且无奈地摇了摇头。

经过刚才这惊心动魄的一刻，我浑身上下都已经湿透了，心下暗自庆幸捡了一条老命回来。不过人不服老是真不行，虽然脑子里想法还比较敏捷，可是身体已经完全跟不上了。就这样滚了几下，跑了几步，此时此刻我的胳膊、腿，还有脖子，都已经酸痛得抬不起来了。

我低头看了看手中的格洛克手枪，然后慢慢地把手枪插回到腰间。这是我平生中第一次开真枪，感觉手臂都要被震断了，心想原来打枪根本不像电影里那么轻松潇洒。鬼知道我那两枪都打到哪里去了，不过这格洛克真是枪中极品，击发时的声音不是很大，听上去就像拿勺子敲铁锅盖一样清脆悦耳。

我把书包重新整理了一下，翻出来原先用的小手电——有点光线总比一点光线没有强。有了手电，我心里又变得坦然起来，把整理好的背包重新背在肩上，然后四下打量了起来。

原来这扇石门里面还是望不到屋顶的大殿，脚下也还是神道，远远地伸向黑暗之中，四周也依旧看不到任何的墙壁和石柱。我用的小手电的光柱只能照到十几米远，再往前就什么都看不见了，饶是如此，这小手电还总是一闪一闪的，好像有点接触不良。我叹了一口气，也只好顺着神道朝前走去。可是刚走了几十步，我就发现不对劲，怎么走着走着鞋都湿了！

我低头用手电一照，心里暗叫一声不好！脚底下的神道怎么咕嘟咕嘟地直往外冒水啊！就这一愣神的工夫，水就淹没了脚面！看样子水涨得很快，我正要迈步向前面跑去，突然一缕湿湿的头发从后面一下缠住了我的脖子……

（二十六）

"幻彩"

我一把抓住头发，使劲往地上甩。可是那头发好像粘在了我的脸上和手臂上，并且还在源源不断地往我身上爬。我心中无比的惊恐——这，这到底是谁的头发？

我一边不断地用手抹掉脸上的头发，一边停下脚步转身向后看去。刹那间，我被身后的状况吓得肝胆俱裂——我身后广阔的空间里，已经完全被这种头发所占满！这头发根本不知道是从哪里长出来的，好像海里面游荡的水母一般，互相纠缠着，在空中悠悠荡荡向前伸展着。

我正吓得浑身哆嗦，突然间，手臂上的那一缕头发猛地把我往头发堆里一拽！我没有防备，一下子就被拉倒在一大团头发里面。

我一阵眩晕，迷蒙中努力地想睁开双眼，可是不知道怎么回事，眼皮沉沉的，好像马上就要睡着了一般。隐隐约约中，四下里好像飞舞起很多穿着飞天服饰的美人，在我眼前炫舞高歌。有的美女还飘荡到我的身前，用纤细白嫩的手指轻轻地抚摸着我的脸。我躺在头发中，就好像躺在柔软的席梦思床上，身上盖的也是厚厚的头发，既柔软又温暖。正好，此时此刻我已经疲惫至极，索性就在这温柔乡里好好地睡一觉吧！这时，天上飞舞的美人们都慢慢落在我的身旁，一边用手轻轻地拍着我的肩、我的背，一边嘴里还用甜美温柔的声音轻轻地念着："睡吧，好好地睡吧……"

就在我迷迷糊糊将入睡之际，突然耳边响起一声剧烈的嘶吼，一下子把我从困意中惊醒！我抬头一看，一个飘浮在空中的、极为狰狞的白色巨脸正对着我！整个巨脸眼窝凹陷，巨大的眼球上竟然没有黑色的瞳孔！巨脸双颊的肌肉好像已经腐败残破，丝丝条条地在空中飘荡。血红的嘴唇竟然已经烂掉了一多半，歪歪斜斜地露出几颗阴森气息的白牙。

我"啊"的一声惨叫，猛地抬起身，就想向外挣脱！可是此时巨脸旁边的头发已经把我紧紧地缠住，并且不断地把我向巨脸的方向拉去。更让我无法忍受的是，那密密麻麻且滑溜溜的头发竟然已经伸进了我的嘴里、鼻孔里、耳朵里，甚至很多的头发正慢慢伸进我的眼睛里！此刻我突然发现，我的双手双脚和整个躯干都已经被成团的头发缠绕束缚，动弹不得！我已经变成了一个活生生的巨大的蚕蛹！慢慢地，我开始不能自主呼吸了，嘴里只有出的气，没有了进的气！又过了一会儿，我的大脑开始缺氧，蒙眬之中，我知道自己一只脚已经踏进了鬼门关。

突然，勒紧我脖子的头发猛地一松，接着缠绕我头颈的头发也一下子散开了！我感觉整个人被头发迅速地向外推，一下子弹射出来，足足摔出了三四米远。此刻甬道上的水已经有一尺深，我落在水中，溅起了一大片水花。"呸呸呸！"我顾不上浑身湿透，只是使劲地向外吐着残存在嘴里的头发，胃里一阵翻滚，差点就呕吐出来。

还好，手里的手电还没丢！我抬手把手电光照向头发中的巨脸！只见在恐怖狰狞的巨脸前面，一只精神抖擞的小狮子正立起来，挥舞着利爪不停地猛烈攻击巨脸！巨脸上已经布满了大大小小十几道伤痕，那伤口处流出来的并不是鲜血，而是绿色的汁液。大脸经受不住狮子的攻击，慢慢地缩进了密密麻麻的头发之中，小狮子并不追赶，只是张开嘴对着大团的头发不断地怒吼。眼前巨大的头发团快速地向黑暗深处退去，一转眼竟然消失得无影无踪。

我大口地喘着粗气，双手依旧不停地摘着脸上残留的头发。那小狮子看大脸和头发彻底消失了，便转过身一跃来到了我的面前。

这是一只非洲巴巴里幼狮，看上去也就五六个月大。幼狮身上的皮毛金光灿灿，腹部和腿上还有没完全褪去赭石斑点。看样子它是一个可爱的"小伙子"，头部的鬃毛还没有完全长出来。小狮子摇头晃脑的，早已没有了刚才面对巨脸时的威猛霸气，大大的眼睛紧紧地盯着我，扑朔扑朔地好像在等待我说话。我慢慢地伸出手去，轻轻地抚摸了一下小家伙的头，它活脱脱就是"乐福"小时候的样子！我又仔细看了一下，没错，它的左耳也只有一半！

小家伙慢慢地蹲在我身旁，任由我的手来回抚摸它的身体。一瞬间，我好像又回到了非洲的草原和丛林之中，回到了和"乐福"相识的那一天。心底油然而生的不仅仅是对"乐福"的思念和牵挂，更多的是对"乐福"此刻命运的担忧和不安。

过了一会儿，我从水中站起身来，把身上完全湿透的外衣脱了下来。我一边把衣服拧干，一边对着小狮子说："小家伙，谢谢你救了我的命！你叫什么名字啊？你从哪里来的？"

小狮子趴在水里，仰头看着我，乖巧得就如同一只小花猫。它听了我的话，昂起头轻轻地叫了一声，算是对我的回答。接着，它站起身来，围着我绕了几圈，然后使劲地甩了甩身子，把水溅得我满身满脸都是。

我笑了笑，擦了擦脸上的水珠，又问它："小家伙，不许顽皮！快告诉我，你认识'乐福'吗？它是你爸爸吗？"

小狮子听了我的话，竟然轻轻地垂下了头，不再发出任何声音。但是从它的眼神中，我似乎可以感觉到一丝伤感和落寞。

我伸手拍了拍它的头，算是对它的安慰，然后我提高声音说："小家伙，你不走了吧？那我们一起去找'乐福'好不好？"

小狮子听懂了一般，一下子站起身来，走到我的面前，用嘴叼住我的袖口，拉着我朝前走去。我让小狮子先放开我，然后简单地把衣服和装备收拾了一下。收拾妥当后，我和小狮子踏着水花，继续朝前面走去。我一边走，一边对着小狮子说："嗨，小家伙，从今天起我们就要一起探险了！既然是搭档，那我该叫你什么呢？让我想想，你的爸爸叫做'乐福'，那我就叫你'旺财'吧！"

小狮子回头看了我一眼，低着头，嘴里呜呜地低吟着，一副不喜欢的样子。

我哈哈大笑起来，接着对它说："好好好！那我给你起个和你爸爸一样的、时尚点的名字！那就叫你——'幻彩'吧！怎么样？"

小狮子听了，先是想了想，接着眼睛发出光来，然后嗷嗷地低吟了几声，好像很开心的样子。看样子它是喜欢"幻彩"这个名字，于是我们用拥抱庆祝了一下，接着，小狮子又继续一马当先走在前面，带着我向墓室里黑暗的深处走去……

（二十七）

花园

　　我们一人一狮往前走了一会儿，虽然没有语言上的交流和沟通，但是气氛十分和谐。这种感觉不像是正在帝王陵墓中无助地挣扎，倒像是我和"幻彩"两个互相为伴，悠闲惬意地在非洲原野上野营狩猎一般。我一边走，一边用手电发出的光柱在前面的黑暗空间中画着花，嘴里不知不觉地竟然哼起了小曲。

　　这时我们脚下踩水发出的声音却越来越大，我低头用手电照了照，发现地面的水竟然越来越深。我们面前神道上方的积水不知道为什么"咕嘟咕嘟"不停地冒着泡，好像地面布满了泉眼一般。转眼之间，水已经到我的膝盖处了。此刻，我走路已经很费劲了，再看我的小"幻彩"，基本上可以说是在水里游了！它浑身上下的毛湿答答地贴在身上，口鼻喘着粗气，一只粗大的尾巴在水中高高地挺立着。

　　我看水面已经快要把"幻彩"淹没了，就索性弯腰把它抱了起来。不抱不知道，我把"幻彩"抱在怀里才发现，这小家伙看着不大，其实还是很重的，我估量着它起码有四十多斤重。这时，我看小"幻彩"浑身战栗，看样子它是冷得直哆嗦，于是就把它搂在怀里，用自己的体温给它取暖。这小东西还挺善解人意，知道我在帮助它，便紧紧地抱着我的胳膊，用力地把头插进我的臂弯里。时不时地，它把头探出来，看看我，再舔舔我的手臂以示感激。

　　我正得意洋洋地向"幻彩"展示自己伟大的"父爱"，突然脚下一踩空，我竟然一头扎进了水中。慌乱中，我连呛了几口水，于是使劲地拍打着手臂，把身体从水中挺直起来。好不容易把头伸出水面，我深吸了几口气，接着便又沉入水中。原来脚下根本踩不到地面，借不上半点力气，我只能任由自己在水中不断地浮沉。我强打精神让自己镇定下来，双手双脚不断地打水，把头保持在水面之上。环顾四周，我才发现，原来神道竟然突然向下，没入了水底，而我竟然也被水涡卷着，直冲向水下。水流越来越急，我用尽全身力气使劲地划水，想让身体保持住平衡，无奈水流太急，我根本无法摆脱旋涡的束缚。一着急，我又接连呛了几口水。

　　我任凭着自己的身体顺水而下，尽可能把头部保持在水面之上。我张开嘴稳住呼吸，双手紧紧地抓住身上的背包带，就这样过了好一会儿，水流才慢慢变缓。我刚喘了一口气，突然发现怀里的"幻彩"不见了！我心下大惊，挣扎着把头探进水中，在水下睁开眼睛，四下寻找。只见不远处，一个小身影正被卷向水底的阴暗之中！我连忙用尽全身力气打水，努力向那个小身影潜去。突然，斜刺里一阵乱流袭来，一下子打乱了我潜水的节奏，我憋住的那口气也瞬间吐了出去。我心里一乱，马上呛起水来，几口水过后，我便慢慢地失去了意识……

　　不知过了多久，我才慢慢地清醒过来。迷蒙之中，感觉有一块热乎乎的毛巾在脸上擦来擦去。我睁大眼睛一看，原来"幻彩"正在我身边用它那带着倒刺的舌头舔我的脸。此刻我的脸已经被舔得火辣辣的疼，我连忙伸手挡住它的嘴。"幻彩"看我醒过来了，高兴得手舞足蹈，一点看不出来刚刚它也在水中吃过不少苦头，此情此景倒好像是它把我从水底救出来一样。

我慢慢地坐起身来，四下里打量了一番，这时我才发现自己已经身处在另外一个完全不同的空间里了。之所以这么说，最重要的一点就是眼前的空间里亮如白昼，灯火通明！这与之前身处在黑暗中的感觉截然不同。黑暗给人的感觉就是四下里阴森恐怖，处处危机，而光明则会让你身处险境而鼓足勇气，内心充满希望。

我仔细打量起眼前的这个空间，其实确切地讲，这里应该是一个巨大的花园。

我正躺在这个花园正中间的鱼池边，水从池底的一口巨大的泉眼里咕嘟咕嘟地冒出来，四周五颜六色的肥硕的鱼儿正来回穿梭——我在怀疑我会不会是从泉眼里涌上来的。

我从鱼池边站起身来，发现鱼池背面是一个巨大的假山。那假山足足有十几米高，十分的巍峨壮观。细看之下，假山上还有很多的亭台楼榭，与水池中露出水面的奇峰怪石相映成趣。特别是最上面的一个亭子飞檐上探出一个龙头，大开的龙口中吐出一道水练，直砸进水中，简直是巧夺天工，令人叹为观止。

鱼池正面两侧都是茂密的花丛，一望无际，根本看不到尽头。花丛中盛开着各色的花朵，无数的蜂蝶在花丛中翩翩起舞。一条碎石路在花丛中延伸到远处，路的两边立着一排长明灯。

"这里到底是什么地方？"我自言自语道。"幻彩"在一旁听到我说话，歪了歪头，一副似懂非懂的样子，可爱极了。

我慢慢挪动脚步，围绕着水池和假山走了一圈，竟然发现我的背包被冲到了鱼池的一个角落里。我捞起背包，把里面的东西简单收拾了一下。全部东西都是湿淋淋的，我除了拿出来抖一抖，甩一甩，也没有什么好办法，就一股脑把东西重新装进背包里了。

我浑身都湿透了，但是里怀兜里竟然没进去多少水。我打开拉链，把放在塑料袋中的纸片掏出来检查了一下，确定完好无损，就又小心翼翼地把塑料袋放回到口袋中，拉好拉链。我弯腰背起背包，走到路旁的花丛边，刚想弯下腰，轻嗅一下盛开的花朵的香气。突然"幻彩"一下子弓起腰来，嘴里发出"呜呜"的声音，我马上意识到，一定是有什么危险来临了！

我几步钻进花丛深处，找了一个可以容身的缝隙蹲下去，"幻彩"也伏在我身边屏息凝视。这时耳旁传来一个人凶狠的说话声："你要是耍什么花招，一会儿开棺祭祀就用你的血来祭天！"

不多时，我从树叶缝隙中看见有两个人一前一后从水池后面沿着碎石路走来。前面的人身材不高，穿着一身带有古怪花纹的红色衣服，双手被反绑着，走路踉踉跄跄，就如同喝醉了一般。再看这个人脸上，竟然戴着一个面具，这面具是如此的熟悉——红黑相间的条纹，惨白的獠牙，还有黑洞洞的眼眶——没错！这不正是那大头怪人戴的面具吗！后面押解的人身材高大，肌肉发达，满面虬髯，嘴上叼着一根大手指粗细的雪茄，手里端着一把乌黑的冲锋枪。

这后面端枪的人应该是那大头怪人队伍中的一员，具体是哪个我记不起来了。可是这个戴着面具的人又是谁呢？我正暗自纳闷，两个人已经走到我藏身之处。这时，走在前面的戴着面具的人突然侧过头来，看了看我头顶这片花丛。接着，这个人脚下竟然顿了一下！我惊讶地发现，面具上黑洞洞的眼眶里一双眼珠正紧紧地盯着我！接着，那眼睛竟然朝我眨了眨……

（二十八）

地下明楼

在身后那人的厉声催促下，前面那戴着面具的人把头转了回去，继续沿着碎石小路向前走去，我却陷入了重重的迷雾之中！这个人到底是谁呢？为什么会对我眨眼？难道她是张茜？看身材倒是有一点像！可是她为什么要戴着和大头怪人一样的面具呢？还有，这两个人口中说的"开棺""祭祀"又是怎么回事呢？

我正满脑子缕析这些问题，突然我的小腿感觉到被一股力量向前牵引着，我低头一看，原来是"幻彩"正咬着我的裤脚把我向碎石路的方向拖拽，看来它是想让我跟上那两个人！

于是我蹑手蹑脚地从花丛中爬出来，抬头看时，那两个人已经沿着碎石路走得很远了。我又警惕地扫视了一下四周，确定没有其他人在附近，这才弓着腰，踏着碎石路的边缘，迈着小步朝那两个人的方向追去。

我狂奔了一会儿，眼见距离前面两个人不远了，于是我放慢了速度，让自己始终保持着与那两人五十米的距离。我走路的时候小心翼翼，不敢发出任何一点声音，生怕被前面两个人发现。"幻彩"也好像明白我的心思，走起路来蹑手蹑脚，样子十分的滑稽可笑。我们两个就这样跟了好一会儿，前面的人一直都没有发现我们。我远远地望着前面两个人，发现那个被绑着手、戴着面具的人总是回头张望，好像在寻找着什么，又似乎是知道我在身后跟着他。好在这时候我距离他很远，并不能看到他那恐怖面具眼洞里闪烁着的黑黑的眼珠了。

又向前走了有多半个时辰，我远远地看见碎石路的尽头竟然立着一个高大的牌坊！牌坊是石质冲天式结构，共有五间六柱十一楼，柱头浮雕镂刻极为精致，盘龙云海的花纹栩栩如生。浮雕上个别的地方还涂抹着蓝色、红色的颜料，远远地看上去既庄重又大气，而且还有着一丝神秘的气息，没猜错的话，这应该就是帝王陵寝前的官制牌坊。

我远远跟着前面两个人穿过石牌坊，发现牌坊后面已经变成青石板路，中间又是一条笔直的神道伸向前方。神道两旁对称立着无数一人多高的长明灯，把整个道路照得雪亮。我把心提到了嗓子眼，咬紧牙关跟着两个人沿着神道继续向前。这时我发现，神道的正前方不远处，赫然立着一座巨大的带有重檐歇山顶的碑楼！整个碑楼红墙黄瓦，颜色就如同新漆上去的一般，十分鲜艳亮丽。碑楼四角各立着一根玲珑剔透的擎天华表柱，每一根柱子上都盘着一条雕工极为精致的镂空阳刻巨龙。每一条巨龙都雕刻得栩栩如生，正在腾云驾雾，张牙舞爪，好像马上就要从柱子上飞下来一般。

这种帝王陵墓的碑楼里一般都供着神功圣德碑，上面记录着陵墓中埋葬的皇帝一生的丰功伟绩。我想这个碑楼里的石碑也不会有任何的不同，巨大的赑屃背上驮的石碑上，应该记载着清太宗皇太极的一生功绩。这要是在平日里，我一定要去好好地研读一下碑上的文字。可是此刻情况特殊，而且时间紧迫，所以我根本无暇到碑楼里面去细看，只能略带遗憾地跟着前面的两个人从碑楼的一侧绕了过去。

绕过碑楼后，我仍旧跟随着前面两个人回到神道上行走。我发现碎石路前面的空间似乎越来越空旷，除了神道两边，就连四下里的空地上都立着无数的长明灯。这边的长明灯一根一根地立在四四方方的石台上，粗大的灯头里散发出耀眼的光芒。周围太过明亮，我总担心被前面的人发现，便一边走一边不停地寻找可以藏身的地方。既怕跟丢前面的人，又怕被他们发现，一时间我紧张得出了一头的汗。我掏出手帕擦了擦汗，发现脚边的"幻彩"也表情凝重，大大的眼睛紧盯着前面的人。"幻彩"每迈出一步都极其小心，也怕发出异响，尾巴紧紧地贴着地面，保持着平衡。看它那呆萌可爱的样子，我忍不住咧开嘴笑了起来。

嘴上笑，我的脚下可不敢停下来。转眼间，我又沿着神道跟着前面两个人走出了二百多米。这时，神道两边开始出现了巨大的石像生。我细数了一下，前前后后共有十八对，其中文臣、武将各有三对，马、麒麟、象、骆驼、獬豸、狮子的站、卧各一对，每座石雕均用整块的石料雕成。其他帝王陵墓的石像生，一般都是高一米五到两米，而眼前的这些石像生，每一个都至少有五米高！虽然这些石像生身形巨大，但是雕刻得十分的精细。它们犹如两列威武雄壮的仪仗队排列在神道两侧，使得这皇家帝王陵寝更显威严、神圣、肃穆。

这种石像生排场在地面上我是见过的。河北省遵化市的清东陵中，埋着清顺治皇帝的孝陵的地面上就有这样类似的石像生布局！顺治皇帝是清朝入关后的第一位皇帝，也是清朝所有皇帝中唯一一位火化后只在陵墓中供奉骨灰的皇帝。顺治皇帝又虔心向佛，留下遗嘱不允许在自己的陵寝中陪葬任何贵重财物，正因如此，孝陵也成为清代皇帝后妃陵寝中唯一一座没有被盗过的陵墓。所以孝陵的地面建筑十分的宏伟壮观，有着清代所有皇帝陵寝中最高大壮观的牌坊和石像生群。如果没猜错的话，顺治皇帝的子孙们是希望用这些雄伟高大的地面建筑来弥补孝陵地宫中的简单与朴素。

眼前的宏大的石像生群竟然是在帝王陵寝的地下！先不说这些牌楼和石像生，单单是这一路来神道两旁立着的无数长明灯的花费，便是无法用金钱来计算的。史料记载，清朝帝王陵墓在修建时，往往倾尽当时全国的财力、物力和人力，从这石像生便可见一斑！皇太极下葬的时候，清朝并没有统一全国，只是盘踞在关外东北地区，国力可以说是非常单薄。可是陵墓依旧修建得如此庞大豪华！这也难怪历朝历代，有很多盗墓贼都对皇家陵寝垂涎三尺，日夜惦记里面的宝贝了。

我正顺着石像生中间的石板路往前走，突然看见"幻彩"在一尊石像生前停住脚步，抬着小脑袋默默地往上看。我顺着它的目光看去，原来这是一尊巨大威武的雄性狮子石像生。这石狮子髭须凛然，不怒自威，眼神中除了威严，还流露着一份慈爱、一片温柔、一种智慧。这不就是我的"乐福"嘛！小"幻彩"深情地望着这巨大的石像，那眼中流露出来的是无法用语言表达的一种亲情、一种真爱、一种依托。

我弯腰轻轻拍了拍"幻彩"的小脑瓜，它回头看了看我，这才依依不舍地又朝前走去。我转过身又深情地看了一眼雄狮像，叹了口气，回身快步跟上了"幻彩"。

这时走在前面的两个人已经走到了最里面的明楼下。明楼是古代帝王陵墓正前的高楼，楼中立着帝庙谥石碑，而明楼后面就应该是封土，而明楼的下面就是地宫陵寝。明楼前摆着巨大的石几筵，明楼下方有两扇巨大的石门，或许这应该就是皇太极陵寝地宫的入口！我一阵迷惑，现在我本来就是身处在帝王陵寝的地宫里，难道还要往更深的地下去？难道地宫里面还有地宫？

我正胡思乱想，前面的两人已经走到明楼下的大门前，一闪身进入了明楼里。我和"幻彩"来不及思考，几步跟上前去。到了石门跟前我们才发现，明楼的巨大石门竟然半开着。

我侧着头仔细地听了听石门里面的声音，没发现什么异样，这才慢慢地闪身进入了石门之中。刚一进石门，我顿时被里面的场景惊呆了……

（二十九）

仪式

　　明楼的巨大石门里，并没有再向下的阶梯，映入眼帘的是一间十分宽阔的大厅。我初步估量了一下，大厅的进深有五十米，总面积有一千多平方米。大厅四周的墙上挂着数以千计的长明灯，整个大厅被照得如同白昼一般！我暗暗盘算了一下，这里应该就是地宫金券——皇陵地宫的最核心区域。我抬头仰望，高大的券顶刻着三大朵佛花，色彩极为鲜艳。东西墓壁各雕慈氏、普贤菩萨和佛教"八宝"，看上去庄严肃穆，栩栩如生。我又仔细地端详了一圈，发现所有大理石壁面和券顶，都布满了佛教题材的雕刻装饰和用梵文、蕃文两种文字镌刻的经文。所有的字体都大气端庄，雕刻得刚劲挺拔，技艺精湛。

　　紧靠着北墓壁的便是半米高的棺床，棺床面积有一百多平方米，成须弥座式，看上去竟然雕琢得极为精致——棺床上铺了一层珉玉板，周边用玉板正嵌，中心则用较小的玉板斜嵌，镶心四角及中心则兼嵌绿色珉玉。须弥座东、南、西三面皆刻龙戏珠。南面刻的是二龙戏珠；东、西两面各刻三条蟠龙，并配以云气纹。北面却并没有雕龙，只是刻着数量繁多的云气纹。棺床上停放着巨大的金丝楠木棺椁，棺椁的四角被巨大的龙山石固定在棺床上，外面覆盖着一面巨大的金黄色龙旗。古代的棺指的是装殓尸体的器具，椁则指的是套在棺外的外棺，就是棺材外面套的大棺材，所以我现在能看见的其实是外面的椁。这金丝楠木做成的巨椁长有四米，宽达一米五，高也有一米——这么巨大的外椁即使在古代帝王陵墓中也是非常少见的。

我刚要迈步进到大门里面去打探一番，却突然发现棺床前的空地上，竟然前前后后跪着十几个人！这些人都十分虔诚地膜拜着巨大的棺椁，有几个人嘴里还念念有词，好像正在举行什么仪式。我连忙缩身躲到了石门外面，过了好半天才探出头来向里面的人群瞅去。刚看了几眼我就发现，之前走在我们前面的两个人也跪在人群中！此时此刻，那个被绑着手、戴着面具的人，被两个壮汉紧紧地按在地上，全身上下都动弹不得。

我四下打量了一下，发现自己和"幻彩"所处的地方不仅什么都看不见，而且还极容易被这些人发现。于是，我对"幻彩"使了一个眼色，然后快速地弓起身子，蹑手蹑脚地闪进门去。接着我又顺着明楼的阶梯，悄悄地爬到了明楼上面的团城角落里。回身看时，"幻彩"早已经趴在我的身后，这个小家伙的动作还是很麻利的嘛。我从团城的垛口处找了一个可以俯视全局的位置，然后静静地观看起这群人究竟在做些什么。

只见这群人此时已经磕完了头，处在最前面的一个人高喊了一声，于是这群人便陆陆续续地从地上爬起身来，垂手站在棺床的周围，脸上尽显恭敬之色。只有那个被绑着手的人依旧伏在地上，脸上的面具在长明灯的照耀下竟然发出点点幽光。

这时，站在这群人最前面的一个人踱步走到棺椁旁边，仔细端详着巨大的金丝楠木棺椁，半晌才转过脸来。我一看这个人的脸，顿时大吃一惊！这个人不正是我和张茜在墓道里遇到的那个大头怪人嘛！此时此刻，他还戴着那诡异的面具，在长明灯的照耀下，他的头似乎显得越发巨大。大头怪人的手里拿着一根黑色的权杖，依稀就是我和张茜在墓道里拾到的那一根。只见他手擎权杖，口中不知在呼喝着什么咒语，突然间，他把权杖举在半空中不停抖动，那权杖发出刺耳的铜铃声，这声音在这地宫金券上空回荡，听起来十分的诡异。

大头怪人一边抖动权杖，一边把覆盖在棺椁上的巨大龙旗掀开！就在龙旗落地的一刹那，一阵耀眼的光芒瞬间充满了整个金券的空间——眼前的巨大棺椁表面竟然是黄金打造，那光芒便是长明灯的灯光照射在棺椁表面上反射出的！外椁的椁盖上雕刻着大大小小几百只形态各异的狮子，其中有一尊长有一米五、高达一米的身材硕大的雄狮，伏在群狮中间！只见这雄狮昂首前瞻，庄严肃穆，鬃毛抖立，狮尾高悬，雄狮的口中竟还含着一个拳头大小的绿色夜明珠！这一群人都被眼前的景象惊呆了，而就在这时，雄狮的全身上下在长明灯的照映下突然散发出夺目的光芒！特别是那颗夜明珠，在灯火的照耀下，竟然向四周散发出奇炫的五彩光芒！这彩虹似的光芒在大厅里来回流动，令在场的每一个人目不暇接，心旷神怡。

这时，那大头怪人突然一挥手，嘴中发出一声厉喝！身后那两个壮汉马上直起身来，一把抓起伏在地上那戴着面具、被绑着双手的人。那人竟然一反常态，拼命地反抗，无奈双手被绑，力气又不如那两个壮汉，于是便如同小鸡一般，被壮汉拎离了地面，举到了大头怪人面前。

大头怪人双手一合，旁边又有一个人快步上前，手捧着一个盖着红布的东西——这东西我在前面的墓道里见过！当时这群人被巨蝎群围攻，就是这个大头怪人对着这个盖着红布的东西念叨了一番，这群人便离奇地消失了。

大头怪人依旧毕恭毕敬地对着红布下面的东西行了三个大礼，其他人也连忙跪拜磕头。行礼完毕，大头怪人来到双手被绑的人面前，用着嘶哑却又不失礼貌的声音说："请开棺吧。"

双手被绑的人嘴里"哼"了一声，把头甩向另一侧，似乎连话都懒得说。大头怪人刚要说什么，旁边冲上来一个又矮又胖的中年人，一边擦汗一边对着大头怪人说："我说大法师，我们折腾这么久了，还等什么！赶紧开棺啊！我花了这么多钱不是来陪你们在这装神弄鬼的！这种鬼地方不能多停留，开了棺拿完东西，我们赶紧回去啊！"

大头怪人听了这话，一下子暴怒起来，一边指着那个双手被绑的人，一边声嘶力竭地吼道："你们懂什么！这巨狮金椁只有这个人能打开！你要是不想要命了，就去试试！我保证你有多少钱都花不出去了！"

说话的大胖子我在前面墓道中见过，此刻他听了大头怪人的怒吼，不敢作声，摇了摇头站在一边。突然，胖子身后跳出来一个身材修长的人，这时我才看清，原来这是一个混血女人！这个女人看样子是俄罗斯人和东方人结合繁衍出的后代——大眼睛，高鼻梁，厚厚的嘴唇，金发披肩，那尖尖的下颏简直就是《葫芦兄弟》里蛇精的翻版，整个人看上去让人心里生厌。

这个女人几步来到双手被绑的人面前，紧紧盯了几秒钟，嘴里骂道："我看你是敬酒不吃吃罚酒！"说完扬起手，狠狠地抽了那人一个大嘴巴！她下手力道十足，一巴掌竟然把那个人脸上的面具打掉了！就在面具掉下来的一刹那，我几乎忍不住跳起来大喊："啊！是，是，是张茜！"

（三十）

巨狮金椁

　　自从张茜离奇失踪后，我一直牵挂她的安危。虽然她之前的表现的确出乎我的意料——身手不凡、反应敏捷、思维周全、头脑冷静，但是毕竟她是个中年女子，一旦遇到危险，各方面的力量还是有限的。此刻我看见她突然出现在我面前，既高兴，又担心。高兴的是她暂时是安全的，没什么生命危险，而且看上去她也并没有什么外伤，担心的是眼下这个处境凶险无比，不知道接下来她该如何应付。

　　张茜是个急脾气，此时被那个"蛇精"女人扇了耳光，立刻怒不可遏！这会儿面具已落，张茜的双眼瞬间喷出了怒火。她嘴里的牙咬得"咯吱咯吱"作响，一副怒发冲冠的样子，看样子好像要冲上前去，一口把那个"蛇精"女人吃掉！

　　"蛇精"女人看到张茜发怒的样子，竟然怒火中烧，扬手又要再打张茜。突然，半空里闪出一道闪电，一下子劈在了"蛇精"女人的身前，燃起一大团浓烟！"蛇精"女人吓得连退了几步，脸色惨白，回过头死死地盯着大头怪人，嘴里却不敢发出半点声音。

　　大头怪人缓缓伸出手来，指着张茜，用了嘶哑而又低沉的声音对着"蛇精"女人说道："你知道她是谁？她是神灵指定的'九玄仙女'！我警告你，你要是再随随便便动手打'九玄仙女'，我便要替神灵惩罚你，让你死无葬身之地！"

大头怪人的话让我瞬间如坠云雾，摸不着头脑！怎么一转眼，张茜就成了"九玄仙女"了？我皱了皱眉，瞪大眼睛仔细看了张茜几眼。没错啊，还是那个我们学校的精英女教师啊！

这边"蛇精"女人听了，满脸怒气难消，半天嘴里"哼"了一声，恨恨地甩了甩手，转身回到了那个大胖子身边站定。此刻，那个大胖子也脸色铁青，欲言又止，面对大头怪人的法力他也无能为力，只好摆摆手让"蛇精"女人先消消气。

大头怪人慢慢地走到张茜面前，盯了张茜足足有五分钟，才开口说了话："九……张女士，你现在已经知道了自己真实的身份，你就是为了这一刻而存在的，你自己很明白自己的责任！打开金棺方可得到'天眼'，得到'天眼'方可破解一切的谜团！你还在等什么？嗯……有什么要求你尽管说好了，我会尽力满足的。"

张茜轻蔑地看了大头怪人一眼，用了完全不屑一顾的语气说道："大头怪物，别用你的鬼话骗人了！你们就是一伙盗墓贼！别拿'天眼'糊弄你姑奶奶！'天眼'只是一个古老的传说，皇太极虽然贵为天子，也不可能掌握'天眼'的秘密，你拿我当三岁小孩子呢！我堂堂大学教授岂能和你们这帮盗墓贼同流合污，你们就等着出去坐牢吧！"

我虽躲在暗处，耳听得张茜这一番慷慨激昂的话语，也不禁为她表现出的豪情与气概拍手叫好。真看不出张茜一女子，却是个硬骨头，这不就是书里面常说的"临危不惧""大义凛然"嘛！我一边赞叹，一边在脑海中寻思怎样把张茜救出来。眼前的形势不妙，对方人多，手上还有"家伙"，我这贸然出去，弄不好不仅救不了张茜，还得把自己搭进去！还是得从长计议，以静制动。想到这，我长出了一口气，耐下心来继续往下面看。

棺床前的众人听了张茜的话，都齐刷刷地看向大头怪人。可大头怪人没有任何反应，依旧木然地盯着张茜。过了好半天，大头怪人才转身慢慢地走到棺椁盖子上的巨大金狮前，盯着那泛着七彩光芒的绿色夜明珠，缓缓地说："九玄仙女，你不开棺，我就杀了他！"

我正纳闷这大头怪人说要杀的是谁，突然发现两只黑洞洞的枪口对准了我的脸！我抬头一看，两个满脸横肉的壮汉正狞笑着站在我面前。其中一个壮汉伸手抽走了我腰间的手枪，另一个壮汉则一把夺走了我的背包。

"不好，被他们发现了，我是什么时候暴露的踪迹呢？这大头怪人真是个老妖精！"我心里暗骂。一个壮汉用枪推了推我的后背，没办法，我只能举着双手，慢慢地从明楼上走下来。这时我才发现，"幻彩"竟然不见了！

我没有声张，一边走一边用眼睛偷偷地四下里扫视，想看看"幻彩"到底跑去哪里了。可是我把整个地宫金券看了一圈，也没发现"幻彩"的踪迹。

两个壮汉把我押到大头怪人的面前，我和张茜对视了一眼，她的嘴角流着血，应该是那个"蛇精"女人打的。张茜漠然地又把目光移到了巨狮金椁上，脸上没有任何表情。

我面前的大头怪人的面具后又发出了阴森诡异的声音："欢迎来到皇太极昭陵地宫金券，李先生！"说完这句话，他竟然还干笑了几声。

我皱了皱眉头，假装镇定地清了清嗓子，然后尽量让自己用了轻松的语气回答道："大……这位先生，我们认识吗？我奉劝你们赶紧把我和张老师放了，否则……"

我的话还没说完，就被旁边的胖子和"蛇精"女人的狂笑声打断了。"蛇精"女人挥了挥手，我身后一个壮汉竟然挥起手中的枪托，猛地砸在我的后脑勺上！我眼前一黑，接着一阵剧痛钻心而来。我伸手一摸，鲜血把我的手掌都染红了，我只觉得后脑勺火辣辣的疼痛。我一下子转过身来，怒目圆睁，对着那打我的壮汉冲去。

那"蛇精"女人突然跃到我身后，一脚踢中了我的后膝窝。我立足不稳，一下子扑倒在地。"蛇精"女人上前一把抓住我的衣领，另一只手抽出手枪，枪口死死地顶住我的太阳穴，嘴里暴喝着："让你认识认识我！老娘先爆了你的头！"说着，手指一动，竟然拨开了手枪的保险。

就在这时，张茜突然大喝一声："住手！"众人的目光都齐齐向张茜看去。张茜轻蔑地看了"蛇精"女人一眼，说道："放了他，我就开棺。"

大头怪人听了这话，马上走到我面前，对着"蛇精"女人厉声喝道："滚开！"

"蛇精"女人忌惮大头怪人的法术，极不情愿地往地上啐了一口唾沫，然后狠狠地瞪了我一眼，这才把手枪从我的太阳穴上收了回去。她一边关了枪上的保险，一边熟练地把手枪插回腰间。

我慢慢地爬起身，一只手按着脑后的伤口，另一只手颤巍巍地从口袋里掏出手纸，擦了擦脖子上的血。这一伙人听说张茜愿意开棺，竟然都拥挤到棺床前，没人再愿意搭理我了。

张茜把脸转向巨狮金椁，看了看狮子口中的绿色夜明珠，突然伸手一指我，对众人说道："开棺可以，但是我得需要他的帮忙才打得开这巨狮金椁……"

（三十一）

"九玄仙女"

听了张茜的话，包括我在内的所有人都大吃一惊，大头怪人、中年胖子、"蛇精"女人都齐刷刷地朝我看过来。一直站在一旁没有作声的那个貌似队长的男人也愣了一下，然后径直走到我面前来，一面拍了拍我的肩膀，一面朝我笑了笑。还没等我反应过来，两个壮汉便将我一把推到了巨狮金椁前。

我一脸疑惑地看着张茜，慢慢地走到她身边与她并肩站立。张茜向我点头示意，我知道她在询问我的伤情。我把按着伤口的手拿开，血已经不怎么流了，我顺手把沾满鲜血的手纸甩在地上。张茜欲言又止，皱了皱眉头，过了半晌才轻声对我说："既然一定要这么做，我们也没什么可选择的了。别紧张，按我说的去做就可以了。"

我听了张茜的话，茫然不知所措，只能机械地点点头。我从没有过倒斗开棺的经验，唯一积累的盗墓知识都来自于家里的《盗墓笔记》与《鬼吹灯》这些小说。我根本不知道接下来要怎样去做、如何配合她，更不知道开棺时会看见什么、发生什么。一想到这些，汗就顺着后背流了下来，心里不由得紧张万分。

我从那些盗墓小说中了解过，像眼前这种帝王大墓的棺椁之中

124

往往都会设有重重机关，以防止盗墓贼的光临。毒气暗弩自不用说，更危险的是稍不留意，让空气进了棺椁里面，尸体便会活转过来！小说中一旦遇到裂棺起尸，盗墓之人便会尽受血光之灾。一时间，什么《盗墓笔记》《鬼吹灯》的恐怖惊悚的情节，如放电影般在我脑海中闪现。不大一会儿，满头的汗水顺着我的脖颈流了下来，把上衣都打湿了。

这时，张茜突然转过头去，义正词严地对大头怪人说道："老妖精，一会儿开了棺，你们各取所需，我的要求就是你们要保证我们两个人安全离开。"

大头怪人点了点头，仍旧用了嘶哑的声音阴阳怪气地回答："好，只要开了棺，我保你们两个平安离开！不过，我倒要奉劝你一句，你命中注定是'九玄仙女'！这身份不是你想摆脱就摆脱得了的。你必须要完成你的使命，这一切，我相信早晚有一天你会明白的。"大头怪人嘴上说着话，面具里的眼睛却一秒钟都没有离开巨狮金椁。

张茜没有再说话，回过头看了我一眼，然后故作放松的样子笑了一下。她看了一眼巨狮金椁，然后努努嘴对我说："准备好了吗？来吧！你看这巨狮金椁棺盖中间最大的金狮尾部，那里应该系着一根金线。你一定要注意，这根金线的一头应该又分成四根线，分别连着狮子身下的四个方孔！一会儿听我口令，我喊'拉'的时候，你依次按我的指令拉这四根线。每拉一根线，狮子后背里便会滚出一个黄金小球，小球顺着狮子身下的管道一直滚到金棺后面的洞口里！你是拿不到金球的，你必须在每个金球滚落在洞口之前看清楚刻在金球上面的字！记住，看清楚金球上面的字！我们只有一次机会！"

我听她说完，马上紧张得不得了，张嘴问道："你怎么会知道这些的？你不会是'摸金校尉'吧？你到底是什么来头？"

张茜默不作声，只是摇了摇头。

我看她不愿意回答，便又问她："开棺这么复杂的事，为什么非得让我来？我笨手笨脚搞砸了怎么办？他们这些人帮你的忙不可以吗？"

张茜看了我一眼，叹了口气说："我别无选择！那些刻在滚落出来的金球上的字都是用篆书写的，你觉得他们会认识吗？"

我听了张茜的话，一时间没有话可以反驳。我一边伸手擦了擦汗，一边颤声说："可是……可是只有……只有一次机会，那……那要是失败了，会怎样？"

张茜顿了一下，冷冷地说道："失败了，就会裂棺起尸，我们所有人都得死！"

这句话从张茜嘴里说得平静至极，可是大厅里的人听了，无不变色！连那大头怪人听到这话，身子都不由得颤抖了一下。

我知道此刻我和张茜也没有什么可以选择的余地了！前面等待我们的或许是九死一生，而身后等待我们的是黑洞洞的枪口，前后都是死路一条！我咬了咬牙，把袖子挽好，站到了巨狮金椁旁，向张茜点了点头。其他人见状，都神色紧张地向外散开，每个人都屏息凝视着我们。

张茜也向我缓缓地点了一下头，接着她长吁一口气，缓缓地弯下腰，轻轻地用手握住石狮子口中的绿色夜明珠。只见她稍稍用力，只听"咔"的一声，夜明珠便掉落在她手掌中！接着金棺里面发出"哗啦啦"的类似于齿轮转动的声音！大概有十几秒后，只见金椁的前半部分楠木盖子突然向上弹起，下面竟露出数以千计摆得整整齐齐的金牌。每块金牌大概有五厘米见方、三厘米厚，每块金牌的正面都镌刻着一个篆体的汉字。

与此同时，金椁的侧面，缓缓地伸出一个纯金打造的方盘。方盘正中并排有四个凹槽，看样子刚好可以把那见方的金牌放在凹槽里面。我正在纳闷这么设计金椁的原因是什么，突然那金盘抖动了一下，竟然又开始缓慢地向金椁里面回缩进去。

我脸色一变，连忙看向张茜。张茜皱了皱眉，低声对我说："没想到会这么快！快去拉线，一定要看清楚金球上的字，我们只有五分钟！"

我点了点头，回身来到巨椁的后部，弯下腰低头仔细看了一下棺顶金狮的尾部，果然发现有一条金线系在上面！我又顺着这条金线往后看，正如张茜所说，金线的一端分出四条肉眼几乎无法看清的细金线穿入了金棺内部。我咬紧牙关，用手指轻轻夹住最外面的那根细金线轻轻一拉，就听见金棺里面发出一阵刺耳的声音！我正不知所措，张茜低声喝道："快看金椁的侧面！"我连忙低头，才发现外椁侧面耀眼的金色下，竟然有一条透玉覆盖的管道！说时迟，那时快，一个金色的小球从管道的一侧弹了过来，速度极快！我连忙集中精神凝视金球，发现那球上面果然有字！字是用篆体书写的，很难分辨，金球又高速旋转，想要看清楚简直比登天还难！

正在我束手无策之际，突然金狮巨椁里发出一声巨响，金椁被响声震得微微颤动了一下！而正是这一震，管道里滚动的金球竟然略微停顿了一下！就在这电光石火一瞬间，我马上分辨出了金球上写的字——一个篆书的"皇"字！

（三十二）

金球

　　我连忙把看到的"皇"字告诉张茜。张茜听了，眼疾手快，没用几下就从金樽中找到了带"皇"字的金牌。她深吸了一口气，把第一块金牌放在金盘旁边。我正纳闷张茜为什么没有直接把金牌放在巨狮金樽侧面金盘的凹槽里，但是一瞬间，我马上就明白了，她一定是想把四个金牌都拿到手之后，再统一放在凹槽里，这样做可以避免四个金牌的顺序出现错误。

　　看我在一旁愣神，张茜连声催促我抓紧时间拉第二根金线！我回头一看，那金盘竟然已经缩回去五分之一了！于是我连忙振作精神，回身去拉第二根金线。有了拉第一根线的经验，这一次我的动作更加迅速。我拉动金线之后迅速缩身，低下头去看金樽侧面的透玉通道。果然巨狮金樽里面又是一阵"噼里啪啦"的声音，紧接着一个金球掉到了透玉通道里，飞速旋转着向前滚去。我的脑袋和眼珠恨不得随着金球来回转动，目光死死地盯着金球上刻的字。第二个字笔画并不多，可是在这种情况下，笔画越是简单，就越不容易确定是什么字。根据笔画的走向，我脑子里跳出十几个类似的字，可是又逐一被我否定了。转眼间，金球已经滚到了透玉通道的尽头，马上就要重新掉到金椁里了！此时此刻，心里越是着急，大脑越发一片空白，我头上的汗珠子一串串地往下掉，我根本顾不上去擦拭。

看着我一脸窘迫的样子，棺床下面那个"蛇精"女子也是急不可耐，几步跳到棺床上巨狮金椁旁，照着我脑后勺就是一巴掌，嘴里还厉声骂道："一个破字你都认不出来，你到底有没有真能耐啊？有没有？到底有没有啊？"

她这一巴掌正好打在我后脑勺的伤口上。一阵剧痛袭来，我"哎哟"惨叫了一声，脑袋不由得向旁边一歪。不想，这一歪力道不小，脑袋又撞上了巨狮金椁上面的巨大的狮身，一阵疼痛钻心而来。

我气不打一处来，听着"蛇精"女子的"有没有"还在耳边回荡，我回身就要去给她一拳。就在我头刚刚转动，目光就要离开那个金球的时候，我突然发现金球上刻的字特别像篆书的"有"字！我无暇确认，这时候也顾不上想什么后果，张口便向张茜大喊："有，有无的有！"

张茜看了我一眼，犹豫了一下，不过还是回身从金椁中麻利地挑出带有"有"字的金牌，放在了金盘的旁边。

正当我准备去拉第三根金线的时候，突然金棺里面发出了一阵"叽叽咯咯"的声音，就好像有人在金棺里面说话一般。我刚要问怎么回事，突然发现张茜紧锁着双眉，脸色变得极度的难看。就在这时，金棺里突然发出一声巨响，整个金棺都随着这声巨响为之一颤！站在棺床附近的几个人都站立不稳，来回摇晃。我也被巨响震得向棺床下摔去，慌乱之间，我连忙伸出双手扶住金棺，可是不小心拉住了棺盖上金狮的尾巴。

张茜看了，不由得大叫一声："小心金线！"

我连忙站直了身体，抬起两手，发现金狮尾部的金线并没有什么变化。我长长地吐了一口气，刚要和张茜说一声没事，就在这时，突然"啪"的一声，棺顶金狮尾部的金线竟然自行断裂，后面连着的两条细金线极速地向棺顶的洞中缩去！我和张茜不约而同地大叫一声：
"不好！"齐身跃向棺顶金狮的尾部。我们两个都伸出双手，想去抓
住那两条细金线。可是还没等我们的手伸到金狮的尾部，只见一道寒
光从我们眼前扫过，直奔细金线而去。接着"啪"的一声，一枚飞镖
直插到棺顶的洞口处，正好把两条细金线夹在了那里！我连忙伸手把
两条金线捻在手里，这时回头再看，才发现身后那"蛇精"女子手里
还拿着几个一模一样的飞镖，在那里跃跃欲试。看样子飞镖正是从她
手里飞出来的。

这时众人都叫起好来，"蛇精"女子脸上也露出得意的表情，只
有那大头怪人纹丝不动，好像什么事都没发生过一样。我瞥了张茜
一眼，发现她的脸上竟然也没有任何表情，只是脸色比之前更加的
阴沉。

我看手中这两条细金线已经差不多快要完全地缩进洞里去了，就
拉住金线的线头慢慢往上提，想把金线尽量多地从洞口里拉出来。可
是我刚拉了一下，张茜突然脸色大变，嘴里大喊道："快，快停下！
不能拉线！快停下！"

听了张茜的大叫，我吓了一跳，连忙把手停下。可是一切已经来
不及了，只听见金椁里面"哗啦"一声响，我手中的两根金线竟然同
时一松。接着又是"哗啦啦"的几声巨响，说时迟，那时快，眼见着
金棺里竟然同时滚出来两个金球，一起弹进了透玉通道里！两个金球
完完全全地滚在一起，眨眼间便从通道的一头滚到了另一头！在狭窄
的透玉通道里，一个金球滚动都已经很难看清上面刻的字了，这一次
两个金球同时滚动，并且互相碰撞，滚动的速度不断加快。转眼间，
两个金球已经马上就要坠入到金椁之中，我却没有看出半点的端倪，
大脑完全是一片空白，只是不停地用手擦着额头的汗水。

我正呆若木鸡，张茜突然朝我大喝一声："你在干什么？还不赶
紧分辨出是什么字！快点！时间要来不及了！"

张茜的话一下子把我从呆立中惊醒，我赶忙往金盘那边扫了一眼。天哪！金盘已经缩进金椁一多半了，再不抓紧时间，就算金球上的字都能够辨认出来，金牌也都顺利地找出来，恐怕也没有时间把金牌放进凹槽里了。

　　正当所有人都焦急无比地盯着金棺一侧飞速滚动的金球的时候，突然，棺床下面站着的那个矮胖子在我身后大声喊道："咦！你们快看，这大厅，这大厅里怎么突然变成绿色了？难道是我们中了什么诅咒吗？"

　　听了他的话，我才发现，地宫金券四周墙壁上的长明灯中的火苗，不知什么时候竟然都变成了绿油油的。整个金券大厅笼罩在一片跳动的绿色光芒之中，目光所及之处，一切都有一种说不出的诡异与阴森，就连每个人的脸，都已经变成了翠绿色。

　　我转头看向张茜，不解地问道："这到底是怎么回事？"

　　张茜神色已经极度的慌张，她满脸的汗水，不停地用舌头舔着自己的嘴唇。她一边看了看滚动的金球，一边用颤抖的声音说道："这，就是'鬼吹灯'……"

（三十三）

开棺

　　倒斗的那些"摸金校尉"在陵墓之中，最怕的就是"鬼吹灯"。

　　"鬼吹灯"就是指盗墓贼进入到墓室后，一般都会在开棺盗宝之前，在墓室东南角，点一支蜡烛，称作"命灯"。开棺后这根蜡烛如果火苗变绿或者突然熄灭，那就说明墓主对有人盗取自己的东西不满，提醒盗墓贼将盗取的物品立刻放回原处。此时盗墓贼需磕三个头，背道退出墓室方可保命。如果盗墓贼贪欲难止，执意要坚持盗取棺中宝物，那多半会遇到墓主人裂棺起尸，盗墓贼再想全身而退的可能性便微乎其微了。

　　其实，这种现象从科学的角度解释应该是因为墓室空间狭小，氧气不够，或是棺材里面的尸体因年代久远，腐烂变质，遇到氧气而产生有毒气体，从而引起火焰燃烧发生变化或造成空气质量改变，最终导致火焰变绿或是熄灭。虽然不是什么真正的"鬼吹灯"，可是一般盗墓贼遇到这种情况，也会迅速退出，以免因为氧气耗尽或是毒气中毒而命丧陵墓之中。

　　此时此刻，地宫金券里所有的长明灯都发出绿油油的火苗，难道是有毒气体已经充满了整个墓室空间，还是这金狮巨椁的主人——皇太极在向我们发出警告，让我们赶快收手退出？

我稍一走神，张茜马上对我又是一声大喝："喂！你还在等什么？你是不是不想活了？"

我一下子回过神来，连忙低头去看透玉通道，这才发现那两颗金球竟然马上就要冲进通道尽头的洞口里了！我急中生智，随手拔起金棺上面的飞镖，用尽全力对准金球滚动的位置刺去！只见一道火花闪过，飞镖竟然刺透了透玉通道的表面，深深地插入了金棺侧面的金丝楠木之中。我没想到这飞镖竟会如此锋利，惊愕之余，再去看那两颗金球，发现飞镖刚好将那两颗金球卡在通道和洞口之间的狭小缝隙里。我长吁一口气，整个过程都在电光石火间发生，我的一举一动也都是本能的反应，现在想想，成功与失败真的只在一线之间！我低下头，瞪大眼睛仔细分辨，发现这两个金球上分别写着"建"和"极"两个篆体字！

我赶忙把看到的字告诉给了张茜，张茜麻利地把带有两个字的金牌挑选出来，也摆在了金盘的旁边。然后张茜一边用手扶住慢慢缩进金棺的金盘，一边抬起头，死死地盯着我。我以为她要和我说些什么，可是过了半天，她一个字都没说出来。

我低头一看，四分之三的金盘已经缩进金棺的里面，而且似乎金盘缩进的速度在越来越快！我急得对着张茜大喊："你究竟在干什么？你不把金牌放进去还在等什么？！"

张茜沉着脸，咬了咬牙说："蠢货！你不觉得这四个字应该有个顺序吗？你还问我在等什么，我在等你找出正确的顺序！你再不快点告诉我答案，我就没有力气拉住金盘了！！"

她这么一说，我一下愣住了，原来张茜在用尽全身的力气拉住金盘，放慢金盘缩进的速度！我又转念一想，张茜说得对啊，设计机关的人不可能让你随便把这四个字放在凹槽里面，这四个字一定是组成一个词组才对！我几步转到张茜身旁，低头看了一下金盘旁边的四块金牌，上面四个字分别是"皇""有""建""极"，这会组成一个什么词组呢？我略微思考了一下，突然眼前一亮，连忙伸手把四块金牌拿起来，按照从左至右"皇建有极"的顺序把金牌放在了金盘的凹槽里。

所谓"皇建有极"，极是指中道、法则，意思是君王建立政事要遵循中道，基本是不偏不倚，取儒家中庸之意。皇帝，也就是天子来制定建立中正的天下最高准则，有强调皇权之意。这四个字出自箕子的《洪范》，北京紫禁城保和殿正中的牌匾上写的就是这四个字。

我自认找到了正确的答案，便洋洋得意地长出了一口气，等待着张茜以及其他人的赞美之词。可是还没等我这口气完全吐出来，我身边的张茜一下子跃起身来，猛地冲到金盘前，飞快地把我刚放好的四个金牌从金盘的凹槽中取了下来！她这一举动一下子把我弄得目瞪口呆！还没等我发话问她，张茜已经把这四块金牌的顺序调整了一下，从右至左按照"皇建有极"的顺序重新把金牌依次放进了凹槽里。放好之后，她才回过头白了我一眼，从鼻子里哼着说："清代的牌匾应该是从右往左念吧……"

听了这句话，我的脸都要红到了后脖颈了。刚才光顾着紧张着急了，脑子里彻头彻尾地忽略了这个细节。就在我还没尴尬到极致的时候，我的耳边突然传来了一声巨响，紧接着眼前的金棺猛地一震！这又是发生了什么事情？慌乱中，我发现金盘已经完全插进了金棺内部，金棺里面不断地发出齿轮转动的嘈杂混乱的声音。过了好半天，突然"咔"的一声巨响，吓了棺床周围的人一大跳！这时，金棺外面的椁盖一下弹开了一条巨大的缝隙，紧接着，顺着椁盖的缝隙，金棺里面冒出了大量的白烟。

我连忙按住口鼻，一边弯腰伏在地上，一边嘴里大喊："快卧倒！小心毒气！"半天才发现，根本没有任何一个人随我趴在地上。我抬起头才发现，周围的人都已经戴上了防毒面具，整个地宫金券里只有我一个人傻傻地趴在地上，用手在遮挡口鼻。张茜向我使了眼色，让我爬起身来，然后伸手递给我一个防毒面具！我尴尬地伸手接过防毒面具，一边戴在头上，一边心里暗骂这群人不够意思。不过我周围的人注意力都在金棺那里，根本没有人在乎我此刻的表情和举动。我讪讪地戴好了防毒面具，也挤到了棺床前，朝着金棺的缝隙望去。

过了足足有半个小时，白烟方才散尽。此刻地宫金券里四周墙壁上的长明灯发出的绿色火焰更加深暗了！此时此刻，虽然金棺四周的每个人都无比忐忑惊惧，但是已经到了这个关键时刻，谁又能放弃开棺，转身离开呢？

这时，大头怪人一挥手，旁边上来四个壮汉，几个人合力将外椁带有巨大金狮子的椁盖抬下来立在一边。我和其他人一样，连忙探头往椁里看去，发现巨椁里面果真放着一口涂着鲜艳红漆、画着金色花纹的金丝楠木棺材！棺材和外椁之间的缝隙里塞满了各式各样的金箔片，每一张金箔片上都用黑墨汁写满了不认识的字符。金箔片在绿色火焰照耀下，散发着奇幻的光芒！

不知不觉间，墓室里的所有人都已经爬上了棺床，每个人都瞪大了双眼，面无表情地死盯着那些金箔片。此时此刻，我竟然也不由自主地把头伸向巨椁里面，双手扶着椁壁死盯着里面的金箔片，迷蒙之间，我心底里竟然有一个声音在轻声地对我说着："来吧，来吧，看看里面到底有什么。"

突然，一阵疼痛把我从迷幻中唤醒！我仔细一看，原来是张茜在用两根手指紧紧地扣住我的手腕脉门。她看我清醒过来，连忙把我从棺床上拉了下来，示意让我摘下防毒面具。等到我把防毒面具从头上摘下来的时候，张茜神色紧张地趴在我耳边轻声对我说："你不觉得有什么不对劲吗？我们，好像都被封死在这地宫金券里面了！"

听了她的话，我不由得一怔，连忙回过头去看身后那扇我刚才溜进来的石门。可是，那扇石门呢？

（三十四）

龙纹锦被

　　我回过身去才惊讶地发现，进来时那明楼下的巨大石门竟然已没有了踪影！眼前只有一面高大的蟠龙石壁，石壁上面刻着九条飞腾的巨龙，而巨龙中间刻着一尊立坐凝神、威武霸气的雄狮。

　　我盯着石壁看了半天也没看出什么端倪，这才转过头看着张茜，一脸疑惑地问道："原来的大门呢？大门哪儿去了？"

　　张茜摇摇头，回过头看看棺床上围着金棺的那些人，然后才低声对我说："我刚才注意力都放在巨狮金椁上了，没留意后面发生了什么，也没听到什么响动。刚才，我本来合计趁他们不注意，拉着你从大门逃走呢，结果回头才发现大门没有了。这可真是见了鬼了！"话没说完，张茜已经一屁股坐在了石壁前面的地上。

　　我不死心，前前后后地把整个地宫金券转了一圈，又站在石壁前，把石壁从上到下看个仔细，最终确定整个金券里没有任何逃生的通道！我脑袋一阵眩晕，顿时觉得没有了任何希望，忍不住也唉声叹气地一屁股坐在张茜身旁。这时，后脑的伤口又开始隐隐作痛，我用手轻轻地摸了一下，发现还有不少的血渗出到伤口外面。

　　张茜看了，伸手从地上的一个背包中掏出了一个急救包，然后拿出棉签蘸着碘伏给我的伤口消了毒。接着，张茜又用医用棉和绷带帮我把伤口包扎好。我虽然脑袋在张茜的手中动弹不得，可是眼睛还在四下里寻找"幻彩"。刚才，也就是一眨眼的工夫，这小东西竟然跑得无影无踪。我担心不已，心里一个劲地默念：但愿这小东西别出什么危险才好。

"他们是什么人？"等到张茜给我包扎完毕，我抬头轻声问张茜。

"不知道，看样子像是盗墓贼！不过那个大头怪人看上去很邪门，不像是奔着这地宫棺材里的宝贝来的……"张茜一边收拾着急救包，一边皱着眉头小声地回答。

"那你怎么和他们走到一起去了？"我终于把这个问题问出口了。

"你是不是脑袋被打残了？在蚕盆尽头的石门外，我是在睡梦中被他们抓来的！"张茜瞪了我一眼，"你以为呢？你以为我跟他们是一伙的？把你甩包了？"

我看张茜一脸愤怒、十分激动的样子，连忙苦笑着摇了摇头，对她说："没有，没有，我只是一直不知道你去哪里了，怕你有什么危险。"说完，我连忙移开了自己的目光。

张茜死死地盯着我，没再说话。我刚要找个什么话题缓和一下紧张的气氛，突然听见棺床上"咣当"一声巨响，把我和张茜吓了一跳！我们赶忙站起身来，来到棺床旁一看才发现，原来巨狮金椁旁的那一群人，竟然在大头怪人的指挥下，把巨椁里面那朱漆花棺的棺盖给撬开了一个巨大的缝隙！

我和张茜互相看了对方一眼，使了个眼色围了上去。我们也想看看这皇太极的棺材里都有些什么宝贝！几百年过去了，皇太极差不多已经化成灰了，不过那些陪葬的宝贝应该都还完好无损。眼见着几个壮汉一起喊着口号，一点一点地把厚重的棺材盖挪开。我和张茜躲在一边，不敢发出任何声音，直到棺材盖被彻底移开，我们两个才趁着众人不注意，在金棺的一角把头探了进去。

棺材里面蒙在最上面的是一条明黄色的厚厚的龙纹锦被，虽然时间已经过去快四百年了，可是锦被光滑如新！锦被的表面绣着无数条团龙，或大或小，或红或绿，每一条都栩栩如生、呼之欲出。

看到这条锦被，我不禁担心起来，因为我知道棺材里的东西最怕开棺后瞬间被氧化！即使是再精致、坚固的东西也会在氧气的作用下，变成一团黑水。在我国考古历史上，最惨痛的教训莫过于1956年挖掘明十三陵中的定陵了。当时从明定陵的地宫和棺椁中发掘出来的陪葬文物有三千多件，其中丝织品应该是最具价值的。在定陵发掘之前，民间很少见到明代丝织品，存留至今的实物更是凤毛麟角。定陵的整匹丝织品，每卷上都有"腰封"，写着尺寸、时间、产地、质地，极为难得。然而由于考古帝王陵墓经验不足，考古人员在开棺的时候没做到足够的保护，结果陪葬品，特别是丝织品遇到空气中的氧气迅速氧化，过了几个月就全变黑、变硬、变脆。再加上当年的文物库房太过简陋，四面漏风，根本谈不上恒温、恒湿、避光，以至于后来出版的考古报告里，大多数丝织品只能呈现支离破碎的损坏状态。眼前的龙纹锦被要是也这样被直接暴露于空气中，我担心不用多久，也会变得漆黑一团，支离破碎。

我正为棺中的文物的命运担忧，却听到人群中那个胖子在看到龙纹锦被后，张着大嘴不住地赞叹。只见他面露喜色，两颗眼珠子都要掉出来了，时不时地他还擦擦嘴边的口水，一看就是一副文物贩子贪婪模样。

众人中，那个队长模样的人抬头望向大头怪人。只见大头怪人微微点了一下头，那个队长就和另外几个壮汉弯下腰去，伸手探进棺材里，把龙纹锦被从棺首一侧慢慢地掀起来。我连忙探头去看，只见龙纹锦被下面竟然满满地覆盖了一层金银玉器和成匹的罗纱织锦！那些金银玉器有罐有瓶，有杯有盏，不仅光泽亮丽，而且做工之精细可以说是吹影镂尘，让人叹为观止。除此之外，棺材的一角还堆有成锭的金块和银块，以及数不清的夜明珠和犀角。

现场的每一个人都眼睛发红，死死盯着这些奇珍异宝。看着大家脸上露出不同的笑容，便知道此刻每一个人都心思各异。就在这时，张茜拉了我一把，指着棺材里金银玉器的正中间的位置问我道："咦，快看，这是什么？"

　　我顺着她手指的方向看去，只见在众多的金银玉器中间，竟然摆放着一个一尺多高的巨大的金丝方砖！我探头过去，仔细端详了金砖半天，却看不出什么端倪，只好对着张茜摇了摇头。这个金丝方砖除了顶部有个圆球状的凹槽外，没有任何标记和特殊之处，看样子不像是普通的金锭。我心下暗自奇怪，纳闷皇太极为什么会在自己的棺材里放置这么一个巨大的金砖。

　　就在这时，那个胖子突然喊了一句："还等什么？大家赶紧打包装货啊！"

　　众人一愣，连忙齐声称是。几个壮汉更是要跳进棺材里面，准备动手搬运这些陪葬的珍宝。突然间，耳旁传来大头怪人的一声暴喝："都给我住手！"

　　那些壮汉们都畏惧大头怪人的法术，听了他嘶哑恐怖的叫声，谁也不敢动了。一旁的胖子脸上红一阵白一阵的，刚想说些什么，又把到了嘴边的话咽了回去。

　　大头怪人等了一会儿，才缓缓地说道："一群猪头！你们不觉得这棺材里面很奇怪吗？"

　　众人面面相觑，不知道他指的是什么，过了好半天，"蛇精"女人忍不住问出口来："你到底在说什么？这有什么奇怪的？"

　　大头怪人的目光停在棺材中间，盯了好一会儿，才又用诡异的声音说道："棺材里面，总应该有尸体吧……"

　　他一说我才意识到，对啊！这么大的棺材，装满了金银珠宝、玉器丝绢，什么宝贝都有了，可是唯独缺少了最该有的皇太极的尸体啊。

（三十五）

夜明珠

　　众人听了大头怪人的话，都大吃了一惊！的确如此，棺材里最应该有的就是陵墓主人的尸体啊！可是眼前的这口巨大的金丝楠木棺材里面，除了盛满了一下子的金银玉器外，连根皇太极的头发都没有！看这棺床上的巨狮金椁和朱漆花棺的规格，肯定是帝王级别的，这一点是绝对不会错的。可是为什么棺椁之中没有皇太极的尸体呢？难道说这地宫和明楼所处之地并不是皇太极真正的陵寝，还是说我们这些人找到的只是清昭陵的疑冢？在场的人都是一头雾水，大家面面相觑，不敢随便言语。大家心里明白，如果眼前真的是疑冢伪棺的话，那此时此刻我们就应该处在极度危险之中了。那个队长模样的人一声咳嗽，几个壮汉缓缓地把枪栓拉开，跳下棺床，环顾四周，生怕有什么危险的事物从身后袭来。

　　张茜环抱着双臂，慢慢地绕着金棺仔细查看，而我的目光就一直停留在棺材珍宝堆里的那个带凹槽的金块上。不知道为什么，我内心深处有种隐隐的感觉，整个墓室以及皇太极陵寝的秘密就在这个金块上！

　　过了有一炷香的工夫，那个中年胖子实在按捺不住性子，伸着脖子喊道:"要我说啊,咱们就别管什么皇太极的尸体了!棺材里的东西够我们花,还找什么尸体?兄弟们,我们还是赶紧打包装货,然后快点离开这个地方吧!"

他这话一出,周围几个跟着他们一起来的人都点头称是,那个队长模样的人也点了点头。于是几个壮汉开始七手八脚地去拿自己的背包,还有一个壮汉干脆从包里掏出一个折叠了的防水帆布整理箱,准备往里面装棺材中的那些金银玉器。

"谁也不许动!"棺材一旁的大头怪人突然一声大叫,把所有人都吓了一跳。大头怪人几步来到胖子面前,闪电般地伸出枯枝一样的手抓住了胖子的脖颈,面具下面传来了鬼哭狼嚎般的嘶吼:"你个死胖子,给我听好了!当初我们约定好一起进到皇太极地宫,我找我的'天眼',你倒你的斗,互不干涉!但是我当时把丑话说在前头了——只要发现'天眼'的线索,一切以寻找'天眼'为主!现在'天眼'还没找到,你就要拿着东西抬屁股走人,那好,既然你们不讲信用,那就休怪我不仁不义了!"话音刚落,只见大头怪人的头顶上竟然不断地闪现出一道道刺眼的闪电,众人看了都大惊失色,纷纷退后。

平日里,这中年胖子带来的一伙人都见识过大头怪人的法力,对他十分顾忌。在没看到棺材和财宝之前,大头怪人说的话没有人敢说一个不字。可是现如今,大家已经身在地宫金券,大堆的无价之宝就堆在面前,这伙盗墓贼早就已经垂涎三尺、无法自控了。此刻听到大头怪人不让大家去拿棺材里的宝贝,包括那队长模样的人在内,每一个人都无法接受眼前的事实。

中年胖子咬了咬牙,犹豫了一下,竟然对着大头怪人也大声地喊叫起来:"你找你的'天眼',我没拦着你,可你现在连皇太极的尸体都没找到,还找什么'天眼'?你找不到'天眼'与我何干?我该做的都做了,现在我就是拿了棺材里的东西出去,你也拦不住!"

大头怪人面具下的双眼死死地盯着中年胖子,我看到他们马上要火并起来，心里不由得一阵兴奋。可是还没等我高兴起来，大头怪人竟然阴森地大笑了起来。大笑过后，大头怪人从牙缝里挤出几个字来对胖子说道："出去？你从哪儿出去？"

中年胖子四下环顾了一圈，脸上稍稍地变了颜色，不过还是咬着牙说道："我……我们用炸药把这墙炸开！"说着还拍了拍自己的背包。

大头怪人听了以后，忍不住狂笑起来，那笑声尖细空灵，不断地在金券上空回荡，听得每个人都毛骨悚然，一头冷汗。

中年胖子抬手擦了擦汗，战战兢兢地问道："你，你笑什么？"

大头怪人收起了笑声，不过也没再说什么，只是伸手指了指头顶。

我抬起头，顺着他手指的方向望去。只见我们的头顶铺设着一层半透明的玉板，里面竟然散发着淡淡的蓝光。这玉板本身的纹理配着这流水一般的光，就好像头上飘动着朵朵祥云。

我伸手拉了拉张茜，不解地问道："这不就是装修吊个棚吗，有什么奇怪的？"

张茜一脸严肃，摇着头说："这个棚顶应该就是天宝龙火琉璃顶。玉板上面流动的蓝色应该就是西域进贡的火龙油，玉板再往上一层就是铺设的琉璃瓦。这种设置是古代防止盗墓贼进入墓室的最为先进的办法！一旦外力触碰，不管是最上面的琉璃瓦，还是最下面的玉板层，都会脆裂破损，中间的火龙油一旦流淌出来，遇到空气就会爆燃，把墓室里的全部东西烧成灰烬。"

中年胖子听了张茜的话，脸色大变，按照他刚才说的用炸药炸金券四周的石壁，恐怕没等把石壁炸开，先把天宝龙火琉璃顶震裂了！到时候我们这些人陷入火海之中，一个都别想跑出去！

胖子旁边的"蛇精"女人用颤颤巍巍的声音问道："可是，可是天宝龙火琉璃顶不是宋金时代帝王古墓常设的防盗结构吗？难道清朝皇帝的陵墓也会采用这样原始的结构来防盗？"

我回头看了她一眼，用了轻蔑的口吻说道："清朝防盗墓技术是发展了，不过还有什么比这个结构对盗墓贼更有威慑力呢？要不，你试试？"我特意把"盗墓贼"几个字说得特别清楚。

"蛇精"女人恨恨地看了我一眼，转身站到中年胖子身后去，不再言语了。

中年胖子发狂般地仰天嘶吼："难道我们要活活困死在这里吗？"

没有人应声。一时间，整个金券大厅里面死一般沉寂，当真是掉地上一根针都能听见。

这时，张茜突然慢慢地走到棺床旁边，扶着巨棺缓缓地绕了一圈，我发现她的眼睛死死地盯着那棺材中间的金块。我也走到张茜的身边，用手指着金块上的凹槽，轻声地对她说："这上面应该是放个东西。"

张茜点了点头，说道："那该放什么东西呢？"

我摸着下巴颏，撇着嘴沉默了一会儿，突然想起了什么！我连忙抬起头，对张茜说："你刚才从狮口中拿下来的那个绿色夜明珠呢？"

张茜眼睛一亮，朝我点了一下头，伸手从口袋里掏出那个散发着幽暗光芒的绿色夜明珠，递到我手里。我掂了掂手中这流光溢彩的夜明珠，然后弯下腰，小心翼翼地把夜明珠放在了棺材中间金块上面的凹槽里。我刚站起身来，巨棺的棺身便发出了一连串奇怪的声音……

（三十六）

"天眼"

听到巨棺里面发出类似齿轮转动的声音，众人都慌忙退到棺床下面。声音持续了有几分钟，接着突然一声巨响，只见巨狮金椁连同里面的朱漆花棺一下子从头至尾裂成两半！两片棺身缓慢地向两旁移动，棺椁里面的金银珠宝、玉器瓷瓶和那些写满了字符的金箔片稀里哗啦地掉得满地都是。

中年胖子看到很多玉器瓷瓶掉在地上摔得粉碎，心疼得牙都要咬碎了！可是当他回头看了看那戴着面具的大头怪人眼中射出的两道闪电一般的目光时，脚下终究没敢挪动半步。

此时，棺椁中间的裂缝越来越大。这时大家突然发现，在那裂缝之中，竟然有一口泛着些红色的金棺从裂缝中缓缓升起！这血色金棺足足有三米长、一米宽，看上去就像是一个方方正正的桌子一般！金光闪闪的棺身上不知涂抹了什么，感觉像有血液在流动。巨大的棺盖上面镶嵌着一条盘身巨龙，巨龙的中间立着一只足下踏着一只金镶玉绣球的金色雄狮！我瞪大了眼睛仔细辨认，没错，这只金色雄狮的半只左耳在绿油油灯火的照耀下分外醒目！

众人面面相觑，脸上都写满了相同的表情——原来皇太极真正的棺材在这里！可是我心里的感觉不知道是欢喜激动还是恐惧紧张。说实话，此时此刻任何玄幻奇妙的事情都已无法再刺激我的神经！我只是机械麻木地告诉自己眼前发生了什么，不知道为什么，这会儿，我心里甚至连逃生出去的欲望都一点一滴地消逝干净了。

随着"咔嗒咔嗒"的类似钟表齿轮转动的声音完全消失，外层的棺椁已经完全地裂开到两边，血色金棺已经升到了棺床上面不动了。整个地宫金券里一片寂静，所有的人都不敢动弹半分，甚至都没有人敢大声地呼吸！这一刻，好像在场的每个人都在冥思苦想，又仿佛每个人都已蒙眬入眠。

这种状态竟然持续了有一刻钟，直到张茜拉了拉我的衣袖，我才从迷蒙之中苏醒过来。我转过头怔怔地望着张茜，她皱着眉头，伸手指了指血色金棺上狮子的耳朵，低声对我说："你看，又是缺了左耳的狮子。"

是啊，这一路走来，遇到的狮子雕像和图画实在是太多太多，而狮子没有左耳好像已经是一种标志、一种象征了！我猜想，这没有左耳的狮子应该代表着某种神秘的力量或权力，可是这究竟是一种什么样的力量和权力呢？我实在是说不出来！而此刻的我，又在不知不觉中介入到这股神秘力量中扮演了何等角色？我扪心自问，可是心里除了无比的茫然，没有任何答案。

这时，大头怪人拄着黑色的权杖，慢慢地走到血色金棺的一侧，嘴里念念有词，好像又在做什么祈祷仪式。地宫金券里除了我和张茜，其他人都跪倒在地，虔诚地倾听。张茜环顾了一下这些人，伸手拉着我也原地跪下。我十分疑惑，但还是跟着她跪了下去。我侧头凝望着她的脸，她却没有理我，只是面朝着血色金棺轻盈地拜倒，脸上流露着无比虔诚的神情。

我这个人就怕跪倒在地，倒不是我这个人孤傲自恋，目中无人。主要是我在上学的时候特别喜欢踢足球，那时候也不懂得保护自己，结果就把两个膝盖弄伤了。现在即使不运动，站久了或者坐久了也会经常酸痛难忍，更别说跪在这青石板的地上了！所以跪下没有一会儿，我这两个膝盖就开始钻心地疼痛起来。

我不是大头怪人那一伙的，没必要和他们一起搞封建迷信活动，于是我慢慢地站起身来，一边用双手不停地揉搓自己的膝盖，一边低头打量着身边的张茜。看张茜此刻神秘兮兮的，也不知道她的真实身份到底是什么，既然她虔诚地膜拜，肯定和这大头怪人的神秘巫术有着千丝万缕的联系！可惜，现在这种场合不方便问她，我只好站在一旁默不作声。刚才跪了一会儿，此刻我的腿几乎已经失去了知觉，我勉勉强强地保持住平衡，没有让自己摔倒在地上。

那大头怪人念的咒语我是一句也听不明白，只见他一会儿挥舞着权杖，一会儿又手舞足蹈，我心里想笑却又笑不出来。我是个无神论者，虽然中国传统文化里，的确存在着诸如奇门遁甲、五行八卦的河洛玄术，但是我内心深处还是对这些东西比较反感和抵触。我经常会告诉一些执迷阴阳法术的人，要想做哈利·波特，你得去英国，别在我们这文明古国里研究这些旁门左道。可是这次的经历，让我的人生观与价值观遭到了巨大的冲击！原来根本不相信的事物和现象都在眼前真实地出现了，用学过的科学理论又根本无法去进行解释！这些天的遭遇，让我自己对于玄学和宗教的的确确又有了一种新的认知。

这时候，大头怪人的祈祷似乎是结束了！大家跪在地上无比虔诚地继续磕着响头，只有我如同置身事外一样，像石像生般，孤零零地立在一旁，没有任何反应。

大头怪人绕着血色金棺仔细观察了一番，发现上面并没有暗锁或是钉死的痕迹。于是他回身一挥手，那个队长马上带了几个壮汉上到棺床上。这几个人都戴着手套，小心翼翼地把住血色金棺棺盖的四角。队长一声令下，众人一同缓缓地抬起棺盖。

就在棺盖掀起的一瞬间，一团金色的雾气从缝隙中涌出！众人仗着自己戴了防毒面具，躲也不躲。我惊奇地发现那些金色的雾气并没有散去，而是都慢慢附着在那几个壮汉的衣服上。几个人顿时如同穿了荧光服装一般，在光线的照耀下，浑身散发着冷冷的金光。我怕这东西有毒，连忙拉着张茜向后退去。

这几个人把巨大的棺盖立在棺床一侧的石壁上，此时此刻，血色金棺里还是金雾缭绕，看不清里面到底有什么。众人只能趴在棺材边上，慢慢地等待金雾散去。一个膀大腰圆的壮汉不停地伸手在棺材里来回地挥动，想尽快驱散金雾。不一会儿，这壮汉的一只手已被金雾紧紧地裹成金色，可棺材里依旧金雾弥漫。我和张茜不知道该做什么，只能小心翼翼地躲在后面，同时尽量避免不让金雾落在自己身上。

这时突然有个人喊了一声："有东西升上来了！"

我和张茜听到喊声，连忙探头一看，只见在金雾之中，一个人形的东西平躺在台子上慢慢升起，令人不解的是，这人形的东西浑身上下竟然闪着亮光。正当我和张茜满腹疑团，不知如何是好之际，这时耳畔传来了"咔"的一声巨响。伴随着这声巨响，眼前金雾散尽，棺椁中的人形的东西也停止了上升！众人连忙上前聚拢，屏息凝视，上上下下对着这人形的东西仔细打量了起来。我和张茜心里的感觉基本是相同的——躺在棺材里的分明是一个人！这个人的身上从头到脚都披着玉片和金线织成的金缕玉衣，而这个人的脸上戴着一个金色的面具，面具上除了眼洞没有特殊的装饰。

我指了指这个穿着金缕玉衣的人，对张茜说："这么寒酸！难道这就是皇太极的尸体？"

还没等张茜回答，我身旁的中年胖子竟然用了颤抖的声音对我说："这个是皇太极，估计错不了！可……可是，皇太极的脸上难道有，有三只眼睛？"

听了他的话，我十分疑惑，转过脸看向那只纯金的面具。一看之下，我不由得大吃一惊，只见在那金色的面具上，除了有正常的两个眼洞之外，额头的正中间竟然还有一个眼洞！那眼洞在灯光的照耀下，里面的眼睛似乎还眨呀眨的……

（三十七）

黄金面具

我指了指那带着三只眼洞的黄金面具，皱着眉，一本正经地对张茜说："这棺材里面不是皇太极啊，明明躺的是二郎神！咱们不会误打误撞进了二郎神的墓吧？"

还没等张茜张嘴说话，血色金棺另一头的大头怪人突然声嘶力竭地喊起来："'天眼'！这是'天眼'！'天眼'真的在这里！"声音中充满了狂喜。

"这'天眼'到底是个什么东西？"我心里暗暗地嘀咕。这一路上不停地听大头怪人和周围的人提起"天眼"，难道他们说的就是这个"三只眼"的面具？

张茜看了看我，好像读懂了我心中的疑问，于是在我耳边低声说道："所谓'天眼'，就是佛教所说五眼之一，又称'天趣眼'，能透视六道、远近、上下、前后、内外及未来等。一般要修炼万年，才能有机会达到'天眼'的修为。不过，这大头怪人说的'天眼'，恐怕还不是我所知道的'天眼'。"

听了她的话，我突然记起曾经在学校的古籍图书室看到过一本佛学经典，名字叫做《大智度论》。这本书里面就说过："于眼得色界四大造清净色，是名天眼。天眼所见，自地及下地六道中众生诸物，若近，若远，若麁，若细，诸色无不能照。"刚才张茜所说的应该就是这部书上对于"天眼"的解释。

除此之外，在南朝陈有一位我们比较熟悉的著名文学家徐陵，辑录了一本书叫做《玉台新咏》，著名的长诗《孔雀东南飞》就收录其中。在这本《玉台新咏》里收录了一篇碑文叫《东阳双林寺傅大士碑》，里面也提到过："大士天眼所照，预觌未来。"

盛唐时期伟大的诗人王维，字摩诘，被称为"诗佛"。他的一首诗《夏日过青龙寺谒操禅师》说过这样一句话："山河天眼里，世界法身中。"

当然，在中国古代，除了佛家，道家也有"天眼"之说。比如氏族崇拜的保护神——二郎显圣真君，也就是刚才我说的二郎神，额头上就有第三只眼，也就是"天眼"。二郎神开了"天眼"，便可以洞悉五常十界，什么东西都逃不过他的法眼！所以不管孙悟空七十二变幻化成什么，二郎神都可以分辨出孙悟空的真身来。

看来不管是古代文人雅士，还是普通百姓，都是相信"天眼"存在的。现代人就更痴迷追求所谓的"开天目"了！有一些不法分子借着"天目"说，打着玄学的旗号蛊惑欺骗他人，捞取钱财。在此之前，我一直以为所谓的"天眼"都是那帮江湖骗子编造出来的，现在看来，恐怕是我孤陋寡闻了。

张茜看我一脸迷惑，又在我耳旁低声说道："这一路上我也听他们说了一些关于'天眼'的信息。那个大头怪人说，根据一些史料和民间文献记载，'天眼'是上古时期从天外飞来的一颗陨石，具有神奇的功能！手持'天眼'宝石，就可以控制时间轨道，随意穿越并控制历史，成为掌控世界、无所不能的宇宙之王！从秦始皇之后，中国历朝历代的皇帝，甚至包括全世界其他国家的君主、统治者，都在暗中寻找'天眼'宝石！有的人是希望借助'天眼'长生不老，有的人是希望借助'天眼'主宰世界，还有的人是希望用'天眼'宝石来实现自己的梦想。按照大头怪人的说法，这颗'天眼'宝石据说落入了皇太极手里！而皇太极干脆把'天眼'嵌在了自己的额头上充当天目，等皇太极死了自然也就把'天眼'带到了棺材里。这就是大头怪人非要到这里来的真正目的吧！"

我听完张茜的话，心里更糊涂了。我转过头，又仔细端详了一下那黄金面具上的眼洞，撇了撇嘴对张茜说："谁知道这个眼洞里是不是有'天眼'宝石啊。哪能这么巧，这么珍贵的宝石让我们碰上了？就算是皇太极身为一代帝王，也不一定有这么好的运气就得到'天眼'宝石啊！再说了，皇太极要是有'天眼'宝石，那不早就长生不老了？还至于躺在这里死好几百年了吗？"

听了我的话，张茜张着嘴愣住了。而我对面的大头怪人听了我的话，身子猛地抖了一抖。这时，那中年胖子又说话了："大家别争了，'天眼'宝石是真的还是假的，拿出来看看不就知道了嘛！我们在这里傻站着，就能分辨出来真假吗？"

只要中年胖子一说话，那"蛇精"女人肯定上来凑热闹！果不其然，中年胖子的话音未落，"蛇精"女人连忙说道："对，对，对！大家还愣着干什么，赶紧把皇太极脸上的面具摘下来，拿到'天眼'宝石不就知道真假了嘛！"

那一伙人都连忙点头称是！奇怪的是，这一次大头怪人并没有说话，任凭着中年胖子带着几个壮汉动起手来。

中年胖子叫唤得欢，可是胆子并不大。现在让他亲自动手摘掉皇太极尸体上的黄金面具，给他几个胆子他都不敢！"蛇精"女子也怕有什么危险，就挥手让一个手下壮汉去摘那面具。这个大汉战战兢兢地刚要伸手去拿面具，却被那个队长模样的人喝止住！看来这个队长是想要亲自动手去摘那黄金面具。

队长模样的男人先是转过头看了大头怪人一眼，然后奋力地挽起两边的袖子，他手上还戴着那被金雾上了色的"金色手套"。只见队长慢慢地弯下腰，让自己的身体趴在血色金棺的一角上。他慢慢地移动身体，使自己尽量靠近皇太极尸体的头部，然后用手指轻轻地点了点那黄金面具！面具纹丝未动，这队长看看没什么动静，便轻轻抓住黄金面具的一侧，用力掀开一条小缝，仔细打量着面具下面是否有丝线钩在金缕玉衣上。在确定没有任何机关后，队长慢慢地把黄金面具一点一点地从皇太极的脸上掀起来。

此时此刻，我的心"扑通扑通"地跳个不停，生怕这队长把黄金面具从皇太极的脸上拿起来的时候，下面会露出一张腐烂的骷髅脸！其他人也和我一样紧张，所有人的表情都在随着队长的一举一动而不断出现细微的变化。

就在队长把黄金面具彻底拿起来的时候，所有人都"啊"地轻呼了一声！原来那黄金面具下面并没有什么"骷髅脸"出现，中间的眼洞下也并没有所谓的"天眼"宝石！确切地讲，面具下面只是一个编织得极为精致的金属面罩！

那个队长直起身来，用手擦了擦汗，然后转过身，把黄金面具交给了大头怪人。大头怪人伸出手把面具接过来，微微点了点头。那队长又转过身来，回到血色金棺中横放着的金缕玉衣前，看样子是要继续掀开面具下面的这个金属面罩——既然黄金面具下面没有"天眼"宝石，那宝石就应该在这金属面罩下了！

所有人都想知道"天眼"宝石是不是真的存在，于是大家又都屏息凝视，头挨头地凑过来。那个队长深吸了一口气，再一次弯下腰去，轻轻地掀开尸体脖子处的金缕玉衣。接着，他找到金属面罩的边缘，轻轻地用手指夹住面罩的边缘，然后稍一用力，面罩就被他手指夹起来了！我们这些人一股脑把头伸向面罩所在的位置，去看面罩下面尸体脸上的"天眼"，一时间空气都静止了！过了足足有一分钟，大家陆续抬起头来，互相看了看，谁也没有说话。

那金属面罩下面，竟然空洞洞的，什么都没有——连一根头发丝都没有……

（三十八）

绿色瓢虫

　　大头怪人发疯地跑上前去，奋力地撕扯着棺中的金缕玉衣，似乎是要找出其中的皇太极的尸体。可是，什么都没有，棺材中只是摆放着一具空空的金缕玉衣！那金缕玉衣上的几串金线被大头怪人扯断了，白花花的玉片稀里哗啦地掉了满地。

　　中年胖子见状，连忙上去阻拦，嘴里还气急败坏地叫着："哎！你个老怪物！你找不到你的'天眼'，凭什么拿着我的宝贝撒气！"说着，他目光转向破损的金缕玉衣，脸上满是惋惜和心疼的表情。

　　大头怪人根本不在乎胖子说些什么，他极度地失望和愤怒，禁不住仰天嘶吼，双手举过头顶！霎时间，只听得"咔嚓"一声巨响，一道闪电从天而降，径直把中年胖子劈倒在地上！接着又是一阵狂风袭来，棺材里的金缕玉衣全都被风卷到棺床上面，金线尽断，玉片纷飞！眼见得金丝和玉片四散地铺在地上，我连忙向棺材里看去，可棺材里面早已空空如也，再也找不出任何一件东西。

　　众人看大头怪人暴怒之下发起狂来，都吓得四散躲藏，怕被他施的法术殃及。我和张茜也躲到大殿的角落里。只有那个被闪电劈中的中年胖子在棺床上绕着棺材爬来爬去，不住手地收罗散在棺床上的金线和玉片，嘴里还不停地叨咕着："宝贝，宝贝，都是我的……我的……"

此刻，地宫金券里的长明灯发出的光越发的绿了，每个人的脸在绿光的照耀下都如同鬼魅一般，令人心惊肉跳。

我不知该如何是好，把目光转向了张茜，犹豫了一下，还是向张茜问道："那个大脑袋老怪物说你是'九玄仙女'，那是什么意思？"

张茜瞟了我一眼，咬了咬嘴唇，沉默了好半天才娓娓说道："其实具体怎么回事，我也不太清楚，所有的事情都是那个大头怪人说给我听的。他说我是第三十五代'九玄仙女'的肉身，我开始并不相信，觉得他就是用瞎话骗我！不过，说实话，我现在自己也渐渐感觉到身体里有一股神奇的力量——好像是在接受着一种冥冥中的召唤！唉，现在说什么也没意义，还是先摆脱这些人的控制，找机会逃出这里，再想其他办法找到事情的答案吧。"

我听她的话简直云里雾里，摸不着头脑，心里也分不清楚她说的是真的还是假的。反正我就觉得此时此刻，这一群人中我只能信任张茜。于是我干脆咧开嘴，半开玩笑地说："那你岂不是成了哈利·波特，有神奇的魔法了？给我看看你的魔法棒！再给我表演一个骑着扫帚满天飞！"说到这里，我故意脸上露出讽刺的微笑。

张茜没说话。突然，她伸手指了指对面棺床上的石壁说："你看，那是什么？"

我顺着她手指的方向看去，发现从地宫金券的棚顶不断地爬出很多绿色的圆点！我揉了揉眼睛，想看个仔细，可是眼睛都要瞪裂了，也根本看不清那是什么东西。

离棺床最近的一个壮汉想必也是发现了这些绿色的圆点，于是他缓缓站起身来，迈到棺床上面仰头向上看。只见他慢慢踱步到了墙壁前，仔细地观察了一会儿，突然回过头对大头怪人说："这些绿色的都是会发光的瓢虫啊！"说完，这壮汉竟然伸手要去抓一只。

154

刚才一直疯狂的大头怪人一听壮汉这话，浑身一震，回头看见这个壮汉正要伸手去抓墙壁上绿色的圆点，连忙大吼一声："住手！不要碰那个虫子！那是'火瓢虫'！"

可是话说出来的时候已经晚了，那个壮汉已经伸手抓住一只绿色的瓢虫，放在手心里把玩起来。壮汉一边仔细地看着这晶莹剔透的虫子，一边笑着说："这小玩意还真好看，拿回去几只当宠物……"话音未落，只见他手中的虫子突然极速地振动起翅膀，紧接着从尾部喷出一股绿色的火焰！绿色的火焰一下子把壮汉的手臂包围住了，大汉疼得连忙挥舞手臂，想扑灭火焰。可是一眨眼，绿色的火焰已经包围住他的全身，壮汉的惨叫声在整个地宫金券上空来回飘荡！一阵刺鼻的焦煳味布满了整个地宫金券，也就十几秒钟的工夫，一个活生生的大男人已经被烧成一团白色的灰烬！

众人见状，吓得连声大叫，大头怪人也急忙闪下棺床，唯独那中年胖子全然不顾此刻的危险，还在棺床上爬来爬去地捡拾着金缕玉衣的残片。

我扭过头，神色慌张地问张茜："这到底是什么虫子？你之前见过吗？"

张茜也不知所措地摇了摇头，眼睛却一眨不眨地盯着那绿色的瓢虫看。观察了一会儿，张茜突然对我说："咦，你发现没发现，这些绿虫子都只朝着队长和那几个壮汉爬？"

我听了张茜的话，抬起头也看了一下，发现果真如此，这些虫子并没有往我和张茜这边爬来，而是排着队，挤挤压压地奔着队长和几个壮汉爬去！那几个壮汉吓得面如土色，连连后退，最后竟然都聚拢到了大头怪人的周围，可能觉得大头怪人身上的法术可以帮助他们赶走这些绿色的瓢虫。

这时候，那个中年胖子也从棺床上爬起身来，退到人群之中。他浑身上下的口袋里都装满了金缕玉衣散落在地上的玉片和金丝，看上去，身子比原来又胖了一圈。不过那张原来白皙的脸此刻已是黑黢黢的，头发如同爆炸般立在脑袋上，整个人看起来十分的滑稽。

张茜用胳膊肘拐了拐我，小声地说："你看！绿瓢虫并不喜欢这个胖子。"

的确如此！我发现那些绿瓢虫本来离着胖子很近，却都绕着远爬向大头怪人身边的队长和几个壮汉，这究竟是什么原因呢？我又仔细看了看围在大头怪人周围的这几个人，突然明白了原委所在！原来吸引那些绿色瓢虫的，是那些人因为刚才搅动棺中金雾而双臂沾满的金粉！

我把自己的想法和张茜说了，张茜点头称是。我们简单商量了一下，觉得此刻还是想办法先逃出去。这时张茜突然对我使了个眼色，悄声说："那个小狮子是你带来的吧？"

我一惊，连忙抬头去看，发现这个小家伙竟然不知什么时候跑到空荡荡的棺材里面去了，此时此刻正探出头来看着我和张茜。

我刚要站起身来去找"幻彩"，张茜又凑过来，对着我耳边小声说："我知道怎么出去了！"

听了她的话，我又惊又喜，连忙张嘴要问。张茜做了个"嘘"的动作，然后四下看了看地宫金券里的其他人，这才指着血色金棺，悄声地对我说："出口，就在那个棺材里……"

（三十九）

"电梯"

张茜拉着我，背靠着石壁，向棺床方向慢慢地挪动。这时，对面石壁上的绿色瓢虫不断地从棚顶涌出来，越聚越多！恐怕用不了多久，整个地宫金券里面就会被绿色瓢虫填满。那个时候瓢虫一旦放出绿色的火焰来，恐怕我们这些人瞬间便会化为灰烬！只有现在趁着绿色瓢虫还没有完全布满地宫金券，赶紧想办法逃出去。

大批的绿色瓢虫围着大头怪人和周围的那几个人。大头怪人不时地高举黑色的权杖，口中呼喝着什么咒语。每次他高喊一句咒语，周围的火瓢虫便略微往后退一退，但是维持不了一会儿，绿色瓢虫便又再次涌上来，眼看着绿色瓢虫包围起来的圈子越来越小。

我几步来到血色金棺前，看到"幻彩"很乖巧地藏在空棺材里。除了我和张茜，没有任何人发现它。

趁着绿色瓢虫没有针对我和张茜发动"进攻"，我们两人一个箭步跨到血色金棺的侧面，我弯下腰敲击着血色金棺的棺板，寻找出去的通道。张茜"啪"的一巴掌拍到了我的后背上，怒目圆睁地盯着我，嘴里低声喝道："进到里面去！"

我瞠目结舌地看着张茜，一时没明白她的意思："进，进到哪

157

里面？"

张茜一脸焦急地看着我，恨不得伸出拳头打爆我的头，她几乎带着哭腔对我说："棺材！棺材里面！进到棺材里面，躺下！赶紧躺下！"

我还是一脸茫然，不知道为什么张茜要让我当"尸体"。不过我还是顺从地跨进棺材里面，然后顺着棺首的方向躺下。虽然这棺材里面很是宽敞，可是活生生的人躺在这东西里面，心里面感觉怪怪的。

我正胡思乱想，张茜也灵巧地翻身进到棺材里，随手还甩进来两个鼓鼓的背包。接着张茜迅速地挨着我躺下，我心里十分纳闷：怎么这棺材还是双人的啊？不过我嘴上不敢发出半点疑问，只是尽可能地把身子靠向棺材的一侧。"幻彩"乖乖地伏在我的身边，把头枕在我的胳膊上，发出"呼噜噜"的声音，好像就要酣然入睡的样子。

躺了一会儿，四周没什么动静，耳边只是传来外面墙壁上那些绿色瓢虫发出的嗡嗡声。我实在忍不住了，侧了侧头，憋着嗓子问张茜："我们就这么躺着？这样就出去了？完事我们该怎样？"张茜并没有理会我，只是在棺材里面上下左右地仔细打量，突然，张茜低着嗓子叫了一声："在这里！"

话音未落，只见张茜伸手按了一下棺首这面的一块带着狮子雕纹的横板。只见这横板受力之后，竟然往里一缩！与此同时，棺身猛地一颤，紧接着，我们躺着的棺材竟然向下方沉去！

这感觉就如同坐电梯，颤颤巍巍的，耳边还传来"哗啦哗啦"的齿轮咬合和传动的声音。真不敢相信皇太极的陵墓中竟然有这么先进的机械传动装置！看来我们对于历史发展进程中真实的科技水平，了解得还不是很全面啊。

我心里胡思乱想着，棺材便一直向下运行。足足有十分钟过后，随着"咔嚓"一声巨响，我感觉到棺材停止不动了。我侧耳听了听，四下里一片安静。于是我慢慢地从棺材里坐起身来，想环顾四周，看看此刻我们身处何方。可是四下里一片漆黑，根本看不见任何东西。我正要说话，张茜也翻身坐起，从背包中摸出一支手电，"啪"地一下，一道白光射向远处。

顺着白光，我发现我们此刻正处在一个四方的墓室中。棺材正好停在墓室的正中央，棺材四周竟然有着高大笔直的滑道，想必刚才我们就是顺着这个滑道，跟随着棺材降落到这里的。我从棺材里跳了出来，"幻彩"也跟着一跃而出。我感觉到脚下踩的还是坚硬的青石板地面。我四下打量了一番，除了这口棺材，这间墓室中竟然空无一物！不过也好，看上去没有什么危险，于是我回过身来，伸出手把张茜也从棺材里拉了出来。

张茜把两个背包从棺材里拉出来，借着手电的光芒，打开背包的拉链，看看里面都有些什么东西。这两个背包想必都是大头怪人身边那几个壮汉的，张茜翻了半天，除了一些矿泉水和食物，剩下的基本都是用不上的绳子、电池、药品一类的东西。

我从另一个包里翻出了一支狼眼手电，这可是个好东西！我又拿出一瓶水，喝了几口。一旁的张茜递给我几块压缩饼干，我就着水三口两口吃了下去。肚子里有了东西，我身上马上就舒服了很多。我往手心里倒了些水，喂给"幻彩"喝。"幻彩"舔了几下，就转身走开了，看样子它既不饿，也不渴。

我回头看到张茜一边吃着饼干，一边好像又在思考着什么，于是就问道："你又在想什么呢？'九玄仙女'夫人，请神仙指示，我们接下来该怎么办啊？"

张茜白了我一眼，突然问我："你不觉得奇怪吗？你说，皇太极的尸体哪里去了呢？"

她这一问，倒是问了我一个愣神！是啊，刚才棺材里的金缕玉衣是空的！就算是尸体腐烂了，也绝对不可能连点毛发、牙齿以及骨骼残渣都没有啊。很明显，这金缕玉衣里面并没有皇太极的尸体！既然如此，那皇太极的尸体又会在哪里呢？难不成这地宫中还有其他墓室是我们没发现、没到过的？可是我们现在头上的地宫金券里所发生的一切，又让人觉得那里就是整个皇陵的终点啊！那大头怪人苦苦寻找的自然不是皇太极的尸体，而是那所谓的"天眼"宝石。可是找不到皇太极的尸体，就找不到"天眼"宝石的任何线索。想到这里，我拍了拍张茜问道："你说到底有没有'天眼'宝石啊？不会真的有那么神乎其神吧？你确定我们不是在开玩笑吧？有了'天眼'宝石就能穿越历史，掌控时空隧道，听起来怎么这么玄乎啊！再说了，'天眼'难道真的是指皇太极有三只眼？哪个正常人能有三只眼啊？"

张茜摇了摇头，咽了咽口中的饼干，缓缓地说道："我小的时候，听我爸爸讲起过'天眼'宝石的来历和作用，当时我也和你一样，心里面半信半疑。不过根据目前掌握的信息和资料来看，'天眼'宝石肯定是存在的！它应该是一块异空陨石，自带着神奇的力量，可以让持有者任意穿越时空。你可以用'天眼'回到古代，也可以用'天眼'去到未来。"说完她从怀里掏出一个布包，用手电照着，慢慢地打开，布包包的是一个破旧的笔记本，张茜看了我一眼说："这是我爸爸的笔记，你看这里。"说完她把笔记翻到了其中一页，指给我看。

我简单地浏览了一下这一页笔记上的内容，上面凌乱且熟悉的字迹正是出自老张教授！笔记大概内容说的就是"天眼"宝石的由来、宝石的本质属性以及中外历史中发生的一些和"天眼"宝石有关的事件，比如通古斯森林大爆炸、914 号航班失踪、西班牙萨拉曼卡伊诺尼马斯大教堂 12 世纪宇航员雕塑之谜等。

看了笔记，我不由得"嘿嘿"乐出声来："敢情这个宝贝好啊！我要是拿到了，那我也去古代看看！我要去和李白喝酒，还要去和李清照打麻将，对了！我还要去大明湖畔看一看夏雨荷！而且有了这个宝贝，人岂不是就可以长生不老了嘛！掌控时间隧道，任意穿越啊！"

张茜听了我的话，眼珠来回地转了半天，好像又在思考什么。我看着她奇怪的表情，不解地问道："你又怎么了？是不是又想到什么离奇恐怖的事了？"

张茜憋得脸通红，咽了半天唾沫，才低声对我说："如果你说的是对的，有了'天眼'宝石便可以长生不老的话。那么，皇太极，是不是应该还活着……"

（四十）

梳辫子的人

张茜认认真真的这一番话，一下子把我给说蒙了！我之前说的那些本来是调节气氛的玩笑话，没想到张茜却当了真。不过回过头仔细想想，按照之前张茜告诉我的关于"天眼"宝石的信息，还真有皇太极还活着这种可能！毕竟到现在为止，不管是在之前的巨狮金椁中，还是在这口血色金棺里面，确实没有发现皇太极的尸体。不过，让我一下子接受皇太极利用"天眼"而长生不老，可以任意穿梭时空这个事实，恐怕也是很难的！试想一下，那死了几百年的皇太极，突然一下子出现在我们身边——那简直太令人匪夷所思了，完全颠覆了我们之前所学的一切历史和科学常识。

我和张茜都沉默了下来，静静地思考这突如其来的问题。突然"幻彩"伏低身子，嘴里发出"呜呜"的声音，我心头一惊——一般狮子出现这种状态，就说明有危险临近了——之前，我的"乐福"也是如此。

我和张茜紧张地站起身来，急忙把背包背在身上。刚才下来的时候太过匆忙，没机会顺一把枪，现在我们两个身上连个防身的武器都没有。我手里紧紧地握着狼眼手电，四下里又照了一圈。偌大的墓室里无比的空旷，地面和四周的墙壁上连个洞都没有，根本没有藏身躲避的地方！看来真要遇到什么危险，也只有随机应变、见机行事了。

这时，远处好像传来了脚步声！鞋底踏在青石板上发出的"咔嗒咔嗒"的声音由远及近。张茜向我使了个眼色，我们两个几乎同时关上了手电。然后我和张茜弓着身子，快速地离开了墓室中央的棺材，摸黑向墓室边缘跑去。跑了十几步，我们两个的身子已经贴在了墓室边缘的石壁上。张茜拍了拍我，示意我们两个蜷伏在青石地面上。我照她的话做了，趴在青石板地面上，顿时一股寒气袭来。我侧头看了看"幻彩"，它紧挨着我，也趴得扁扁的，两只雪亮的大眼睛直直地盯着前方的黑暗，一副紧张的模样。

那脚步声越来越近，应该是从这间墓室外面传来的！依稀也有微弱的灯光从前方石壁的缝隙中射到墓室里来。突然间，脚步声戛然而止，接着一声巨响，我们正前方的石壁上竟然打开了一道石门！紧接着，一束忽明忽暗的光线直射进来，我和张茜连忙压低了头，尽量把自己躲在黑暗中，"幻彩"也使劲地把头藏在我的身体后，一动都不敢动。

那道光线竟然是从一个白纸灯笼里发出来的，怪不得如此的微弱，而且摇曳不定，忽明忽暗。透过微弱的光线，我看见一个人的身影从石门外走了进来。我屏息凝视，只见打着灯笼的这个人身材中等，穿着鹅黄色的长袍，头上戴着一顶又大又高的帽子，身后好像还有一根长长的绳子晃来晃去。这个人的脸完全被黑暗所笼罩，根本看不清五官。在这墓室之中遇到如此装扮的一个人，不由得吓出了我一身的冷汗！我心里不住地问自己："这个人到底是人，还是鬼？"

这个人提着灯笼却站住不动了，好像在四周黑暗之中寻觅着什么，过了好一会儿，才慢慢地走向墓室中间的棺材。只见他到了棺材旁，先把灯笼探进棺材里去照了照，接着又停住思考了半天，才伸腿迈进棺材！这个人把灯笼先放在棺首的位置，然后竟然合身在棺材中躺下了。蒙眬中，我看到那人在躺下的一瞬间，脑后那个绳子一样的东西在来回地摆动。

紧接着，一声巨响，棺材带着那个人缓缓向上而去，慢慢地消失在头顶的黑暗中了。

又过了一会儿，四下里再没有什么动静，我忍不住张口问张茜："你看清楚了吗，那人是，是不是皇太极？"

黑暗中，张茜摇了摇头，我也不知道她摇头是说她没看清呢，还是说她觉得那个人不是皇太极。我看张茜没有说话，便咽了口唾沫，接着对她说："你看见他脑后，好像有一条绳子来回摆动了吗？"

张茜沉默了好一会儿，才低声说道："看到了，那……那好像是他的辫子……"

辫子？我一下子沉默了！我强令自己的脑子不要去想那些不该想的东西，嘴里也不要再问自己心里不想知道答案的问题。张茜也没有继续说话，只是静静地在黑暗中思考着什么。

棺材升上去一直没有下来。头顶上的墓室里也安安静静，没有任何声音，不知道那里面发生了什么。也许大头怪人的那一伙人，此刻早已成了一堆灰烬，也许他们还活着，看到这个穿着黄袍、梳着辫子的人正在从升上来的棺材里往外爬，也许这个奇怪的黄袍人从棺材里一出来，就把大头怪人他们一伙人从绿色瓢虫的围攻中救了下来……一个个场景不停地在我脑海中翻腾，但是不管是哪一个场景真实地出现在我眼前，恐怕都会让我吓破了胆。

"啪"，张茜打着了手电，慢慢爬起来，我也跟着站了起来。身边的"幻彩"趴了这么久，好像浑身上下都很不舒服，一个劲地来回甩着脑袋。

张茜背好背包，拍了拍我，迈步向那扇石门走去，我赶忙把背包背上，快步跟了上去。"幻彩"蹑手蹑脚地跟在我们身后，不时地四下里来回地张望。

到了石门前，我们才发现石门并没有关，外面漆黑一团，什么都看不见。迎面一股阴森森的冷风吹来，我不由得打了几个寒战。张茜没有停留，直接穿过石门，我和"幻彩"也快步跟在她后面。张茜把手电照向前方，四下里仍旧是一片漆黑，看不见任何建筑！我们好像又处在了漆黑一片的旷野之中，只不过脚下还是青石板铺成的地面。

突然间，张茜停住了脚步，我和"幻彩"猝不及防，差点撞到她身上。

"往哪里走？"张茜回过头看了看我。我纳闷张茜怎么会突然问这个，走上前去才发现，原来脚下的青石板地面上已经没有神道了，这就意味着我们可以朝任何方向前进了。

我指了指正前方，然后当先领路，"幻彩"乖巧地跟在我的身边，张茜也跟了上来。

我们朝着正前方走了大概有二十分钟，突然身后传来"轰隆"一声巨响！我们连忙回头去看，模模糊糊中，好像那盏白色的灯笼又幽幽地出现了。张茜脱口喊了一声："不好！"然后转身拉着我快速地向前跑去，我一边跑一边问："到底，到底发生了什么事？"

张茜脸色在手电光的照射下，显得十分的苍白。她上气不接下气地对我说："他们下来了！"

"谁们？谁们下来了？"我一时间没明白张茜说的什么意思。

张茜脚下不停，嘴里喝道："那个梳辫子的人！还有大头怪人！他们坐棺材下来了……"

（四十一）

奔跑

别看张茜是一文弱女子，可是脚下生风，跑得飞快。我一边奋力地迈步奔跑，让自己保持跟住张茜，一边上气不接下气地在她身后问道："你，你怎么知道，知道他们在一起了？在一起怎么了？一起，一起来抓我们啊？"

张茜丝毫没有放慢脚步，只是点了点头，又过了一会儿，她才喘着气对我说道："嗯，那个梳着长辫子的人，我们并不知道他是谁。但是，在这里面出现，也应该是在找，是在找'天眼'宝石的！那个大头怪人和我说过，不管是谁，没有寻找宝石的地图和'九玄仙女'的帮助，是找不到'天眼'的！"

哦！我终于明白了，原来这帮人要抓的不是我，而是被他们称为"九玄仙女"的张茜！我既没有地图，也没有能力帮助他们找到"天眼"宝石，我整个就是一个聋子的耳朵——摆设！没办法，谁让我和"九玄仙女"是一起进到这里来的呢，被他们认作和"仙女"是一伙的，就得冒着生命危险跟着"仙女"逃命！

问题是此时此刻我们能往哪里跑啊？那个穿着黄袍、梳着辫子的神秘人，根本不知道到底是人还是鬼！看样子，他倒像是这个地方的主人。一个大头怪人，我和张茜都已经无力应付了，现在又多出来一个人不人鬼不鬼的家伙，这两个人一起追我们，我们又能跑到哪儿去呢？一想到这些，我的双腿便开始发软。

我抬头望了望跑在前面张茜的背影，她就像是知道目的地一样，不停地朝前奔跑。四下里一片漆黑，我和"幻彩"怕稍一分神会跟丢了张茜，都在她后面拼命地奔跑。我已经疲惫得失去了绝大部分的感官功能，只听见耳边不停地传来"嗒嗒"的脚步声，却分不清这声音是来自于我们脚下，还是来自身后追赶我们的那群人。

我们一口气跑了有半个多小时，一直到用尽了最后一丝力气。突然，前面的张茜一个趔趄，摔倒在地上。我刚要伸手去扶她，却不想自己双腿一软，竟瘫坐在张茜的身旁。可怜的"幻彩"也一下子趴在我们旁边的青石板路面上，一动都不动了。我和张茜大口大口地喘着粗气，汗水已经把衣服完全打湿了。我眼前不停地冒着金星，缓了好半天才能看清楚东西，于是我从包里掏出一瓶矿泉水，递给张茜。张茜摇了摇头，累得根本不愿伸出手来接。我只好把水打开，倒给"幻彩"喝了大半瓶，剩下的小半瓶我自己一仰头，喝了个干干净净。

喝了点水，我觉得身体里舒服多了，只是湿漉漉的衣服贴着身体，实在是难受极了。于是我干脆仰面朝天地躺在青石板地面上，让自己的衣服尽快干起来，顺便自己也闭上眼睛休息一会儿。"幻彩"累得浑身都是汗，可它还是走到我身边来，把头依偎在我怀里，一边发出"呼噜噜"的声音，一边闭目养神。

张茜看了看我和"幻彩"，轻声地问我："这小家伙不会是'乐福'的孩子吧？你还真有狮子缘啊！你打算养一窝狮子呗？"

我摇了摇头，有气无力地说："谁知道呢。反正这小家伙既可爱又聪明，关键时刻救了我的命，我猜它不是'乐福'的儿子，就是'乐福'的孙子！反正它们都是我的家人！"

"那你出去以后它可怎么办？它可是头狮子，没法在家里养！弄不好，还得说你贩卖野生动物！"张茜一下子说出一个我从没想过，却是我最不愿意面对的问题。

"管他呢！出去再说吧！"我心里也没什么主意，大脑又累得罢了工，只能用外交辞令回应张茜。

张茜突然直起身子，拍了拍我肩膀说："别担心，等我们出去了，我帮你安顿它！"

本来张茜以为我会兴高采烈地回应她，可是令她没想到的是我竟然沉默了好久，才淡淡地回了一句："我们还能出去吗？"

张茜一骨碌爬起身来，语气坚定地对我说："只要我们想出去，就一定能够出去！"说完她走到我身边，一伸手把我拉起来，大声地命令道："走！我们出发！"

我不知道张茜的信心从何而来，我只知道，这一路走来，分不清白天黑夜，我和张茜几乎都没怎么合过眼。此时此刻，我们的体力和精力已经严重透支，现在就恨不得躺在地上好好地睡上三天三夜。可是张茜一个女同志尚且如此坚强，在她面前示弱，实在是令我这个大老爷们脸面无光。于是我咬紧了牙关，用了模模糊糊得连自己都听不太清楚的声音答应了一声，然后叫起"幻彩"，跟着张茜快步向前走去。

就这样，我们又往前跑了有半个小时，直到我们再一次累得瘫倒在地。张茜一边喘着粗气一边上下打量着我，突然皱了一下眉头问道："你，你的背包呢？"

本来我正处在半梦半醒的临界点上，被张茜这么一问，头脑一下子清醒过来！我伸手摸了摸后背，空空如也！咦！我的背包哪里去了？我仔细回忆了一下，前一次休息的时候，我清楚地记得把背包放在了身边的地上！等张茜喊我起身出发的时候，应该是我在疲惫懵懂的状态下，忘记了拾起背包，便招呼"幻彩"出发了！现在都跑出来这么久了，再回去取肯定是不可能了。我深深地自责起来，此时此刻，我们几个还身处在危险之中，可我竟然糊涂地把装满物资装备的背包给弄丢了，真是太丢人了！简直不可原谅！

我刚要和张茜说些表示歉意的话，可是张茜已经开始出言安慰我了："没关系的，我们背包里的东西基本都是一样的，有一套就够用了。其实，你背着那个包也是白白耗费体力。好了，别想了，我们出发！"说完站起身，伸手拉我起来。我一把把张茜肩头的背包抢过来背在自己的肩上，张茜笑了笑，转过身去朝着无尽的黑暗继续前进。

我们又向前狂奔了有半个小时，张茜突然停下了脚步，一边喘着粗气，一边回头问我："我们，前前后后跑了有一个半小时了吧？"

我双手拄着膝盖，想了想，点点头说："差不多。"

张茜竟然半天没有说话，只是四下里不停地打量，过了好一会儿，才满腹狐疑地对我说："不对啊，怎么我们跑了这么久，周围竟然没什么变化，连个建筑物或者大门都没有！难道在皇太极的陵墓中，会有这么大的宫殿或者墓室吗？"

听了张茜的话，我也怀疑起来，于是朝周围走去，想看看四周到底是一个怎样的环境。可是任凭我手中的狼眼手电远远地射向前方，也看不到任何墙壁或是建筑物。我疑惑地对张茜说："我们好像站在一个球体的表面，四周都找不到边际啊……"

话音还没落，我只觉得脚下一绊，竟然一下子摔了一个嘴啃泥！我来不及反应，脑袋重重地磕在青石板地面上，顿时眼前一片繁星！我好不容易爬起身来，嘴里骂骂咧咧地对着绊我的东西就是一脚。那东西并不是特别重，被我踢得滚了几圈，来到张茜脚下。张茜弯下腰，拿手电一照，不由得惊呼出了声："这……这不是你刚才背的包吗？怎么会在这里？"

听了张茜的话，我满肚子的火气一下子消散殆尽，连忙跑上前去查看背包。我弯下腰，把背包里外翻了个底朝上，直到我从里面翻出了一个空空如也的矿泉水瓶子。没错！这就是刚才我喝干的那个瓶子，喝完之后，我还把瓶盖用牙齿咬了一个印记。我不想在古墓中乱丢垃圾，便把空瓶子塞到了背包里，看来眼前这个果真是刚才我忘记背的那个包！可是它怎么会在这里出现呢？按照距离计算，我们起码已经跑出来十公里了！难道，难道我和张茜刚才一直在这地下宫殿里绕圈子？

（四十二）

绕圈子

　　我抬头无助地看了看张茜，张茜咬了咬嘴唇，好半天却只是沉默不语。其实绕圈子这种情况在日常生活中也不是不可能发生的，比如我们在马路上开车，就会按照地面上的标志或是路边的指示牌寻找目的地，很多时候都会发现，开了半天的车，绕来绕去又回到了之前的出发点。还有就是很多人曾经去过大沙漠，在那里面穿行的时候是极容易绕圈子的。因为沙海浩瀚无边，四周又没有明显的标志和参照物，所以走着走着就会偏离原来的方向，最后绕成一个大圈，回到曾经走过的路线上。

　　可是我们现在是在皇陵的地宫里，眼前既没有任何的标志误导我们偏离方向，我们又没有自行转弯或者调转方向，怎么会又回到曾经走过的地方呢？难道这地宫也和沙漠一样广阔，所以我们才会绕一圈回到背包这里？我和张茜百思不得其解，只能先原地坐下，让自己冷静下来，找到事情的原委。

　　想了一会儿，张茜突然站起身来，用手电仔细照了一下地面，发现地面巨大的青石板之间有笔直的缝隙伸向前方。于是张茜用手指着那缝隙，抬起头对我说："咱们把包放在这里，沿着这条缝隙一直走，就知道我们到底是不是在绕圈了。"

我点了点头，把包放在这条青石板的缝隙上，然后背起张茜的包，跟着张茜和"幻彩"继续朝前走去。

这次我们没有发力奔跑，只是快步行走，而且走一会儿就会停下来观察石板上的缝隙是不是有变向。就这样停停走走，过去了大概有两个小时，我身边的"幻彩"已经累得耷拉着脑袋，不停地吐着舌头。我和张茜早已经到了虚脱的程度，只是心中想找到事情真相的信念一直支撑着我们不断向前。突然，张茜停住了，手电光照射着前方不远处。我睁大眼睛一看，前方地面的青石板上赫然摆着一个背包！天哪！那不正是我的背包嘛！我们果然又回来了！

我顿时像泄了气的皮球，瘫坐在地上。张茜慢慢地走过去，把我的包捡起来，也回到我的身边坐下，看样子，她脑子里还在不停地思考问题究竟出在哪里。学理科的人一般都是这样，大难临头了，还要问问原因和理由。哪像我们这些学文科的，死之前起码得先大唱一首，大骂一顿，大哭一场，再大醉一次！

哭，我现在是没力气了！唱，我也是没有那心情了！醉，又没有酒可以喝！看来就只剩下骂了！我半躺在地上，从细声轻语、含蓄委婉开始骂。慢慢地，我是越骂越激动，越骂越委屈，到后来我已经是暴跳如雷，破口大骂！"幻彩"在我旁边张着嘴都看愣神了，它哪里见过我这般模样，心里肯定以为我是疯了！

骂了足足有二十分钟，我被自己的骂声震撼到了，等到闭嘴停下的时候，我竟然发现我的嘴已经麻木，嗓子也已经完全嘶哑，不过值得庆幸的是，我心里的怒火也慢慢平息了。

张茜回过身来看了看我，冷笑一声说："泼妇，你骂完了？痛快没有？舒服了没有？痛快了也舒服了，咱俩就研究研究，看看怎么出去。"

我听她一说，还觉得有点不好意思，不过一想眼前的绝境，害臊马上灰飞烟灭了。我把脑袋凑过来略带嘲讽地说："都这样了，我们还能出去？你和我说说，还能有什么办法。"

张茜顿了顿，严肃而又谨慎地对我说："前面的路肯定是在绕圈了，不过现在还有三个方向可以尝试——左边、右边、身后！"

我张大了嘴，不知道该发表什么意见，只能听着她继续说："我们两个先往回走，如果还是绕一圈，那就再研究背靠背往左右走。"

现在看来也没有别的办法，只能按照张茜提出的办法去尝试。在体力耗尽之前寻找出路，总比在这里坐以待毙强！于是我们简单吃了点饼干，喝了几口水，填饱了肚子后相互搀扶，站起身来。我们互相看了对方一眼，然后咬紧牙关，迈着早已发木的双脚，沿着青石板路的缝隙，回身向来时的方向走去。

一路上除了脚步声，就是无边的寂静。此刻，我和张茜心里都充满了绝望和无助，可是谁又都不愿意和对方说出来。其实我和张茜都明白，我们内心深处对于能够走出这皇陵地宫的希望和信心，早已随着这漫长无边的道路不断循环地延伸，一点一点地消耗殆尽了。

两个小时后，不出所料，我们又回到了背包所在的出发的地方。明显可以看得出来，张茜此时也颓废到了极点！她那一直高昂的头，此刻也深深地扎了下来，眼神中满是迷茫和困惑。

我不想看到张茜这个样子，低头想了想，然后一边慢慢地爬起来，一边嘴里安慰她说："没关系，我们还有两个方向可以找呢！你累坏了，先在这儿歇一会儿，我先去右边看看，你在这里等我！如果有出口，我回来找你，如果没有出口的话，我估计过一会儿我还能走到你这里。"

说完我从背包里掏出一瓶水和一包压缩饼干塞在外衣的口袋中，拿起狼眼手电，朝着我们的右方照了照，除了黑暗，依旧看不到任何东西。我让"幻彩"留下来陪张茜，张茜嘱咐了一句："小心！"我点了点头，鼓足勇气朝着右侧的黑暗走去。

我还是顺着地面的青砖缝隙一直朝前走，这样最起码可以保证我一直在朝前走。四周依旧是无边的黑暗，刚才有张茜和"幻彩"的陪伴，我心里还不觉得害怕，此时此刻只剩下我一人，心里不自觉地开始发毛。我知道这个时候必须克服内心的恐惧，于是就命令自己想些别的事情。

我掏出手机，开了机，依旧没有任何信号。看来在这皇陵地宫之中，所谓的高科技通信设备和一块砖头没什么两样。我把手机相册打开，一张一张地翻看从前拍过的照片。随着我的脑海中不断回忆起每张照片当时拍照的情景，不知不觉中，心里的恐惧感一点一点地消失掉了。

突然，我下意识感觉自己的背后有东西在跟着我走！我猛地一回头，用狼眼手电照向身后，只见不远处有个白色的东西闪了一下！我顿时又紧张起来，连忙快步朝前跑去！跑了一会儿，我又突然停下脚步，回头用手电去照，这次却什么都没有发现。我提起一口气，拼了命地往前跑！跑了不知有多久，突然前方出现了一丝光亮！没错！是张茜在那里坐着等我。我连滚带爬地跑到张茜身边，张茜看我失魂落魄的样子，惊讶地问我到底发生了什么。我气喘吁吁地把我刚才遇到的情况和张茜说了，张茜低头想了一会儿，突然说："我知道怎么回事了……"

（四十三）

鬼打墙

　　张茜把我叫到身边，低声问我："你知道什么是'鬼打墙'吗？"我疑惑地摇了摇头，心里纳闷张茜为什么问我这个。其实我小时候听我姥姥说过，人在有些时候会遇到"鬼打墙"，不自觉地就迷失了方向。可是那些说法都是封建迷信，根本不可能经得起科学的推敲。

　　看我摇头，张茜又低声问道："那你知道什么是镜面反射吗？"

　　我盯着张茜看了半天，真不知道她葫芦里到底卖的是什么药。不过，看着张茜认真的样子，我还是想了想，犹犹豫豫地回答道："哦……太阳光照在水面上反射的光属于镜面反射吧。"

　　张茜摇了摇头，认真地说："正确的理论应该是一束平行光射到平面镜上，反射光是平行的，这种反射叫做镜面反射。而你说的一束光射到凸凹不平的物体，比如水面时，反射光线是射向不同的方向的，并不是平行的，所以我们才能从不同的地方看到同一个物体，这种反射方式称为'漫反射'。在我们的生活中，既有镜面反射，又有漫反射。如果都是镜面反射的话，那么我们只有站在特定的地方才能看得到指定的物体。我说这些，你明白吗？"

　　我这个文科生听了她的解释，完全是一头雾水，不过我还是似懂非懂地点了点头。毕竟我从高中毕业后就没接触过物理、化学、数学等学科，以前学的那点理科知识和概念，早就被我抛到九霄云外去了。可是面对张茜，我这挺大个老爷们，也不能一直说听不懂啊！于是，默不作声的点头，成了我最好的选择。

张茜看我点头，以为我懂了，便面露喜色地继续对我说："其实，镜面反射发出的光是有确定的方向的！反射波的方向与反射平面的反射角，同入射波的方向与入射角相等，且入射波、反射波及平面法线同处于一个平面内。"

这一连串的专业词汇把我弄得云里雾里的直迷糊！张茜看出我一脸尴尬，应该是没听明白，于是，顿了顿接着说："对了，你喜欢摄影吧？"

我点了点头。确切地说，我对摄影不仅仅是喜欢，应该说是痴迷到了一定程度！全家出去旅游，不管走到哪里，我都背着相机包——单反、长短焦、三脚架、滤光片一样不能少！我也经常把拍出的照片发到微信朋友圈里，和家人、朋友们一起欣赏。

张茜看我眼睛发光的样子，笑了笑说："看来是提到你喜欢的事了！那我问你，你摄影时是不是应该避免镜面反射光线进入照相机镜头啊？"

我连忙说："那是必须的啊！如果你直接对着光线拍照，照片就是一片白啊！"

张茜点了点头，接着说："对啊！那是由于镜面反射光线极强，在照片上形成一片白色亮点，影响了物体本身在相片上的显现！"

说到这，张茜用手电指向前方，然后对我说："镜面反射所成像的性质是正立的，等大的，位于物体异侧的虚像。我们眼前的大厅就是镜面反射，它是对面大厅的入射光线为平行光线时，反射到光滑镜面的成像，然后再以平行光线射出去。你听明白了吗？"

我若有所悟，一边把张茜说的话再一次从自己的脑子中过一遍，一边一字一字地对张茜说:"你的意思是,我们是在镜面反射中走路,于是我们就如同两扇镜子之间的光线,被来回折射,所以才无法出去的?可,可问题是,那必须应该有个原始影像投射啊!"

张茜高兴地拍了我一巴掌,大声说:"李先生就是李先生!孺子可教也!"

我皱了皱眉头说:"你这是夸我吗?怎么什么时候我变成你的晚辈了?"

张茜捂着嘴笑着说:"哎呀,就是随口这么一说嘛。既然你明白了,那我们只需要找到原始影像就可以找到出口了!问题是,我们前后左右都找遍了,也没有发现那个原始影像!我们四周不可能都是镜子,原始影像也不可能停留在镜面中间!所以答案只有一个,有人在我们身后来回变动镜面!"说到这里,张茜的表情一下子严肃了起来。

我听她说完,又仔细想了想,确实也没有别的可能性可以合理解释这眼前的一切了。于是我抬头问张茜:"有人变动镜面?那会是谁啊?那道白影会是谁呢?我们接下来该怎么办呢?"

张茜听我一口气问了这么多问题,咬着牙低声说:"别着急!依我看,我们先抓住跟在我们身后那个来回挪镜子的东西——也就是你刚才说的,你回身看到的那个白色的影子!"

我点了点头,接着问:"可是我们怎么才能抓到白影呢?"

张茜低下头,想了半天才说:"刚才你走后,我看四周黑乎乎的景象,突然发现不对劲!我眼前的景象好像突然发生了改变,我一下子明白了事情的原委!一定是那个挪镜子的东西跟着你走了,自然就顾不上再挪动我这边的镜像了,所以在那一刻,我眼前看到的黑暗的空间是真实的,而不再是镜像了。这说明了什么?说明能挪动镜子的白影只有一个!它要么顾得了你,顾不上我!要么顾得上我,顾不了你!所以我们还要兵分两路,才能破解这个镜像迷宫!一会儿,你还假装往左边走，那东西一定会跟着你，给你设置镜像！而我就跟在它后面，到时候咱俩前后夹击，看它往哪里躲！"

听了张茜的计划，我觉得天衣无缝，不由得拍手称是！其实，不管这个方法最终奏不奏效，都值得我们去尝试一下，总比我们困在这里要好得多！我又把张茜说的整个计划重新想了一遍，然后对张茜说："还不知道这白影一样的东西究竟是什么，到时候你别贸然往上扑，小心受了伤！我们只需要破了它的镜像迷阵，找到出去的路就好，其他方面还是安全第一！"

张茜听了，点头答应，嘴里却不服输地说道："我看要小心的不是我，而是你！趁着出发前，我们先做好准备，别到时候手忙脚乱地再被那个白影跑掉了！"

我笑了笑，没再和张茜争辩，低头从背包里掏出一瓶水，喝了两口。接着我拿起狼眼手电，朝着左侧的黑暗深处照了照，回头拍了拍张茜，准备出发。这时"幻彩"跑到我身边，嘴里发出咕噜咕噜的声音，好像是舍不得我离开它。张茜看了看"幻彩"，低声对我说："你带着'幻彩'去吧，要不我一会儿在后面悄悄跟着，带着它也不方便。"

我点了点头，再一次嘱咐张茜注意安全，然后带着"幻彩"朝着左边的黑暗之中走去。我刚走出去不到五十步远，"幻彩"突然"呜呜"地低叫起来，霎时间，我觉得脑后一凉！黑暗中，不知道什么东西跟了上来……

（四十四）

傀儡

　　黑暗中，我咬紧牙关，硬着头皮往前走。按照之前和张茜商量好的，我尽可能地把身后这个操纵镜像的"东西"引出来。我不断抚摸着"幻彩"，希望它不要受到惊吓，可是"幻彩"情绪非常激动，总是想回过身去，扑向身后那无尽黑暗中的魔影。

　　就这样过了有二十分钟，我和"幻彩"一路上走走停停，正当我心里纳闷张茜怎么还不动手的时候，突然身后传来了张茜的一声大喝："老猴！回身！"

　　我听了，连忙回过身，狼眼手电光直直地照向身后！只见黑暗中，一件衣服飞了过来，一下子套在离我五六步的地方！衣服下，一个白色影子马上从黑暗中露出身形来！说时迟，那时快！只见张茜从黑暗中一个箭步蹿了出来，挥起手中的手电猛地砸了过去！

　　那白色的影子始终无法摆脱头上的衣服，又被张茜用手电不断地狠狠地砸在头上，顿时气得"嗷嗷"地叫个不停！那声音就如同夜晚里狂风吹过山洞，又好似几岁的孩子在空旷的田野里哀怨。

　　看到这里，我也一个箭步冲上前去，顾不上那白影究竟是个什么东西，挥起手电照头就打！"幻彩"早已按捺不住愤怒，纵身一跃，扑到那衣服盖着的白影头上，疯狂地撕咬起来！转眼间，衣服已经被撕得粉碎，里面的白影惨叫一声，"啪"地一下散成一堆白色的粉末，在空中慢慢散落到青石板地面上。

我和张茜快步上前，伸手夹起一小撮地上的粉末，放在眼前细看。我还把粉末放在鼻子前闻了闻，只觉得一股淡淡的酸涩味扑鼻而来。

我撇了撇嘴，皱着眉头看了看张茜，问道："这是什么东西啊？怎么味道这么难闻！"

张茜想了想，低声说道："这个就是我们经常说的'傀儡'！也就是人死后，郁积在心中的闷气和愁苦散发出来形成的影子。不仅会悄无声息地跟随着人们，而且还会设置和移动镜像，蛊惑人心，让前面的人失去方向，困死在原地。"

我听了大吃一惊，再一次低下头，看了看地面上那一层厚厚的白色粉末，心里想：难道现实生活中真的有"傀儡"这种东西存在？我一直以为，所谓"傀儡"就是指没有自主行为，被别人操纵的人或事物呢。没想到，真正的"傀儡"竟然是一种恐怖、神秘并且可以置人于死地的白色影像！

我伸了伸舌头，忙不迭地站起身来，紧张地环视四周，用了急促的声音问张茜："那，这里不会还有别的'傀儡'吧？"

张茜一边起身，一边摇头说："'傀儡'孤单幽怨，独来独往，所以你不必担心附近还会有别的'傀儡'存在的。"

我听了张茜的话，长出了一口气，大声地说："那就好！看来我们终于可以出去了！"

张茜伸手拍了拍"幻彩"的头，然后对我说："走！我们回到刚才的地方去！"

我们跨过那堆白色的粉末，回身朝来时的方向走去。走了没多远，便看见地上放着的我的背包。我把背包背起来，张茜找准了方向，我们两个带着"幻彩"，顺着青石板路的缝隙继续向前走去。

我们忐忑地走了有十几分钟，前面出现了一个巨大的石壁，石壁正中有一扇巨大的石门！这石壁和石门是之前从没见过的，看来我们真的走出了镜像，我的一颗悬着的心才彻底放下来。

我们快步走到石门前，我用力地推了推石门，大门竟纹丝不动。我抬头仔细打量了一下眼前的石门，发现这两扇石门跟之前见过的大门不太一样——这是两扇古代官宦人家常见的对开的广亮大门。

广亮大门又称广梁大门，是中国古代建筑宅门的一种，也是明清时期四合院宅门的一种，属于屋宇式大门。在等级上广亮大门仅次于王府大门，高于金柱大门，是具有相当品级的官宦人家采用的宅门形式。

眼前的这扇石门房山有中柱，在中柱上有木制抱框，框内安着刷了朱漆的大石门。门前有半间房的空间，房梁全部暴露在外，这就是称呼这种大门结构为"广梁大门"的原因所在。

门扉位于中柱的位置，将门庑一分为二。四个门簪上挂着一块巨匾，上面写着"吉地祥云"四个大字。前檐柱上檐檩枋板下装有雀替，后檐柱上装有倒挂楣子。石门外还有半间房的空间，看样子好像是供侍卫分站两旁把守所用，显示出宅门的等级无比的高贵。雀替以及附着其上的三幅云既有装饰功用，又是代表主人官品的象征。

眼前石门的这些结构，绝对不是在陵墓中应该出现的！难道这里竟然还住着活着的官宦人家？我和张茜想到这里，不由得出了一身的冷汗。

正当我和张茜不知道该如何进到石门里去的时候，突然"幻彩"跑过来，一口咬住了我的裤腿，使劲地往大门一旁撕拽！我纳闷地跟着它走过去，竟然发现石门一边不远的石壁上，有一个新凿开的石洞。石洞大概有六十厘米高，五十厘米宽，透过石洞望向里面，竟然有摇曳的火光透了出来。

张茜跟在我的身后，看到石洞，眉头皱了一下，好一会儿才对我说："看样子也没什么别的选择了，就算里面是龙潭虎穴，我们也得进去探一探了！"说完竟要抢先钻进洞去。

我一把拉住她，笑着说："这位女同志，以后请不要总抢我们男人的台词好不好！"说完，我拍了拍"幻彩"。"幻彩"立刻当先冲进洞去，我紧随其后爬了进去，而张茜也灵巧地钻进洞中，跟在了我的身后。

刚看到石壁的时候，你并不知道它有多宽多厚，可是这一爬才知道，这石门所在的高大石壁竟然起码有十几米厚！我们一路往前，足足爬了有十分钟，才从石壁另一头的洞口探出头去。

我笨拙地爬出洞外，这时才发现，石壁里面竟然是一个花园——亭台楼榭，小桥流水，花团锦簇，绿树成荫，看上去好像江南园林一般！不过，头上的蓝天是人工涂抹上去的，四下里的长明灯明明灭灭的，把头上的蓝天映衬得亦真亦幻。

我弯腰把张茜拉出洞口，张茜也被眼前的景物惊呆了。正当我们目不暇接，四下欣赏美景的时候，突然由远及近传来两个人聊天的声音！我和张茜连忙带着"幻彩"躲到假山岩石后面，还没等我们完全躲好，这两个人就已经到了跟前。

我和张茜正暗自庆幸没有被这两个人发现，这时，一个熟悉的声音传入我们耳中："一会儿，我使一个眼色，咱们俩就开枪！到了这般田地，我们也不用害怕那个老怪物了，他也不是刀枪不入的超人！完事我们就冲到楼梯那里，先回到上面再说！"

我脸色煞白地看向张茜，张茜朝我撇了撇嘴，又点了点头。没错，说话的正是那个可恶的"蛇精"女人……

（四十五）

"长辫子"

我心里暗想，这个"蛇精"女人一定是和那个一心只想盗墓的中年胖子在说话。果不其然，"蛇精"女子的话音还没落，那个中年胖子的声音便传入了我的耳中："出去是一定要出去的，可是你也不要太莽撞，现在除了那个不好对付的老妖怪，凭空又多出了一个阴森森的'守陵人'！他们两个看上去像是串通好了一样，我们还是小心为妙！这样，你听我的，一会儿还是我先和他们周旋，不到万不得已，我们别盲目动手，你随时注意我的眼色行事！"

"蛇精"女子一脸不情愿地狂发着牢骚，中年胖子伸出手来，把"蛇精"女子搂在怀里，一顿心肝宝贝地劝说着，渐渐地两个人走远了。

我回头看了看张茜，悄声问道："这怎么又出来一个'守陵人'？"张茜也是一脸的迷惑，眉头紧紧地皱在了一起，撇了撇嘴回答道："我哪里知道！难道他们说的'守陵人'就是我们之前在'棺材电梯'那间墓室里看见的那个形如鬼魅、梳着长辫子的黄衣人？"

我摇了摇头，不知道该怎么回答。过了一会儿，张茜又低声对我说："刚才你听见没有，他们说有个楼梯，能回到上面，估计他们说的就是离开这里的出口！一会儿，我们偷偷跟过去，见机行事！不管怎样，也要先回到上面去再说！"

我点了点头，表示赞同。然后，我站起身来，顺手拍了拍"幻彩"的脑袋，带着"幻彩"从假山后面蹦到小路上。等张茜也蹦出来后，我们便沿着小路朝着刚才中年胖子和"蛇精"女子前进的方向走去。

我和张茜穿过了几间院子，来到了一个月亮门前。我小心翼翼地探头往月亮门里看去，里面竟然是一个大概有四个足球场大小的广场！广场的中间立着一个巨大的金色雄狮像，金色雄狮像的四周摆着很多冒着青烟的焚香炉，四下里烟雾缭绕，碧瓦飞甍在烟雾中若隐若现！我瞪大眼睛向广场的尽头望去，依稀看到远处有一个巨大的向上的楼梯，不知道是不是胖子和蛇精女子嘴里说的离开这里的出口。

我和张茜使了个眼色，张茜也探出头去，仔细观察了一圈，然后悄声对我说："那边的阶梯应该就是他们说的通往上边的通道！我们过去看看！"

说完，张茜一马当先走在前面，我和"幻彩"紧跟着她，蹑手蹑脚地穿过月亮门，向广场尽头的楼梯走去。

我们刚走到广场中间的金色雄狮雕像下面，突然从雄狮雕像下面的巨大底座处传来了一行人的脚步声！我和张茜大惊失色，匆忙中，急忙拉着"幻彩"躲到了一旁香炉的后面。我们刚把头低下，一伙人的身影就从底座前面闪了出来。

我趴在香炉下面定睛一看，这才发现，原来那金色雄狮雕像的底座竟是一个通道！这伙人正是从那底座通道的大门里走出来的。为首的一人正是那个我和张茜之前在墓室见到的那个身穿黄色长袍、梳着清朝长辫子的怪人！跟在他身后的是大头怪人，接着出来的是那个队长以及中年胖子和"蛇精"女人。这五个人身后再没有其他人，不知道剩下几个是不是在那地宫金券中早已被绿色瓢虫喷出的火焰烧成了灰烬。

只见"长辫子"和大头怪人好像在研究着什么，旁边几个人脸上的表情十分凝重。就在一行人转到金色狮子雕像正面的时候，后面的中年胖子突然快步走上前来，拦住了众人。中年胖子脸上还是白一块黑一块的，头顶中间还有一块被雷电烧得秃秃的，他上身前面的衣服已经成了碎布条，隐隐约约地露出里面圆滚滚的大肚皮。之前衣兜里揣得满满的玉片和金丝早已不知所踪，估计也都丢在那地宫金券里了。

　　中年胖子阴阳怪气地对着"长辫子"和大头怪人说道："对不住各位了，你们要去找'九玄仙女'，我不拦着，不过我就不和大家去了。这一趟活我什么都没捞着，命还差点搭进去，再继续和你们玩下去，对我也没什么意义和价值了！请二位师傅高抬贵手，我就先撤一步了。山高路远，我们来日方长！"说完，中年胖子伸出两只大胖手还抱了抱拳。

　　这时，那个"长辫子"把脸微微转向了我们，我第一次看清那个人的长相。不看则已，一看之下，我差点没吓破了胆！那个"长辫子"面容枯槁，双目突出，牙齿外露，嘴唇风干，颧骨高耸，皮肤皲裂——这简直就是一具干尸啊！再加上脑后那一根长辫子和身上穿的黄色的清朝长袍，说不出的诡异与恐怖！

　　只见这个黄衣僵尸上上下下地打量了中年胖子好半天，然后从牙缝里挤出又尖又细的声音说道："想走，可以！但别忘了你们身上中的绿色瓢虫的火毒！只有把皇太极和'九玄仙女'找出来，找到'天眼'方能解毒！否则你们体内的火毒发作，转眼便烧成一团灰烬。要命还是要走，随你们！"

　　话音刚落，那"蛇精"女子一下子蹿了出来，从腰间拔出手枪对准了黄衣僵尸，歇斯底里地喊道："少废话，骷髅头！赶紧给老娘把毒解了，你信不信老娘一枪崩了你？"

　　黄衣僵尸看了"蛇精"女子一眼，突然仰天大笑起来！不过那笑声极其刺耳，简直比哭还难听！伴随着笑声，黄衣僵尸脸上干瘪的皮一颤一颤的，两个眼珠好像随时要掉在地上一般，简直令人毛骨悚然！

就在这时，"蛇精"女子手中的枪口突然冒出一道绿色的火焰！一转眼，火焰竟然一下子把"蛇精"女子的左手包在其中，紧接着绿光一闪，火焰一下子灭掉了！这时我才看清，"蛇精"女子的左手和手枪已经变成一堆粉末！瞬间，"蛇精"女子的惨叫声爆发出来，整个人躺在地上来回地打滚！那鬼哭狼嚎的声音在整个广场上空回荡，听得我和张茜浑身发抖，直打冷战。

中年胖子几步扑到"蛇精"女子身边，一边大声安慰，一边从口袋里掏出急救包帮助"蛇精"女子包扎断腕。"蛇精"女子实在忍不住疼痛，一歪头，昏死过去了。

这时，站在一旁的大头怪人走上前来，对着黄衣僵尸抱拳行了一个礼后，大声地说道："不管怎样，还是要感谢前辈在上面的地宫里救了我们这些人！既然前辈说了，只有先找到皇太极的尸体和'九玄仙女'，才能找得到'天眼'宝石，那我们几个愿意为前辈效犬马之劳！不过还请前辈指点，到底我们该去哪里寻找才好呢？"

黄衣僵尸转过头来，用嘶哑的声音低声说道："尸体？谁说皇太极死了？我恨不得当初一刀杀了他，让他变成真正的尸体，也就少了今天这许多麻烦！"

听了他的话，在场的人都是一惊，我和张茜也是惊讶得合不拢嘴！听黄衣僵尸说的话的意思，难道皇太极——竟然还活着？

大头怪人戴着面具，看不到脸上惊讶的表情，不过他双手颤抖，想必也是受到了极大的刺激。过了好一会儿，大头怪人才又战战兢兢地对着黄衣僵尸问道："那敢问，前辈您是……"

黄衣僵尸冷笑了一声，慢慢地说道："连我都不知道！我就是那皇太极同父异母的弟弟——多尔衮！"

啊？什么？多尔衮？我和张茜一刹那觉得天旋地转，差一点昏死过去…

（四十六）

金狮雕像

史料记载，爱新觉罗·多尔衮出生于 1612 年 11 月 17 日，病逝于 1650 年 12 月 31 日，是清太祖努尔哈赤的第十四子，阿巴亥的第二子。明万历四十年，也就是 1612 年，多尔衮出生于辽宁新宾的赫图阿拉老城，他是清初杰出的政治家和军事家。多尔衮于崇德元年，即 1636 年，因战功被封为和硕睿亲王，正白旗旗主。皇太极死后，多尔衮和济尔哈朗以辅政王身份，辅佐皇太极第九子福临即帝位，称摄政王。顺治元年，即 1644 年，多尔衮指挥清军入关，清朝入主中原。多尔衮先后被封为"叔父摄政王""皇叔父摄政王""皇父摄政王"。

顺治七年，即 1650 年，多尔衮死于塞北狩猎途中，被追封为"清成宗"，谥懋德修道广业定功安民立政诚敬义皇帝。两个月后，即顺治八年，也就是 1651 年，顺治皇帝剥夺了多尔衮的封号，并掘其坟墓。直到乾隆四十三年，即 1778 年，乾隆皇帝才为其平反，恢复睿亲王封号。

掐指算来，多尔衮已经死了有三百六七十年了，就是棺材里的骨头也该化成灰了，这怎么突然活生生地出现在我和张茜的面前！简直是活见鬼！没错！这个穿着黄袍、梳着长辫子的怪人就是个恐怖的厉鬼！

我和张茜正躲在一旁瞎合计，这时，那个黄衣僵尸——不！是那个自称是多尔衮的人阴阳怪气地说道："皇太极不仅与我有杀母之仇，还横刀夺走我心爱的女人！最可恨的是他骗我喝下金汤，成了这半人半鬼的不死之身，世世代代为他守陵！他自己，却拿了'天眼'宝石，长生不老，逍遥快活！"说到这里，多尔衮满面怒火，突出在嘴外面的两排牙齿咬得"嘎巴嘎巴"作响。正当我和张茜为多尔衮恐怖的面容心惊胆战之际，多尔衮突然举起右手，对准我和张茜藏身的香炉猛地一用力，只见一道火焰直喷过来，眨眼之间便把硕大的香炉生生地熔掉了一半！

我和张茜以为多尔衮发现了我们，吓得紧紧地趴在地上不敢动弹。小"幻彩"也把头藏在我的怀里，吓得半天都不敢动弹一下。

过了半晌，我和张茜看没有其他动静，这才明白多尔衮并没有发现我们，只是发泄一下心中的怒气而已。到了这时，我们才把一颗悬着的心放下来，缓缓抬起头来，继续偷偷地听这些人说话。

多尔衮刚刚气急败坏，突然施展法术，熔断香炉的举动，也着实把他身边的几个人震慑住了！那中年胖子再和多尔衮说话时，语气明显已经恭敬了许多："既然多先生有如此安排，那我们也愿意效犬马之劳。不过'人为财死，鸟为食亡'，除了您一定帮我们几个解毒之外，不知道您还能给我们什么好处呢？"

大头怪人听了这番话，鼻子里发出一个重重的"哼"。我悄悄地望过去，突然发现大头怪人与那多尔衮相比较，看上去倒显得顺眼了很多。

多尔衮沉着脸，没有言语，只是慢慢地走到"蛇精"女人面前，死死盯着那"蛇精"女子的脸。本来面色惨白的"蛇精"女子被他盯得浑身瑟瑟发抖起来，一只手紧紧地握着另一只齐齐断掉的手腕，嘴里说不出半个字来。

突然，多尔衮伸出双手，一把抓住"蛇精"女人的断腕！与此同时，他嘴里怪叫了一声！只见一道绿光闪过，"蛇精"女子的断腕处竟然长出了一只泛着绿光的玉手！

"蛇精"女子张大了嘴，不敢相信眼前的事实！过了半天，她才小心翼翼地活动了一下手指和手掌——除了整个手掌闪着绿光外，"蛇精"女子发现这"玉手"与自己原来的手，没有任何不同！

中年胖子见状，狂喜不已，扑上去抓起"蛇精"女子的玉手来回地欣赏起来。看到高兴之处，中年胖子竟然把"蛇精"女子的玉手抱在怀里，不断地用嘴去亲吻。"蛇精"女子厌恶地从中年胖子的怀里把手抽回来，然后抱拳向着多尔衮深深地鞠躬，嘴里大声说道："小女子谢谢仙人赐手之恩，既然如此，我愿意唯您马首是瞻！"另一旁的队长也连忙随声附和，中年胖子不甘落后，嘴里也大声地讨好起多尔衮来。

多尔衮环视了众人一圈，这才用嘶哑的声音说道："其实，金狮护佑的'天眼'宝石不止有一个！当年天上北斗七星陨落，七颗'天眼'宝石散落凡间，皇太极拿到的只是其中一颗！北斗七星是上古太阳部落的图腾，集齐七颗'天眼'，便可使太阳部落的王权重现世间！拥有了太阳部落的统治整个宇宙的无上权力，你们说，到时候，我能亏待你们吗？"

大头怪人听了多尔衮的话，兴奋异常，狂笑着说："哈哈哈！太好了！'天眼'宝石是真实存在的！太阳部落也是真实存在的！哈哈哈……"那笑声如同鬼哭狼嚎，听得我浑身发抖。我无意间回头看了一眼张茜，发现她的脸色惨白，全身上下正在不停地颤抖。

我刚要低声询问张茜到底发生了什么，突然，多尔衮被那几个人簇拥着，径直走向我和张茜进来时走的月亮门。一行人穿门而入，不知道走向哪里去了。

等到这些人没了踪影，我和张茜才互相搀扶着站起身来。刚才听到多尔衮的一席话，实在是让我们震惊不已，虽然一时无法分辨真假，但是"天眼"宝石的存在肯定是已成定局了。我盯着张茜苍白的脸庞看了几秒，关切地问道："你没事吧？脸色怎么会这么不好？"

张茜摇了摇头，欲言又止。过了一会儿，张茜突然抬起头，狠狠地说道："顾不了那么多了，我们先沿着楼梯回去再说！"

我吃惊地望着张茜，不知道她说这话的含义是什么。张茜拍了拍我的肩膀，对我说道："等有时间，我们再详细聊，现在我们先找到出口，回到上面去！"

话音未落，她已经拉起我的胳膊，嘴里喊着"幻彩"，转身向最前方的阶梯走去。刚走了几步，"幻彩"突然停下脚步，不停地朝后面嘶吼！我还以为"幻彩"受了什么惊吓，蹲下身来，不停地安抚它，可是"幻彩"依然露出极度紧张的神情。我正百思不得其解，突然发现张茜也站在那里，面色惨白，目瞪口呆地盯着后面！我连忙问她怎么了，张茜手指着身后巨大的金狮雕像说："你看！它……它……它动了……"

（四十七）

再次拯救

我回头一看，只见那巨大的金狮雕像竟然慢悠悠地转过了脑袋，瞪着斗大的眼睛死死地看着我！天哪！这雕像怎么还能活转过来？我被眼前的一幕吓得目瞪口呆！眼看着巨大的金狮面部表情愈加狰狞，双眼红得好像要流出血来，两道目光如同双眼喷出的邪恶怒火，把整个广场都照射得一片火红！巨狮满嘴的金牙发出炫目的光芒，嘴角边流着的血红的口水，竟然一滴一滴淌到地上，如同熔岩般缓缓地流到我的脚边。

让我无比疑惑的是，刚才还同"乐福""幻彩"一样庄重慈祥的巨狮雕像，怎么一转眼变得如此恐怖骇人！究竟发生了什么让巨狮活转过来，并且变成这般可怕的模样？我心里正不停地发出各种各样的疑问，眼前的巨狮竟然猛地举起小山一样的前爪，向我抓来！那巨爪顶端锋利无比的指甲闪着的寒光，转眼之间就到了我的眼前！

巨狮这一下，完全打了我一个猝不及防，我根本来不及躲闪！眼看着我就要被巨狮的利爪撕碎，突然一阵巨大的力量把我横向推开！我狼狈地摔倒在地，就在我倒地的一刹那，那巨狮的利爪挨着我的头皮掠过，几根被利爪割断的头发在我眼前优雅地飞舞飘落。

巨大的推力让我在地上整整滚了十几圈才停下！我的手掌、膝盖和肩膀全都摔破了肉皮，鲜血一下子就流了出来！我浑身的骨头像散架了一样，到处都是钻心的疼痛。

　　我咬着牙勉强爬起来，回头一看，刚才推我的竟然是小"幻彩"，千钧一发的时刻又是它救了我！但是为了救我，"幻彩"的后腿被巨狮的利爪扫到，皮肉模糊，鲜血直流！"幻彩"虽然受了重伤，可是它毫不畏惧，仍然弓着身子，不断地龇着牙，向巨大的金狮嘶吼！

　　金色巨狮似乎对"幻彩"并没有多大兴趣，它慢慢地把身体转到我所在的方向，迈步向我而来！就在这时，"幻彩"竟然拖着受伤的后腿，踉踉跄跄冲到我的面前，对着金色巨狮厉声嘶吼，它在用它那弱小的身躯拼了命地来保护我！看到这个情景，我感动极了！我连忙上前一步，一把抱住"幻彩"，把它拥进怀里——此时此刻，我也要用我的生命来保护它！

　　金色巨狮没想到我和"幻彩"会有如此的举动，一下子愣住了！巨狮缓慢地收回巨爪，立在那里默默地凝视着我们。

　　这时，一个嘶哑的声音从巨狮身后传来："杀死他们！我命令你杀死他们！"我抬头一看，原来是刚才出去的那几个人，此刻竟然簇拥着多尔衮回来了！那鬼一般模样的多尔衮发现了我们后，竟然咆哮着对那金色巨狮发号施令！多尔衮那干枯的手指直直地指向天空，就好像宫殿屋顶竖着的避雷针。

　　金色巨狮慢慢转头看了一眼多尔衮，又把目光再次转向我和"幻彩"这里。只见它稳稳地蹲坐在那里，动也不动，任凭着多尔衮在它身后暴跳如雷，不断地发出歇斯底里的咆哮！

　　张茜见此情形，连忙朝我大喊："还傻愣着做什么！快跑！"说完张茜转身朝楼梯方向跑去，而我也连忙站起身来，抱起"幻彩"转身向张茜追去！

　　张茜在金色巨狮的另一侧，她一边跑，一边把两个背包都背到自己的肩上。跑了几步，我们便会合到一起。我刚要说话，突然感到一股热浪从后面袭来！我回头一看才发现，此时此刻，多尔衮正高举着双手，口中声嘶力竭地呼喝着什么！眨眼间，多尔衮头顶上方乌云密布，电闪雷鸣，那大块的乌云快速地转动，竟然在他头顶上方形成了一个巨大的圆洞！圆洞中不断向外喷射出巨大的火球，火球伴随着岩浆不断地向我和张茜这个方向涌来！与此同时，另一边的大头怪人也在念念有词，不断地挥舞着手中的权杖。紧接着，巨大闪电从天而降，一个接一个地朝着我们打过来！

　　我知道，此时此刻我和张茜就算是跑得再快，也无法躲开这两个人同时施展的法术！于是，我索性不跑了，停下脚步，转过身来静静面对这如涛如潮的火焰和霹雳的袭来！我紧紧地抱住了"幻彩"，而它也闭了双眼，依偎在我的怀里，满脸洋溢着幸福。

　　张茜发现我没有跟上，也停下了脚步。她转过头来看到我和"幻彩"准备慷慨赴死，于是双目环顾了一下四周，脸上浮现出释然的表情。只见张茜慢慢放下肩上的背包，缓缓地闭上眼睛，同我与"幻彩"一起，等待最后时刻的到来。

　　突然，一声嘹亮的狮吼把广场上每一个人都震惊了。我睁开眼睛，发现一个巨大的金色身影，竟然拦在了那滔天的火焰和耀眼的雷电之前！我定睛一看，那身影正是那巨大的金狮！此时此刻，它正忍受着火焰在它躯体上燃烧，任凭一道道雷电不断地劈在额头，可是它竟岿然不动，只是默默地望着我们！我发现，巨狮那血红的眼中流露的已不再是之前的恐怖与狰狞，而是无尽的慈爱与深情！巨狮微微地张开大嘴，好像要对我诉说些什么。可是只是一瞬间，巨狮庞大的身躯已经完全被火焰包围了！只见火焰中的巨狮猛地张开巨口，用尽全身最后的力气向天空怒吼一声——我依稀觉得，那声音似曾相识。

　　"'乐福'！是'乐福'的声音！"我一下子醒悟过来，奋不顾身地想要冲进火海，却被身边的张茜死死地拉住！

张茜不知何时睁开了双眼看到了这一切，霎时间，她似乎明白了什么。她一边紧紧地抱住我的肩膀，一边用了无比悲伤的语气对我喊道："难道你看不出'乐福'在救我们吗？难道你要让'乐福'白白地牺牲生命吗？"

我，一下子愣住了！面对张茜的质问，我无话反驳。是啊！"乐福"在用自己的生命拯救我们，难道我要辜负"乐福"对我的深情与厚爱吗？我心如刀绞，低头看了看怀里奄奄一息的"幻彩"，咬了咬牙，转身向阶梯跑去！那热浪已经越过了燃烧着的巨狮，迅速地笼罩住我们全身。我麻木地向前跑着，脸上不断地有水珠流淌下来。谁知道那流淌着的，是一滴滴汗水呢，还是藏在眼中，久久没能消散的热泪……

我和张茜终于跑到了阶梯前面。我们两个没做丝毫停留，快步顺着阶梯向上跑去。

跑了一会儿，张茜回头看了看我，低声问："那是'乐福'吗？"

我没有作声。此刻，我的一只手抱着受伤的"幻彩"，另一只手紧紧地握着一只发烫的铃铛——那是刚刚金色巨狮在它自己最后的时刻，用尽全力甩到我怀里的一只金色铃铛……

一部颠覆大脑认知的
多维度小说

狮子

清宫谜影

李东兵◎著

中

辽宁人民出版社

目 录

（四十八）

两个"张茜"

　　楼梯大概有三米宽，一直通向上面。每隔几级台阶就会有一盏落地长明灯发出耀眼的光芒，所以整个楼梯并没有任何的阴森恐怖。我内心酸楚，默不作声，抱着"幻彩"一口气向上爬了有三百级台阶，两条腿已经累得不停地颤抖，酸痛得无法忍受。我站在一盏长明灯下，大口地喘着粗气，这时张茜也气喘吁吁地追到我的身旁。我抬起头看了看张茜，发现她的脸色十分惨白，嘴唇已经干裂得渗出血来。我连忙拉住张茜，让她在长明灯旁的台阶坐了下来。此时此刻，我们两个都已经是极度的虚弱，迫切需要补充能量，更需要好好地休息休息。

　　我也挨着张茜坐了下来。这一路顺着台阶往上跑，我一直双手抱着"幻彩"，这时才发现，我的双臂已经抽筋，无法伸直，两只手早已麻木得失去了知觉。我顺着楼梯往下望去，两排长明灯如同夜空中的繁星，明灭动人。身后的热浪已经完全消失，目光所及之处，我并没看见有其他人追来，我紧张的心情略微放松了一些。

　　张茜从她背的包里掏出最后一瓶水来，喝了一小口，然后递给了我。我把水倒在手心中，给"幻彩"喝了几口，然后才自己抿了一小口。此时此刻，我和张茜的背包里的水和干粮已经不多了，而前面的路途充满了未知，所以能节省一点水和干粮，就意味着出去的希望大一些。张茜又从背包里掏出了急救包，拿出碘伏、云南白药和绷带，依次给我和"幻彩"上药包扎。我犹豫了半天，还是把手里握着的铜铃悄悄地揣进了裤兜里，并没有和张茜提起。

"幻彩"伤得很重，上过了药，它便躺在我的怀里沉沉地睡着了。我不忍心打扰它休息，就索性抱着"幻彩"和张茜东一句西一句地聊了起来。

张茜和我详细地介绍了她所了解到的一些情况，她听大头怪人说，这世界上存在着一个拥有神秘力量的联盟，叫作"太阳部落"。七个部落联盟成员各自拥有一颗从天外坠落的北斗星晶石，也就是我们一直所说的"天眼"宝石。"太阳部落"的成员可以使用"天眼"宝石，穿梭于时空隧道之中，铲除邪恶势力，维护整个宇宙的和平。"天眼"宝石可以使每一个"太阳部落"的成员长生不老，而这个神秘部落的守护神兽就是狮子。整个宇宙的狮子都忠诚地保卫着"天眼"宝石的主人，同时也是保卫宇宙和平的卫士。张茜还听大头怪人说，现在七颗"天眼"宝石都不知所终，而皇太极是寻找"天眼"宝石的唯一的线索。

听了张茜的话，我简直是一头雾水。按照大头怪人的说法，"乐福"和"幻彩"就应该是"天眼"宝石的守护兽。我低头看了看怀里的"幻彩"，实在是不明白"幻彩"和"乐福"为什么会选择来保护我，难道我是"天眼"宝石的主人，还是说我会是那个神秘的"太阳部落"的成员？唉，一切的一切都如同暗夜中的鬼火，若隐若现，扑朔迷离。

我又问了张茜一些关于"九玄仙女"的问题。张茜长叹一口气，摇了摇头，表示她也不清楚她为什么会被大头怪人称作"九玄仙女"，更不知道作为"九玄仙女"的使命是什么。张茜唯一确定的，就是这个"九玄仙女"的身份也应该与"天眼"宝石有着密切的联系。

到后来，我还询问了一些张茜家庭的情况——虽然我们同事多年，但是她的家庭状况，我是一无所知。面对我的询问，张茜开始的时候还很犹豫，支支吾吾了半天，才开始向我讲述自己家庭的情况。她说她丈夫是一名历史学家，主要研究美洲的玛雅文化，两年前去了墨西哥研修，至少还得几年才能回来。而他们的儿子在六年前突然离奇地失踪了，这件事对她的影响，到现在为止都是巨大且无法消除的。

我很惊讶张茜竟然还经历过这样的事情，可是看她那无比失落和忧伤的神情，我实在不忍心再细问当时具体的情况。一时间，我又不知道该转移到什么话题上才合适，于是便低下头，沉默不语了。

张茜张了张嘴，似乎想问我什么问题，不知道为什么，她犹豫了一下，又合上嘴不说了，一张苍白的脸上布满了疑惑的神情。我刚想问她到底想知道些什么，突然发现上方楼梯不远处，依稀有个人影伫立在那里！我不由得心头一颤，连忙把怀里的"幻彩"抱紧，站起身来向楼梯上方走去，想去探个究竟。

我沿着楼梯走了十几步，四下里一片空旷，并没有发现什么人影。我正暗自纳闷是不是自己疲劳过度，看花了眼。结果我刚转过身来便一下子呆住了，咦？坐在下面台阶上的张茜怎么突然不见了？我心里更加烦乱，难道张茜被后面追赶的多尔衮和大头怪人他们给抓去了？我连忙从口袋里掏出狼眼手电，四处寻找。可是我上上下下、认认真真地找了好几圈，也没找到任何张茜的踪影。

正当我焦急万分，忍不住要对着楼梯上下大声呼喊张茜名字的时候，突然张茜身影一闪，从楼梯上面的一块阴影中跳了出来。我吓了一大跳，连忙跑上前去，盯着她的脸急切地问道："你干吗去了？怎么一转眼就不见了？"

张茜愣了愣，然后咧着嘴笑着说："哦，没什么，我就是去看看上面那段阶梯有没有什么危险。"

我感觉张茜的表情很不自然，可是又问不出什么，于是又上上下下扫了她几眼，回身拿起背包背在肩上，说了声："那我们走吧！"于是我就抱着"幻彩"，一马当先向上面的台阶走去。

张茜答应了一声，也背好背包，转身跟上我。就在这时，我突然听见下面楼梯有脚步声，似乎有一个人在快速地跑上来。眼见声音就要到了跟前，我连忙招呼张茜先躲起来，告诉她不要贸然露头，一切见机行事。

我和张茜藏到楼梯栏杆外一盏巨大的长明灯后面。我从黑暗中慢慢地探出头去，看看跑上来的究竟是什么人。说时迟，那时快，只见一个身影从下面的黑暗中冲了出来。这个人一边跑，嘴里还一边喊着："老猴，李先生，等等我！"

我心里纳闷，这楼梯上怎么会有人喊我？而且喊的竟然还是张茜给我起的外号！等这个人的身影完全进入到长明灯的光线里时，我不由得大吃一惊——光线里出现的人，竟然是背着背包的张茜！

我回头看了看身边的张茜，再抬头看了看长明灯前楼梯上的张茜，天哪！从衣服，到背包，从长相，到神态，加上跑步的姿势、说话的语音语调，这两个张茜可以说是一模一样！这，这怎么可能！我连忙揉了揉眼睛，再一次仔细地辨认！没错的，完完全全相同，两个张茜就是一个模子里刻出来的，找不出半分的不同！

正当我茫然不知所措之际，我身旁的张茜突然跃了出去，一下子把跑过来的另一个张茜摁倒在地，一边疯狂地用手电击打另一个张茜的头部，一边大声地喊道："打死你这个鬼，竟然还敢装扮成我的样子！"

另一个张茜猝不及防被打倒后，瞪大了眼睛观察了一下此刻周遭的情形，不由得也是大吃一惊，嘴里大喊了一声："你是谁？"话音未落，两个张茜便再度扭打在了一起。

我看看左边又看看右边，实在分不出哪个张茜是真，哪个张茜是假。连我怀里的"幻彩"也被惊醒了，它的眼睛瞪得大大的，嘴里发出疑惑的"呜呜"声，好像也被眼前的两个张茜弄得不知所措了。

　　就在这无比混乱的时刻，一个响亮的声音从楼梯上面传来："住手！"我心里一震，顺着声音往上看去，发现不远的台阶上站立着一个个子不高，身穿黄色团龙绣纹长袍、脖子上戴着佛珠、头上梳着和那多尔衮一模一样辫子的中年男子！与多尔衮不同的是，这个人天庭饱满，面目清秀，气宇轩昂，威风凛凛，一双炯炯有神的眼睛里释放出两道如同闪电般的目光！

　　这人是谁？他怎么会在这楼梯上出现？看他穿的清朝帝王服饰，难道，难道他是那棺材中失踪的皇太极？

（四十九）

时空悬梯

我刚要张口询问楼梯上方这个身着清朝帝王服饰的中年男子的身份，眼前的两个"张茜"却已经打得不可开交。平日里两个女人打架，一般都喜欢撕扯对方头发，或者使用咬人、挠脸等招数，而眼前这两个"张茜"打斗却完全不按套路出牌。

这两个人一招一式有板有眼，你来我往，闪转腾挪，简直与武侠片中的打斗场面一模一样。只见两个人你挥掌，我架拳，你出腿，我飞天……看得我目瞪口呆，而楼梯上层喊住手的人也是看得连连叹气。

站在楼梯上层的那个人索性顺着楼梯慢慢走了下来，一直走到我的身边。我神情紧张，充满戒备地看着他，看他这身打扮，我担心他也是这陵墓中的什么怪物，万一在不经意间再给我来个偷袭，那我和张茜就彻底回不去了。不过让我稍感意外的是我怀里的"幻彩"看到这个人，竟然没有任何的敌意，只是伸头打了个哈欠，然后继续懒懒地在我怀里睡大觉。

我索性怯生生地直接问道："您好，您不会是皇太极吧？"

那个人看都没看我一眼，只是目不转睛地看着眼前两个"张茜"

激烈地交手。半晌，他才扫了我一眼，简单地挥挥手，不耐烦地说了一句："免礼，不用磕头了！"

我张嘴接道："谢主隆恩！"可话音未落，就觉得哪里不对！谁想磕头了？我一个堂堂的大学教授，怎么可能给一个人不人、鬼不鬼的东西磕头呢！我气得连连跺脚，可是那个人根本没注意到我究竟在做什么。

看来这个人真的是失踪了的皇太极！趁着他紧盯着那边"张茜"们在打架，我仔细打量了一下他身上的装束。皇太极身上的服装是典型的清朝皇帝夏制服饰，缎子做的披领和上衣下裳相连的袍裙相配。上衣衣袖由袖身、熨褶素接袖、马蹄袖三部分组成；下裳与上衣相接处有襞积，其右侧有正方形的衽，腰间有腰帷。披须又名披肩、扇肩，马蹄袖又名箭袖，这些都是清代皇帝朝服的显著特色。皇太极身上这件朝服的颜色以黄色为主，在正前、背后及两臂绣了正龙各一条；腰帷绣行龙五条；襞积（褶裥处）前后各绣团龙九条；裳绣正龙两条、行龙四条；披肩绣行龙两条；袖端绣正龙各一条。十二章纹样为日、月、星辰、山、龙、华虫、黼、黻八章在衣上；其余四种藻、火、宗彝、米粉在裳上，并配用五色云纹。龙袍的下摆，斜向排列着许多弯曲的线条，名谓水脚。水脚之上，还有许多波浪翻滚的水浪，水浪之上，又立有山石宝物，俗称"海水江涯"，它除了表示绵延不断的吉祥含意之外，还有"一统山河"和"万世升平"的寓意。

我第一次这么真切地、近距离地看到清朝皇帝的朝服，不由得心花怒放，嘴里不住地啧啧赞叹！皇帝服饰的精美考究真是令我大开眼界。这边皇太极看我围着他绕来绕去，很是不高兴，一个劲地问我："你这人贼头贼脑，到底想要对朕做些什么？"

我满脸堆笑地对皇太极说："哥们儿，我这辈子第一次看到活的皇帝！真文物！请先容我自己乐一会儿！我这不是做梦吧！你现在实事求是地跟我说你是演员，我保证不揍你！"说完我还伸手摸了摸他身上的龙袍。

没想到皇太极听了我的话，也笑了，他上下打量了我一会儿，扬声说："你这个草民，还真有趣！明明是你们闯到朕的陵寝，叨扰朕的清梦，怎么还怀疑起朕的身份来了！好吧，看在你无知的分儿上，朕不与你计较！不过你一定要注意，别总对朕动手动脚的！放在平日里，你脑袋早就被砍掉七八回了！"

我听皇太极说得如此认真，倒也不去怀疑他的身份了。我转过头，和皇太极一同望向仍在激烈打斗的两个张茜。现在首要任务就是把"张茜"们分开，抓紧时间辨别一下真假！我认真地看了一会儿，然后手指着"张茜"们，问皇太极："这两个女的哪个是真的，哪个是假的，你应该知道吧？"

皇太极侧目瞟了我一眼，轻声说："这问题问得可真是奇葩！当然两个都是真的。"

"什么？"我差点没背过气去！这怎么可能呢？怎么会一下子出现两个真张茜！

皇太极看我一脸错愕的样子，摇了摇头说："你们这是根本不知道时空悬梯是怎么回事，就闯进这里了！"

我挠了挠头，不解地问："什么是时空悬梯？"

皇太极没有回答我的话，而是一个箭步跃到两个张茜之间，伸手架住一个张茜的飞掌，又推开另一个张茜的铁肘，总算是把两个人勉强分开了。两个张茜刚要再次跃起身来交手，挡在中间的皇太极对着她们两个大喝道："不要再打了！你们这是自己在跟自己打架！容朕先把话说完了，你们再打也不迟！"

两个张茜听了皇太极的话，虽心有不甘，但也只能各自退后几步，然后齐齐地把脸转向皇太极。我赶忙也把耳朵立起来，想仔细听听这皇帝老儿到底有些什么高论。

皇太极叹了口气，皱着眉头说："你们应该知道，现在我们大家所处在时空悬梯之中。也就是说，我们会在这阶梯之上，遇到无限制的时空轮回。"说到这里，皇太极伸手指了指其中一个张茜说："你呢，是昨天的你！"然后又指了指另一个张茜说："而你，是今天的你！"

听了皇太极的话，我不仅没弄明白事情的原委，相反倒更加糊涂了。我挠了挠头，一脸不解地问皇太极："皇上，你的意思就是昨天的张茜在这里遇到了今天的张茜，于是两个人打起来了！不对，是一个人打起来了！是这个意思吧？"

皇太极对我点了点头，指着两个张茜说："是的，孺子可教也！你在这里等着，明天还会有一个和她们一模一样的人出现——那是第三个，后天出现的是第四个，大后天是第五个……"

我的老天爷啊，按照皇太极的说法，只要我在这时空悬梯上停留，那身后就会有源源不断的张茜追上来！换句话说，要是我在这时空悬梯上停留一年，那就能领出去三百六十五个一模一样的张茜！

我哭丧着脸问皇太极："为什么会这样？"

皇太极说："按照正常的时间规律，今天的你出现了，昨天的你就应该消失掉。可是在这个时空悬梯上，整个时间规律被神秘的力量干扰了，所以就出现了眼前这种状况——昨天的影像不会消失，而今天的影像已经重叠上来了。"

我还是没能完全理解，瞪大眼睛问皇太极："那你的影像怎么没有被重叠？"

皇太极摇摇头回答道："朕是朕的最后一个影像，从理论上说，朕此刻已经死了！"

"可是你没有死啊！你这不是还活着吗？"我不等他说完就反驳道，"你要是死了，难道你现在是鬼啊？"

"不，理论上朕已经死了，你现在看到的是被'天眼'宝石神力唤醒的那个永远不死的朕！这大概就是你们所说的永生吧！"说到这里，皇太极竟然低下头，脸上现出痛苦的表情。

无论如何，我还是不相信眼前的一切。于是我伸出手，拍了拍自己的前胸说："那我怎么没有影像呢？我的影像不会与下一个我重叠吗？难道我和你一样，也是永远不死的？"

皇太极抬头看了看我，说："现在的你当然会死，你的影像也会重叠上来，只不过你的影像来得慢了些。不信的话，你仔细看看，后面那个人是谁！"说完他手指向楼梯下面的不远处。

我顺着皇太极手指的方向向下望去，只见一个背着背包、戴着黑框眼镜、头上扎着乱七八糟的绷带、怀里抱着一只受伤的小狮子的人正顺着阶梯快步向上跑来！我张大了嘴，那……那……不正是我自己吗！

（五十）

我是谁

有的时候，人生就是如此的不可思议！你总会认为别人是陌生的，而自己是熟悉的。可是，在某一刻你正视自己的时候，却发现在内心深处，最不了解的，其实正是你自己。当你认真审视镜子中自己那似曾熟悉的鼻子、眼睛、嘴巴的时候，突然间会有一种感觉在心底油然而生——你每日里数次揉搓的五官竟然如此的陌生！那一刻，一个古老的问题便会在脑海中浮现——我到底是谁，而谁又是我呢？

当我站在楼梯上，看着下面走上来的另一个我的时候，那种感觉是的的确确从未有过的！眼前这个影像似曾相识，却又无比的陌生。北宋大文学家苏轼曾经写过一首非常著名的描写庐山的诗作，叫作《题西林壁》。诗中有这样一句："不识庐山真面目，只缘身在此山中。"这句诗背诵了几十年，而其中蕴藏的哲理，我直到此时此刻才完整地领悟到。

这时，下面的那个"我"突然抬头发现了我们！那个"我"满脸的疑惑和惊惧，驻足不前，目光不断地扫视着我们这边的每一个人。当那个"我"的目光最后落到了我身上的时候，脸上的表情一下子变得更加的复杂，眼睛瞪得大大的，嘴慢慢地张开，甚至脸部的肌肉都在一下一下地抽搐。

看着另一个"我"目瞪口呆的样子，我连忙走上前几步，笑着和另一个"我"打了个招呼："嗨！你好，我自己。"

另一个"我"用了熟悉却充满质疑的声音回复我说："你……你是谁？看上去，你好像很熟悉的样子……"

我无语了，这个确实是我！有的时候我就是这样的呆萌可爱，简单幼稚，今天我终于见识到了自己的这一面。

对面那个"我"怀里的"幻彩"倒是很友好，对着我怀里的这个"幻彩"极其热情地打着招呼。有的时候，其实野兽远比人类豁达开朗得多，更容易理解并奉行大自然中神秘的法则与规律。

对面那个"我"把目光转向两个张茜，然后伸手指了指其中一个说："张茜，你怎么还有个双胞胎？怎么这么巧，会在这里遇到？"

顿时间，两个张茜涨红了脸颊，犹豫了半天，但仍然一言不发。

接着，对面那个"我"又指了指皇太极说："嗨，哥们儿，你又是从哪里来的？你这身打扮，是拍戏呢，还是在玩 cosplay 啊？"

我连忙伸出手拉住另一个"我"，哭丧着脸说："好了，哥们儿，咱们先打住，别问这问那的了。"然后我转过头，焦急地对着皇太极说："皇帝老儿，你看看这可怎么办啊？我们到底还能不能出去啊？再待一会儿，后面又上来'我'了！"

皇太极眉头紧锁，过了好半天才回了一句："出去倒是可以出去，不过，现在时空悬梯乱了，你们这样出去，肯定是行不通的。看来……朕得帮你们把所有镜像恢复一致了，你们才可以回到你们的世界去。"

我一听皇太极可以帮忙解决问题，马上乐得合不拢嘴，忙不迭地感谢道："太好了，那抓紧时间吧！我祝吾皇万岁！万岁！万万岁！"

皇太极瞥了我一眼，说："不用你说这些，朕早已经永生了！"说完他转过身，一边向上面的楼梯走去，一边喝道："你们几个就跟朕一同上去。再不快些，后面的影像又要上来了！"

我们几个互相对视了一眼，此时此刻也别无选择，皇太极是我们唯一的救命稻草。于是，我们几个拿好东西，快步跟了上去。

我们顺着楼梯，跟着皇太极走了有半个多小时。这时空悬梯越往上越窄，越往上越陡，我们每个人都累得气喘吁吁，满头大汗。这时，我突然发现我们已经来到了楼梯的尽头，眼前已经无路可走，前方是一个巨大的黑色石头！这巨大的石头在长明灯的照耀下散发出点点光芒，那光芒忽明忽暗，如同夜空中点点的繁星。

身旁的两个张茜几乎异口同声地"啊"了出来，我连忙看向她们。这两个人指着巨石，争先恐后地和我说："你看，你看！这不是古生物博物馆里的传输石嘛！"

皇太极听了张茜的话，点了点头说："还是你这'九玄仙女'见识过这东西。不过刚才朕也说了，有一种力量在这时空悬梯上干扰时间流逝，朕只能尽全力把你们统一了再送出去。"

说完，皇太极径直走到我面前，盯着我的眼睛，表情凝重地说："刚才在下面，你知道金狮为什么会为你遮挡雷火吗？"

我被他突然间这么一问，顿时愣住了，半天才摇了摇头。

皇太极拍了拍我肩膀，语重心长地对我说："狮子护卫的，必将是和'天眼'宝石关系密切的人！如果我没猜错的话，你应该是'太阳部落'选中的'天眼'宝石的持有者，朕希望你能够承担起寻找并保护'天眼'宝石的重任！"

我简直被皇太极说迷糊了，一时间瞠目结舌，手足无措，过了好一会儿，我才结结巴巴地问道："皇上，你到底在说些什么？什么……责任？啥……部落？最终任务是个什么东东？'天眼'宝石在哪里？我就是个普通人，整个地球七十多亿人，怎么会选我呢？"

皇太极看我是真不知道事情的原委，刚要和我详细地解释一番，突然另一个"我"指着下面说："不好了！他们追上来了！"

我们连忙顺着他手指的方向向下望去，远远地看见几个人影正朝我们这里快步走来。为首的正是那形同鬼魅的多尔衮，紧跟在他身后的是大头怪人。这两个人应该是身有法力，所以把另外几个人远远地甩在了身后。

皇太极脸色一沉，低声说了句："不好！这个多尔衮还真是纠缠不清，竟然追到这里来了！"说罢连忙转过身来，对着我们几个命令道："大家赶紧围拢过来！"

我们连忙围到皇太极身边。只见皇太极从怀中掏出一个翠绿色镶着金丝的宝石，然后嘴里默默念着什么。突然，一道金光当头闪来，我只觉得眼前一亮，紧接着就失去了知觉……

（五十一）

返回

　　等我再次睁开眼的时候，首先映入眼帘的是头顶那无边苍穹之中闪啊闪的繁星。再望，便是一轮皓月洒下锦缎般的银光，偶尔一丝云朵游过，让那银光若隐若现，为无边的夜色增添了些许的妩媚与妖娆。

　　我挣扎着坐起身来，发现身下是一片草地，月色中四周一片静谧，阵阵清风袭来，树叶沙沙作响。看来我终于回到了原来的、属于我的世界。我长长地吁了一口气，心里的感觉却不知是激动，还是解脱。

　　我回身一看，张茜也在不远处坐起身来。我又四下里张望了一阵，看来那个我们昨天的影像已经不复存在了，我和张茜都只剩下了一个。我来回地晃着脑袋，想驱走脑子里一切不堪忍受的回忆，让自己快些清醒，快些回到现实的世界里。

　　突然我意识到"幻彩"不在我的怀里！我连忙爬起身来，四下寻找。终于，我在草坪附近的一盏幽幽的路灯下，看到"幻彩"正在一个人的怀里呜呜轻嘶。我连忙跑过去一看，那个人不是别人，正是救了我和张茜性命的皇太极！他看我走过来，一面把"幻彩"轻轻地递到我怀里，一面轻声地说："朕给这小家伙上好了宫廷秘制的金创药，不几天就可以恢复了。"

我低头看了看"幻彩"，小家伙气色已经恢复了许多，正不断地对着我撒着娇。再看"幻彩"后腿的伤口处，敷上了很多黄色的药粉，伤口不仅已经止住了流血，而且创口处竟然已经慢慢愈合结痂了。我朝着皇太极点了点头，感激地说："谢陛下呗！"

突然我意识到了什么，抬起头惊讶地看着皇太极问道："皇上，你怎么也跟着我们回到这里了？你不应该留在属于你的陵墓里面吗？"

皇太极苦笑了一下，回答道："朕也没有办法留在那里了！那多尔衮一直想找到朕，让朕说出'天眼'宝石的秘密。朕总不能待在那里束手待毙啊。'天眼'宝石也绝不能被多尔衮他们得到！现在没有办法，朕只好随你们来到了你的世界。在这里，皇上陛下的称呼就不要再提了。日后恐怕还得需要你们多多照顾呢。"

这时，张茜也已来到我们身边，一边抚摸着"幻彩"，一边听皇太极说话。听皇太极说完，张茜低声问他："既然你可以上来，那多尔衮他们那些人会不会也跟上来啊？"

皇太极顿了一下，说："暂时应该不会，他们并没有穿梭石的钥匙和口诀。不过，他们早晚会上来的！因为这许多年里，多尔衮修炼的法术高超，且奸诈机敏异常，他一定会想到其他的办法追到这个世界来的。"

我突然想起在穿梭石前，皇太极拿着一块精致的翠绿色的宝石，连忙问道："刚刚在穿梭石前，你拿着的是'天眼'宝石吗？"

皇太极愣了一下，从怀里掏出那块翠绿色的金丝宝石，认真地说道："当然不是，'天眼'宝石不在朕这里。要是在朕这里，刚才还至于那么狼狈吗？朕早把他们穿梭到别的时代去了！"

我听了皇太极说的话，半信半疑，转头望向张茜。张茜微微点了点头，然后从自己的脖子上摘下一个带着挂坠的项链，只见那个挂坠是一块绿色的玉石。张茜小声说："是的，这就是穿梭石的钥匙，不是'天眼'宝石！"

我接过项链，仔细端详了一下。张茜项链挂坠上的绿宝石确实和皇太极拿出来的宝石一模一样，只不过皇太极拿的那块略微大了点而已。这也难怪，人家是皇帝嘛，好东西也必然要拿最大的那个。

张茜看我不言语了，接过项链，重新挂在脖子上，然后抬起头问皇太极："那我们怎么才能找到'天眼'宝石呢？"

皇太极也缓缓地把自己那块大宝石塞进怀里，继而表情凝重地看了看我和张茜，过了好半天才说道："'天眼'宝石在哪里，朕也不知道，不过朕知道有一幅地图，按照地图的指引就可以找到'天眼'宝石！"

我连忙追问："那地图又在哪里啊？"

皇太极摇了摇头，表情凝重地说："据说为了防止被邪恶的人找到'天眼'宝石，所以当初宝石的护卫者把地图分成了九块，分别藏在九个地方。实话实说，朕并不知道那些地图的碎片都流落在哪里。"

听他这么一说，我连忙拉开冲锋衣怀兜的拉链，从里面掏出防水塑料袋，轻轻地打开，露出那块画着各种神秘符号的纸片，递到皇太极面前说："那你看看，这个是地图的碎片吗？"

皇太极接过来，端在眼前看了半天，脸上突然露出欣喜的神色，大声说："是的！这就是地图的碎片！你从哪里得来的？"

张茜没想到地图的碎片竟然还在我身上，也高兴地凑了过来。我把事情的来龙去脉简单和皇太极讲了，皇太极听得也是唏嘘不已。

皇太极把地图碎片交还给我，然后说："我们已经有了一块地图碎片，那接下来我们就可以去找其他的几块了。"

我看皇太极无比开心的样子，不禁疑惑地问道："怎么一说要找'天眼'宝石、找地图，你就这么开心啊？"

听到我问的问题，皇太极刚才激动兴奋的神情一下子落寞下来，甚至眉宇间还带了些许的悲伤。过了好半天，皇太极才缓缓地说："你知道什么叫孤单和寂寞吗？也许你并不能理解那种感觉，甚至很多人都在追求永恒，追求长生不老。可是，朕真的不想永恒，不想长生不老！朕只想要和朕爱的人相互陪伴，哪怕年华老去，携手共赴黄泉，朕也愿意。"

听了他的话，我的心情也复杂起来。纵观古今，有多少帝王名士一味追求长生不老，梦想着仙寿永昌，可是他们哪里知道，一个人活在这世上会有多么的无助和痛苦！看着周围的人一个一个地先于自己离开，那种悲情不亲身经历是很难完全理解的。而皇太极经历过了这一切，说出了他心里真实的感受，这种感受其实才是真正永恒的世间真理！没错，对于人来说，比生命的永恒更重要的是感情，是陪伴，是生生不息的爱。

我小心翼翼地把那装着地图碎片的防水塑料袋又塞回到冲锋衣的怀兜里，拉好拉链才转头看向张茜——她是一定要去找"天眼"宝石的，因为她是"九玄仙女"转世，找到"天眼"宝石是她的使命。要是我没猜错的话，她心里一定还期望着通过找到"天眼"宝石，去找到失踪的父亲和更早之前失踪的儿子，她需要一个让自己解开一切谜团的答案。

最后我就要问问我自己了，我为什么要去找"天眼"宝石？那是因为……算了，我还是简单地总结一下吧——我就是吃饱了撑的，闲着没事就当消化食儿了。这个理由听起来既简单又自然，一点不会给人任何压力。其实皇太极之前和我说的，所谓我是什么"天眼"宝石的拥有者的一番话，我根本没往心里去。我觉得那就是皇太极逗我玩的一套说辞。实事求是地说，我想去找"天眼"宝石，主要是可以满足我的好奇心，同时让我觉得自己的形象很正义！我需要在我的学生面前保持有足够的尊严！想到这里，我不禁咧嘴笑了。

这时，"幻彩"又开始活泼起来，挣扎着蹦到地上，一瘸一拐地溜达起来。玩着玩着，"幻彩"开始咬起我的裤脚，来回扯着我走。看着它开心的样子，我突然意识到，回到现实世界里，这个小家伙可怎么办啊？它，可是只狮子！而且越长越大！

记得在地宫之中，张茜说过回来后会帮我解决"幻彩"的问题，于是我转过身，面带愁容地望向张茜。还没等我说话，我的心事一下就被皇太极看出来了，他拍了拍我的肩膀说："你是在担心这只小狮子该怎么办吧？"他神秘地一笑，接着说道："为你遮挡电火的巨型金狮是不是给了你一颗铜铃铛？"

我听了皇太极的话，惊讶极了，颤着声音说："你，你怎么知道？"

（五十二）

联防队

皇太极看我这样惊讶，连忙摆了摆手说："你别紧张，那个铃铛是朕按照'太阳部落'的指示，系在那金狮脖子上的，本来就是赠与和'天眼'宝石有缘人的物件。金狮为你阻挡雷火，不惜慷慨赴死，所以朕猜测金狮必然也会把铃铛转交给你。"

听他这么说，我慢慢放松了警惕，从裤兜里掏出了那散发着金色光芒的铜铃。

张茜转过头来看了我一眼，用异样的口吻对我说："行啊，李大先生，这不知不觉偷偷摸摸地藏了不少好玩意啊！快一起拿出来让我开开眼，别一件一件地掏，多煞风景！"

我听了张茜挖苦我的话，脸上顿时红一阵白一阵的，急忙向她解释说："根本不是你想的那样！那巨狮把铜铃甩到我掌心中，我一时也没明白它的用意，当时情况又万分紧急，我哪有时间和你说这些！就这些东西，我已经都拿出来给你看了，不信你就来翻！"

张茜撇了撇嘴，把头转了过去，对我的话根本不屑一顾。

这时，皇太极又对我说话了："你可别小看这个铜铃，它可不是一般物件！这铜铃为天地幻化所生，听从主人命令可大可小，不仅能包容天地万物，而且坚硬无比，雷劈不开，火烧不化。不信的话，你拿着这铜铃，对着小狮子摇一下试试。”

听皇太极这么一说，我好奇地把铃铛握在手中，然后呼喊“幻彩”过来。然后，我一边嘴里说着：“‘幻彩’，快进去！”一边手拿着铜铃朝着“幻彩”不断地摇晃。只见白光一闪，“幻彩”竟然没了踪影！我急得连忙跑上前去，四下寻找。这时突然听见手中的铜铃中隐隐约约地传出“幻彩”的叫声。我连忙捧起铜铃，从铃铛的缝隙里看去，竟然发现“幻彩”已经缩小进到了铜铃里面去！铜铃里面竟然是另一个世界，不仅香风四溢，花枝招展，而且还有专门给“幻彩”遮风避雨的房子。看到“幻彩”在铜铃里面并不拥挤，还很开心的样子，我不由得大喜过望！这下子“幻彩”可以一直随身陪伴我了，我再也不用担心它没有地方可去了。而且在没人的时候，我还可以把它放出来跑一会儿！我一边想，一边从脖子上摘下原来系着的一根红绳，认认真真地把铜铃拴好，又重新挂在自己的脖子上。一想到“幻彩”时刻就在我的胸前，我的心里就踏实了许多。

这时，张茜四下张望了一圈，突然拍了一下我的肩膀，小声地问道：“我们这是在哪里啊？”

听了她的话，我不由得心里一震，是啊，从出来到此刻，我们还没弄清楚究竟身在何处哪！可别好不容易从地下面刚刚爬出来，又马上跑到另一个鬼地方去了！我抬头向四面望去，可是周围一片漆黑，什么也看不见。我看了看皇太极，他更不可能认识这里了。正当我们不知所措的时候，突然远处几道手电光射向了我们，接着一个苍老的喊声传了过来：“谁？谁在那里干什么？”话音未落，从黑暗中闪出几个人影来。等这些人影到了近前，我定睛一看才发现，他们竟然是戴着红袖标的老年联防队！看上去，这几个联防队员少说得六十多岁，一个个头发都白了，但是个顶个精神矍铄，目光迥然。

几位老人家到了我们面前，拿着手电对着我们的脸就是一顿照。

然后其中一个领头的老大爷用了极为生硬的语气对我们几个说："你们都是干吗的？衣衫不整，打扮奇特，鬼头鬼脑，贼眉鼠眼，大半夜不回家，一看就不是个好东西！先把身份证拿出来，跟我们到派出所走一趟！"

听了大爷们这么一说，我和张茜马上着急了！我俩倒是有身份证，即使没带也都好办，户籍网上可以查到，可是皇太极压根儿没有身份证啊，一旦到了派出所可就麻烦了！

张茜连忙笑脸相迎，走到领头的老大爷面前，甜甜地说："大爷，不，大哥，您看上去真年轻，有四十多了吧！我们真不是坏人，您看我们这身衣服，您再看看今天这美丽的夜色，是不是会觉得很浪漫、很惬意？我们是趁着夜色来拍抖音视频的！"

这领头的大爷听到张茜夸他年轻，脸上神情马上缓和了许多。只见他再一次拿手电扫了我们一圈，然后扬着声音说："哦，我说的嘛！现在拍这什么视频的人太多，啥视频都拍！我说你们穿着奇装异服大半夜不回家呢，就为了拍什么破视频啊。"说到这，大爷还走到皇太极面前，上下打量了一番，拍了拍皇太极说："看你岁数也不小了，跟一帮年轻人来混什么！穿个龙袍还以为自己是皇上了吧？你这气质差远了，赶紧回去干点正事！一看你这样子，就是个平时不务正业的小混混！别在这当年盛京皇太极的地盘上给皇上丢脸了！你要是皇上，那看看我这气质，像不像努尔哈赤？"一番话说得我们哑口无言，皇太极听了更是欲哭无泪。

张茜连忙又是一顿溜须奉承，我和皇太极也点头哈腰，说以后再也不大半夜出来拍视频了，大爷们这才放过我们。不过这群大爷又在我们耳边七嘴八舌地说了好多条例规定，这才让我们收拾东西离开。

这一伙老大爷转身刚要走，突然那个领头的大爷停下脚步，又回过身来，对我们说："你们不是拍视频吗，来，把我们也拍进去。这美好的夜色，怎么能不拍一拍伟大的劳动者呢？"说完挥了挥手，让一众老大爷都回来，围着皇太极站好。张茜只好假装拿出手机，对着大爷们和皇太极拍起来。大爷们都摆着"V"字形手势，对着手机喊道："欢迎来北陵公园游玩，我们老年联防队竭诚为大家服务！半夜游玩比较危险，请大家遵守公园规章制度。"最后大家还一起来了一声"耶"！

大爷们尽兴了，陆陆续续都走了，留下我们三个一脸无奈。不管怎么说，我们终于知道自己现在是在北陵公园里面，看来是真的从地下上到了地面，我和张茜的心里顿时踏实了很多。接下来，我们得赶紧回家收拾收拾，特别是要安顿好皇太极，再给皇太极换套衣服，免得再出什么事端，无法收场。

我们三个拐来拐去，便上了北陵公园中轴线上的大道。顺着大道，我们很快走到了北陵公园正门。我和张茜都把手机开了机，发现此刻已经是凌晨两点了。出了正门，宽阔的马路上虽然依旧灯火辉煌，可是已经没有什么行人了，街道上显得十分的寂静冷清。我和张茜都极度的疲劳，凑到一起简单地商量了一下，最后决定先各回各家，收拾休息，明天再电话联系，仔细研究接下来我们该做什么。

张茜自己一个人住，皇太极不方便去她那里，只能先跟着我了。我们打了一辆车，先把张茜送到她家小区门口，接着我又让司机把我和皇太极送到了太原街——我有一处老房子在太原街附近，一直空着没人住。现在这种情况，我也只能先把皇太极偷偷地藏起来，等明天和张茜研究好了，再做打算。

我们两个步行来到我的老房子处，摸着黑上了楼。我从藏钥匙的地方找出钥匙打开房门，进到房间里。我给皇太极找了两套我过去穿过的衣服，又给他找来了皮鞋和袜子，告诉他怎么穿，然后又耐心地教了他半天怎么用自来水洗漱，怎么开冰箱拿吃的。皇太极是个聪明人，一教就会，可即便如此，等我把他安顿好，从楼上下来的时候，已经是早上五点了。

天已经蒙蒙亮了，我打了个车，告诉司机我家的地址。等车子开动起来，我把手机拿出来，想往家打个电话，告诉夫人一声我回来了，免得一会儿直接敲门吓到她和孩子。电话好不容易接通了，电话那头却传来了一个嘶哑的声音："呵呵，李先生吗？你要是不把皇太极交出来，那你的夫人和孩子嘛……哈哈哈！"

　　笑声未落，电话便挂断了……

（五十三）

神秘来电

听着电话那头传来的"嘟嘟"的声音，我那因为疲惫而麻木的神经瞬间被刺激到。我张大了嘴，瞪大了眼睛，仿佛马上要疯掉了一般！因为心里极度地担心家中的老婆和女儿，所以我一个劲儿地催促司机快些开。司机被我催得连闯了三四个红灯，飞一般地到了我家楼下。我随手甩给司机五百块钱，打开车门就往小区里跑！司机追下来拼命地喊道："大哥，给得太多了！"我头也不回地扯着脖子喊道："兄弟，你先拿着吧！等罚单下来，这钱还不一定能够呢！"话音没落，我已经进了单元门了。

到了家门口，我慌乱地按了指纹，开门进了屋。我顾不上脱鞋，一个箭步冲到卧室，随手把灯打开！只见老婆正陪着女儿躺在床上，女儿似乎已经熟睡，而老婆被我吓了一跳，一下子坐了起来！她看到我衣衫不整，面容憔悴，而且还带着满身伤痕，惊恐得差点尖叫起来！老婆连忙给女儿盖好被子，下了床，把我推到了客厅里。

看到她们娘儿俩没事，我的心立刻就放下了一大半，一下子瘫倒在客厅的沙发上。老婆看我这个样子，眼泪止不住地掉下来。她一边拿出药箱，给我处理伤口，一边不住地埋怨着我。突然，我感觉到老婆的眼泪顺着我的脖子流了下来，不禁深深地感动于夫妻之间牵挂的温暖与依赖的幸福。其实这些天，我在地下陵寝的黑暗之中，心里最为牵挂的还是家人，怕她们因为找不到我而着急，怕她们因为没有我的消息而焦虑。所以我总是在方便的时候就掏出手机，希望在有信号的时候能给她们挂个电话，或者是发条信息，这样我也就放心了。经过了九死一生，现在我终于回到了温暖的家里，和家人团聚的这一刻，还有什么比这更幸福呢？想到这里，我连忙笑着安慰老婆："我这次出去学习，被邀请参与了一个科考活动，本来以为会很轻松，没想到不仅很累，还很惊险，不过收获也很大。这点小皮外伤，过几天就好了！放心吧，为了这个家，我会好好照顾自己的！"

一贯爱唠叨的老婆此刻倒不说话了，只是一边给我上药，一边不停地抹眼泪，弄得我好不尴尬。好不容易把药上完了，天也都大亮了。这时已经到了女儿该起床的时间了，老婆起身把女儿叫起来。女儿一睁眼看见我，一下子爬起来扑到我怀里，一个劲地要我给她讲这次出去有意思的经历。我费了半天口舌，好不容易哄她去洗漱完毕，我又看着她吃了早饭，一直到老婆送女儿上学去了，我才靠在床上准备休息一会儿。

我刚闭上眼睛，突然手机响了起来，我看了看屏幕，竟然没有显示来电号码。我划开屏幕的接听键，只听那嘶哑而又令人厌恶的声音又出现在了耳边："呵呵，李先生，夫人送孩子去上学了吧？"

我一下惊坐起来，大声喊道："你，你到底是谁？你想要干什么？"

电话那头又是几声干笑，笑声作罢才又有声音传来："别紧张，我暂时不会对你的家人下手，不过前提是你要听从我的安排！"

"听什么安排？我为什么要听从你的安排？"我简直气愤得无法自控。

"什么安排？当然是要帮我们拿到'天眼'宝石！皇太极那个傻瓜我可以不找他，你的家人我也可以不动，我只要'天眼'宝石！拿到'天眼'宝石，交给我，你们爱怎样就怎样！你继续过你潇洒甜蜜的小日子，'九玄仙女'、皇太极我也没什么兴趣！要是不听话……哼哼！那就等着给你的家人还有皇太极准备后事吧！"电话那头本来就嘶哑的声音竟然咆哮起来。

"你……"此刻我竟然不知道该说些什么，满腔的怒火无从发泄，整个身体好像马上就要爆炸了一样！可是让我置家人的安全、朋友的安危于不顾，毫不犹豫地出口拒绝对方，我还真是无法做到！

对方好像猜透了我的心思，又是一阵狂笑，最后说道："李先生，你好好想想吧！'天眼'宝石对于你来说毫无意义，你何必为了'天眼'宝石而失去家人、失去一切呢！我等待你的答复！"说完，电话便挂掉了。

看来事情变得复杂了。现在已经不是我愿不愿意去找"天眼"宝石的问题了，而是我为了家人不得不去找"天眼"宝石了！我沉浸在胡思乱想之中，根本找不出解决问题的最合适的办法。虽然很困很疲惫，我却睡不着。我慢慢走到客厅的日历前，眼睛紧紧地盯着上面的日期——今天是二〇一八年的十月三十日，星期二。不知不觉间，我竟然在昭陵地宫中停留了将近十天的时间。而过去的这一周对我而言，就如同经历了漫长的一生——尝遍了酸甜苦辣，经受了雨雪风霜。面对死亡与困难，我都可以淡定地找出办法去解决，而此刻我面对这未知的电话，竟然茫然不知所措，谁能告诉我该做出怎样的选择呢？

过了一会儿，老婆来电话了，她告诉我已经送完孩子，到单位了。她担心我伤口会感染，催促我去医院再处置一下。我让老婆放心，然后又告诉她最近我会一直忙一个项目，恐怕会很忙很累，也会经常地出差，让她照顾好女儿，自己也注意安全。一切都嘱咐完了，可是我的心依旧无法安稳。

我洗了把脸，换了身衣服，把防水塑料袋中的纸片小心翼翼地放进自己的口袋里。然后出门打了个车，径直来到了皇太极住的老房子。下了车我直接上了楼，用钥匙开了门，看见皇太极根本没有休息，而是坐在书房里看书架上我的藏书。

我们闲聊了几句，我还是问他关于"天眼"宝石的事，还有守护兽——狮子的职责，他又详细地给我解释一番。我还问到了当年他和多尔衮的恩怨，以及与大玉儿的情感纠葛。皇太极听我问这些，脸色沉了下来，低头沉默了半天，才抬起头盯着我说道："正好你问到这些旧事，朕有一事相求，烦请你找个时间陪着朕去一趟皇宫！"

皇宫？我马上明白了皇太极说的是沈阳故宫！他在位时，清军还没有入关，皇宫自然不可能指北京的紫禁城。我看他面色凝重，神态庄严，知道他说的事一定极为重要。于是就站起身来说："好，那我今天就带你去看看你曾经的宫殿——现在那里叫作沈阳故宫。"

我刚要动身，皇太极一把拉住我，用了低沉的语气对我说："不，不是现在去，是晚上！晚上去！而且得等到月亮爬到中天的时候，才可以去……"

（五十四）

黄教授

我看着皇太极严肃的样子，知道他这么说一定有他的道理。问题是故宫那种地方，只有白天才开门迎接游客啊，这三更半夜的去故宫，一方面是根本进不去，另一方面也容易引起不必要的麻烦啊。

我寻思了半天，自己拿不定主意，于是就对皇太极说："一会儿我找张茜研究研究，看看有什么办法吧。"说完，我起身准备到学校去。这时，皇太极一把拉住我说："李先生，你带朕出去溜达溜达，看一看。昨晚黑灯瞎火的，朕也没怎么看清盛京皇城现在的样貌。"

我犹豫了一下，心想要是把皇太极一个人丢在这里，电话里那神秘人万一来为难皇太极，倒让我更加的被动。还不如让皇太极跟在我身边，彼此也好有个照应，于是我就点头答应了。不过，一番千叮万嘱是免不了的。毕竟现在不是清朝，谁也不认识什么皇帝，所以我嘱咐皇太极出去之后，说话做事一定要听从我的安排，不可以随意妄为。

皇太极很是开心，对我提出的要求一概表示同意。我突然又想起挂在脖子上的铃铛里面的"幻彩"，担心它会不会口渴肚子饿。于是我小心翼翼地摘下铜铃，举到窗边的光线下，顺着缝隙往铜铃里面看去。这一看我才发现，金狮送给我的铜铃简直神奇无比！铜铃里面的"幻彩"面前不仅摆满了吃喝，而且铜铃竟然会自动地给"幻彩"疗伤——短短的一晚上，"幻彩"后腿的伤口竟然痊愈了！

皇太极看我一脸诧异，指了指铜铃，笑着对我说："你大概不知道吧，这铜铃集日月精华，聚天地灵气，神奇无比。不管是人还是动物，如果在铜铃里面生活，不仅衣食无忧，而且还可以包治百病，延年益寿呢！你大可不必担心，抽时间你可以把小狮子放出来跑一会儿。到那时候你可别惊讶，它在铜铃里面成长得可很快呢！"

听了皇太极的话，我一下子安下心来，认认真真地把铃铛戴到脖子上。我给皇太极冲了杯麦片，看着他喝完，这才起身，拉着皇太极下了楼，打了个车奔着学校而去。

外面已是深秋，早上寒风凛冽，凉气逼人。金黄色的银杏树叶落满了街路，整个城市沉浸在一片金色之中。我给皇太极戴了一个我妈用过的假发套，把他的大长辫子盘在里面，又给他穿了件风衣，套了条西裤，脚上穿了双皮鞋，脖子上还系了条围巾。这皇帝老儿没穿过这些，两只手不断地挠脑袋，一个劲地喊不舒服，逗得我哈哈大笑。

我的车子一直放在学校里，早上这个时间打出租车实在是太过费劲了，于是我只能带着皇太极去坐地铁。一路上，皇太极一边用无比惊讶的目光看着周围的高楼大厦，一边问我现在的皇帝是谁，国号、年号是什么。我笑着回答他说："皇上啊，现在我们的国家叫作中华人民共和国，现在是人民大众当家作主，再也没有皇帝老儿了！国家的最高领导人叫国家主席，行使国家元首权力。"皇太极似懂非懂地点着头，接着又指着路边的大大小小的汽车说："你们这个朝代的车轿好，不仅舒服，跑得还快，就是没看见马拴在哪里呢。"

我不禁哑然失笑，向皇太极解释道："这叫汽车，不用马牵引，用汽柴油发动机，也可以用电这种清洁能源来做动力。"

皇太极眼睛眨了好久，脸上露出费解的表情。他很聪明，知道问下去，只能会遇到更多不明白的概念和理论，所以索性闭了嘴，只是欣赏赞叹起来。

等我们进了地铁站，买好票，来到地铁候车厅的时候，面对着摩肩接踵的上班人潮，皇太极又一次惊叹起来。他一个劲儿地问我现在我们这个国家的人口数量有多少。当我告诉他我们国家有十四亿人口的时候，他张大了嘴巴，半天不曾合拢。可能在他看来，一个国家能有十四亿人口，这简直是一个天文数字，完全不可想象。

这时人潮中一个打扮十分时尚的年轻人不小心撞了皇太极的肩膀，皇太极随口喝道："放肆！大胆！敢撞朕！"我听了，连忙拉了皇太极一把。皇太极马上意识到说错了话，对着那一脸错愕的年轻人和周围投来的惊异的目光微笑起来。我忙不迭地向周围的人说道："演员，演员，背台词呢，背台词呢！"听了我的解释，四下里错愕的人们才慢慢释然，各忙各的去了。

等了好半天，我们两个人才挤上了地铁，一号线坐了三站，接着又倒二号线，等我们晃到学校的时候，都已经八点多了。让我没想到的是，自称长于骑射的皇太极，竟然晕地铁！出了地铁站，这皇帝老儿竟然撅在路旁，一顿干呕！弄得我是手忙脚乱地伺候他，一会儿给他捶背，一会儿又给他递水。好不容易皇太极才舒服点了，我们俩这才慢腾腾地往校园里走去。

刚走到汇文楼的楼下，迎面走来了我们学院的几位领导！几个人看见我，先是问我出差是否顺利，接着又问我拿到什么国家级项目没有。聊到最后，领导们才看见我满脸伤痕累累，连忙关切地询问起原因。我脑子转得快，迅速地编了一个出差途中偶遇车祸的借口，算是把领导们的疑惑圆了过去。这时，一位领导指了指皇太极问道："这位是……"

我心里一慌，张嘴就说："他是皇……"

话出来半句，我猛然间觉得不对，连忙改口对领导说："他是皇……黄教授，是我这次出差学习专门请来的专家！黄教授专门研究清代历史文化，在这个领域是绝对的权威！"

我正为自己的随机应变而暗暗得意，没想到那位领导一把拉住皇太极的手说："哎呀！久仰久仰啊！与高人相见，岂可交臂而失之！我们学院今天正好要开一个清朝历史文化研讨会，很多专家和领导都会参加，还请黄教授给予现场指点啊！"

话音还没落，领导竟然拉着一脸错愕的皇太极向学术楼的大会议室走去，其他几位领导也兴致勃勃地跟在了后面。我恨得直抽自己嘴巴，但没办法，事已至此，我也只能哭丧着脸跟在这几个人的后面，向学术楼走去。

到了大会议室的门口，皇太极竟然被几位领导邀请到了主席台上就座！主席台上坐满了学校的主要领导和学术界的专家，我却只能在台下当听众。皇太极一脸无奈地坐在主席台的正中央位置，眼神不停地在向下寻找我的身影！好不容易他才发现了我，我们之间又不能交流什么。我用手指点了点脑袋，让他说话前要动脑子。还没等皇太极明白过来，伴随着一阵热烈的掌声，大会开始了……

（五十五）

大会

　　大会按照极为正规的流程逐步进行——先是主持人宣布开会，然后是学校主要领导讲话，接着是主持人介绍嘉宾。让我没想到的是，嘉宾名单之中竟然还加上了皇太极！只不过介绍到皇太极的时候特别用了"全国知名清文化学者、专家黄教授"的称呼！皇太极倒是蛮配合的，点到他的时候，他还站起来朝大家挥手点头示意，那气质还真像个资深的专家学者，看得我是哭笑不得！

　　接着，主持人宣布大会进入到研讨环节。今天上午的主要议题是"清朝历史进程中的疑点和探索方向"，做报告的是一位业界泰斗级专家。

　　这位专家报告的切入点是女真的建卫和壮大。大概内容就是在公元1408年，居于忽的河、法胡河、卓儿河、海剌河等处的"女直野人头目哈剌等"投降明朝，明"遂并其地入建州卫"。建州卫管辖的女真人分布地域广阔，西至今吉林市东南，东近日本海，北达穆棱河，南过图们江。明廷在任命猛哥帖木儿为建州卫指挥使的同一年，又在居今图们江北、珲春河流域把尔逊所领的胡里改部另一支女真中置毛怜卫，作为建州卫的子卫。这一支女真在历史上被称为"建州女真"，与"海西女真""东海女真"并成为女真三部。

讲到这里，大家都点头称是，突然一个人大声喊道："尔等一派胡言！"这声音传入我的耳朵，我顿时一惊，连忙抬起头看向主席台。唉！果真不出我的所料，说话的正是皇太极！只见他款款站起身来，义正词严地打断了老专家的讲话。

我眼前一阵眩晕，冷汗顺着脖颈就流了下来。我的心里不断地骂着这个皇太极，一路上千叮咛万嘱咐让他做什么事一定要动脑子，可是他偏偏在这关键时刻来惹是生非！

老专家也没想到有人会反对他的讲话，愣了一会儿，才连忙问皇太极有何高见。皇太极清了清喉咙，朗声说道："据朕……不，据我了解，其实女真部落就只有建州女真一支而已，你们说的所谓的什么海西女真和东海女真压根儿就不是女真人！"

皇太极的话音未落，会场上已经是一片哗然！因为历史中的女真三部是已经被学界公认了的命题，很多的满族史研究也是在女真三部这一历史事实基础上开展的。而现在皇太极的一句话，相当于推翻了一百年来对于女真和满族发展史的研究。老专家扶了扶眼镜，连忙追问理由，大家也都安静下来继续听皇太极讲解。

皇太极四下里扫视了一圈，然后接着说："女真族也叫女直族，源自三千多年前的肃慎族！汉至晋时期称挹娄，南北朝时期称勿吉，隋至唐时期称黑水靺鞨，辽朝时期称'女真'，而称'女直'那是因为避辽兴宗耶律宗真讳。女真民族形态基本形成的时期大约是在唐朝时。'女真'一名也最早见于唐初。后来女真族向契丹辽国称臣，辽国女真有生女真、熟女真之分。完颜绥可定居在按出虎水，其子完颜石鲁做酋长后征服了附近部落，成立了部落联盟。石鲁之子完颜乌古乃又合并了许多部落。最终完颜阿骨打统一女真各部，并驱逐契丹的统治，建立金朝。立国一百二十年后，蒙古政权摧毁了金朝。元朝政府在松花江下游和黑龙江设斡朵里、胡里改、桃温、脱斡怜、孛苦江五万户府，管辖当地女真人和水达达。"说到这里，皇太极顿了一下，然后又一字一句地接着说："所以你们所说的历史记载中，到了明朝把我们女真分为三部是完全错误的，因为所有之前的女真部都发展延续成为了我们建州女真，而你们所说的海西女真和东海女真压根儿就不是我们女真人！换句话说，女真就是指建州女真一支而已！"

与会的专家学者、领导老师听了皇太极的话都脸色大变，在底下交头接耳起来。这时台上的老专家又说话了："根据《明史》记载，女真三部确有存在，不知阁下否认历史，是出于何种目的。那就请教阁下，既然您说海西女真和东海女真不是女真人，那么他们又是什么民族呢？"

皇太极义正词严地回答道："种族问题是国之大事，马虎不得！女真族的血统也关系到大清国运的绵延，所以我不会信口开河。那《明史》是什么典籍我不清楚，但是我说的都是女真族真正的历史发展内容！你们要是不相信我，那就算了！"

皇太极这话一说，周围的与会者马上乱了套。作为二十四史之一的《明史》，是我们现代人研究历史的凭证之一，而皇太极说不知道《明史》，却在这里大言不惭地批评女真三部的论点，这让很多的专家和学者觉得他是在瞎说八道，胡编乱造，故意在扰乱大会秩序！其实我知道皇太极不知道《明史》是情有可原的，因为《明史》是清朝入关以后由顺治皇帝下旨修订的一部史籍，前前后后历时九十多年，一直到乾隆四年才定稿完成。你说皇太极怎么可能知道自己儿孙们编过的这样一本书呢？

皇太极意犹未尽，接着说："你们说的海西女真，并不是女真人，他们是扈伦人，我们称他们为扈伦四部，由乌拉、哈达、辉发、叶赫四部组成。建州女真收服了扈伦人之后，扈伦人才说自己的祖先也是靺鞨族，和我们建州女真一样归认了黑水靺鞨为祖先！至于东海女真，就更不是我们女真人了！他们是野人族，是世世代代居住在乌苏里江以东地区的原始野人部落，根本不可能是我们建州女真的同族！"皇太极说到这里意犹未尽，伸手捋了捋假发，又补充说道："诸位都是长辈学者，我本来不应该班门弄斧说这一番话的。但是研究历史，就应该要秉承细致钻研、尊重事实、严谨认真、实事求是的原则，绝对不可以凭空想象、主观臆断、肆意编造、哗众取宠。就算是按照逻辑去推理都是不可以的，一定要做到为历史负责任。过去研究出来的那些历史成果，我们也要勇敢地去质疑——因为没有人亲眼看见，没有人亲身经历，那所谓的推测和分析就有可能存在漏洞、存在疑点、存在错误！"

听了皇太极的话，我恨不得蹦上台去立刻把他揪下来！在座这么多专家学者，谁知道你的真实身份呢，谁又知道你是从清朝来的呢，更不会有人知道清朝是你一手建立起来的啊。皇太极啊皇太极，你非得和现代的老学究们研究你过去经历的事，你就是说得都是对的，可是谁又能给你证明呢？我双手蒙住了脸，按照惯例等待着这一屋子学者暴风雨般的批评和指责的到来。

"啪！啪！啪！"令我惊讶的是，我的耳边竟然响起了一个人的鼓掌声！我放下手，抬起头来一看，鼓掌的竟然是那位老专家！老专家一边使劲地鼓掌，一边站起身来，表情十分的激动，眼神中充满了虔诚与尊重。紧接着，与会的专家学者一个接着一个地站起身来，向皇太极起立鼓掌致意！最后，除了我以外，会场里其他人全部都站立起来鼓掌，潮水般经久不息的掌声淹没了整个会议室！

老专家激动地走到皇太极面前，一把拉住皇太极的手，大声地说："谢谢您，黄教授！您这才是钻研学问应有的态度和精神！我们都应该向您学习！"皇太极这时才意识到后果的严重性，满脸尴尬地和争先恐后到他面前来向他表达敬意的专家学者握手。这个时候，皇太极也不敢再乱说什么了，只是一个劲地伸手向大家作揖行礼。

我正被眼前的一幕弄得目瞪口呆，突然一个人在我耳边小声说道："你胆子好大啊，还敢把他弄到这里来张扬！"

　　我心里一惊，连忙回头一看，发现在我耳边说话的原来是张茜，我的一颗悬着的心才慢慢地放下⋯⋯

（五十六）

故宫朱墙外

　　我把头转回来，望向主席台上的皇太极，过了一会儿再回头时，张茜已经不见了踪影。好不容易等到了上午会议结束，我拼了命把皇太极从一群向他索要电话和微信的人群中拉了出来，又满脸堆笑地婉转推辞了领导希望和皇太极共进午餐的邀请。仅仅一个上午，皇太极在我们学校受欢迎程度远高于已经在学校工作十多年的我，甚至比很多来开演唱会的天皇巨星还要受欢迎！就连那几个主席台上的老专家、老学者都对皇太极极为推崇，赞不绝口，一个劲地问他愿不愿意进行博士后研究，还欢迎他来我们学校任职教书。皇太极听不懂这些，只好支支吾吾地说自己已经是翰林学士了，对读什么博士后不太感兴趣。至于教书的事，他可以回宫考虑考虑。一番话，弄得一干老学究面面相觑，不知所言，也听得我尴尬异常，哭笑不得。

　　好不容易我们两个摆脱了众人的纠缠，快步跑下楼，张茜早已经开着车在大楼门口等我们了。我和皇太极钻上车，张茜笑着对皇太极说："黄教授好啊，你这是舌战群儒，一战成名啊！"

　　皇太极扬了扬眉，摆摆手说："哪里哪里，朕就是实事求是，不想让大家把错误的东西当成真实的历史而流传后世。"话语间，充满着满满的骄傲与开心。

一旁的我闻言撇了撇嘴，拉长了声音对张茜说："看看人家黄——教——授——的境界和治学精神，多值得我们这些当代高等教育工作者学习啊！"

张茜微微一笑，接着马上严肃起来，对我和皇太极说："还是说说我们下一步该怎么办吧！"

我把皇太极想半夜去故宫的事和张茜说了，张茜听了之后皱紧了眉，转头看着皇太极，说："皇上，您这个要求很奇葩啊！"

我摊了摊手，阴阳怪气地说："没办法，黄教授现在这身份太尊贵了！人家大学问家提要求了，一定有他的道理！现在的问题是我们两个能不能满足人家的要求！"

张茜望着车窗外随风来回摆动的杨树，沉默了半天，许久才对我说："像故宫这种世界文化遗产级单位，警卫工作通常是十分严格的！不仅每个小时安保人员会换岗，而且视频监控完全无死角覆盖整个故宫里面的每一寸地方。除此之外，每间屋子都设有远红外线感应装置，蚊子飞进去都可以知晓。换句话说，别说是我们三个了，就算是超人进去了，也会马上被发现。"

我听张茜这么一说，马上就死心了，垂头丧气地对他们两个人说："那就不用研究了！我们看《碟中谍》里面，汤姆·克鲁斯主演的特工当时设备那么先进，但是也得有一个前提，那就是要去的地方必须得有点死角！按张茜的说法，这故宫里面压根儿就没有死角，汤姆·克鲁斯来了也白扯！"

张茜瞅了我一眼，低声说："我们不需要先进设备，我们有超能力！"

张茜这句话一下子说得我瞠目结舌。是啊，我们不是特工，有先进设备也不会用。但是皇太极是从清朝穿越回来的永生的人，张茜是神秘的"九玄仙女"，而我又是一个莫名其妙就被太阳部落选出来完成特殊使命的人，我们三个匪夷所思的人聚在一起，还怕什么呢？

我挠了挠头，瞅着张茜问道："按你的说法，我们三个就是'复仇者联盟'呗？行！那你说我们该从哪里进到故宫里面去啊？"

张茜犹豫都没犹豫，直接说："当然是从正门，光明正大地进去！"

我叹了一口气，知道问了也白问，张茜的神情完全就是在开玩笑逗我！我索性停止了这个话题的探讨，让张茜开车先送我到办公室楼下。我上楼取了车钥匙，然后去学院办公室同领导打了个招呼，说这几天计划帮助黄教授做个课题，可能会陪同黄教授收集整理些资料，所以就不在学校天天坐班了。领导不仅很爽快地答应了我的请求，并且非常支持，让我陪好黄教授，做好黄教授的助手。从学院办公室出来，我又和几个老师串了课。最后，我又回到自己的办公室，把那张装着地图纸片的防水塑料袋掏了出来，锁进了办公室的保险柜里。我把一切都安排妥当，这才下楼来到教学楼后的停车场。

我的车子在停车场的角落里，上面盖满了落叶。我绕着车子看了一圈，车身和轮胎都没发现什么异常。于是我又打开车门，坐进去发动了车子，也没发现什么问题。我这才闭了火，锁好车门，回到张茜车里。

张茜看我回来，低声问我："你对你这辆车子好像很精心啊！不过你的这辆车看上去好像年代很久远了！难道你喜欢这牌子的老爷车？"

我摇了摇头，又看了一眼远处的车说："这辆车是我在读博士的时候，我的导师送给我的毕业礼物，可惜他老人家已经不在了……"

听了我的话，张茜瞅了瞅我，没再言语。这时我才发现，皇太极竟然在车上正在饶有兴致地玩着抖音。不用说，这肯定是张茜教给他的！皇太极看我注意到了他，马上抬起头，笑着对我说："看，李先生，就这么一会儿，我已经有五十多个粉丝点赞了！"

我把手机拿过来一看，差点没乐死！皇太极竟然给自己起了个名字叫"黄教授"。"黄教授"录的第一个视频是自我介绍，说自己是一个精通清朝开国历史、通晓女真族风俗习惯的教授！我斜着眼睛看了看张茜，说："这是你出的馊主意吧！你这就不张扬了，不知道现在全国都在打假呢吗！这'黄教授'叫出名了，小心被人肉！"

张茜笑了笑说道："入乡随俗嘛，你看咱们的'黄教授'多开心！"

我刚要说话，冷不防皇太极又把手机从我手里抢了回去，按按这里，又按按那里，玩得不亦乐乎。我刚要让张茜开车，突然皇太极在后面大声地问我："李先生，你有没有带着那地图的碎片啊？"

我一惊，连忙回过头反问皇太极道："怎么，要带着吗？"

皇太极眼睛没有离开那部手机，却一脸严肃地点了点头。我转头看了看张茜，张茜向我点头示意，看来她也觉得我们随身携带那片地图碎片更好一些。我没有再说什么，起身下了车，又回到办公室，从保险柜中取出那个装着地图碎片的塑料袋，认认真真地把它放进里怀的口袋中，拉好拉链，这才转身下楼，回到了张茜的车子上。

没等我说话，张茜已经发动了车子，带着我和皇太极朝着故宫的方向开去。四十分钟后，我们的车子来到了故宫旁。

沈阳故宫，坐落于沈阳市沈河区沈阳路上热闹的中街商业圈里，是中国现存仅次于北京紫禁城的最完整的皇家宫殿建筑群。中午时分，中街附近车水马龙，交通异常拥挤，我们的车子时停时走，在马路上绕来绕去，就是找不到停车场！最后张茜只能把车停在了距离很远的一个商场的地下停车场里。我们背好了包，来到紧挨着故宫的正阳街上。我们三个人一致决定先吃口饭，再做下一步行动，于是张茜在街角找了个饭店，我们三个进去后围着桌子坐定。点过了餐，我们抬头往外一看，坐的地方马路对面就是故宫的飞檐斗拱，碧瓦飞甍。皇太极看到了自己曾经生活过的宫殿群，非常激动！他把张茜的手机撇在了一旁，目不转睛地盯着那红墙碧瓦，出神地回忆着什么。

我和张茜不忍心打扰皇太极，于是我们两个远远地站在一旁，低头研究。现在最主要的问题就是这皇太极没有身份证，怎么在故宫购票入内呢？突然，我想起来有一个学生在故宫里面做文物鉴定和复原工作，于是连忙掏出手机给他打了个电话。那个学生听说是我，非常开心。再听说我要来故宫参观，还带来了两个知名教授，更是乐得合不拢嘴，连声说到故宫入口接我们，我这才放下心来。

我们三个点了包子和拌菜，还点了几瓶可乐！皇太极不喜欢吃包子，更不喜欢碳酸饮料的味道，于是我就给他点了一份红烧狮子头盖饭，他皱着眉尝了几口，这才津津有味地吃起来。

我们几个正吃着，突然皇太极一下站起身来，伸手指着刚刚过去的一个女人的背影，发出惊讶的声音："咦？怎么会是她？！"

我和张茜听得一头雾水，心想在这儿，怎么会有皇太极认识的熟人，难道也是穿越回来的清朝人？我们两个忙不迭地问道："谁？她是谁？"

皇太极一脸茫然，嗫嚅着说："她，好像是大玉儿……"

（五十七）

御花园

　　还没等我和张茜反应过来，皇太极突然站起了身，跑去追那个女子！我和张茜吃了一惊，赶忙跟了出去。只见皇太极三步并作两步，眨眼间追到那个女子身后，一把拢过那个女子的肩头，轻唤了一声："大玉儿！"

　　当那个女子转过了身，却着实让我和张茜大跌眼镜！那个女子竟然是一个浓妆艳抹、满脸轻浮的风尘女子。皇太极一惊，连忙松开了手，转眼又去看周围其他的人。四下里人头攒动，可是哪里还有他的大玉儿？

　　这一刻，我和张茜已经站在皇太极的身边。我们看他茫然失措的样子，只好拉着他，穿过驻足观望的人群，走到一个偏僻的胡同里停了下来。皇太极一下子蹲在地上，眼神还是那样的惊恐且迷茫。他自言自语地说着："朕明明看到的是她，是她……"

　　我和张茜不知道该如何安慰皇太极，只能机械地问他是不是思念过度，看花眼了。皇太极摇了摇头便不再作声。我和张茜对视了一眼，虽然心里猜测着皇太极一定与大玉儿之间有着复杂纠结的过往，但出于礼貌不好开口再问，同时也怕提起往事，会让皇太极更加伤心难过。

过了一会儿，我那个在故宫里面工作的学生打来电话，说他在故宫博物院的正门口已经等候我们好久了，问我们何时到达。我们几个一听，连忙调整好心态，快步穿出胡同，沿着朱红色的宫墙，朝沈阳故宫博物院的正门入口处走去。

距离正门还有几十米的时候，我的那个学生远远便已经认出了我。他三步并作两步跑到我面前，先是鞠了一个九十度的躬，然后张开双手一把握住了我的手，一个劲地问好寒暄。我微笑着把张茜和"黄教授"简单介绍给他，并解释说我们在做一个清初民俗文化的课题，想到故宫里面参观考察一下。我的学生兴奋异常，连说已经和领导汇报过了，并且一切都已安排妥当，说完便拉着我们几个从工作人员入口进入到了故宫里面。

我的学生自告奋勇要给我们当导游，我和张茜深怕这个学生逗留时间过长，皇太极露出什么破绽。于是我们就找了一堆借口，在千恩万谢之中勉强把我的学生打发走了。我心里暗想，我们几个哪里还需要什么导游？皇太极就是我们最好的导游——因为这里曾是他的家！

既然我们三个顺利进了故宫，那我们接下来该去哪里呢？我和张茜一起看向皇太极，等待他的指示。皇太极沉思了很久，才抬起头来对我俩说："我们，先四处看看吧。"我和张茜对视了一眼，点了点头。我当先领着张茜和皇太极朝着故宫里面走去，心里却在想：可怜的皇帝老儿，连自己曾经的家都忘记了。

沈阳故宫按照建筑布局和建造先后，可以分为三大部分：

东路——为努尔哈赤时期建造的大政殿与十王亭，于 1625 年开始创建，是皇帝举行"大典"和八旗大臣办公的地方。皇太极对这一部分建筑的印象非常深刻，触动也很大，每一砖一瓦都可以勾起他很多的回忆。特别是大政殿，这里是当初皇太极举行大典和接受朝拜的地方。大政殿为八角重檐攒尖式建筑，殿顶满铺黄琉璃瓦且镶绿色剪边，大殿正中有十六道五彩琉璃脊，整个建筑为大木架结构。大政殿里卯榫相接，飞檐斗拱，彩画、琉璃以及龙盘柱等，都是汉族的传统建筑形式，而殿顶的相轮宝珠与八个力士的设计形式，又具有浓厚的宗教色彩。皇太极一边看，一边感叹！似乎觉得这里十分亲切，但还有一些陌生。总感觉有些东西和当初不同了，毕竟过了300多年，有点变化也是难免的。我和张茜对视了一眼，也只能彼此无奈地摇了摇头。

故宫的中路——由大清门、崇政殿、凤凰楼、清宁宫等宫殿和建筑构成，建于1627年至1635年，是皇太极即位后进行政治活动以及居住生活的地方。故宫中最高的建筑——凤凰楼始建于1627年，于1635年建成，是当时皇太极进行政治活动和举行宴会的地方。清宁宫是皇太极的寝宫，修建在3.8米的高台上，是五间硬山前后廊式建筑。清宁宫在东次间开门，寝宫和宗教祭祀连在一起，西屋内砌有三面火炕并铺设火地，窗从外关，烟筒设在后面，这是典型满族的建筑特点。所有的宫殿镶嵌的龙纹五彩琉璃，皆栩栩如生，彩画雕刻也是精致生动无比。故宫中路建筑基本都是皇太极在位时亲自主持修建的，并且是在自己统治大清帝国时期使用过的，所以皇太极对于这些宫殿建筑都很有感情。一路上，皇太极抚摸着自己曾经家园的一窗一柱、一砖一石，不由得泪眼婆娑，唏嘘不已。

最后我们又去参观了一下故宫的西路建筑——这里面由戏台、嘉荫堂、文溯阁和仰熙斋等建筑构成，建成于1782年。西路建筑是康熙、乾隆皇帝"东巡"盛京时，读书看戏和存放《四库全书》的场所。这一路建筑在皇太极活着的时候是没有看见过的，所以他觉得这些建筑很陌生，但是仍然看得很仔细。我和张茜时不时为他讲解几句相关建筑的历史背景和信息，皇太极听了不时地点头、摇头，抑或伫立思考，好像回到了他当初统治大清帝国的时代。

我们三个人把故宫这一圈看下来，用了差不多三个小时！走得我们几个是口渴难忍，腰酸背痛。于是我们买了几瓶水，坐在凤凰楼前广场上的老槐树阴凉下休息。看起来，皇太极还是游览得意犹未尽，认认真真地低头看着地面的青砖，用手指在上面画着什么。

张茜凑过去，低声问皇太极道："黄教授，接下来我们该做些什么啊？这里可马上就要下班清场了，我们是撤还是不撤啊？"

皇太极愣了一下，连忙说："哦哦！我们不能出去！得等到夜半时分啊！"

我撇了撇嘴说："难道我们就傻坐在这里到半夜，装透明人？"

皇太极笑了笑说："那当然不会！走，朕领你们躲起来！"说完他一马当先，领着我们朝御花园走去。

到御花园，需要从清宁宫后面的小门下二十几级台阶，也就是说，御花园的地面比清宁宫的地面矮了3.8米。沈阳故宫的御花园并不大，结构布局也非常简单。此时，马上就要到了下班的时间，所以御花园里十分冷清，罕有人至。皇太极带着我们快步穿过东西长廊，来到西北角上的假山前。皇太极回头看了看我和张茜，然后指着假山上的小亭子说："就是那里！我们上去，藏起来！"

听了皇太极的话，我差点没把鼻子气歪了！先不说这通往假山的小路早已被几道铁锁链拦死，无法通行，就单是那假山上的凉亭，光秃秃地立在那里，四下里没有任何屏障，让我们三个大活人如何躲避工作人员的清场呢！张茜也是一脸纳闷，刚要开口问皇太极到底是怎么回事，这时只见皇太极四下里望了望，但见无人，便一个箭步跃过铁锁链，三步两步便登上了凉亭。

我和张茜怕皇太极再惹什么事端，情急之下，也一个跟着一个跨过铁锁链，沿着石阶来到凉亭里。我很生气地低声对皇太极说："皇帝老儿，你没看见铁锁链拦着游人，不让进入吗？你怎么到处随便乱闯？这要是……"话还没说完，我便看见凉亭正中的地面上赫然有一块石板，皇太极正向我比画着，让我帮他一起把石板挪开。

这个时候我也顾不上许多了，连忙伸出手拉住石板正中的圆环。我和皇太极稍一用力，石板就向一侧打开了，裂出了一道一人宽的缝隙。张茜用随身携带的电筒往缝隙里一照，里面竟然还有向下的楼梯。

这时，突然从御花园角门那里传来几个工作人员的谈话声！事不宜迟，我和皇太极连忙顺着台阶往洞口里蹦去，紧接着，张茜也蹦了进来。我和皇太极连忙一起使劲，把石板推回到原位，四下里顿时变得一片漆黑。

看着下面黑黢黢的甬道，我脑袋又有点发蒙，回头问皇太极道："皇上，这，这通道是通往哪里啊？"

皇太极诡异地一笑，低声说："一会儿你就知道了……"

（五十八）

御用通道

从假山上凉亭地面的入口刚下到通道里，迎面便吹来一股寒气，冻得我不禁连打了几个寒噤。通道里最初的一段道路崎岖狭窄，走了一会儿，路便慢慢宽阔起来。我一边走，一边打量起这个奇怪的通道来。整个通道高达两米，左右也有三到四米宽。四面墙壁都是由大块青石整齐地砌成，一看就是由专业工匠打造出来的。这通道做工如此精细，想必应该有专门的用途。

皇太极看我和张茜一脸的困惑，便笑着跟我们说："看不出来吧，这就是朕当年在位时命令工匠们建造的御用通道！在宫中遇到紧急情况，朕便可以通过这个通道逃出生天，消灾避难。不过说实话，很多时候，朕都只是利用这个通道到皇宫外面去游玩的。"

听了皇太极的话，我一下子恍然大悟，这皇宫中的御用通道以前我还真听说过！在西安长乐宫遗址就挖掘出一条长 3429 米、最宽处达到 19 米的通道，从皇帝的寝宫一直通到长乐宫的外面。经过考古专家和历史学家的研究，一致认为长乐宫的地下通道是为了危急时刻让皇帝避难逃生用的御用通道。没想到，这面积不大的沈阳故宫里面竟然也有一条一模一样的御用通道。这要不是皇太极带我和张茜进来，恐怕我们一辈子也不会知道故宫中会有这样的通道存在。

顺着通道我们几个摸着黑又往前走了一会儿，皇太极带着我和张茜来到一个很宽敞的圆形广场处，然后示意我们坐在旁边的石头上休息，等到了午夜时分再出去。我四下转了转，竟然发现这小广场四周的墙壁上有八个一模一样的洞口，而我们只是从其中一个洞口出来的！看来这御用通道在故宫的地下四通八达，其复杂和壮观程度远超我的想象。

我看了看手表，刚刚下午五点多，估计上面景区宫殿部分已经清场完毕了。当然了，我们几个绝不能此刻上去。可是我们在这里坐着也没什么意思，于是我就把脖子上的铜铃铛解了下来。我轻轻朝地上一甩，一道白光闪过，我的"幻彩"就出现在面前了。

"幻彩"这些天好像长大了不少，站立起来竟然可以和我对视了！它看见我，手舞足蹈地直往我怀里钻，嘴里还发出"呜呜"的声音，看来猫科动物撒起娇来都是一样的。我一边抚摸着它的头，一边对它说："小家伙，在里面待得如何啊？是不是太孤单寂寞了啊？别着急，以后我一定给你找个伴！"

张茜"切"了一声，明显表示出对我的鄙视。皇太极走过来，摸了摸"幻彩"的头，又看了看"幻彩"残缺的左耳，然后神色黯然地说道："当年朕的狮子也和它一样顽皮可爱呢。"

"你也有狮子？那狮子在哪儿呢？"我一下子来了兴致，连忙询问皇太极。

皇太极看了我一眼，然后又低下头，继续抚摸着"幻彩"，过了好半天才回答说："就是在之前地宫花园里的那只救你们的金狮。"

"啊？"我不禁喊出声来，"那金狮，是你的狮子？"

皇太极皱紧眉头，点了点头。

"可是，可是为什么那金狮被多尔衮给夺去了呢？"我一下子站起身来，纳闷地问。

皇太极沉默不语，脸上表情更加凝重，半晌才从嘴里说了句："也许有一天，你们就会知道答案了……"

我还是不明白，刚要继续问，张茜猛地伸手拍了我一下，眨眼示意我不要再问让皇太极伤感的话题了。没办法，我也只好闭了嘴，悻悻地坐回到石头上，继续逗"幻彩"玩起来。

皇太极在石壁的这些洞口走来走去，好像在回忆着什么。我用手指点了点张茜，小声问她："你说，这皇帝老儿大半夜进皇宫，是要做什么啊？"

张茜摇了摇头，叹了口气说："相信我，赶紧跟家里打个招呼，我这右眼皮一个劲儿地跳，估计又有什么意想不到的事发生！"

听了张茜的话，我头皮一阵发麻，心里认为她说得有理，因为此刻我心里也有一种莫名的紧张感。于是我掏出手机，按亮了屏幕，还别说，信号满格！看来这御用通道是手机信号全覆盖的，我心里一下踏实了不少。

我先给我妈打了个电话。我妈一个劲儿地问我最近干吗去了，我支吾了半天，一会儿说有课题，一会儿说要出差，老太太就是不信。后来我爸抢过电话，告诉我说我妈好几晚做梦都梦到我去盗墓了，所以老太太一直担心我。我一听，着实吓出了一身冷汗，难道这母子连心就这么玄妙精准吗？但我不能告诉他们实情，只能找借口安慰了我爸一番，又让他劝劝我妈别再多想。

好不容易挂了电话，刚要给老婆打过去，没想到她的电话进来了。我连忙接听，原来她看我没在家，又不在爸妈那里，就担心我是不是又出来做什么危险的事了。老婆连声地叮嘱我要注意安全，注意别让伤口发炎。我一边答应一边安慰她，还嘱咐她照顾好自己还有女儿的身体，好半天才挂了电话。

张茜一直在旁边默默地听着，看我挂了电话，她突然问道："你们两口子结婚多久了？”

我掰手指头算了算，说："十六年了。"

张茜又问："看这黏糊糊的样子，你们是自由恋爱吧？"

我哈哈一笑，说："还真不是，我们可是典型的相亲之后才结婚的。我姑娘都说，现在这社会像我们这样相亲的不少，不过结婚后生活过得平静和谐的并不多。"

张茜不说话了，转过头去把头埋在了双臂之间。我一下意识到，我提到了"孩子"这个让她痛苦难过的话题，连忙道歉："哦，对不起，不应该说孩子，让你难过了。"

张茜摇了摇头，顿了一会儿，突然抬起头对我说："这就是我要找到'天眼'宝石的缘故！我要去找我的儿子！"

我愣住了，我从没想到张茜能把这个理由如此坚决地说给我听。我一直不敢提起这个话题，怕她心里难过。可此时，这个无比坚强的女人已经勇敢洒脱地面对自己人生的痛楚，并鼓足了勇气去努力揭开事情的真相。瞬间，我心里由衷佩服起张茜来。

这时，皇太极也走了过来。他听了我和张茜的谈话，认真地看着张茜问道："你儿子究竟怎么了？说来听听，没准我还能帮上忙呢。"

张茜抬头看了看皇太极，又望了望我，眼中竟然闪着点点泪光。她嗫嚅了一会儿，张口开始说道："其实，我儿子如果还在的话，今年应该是十五岁了。事情发生在六年前的暑假……"

（五十九）

回忆

　　张茜让自己平静了一下，擦了擦眼泪，长吁了几口气才娓娓道来："那时，我还没到咱们学校任教，还在北京一所知名大学的生物研究所里读博士。孩子爸爸也没有出国呢，不过他很忙，没什么时间陪我们娘儿俩。那年暑假，我领儿子去西安旅游。下了飞机，孩子爸爸的一个好朋友开车来接我们，把我们送到了位于西安古城墙内的一家高级酒店。

　　"安顿好之后，朋友便开车离开了。我看天色还早，就带着儿子四处溜达溜达，领略领略古城的韵味，顺便尝一尝西安的美食小吃。我和儿子打了个车，直奔骊山华清池，想先去看看杨玉环与唐明皇幽会的唐宫秀色，回来再去回民街转转。到华清池应该是下午三点左右，当时游客还是很多的。我和儿子买好了门票，就从正门进到了景区里。一路上，我还给儿子讲述了盛唐的历史，还讲了唐明皇和杨贵妃两人凄美的爱情故事。

　　"我们就这样边走边聊，可是就在我们走进'海棠汤'大殿的时候，奇怪的一幕发生了！不知道为什么，刚才还摩肩接踵的游客一下子都消失了，空旷的大殿里只剩下我和儿子两个人！正当我十分

纳闷的时候，突然儿子指着'海棠汤'的汤池中间大声喊道：'妈妈，你看！'

"我顺着儿子指的方向仔细一看，发现在那宛如一朵盛开的海棠的汤池正中，赫然出现了一只半米高汉白玉制作的狮子！那狮子栩栩如生，但是左耳残缺，并且嘴里竟然叼着一块黄色的纸片！"

我听到这里，不由得紧张地喊出声来："华清池的海棠汤我去过啊，海棠花瓣一样的池子在大殿中间的深坑里。那里根本没有什么狮子啊！左耳残缺的狮子，黄色的纸片，难道那狮子嘴里叼的是地图？"

皇太极拍了拍我，示意张茜继续讲下去。张茜皱了皱眉头，接着说道："我当时也不知道是什么东西，只是觉得很奇怪。可是你们也知道，那'海棠汤'四周的围栏距离地面有两米多高，游客根本无法进入到汤池里面去，我也只能顺着观景台的四周，来回地仔细观察那汤池中间突然出现的狮子。就在这时，从大殿的外面进来了一个人。那个人穿着清朝样式的褂袍，脑后梳着长长的辫子，嘴上留着八撇胡，脸上竟然还戴着一副黑色圆框墨镜，浑身上下一副奇怪的打扮！那个人进来后先是看了看汤池中间的狮子，然后脸上露出惊喜的神色，接着他又看了看我，于是向我走来。这个人走到我的身前，咧嘴朝我笑了笑，露出一嘴发光的大金牙，样子十分可怖，把我儿子吓得一下子就躲在了我的身后。那个人咧嘴笑了好半天，然后突然张嘴问我：'你是遵循太阳部落的使命，到这来找寻"天眼"宝石的吧？'

"我当时就蒙了，觉得这个人肯定是脑子有病或者精神不正常，于是转身拉着儿子想赶紧走出大殿，离开那里。可是那个人不依不饶，看我不说话要走，一下子又拦到我的面前。这次他的脸部表情变得十分的邪恶，用了无比难听的声音问我道：'既然能看到玉狮出现，就不是一般人，肯定和太阳部落以及"天眼"宝石的秘密有关联！你不完成使命，便会大难临头，难道你不害怕吗？'话音未落，这个人竟然一把拉住了我的手腕！"

听到这里，我实在控制不住自己紧张的情绪，竟然站起身来，一下子抓住了张茜的手腕，惊呼道："啊！那你怎么办了？快说啊！"

张茜轻轻地挣脱了我的手，面色苍白地接着讲道："当时我看到那个人的样子，心里已经十分地厌恶，他又十分无理地拉住我，我一下子便被他激怒了！我十分用力地甩开他的手，拉住孩子，语气强硬地对那个人说：'对不起！我不认识你！请让开！再不让开我报警了！'听了我的话，那个人竟然一下子扑上来，双手掐住我的脖子，恶狠狠地对我说道：'你能躲得开吗？你能躲得开吗？'看他脸上狰狞的样子，我当时也吓坏了！慌乱中我伸手抓住那个人的脖领，使出了擒拿格斗技能，一下子把他从头顶甩了出去。

"那个人身手不错，身子在空中已经失去平衡，竟然伸出双手用力点向大殿的横梁！他的两根手指深深地插进了梁柱之中，身体在空中一下辗转腾挪了过来！接着，这个人一个鹞子翻身，稳稳地落在地上。紧接着，他又再次跃起，身子在空中时双手已经弯成利爪状，如老鹰一般滑翔着向我扑来。我连退几步，突然撞到了一个写着'室内请保持安静'的一米多高的铜牌子，我顺手抄起来向那个人身上拍去！那个人双手一挡，借势往一旁落去，左脚轻点右脚脚背，顺势再一次弹起！我不由得大为惊讶，他竟然使出了少林派的武功绝学——'梯云纵'！没想到，这人竟然是一个武林高手，我心知自己这几下三脚猫功夫根本不是他的对手。于是我转身就想拉着儿子往外跑，结果一转身才发现，我的儿子不见了！

"我急得眼前一黑，连忙扶住旁边的汉白玉栏杆，再回身看时才发现，我儿子竟然趁着我和那个怪人打斗的时候，越过了护栏，顺着柱子溜到了'海棠汤'旁！此刻，儿子正蹑手蹑脚地来到那白玉狮子面前，端详着狮子口中的纸片。我刚要喊儿子上来，那个怪人竟然从观景台的木栏杆空隙处跃了出去，直接扑向我儿子的后心！我吓得大喊一声：'儿子，小心身后！'

"说时迟，那时快，那怪人的大手弯成的利爪已经抓到了我儿子的背心处！就在同一时刻，我儿子伸手拿下了叼在狮子口中的那一张黄色的纸片……"

张茜讲到这里，突然顿住了，眼泪夺眶而出，情绪不能自已。我坐在一旁手足无措地看着张茜，脑子里不停地浮现出当时的场景。皇太极倒是很体贴地轻轻拍着张茜的后背，嘴里还说着："过去了，不要难过了，别伤心了……"

过了好一会儿，张茜才慢慢平复下来，她不停地用面巾纸擦拭着脸上的泪水。我望了望皇太极，皇太极摇头示意我不要再问下去了。可是我心里十分渴望知道答案，于是我一直看张茜到不再抽泣，这才缓缓站起身来，走到张茜的身边，拍着她的肩膀，轻轻地问了一句："当时，当时究竟发生了什么？"

张茜红着眼睛，抬头看了看我，又低下头呆呆地愣起神来。直到我轻轻地咳嗽了一声，张茜才一下子缓过神来。她慢慢地打开手机上的手电光，将白色的光柱照在地面上，然后缓缓地说道："就像这样，当时出现了一道白光。然后，我儿子就消失了，我儿子和那个怪人一同消失在光柱里了……"

（六十）

月到中天

"啊？怎么可能？"听了张茜的话我不由得再一次站起身来，"活生生的人，怎么可能一下子就消失了？这绝对不可能啊！你，你没四下里好好看看？也许是什么障眼法，或者四周有什么暗道？对了，你没报警吗？"

还没等我问完，张茜的泪水瞬间再次决堤，掩面痛哭。皇太极看了看我，脸上的表情也很难过的样子，他朝着我努了努嘴，我知道失去孩子对于一个女人来说意味着什么，只好又坐下保持沉默。过了好半天，张茜才从痛苦中挣扎出来，重新恢复了平静。张茜抬起头，伸出手捋了捋头发，才开始回答我之前提出的问题："那'海棠汤'大殿里面拢共也没有多大，一眼就可以看到屋里所有的角落，我儿子和那个怪人消失之后，'海棠汤'汤池中间的白玉狮子也一同消失不见了。我只是在'海棠汤'汤池的地面上发现了一块黄色的纸片，应该是我儿子从狮子嘴里取出的那一块。我把那块黄色纸片收好后，连忙拨打电话报了警。警察来了之后，把华清池里里外外搜索了三遍，却连一点儿线索也没发现，"张茜顿了顿，接着说，"更为蹊跷的是，警方调取了'海棠汤'大殿的监控录像，我和儿子进到大殿之后的视频竟然不翼而飞，甚至警察对于我是否真的带儿子来过'海棠汤'大殿都表示怀疑！"

我听了张茜的话，惊讶得张开了嘴，久久不能合上。原先我一直以为，张茜失去儿子一定是经历了一场很悲惨的变故，没想到竟然是经历了一场如此离奇的意外。我走到张茜的身前，伸手拍了拍张茜的肩膀，表示安慰，然后又对她说："对不起，让你回忆起伤心的往事。放心吧，我一定尽力帮助你找到线索！对了，那后来你怎么来我们学校教书了呢？跑到我们沈阳来也是由于你儿子的缘故吗？"

张茜这时已经彻底平复下来，她叹了口气，点着头说："是的，被你猜中了！你一定会猜测那块黄色的纸片上有什么线索吧？告诉你，那块纸片和我们后来找到的地图碎片完全不同，上面没有任何古老的图画文字，只是在其中一面用隶书写了四个字——盛京昭陵！正因为这个线索，所以我就专门申请来到了我们学校教书。"

"啊？"这次发出惊呼的是皇太极，他怎么也想象不到这事和他竟然又产生了密切的关系。

我挠了挠头，还是觉得哪里不对，想了一会儿，又问张茜："可是你父亲——老张教授不是一直在我们学校任教吗？而你是后来发生了这个意外才到我们学校教书的。听你说，老张教授一直对'天眼'宝石和太阳部落有所关注和研究，难道老张教授早就知道什么相关的线索？想必这其中也有什么关联吧？"

张茜盯着我看了好半天，然后紧锁着眉头说道："现在我回想起来，我爸当初放弃了更优越的条件而选择到咱们学校任教，十几年来一直一个人在沈阳生活，好像真的是有某种特殊的目的！不过这么久以来，我问他什么，他都不告诉我。要不是这次我们意外地在古生物博物馆发现了那一块纸片，我爸接着就失踪了，我都不能相信我爸和'天眼'宝石之间会有什么联系！"

张茜说完，我们三个人都陷入了沉思。我尽量地把已知的信息拼接成一条有价值的线索，可是整个事件总是在某一节点上因为信息残缺而出现断裂，无法继续发展下去。

这时，皇太极突然开口问张茜："听你的意思，除了你的儿子，你的父亲也失踪了。那会不会你儿子和你父亲的失踪有着某种关联呢？换句话说，此刻他们会不会正在一起呢？"

听了皇太极的话，张茜的眼睛一下子发出光来，可是很快又暗淡下去。因为她知道，皇太极说的这种情况发生的概率实在是太小了，基本上是不可能的。

我连忙安慰张茜说："别着急，等我们找到'天眼'宝石，我们就可以穿梭回到你儿子失踪的那一天！到时候，我们就可以找到你儿子，还可以找回老张教授！"

皇太极在一旁连声说："是啊，是啊，这是完全有可能的事情！'天眼'宝石不仅可以让持有者穿越时空，还可以改变一个人的命运！"

张茜低下头，两只手摆弄着衣角，眼泪又簌簌地落了下来。不知道是她心中又涌起了悲伤，还是那些许希望燃起时带来了激动……

正当我要开口继续安慰张茜的时候，突然一道洁白的光柱从我们所处的小广场正中间上方凸起的石块处直射下来，光柱在地面上形成一个耀眼的亮圈，宛如那天上皎洁的一轮明月。我感到非常奇怪，这地下的通道之中怎么会有光线射下来呢？我连忙站起身来，走到那块凸起的石块下方，抬起头仔细地看去。这时我才发现，原来那凸起的石块竟然是中空的，圆圆的洞一直通到头顶的地面！此刻透过拳头大的洞口，恰好可以看到天上的一轮明月，而那道白色的光线就是透过洞口照射进来的皎洁的月光。

皇太极慢慢地走到我的身旁，也和我一样抬头透过那圆圆的洞口凝望着月亮。过了一会儿，皇太极突然说道："月亮马上就要到中天了，我们准备好出去吧！"

我挠着头盯着皇太极，问道："你到底来故宫要干吗？能不能和我们交个实底儿啊？"

皇太极把目光从洞口处移到我的脸上，静静地说："我们不是要找'天眼'宝石嘛，所以要先来这里找地图啊。"

我想了想，又问道："找宝石得用地图，那地图到底是什么样的呢？现在我们手里这块也根本看不出什么端倪来啊！上面不都是些图画文字吗？"

皇太极指了指我胸前的铜铃说："那些图画文字连在一起是一句咒语，而全部的图画文字拼到一起，看上去就像一只雄狮，里面藏着'天眼'宝石所在的位置。到时候需要念这句咒语才可以拿到'天眼'宝石。目前朕也只知道这些，具体情况就只有等我们拿到地图才知道了。"

说到这里，皇太极指了指上面，然后朝我和张茜点点头说："走吧，我们一定会成功的。"

听皇太极这么说，张茜站起身来，走到我们身旁。皇太极刚要动身，突然又转过身来，表情凝重地望了望我们两个，严肃地说道："这一趟行程，也许要经历很多你们没经历过的，甚至没想象过的事情。朕希望你们能够有足够心理准备坚持下去，朕庆幸能有你们这样的伙伴！"

这一句话，一下子把我和张茜说愣了，听皇太极的意思好像不是上去取地图这么简单的事！似乎接下来我们要经历刀山火海，也许会九死一生！瞬间，我的右眼皮马上开始跳起来，心里也一下子涌起一股不祥的预兆。

我和张茜互相对视了一眼，还没等我们说话，皇太极又拍了拍我的肩膀，同时看了张茜一眼说："时间已经差不多了，我们赶紧上去吧！"

说完，皇太极一马当先地走到一条通道的门前，闪身就进到了通道里。事已至此，我和张茜也不敢怠慢，连忙跟了进去。

这条通道和刚才我们来时走的通道几乎一模一样。我们三个在通道里拐来拐去，接着就迈上了一段石阶。顺着石阶又走出了一百多米，我们来到一个券门前。门里是一堵墙，无法通行。这里除了我们身后来的方向，其他三面都是墙壁。我和张茜正兀自纳闷，只见皇太极挺直身体，高举双臂，两只手用力地撑住头顶的石壁。只见他低吼一声，头顶的石壁竟然被他推开了一道裂缝——原来我们头顶上竟然有一个石头做的圆形盖子！

皇太极慢慢地把头顶的石盖移到一边去，然后原地一纵便跃到了上面。只见他四下打量了一番，接着他弯下腰，把张茜和我依次拉了上去。等我们都上来之后，皇太极弯下身把石盖移回原位。这时我才发现，我们竟然在一间屋子里。屋子里陈设极其简单，除了有一张带着帷幔的旧木床和窗台下一方不大的火炕外，什么东西和摆设都没有。

我低声问皇太极："这是哪里啊？"

皇太极嘴角一扬，略带神秘地小声回答道："这里就是朕当年住的清宁宫……"

（六十一）

等待

　　清宁宫是沈阳故宫中路主体建筑五宫的核心建筑，为五开间前后廊硬山式，是清太宗皇太极和皇后博尔济吉特氏居住的"中宫"。清宁宫的室门开于东次间，屋内西侧形成"筒子房"格局，东梢间为帝后寝宫。宽大的支摘窗式样朴素，棂条皆以"码三箭"式相交，宫门也不用传统的汉族建筑常用的隔扇式。

　　看来此刻我们三个应该正置身于清宁宫的东梢间，可是这间屋子里能没有监控吗？我满腹狐疑地四下打量，生怕忽然之间警报大作。

　　张茜看我惊慌的样子，低声在我耳边说道："我已经看过了，这间屋子里竟然没有安装任何监控探头、红外线防盗设备。"

　　我听了顿感不解，整个沈阳故宫里面视频监控、红外感应装置可以说是多如牛毛，为何单单这间屋子没有安装任何防盗设备呢？而偏偏通道口就在这间屋子里，难道就这么凑巧？

　　我正一个人胡思乱想，另一边，皇太极慢慢地坐在南边窗下的小火炕上。只见皇太极沉思了片刻，突然低声问我和张茜："根据你们现代人的历史资料上所记载的，朕是怎么驾崩的呢？"

　　他这一句话，把我和张茜倒给问愣了。半天，我才回过神来，皇太极是想知道史书上记载他是如何死的。于是我脑子飞快地想了想，然后对皇太极说："《清史》记载你是死于 1643 年中秋节前的一个晚上，中风暴毙于清宁宫东暖阁的南炕上。不过《清史》说你是个大胖子啊，而且还得了'鼻衄'这种怪病，就是时常流鼻血。我看你现在的身材不仅不胖，而且还很标准健壮啊，而且这么多天我也没发现你经常流鼻血啊。"

皇太极听了我的话，淡淡地笑了笑，轻声说："很多时候，历史并不足以为信，文字可以掩盖很多无法公之于众的秘密。"说完，他拍了拍自己所坐的小炕说："这里就是东暖阁的南炕，朕就是在这里驾崩的。"

我和张茜听他如此轻描淡写地说出自己的死亡，觉得十分的惊讶和奇怪。

皇太极轻轻地拍了拍炕沿，接着对我和张茜说道："你们两个都是好人，朕也不把你们当外人。实话告诉你们吧，朕当年并没有驾崩！"

虽然我和张茜心里想到了这个答案，皇太极此刻也活生生地坐在我们面前，可是这话从皇太极本人嘴里说出来，我们两个还是大吃一惊。

"既然朕没有死，那你们知道当时究竟发生了什么事吗？"皇太极望着我和张茜问道。

张茜犹豫了一下，怯生生地说道："没猜错的话，应该是和'天眼'宝石有关吧？"

皇太极没有直接回答，只是默默地垂下了头，过了好一会儿，他才开口说话："那一年朕五十二岁，正值壮年。朕戎马一生，平日里勤习武艺，身体强健，怎么可能是个大胖子，又怎么会患上鼻衄这种病而最后突然暴死于宫中呢！"

听了皇太极的话，我不住地点头，皇太极暴亡的确一直都是历史上的一个疑案，而且史书上记载得并不详细，相反倒是闪烁其词。别说我见到了现在的皇太极，就是没见到他本人之前，我也并不完全相信这段历史。

张茜是个很严谨的人，听了皇太极的话，张口问道："可是那天你究竟发生了什么事？为什么你在历史中的那一天一下子就被宣布死亡了呢？"

皇太极摆了摆手，让我和张茜坐到他的左右两侧，我们两个却之不恭，都小心翼翼地坐在了小炕沿边上。皇太极叹了口气，问我们两个："你们知道朕有几个女人吗？"

我连忙抢答道："当然知道，在北陵下面地宫里我还做过这道题呢！你一共有十五位妻子！其中地位最重要的有五位，大福晋也就是你的皇后名字叫作博尔济吉特氏哲哲，历史上我们称呼她为孝端皇后，她是你生前唯一册立的皇后。此外还有宸妃博尔济吉特氏海兰珠，她是你最喜欢的女人，她为你生的孩子不幸夭折，因此她抑郁而死。还有你的贵妃博尔济吉特氏娜木钟、淑妃博尔济吉特氏巴特玛，这两个都是林丹汗的遗孀，后归嫁于你的。最后一个就是庄妃博尔济吉特氏布木布泰，也就是后来的孝庄皇太后，在我们的电视剧里你喊她'大玉儿'！"

听完我的话，皇太极的脸色一下子变得阴沉起来，过了一会儿才慢慢恢复正常。皇太极皱了皱眉头说："没想到你了解朕的女人比朕了解得都多！不过你说的大概属实准确，只有几个地方略有出入，但这几个地方直接关系到中秋前夜朕所经历的事情！"

皇太极这么一说，一下子把我的兴致勾了起来，于是我连声催促他说给我听。

皇太极一边抬头看了看窗外的月亮，一边说道："第一，朕最喜欢的女人，除了庄妃以外，还有一个女人，她叫作博尔济吉特氏扎鲁特，她原来是朕的东宫侧福晋，地位要远高于庄妃……你……第二，宸妃海兰珠给朕生的皇八子不是夭折了，而是……"皇太极说到这里突然停下了，表情变得极其复杂。我和张茜不知道究竟发生了什么，都瞪大眼睛望向皇太极。皇太极足足沉默了有五分钟，这才把头慢慢转向张茜，神色黯然地说道："宸妃给朕生的八皇子并没有死，其实皇八子和你的儿子一样，在朕的眼前明晃晃地消失了！"

"啊！"张茜的脸一下子变得苍白起来，她呼吸急促，眼泪在眼圈中直打转，浑身上下不住地哆嗦起来。

我也没想到皇太极竟然会有和张茜一样的遭遇，怪不得刚刚听到张茜的儿子失踪了，他会真情流露地加以安慰。不过此刻我不仅不知道该怎么安慰他们二人，心里还暗暗地担心起家中的女儿和老婆的安危。我们三个人都陷入了沉默，过了好半天，张茜和皇太极陆续平静下来。皇太极抬头看了看我，接着说道："至于第三嘛，那就是朕从来没叫过庄妃'大玉儿'。还有就是……宸妃……"皇太极竟然又低头沉默了一会儿，才语气伤感地说道："她，也不是朕那个时代的人！她是穿越到朕的时代，到朕的大清皇宫寻找'天眼'宝石的！"

我和张茜又一次惊呼了出来！这历史简直被皇太极的话完全颠覆了！我们正要细问，皇太极突然拉住我们的手，低声说："时间到了，我们还是亲眼去看答案吧！"说完，他把胸前的绿玉宝石掏了出来，对准窗外中天上皎洁的月光。只见一道绿色的光柱从玉石中升起，慢慢地把我们三个人完全笼罩在光柱里面。紧接着，我只觉得眼前刺眼的白光一闪，便失去了知觉……

（六十二）

穿越

　　我再醒来的时候，发现自己躺在一个带着帷帐的硬木雕花锦床上，身上盖着绣花的被子，枕着一个极硬的方形珐琅枕头，硌得我脖子酸痛难忍。我欠起身来，想活动活动已然僵硬的身子，四下环顾一番，才发现自己所处的屋子虽然不大，却布置得十分雅致。床前是一屏九龙金漆五扇屏风，屏风上斜挂着一把一尺长的紫檀木嵌玉如意。屏风前面的地上放了一个朱红雕漆痰盆，里面盛着少半盆的清水。床的对面是一张紫檀木书案，书案的两侧摆放着两把金漆楠木太师椅，书案上面摆满了笔墨纸砚、书简经文。四面的墙上，除了几幅不知是哪位名人的山水画外，还挂着孔雀翎与弓箭。靠着床两侧墙壁摆的都是檀香木的落地柜子，通体乌黑，做工精细，上面百鸟朝凤的花纹图案极其精美，令人叹为观止。

　　我不禁十分纳闷，我这究竟是在哪里呢？张茜和皇太极又去什么地方了？难道我们已经被故宫的保安发现了？

　　我正一个人瞎合计，突然开门进来一个年轻貌美的姑娘，头上梳着长长的辫子，柳叶弯眉下一双大大的眼睛宛如清水河畔的紫罗兰，娇小的鼻子下面一张樱桃小口，脸上略施脂粉，美而不艳。这个姑娘身穿一套紫色绸缎做的套裙，外面穿着绣着花朵的棉坎肩。姑娘突然发现我正坐起身子，一脸惊愕地望着她，连忙快走几步，来到我的身前，一边躬身行礼，一边柔声道："老爷，您醒过来了？"

她这一喊老爷，我一下子就蒙了！我满脸惊愕地问她："姑，姑娘，你是我外孙女吗？为啥管我叫姥爷呢？"

这女子看我这样问她，竟然不知道如何回答，脸上充满了惊讶和迷茫，焦急之下，眼圈竟然红了，好像马上就要哭出来的样子。我正不知道该如何安慰她，突然门帘一掀，从外面又进来一个与之前的姑娘年龄相仿、同样打扮的女孩，一进来就连声地问："老爷怎样了？醒过来了吗？"

前面进来的女孩终于忍不住哭出声来，用十分难过的语气哭道："醒是醒过来了，可是怎么不认识我们了呢？怕是伤到了脑子，这该如何是好啊！"

后面的女子听得这话，竟也悲从中来，一下子伏在我的腿上大哭起来。我简直是丈二和尚摸不着头脑，只能先安慰她们一番，待她们情绪稍微平稳了一些，我才张嘴问道："我这伤了脑子，实在记不住事了，还想问你们二位姑娘几个问题，烦劳二位帮我回忆回忆。"

两个女孩跪倒在我面前，互相对视了一眼，满脸的惊讶和委屈，不过还是点了点头。她们两人一边擦拭脸颊上的泪水，一边柔声齐说："老爷请问。"

我想了想，站起身来，小心翼翼地问道："两位姑娘，我是谁呢？"

两个女孩齐声回答："老爷，您是当朝文馆李大学士啊！"

什么？我怎么成了大学士了？还是当朝，难道我穿越到古代了？我心下骇然，急得连忙问："那你们快说，现在是什么朝代？"

两个女孩眉头紧锁，又齐声回答："老爷，现在是崇德八年啊，您真的忘了吗？"

崇德是皇太极的年号，崇德八年，那就是1643年！我一下子呆坐在床上！穿越了！真的穿越了！我穿越到了清朝！看了半辈子的穿越电视剧，没想到这种事情竟然会发生在自己身上！我内心深处突然涌起一股莫名的感觉——既慌张不已，又惊恐万分，还有些迷茫不知所措。

过了一会儿，我略微平静了一点，抬头看看那两个还跪在我面前战战兢兢的女孩，接着问道："那你们两个又是谁呢？"

其中一个女孩先用丝帕擦了擦眼泪，然后伏在地上哭道："老爷真是贵人多忘事。我们是您的贴身丫鬟啊！我是明月，她是彩霞！您把我们都忘记了吗？"

明月，彩霞……天哪，这不会是真的吧？我不知道为何突然烦躁起来，大声呵斥道："骗子，骗子，还明月、彩霞，那小燕子有没有啊？"

没想到那自称明月的丫鬟，竟然端庄地直起身子，一本正经地回答道："小燕子回家看她妈去了，和老爷您请过假了啊！"

听了明月的话，我不由得咧嘴笑了起来，不知道是因为她回答得过于幽默，还是因为我心里实在是无奈至极。

我站起身，挥挥手让明月、彩霞从地上起来——让两个女人跪在面前我实在是不太适应。我抬脚往屋子外面走去，明月、彩霞连忙跟在我的后面。

屋子外面是一个四方院子，院子中间种着各种各样的花草，四周还有做工精巧的围廊。屋子的正对面是一个月亮门。我伸手指了指月亮门，问身后的明月、彩霞道："那个门是通向哪里的？"

明月急忙应道："老爷，那是通往前院正房和会客厅的门啊。"

我刚要迈步，突然脑子里想起了什么，回过身继续问明月："那咱们家一共多少口人？又有多少仆人、丫鬟呢？"

明月一看就是聪明伶俐之人，连忙如数家珍般地和我介绍起来："老爷，咱们家一共八口人——老爷您、夫人，还有三个少爷、三个小姐。此外还有十个仆人和丫鬟。"

我听了不由得一笑，没想到我这穿越到清朝来，当了个学士老爷不说，还有个夫人和六个孩子——不过我可够能生的！我接着问明月："那我爹娘呢？"

　　明月顿了一下，看了一眼彩霞，回答道："老爷，您难道真的忘记了？您的父母在您很小的时候，就受箓入了道门，离家云游天下，访仙问友去了，一直以来都是杳无音信的啊。"

　　听了明月的话，我点了点头，思考了一下，觉得此刻我还是应该先去找张茜和皇太极，与他们碰面商量商量下一步该做些什么。皇太极穿越回来应该还是皇帝，我想见他恐怕没那么容易，可是张茜穿越成什么人了？我得先找到她啊。

　　我四下望了望，想起刚才明月说的家里还有夫人，难道张茜穿越过来成了我的夫人了？我决定先去看看我的"夫人"，于是我对明月和彩霞说："带我去夫人房里看看夫人吧。"

　　明月和彩霞连忙点头称是，然后在前面带路。我们三人穿过月亮门，进到宅子的前庭，又折往东边的另外一个垂花门里去。一进门，一阵花香扑鼻而来。我定睛一看，院子里花草繁茂，景色缤纷。院子正前方是三间硬山式二层阁楼，轩窗微开，户牖紧闭，二层的外廊挂满了大红灯笼。庭院中间，一棵古树参天而起，把半个庭院都遮蔽在树荫之下，偶尔几片落叶随风飞舞，一看这里就是个恬静幽雅之处。

　　明月快走几步，大声喊了句："夫人，老爷来了！"话音刚落，正中的户牖轻轻打开，门帘微启，从里面款款地走出了个人，趋步来到我面前。只见这个人身子微微下拜，嘴里柔声说道："老爷，妾身给您请安了！不知老爷好些了没有？"

　　我心里暗自纳闷，却也不知该说些什么。等她抬起头来，我仔细一看，不由得倒吸一口凉气，失声叫道："怎么是你！"

（六十三）

"夫人"

眼前这个所谓我的"夫人"，根本就不是张茜，却是另外一个老熟人——在昭陵地下宫殿做梦时为我引路的那个身穿暗红色紧身衣的"警幻仙子"！

我满脸困惑地指着"夫人"连声说道："怎么，怎么，怎么会是你？"

"夫人"悠悠地来到我的面前，挽住我的胳膊，温柔地说道："老爷您大病初愈，咱们还是进屋子里说吧，外面凉，免得老爷再染上风寒。"说完，她挽着我向她的屋子里走去。

进了屋子，"夫人"回头摆了摆手，明月和彩霞便退到屋外去了。我看四下里已无旁人，便开口问道："'夫人'，现在你可以和我解释一下到底怎么回事了吧。"

"夫人"脸上仍然带着笑意，柔声道："不是我，老爷您还希望会是谁呢？"

我盯着她的脸瞅了半天，这才慢慢走到窗前的茶几旁坐下，嘴里喃喃地说道："原来那个梦是真的，你真实地存在。"

"夫人"也坐到茶几另一侧的椅子上，然后叹了口气道："唉，老

265

爷，这世上的事何谓真、何谓假、何谓实，又何谓虚呢？其实多少人奔波劳碌，穷其一生去追求的事物，到头来才发现是水中倒影、云中楼阁罢了。只要人心中向善，坦诚求真，又何必在意身边事物的真假虚幻呢。"

听了她的话，我接着问道："那你到底是哪里人呢？古代人、现代人，还是梦中人？"

"夫人"秀眉微蹙，一双水汪汪的大眼睛凝视着我，轻轻地说道："君问妾身真亦幻，醒时方道枕边人。"

我愣了一下，不解地问道："可是你，你是那大头怪人的手下啊！大头怪人可不是什么好人！你不会是他派来监视我的吧？你是为了得到'天眼'宝石而来的吧？"

"夫人"摇了摇头说道："老爷，难道现在这一切对你来说不是虚幻的吗？难道这一切对你来说不是一场梦吗？那你又何必非要弄清楚这梦里，哪一件事是真，哪一件事又是假呢？妾身本来就是穿梭在时空里的虚幻之人，所以，在何时、到哪里出现全凭缘分。这次来到这里，竟然与老爷有夫妻之缘，也是我始料未及的。不过妾身还是很庆幸能够和老爷在一起，至少我们彼此可以互相照应，互相帮助，我知道，我们的心里都有'善良'二字！实不相瞒，老爷说的'天眼'宝石，确实是妾身来此间的目的之一。老爷嘴里说的那大头怪人，也确实让妾身来挟制老爷的一举一动。妾身想说的是，有些身份来由身不由己，但不代表人只能用身份来区分。"

她一边说，一边给我沏上了一杯香茶，轻轻地放在我的面前。那茶香直沁心脾，让我不由得打开茶碗，深深地嗅了一嗅。

"夫人"接着对我说："老爷，妾身没猜错的话，您此刻最想做的事恐怕就是要找到同行的那个女子吧？再有就是想办法要见到当今的圣上——您的老朋友皇太极吧？"

我看了"夫人"一眼，机械地点了点头，嘴里说道："你这个在我梦里出现的人，恐怕我的心思半点也逃不出你的眼睛。那你说说，我该怎么办呢？"

"夫人"从衣襟上掏出一方丝帕，在嘴边点了点，然后缓缓地对我说："老爷别急，既然您来到这里，一切自有安排。"

我似懂非懂地点点头。这时我才注意到窗前立着一面铜鉴，我起身踱步到铜鉴前，望向里面。天哪！镜中的我简直太酷了！我印象中的宫廷戏里，清朝的皇帝王爷们都是英俊潇洒，脑袋前面是个大秃瓢，过了脑壳中线才有发际线，后面是一根又长又粗的大辫子。可是此刻铜鉴里的我完全不是这种发型啊！只见我的脑袋四周全部剃得光光的，只在头顶正中留下巴掌大的一块头发，梳成一根老鼠尾巴那么长那么细的小辫子，在空中甩来甩去！这简直完全颠覆了我对清朝帅哥们发型的认知了。我转过身来，咧着嘴指了指自己的脑袋，然后问向"夫人"："这个头型，到底是怎么回事？"

"夫人"顿时明白了我的意思，掩面偷笑，好半天才回答我说："老爷，您以前看到的那些清代的发型，其实都是晚清演变过后的式样了！清朝前期女真人每天都游牧狩猎，哪可能有时间去鼓捣自己的头发呢！也就是说，此时此刻，从皇上到百姓，都是老爷您这样的发型！所以说很多的历史是值得大家去细推敲的，千万不可以想当然！"说完，她又掩面窃笑起来。

我脸上臊得紫一块红一块的，伸手摸摸自己头顶的小辫子，然后又看看"夫人"的头发，不解地问道："那夫人您这头型怎么没有什么改变，完全和电视剧里女人的发型一模一样啊！"

"夫人"这次笑得比较端庄，抿着嘴回答道："老爷说笑了，其实妾身这发型也和老爷您之前从电视剧中看到那些女子的发型不太一样。她们梳的'旗头'是清朝道光、咸丰皇帝时候才形成的，清朝初期的女子一般都是包头或者盘头。老爷您看妾身这盘头好看吗？"

听"夫人"这么说，我不由得仔细端详起她来。只见她玉簪斜插暗香送，金络绕鬓明蕊开；目似春水波心荡，面如夏桃雨后晴；锦带绕臂，雍华萦际，纤指轻挥花落尽；星眸皓齿，冰肌玉骨，风流万种谈笑间。不知不觉，我竟然看痴了。我缓缓地上前一步，对"夫人"说道："仔细看来，夫人你还真的是国色天香，美得不可方物。"

"夫人"看我由衷地赞叹，并没有任何亵渎之意，不由得脸上一红，垂下头去。一时间屋子里面春意盎然，鸟语花香。

就在这如同电视剧里，男女主人公甜蜜温馨的一刻到来之际，突然房间外面传来了一阵急促的脚步声，紧接着一个人大声地喊道："老爷！老爷！圣……圣旨到！"

听到喊声，"夫人"看了我一眼，笑着说："老爷，怎么样？该来的一定会来的……"

（六十四）

入宫

　　我站起身来，准备到门外去迎接圣旨，几步走到门口，突然想起了什么，回头又问"夫人"道："夫人，你到底叫什么名字？"

　　"夫人"一笑，柔声回答道："几许兰秋，青丝系起裳帷苦。故乡乔木，杏蕊烟云处。老爷，贱妾姓焉，大家都叫我兰乔。"

　　我点了点头，这名字颇有诗意，读起来令人回味无穷，也不知道是真名字还是假名字。脑子里面胡乱想着，我脚下可不敢怠慢，带着明月和彩霞回了刚才出来的正房。两个丫头伺候我换了官服，我便急急忙忙地来到大门外候旨。

　　我刚刚在大门外站好，远处的街口就转过来一个骑马的官人。眨眼间，骏马已经飞驰到我的面前，马上那个人翻身下马，动作十分轻盈潇洒。我目瞪口呆地看着这个官人，不知所措。那官人中年模样，面皮白净，抬眼看我呆立木讷，口中大喝一声："大胆！圣旨驾到竟然不跪！"

　　我闻听此言，心里一惊，不自觉地双膝一软，便跪在了地上，口中学着电视剧中的样子大声地说道："臣，恭迎圣旨！"说完之后，我在地上还拜了三拜。

那官人鼻子里哼了一声，然后大声喝道："奉圣上口谕，宣文馆大学士李先生即刻进宫，面见圣上，不得有误！钦此！"

我本来还以为这个官人会有张大黄卷轴，摊开了给我念呢，弄了半天就是个口谕。失望之余，我还是拜倒磕头，恭恭敬敬地应道："臣，接旨！"

我这边话音还未落，那官人竟已飞身上马，只见那骏马人立起来，几声嘶鸣，接着一溜烟跑到街口，没影了。

明月和彩霞上前把我扶起来，我连连推辞。她们俩这般伺候我，弄得我跟七老八十了一般，好像生活都不能自理了似的。这边，家里的管家早已把车马备好，正在马车边上垂手肃立，等候我出发去面见皇上。我刚要上车，心里觉得放不下什么，于是收住脚步，回身来到兰乔的院子里，掀开门帘进了屋子。兰乔见我去而复返，连忙问我怎么了，我把圣旨的内容给她学了一遍，告诉她我马上要动身去见皇上。

兰乔走到我面前，替我整理了一下官服的领子和腰带，微笑着说："老爷不要担心，皇上和您的关系亲密无间，应该是找你有事商议。不过此间不比原来，皇上九五之尊，必要的礼节你还是要严格遵守的。臣妾不能陪老爷同去，老爷一定要机灵些才是。"

我点头说道："你放心吧，清宫电视剧我没少看，到时候我就照猫画虎，应该问题不大！"说完，我就转身向外走去，刚出了大门口，兰乔又在后面喊我。只见她气喘吁吁地追上来，在我耳边小声说道："老爷，皇上你倒不必担心，可是你要注意，现今这个时候多尔衮也在呢！"

我听了兰乔的话，心中不禁一凛。是啊，此时那个形如鬼魅的多尔衮也一定会知道"天眼"宝石的存在，怕是会对我们接下来的行动带来很大的麻烦。我点头示意让兰乔快回去，然后钻进车里，车夫一声鞭响，车子缓缓向前走去。

我猜测，我穿越过来的府邸大概应该是在现在沈阳市的沈河区，距离皇城不是很远。果不其然，车子大概行了十几分钟，便停在了路旁。这一路上我脑子一直在思考皇太极、多尔衮与"天眼"宝石的事，也没留意路两旁的风景。此刻，我掀开轿帘才发现，我已经到了皇城外的十字路口。由于皇城是普通百姓的禁地，所以道路两旁都站满了手持刀枪的满族武士。这些武士一个个威风凛凛，神情凝重，仿佛雕像一般，眼睛都不眨一下。马车边是一块汉白玉石碑，上面刻着"文武官员，至此下马"，这正是我熟悉的下马碑啊！我下了车，远远地望见顺着青石板路的正前方有一座巨大的牌楼，牌楼上面赫然写着"文德坊"三个大字。

　　一旁守卫的武士对我进行了身份的核查和严格的安检，然后由一个军官模样的人领着我向故宫的正门走去。

　　穿过"文德坊"牌楼，我们来到了轿马场。在西便门的门口，军官和一个太监模样的人交接了手续。那个太监面皮雪白，举止娇柔，耷拉着眼皮扫了我好几眼，这才鸟声鸟气地对我说："李大学士，请吧！"说完太监手里拂尘一甩，一马当先进了西便门，向里面走去。我快走几步，低着头紧紧跟上，生怕坏了什么规矩，这一路走得是战战兢兢。

　　进了皇宫，卫兵的数量明显增多了，但是这些卫兵与外面的卫兵的服饰明显不同。皇宫里面的御前侍卫着装更加威武艳丽，气质更加庄严肃穆，兵器也更加具有震慑力。

　　太监带着我来到右翊门前，回身示意让我稍等片刻，他一个人颠颠地进到崇政殿里去通报。我四下一看，皇太极这个时候的盛京故宫简直太简陋了，不仅西路建筑完全没有，而且就连中路的东、西二所都还没有修。几座宫殿孤零零地伫立在那里，不仅颜色非常灰暗，而且外观也十分的破旧。这哪里像一个皇家宫殿群啊，说白了，这里更像是皇上住的一个大杂院而已。

我正一个人四下里东张西望，这时，进去通报的那个太监已经出来了。他站在台阶上高呼："宣文馆大学士李先生觐见！"然后朝我挥了挥手，让我上台阶跟着他进到崇政殿里面去。我连忙点头哈腰，向那太监表示感谢。不知为何，那太监此刻突然变得随和起来，笑呵呵地为我在前面引路，我们几步就迈上了台阶，来到了崇政殿的大门口。

崇政殿位于沈阳故宫中路前院正中，是清太宗皇太极时期的"金銮殿"，也是沈阳故宫等级最高、最重要的建筑。此殿是皇太极日常临朝处理要务的地方，公元1636年，后金改国号为大清的大典就在此举行。后来乾隆、嘉庆、道光几位皇帝东巡盛京期间，都曾坐在这里接受群臣朝贺。

崇政殿是全木结构，五间九檩硬山式，辟有隔扇门，前后出廊，围以石雕的栏杆。殿身的廊柱是方形的，望柱下有吐水的螭首，顶盖黄琉璃瓦镶绿剪边；殿柱是圆形的，两柱间用一条雕刻的整龙连接，龙头探出檐外，龙尾直入殿中，把实用性与装饰性完美地结合为一体，增加了殿宇的帝王气势与威严。

我平日里领着学生们参观盛京故宫至少有几十次，可是这一次因为身份不同，就觉得这崇政殿无比的雄伟高大，庄严肃穆，和往常的感觉完全不同。看我站在崇政殿前发呆，身旁的太监连忙小声地催促我，我这才回过神来，赶忙迈步跨进了崇政殿。

虽然是白天，崇政殿里依然灯火通明，几根巨大的金丝楠木廊柱上雕满了鎏金的巨龙。正中北侧，是二尺多高的红漆木制地坪，前三侧二共五组台阶，周围是仿石雕式样的栏板和望柱，这种地坪古代称为"陛"，因为官员们见皇帝时都要跪在下面，所以才口称"陛下"。在陛上后部，又有一种类似于"殿中之殿"的"堂"，全部木制，外罩金漆彩绘，加饰行龙、兽面等精美雕刻。"堂"的正中间是一把鎏金龙椅，不过这龙椅做工比较粗糙，远不如我们看到过的乾隆时期制作的龙椅精致。这把龙椅上还铺着一张巨大的虎皮，龙椅正前方左右两侧还立着两个雕工精湛、栩栩如生的石狮子。

皇太极并没有坐在龙椅上，而是站在崇政殿的西角处，抬头往顶棚上看着什么。

我硬着头皮照猫画虎，跪在地上高呼："臣参见陛下，吾皇万岁万岁万万岁！"

皇太极看是我来了，嘴里连忙说："平身，平身。"接着，他朝我挥了挥手说："爱卿，你快过来！"

我从地上爬起来，几步走到皇太极的身边，他一脸神秘地指着头顶说："李先生，你抬头看那里有什么不同？"

（六十五）

祖训匾

　　我顺着皇太极手指的方向仰头看了半天，整个棚顶很空旷。这种建筑风格叫作"彻上露明造"，在清初宫殿建筑中是很常见的，也就是大殿棚顶不安装天花板，整个大殿也没有任何隔断，上上下下横直相交的殿柱梁架都可一览无余。

　　我转过头看了看皇太极，一边挠着脑袋后的"老鼠尾巴"，一边说："皇上，我啥也没看见啊。"

　　皇太极看都没看我一眼，依旧仰头望着上面，嘴里喃喃地问道："你不觉得那少了什么吗？"

　　我又抬头看了半天，突然恍然大悟，急声说道："知道了，少了'正大光明'那块匾！"

　　皇太极笑了笑，轻声说道："嗯！此时此刻还没有你说的那块'正大光明'匾，不过这里原来确实挂了一块匾，上面写着我们女真家族的祖训！"说到这里，他四下看了看，然后小声说："朕记得我们的萨满天师说过把'天眼'宝石最重要的线索放在那块匾后的大梁上了。可是这次朕回来，却发现那块匾和后面梁上的东西竟然都失踪了！"

　　我听了皇太极的话，大吃一惊，心中暗想：难道我们回来得晚了，让别人抢先一步，把重要的线索拿走了？

皇太极也眉头紧锁，沉默了半天，才对我说道："想找的东西没找到，看来我们不得不多待几天了。事情不是我想的那么简单，不过你不必担心，朕自有办法应对，你等候吩咐便是。"

我听了皇太极的话，连忙回答道："皇上，臣到现在还没有找到张茜，也没有她半点消息。"

皇太极听了，怔了一下，面色看上去并不十分紧张焦急。他轻咳了几声，然后对我说："哦，你不必着急，会找到她的。"说完这句，皇太极马上话题一转，问我道："你到这里住得可习惯？你家里那夫人花容月貌，温柔贤惠，可别把你的魂魄勾走了，回去可没法交代啊。"

我听了脸上一红，连忙辩解道："皇上开臣的玩笑！现在事情如此紧急，我怎么可能会有别的想法！再说了，我府上的那位'夫人'是神仙人物，只可远观而不可亵玩焉。"

皇太极听了哈哈大笑起来，他走到龙椅前坐下，然后接着对我说道："你现在是学馆大学士，官级不高，不方便我们经常见面，这样，容朕想想给你封个什么大官！"

皇太极话音未落，突然外面有人来报："和硕睿亲王、吏部尚书、征西大将军多尔衮觐见！"

皇太极一听，脸上一凛，向我挥挥手，我连忙退到一边站好。皇太极整理了一下龙袍，然后朗声喝道："宣！"

紧接着，外面又是鸟叫般的一嗓子："宣和硕睿亲王、吏部尚书、征西大将军多尔衮进殿！"

话音刚落，只见殿门口的大门帘子被掀开，一个高大威武的身影闪了进来。我定睛一看，这个多尔衮可与我在昭陵地宫里看见的多尔衮完全不一样。

眼前这人三十岁左右，一身戎装打扮，身着紫蟒神缨亮银甲，腰间扎条翠色金丝蛛纹带，脑后一束黑发，麻花一般扎起以金丝釉红绳带绑定。这人手中抱着鎏金镶玉七宝盔，修长的身体挺得笔直，剑眉鹰目，阔额丰唇，整个人丰神俊朗中又透着与生俱来的高贵，脸上的表情桀骜不驯，让人觉得高不可攀。

我再回想起地宫中的那个面容丑陋的僵尸，不由得唏嘘不已。

这边多尔衮来到大殿正中，跪倒在地，口中山呼万岁。皇太极轻描淡写地说了句："平身！"多尔衮便站起身来，垂手站到一旁。

皇太极紧盯着多尔衮看了一会儿，然后说："睿亲王率军征战，立下大功，这次前去巡边，回来征袍未解便来见朕，可有要事禀报？"

多尔衮双手抱拳，刚要说话，突然发现我站在一旁，于是看了我一眼，把话又咽了下去。

皇太极面无表情地对多尔衮说道："这位李先生是朝中重臣，国家基石，我们谈话无须回避，睿亲王但说无妨！"

多尔衮又侧目端详了我一会儿，这才往前迈了一步，朗声说道："启禀皇上，自前几年皇上您御驾亲征，松锦战役击溃明军主力，洪承畴、祖大寿尽皆归降，山海关以东除了宁远一座孤城之外，已皆为我大清疆土。臣此次奉旨巡边，看到我大清兵强马壮，士气正旺，臣恳请陛下把握良机，即刻下旨，让臣率三军先拿下宁远，再夺山海关，这样天下大势可定矣！"

皇太极眉头紧锁，一脸凝重，沉默了半天才语气低沉地回答道："朕何尝不想早日入关，一统天下呢？哪一个君主不想威震四海，指点江山？可是推翻大明，取而代之又谈何容易？特别是眼前这种情况，表面上我们取得了一些胜利，可这些胜利都是在关外——关外毕竟是我们女真人的故乡！我们在这里战斗时并不需要在意身后是否有敌人偷袭，更不必担心粮草与补给会有什么不足。但是我们一旦进了山海关，便陷入了汉人的天下，我们再强大也是异族！从关外为我们的军队供给粮草困难重重，就地征粮又会遇到汉民的反抗和抵制，一旦到了那时，我们首尾难顾、泥足深陷，再想全身而退就难上加难了！你们这些人一心想建功立业，名留青史，朕可以理解，但是什么时机起兵，朕要谨慎地考虑一下，毕竟朕要为大清负责，为我们女真人负责！"

多尔衮听了皇太极这一席话，着实无法反驳，只能悻悻地退到一旁。

皇太极看到多尔衮不服气的样子，就调转话题问道："睿亲王，朕正有事要问你，朕这龙椅之上的'祖训匾'怎么不见了？此事你可知晓？"

听了皇太极的问话，多尔衮抬起头来，看了看大殿的棚顶，然后躬身道："臣刚从前线回来，这次巡边已经去了四个多月，臣记得上次拜别陛下出征的时候，好像那块匾还在的。陛下如果不说，臣刚才只顾和皇上说战事，根本就没注意到匾已不在。臣不知情，还请陛下恕罪！"

皇太极皱了皱眉，瞬间又换了一副笑脸，大声地对多尔衮说道："好吧，多尔衮听封！朕念你此次巡边有功，爵位再升一级，增赐五百户！你这三十多岁，就已经做到了一品大员，今后还要为我大清江山社稷多多尽心出力才是啊！"

多尔衮听了，连忙拜倒谢恩。

皇太极把目光移到我的脸上，嘴里接着说道："这边李学士听旨！"

我听皇太极喊我的名字，着实吓了一跳，我根本没想到这里面竟然还有我的事呢！不管怎样，我先跪在地上听封吧。

"朕封你为内秘书院大学士、太傅、太子太师，赐黄马褂！李爱卿也是国之柱石，今后也要为我大清的江山社稷尽职尽责啊！"皇太极说完，竟然站起身，从龙椅上走到我面前，把我从地上扶了起来。

我顺势从地上站起身来，不经意看了一眼站在身边的多尔衮。这一刻，我突然发现多尔衮盯着我的眼神里充满了怒火和怨恨，他好像恨不得一下子要扑到我面前，把我撕得粉碎……

（六十六）

官运亨通

皇太极挥了挥手，让多尔衮跪安退下了，然后起身来到我面前，拉着我的手到了龙椅后面。皇太极四下看了看，小声对我说："刚才多尔衮看你的眼神，明显是妒火中烧，别担心，朕只是试探一下，看他是不是穿越回来的那个僵尸多尔衮。看样子，他并不是那个僵尸，也不知道我们之间的关系，只是单纯的嫉妒。我们抓紧时间安排我们的行动，尽快找到'天眼'宝石的线索。现在朕要交给你一个任务，需要你去完成！这件事与我们要找的线索有着直接的关系，希望你全力以赴。"

我听了他的话，打起精神，点头称是。我本以为皇太极马上就会告诉我任务的内容，但没想到皇太极让我先回去听旨。我猜想皇太极这么做一定有他的理由，就没再多问。皇太极又嘱咐我办事一定要格外小心，说这是宫廷之内，明争暗斗，隐藏着看不见的波澜和凶险，不要给人留下把柄和口实，最后他还特别强调我要格外小心多尔衮！我点着头，把皇太极说的话一一记在心里。皇太极这才让我跪安，我磕了头，快步退出了崇政殿。

我跟着领我来的那个太监，顺着原路出了西便门，来到轿马场。

我刚和太监分开，准备一个人顺着轿马场的大门到下马碑那里上车回家，突然听到一个人远远地喊我名字："李大人请留步！"我回头一看，不由得暗吃了一惊，喊我的人竟然是那睿亲王多尔衮！

想走是走不了了，我只能硬着头皮迎上前去，弯腰行礼道："卑职参见王爷！"

多尔衮脸上洋溢着笑容，一抬手把我架起来，嘴上说道："李大人不必多礼，本王只是有些困惑，想问李大人几句话。"

我连忙躬身道："王爷但问无妨，卑职定当如实禀报。"

多尔衮摆摆手说："其实也没什么，只是我出去巡边还不到四个月，李大人便成为皇上的新宠，不知道李大人之前在何处任职啊？"

我听了多尔衮的这个问题，后背一下子出了冷汗，脑袋里转来转去，拼命地想找到一个万全的对策回复他，这样才能避免他对我起疑。可是此刻我的大脑一片空白，没有半点思绪，嘴里支支吾吾了半天，只能顺口瞎说道："这个……这个……说来惭愧，微臣本无任何一技之长，只是借了家里人的光……"我正愁下面该怎么接下去，突然多尔衮打断了我的话："哎呀！我知道了！原来你是博尔济吉特·扎鲁特的哥哥！皇上宠爱你的妹妹，因此宠信于你，我说的嘛，我说的嘛！今后还要李大人多多扶持啊！哈哈哈！"说完，多尔衮用力拍了拍我的肩膀，转身朝轿马场外面走去。

我完全一头雾水，根本没听明白多尔衮的意思。不过就此解围也再好不过，于是我点头哈腰地把多尔衮送走，然后一脸茫然地走出了轿马场，来到停车的地方上了车，往家走去。

一路上我把所有的事情在脑子里理了一遍，可是中间有好多环节我无法解释，更无法理解。难道是因为我刚刚穿越过来，还有点水土不服，还是因为事情本身太过复杂，我理解能力有限？我越想心里越乱，索性我什么都不想了，干脆把头探出车外欣赏起路边的景致来。

盛京那时候还不是特别繁华，除了八旗军队，常住人口并不是太多，与中原腹地大城市的歌舞升平、人潮如织的繁华程度有着天差地别。皇城旁边的中街应该是盛京最繁华的路段了，马车从中街缓缓穿过，我细细数了一下，道路两边也就是二十几家铺子错落地开着，没有叫卖声，也很少有人光顾。车子再向前走出去五十米，道路两旁就只是一户一户普通人家的院子了。

车子顺着青石板路走了十几分钟，便又拐回到了我家所在的胡同口。这时，我看到管家远远地一溜烟地跑过来，嘴里急呼道："老爷！老爷！快点啊，圣旨到了！"

我心里不由得赞叹起来，这皇太极做事果真雷厉风行，我这人还没到家，圣旨倒先来了。好在我穿着朝服，下了车，直接就跪倒在大门口接了旨。这次钦差大臣手里拿着的的的确确是金黄色的卷轴，圣旨说的就是刚才皇太极给我升官的内容，一起受封的还有我的"夫人"焉兰乔，她被封为一品诰命夫人。等到钦差大臣念完了圣旨，我磕了头接了过来，然后一家人千恩万谢地把钦差大臣送走了。兰乔来到我身旁，脸上浅笑着对我说道："老爷，您就是做官的命，去趟皇宫见了皇上一面，就从正六品一下子升到了正一品。"说到这儿，兰乔四下看看没有别人，就附在我耳边小声地说道："这在你们那个时代应该叫火箭式蹿升吧？"说完，她拿手帕挡住了朱唇，窃笑起来。

我尴尬地赔着笑了几声，然后拉着兰乔进了正房的会客厅，让下人退了出去。然后我把这一趟进宫的情形前前后后仔细地同兰乔说了一遍。兰乔听了我讲的经过，脸上收起了笑容，眉头微微蹙起，思考了半天，才抬起头来对我说："老爷，听您所说，这多尔衮必是狡猾凶狠之辈，怕接下来会对老爷有诸多不利之举，还请老爷多多提防啊！"

我拍了拍自己光亮的大脑壳，叹了口气说："唉，皇上召见我，神秘了半天，却什么计划也没说，就让我回来等。那'天眼'宝石的线索也不知道是什么，现在又失去了踪迹，看来我是一时半会儿回不去了！唉，这可如何是好！"

兰乔看我如此烦闷，便柔声劝我道："老爷先不必如此心烦意乱，事情总会有头绪的，急坏了身子就不好了。"

我也知道整个事情太过复杂，自己目前也解决不了什么问题，甚至连自己能不能穿越回去都不清楚，一切也只能静观其变了。古语说得好：既来之，则安之！我揉了揉肚子，对兰乔说："咱们先不管别的，是不是得先填饱肚子啊？我这都饿坏了。"

兰乔笑着说："那好，老爷，妾身请您吃正宗的满族大餐，如何？"

我一听连忙拍手叫好，笑逐颜开——不管如何穿越，吃货的品质是永远不会改变的！

兰乔亲自下厨去给我准备饭菜，我一个人在客厅里翻翻这个，看看那个。过了有一炷香工夫，兰乔进来喊我吃饭，我随她来到膳房。进屋一看，天哪，一桌子的美味佳肴，香气扑鼻，丰盛无比！兰乔笑意盈盈地站在一旁，朗声对我说道："老爷，您先听我给您报报菜名！这一桌子的菜有：蒸羊羔、蒸熊掌、蒸鹿尾儿、烧花鸭、烧雏鸡、烧子鹅、卤煮咸鸭、酱鸡、腊肉、松花、小肚儿……"

我听了，连忙打住兰乔的话头，嘴上说道："不承想，夫人不仅厨艺精湛，而且还练过相声贯口，实在是佩服，佩服啊！"说完，我已顾不上许多，一屁股坐在桌前，拿起筷子，伸手就要去夹菜。就在这时，外面突然有人大声禀报："东宫福晋侧妃娘娘到！"

我听了，一下愣住了，手中的筷子都掉在了地上，嘴里叨咕道："谁，谁是侧妃娘娘？她，她来找我干什么？"

与此同时，我突然发现我胸前挂着的金色铜铃，竟然自己来回地跳跃起来……

（六十七）

侧妃娘娘

　　我连忙伸手把铜铃按住，睁大眼睛向铜铃的缝隙中看去。只见"幻彩"在里面焦躁地蹦跳着，不知道是怎么了。兰乔看了我一眼，催促我说："老爷，还是先出去迎接侧妃吧。既然是专门来拜访老爷，恐怕都是有来由的，万一怠慢了，恐怕日后会对老爷您不好。"说完她站起身，过来搀我，我连忙挥手，自己起身向门口走去。

　　我到了大门口站定，兰乔也来到我身边。远远地望去，街角已经转过一队人马，前面是举着仪仗的太监和宫女，后面跟着八旗御前侍卫守护着，正中间一辆马车慢悠悠地驶过来。

　　马车到了近前站住，我们所有人都跪在地上叩首迎接。一个宫女上前掀起轿帘，里面坐着一位身穿盛装的女子。她在宫女的搀扶下，下了车径直来到我面前。我带领全家人说了欢迎词，那女子笑着说了句："起来吧。"这声音听上去很耳熟，我来不及多想，连忙爬起身来，刚要抬头细打量这个侧妃的模样，这女子竟然慢慢朝我行了礼，嘴里喊了一声："哥哥！"

　　她竟然喊我哥哥，难道，她就是多尔衮口中所说的，我的那个妹妹——博尔济吉特·扎鲁特？等侧妃完全抬起头来，我紧盯着她的脸看了好半天，不由得咧嘴乐出声来——这女子不是别人，正是化了浓妆的张茜！

张茜眼神示意我不要被别人看破了，于是我收敛笑容，躬身说道："侧妃娘娘里边请！"张茜神情高傲地点了点头说："哥哥不要客气。"说完，她在宫女的搀扶下向正房走去。

我和兰乔在后面紧跟着，陪着张茜进了正房。我们相互再一次行了礼，才都坐下说话。大家先是寒暄了几句，接着，张茜突然站起身来，说我们兄妹之间要聊些家常，于是喝退了左右，屋子里就剩下我们三个人。

张茜望了望兰乔，又望了望我，明显是在询问我这个人是谁。我刚要起身介绍，兰乔知趣地站起来，拉着我的胳膊笑着说："侧妃娘娘、老爷，你们兄妹两个难得团聚，在这里好好聊聊，我去厨房准备酒菜，一会儿你们好好地喝上一杯。"说完行了礼，起身退了出去。

张茜看兰乔出去了，这才皱着眉头低声问我："她，是你在此间的夫人？"

我点了点头，又详细地和张茜说了兰乔的身份以及在盛京昭陵地宫中做的那个梦的内容。张茜听完瞠目结舌，大呼诡异。我和张茜保证兰乔是站到我们这边的，张茜听了，铁青着脸，绕着我走了好几圈，然后把脸凑到我面前，阴阳怪气地说："我看你是被美女给吃了迷魂药吧？没想到啊，这才刚到这里，你就成了护花使者、'妻管严'了？我的李大先生。"

她这一番话，把我说得面红耳赤。我连忙站起身来，比画着双手解释道："怎么会！怎么会！张茜你是了解我的为人的啊！"

张茜嘿嘿笑了笑，低声说："既然没有，你紧张什么？你看你脸红得像关公一样。还有，你这头型简直太逗了，我应该给你拍个照片，发一下朋友圈，再发个抖音！"

我连忙摸了摸脸，又摸了摸自己的小辫子，自我解嘲道："我哪里紧张了，我脸红了吗？这头型，我没得选择，来了就这样啊！我，我就是有点热……"

张茜笑着说："好了，好了，你看你那没出息的样子！咱们还是说正经事吧！你去见皇太极了？"

我让自己冷静了一会儿，这才缓缓点了点头，把去宫中拜见皇太极以及遇到多尔衮的经过和张茜详细地说了一遍。张茜听完之后，不由得又皱紧了眉头，低下头一声不吭。

我看她半天不说话，于是就反问她："你说，我们怎么穿越到清朝就成了兄妹呢？我是汉族，看你这身份也不是汉族啊。而且你姓博尔济吉特，我姓李啊，怎么可能是亲兄妹呢？就算是穿越，那历史也不能这么不严谨吧？你说这到底是怎么回事？"

张茜没想到我会着急问这个问题，愣了一下才回答道："难道你那个夫人没和你讲我们之间的关系吗？"

我茫然地摇了摇头。张茜回到位置上坐好，端起杯子喝了口茶，然后才对我说道："那天我们一起穿越过来，我睁开眼睛的时候，发现我就身处在一间宫殿里面。周围好多的宫女和太监围着我伺候，看我醒来都齐声唤我侧妃娘娘！我当时也不知道怎么回事，后来问了贴身丫鬟才知道自己的身份竟然是皇太极的侧妃——博尔济吉特·扎鲁特！听丫鬟说皇上曾经非常喜爱我，我的地位甚至在庄妃之上。后来皇上逐渐疏远了我，具体原因丫鬟们三缄其口，我也没问出来。至于你这个哥哥，是因为我的母亲是科尔沁部落首领的女儿，后遵皇命带着我改嫁给汉人——也就是你父亲的，所以我们是既不同父也不同母的兄妹。所以你是汉人，我却是蒙古人！怎么样，够奇葩吧？"

听张茜这么一说，我恍然大悟，啧啧称奇。紧接着，我表情严肃地对张茜说道："你这么说我倒是明白了。不过，我还要告诉你，其实博尔济吉特氏和李姓在历史上颇有渊源呢！"

这时我脖子上铜铃又开始震动起来，我连忙把铃铛掏出来，往地上轻轻一甩，"幻彩"一下子出现在我们面前。原来"幻彩"知道是张茜来了，激动得手舞足蹈，此刻更是趴到张茜的怀里撒娇。这些日子不见，"幻彩"又已长大不少，圆滚滚的脑袋周围已经长出了很多金色的鬃毛。

张茜一边用手抚摸着"幻彩"的鬃毛，一边抬头看着我，嘴里问道："那你给我说说两个姓氏有什么关系，不许瞎编啊！"

我清了清嗓子，认真地对张茜说："博尔济吉特氏，在蒙古语中应该翻译成孛儿只斤氏，出自蒙古的乞颜部，历史可以追溯到三皇五帝时期。你可知道，一代天骄成吉思汗的父亲就是出自孛儿只斤氏的乞颜部。后来被清吞并后，孛儿只斤氏四分五裂，被汉族同化以后，改成了包、鲍、宝、云、李、波、谭等姓氏。你说这两个姓有没有渊源？"

张茜听了，缓缓点了点头说道："看来你这大学士不白给啊，知道得还真不少！"

我得意地甩了甩头上的小辫子，继续问张茜："你竟然还能穿越成皇太极的福晋，太让人匪夷所思了啊！这回好，你俩成一家人了。对了，你和皇太极见面了吗？怎么会直接来我这里呢？再说你怎么知道我在这里啊？"

张茜瞅了瞅我，目瞪口呆地说："不是你让人送信，请我到这里来的吗？"

我听了她的话一脸错愕，连忙摆手说："没有！没有！我都不知道你去哪里了，穿越成谁了，怎么会让人通知你来呢？而且我今天在宫中见到皇太极，他也没提起你会来找我啊！"

张茜脸色一变，低声道："那可奇怪了，还有谁知道我们的身份呢？"

就在这时，门外传来一个低沉的声音："二位连这点都猜不到吗？"

（六十八）

海兰珠

  我和张茜一惊，一下子站起身来，担心我们刚才说的话被外人听到！我赶忙掏出铜铃，把"幻彩"收了进去。我刚把铜铃挂在胸前，只见门帘一掀，一个身着黄衣的身影闪进了屋子。我和张茜定睛一看，顿时长出了一口气！原来进来的不是别人，正是当朝皇上，我们的好伙伴——皇太极。

  我和张茜起身就要跪拜，皇太极连忙摆了摆手，示意我们免礼。我把皇太极请到桌子的正位坐好，张茜给皇太极倒了茶，然后我们三个一边喝茶一边聊了起来。

  我们每个人都有一堆问题，彼此又不是陌生人，所以那些寒暄客套的话就都免了。张茜性子急，直接对皇太极问道："皇上，我这个侧妃到底是个什么角色啊？我怎么迷迷糊糊就成了这个侧妃了？"

  皇太极看着张茜笑了笑，接着表情又严肃起来，缓缓地回答道："你这个侧妃出身于蒙古的贵族部落，你的父亲叫作戴青贝勒，在博尔济吉特氏部落里有着很高的声望和地位。最开始的时候你是地位仅次于中宫皇后的东宫大福晋，之所以后来被贬，是因为……"说到这儿，皇太极停了下来，目光一下子变得暗淡了许多，脸上的表情极其复杂。过了好半天，皇太极才吐出了三个字："海——兰——珠！"

听了皇太极的话，我惊讶得直接喊出声来："啊！史书上说你是最喜欢海兰珠的啊！怎么看你的样子一点也不像呢？"

皇太极叹了一口气，说道："你们后人哪里知道这其中的原委……她的身份很复杂！唉，简单地说吧，她是蒙古部落派来的卧底。"他这一句话，简直把我和张茜惊得下巴都掉到了地上！

海兰珠，也就是史料中的敏惠恭和元妃，出生于1609年，病逝于1641年。博尔济吉特氏，为蒙古科尔沁贝勒寨桑之女，也就是皇太极的中宫孝端文皇后的侄女。天聪八年，也就是1634年，时年二十六岁的海兰珠入清宫。令后人不解的是，早在天命十年，也就是1625年，海兰珠年仅十三岁的妹妹布木布泰，也就是历史上著名的孝庄文皇后就已嫁给了皇太极。海兰珠二十六岁大龄才嫁入清宫，可是在正史中没有任何资料记载她二十六岁之前的身世，专家们也就无从去考证海兰珠在嫁给皇太极之前是否婚配，有无子嗣，前夫何人了。

在崇德元年，也就是1636年，皇太极册封五大福晋时，封海兰珠为关雎宫宸妃，为四妃之首，仅次于她的姑母——中宫皇后哲哲。皇太极更是将海兰珠居住的东宫赐名为"关雎宫"，充分表达了皇太极对海兰珠的由衷喜爱，两人的感情也是极深。崇德二年七月初八日，即1637年8月27日，宸妃海兰珠生下皇太极第八子，皇太极为此大赦，这是立太子时才会有的举措，史料称母子那时独受皇太极宠爱。但此子未命名，就于崇德三年正月廿八日，即1638年3月13日夭折，不满周岁。崇德六年，宸妃海兰珠因忧伤过度而逝世，年仅三十三岁，死后葬在清昭陵，谥号"敏惠恭和元妃"。

这史料上说得明明白白，皇太极与海兰珠不仅两情相悦，而且感情极深！海兰珠去世后，皇太极伤心欲绝，没过几年也病逝了。难道事情的真相又被历史掩盖了？我和张茜忙不迭地让皇太极把事情的来龙去脉详细地说一说。

皇太极端起茶碗，眉头紧锁，目光盯着桌面沉思了半天。接着，他又将手中的茶碗放在桌子上，抬起头看了看我和张茜，这才缓缓地讲道："海兰珠本名并不叫海兰珠，而是叫哈日珠拉·乌尤黛。朕那时看她眉清目秀，温婉可人，就给她起了个我们女真族女子的名字，叫作海兰珠。她刚来的时候，朕确实很喜欢她，甚至可以说为她着迷。那一年她已经二十六岁了，在蒙古部落，这个年龄一定是嫁人做了母亲的。可是朕派人无论怎么调查，都显示海兰珠在嫁给朕之前从未嫁给过别人，更不曾有过子嗣，而海兰珠自己对朕也一直坚称从未婚配生育过。朕也曾问过她大龄不嫁的原因，她说自己是蒙古贵族博尔济吉特氏部落的神女巫师，不可以随意婚配生育。朕又问她为什么会嫁给朕，她说是神的旨意，她必须顺从！虽然朕也一直怀疑她的这种说辞，可是随着时间慢慢流逝，朕也就把她身世的事放下了，毕竟朕是真心地喜欢她的。"

说到这里，皇太极脸上更显忧伤，双手捧着面前的茶杯不停地在桌子上画着圈。我和张茜对视了一眼，没敢打扰他。

过了一会儿，皇太极才振作精神，接着讲道："直到那一年，朕记得当时正率八旗大军在松锦会战的战场上与明军厮杀。有一天晚上，朕正在批阅各部上报来的奏折，突然一个蒙面人闯进了朕的中军大帐，而卫兵和岗哨竟然浑不知觉！朕当时大吃一惊，以为遇到了明军派来的刺客，回身就要去拿宝剑。这个蒙面人一下子拉住朕，并把面罩飞快地摘了下来，朕仔细一看，这个人不是别人……"皇太极说到这里，又顿住了。

我和张茜焦急难耐，张茜更是站起身来，大声直问："这人到底是谁啊？"

皇太极缓缓地抬起手，指了指张茜，一个字一个字地说道："就——是——你！博尔济吉特氏·扎鲁特！"

张茜一下子呆立住了，失口叫道："怎么会是我？"

我也被惊得目瞪口呆，实在想不到这里面竟然还有张茜的戏份。

皇太极此刻倒显得十分平静，端起茶杯呷了一口茶，然后目光紧盯着张茜，接着讲道："朕当时也十分诧异，你一个后宫福晋，怎么会突然跑到遥远的战场上来，难道是宫里发生了什么大事？朕追问之下，你却不愿多说，只是要朕跟你偷偷回宫一趟，要朕亲眼去看事情的真相。朕当时也是十分好奇，于是就换了夜行装，戴了面罩，拿了宝剑，偷偷跟着你从中军大帐中溜了出来。我们二人到马厩中牵了几匹好马，星夜飞驰，直奔盛京而去。马歇人不歇，我们两个人整整跑了一夜，天微亮的时候，我们两个已经进了城。你带朕径直来到皇宫的后墙处，我们通过密道进了皇宫。从密道出来，我们两个避开守卫，来到了关雎宫的后窗下，停了下来。看四下无人，你慢慢打开折窗，闪身跃了进去，朕也紧跟而入。窗子里面是梢间，屋子不大，摆设也很简单。你挥挥手，让朕蹲在地上，把耳朵贴在梢间的门上，朕虽疑惑，但还是照你说的做了。这时朕才发现，原来隔壁竟然有两个人在说话……"

（六十九）

真相

　　皇太极讲到这里，脸色突然变得苍白起来，呼吸也显得十分急促，好像接下来发生的事情极其动人心魄。我也紧张得抓紧了衣襟，手掌中全是汗水，而张茜更是满脸汗水，双腮通红，双手不停地揉搓着面前的杯子。

　　皇太极长出了一口气，接着讲道："听得出来，隔壁说话的两个人是一男和一女，女的正是朕的宸妃海兰珠，而男的说话声音含混，朕辨别了许久，最后才分辨出来！这个男人不是别人，正是睿亲王多尔衮！"皇太极讲到这里，一下子怒目圆睁，两眼似乎要喷出火来，牙齿咬得咔咔作响。我和张茜对视了一下，不知该怎样出言安慰，只能默默地注视着皇太极，等待他自己慢慢地平静下来。

　　皇太极并没有停下来的意思，他气哼哼地接着说道："当时朕简直肺都要气炸了，朕没想到自己深爱的女人竟然和睿亲王厮混到了一起，让朕这皇帝戴绿帽子！可是听了他们二人的对话，朕才发现，事情绝不是想象中那么简单！"

　　皇太极起身走到我的面前，指了指我胸前的铜铃说："你知道这个铜铃是从何而来的吗？"

我茫然地摇摇头，嘴里喃喃地回答道："这个铜铃不是皇上给金色巨狮佩戴的饰物吗？"

皇太极摆了摆手说："这个铜铃与这件事大有关联！其实，这个铜铃是海兰珠带来的一件祭祀用的神器！朕的这个宸妃海兰珠根本就不是来自于蒙古部落，而是来自于一个遥远空间的一个神秘而古老部落的祭祀神女，这个部落就是守护'天眼'宝石的太阳部落！简单地说，海兰珠她根本不是我们大清这个时代的人，她和现在的我们一样，是从未来穿越来的人！"

我一下子站起身来，嘴里惊呼道："不可能，绝对不可能！"

皇太极看了看我，摆手示意让我坐下，然后他接着说道："朕也是当晚听了海兰珠与多尔衮的对话才知道的！海兰珠之所以穿越到这里，是因为他们部落守护的'天眼'宝石被守护者藏在了神秘之地！而要找到这块'天眼'宝石就必须先找到太阳部落的守护者当初绘制的藏宝地图！一旦得到'天眼'宝石，太阳部落的守护者便可以控制时空的转换，唤醒各个时代的超能力，在整个宇宙建立新的统治秩序！听海兰珠当时说话的意思，这地图的线索就在朕的皇宫之中！而且自打海兰珠带着这特殊的目的嫁到宫中后，不仅背着朕偷偷地找遍了整个故宫，甚至还诱惑并收买了多尔衮做她的帮手，许诺多尔衮一旦帮助她找到'天眼'宝石，便让多尔衮代替朕一统江山社稷，成为大清的皇帝！"

张茜听到这里，不由得颤声地问道："多尔衮早就觊觎你的皇帝宝座，难道皇上你一直没有发现吗？"

皇太极低下了头，过了好一会儿才低声回答道："其实，多尔衮的想法朕早就知道，可是朕一直在装糊涂。朕清楚，多尔衮心里一直都在恨朕，因为他的母亲阿巴亥殉葬的事，他永远无法释怀！所以，他要向朕报仇！"

皇太极口中的多尔衮的母亲乌拉那拉氏·阿巴亥，是清太祖努尔哈赤的第四任大妃，皇太极的继母。阿巴亥为努尔哈赤生有三个儿子：第十二子英亲王阿济格、第十四子睿亲王多尔衮、第十五子豫亲王多铎。阿巴亥机敏过人，政治头脑十分清醒，深得努尔哈赤的信任，三个儿子也分别掌管八旗军队的三旗。

后金天命十一年，也就是1626年，努尔哈赤病逝，传位于第八子皇太极。而阿巴亥为保自身地位，极力阻挠皇太极即位，并想将自己三个儿子的其中一个扶上皇帝宝座。皇太极听闻消息后率领八旗军逼宫，以父皇努尔哈赤遗诏要求阿巴亥殉葬为由，用三尺白绫勒死了阿巴亥，清除了自己登基的最大敌人。

此刻，皇太极说到这件事时，眼中竟然泪光闪烁，表情十分复杂。他口中断断续续地说道："赐死阿巴亥真的是父皇遗命，父皇去世前早已经预料到阿巴亥会违抗圣旨，私立自己儿子为皇帝。为保大清的平稳过渡，父皇也只能出此下策。朕只是奉旨行事，并非你们所认为的排除异己，随意杀戮。可是多尔衮如何能理解父皇大局为重的苦心，一心猜疑是朕为皇位逼死了阿巴亥，所以一直在找机会为母报仇，除掉朕并取而代之！因此，多尔衮与宸妃海兰珠联手，既可以借宸妃之手得到垂涎已久的皇位，又可以替自己的生母报仇雪恨！"

皇太极说得轻描淡写，但是我和张茜知道，当时的情形一定是万分的紧张！夺嫡争储历朝历代都布满刀光剑影，血雾迷蒙，时时为千钧一发，步步是如履薄冰，一招不慎，满盘皆输！失败者不仅失去帝位，甚至还会搭上生命。

张茜起身给皇太极续了茶，皇太极端起碗抿了一口，然后调整了一下情绪，接着讲道："当时朕为了大局，在外面隐忍不发，继续听他们二人对话。从两个人的话里听出来，宸妃和多尔衮已经把宫里所有的地方都找了一遍，而且他们应该已经掌握了某些线索。宸妃不断地嘱咐多尔衮要继续寻找地图，并告诫多尔衮要提防朕的两个侧妃，特别是你！"说到这里，皇太极伸手指了指张茜，然后接着说道："朕当时还觉得十分奇怪，为什么宸妃她自己不去寻找，却要把这任务布置给多尔衮。毕竟多尔衮总来后宫是很不方便的，而宸妃自己久居深宫，平日里可以方便寻找地图的线索。就在朕百思不得其解的时候，突然，只听得宸妃说了句：'莫忘长久有备！'紧接着一阵耀眼的蓝光从这关雎宫直飞到外面的天空中！那蓝光从门缝中直射到梢间里面，朕当时吓得体如筛糠，以为遇到了什么妖魔鬼怪，慌忙闭上了眼睛。过了好半天，朕发现没什么动静，才睁开眼，站起身来推开门，从梢间进到正房。当时，关雎宫里空无一人，多尔衮已经走了，而宸妃竟然消失不见了！"

皇太极讲到这里，脸上的表情一下放松了下来。他用手指了指我胸前的铜铃说："朕在关雎宫横炕的神龛里发现了两样东西，一样就是这个从宸妃海兰珠随身带的祭祀神器上脱落下来的一颗铜铃……"

张茜马上问道："那另一件是什么？"

皇太极看了看张茜，咬着牙说道："另一件是神龛里的一个穿着红色肚兜的玩偶，上面扎满了钢针！那肚兜朕是认得的，是当时宸妃海兰珠给朕生的八皇子周岁的时候，朕特地命人赶做出来的生日礼物！"

我听了又是一阵迷糊，连声对皇太极说："怎么可能？史书上记载你的八皇子不满周岁就夭折了啊！为此你和宸妃还痛苦不已呢！"

皇太极呆呆地坐在椅子上，好一会儿才缓过神来。他望了望我，又把目光转向张茜，然后用颤抖的手指指着张茜，轻声说道："不，八皇子没有死，他和你的儿子一样，也和宸妃一样，在朕眼前消失了！"

（七十）

线索

　　皇太极没有留下吃饭，回宫去了。张茜听了皇太极的讲述后，便一副魂不守舍的样子，简单吃了几口也回去休息了。我和兰乔面对面地坐着，一杯一杯地喝酒。我不说什么，兰乔也不问，她知道此时此刻的我需要的是陪伴，所以夜已经很深了，她也没有起身回去休息。

　　我整理着一整天的思绪，发现有太多太多的事情出乎我的意料，确切地说是颠覆了我此前的很多认知！我上学的时候，曾如此渴望身边有一位像宸妃那样的端庄痴情的女子，又曾有多少回为了皇太极与宸妃的凄美爱情垂泪感伤，更为两个人爱情的结晶——皇八子的早夭而顿足捶胸！可是此时此刻，一切竟如同一场大梦，醒来时发现，曾经痴痴沉醉的过往，不过是无语的虚幻和空无。

　　我完全地醉了，在真实的世界里我从未曾醉酒过，那是我认为不齿的事。可现在的我不得不醉，只有醉后我才能短暂地从迷雾中解脱出来，只有醉后我才能找到当初梦中的兰乔，让她带着我在云雾中穿梭……

　　我清醒过来的时候，天已经大亮，我正和衣躺在正房的卧榻上，身上盖着一条红色的、绣着鸳鸯的锦被。我挣扎着坐起身来，抬头看去，只见兰乔正坐在我床边的八角桌旁，一只手拄着香腮，沉沉地睡着。难道她彻夜未眠，一直守护着我？我心里不由得涌起暖意，慢慢地走下床来，把身上的锦被抱起来，轻轻地披在兰乔的身上，自己则坐在一旁的椅子上静静地看着她。

就这样过了好一会儿，突然，兰乔睁开了眼睛，发现身上披的被子，又看到我坐在旁边凝望着她，脸上倏然一红，连忙站起身来，那锦被一下子落在地上。我刚要弯腰去拿地上的锦被，兰乔却动作更快，一下子把被子从地上抱起来，然后转身朝房外走去。一边走，她的嘴里还一边羞怯地说道："老爷，昨天晚上妾身怕您酒醉染了风寒，所以才在这里照顾了您一晚。"

我笑了笑，没有拦她，看她掀起门帘，抱着锦被走出屋去，心里不知道是怎样的滋味。原来这个家中也有温暖的情愫、醉人的思怀。当然我知道这一切都是虚幻的，我可以感受，但不可以沉迷，于是我喝了口茶，让自己神清气爽起来。

这时门外明月和彩霞喊了一声："老爷早！"紧接着，两人端着洗漱的用品进屋来了。大金盆里盛满了温水，彩霞服侍我洗了脸，用了一条类似鹿皮的长巾把脸擦干。明月认认真真地替我重新梳了小辫子，还用了黑色的头绳帮我把辫子扎好。这边彩霞又给我递上来一根小棍儿，小棍儿的一端缠着细长的碎布，看上去就是一个微小的拖布。我看了看彩霞，一脸茫然地问道："请问美女，这是个什么东东？"

彩霞捂着嘴一边乐一边回答道："老爷，这不是东东，这是刷牙用的牙布啊！"

我举着牙布，皱着眉头问道："那没有牙膏吗？"

彩霞一下子愣住了，瞪着大眼睛问我："老爷，什么是牙膏啊？"

我这才意识到，原来清朝人刷牙就是用我手中的小拖布来回擦牙，根本就不用什么牙膏啊！

入乡随俗，能擦牙总比不刷牙好，我认真地"擦"了十分钟牙，然后漱了口。

突然，我腹中胀痛，没办法，我只好涨红了脸向明月问道："那个……咱家有厕所吗？"

明月一脸迷茫地看了看我，又看了看彩霞，怯生生地问："老爷，什么是厕所？"

我一下子也被她问愣了，只好硬着头皮说："方便，解手，你们明不明白？"

明月一下子懂了，连忙跑出去给我抬进来一个大马桶，把盖子掀开，然后又拿进来一把中间掏空了的椅子，放在马桶上，然后说："老爷请方便！"

天哪，这清朝上厕所也太不方便了！上完了还得让丫鬟再把马桶拎出去，臭气熏天的也太丢人了。但是人有三急，我实在憋得没办法，毕竟人的忍耐力也是有限的，与其说"与命运抗争"，还不如就"随它去吧"。于是我挥了挥手，让明月和彩霞她们两个先出去，然后入乡随俗地方便完了，故作镇定地把马桶盖子盖好，喊明月和彩霞进来收拾一番。

等一切收拾完毕，这时候兰乔掀开门帘，进来了。一会儿的工夫，她也洗漱打扮好了。此刻，她换了一件白色修身的满族旗袍，上面绣着大红的锦线团花，头上的黑色的旗头挂着珍珠翠玉金花，最中间还戴着一朵盛开着的粉红色的牡丹，整个人看上去如坐春风，光彩动人。兰乔先给我问了安，然后问我早上想吃点什么，我笑着说："这不是在吃了嘛，秀色可餐啊！"兰乔脸上一红，抿嘴笑了一下，没有再说话，转身出去准备早餐了。

不多时，早餐摆了上来，竟然很是丰盛，除了日常的点心、果子外，还有各种粥类和奶制品。兰乔叫下人丫鬟们退了，然后陪着我一边吃饭一边聊天。我想了想，还是把昨天我与皇太极和张茜聊天的内容完完整整地告诉给了兰乔。兰乔看着我好半天，才对我说："老爷，您这么信任妾身？什么都肯告诉我？老爷为什么会这样？不怕妾身是坏人吗？"

我笑了笑，说："没什么理由，坏人就坏人吧。此刻你是我的家人，那就应该发生了什么事都和你说的。"

兰乔眼圈竟然湿润了，过了一会儿，她从怀中掏出丝帕擦拭了双眼，才接着说道："既然老爷这么信任妾身，那妾身就说说对这件事的看法。老爷既然要找'天眼'宝石，就要先找到地图。现在很明显，除了您之外，还有别人也在找这地图，那就不妨从这些人当作突破口，从他们身上找找线索。那个宸妃娘娘既然不是这个朝代的人，先不管她从哪里来的，皇上说她已经有了一些线索，那我们就从宸妃这条线入手。刚才听老爷说，皇上那一日在梢间听见宸妃对多尔衮说'莫忘长久有备'，妾身觉得这句话应该是找到线索的关键。但是，我们目前无法破译这句话的真正含义，所以这条线索暂时还没有体现出价值。除此之外，妾身觉得皇上说了这么多，还有一样线索也是同样重要的。"

我疑惑地问道："什么线索啊？"

兰乔大眼睛扑簌扑簌地眨着，一本正经地对我说："老爷，皇上当日在关雎宫除了拾到了您戴的这个铜铃铛，还找到了一个红布玩偶啊，那红布玩偶此刻又在哪里？也许线索就在这个红布玩偶上面啊！"

我听了兰乔的话，猛地拍了一下额头，觉得她分析得十分有道理。于是我站起身来，对兰乔说："那我现在就进宫，去皇上那里问问！"说完我迈步出了屋子，来到大门口，让管家备车，准备去宫里走一趟。

皇宫深处的崇政殿里，我又一次以君臣之礼叩拜了皇太极。他气色很差，看样子昨天也是没休息好。见四下无人，皇太极招手让我到他身边去。我快步到他身旁站定，他抬起头，紧锁着眉头看着我说："爱卿怎么这么早就来找朕，是有什么要事吗？朕这头疼了一晚，现在还昏昏沉沉的。"

我表情严肃地对皇太极说："到了这里，您是皇帝，出门办事很不方便，所以微臣得尽可能地多寻找些线索啊。"

皇太极听了点了点头，我又接着对他说道："昨天皇上您说，那晚您和侧妃娘娘回到盛京故宫，在关雎宫里看到宸妃消失，然后在神龛里找到了两样东西，对吗？"

皇太极又点了点头，我连忙追问："那颗铜铃皇上您送给了我，可是那个从神龛里找到的扎满了钢针的红布玩偶呢？也许线索就在那玩偶上面啊！"

皇太极愣了半天，然后抬起手，指了指棚顶说："朕和你说过，当时朕把那个玩偶交给我们女真族的萨满国师了！之后朕亲眼看见萨满国师把那个玩偶放在了头上祖训匾的后面。现在，连着红布玩偶带着那块祖训匾，都消失了……"

（七十一）

跳井

　　听了皇太极的话，我的心一下子凉了半截儿，好不容易觉得有了些希望，现在又断线了。找不到线索，我就回不去原来的生活！我这个一品大员得做到哪一天才是个头儿啊！

　　皇太极看我一脸沮丧，走过来拍拍我的肩膀，安慰我说："别着急，这个事情我们还得从长计议。你不必担心回不到你的时代，我们回去的时间点是固定的——就是下一个众星拱月之夜。朕昨天让天监官测了一下最近一次的众星拱月日期，也就是八月初九，我们还有四天时间寻找地图的线索。"

　　我抬头看了看皇太极，疑惑地问道："皇上，你还和我们一起回去？"

　　皇太极无奈地摇着头，叹息道："朕也不想回去，可是，找不到'天眼'宝石，这一连串的谜团都无法解开，朕也就没有办法脱离永生。如果一直这样孤独地存活下去，对朕来说还有什么价值和意义呢？在清朝，朕到了固定时间就要驾崩的，不和你们回去，还能去哪里呢？"

　　我默然不语，皇太极说的道理我完全理解，可是眼前，"天眼"

宝石和所谓的地图半点线索都没有，我们可以说是寸步难行！现在别说是寻找"天眼"宝石了，就是那个红布玩偶都不知所踪，留给我们只有短短的四天时间，看来此行怕是要空手而归了。

拜别了皇太极，我垂头丧气地回到家里，兰乔看我的样子就知道事情没有任何进展。我们两个简单地吃了中午饭，兰乔扶我到卧室休息。我躺在床榻上，仰面朝天看着顶棚，虽然很疲倦，我却无法安心入睡，想着在四天之内要找到线索，我感觉到无比的心烦意乱，头也疼得像要炸裂开一般。

兰乔看我如此模样，一边用纤指给我轻揉太阳穴，一边朱唇微启，在我耳边哼唱起了小曲：

落日柔晖栖碧树，
花落花开，
倚杖寻幽路。
身寞影单谁眷顾，
相知可把真言吐。
冠履凋零犹漫步，
衣陌风寒，
笑叹心如故。
回首此生春散处，
芳歇梦去歌难入。

一曲唱罢，我竟然烦心散尽，怨念皆无，大脑里面也清醒起来。我一下子坐起身，伸手抓住兰乔的手，问道："夫人唱的是《蝶恋花》？"

兰乔笑着点头说："老爷倒是个内行。这是妾身小时候经常唱的曲子，让老爷见笑了。"

我摇晃着头，把这首《蝶恋花》又大声地朗读了一次，却不如兰乔唱起来那般有滋有味。我对着兰乔说："夫人的歌不仅怡情，竟还可以治病！'回首此生春散处，芳歇梦去歌难入'，人生能得夫人这样的知己，真是福分啊，足矣！"

兰乔害羞地笑着，嘴里回道："老爷说笑了，兰乔这几日能把老爷照顾好，就心满意足了。这小曲清歌都上不得大雅之堂，只能给老爷解个闷，打发时间而已。让老爷健康、快乐，这就是兰乔的心思所在。其他的不敢痴心妄想，又何言贪福呢？"

我深情地望着兰乔说："虽然只有几日，但是我们能成为知己，成为家人，也是几世修来的福分啊。《礼记·祭统》中说：'福者，备也。备者，百顺之名也。'只要完备，就是幸福啊。夫人的出现，让我的生活处处充满幸福，这就是所谓的'完备'啊！"

兰乔听了我的话，脸上的表情一下子僵住了！我以为我说了什么不该说的话，让她不开心了，便急着想和她道歉。不想兰乔却一下子拉起我的手，激动地说："老爷，老爷！答案找到了！答案找到了！"

我简直是丈二和尚摸不着头脑，不知道兰乔说的答案是什么。兰乔看我的样子，微微一笑，四下看看没有别人，长出了一口气让她自己平静下来，然后低声在我耳边说道："老爷，你可还记得宸妃娘娘失踪之前对多尔衮说的那句话？"

我不知道兰乔为什么会在此刻突然想起这句话，只好茫然地点着头说："记得啊，宸妃娘娘说让多尔衮'莫忘长久有备'啊。"

兰乔一下子露出灿烂的微笑，嘴里说道："对啊！老爷！你刚才讲《礼记·祭统》中说：'福者，备也。'那有备就是有福啊，长久就是永远的意思，所以连在一起，'长久有备'就是'永福'啊！宸妃让多尔衮去永福宫找人帮忙啊！"

听了兰乔的话，我一下子坐起身来，嘴里不禁发出"啊"的一声惊呼！对啊！那永福宫的主人是博尔济吉特·布木布泰，也就是我们平日里电视剧中经常出现的庄妃——大玉儿，她正是宸妃海兰珠的亲妹妹啊！

可是，问题来了！皇太极发现了宸妃海兰珠的秘密后，从宸妃失踪那一刻起，接下来最先怀疑的人就应该是海兰珠的亲姑姑——皇后博尔济吉特·哲哲以及海兰珠的亲妹妹——庄妃大玉儿！可是这些天来，皇太极却并没有对这两个人有半句的怀疑和猜测！难道一向精明的皇太极还没意识到问题所在，还是皇太极心里有所顾忌，没有把内心的想法对我说完全呢？

我脑子里一片混乱，看看外面天色已晚，现在派人去通知张茜到我这里来，恐怕已经来不及了。可是事不宜迟！我索性站起身来，准备趁着夜色，一个人去探访一下永福宫！兰乔看我的样子，马上明白了我的心意，她拉住我的手说："老爷，这次妾身陪你去！"

我看着她如水的眼眸，里面充满了牵挂和不安，更有着无比的坚定和勇毅。我也知道兰乔身上有武功，心下一合计，皇宫之中我也人生地不熟的，有兰乔陪伴，遇到紧急情况我还可以多个帮手。于是我点了点头，兰乔顿时欣喜不已。

我们两个人回卧房分别换了夜行衣，然后趁着茫茫夜色，悄悄地从后门而出，一路狂奔到了皇宫最北面的后宰门。正当我发愁该如何在八旗禁卫军严密的防守下翻越这一丈多高的宫墙时，兰乔却拍拍我的肩膀，带着我来到了距离皇城北门不远处街角的一所大宅院的门口。我正纳闷为何到这个院子来，还没等我开口询问兰乔，却见兰乔轻轻推开了院门，拉着我径直走进了院子。兰乔回身把院门关好，然后又带着我来到院子后花园的一口水井前。兰乔看了看我，伸手往井口一指，柔声说道："老爷，我们跳吧！"

话没说完，兰乔竟然一马当先地跳进了井里……

（七十二）

夜探永福宫

　　我弯腰一看，下面水光摇曳，兰乔却不见了踪影，而且我也并没有听到兰乔落水的声音。难道兰乔已经没到水下了？我内心十分焦急，也顾不上想太多了，连忙纵身跳入井内。双脚落地时我才发现，井里并没有水！我看到的水光只不过是井底的地面铺的一层石英反射出来的光。石英，也就是中国古代人们最常用的装饰物——水晶。

　　根据现代科学给出的定义，石英为二氧化硅组成的矿物，化学式 SiO_2。纯净的石英无色透明，因含微量色素离子或细分散包裹体，或存在色心而呈各种颜色，并使透明度降低。石英具有同玻璃一样的光泽，断口呈油脂光泽。石英的硬度为7，无解理，有贝壳状断口，比重为2.65，具压电性。无色、透明的石英，希腊人称为"Krystallos"，意思是"洁白的冰"，他们确信石英是耐久而坚固的冰，而中国古代人们则认为，嘴里含上冰冷的水晶能够止渴。

　　这口井设计得极为巧妙，月光透过井口照在井底的石英上散发出水波一样的光芒，所以会让在井口上面的人们以为下面发光的便是水面。

　　我正站在井底石英地面上暗自赞叹，这边，兰乔突然从井底旁石壁的洞口里一把把我拉进洞中。此刻我才发现，这井壁洞口里的通道，竟然同皇太极领着我和张茜在御花园观景亭里钻入的"御用通道"一模一样。

来不及多想，兰乔带着我一路狂奔。果然，跑了一会儿，我们就来到了我曾经到过的那个有着八个出口的圆形小广场。我一把拉住兰乔，喘着粗气说道："夫人啊，咱们歇一会儿可好，我要喘不上气来了。"

兰乔微微点了点头，把我扶到台阶处坐下，用洁白的玉手给我扇风。我喘了好一阵，气才慢慢调匀，我回身盯着兰乔那张秀美的脸庞问道："夫人，你怎么知道这条通往皇宫的密道呢？这可是御用通道啊！"

兰乔看着我，静静地说："老爷，别忘了臣妾也是穿越过来的人。从我有记忆开始，我就在不同的历史时空和各种场景中穿梭。不瞒老爷，这故宫妾身来过的次数，恐怕也不可计数了。其实不只是这里，妾身可以告诉老爷，您知道的很多地方其实都设有密道，只不过有些密道，包括老爷在内的现代人并不曾发现罢了。"

我听兰乔这么说，不由得笑起来，拉着她的手问道："真的吗？那太好了，以后夫人带我去每个地方的密道都看一看，好不好？"

兰乔表情一下严肃起来，深情地凝视着我，缓缓地说："老爷，兰乔在时空中穿梭，并不能主宰自己的命运。此次相逢之后，臣妾还不知以后是否还能再与老爷在茫茫人海中谋面……"说到这里，兰乔竟然眼圈一红，流下了泪水。

听了兰乔的话，我心里也是一阵怅然若失。不知道为什么，与兰乔的相处不过才两天，却觉得亲切无比，难以割舍，好像彼此已经是三生三世的夫妻一般。

兰乔擦干了泪水，抬头看我脸上伤心落寞的表情，知道自己失了态，连忙转移话题，逗我开心。她展开笑颜问我："老爷，您是不是特别爱吃甜食，今晚回去我给您做几个拿手菜如何？保证您喜欢！"

看她笑靥如花，我的心一下子被融化了。我不自觉地拉起她的手说：“好，这些天我要和夫人好好说说话！”

　　兰乔明白我的意思，笑着点点头，然后用力拉我起来，温柔地对我说：“老爷，那我们走吧，得抓紧时间了。”

　　我点了点头，然后指着面前的几个通道，问兰乔：“那我们究竟应该走哪一条通道呢？”

　　兰乔看了看，指着其中一条说：“妾身如果没记错的话，这一条就是通往永福宫的通道！”

　　我没再言语，长吁了一口气，拉着兰乔往她指的这条通道里走去。

　　走了不大一会儿，通道便到了尽头，紧接着头顶上又是一个向上的洞口。兰乔刚要上前去推头顶的石盖，我连忙制止她，示意我来，兰乔点着头退到了一旁。

　　我两脚站稳，双手撑住石盖，稍一用力，石盖果然缓缓向上移开，露出一个黑黢黢的洞口。我双脚踩着两边的石壁，顺着洞口爬到了上面的空间里，然后伸手把兰乔也拉了上来。

　　我弯腰把石盖推到原位，抬起头打量起这个空间。这个空间非常狭小，我和兰乔站在里面，便已经把这空间完全占满了。四下里一片漆黑，再看不出有什么通道，只有我们头顶有一个圆圆的东西，不知道是什么。我刚要伸手去敲那个圆东西，兰乔急忙拉住了我，附在我耳边轻声地说：“不能敲，那是圆锅底，我们现在正在永福宫灶间里祭祀用的那口大锅下面呢。”

　　我愣了一下，脑子里一下子出现了灶间的场景，不由得心想，这该怎么出去呢。只见兰乔伸手推了推我们左侧的一扇墙，墙壁竟然被她推开一个口子！我惊讶极了，凑近才发现，原来这个洞口就是外面掏炉灰用的灶坑口。

　　我从灶坑的口子探头出去一看，外面果真是一个灶间，四下里并没有什么人影。于是，我又用力把口子推得更大，然后一闪身从灶坑口钻了出去，回身也把兰乔扶了出来。

宫殿之中的灶间有祭祀和取暖两种用途，取暖的灶间冬天会生火暖炕，而祭祀的灶间基本上是不用的。所以我们所处的这个灶间炉灶冷清，也没有人出入。

我和兰乔慢慢地走到灶间的大门处，从门缝向外看去。这永福宫灶间的正对面就是大厅的"万字炕"，此时炕上空空荡荡，一个人都没有。

我刚要问兰乔接下来我们该怎么办，突然兰乔对我做了一个"嘘"的动作，就在这时，外面门口传来了脚步声。只听见两个人一前一后进到屋里，我从门缝中看到，前面的是一个女人，额头丰盈，浓眉大眼，鼻峰高耸，双唇圆润，乌黑细长的辫子盘在头上，用珠花点缀，侧面还插着一支金光闪闪的步摇。她身穿吉服，也就是清宫里正式场合穿的正装，这是一件藕荷色缎绣四季花篮锦袍，纹样清丽雅致。脚下一双花盆底旗鞋，不过这种旗鞋与我们平日里看的清宫电视剧里妃嫔们穿的旗鞋完全不同。印象中的旗鞋一般都是五到十厘米高、五厘米见方的鞋跟在整个鞋子的中部，走路的时候是脚心落地。而这个女子所穿的旗鞋更像是现在很多女孩子穿的发糕鞋，鞋子下面全部都是十厘米高的跟，估计这是由于清朝初期的妃嫔们还不曾裹脚的缘故，穿这样的鞋子既显端庄，又更便于行走吧。

这女人身后，跟着一个男人。此时，后面那个男人用了狠狠的语气说话了："大玉儿！你别忘了你姐姐当初留下的话！"

听了这声音，我和兰乔对视一眼，心里一下子便明白了。这两个人中穿着华丽、长相俊美的女人就是这永福宫的主人——庄妃博尔济吉特·布木布泰，也就是我们大家熟悉的大玉儿！而另一个说话的男人，不是别人，正是和硕睿亲王——多尔衮！

（七十三）

争斗

　　庄妃听了多尔衮的话，怒目圆睁，伸出一只手，指着多尔衮的脸怒斥道："王爷，请你不要逼人太甚！当初，本宫的姐姐在过世前，是嘱咐过本宫，让我尽力相助于你。可是，那一日本宫的姐姐在王爷眼前匪夷所思地凭空消失，究竟发生了什么，本宫至今都不知晓！甚至本宫怀疑，本宫的姐姐是不是被王爷你所害也未可知！现在王爷口口声声让本宫相助，妄图得到'天眼'宝石，无非是想要得到皇位，以报私仇，王爷这些小心思还能瞒得过本宫吗？"

　　多尔衮脸色阴沉，一抬手打落了庄妃指着自己的手指，然后恶狠狠地说道："本王当初要是知道线索就在那神龛里的红布玩偶上，还用得着现在来找你吗？大玉儿，你给我听好了，你姐姐在我们面前消失，就证明了'天眼'宝石的的确确存在！一个区区的大清皇位本王不稀罕，我要的是一统天地，穿梭时空，亘古永生！要想找到'天眼'宝石，就必须先找到地图！要想找到地图，就必须先找到红布玩偶！大玉儿，现在我们是一根绳上的蚂蚱，一荣俱荣，一损俱损。你别忘了，你的宝贝儿子福临还在我的手上！本王可以让他日后做大清皇帝，也可以让他和宸妃的儿子一样，在你面前永远地消失！"

庄妃听到多尔衮这一席话，一下子呆住了。紧接着，整个人就如同泄了气的皮球，瘫坐在了万字炕的炕沿上。福临，就是后来的大清顺治皇帝，是皇太极的第九个儿子。很明显，多尔衮在拿福临来威胁庄妃，而这一招恰恰击中了庄妃的软肋。

听到这里，我回头看了看兰乔，心中充满惊讶！原来那天夜里，皇太极在中军大帐中得到了侧妃扎鲁特的消息，连夜策马赶回盛京，在关雎宫梢间里偷听宸妃海兰珠和多尔衮说话的时候，庄妃竟然也在关雎宫的现场！

庄妃此刻的语气已经不再像刚才那般严厉，倒用了像是有点哀求的口吻对多尔衮说道："可是，王爷到底想要怎样？"

多尔衮目光如电，猛地上前一步，依然用了咄咄逼人的口气对庄妃说道："大玉儿，你和本王实话实说，你把那崇政殿上祖训牌匾后的红布玩偶藏到哪里去了？赶快把它交给我！"

庄妃一惊，满脸诧异，用了十分无辜的语气回答道："王爷开玩笑了！那红布玩偶并非本宫所放，也并非本宫所拿！如果本宫要是知道这红布玩偶如此重要，当年本宫的姐姐宸妃失踪之时，本宫完全可以在第一时间把它藏起来！还能留到后来，被皇上从佛龛中发现吗？"

多尔衮皱了皱眉头，还是不相信庄妃说的话。他转身踱了两步，突然回过头，狠狠地盯着庄妃看了一会儿，然后一字一句地对庄妃说道："大玉儿，你可好好记住本王刚才说的话！现在别说是你们娘儿俩，就是皇上，在本王眼里都如同蝼蚁一般！你自己好好想想，那红布玩偶到底给不给本王！"说到这儿，多尔衮慢慢地走到庄妃面前，伸出一只手托起庄妃的下颏，换了一种柔和的语气说道："大玉儿，只要你把红布玩偶交出来，不管皇太极在是不在，本王保你的儿子能坐上帝位，保你这如花似玉的脸蛋儿永远绽放……"

这边多尔衮的话音未落，突然，一个女人闯了进来，几步抢到多尔衮和庄妃身前，一把打落了多尔衮的手，嘴里厉声骂道："本宫就说你们两个贱人整日里眉来眼去，鬼鬼祟祟，今天让本宫抓个正着吧！你们两个不要脸的狗男女，今天本宫就要到皇上那里去，把你们两个见不得人的勾当说个清楚！"

多尔衮见了这个女人，脸色竟然大变，嘴里却还是厉声喝道："你，你来这里干什么！"

那个女子阴阳怪气地回答道："怎么？这永福宫你睿亲王来得，我淑妃娘娘来不得？"

原来闯进来的这个人竟然是皇太极的淑妃！我满脸疑惑地望向兰乔，兰乔也只能是摇了摇头，并不知道所以然。

淑妃，也就是史书中记载的皇太极的康惠淑妃，生卒年不详，博尔济吉特氏，名巴特玛璪，她是蒙古阿霸垓塔布囊博第塞楚祜尔之女。巴特玛璪原为漠南蒙古察哈尔部林丹汗的福晋，为林丹汗的八大福晋之四，统管窦土门万户斡耳朵，并生有一女。1634年林丹汗病故，当年闰八月，窦土门福晋巴特玛璪在部下的护送之下归顺后金，被皇太极立为侧福晋，其女也被养在宫中。崇德元年，即1636年，皇太极在盛京称帝，封巴特玛璪为次东宫淑妃，居衍庆宫，位居崇德五宫后妃的第四位。崇德五年，即1640年，皇太极命睿亲王多尔衮纳娶巴特玛璪的女儿为福晋。崇德八年，也就是1643年，皇太极驾崩，顺治帝即位，封巴特玛璪为太妃。顺治九年，也就是1652年，顺治帝亲政，加封巴特玛璪太妃尊号为康惠淑妃。淑妃在清史中卒年未明，归葬于清昭陵贵妃园寝。

看来，这位淑妃从辈分上算来，还是多尔衮的老岳母。不过那时女子结婚较早，生育也早，孩子尽管已经很大了，其实做母亲的也还年轻。至少眼前这淑妃娘娘看上去，要比多尔衮更显得年轻一点。

这时，一旁的庄妃开口说话了："淑妃姐姐，你误会了，本宫和睿亲王并没有任何儿女私情，只是有一些事情需要处理罢了。"

淑妃听了，慢慢把脸转向庄妃，语气十分刻薄地回答道："呦！

我的好妹妹，这话从你口中说出来，本宫不由得不信啊！不过妹妹你打听打听，后宫里谁不知道你和睿亲王平日里眉目传情，私会频繁啊！这个，恐怕连皇上都有所耳闻了吧！"

庄妃一下子站起身来，还要辩解，这边多尔衮一把拦住庄妃，口中说道："大玉儿，不要与这泼妇费口舌！她当年撺掇皇太极把女儿嫁给本王，就是没安好心！想用自己的女儿监视本王，一对疯婆娘！"

听了多尔衮的话，淑妃一下子变得火冒三丈！腾地转到了多尔衮面前，厉声骂道："本宫是疯婆娘？好！好！当年你觉得本宫好的时候，是怎么和本宫说的？小心肝，小宝贝，说本宫是你的小绵羊！现在看老娘没有利用价值了，就一脚踢开了是吗？来来来！老娘给你看看什么叫作疯婆娘，什么叫作没安好心！"

多尔衮冷笑一声，嘴里骂道："说你疯你还演上了！当初还不是你怀着不可告人的目的极力地向本王献媚，发现本王对你不理不睬，便将自己的女儿通过皇太极赐婚嫁与本王！你当时想监视本王也好，想找个靠山也罢，现在这都不重要了！你拍拍良心，这些年本王对你们母女也还不错吧？不过你现在非要撕破脸，那本王也不惯着你！"说完，多尔衮竟然扬起手就要去打淑妃！

庄妃一把拉住多尔衮扬起的手臂，神情严肃地喝道："这里是永福宫，谁也不能在这里造次！睿亲王与淑妃的纠葛，和本宫没有任何干系，本宫也不想参与其中！如果二位想要分出个对错，请移驾到别处去说！天已不早，本宫要休息了！请二位速速离去，不送！"

淑妃一看庄妃要撵她走，回手就给了庄妃一个大嘴巴！庄妃没有防备，这一下竟然结结实实地打在脸上……

（七十四）

皇后哲哲

　　淑妃这一巴掌不仅把庄妃打蒙了，也把我和兰乔看蒙了，我们两个差一点在厨灶间里喊出声音来！一时间，我和兰乔都用手紧紧地捂着自己的嘴巴，生怕被别人听见我们发出的声音。

　　多尔衮也没想到淑妃会出手扇庄妃这一巴掌。等看到庄妃被打倒在地，多尔衮再想出手拦住淑妃，已经来不及了。

　　这一巴掌打得很重，庄妃一下子摔倒在地上。她拼命挣扎着想站起身来，可是一只手捂着脸，另一只手在气愤之余也使不上力气，所以半天也没爬起来。

　　淑妃得了气势，愈加地猖狂起来。她一只手叉着腰，一只手指着庄妃骂道："还大玉儿、大玉儿地叫着！真是不知羞耻的狐狸精！要不是你，睿亲王能不要本宫吗？本宫今天就挠烂了你的脸，免得你以后再去勾引别人！"说罢，淑妃又上前去撕扯庄妃的头发。

　　一旁的多尔衮实在看不下去了，伸出手一把拉过淑妃，立着眼睛恶狠狠地对淑妃说道："你这个贱人，要是再如此这般胡闹下去，本王就杀了你！"

　　淑妃看来是个欺软怕硬的女人，而且从刚才的言谈举动上也能看

311

出来她是真心实意地讨好多尔衮。此刻看到多尔衮真的生气了，淑妃也害怕起来，于是收了手站在一旁，只是眼睛还死死地盯着庄妃，嘴里还在胡乱地骂着。

多尔衮指着淑妃的鼻子，沉着嗓音喝道："给本王滚回去！不要再让本王看到你！"这句话从一个王爷嘴里说出来，骂的竟然是皇上的妃子，这种情况还真是千古罕见。

淑妃倒是乖乖地走了，庄妃慢慢地从地上爬起来，嘴角已经流出血来。多尔衮冷冷地看着庄妃，哼了一声，转身也朝外面走去。刚走了几步，多尔衮突然回过身来，对着庄妃狠狠地扔下一句话："本王说的话你要好好想想。记住！同样的话本王不会再说第二次！"说罢，多尔衮拂袖扬长而去。

庄妃没有回话，一只手捂着脸，瘫坐在炕沿上。四下里一片寂静，整个永福宫如同静止了一般。

我回头看了看兰乔，用眼神询问我们接下来该怎么办。兰乔努了努嘴，又摇了摇头，紧接着把手指放在嘴前"嘘"了一下。我正纳闷兰乔怎么又做出这个动作，忽然听到一个人的脚步声从永福宫的外面传来。

我屏住呼吸，透过门缝向外看去。只见一个女人的身影慢慢地出现在庄妃面前，然后弯下身子，用手慢慢地抚摸着庄妃受伤的脸颊。这一刻，庄妃再也忍不住自己的委屈，泪如泉涌，一边扑进这个女人的怀里，一边哭道："姑姑！玉儿我实在受不了了，为什么当初离开这里的是姐姐，而不是我呢？"

姑姑？我一下子恍然大悟，原来刚刚进到永福宫的这个女人就是庄妃的亲姑姑，清太宗皇太极的正宫皇后博尔济吉特·哲哲。哲哲皇后有四十多岁年纪，面容端庄，眉目间充满着统帅六宫的威严，一身皇后的凤袍服饰显得威风凛凛，一方白丝帕紧紧握在她的手中。哲哲皇后低着头，望着自己怀里的亲侄女，眼中划过一丝怜爱，但又转瞬消失。

哲哲皇后慢慢地把庄妃的脸捧了起来，冷冷地问道："刚刚是谁打了你，是皇上？"

庄妃赶忙挣脱了皇后的双手，摇着头哭道："不！不！皇上从不打人的，他对我很好……"

哲哲皱了皱眉，语气依旧十分冰冷地问道："那到底是谁打的？大玉儿，你告诉本宫。"

庄妃一下子把头从哲哲面前闪开，嘴里慌乱地说着："不，没有人打我，姑姑，真没人打我，我，我只是不小心摔倒了……"

"住口！"哲哲皇后一下子打断了庄妃的话，厉声道，"大玉儿，难道本宫还不了解你吗？柔弱的女子却总想自己肩挑一切困难，你难道忘记了我们当初嫁给皇上，离开蒙古时共同许下的誓言了吗？我们女人，在这个世界上，只有依附我们的男人才能存活，这是我们的命！我们也热爱蒙古大草原的蓝天白云，我们也爱草原上驰骋的骏马，爱那蒙古包，爱那马奶酒，可是我们的命运让我们离开家乡，来到这深宫大院里守着寒灯，慢慢枯萎老去。女人，你不相信命运，就会让自己粉身碎骨！"

庄妃眼里噙满泪水，哽咽着哭诉道："可是，可是为什么姐姐可以主宰自己的命运，去追求自己的幸福呢？她也是女人啊，我为什么不可以和姐姐一样？"

"她是魔鬼！来自地狱的魔鬼！"哲哲皇后猛地站起身来，神态变得十分狰狞，歇斯底里地吼道，"你姐姐海兰珠命中注定要成为魔鬼的追随者，你以为她真的去追求她想要的幸福快乐了吗？不！她将永世不得翻身，她将为自己犯下的罪孽去面对那永远无法摆脱的报应！"

哲哲皇后顿了顿，低下头看了看泣不成声的庄妃，换了温柔的声音接着对庄妃说道："而你，我的大玉儿，你不一样。你是皇上心爱的女人，还生了九皇子，以后你还要陪着儿子在这里生活很久很久。不要再去想你曾经心爱的男人，那些都已经过去，你现在是皇上的女人！这一点你要牢记！你现在是皇上的女人，不再是草原上奔跑的大玉儿了！皇上从不喊你大玉儿，就是要让你忘记从前，安心做现在的自己！"

"姑姑！我可以再见他一次吗？我只见一次！一次就足矣！"大玉儿疯狂地呼喊着。

哲哲皇后铁青着脸回答道："大玉儿！你心中的多铎已经患天花死了很久了，你去哪里见他？阴间吗？"

庄妃扑向哲哲皇后的腿前，双手奋力地摇着自己姑姑的双腿，大声哭喊道："不！他没有死！我知道他没有死！他和姐姐一样，被你们藏到别的地方去了！我只想见他一面！一面就行！不管去哪里，不管要承受怎样的痛苦，我都愿意！"

哲哲皇后一把甩开了庄妃的手，把她推倒在地！我从门缝中看到哲哲皇后两眼通红，好像要冒出火来，嘴唇一抖一抖，牙齿咬得吱吱作响，样子十分狰狞可怖。就这样，哲哲皇后死死地盯着庄妃好半天，才一字一字地问道："大玉儿，这就是你想要拿到'天眼'宝石的目的吧？"

我在灶间里听了半天，终于听懂了大概，事情的真相完全出乎我的意料！庄妃嫁给皇太极是蒙古部落与后金女真部落的政治联姻，这与史书上记载的内容并无两样。不过听起来，这庄妃在原来叫大玉儿的时候，应该有自己的心上人。而这个心上人并不是我们一直以来认为的多尔衮，而是多尔衮的亲弟弟——和硕豫亲王多铎！这可与很多我们那个时代的影视剧中，庄妃与多尔衮之间的儿女情长大相径庭！更为奇怪的是，听庄妃说话的内容，这多铎竟然也和宸妃海兰珠一样，莫名其妙地消失了……

（七十五）

共同利益

　　爱新觉罗·多铎，出生于 1614 年 4 月 2 日，清太祖努尔哈赤的第十五子，阿济格、多尔衮同母弟，满洲镶白旗旗主，时人通称十王，清初八大铁帽子王之一，爵位世袭罔替。后金天命五年，也就是 1620 年，多铎被封为和硕额真，旋封贝勒，统正白旗。崇德元年，即 1636 年，多铎又被封为豫亲王。崇德六年，即 1641 年，多铎参与松锦大战，获大捷。顺治元年，即 1644 年，多铎以定国大将军随从多尔衮入关，击败李自成军。旋挥师破扬州，杀史可法；下江南，俘南明福王。获得一系列战功后，多铎晋封为和硕德豫亲王。可惜的是，顺治六年，即 1649 年 3 月 18 日，多铎染天花死亡，年仅三十六岁，谥号"通"，乾隆年间诏配享太庙。多铎一生战功彪炳，乾隆帝称其为"开国诸王战功之最"。

　　正史中，并无多铎失踪记载，也并无任何史料记载多铎与庄妃有染。可是眼前的一切，却偏偏证明了我们从未想过会发生的事情实实在在地发生了。从年龄上看，多铎与庄妃年龄相当，庄妃还比多铎大半岁。多铎当年也确实随哥哥多尔衮去过蒙古各部落接受归降，与庄妃邂逅或者两人一见钟情并非没有可能。不过说多铎消失，这可就有点离谱了，毕竟这等大事，正史中是不可能没有任何相关记载的。难道多铎真如哲哲皇后和庄妃所说，与宸妃海兰珠一样，是从历史的某一时段穿越过来的人？

我回头看着兰乔，眼珠不停地来回转动，脑海不断地翻腾，想要思考出一个合理的答案。这时，大厅里的庄妃又说话了："姑姑，可是您是怎么知道'天眼'宝石存在的呢，是谁告诉您的？"

哲哲皇后冷笑一声，对庄妃说道："大玉儿，你以为你能瞒得过本宫吗？你以为你得到了'天眼'宝石就可以和多铎到另一个空间中去长相厮守了？大玉儿，你太幼稚了！你怎么永远都是个长不大的孩子？告诉你吧，本宫不仅知道你在找'天眼'宝石，而且本宫还知道，你要想找到'天眼'宝石就要先找到地图，而地图的线索就在那个宸妃消失时留在关睢宫神龛里的红布玩偶身上！而现在，那个红布玩偶失踪了……"

"啊？你……姑姑，你怎么这一切都知道？"庄妃脸色大变，不自觉地往后退了几步，手指着哲哲不知道该说些什么。她根本没有想到，自己的姑姑哲哲皇后，平日里不言不语、不争不抢，甚至足不出户，可竟然对宫中之事了如指掌，甚至很多人的不为人知的秘密都逃不过哲哲皇后的眼睛，这一点足以让庄妃吓得肝胆俱裂。

哲哲看到庄妃这般模样，口气又软了下来，拉起庄妃的手，柔声地说道："大玉儿，你不能如此的倔强。你应该听姑姑的话，姑姑才是这后宫中最疼你的人。只有我们两个人紧紧抱住团，才能在这宫中立足，保得安稳长久。而今，你要想立于不败之地，就只有寄希望于你的儿子福临当上皇帝，可是你有必胜的把握让自己的儿子登上帝位吗？"说到这里，哲哲皇后慢慢地坐到炕边，然后轻轻地叹了口气，接着说道，"大玉儿，本宫来替你算算。现在皇上一共有八个儿子在世，老大豪格已经三十多岁了，随着皇上征战多年，深得白旗三王的拥戴。豪格之下，还有十六岁的皇四子叶布舒、十岁的皇五子韬塞、六岁的皇六子高塞、六岁的皇七子常舒，而你的儿子福临现在才五岁多一点，按年龄也只能排在第六位，而且还是寸功未立。你想想，凭什么皇上和诸位大臣会把江山社稷托付给一个乳臭未干的孩子？话说得明白一点，没有本宫的帮忙，大玉儿，你的儿子不仅做不了皇帝，连大玉儿你自己都自身难保！"

听了哲哲皇后的话，庄妃脸色苍白，情绪似乎从刚才的激动中平复过来了。她呆呆地看了看哲哲皇后，语气呆滞地问道："可是，姑姑凭什么会帮助大玉儿呢？姑姑又凭什么会让我儿福临当上皇帝呢？"

哲哲皇后抬起头看了看窗外，意味深长地对庄妃说道："大玉儿啊，姑姑这么做，你难道还看不出是为了什么吗？是为了我们蒙古部族的利益，也是为了我们五宫共同的利益啊！"说到这里，哲哲皇后把脸转向庄妃，继续说道，"大玉儿，你的儿子福临，是我们五宫唯一的希望！只有他当上了皇帝，我们五宫才有可能安稳地在这大清的土地上立足！当然了，姑姑我也有信心把你的儿子福临扶上皇帝的宝座！"

皇太极对清朝的最大贡献之一就是征服了漠南蒙古，而安抚漠南蒙古，满蒙一家亲，是皇太极奉行的基本国策，以至于他的五大福晋，全都是蒙古人。而福临是皇太极尚在世的八个儿子中，唯一有蒙古血脉的。按照皇后哲哲的想法，如果新帝有蒙古血脉，无疑是对之前国策的延续，是对漠南蒙古最好的笼络，也是后宫之中，蒙古血脉立足的最根本的保障。而且，福临作为后宫五大福晋唯一活着的儿子，按照汉人的规矩，算作嫡子，这也正是皇后哲哲拥立福临为帝的信心所在。

听了哲哲的话，庄妃陷入了沉思，对于自己姑姑的想法她未置可否。哲哲皇后把庄妃扶坐到炕沿上，然后又抚摸了一下庄妃受伤的脸颊，叹了口气说道："大玉儿，你好好想想吧，姑姑刚才和你说的才是至真至诚、至情至义的话！忘掉那些不属于你生命中的人吧，有了权力，你可以选择人生；失去权力，你只能任人宰割！"说完这些话，皇后哲哲慢慢站起了身子，深情凝视了庄妃一会儿，然后转身离开了永福宫。随着那端庄威严的脚步声渐行渐远，空旷的永福宫里只留下庄妃一个人在万字炕边呆坐。

在这凄冷的夜里，一个看似辉煌的女人，却要将自己的命运完全寄托在自己未成年的儿子身上，且要强令自己去忘记内心中最为深爱的男人，这是何等的悲哀、何等的不幸啊！

我在灶间之中看得心中唏嘘不已，不由得伸手拉起了身边兰乔的手，刚想要转头和兰乔说几句心里的真实感受，抒发一下自己内心深处的慨叹之情，却看见兰乔又把手指放在了嘴唇之前，轻"嘘"了一声。我连忙捂住嘴，难道这入夜时分，又有什么人来到了永福宫？一个人的脚步声由远及近，跨进了永福宫的大门。我从门缝里转来转去地四下看，除了庄妃，却怎么也看不到进来的这个人的身影。正在我暗自纳闷之际，突然一个声音从我看不到的大门角落处传了过来："朕到这里来，已站了这些时候，庄妃都不起身迎驾吗？"

我听到这个声音，一下子明白了，不用说，这是皇太极来了……

（七十六）

萨满国师

　　皇太极的一句话，一下子把庄妃从沉思中惊醒。看到皇上已经在门口站立了很久，庄妃先是一惊，紧接着急忙快步走到了皇太极面前，"扑通"跪在地上，嘴里连声地向皇太极请安："臣妾该死，不知皇上驾到，迎驾来迟，请皇上恕罪。"

　　皇太极发现了庄妃脸上的掌印，皱了皱眉头说道："皇后刚才来过了？"

　　庄妃没有起身，仍旧跪在那里点头道："回皇上的话，皇后娘娘确实来过。"

　　皇太极伸手把庄妃扶起来，又贴近她的脸看了半天，语气十分低沉地问道："庄妃，你脸上的伤口和印记是皇后打的？"

　　庄妃脸上布满惊恐，一边摇着头，一边连声回答道："回皇上的话，皇后娘娘是臣妾的亲姑姑，怎么会下手责打臣妾呢？臣妾的脸是刚才不小心摔坏的，摔坏的！臣妾让皇上费心，臣妾真是罪该万死。"

　　皇太极一脸的严肃，声音也变得严厉起来："胡说！后宫就这么几个人，到底发生了什么事会搞成这个样子！朕还不至于老糊涂了，你这脸不是皇后打的，就是那淑妃对你动的手！她们真是越来越过分了，你总是这般隐忍退让，到头来除了委屈自己，还能得到什么？庄妃，你十三岁嫁给朕，到现在二十年了，可是你心中有朕吗？这二十年你还没有忘记从前，还在折磨自己，对吧？"

庄妃听了皇太极的话，蛾眉微蹙，眼神之中不自觉地便流露出一股哀伤之情，可是她嘴上对皇太极回答道："臣妾不敢，有劳皇上挂怀了。"

皇太极看到庄妃言不由衷的样子，索性转过身，朝门外走去。刚走了几步，皇太极又停了下来，回过身对着庄妃说道："庄妃，你难道不想知道多铎的去处吗？"

跪在地上的庄妃听了皇太极的这句话，一下子瞠目结舌，然后又猛地醒悟过来，挣扎着爬到皇太极的面前，一边泪如泉涌，一边喊道："皇上！他，豫亲王他还活着？"

皇太极点了点头，皱着眉头铁青着脸缓缓地回答道："活着，但是也活不太长了……"

庄妃听闻此话，脸色变得更加惨白，她一把抱住皇太极的双腿，声嘶力竭地哭道："皇上，臣妾恳求皇上，让臣妾再见豫亲王一面吧！只要让臣妾见他一面，臣妾来生做牛做马也一定会报答皇上的大恩大德的！皇上，臣妾求求你了！"

皇太极脸上微微抽搐着，目光死死地盯着趴在他脚下的庄妃，嘴里一个字一个字地说道："他多铎，对你来说就那么重要吗？你为了他，可以舍弃一切，甚至不怕丢了性命？"

庄妃瘫坐在地上，手却还抱着皇太极的腿，嘴里叨咕着："求皇上成全……"

皇太极叹了口气，低头对庄妃说道："让你们见一面，可以！让朕放了多铎，也可以！不过你要告诉朕，那个藏在崇政殿祖训金匾后面的红布玩偶去哪里了。你实话实说告诉朕，朕就放人！而且……而且朕还会把皇位传给皇八子福临，保你们母子二人尽享尊贵，平平安安地过一辈子。你看这样，如何？"

庄妃的眼睛突然放出光来，她紧盯着皇太极的双眼，半晌才说出一句话来："皇上，你说的可是真的？"

皇太极很干脆地回答道："君无戏言！这么多年，你连朕这一点都信不过吗？"

庄妃沉思了一会儿，抬手擦了擦双颊的泪水，然后才抬头对皇太极说道："皇上，您可还记得，这红布玩偶是谁放到崇政殿祖训金匾后的？"

皇太极皱了皱眉说："朕当然记得，是大清萨满国师乌尔海苏。"

庄妃点了点头，说道："皇上圣明，正是国师他把红布玩偶偷偷拿走了。"

皇太极一惊，脱口说道："这绝不可能！国师乌尔海苏去年就已经过世了啊！"

庄妃摇了摇头，缓缓地说道："皇上，这世上有很多事，眼睛会欺骗你的心灵。皇上既然可以相信宸妃穿越时空，消失在眼前，那为什么就不能相信乌尔海苏涅槃重生呢？"

皇太极听了庄妃的话，两只眼睛瞪得大大的，不自觉地张开了嘴，可见他内心深处有多么的震惊错愕。

萨满，即巫师，狭义范围的解释为阿尔泰语系诸民族的宗教信仰中，神与人之间的中介者。而女真族便是信奉萨满教，萨满巫师在宫中的地位极高，很多事情皇帝在决定之前都要先征求萨满巫师的意见。这位乌尔海苏历史上并无记载，我也是头一次听到这个名字，不过看到皇太极紧张的神情，可以猜到这位萨满国师一定很不寻常。

皇太极尽力地让自己镇定下来，他深呼了一口气，然后对庄妃说道："庄妃，你看到国师乌尔海苏了吗？你怎么知道他重生了呢？国师死后虽然是秘葬，但是火化时，是朕亲手点燃的干柴，朕眼睁睁地看着他化为灰烬！死了的人怎么会重生？难道，国师他也是另一个空间穿越过来的人？"

庄妃摇了摇头，低声说道："皇上，具体的个中缘由臣妾也不知晓太多。那是五天前的一个晚上，臣妾正在永福宫中画画写字，当时太监和宫女也都在身边陪伴伺候着。可是不知怎么回事，等臣妾发现四周不对劲抬头看的时候，周围竟然一个太监和宫女都不见了！而万字炕神龛所在的横炕前面，竟然立着一个脑袋硕大如斗、头戴红黑鬼脸面具、身披黑袍的怪人，一双漆黑的眼睛正死死地盯着臣妾！臣妾刚要惊呼，那个人一下子闪到臣妾的面前，伸手一指，臣妾嘴里竟然发不出半点声音！"

皇太极声音颤抖地问道："他，他和你说了什么？"

此时的庄妃仍然满脸的恐惧，可见当时的场景给她留下了多么深刻的刺激！庄妃还是摇着头说道："他，他什么也没说，只是手里拿着那个红布玩偶，臣妾看到了！"

皇太极追问道："然后呢？然后怎样了？"

庄妃满脸痛苦的表情，哽咽着说道："然后，臣妾就吓得晕死了过去。等臣妾再醒来的时候，那国师乌尔海苏已经不见了！"

"可是你怎么知道他就是乌尔海苏呢？"皇太极眼神中好像要喷射出火焰来。

"因为，因为那双眼睛！"庄妃突然转过脸去，望向外面的天空，嘴里说道，"皇上可能忘记了，当年臣妾嫁给皇上时，大婚庆典上为我们向上苍祈福的就是国师乌尔海苏！他的眼睛有一种特殊的魔力，可以魅惑人的心魄，让你无法控制自己的意志与精神。除了他之外，我们大清没有任何一个萨满巫师有这个能力！而那天晚上，我看到的，就是那双眼睛！"

说完这些话，庄妃伸手从怀里掏出一张黄色的字条，双手递到了皇太极手中。

"我醒来时，在地上发现了这张字条，这就是唯一的线索吧。"庄妃说完，又瘫坐在了冰冷的地面上。

皇太极慢慢地把那张黄色的字条展开，只见上面用满语写了两个大字——鬼市。

（七十七）

会面

　　鬼市，原指海市蜃楼，中国古代人们把蛟龙吐出的气称为"鬼市"，其实就是光线在大气的折射现象。清代小说家蒲松龄在《聊斋志异》中写了这样一个故事，主人公马骥航海到了一个叫作罗刹国的海外岛国，当地百姓都是丑恶无比的罗刹。海中有市场，来自四面八方的鲛人均在此生意往来，热闹非凡，此处名曰"罗刹海市"。

　　蒲松龄笔下的"罗刹海市"，并非他凭空猜想，而是确有生活原型。海市的原型就是鬼市。鬼市真正始于唐朝，这源于唐代政府为了加强长安城的治安管理而采取的一项制度，那就是宵禁。每天晚上八点钟，整个长安划分成的一百一十个坊全部都实施戒严，不许任何闲杂人等出门上街，各家各户也要准时熄灯。可是很多娱乐场所都是晚上营业，特别是地处东市和西市的繁华地带的商铺，更需要通宵达旦地营业，来满足各地商人和文人的娱乐需求。于是，就出现了宵禁之后的市场，也就是我们现代人所说的"夜市"。

　　而夜市慢慢衍生出的鬼市，并不是出自于长安，而是出自于东都洛阳。洛阳鬼市源于"不做人专做鬼"的鸡鸣狗盗之徒，把窃来之物趁天黑拿出来卖，谓之"见不得光"。那时的鬼市就在一片空地上，没有灯光照明，逛鬼市的人或提着灯笼，或打着火石，光亮幽幽，照着来往人影飘忽不定。更有奸商乘着黑暗卖一些见不得人的赝品，买与卖全在黑暗中进行，双方交易全凭两相情愿，因此鬼市的名号就逐渐传开了。

到了清朝，女真作为游牧民族，定都盛京后，对首都的管理也是非常严格的。于是就有很多来自各地的商人，在夜晚三更之后，聚集在盛京实胜寺附近，进行非法的商品交易。在鬼市聚集的人可以说是三教九流、五花八门。交易的物品中也有不少是奇珍异宝、稀世文玩，运气好的话，甚至很多传说中的灵物都可以遇得到。

皇太极看到黄卷纸上的字，不由得皱了皱眉。犹豫了片刻，他还是把纸卷折好，放进了怀里。皇太极抬眼看了看庄妃，缓缓地说道："真没想到，二十年了，你心里还忘不了多铎。朕曾经愿意为你付出一切，可还是换不回你的心，其实你不知道……不知道。"

庄妃兀自呆坐在那里，口中喃喃地说道："那……那是不一样的。"

皇太极拉起庄妃的手，深情地凝视着庄妃被打得红肿的脸庞，欲言又止。过了一会儿，皇太极才对庄妃说道："朕答应你的，一定会做到。你再坚持几天，以后就……全靠你自己了……"说完，皇太极放开了庄妃的手，紧锁着眉头转过身去，离开了永福宫。

庄妃抬头望着皇太极的背影消失在夜幕中，慢慢地起身，坐在万字炕沿上，又陷入了沉思。看着她红肿的脸庞、憔悴的面容，我在梢间中也一直摇头叹息。兰乔不能言语，便紧紧地握着我的手，用温柔的眼神不停安慰着我。

突然，在大厅中呆坐的庄妃生涩地喊了一声："出来吧，不会有人再来了。"

我和兰乔吓了一大跳，互相看了一眼，以为我们早已被庄妃发现了。正当我们犹豫要不要推门出去的时候，忽听见一声门响！我连忙趴到门缝一看，只见我们隔壁的灶间门已大开，里面徐徐地走出一个人来。我仔细看去，差点没叫出声来，从灶间出来的这个人不是别人，正是张茜！

只见张茜穿着一件石青色寸蟒妆花缎金版嵌珠石夹朝裙，外面扣着猩红色的斗篷，头上戴着坠玉锦花旗头，手指上戴着数支玳瑁镶金指甲套，显得无比的雍容与华贵。兰乔看了，附到我耳边轻轻地说道："老爷，她真好看。"我看了兰乔一眼，并没有接话，只是十指紧紧扣住兰乔的芊芊玉手。兰乔深情地望着我，黑暗中也看不到她脸上的绯红。

张茜踱步到了庄妃面前，也坐在了万字炕边。同皇太极一样，张茜的目光紧紧地盯着庄妃，半天也没有说话。庄妃抬头看了看张茜，伸手掏出手帕，在脸上点了点，嘴里说道："倒让侧妃娘娘见笑了。你们那个时代不会有如此这般的钩心斗角、尔虞我诈吧？"

张茜叹了口气，摇了摇头回答道："大玉儿，这你可真想错了！我们那个年代虽然没有宫斗，但是一样要在生活中与周围的人相处交流。对待真诚的人，你自然要真心相对，可是遇到了心胸狭隘、自私自利的人，你也一样要深思熟虑、未雨绸缪，活得也很辛苦。至少你现在还可以享受锦衣玉食、荣华富贵，不必像我们那个时代的人还要为衣食奔波、为住房劳碌啊！"

"可是你们那时候，相爱的人会在一起啊！"庄妃认真地说着。

张茜愣了一下，语重心长地说："大玉儿，那也要看自己爱的是谁，值不值得去爱！你这个朝代也好，我那个时代也罢，其实人和人都是一样的，追求美好，向往幸福！其实你想一想，即使真的让你和多铎在一起了，你觉得你就能幸福吗？也许你们只会带给彼此痛苦，甚至是死亡！爱一个人就应该让他健康、幸福、快乐，如果需要以牺牲生命为代价去换取片刻的激情，那才是狭隘虚伪、自私自利啊。"

庄妃听了张茜的话，一下子愣住了，好半天才回过神来，拉起张茜的手说："侧妃妹妹，你要是不走该多好！我们可以做好姐妹，你也可以多帮我出出主意，免得我们孤儿寡母在这深宫中无依无靠。"

张茜笑了笑，语重心长地对庄妃说："大玉儿，其实你自己都不知道自己有多么伟大！在我们那个时代有多少女人把你视为心中偶像！更有多少男人把你当作梦中情人！你应该相信自己，更要坚信不管遇到什么样的问题，你都可以坚强面对，勇往直前！我不管在哪里，都会支持你、祝福你的！"

庄妃的眼睛又红了，哽咽了半天说道："这几天你陪伴我，让我改变了不少。可是你终究还是要走的……对了，你要去鬼市找那个红布玩偶吗？为什么你坚持要我把信息告诉皇上呢？我告诉你不也一样吗？"

张茜微笑着说："我的大玉儿姐姐啊，怎么到了如今你还不明白其中的道理呢！你告诉皇上，才能换来你儿子需要的皇位和你后半生的保障啊！不过，鬼市看来我是要去一趟了，只是我在宫外面的朋友还不知道事情的来龙去脉，而我又无法脱身去通知他们和我一起……"

张茜的话还没说完，我身旁的兰乔突然伸手推开了我们面前的大门，然后用力推了我一把！我猝不及防，一下子扑倒在大厅之中。张茜和庄妃惊呼一声，一下子站起身来！等到看清楚是我和兰乔，张茜这才平静了下来，张口问道："你们，你们怎么在这里？什么时候来的？"

我回头看了兰乔一眼，一边挠着自己后脑勺的小辫子，一边满脸通红地回答道："这个……你，你猜……"

（七十八）

鬼市

张茜看了看我，又看了看兰乔，一脸狐疑，刚想继续问我到底怎么回事，这边庄妃慢慢走过来，看了我和兰乔一眼，柔声地说道："这就是皇上经常提起的李先生吧？如果本宫没有猜错的话，先生一定是从皇宫密道来到永福宫的。这密道已经好多年不曾有人用过，今天李先生不来，本宫倒要把这密道忘记了。"

我和兰乔连忙躬身行礼，庄妃伸手把我们拦下了，拉着我们一起到万字炕这边来坐下。想必皇太极和张茜都与庄妃介绍过我，所以庄妃与我们并不疏远。庄妃还拉住兰乔的手，细细端详了半天，嘴里一个劲儿地夸赞兰乔的美貌。兰乔红着脸，笑盈盈地看着庄妃，不时地低下头，满脸的幸福与羞涩。张茜一会儿看看我，一会儿又看看兰乔，一脸的不解与疑问。我也不知道该怎么开口解释，索性坐在那里咧开大嘴，呵呵地傻笑。

时间紧迫，张茜虽然眉头紧锁，但还是把话题转回到正事上。她低声对我说："老李，刚才我和庄妃说的话你都听见了吧，现在我们得去鬼市走一趟，想办法把红布玩偶找到。"

我连忙点了点头，说："好！那我们什么时候动身？要不要和皇上打声招呼？”

张茜微微想了一下，回答我说："听说鬼市得过了三更天才开市，这会儿时间也差不多了，我们各自回去准备，然后直接到鬼市集合。皇上那里，回头我想办法通知他一声，免得他找不到我们干着急。"

我应了一声，站起身来准备出发。张茜一把把我拉到一旁，用眼睛扫了兰乔一眼，然后神秘兮兮地问我道："我怎么感觉你和那女子怪怪的，你们不会有什么猫腻吧？你是不是意志力不坚定，被糖衣炮弹击中了？老李，这是什么地方你心里清楚，可要小心谨慎才是！"

我摇了摇头，换了严肃的语气回答张茜道："哎呀，你想多了！兰乔除了全心全意地照顾我之外，对我真的没有任何私心杂念，更没有做任何伤害我的事情。我和兰乔彼此尊重，互相信任，从没有过任何亵渎这份情感之念。你放心吧！"

张茜还想说些什么，却又欲言又止。这时，庄妃拉着兰乔起身走了过来。张茜看了庄妃一眼，庄妃微微点了点头，然后缓缓地对我们三个说道："你们去吧，本宫要是如你们一样来去自由该有多好！下辈子，本宫也要做个普通人，做自己想做的事，爱自己该爱的人！"说这话的时候，庄妃脸上突然容光焕发，好像这美好的愿望藏在她心底已经许久，突然被释放了出来。我心里却有一股莫名的悲哀油然而生，不知道是对眼前这个历史上的传奇女人无限的怜悯与同情，还是对深宫之中的危机重重、暗礁遍布而感到无奈和恐惧。

庄妃抬起手，从头发上拔下一支凤头金镶玉的簪子，然后亲手要去给兰乔戴。兰乔不知如何是好，只能红着脸，任由庄妃把簪子插在自己的发髻上。庄妃捧着兰乔的脸，欣赏了好半天，这才从悲伤的脸上挤出一丝笑容，转头对我和张茜说道："你们此行或许是为了改变自己的命运，但何尝不是去替本宫完成未了的心愿！很多事情本宫也渐渐想开了、明白了！诸位无须挂念本宫，本宫也只能在这里静候诸位的佳音了。"说完庄妃转身把梢间的门打开，示意我和兰乔还从这里回去。我回头看了一眼张茜，张茜点了点头，我低声嘱咐了她一句："你自己路上小心，我们鬼市见！"然后我伸手拉起兰乔，向庄妃行了个礼，闪身进了梢间，从里面把大门关上。

我和兰乔顺着原路又回到了那个小院子，兰乔一路上也不说话，只是紧紧地拉着我的手。我想问她怎么了，可是也不知道如何开口，就索性任她牵着我的手，我们两个一路狂奔。从井口出来，我和兰乔看看时间已经不早，索性没有回家，径直朝鬼市所在的实胜寺方向走去。

实胜寺，全名为莲花净土实胜寺。整个寺庙始建于清崇德元年，即1636年秋，竣工于清崇德三年八月初一，历时三载，是清政府在东北地区建立的第一座正式藏传佛教寺院，也是清军入关前盛京最大的喇嘛寺院。因为实胜寺是清太宗皇太极赐建，所以又称"皇寺"。实胜寺占地面积七千多平方米，属于黄教寺庙。皇太极当政时，每年正月上旬都到皇寺拜佛。现如今，这实胜寺仍然还在，寺庙的院墙外面就是沈阳人很熟悉的北市场。20世纪80年代之前，实胜寺门前是一个圆形的广场，老沈阳都叫它"皇寺广场"。后来因为修路扩建，广场被拆除了。不过老北市场还在，里面已经成为人们日常生活购买物品的综合性农贸市场。逢年过节的时候，北市场还会举办传统庙会，舞狮子、踩高跷、耍龙……各种各样的民俗节目应有尽有。庄妃娘娘告诉我们的鬼市就在实胜寺的北墙外，也就是现在的北市场的位置上。

我和兰乔到达实胜寺的时候，已经是三更时分。我们顺着寺庙的高墙绕到北侧，只见一排粗大的杨树随风摇摆，却看不到半个人影。周围根本没有什么建筑，荒凉冷清至极。我想找个人打听打听，可是这深更半夜的，哪里有行人路过呢！

正当我们两个面面相觑、不知所措的时候，一个身影从大杨树后闪出，眨眼来到我们面前。我定睛一看，正是穿着一身夜行装的张茜。

我迎了上去，焦急地问道："你看看，这里哪有什么鬼市，是不是搞错了？"

张茜看了看我，没有吱声，只是挥手示意让我和兰乔跟着她走。她四下打探了一番，然后弓着腰，顺着实胜寺的高墙三拐两拐，竟然来到一个下水道的通道口。弯腰进去后，我才发现，这下水道里面的排水沟竟然十分宽阔，眼前散发着恶臭的污水面上，竟然还停着一艘小船。小船一端拴着一根又粗又大的铁锁链，锁链的另一头沉入污水之中。排水沟的墙壁上，一根蜡烛发出绿色的火焰，正随风摇曳，忽明忽暗。放眼望去，整个下水道里阴森恐怖，不由得让我们几个毛骨悚然。

别无去路，我们三人只好硬着头皮依次地登上小船。臭气扑面而来，张茜和兰乔都用袖口捂住了口鼻。我正纳闷船上竟然没有发现船桨，突然，船头的锁链一紧，船身猛然一晃，小船慢悠悠地顺着下水道的污水朝着排水沟的深处荡去。

越往排水沟的深处前进，四周便愈加的黑暗迷蒙，不知不觉间，污水的水面上竟然笼罩起一片水雾。黑暗中，不知是什么东西在来回跑动，还有咯吱咯吱的咬噬声在我们几个耳边萦绕，头上还不时有发臭的黏稠液体滴到我们的头上。兰乔吓得拉紧了我的手，张茜也蜷缩成一团，不住地瑟瑟发抖。

就这样，小船在排水沟里前行了有十几分钟。正当我们三个惊恐到了极点，已然无法自持的时候，突然前方的污水面上出现了一块空地！一个披着巨大斗篷的身影高大的人正站在那里，双手拉着从污水中伸出的铁锁链，原来小船正是被他拉着，一点点地到了这里。

随着"咣"的一声巨响，小船靠到了空地边石台上的小码头旁，一个无脸的巨人正直挺挺地站在那里望着我们！虽然说是望着我们，可是我们看不到他的眼睛！过了一会儿，一股雾气从巨大斗篷的黑洞洞的帽子里喷出，与此同时，一个苍老且无比邪恶的声音传到了我们的耳朵里："欢迎几位来到鬼市！"

（七十九）

马戏团

　　听着那恐怖的声音，我们三个人互相对视了一眼，一时间竟不知所措。毕竟我是小船上唯一的男人，于是我当先站起身来，从船上一步跨到了小码头的石台上，然后战战兢兢地回身把张茜、兰乔都扶了过来。我们三个低着头，刚想从这个恐怖高大的斗篷旁走过去时，那巨大的斗篷里竟然伸出一只瘦得皮包骨头、如同枯枝般的手来！那只手一下子拉住了我的衣襟，紧接着，一个声音从那斗篷上方看不见脸的帽子里，顺着冒出的热气幽幽地传了出来："门票！你们的门票呢？"

　　"门票？谁，谁也没告诉我们这……这里需要门票啊！"我看着那斗篷人阴森恐怖的模样，哆哆嗦嗦地回答道，声音都不自觉地颤抖起来。

　　那巨大的斗篷人听说我们没有门票，蓦地一下子把那没有脸的帽子贴到了我的面前。帽子里黑洞洞的，什么都没有，除了那呼吸时喷出的雾气，我还能依稀感觉到有两股利剑一般的目光一下子把我的身体刺穿！斗篷人的语气变得严厉起来："没有鬼市的门票，你们谁也甭想进去！"话音未落，那巨大的斗篷下沿竟然缓缓地向外张开，里面似乎有气浪在不断地翻腾。紧接着，斗篷人的四周开始慢慢地聚集起白色的水雾。

张茜脸色一变，刚要冲过去动手，兰乔一把拉住了她，她自己却款款地走到斗篷人身边，一边行礼，一边指着我对斗篷人说道："摆渡人，小女子有礼了！鬼市的门票在我这里，请你不要为难他，快请高抬贵手放我们进去吧。"

斗篷人看了看兰乔，竟然很配合地松开了抓着我衣襟的枯手指，我连忙闪躲到一旁。在我和张茜惊愕的目光中，兰乔从怀中掏出一张手掌大小的蓝色卡片，递给了斗篷人。斗篷人用枯手指夹住卡片，递到帽子前，似乎在认认真真地查看，又好像在用鼻子闻着卡片的味道。这时，兰乔转过身，一边给我们使眼色，一边对我和张茜朗声说道："好了，我们走吧！"说完一马当先地闪进了小码头石台后面的一扇巨大的铁门里。

铁门里，竟然是另外一种景象！

展现在我们眼前的是一个建立在地下巨大裂谷里的世界。裂谷有二十多米宽、三十多米高。依附着两边的崖壁，裂谷两侧各修建了七八层建筑，远远看上去，与山西恒山的悬空寺极为相像。每一层建筑都由一个个店铺构成，每一间店铺门口都挂着一盏白色的灯笼。此刻我们正处在裂谷的最高一层，从这里望下去，鬼市里来往的人已经很多，周遭却是一片寂静。每一个在鬼市里游逛的人手里也都提着一盏白色的灯笼，那灯光照亮了一双双行走的双腿，却看不清每个人的面孔！整个裂谷中遍布着密密麻麻、星星点点的白色灯笼，看上去既神秘又恐怖。

我望了望张茜，低声对她说："真没想到这盛京鬼市场面竟然如此宏大！也不知道现在北市场下面是不是也还是这个样子！现在问题来了，这里有上万间铺子，我们三个人怎么找那红布玩偶呢？总不能一间一间地进、一间一间地找吧？"

张茜皱了皱眉，显然，她也不知道该从何处下手。这时，兰乔指了指裂谷最深处的一个地方，缓缓地说道："也许，我们该去那里看看！"我顺着她手指的方向望去，只见那地方确确实实与别处不同！我揉了揉眼睛，再一次仔细地望向那里，没错的！那里挂着的灯笼，在幽暗的夜色中散发着诡异的紫色光芒。

张茜拍了拍我的肩膀，微微点了点头，看样子她也觉得应该先去紫灯笼那里探个究竟。于是我们三个裹紧了面罩，张茜随手从身旁的店铺门口摘了一盏白色的纸灯笼，然后一马当先地朝着我们所在这一层尽头处的楼梯走去。我在后面拉着兰乔紧跟着张茜，一边走，我一边侧过脸低声问兰乔："夫人，刚才，你给那个斗篷人的蓝色卡片，真的是通行证？你从哪里得来的？"

兰乔听了我的问话，伸出纤手捂住嘴，边笑边回答道："老爷，当然不是！那卡片，只不过斗篷人没见过而已。"

我听得一头雾水，心中还是不明白所以然，于是我停下脚步，拉住兰乔问道："夫人，那你给他的到底是什么卡片？"

兰乔笑得厉害，轻轻地甩开我的手，一溜烟从我身边跑过去。跑了几步，兰乔突然回过头对我说："老爷，我给他的是你的医保卡！"

我的脑袋顿时一阵眩晕！医保卡，我的医保卡怎么跑到这个年代来了？再说，我的医保卡都丢了半年多了，学校一直说是在给挂失补办呢！学校那头还没消息呢，怎么卡片自己跑到这里来了？难道是我的医保卡自己穿越到了清朝，还是兰乔先到了我的那个时代，拿了我的医保卡再穿越到这里的？如此说来，难道兰乔在现实社会中也与我有所交集，还是……

我呆立在原地，脑子里不住地乱七八糟地瞎想。就这一眨眼工夫，张茜和兰乔已经跑出了十几米远，转眼间，她们两个已经到了这一层道路尽头的楼梯处了。

我刚要迈步疾追，忽听得脑后一声炸雷般的喊声传来："抓住他们几个！"我回头一看，大叫一声不好！只见那身材巨大的斗篷人正站在鬼市入口处的铁门前，干枯的手指直挺挺地指向我这里！而从他身下的斗篷里竟然瞬间飞出了十几个手持利刃的蒙面鬼影，径直向我所在的地方扑来！

兰乔在前面一脸焦急地向我高喊道："老爷！你还愣在那里干什么，快跑！"这时，我才回过神来，发疯了一般朝着张茜和兰乔的位置狂奔过去。我们三个一路向下，顺着楼梯一直跑到了裂谷的最底层，可是后面的追兵越来越近，我的后脑勺已经隐隐约约地感觉到凉风在袭来！突然我们几个发现，随着刚才这一阵喧嚣声过后，原本裂谷中密如繁星的白纸灯笼竟然一盏接一盏地熄灭了，整个裂谷陷入了一片漆黑，只有我们手里的白色灯笼以及远处紫色的灯笼在黑暗中飘摇。那些追兵正是以张茜掌的灯笼作为目标，怪不得我们始终无法把他们甩开！

"快把灯笼丢下！"我一边跑一边朝着张茜喊道。张茜听了，一抬手把灯笼甩到了上面一层的地板上，我们几个顿时沉浸在黑暗之中。

那些抓捕我们的蒙面黑影似乎被白纸灯笼吸引过去了，身后的脚步声越来越远，我们三个人摸着黑，气喘吁吁地跑到了紫色灯笼前面。这时我们才发现，眼前这地方并不是鬼市的店铺，而是一个立在空场处的巨大帐篷。整个帐篷足足有三层楼高，四处挂满了彩色的旗子，旗子上画满了各种奇怪的符号。帐篷的入口处挂着厚厚的帘子，正上方是一块黑色木板，上面刻着几个血红色的大字：阴阳马戏团……

（八十）

陷阱

虽然我们三个一脸诧异，不知道为何在鬼市之中竟然还会有马戏团出现，可是此时此刻，我们已经无路可去了，后面追兵的脚步声又越来越近，于是我硬着头皮一马当先，伸手掀起帘子闪身钻进了这巨大的帐篷之中。

帐篷里面竟然点满了烛火，只不过摇曳的火苗与外面的灯笼一样，散发着紫色的光芒，整个帐篷里洋溢着一种诡异的气氛。远远望去，帐篷正中间的空地上立着一根黑色的粗大的木桩，木桩的上面好像挂着一团红布。除此之外，帐篷里面别无他物，耳边尽是烛火在微风过后发出的簌簌的声音。

我刚向前迈了几步，身后张茜与兰乔也都从外面钻了进来。我向她们摆了摆手，让她们两个不要乱动，自己则缓缓地向帐篷中间空地的木桩走去。

四周紫色的烛火里似乎发出了野兽的嘶吼声，我后背不停地有冷汗流下来，嘴里不住地吞咽着唾液。我咬牙坚持着来到帐篷中间的空地，环顾四周，并没有什么危险出现，于是我蹑手蹑脚地踱到了那又黑又粗的木桩前。这时木桩已经清清楚楚地展现在我面前，我定睛一看，不由得大吃一惊！那木桩上挂着的哪里是一团红布，分明就是一个手臂大小、穿着红布兜兜、脸上画着诡异笑容的玩偶！

身后的张茜和兰乔也在同一时刻发出了惊呼，两个人几个箭步来到我的身边站定。我们三个仔仔细细地端详着面前的红布玩偶，没想到我们想要寻找的东西就这么轻而易举地被我们找到了，张茜和兰乔的脸上慢慢露出了笑意。

我们绕着木桩看了好几圈，没发现什么异常。我侧头望着张茜和兰乔，不无得意地对她们两个说："这就是'踏破铁鞋无觅处，得来全不费工夫'。没想到我们运气这么好！那我们还等什么？拿了东西闪人吧！"说完我伸手就去摘木桩上的那个玩偶。

"快住手！"兰乔一声大喊，可还是有些迟了。就在我的手指触碰到那个红布玩偶的一刹那，四周一下子亮起了无数的火把！眨眼间，一个巨大的铁笼从天而降，正正好好把我们三个人扣在里面！我们三个惊恐万分，背靠着背望向四周，不知如何是好。这时，四下里帘子一掀，从外面竟然熙熙攘攘地进来了一百多人！这些人面无表情，身上都穿着暗红色的衣服，嘴里整齐地念叨着什么！为首的一人身材不高，穿着黑色的长袍，戴着宽大的斗笠，脸上还戴着无比狰狞的红黑颜色的面具，手里持着一把黑色的手杖——这不就是我和张茜在昭陵地宫里遇到的那支队伍中的大头怪人嘛！

大头怪人慢慢靠近铁笼，死死地盯着我们三个看了半天。突然，大头怪人把脸转向了兰乔，用嘶哑的声音对兰乔说道："你，终于还是听话，把他们带来了！"

兰乔脸色骤变，看了看我又看了看大头怪人，一下子跪倒在地，嘴里喊着："不！师傅！兰乔求求你，放过他们吧！他们不是要冒犯师傅您！让他们走，让他们走吧！师傅，求求您了！"

听了兰乔的话，我和张茜不约而同地把脸转向了兰乔。我怎么也不相信自己的耳朵，更不愿意相信眼前的事实。我用了颤抖的声音对兰乔说："兰乔，这大头怪人是你师傅？你，你故意带我们来这里的？"

兰乔听了我的问话，一下子转过身来，跪在我面前哭喊道："不！老爷！你不要误会！兰乔不是那样的人，不会做对不起老爷的事！老爷，兰乔不知道在这里会遇到师傅，求求你！你一定要相信兰乔！"

我摇着头，心里面无比的激动和悲愤，我不是生兰乔的气，而是生我自己的气！我不是不愿意相信兰乔，而是不愿意再相信自己！一旁的张茜冷笑了几声，低声对我说道："唉！我早告诉过你，不要相信你身边的这些人，特别是从天而降的美女。天上掉馅饼，不是圈套就是陷阱！可是，你不听我的话，还拍着胸脯保证……"

兰乔听了张茜的话，又连忙把身子转向张茜，一边双手摇动着张茜的双腿，一边嘴里喊着："不！侧妃娘娘，你要相信我，我绝不会做对不起良心的事！这是一场误会！"

这边大头怪人仰头哈哈大笑，对着我们三个人说道："现在你们说这些还有什么用！"我恨恨地一甩手，对着大头怪人喝道："你到底想要把我们怎样？"

大头怪人哼了半天，才阴阳怪气地说道："本来没想把你们怎样，可是你们不自量力，非要把自己当作是拯救世界的英雄，差点坏了我的大事。现在落到了我的手里，小子，你还记得你梦中的场景吗？现在就要成为现实了！哈哈哈！"

在昭陵地宫里我做的梦中，大头怪人施起魔法，地上蹿出烈火把乐福团团包围！难道今天他也要用这种方法把我们活活烧死？我脸上不由得变了颜色。

大头怪人笑罢，又对着兰乔说："徒儿，你还不出来，难道是想和他们一起死吗？"

兰乔慢慢从地上爬起来，眼中满含泪水地凝望着我，我无奈地把头转到一边不去看她。突然，兰乔对着大头怪人大声说道："师傅，请允许兰乔陪他们一块死！"这话一说出口，我和张茜都为之一惊！

就连那大头怪人闻听此言浑身也是一震！

"你这是何必？"我把头转了回来，看向兰乔。她的脸上时而现出绝望与痛苦，时而又现出坚毅与坦荡，似乎在向我证明着事情本来的真相。可是事已至此，事情的真相又有什么意义呢？我挥了挥手，让兰乔赶紧出去，不要陪着我们送了性命。

兰乔摇了摇头，泪水顺着脸庞滑落下来，一滴滴落在地上。她缓缓地朝着大头怪人拜了下去，嘴里恭恭敬敬地说着："感谢师傅的养育之恩！一日为师，终身为父！师傅的大恩大德，兰乔来世再报！"

大头怪人的手竟然颤抖起来，沉默了许久，嘴里才又发出了嘶哑的声音："兰乔，你竟然为了这个刚认识没几天的男人，背叛师门、抛弃师傅！好！好！枉费我这么多年一直对你刮目相看，悉心栽培！既然你求死，那我也成全你！不过……念在师徒的情分上，也别说我不给你机会！这样吧，只要你们三个能闯得过'阴阳法阵'，我今天就放你们一条生路！"话音刚落，大头怪人双手缓缓举过头顶，手中的木杖瞬间发出了阵阵红光。四周的人都纷纷跪在地上膜拜，满脸都是虔诚的表情。每一个人的嘴里都大声地念着某种咒语，那声音整齐划一地回荡在帐篷之中。

我刚要问兰乔什么叫"阴阳法阵"，突然一道紫光从地上升腾出来，一下子包住了铁笼。这紫色的光芒越来越强烈，最后竟然炸裂开来！就在这一刹那，铁笼子突然消失不见了，而紫色光芒一下子把我们三个人推向空中，我只觉得脑袋"嗡"的一声，就什么都不知道了……

（八十一）

阴阳结界

蒙蒙眬眬之中，隐约听到兰乔在呼唤我的名字，我努力地睁开眼睛，兰乔那清秀可人的面庞在我眼前逐渐清晰起来。我挣扎着坐了起来，双手不停地摇晃着自己的脑袋，想让自己快些清醒过来。张茜也走到我身边，拍着我的肩膀，问我感觉如何。这时，我才发现我们三个人竟然身处在一个丛林之中！头上树冠密布，枝藤缠绕，但从枝叶的缝隙中可以看到头顶的天是亮的。四周都是无比粗大的树干，几个人都围抱不过来。地面堆积了一层厚厚的落叶，如同铺了一大块厚实的地毯，我们几个坐在上面十分松软，非常舒服。偶尔头上传来几声鸟兽的诡异叫声，让人听了不寒而栗。

"我们，我们这是在哪里？"我望着张茜和兰乔，疑惑地问道。

张茜没有说话，只是朝着兰乔努了努嘴。

兰乔缓缓地低下了头，眼泪又流了出来。过了好一会儿，兰乔才哽咽着说道："老爷，这一切都是兰乔不好，兰乔真的不清楚鬼市里那挂着紫色灯笼的地方竟然是我师傅的萨满道场。我绝对没有半点想要加害老爷和侧妃娘娘的想法！我知道你们对我好，你们都是好人。所以兰乔愿意陪着老爷和侧妃娘娘，即使是刀山火海，兰乔也愿意第一个冲上去！"说到这里，兰乔已经是泪如泉涌，泣不成声。

张茜伸手替兰乔擦了擦眼泪，然后柔声说道："好了妹子，别哭了。我们都知道你不是坏人，我相信我的直觉。"

兰乔听了这话，转头看向我，我知道此时此刻她迫切希望得到我心里对她的真实看法。我没有说话，只是伸出手去，拉住了兰乔的手。几滴眼泪瞬间落在了我的手背上，在枝叶间透过的光线照射下，发出耀眼的光芒。

"我们到底在哪里？"张茜站起身来，一边来回打量着周围的环境，一边问兰乔。

一瞬间，兰乔脸上显露出忧愁恐惧的神色，她嗫嚅着说："这里就是阴阳结界，上古诸神被幽闭的地方！"

"上古诸神都出不去？说得挺吓人啊！那我们能不能出去啊？"张茜撇着嘴，皱着眉，一脸担忧地问道。

兰乔摇了摇头回答道："也不是一点出去的机会没有……我只知道进了结界，九死一生，能不能出去就得看我们的造化了。不过，我知道摆脱结界必须要穿出这片森林，到玄冥山脚下的达里诺尔湖，那里是唯一出去的通道！"

我站起身来，拉起了兰乔的双手，温柔地对她说道："兰乔，我相信你，张茜也相信你，你也要相信我们一定可以走得出这结界！"听了我的话，一旁的张茜也不住地点着头。

兰乔喜极而泣，一下子扑到我的怀里，嘴里不停地说着："我信，老爷！我信！"不知道为什么，那一刻是如此的安静祥和，周围好像鸣奏起悦耳的音乐声，连花儿都在身边跳起了动人的舞蹈。这不是电视剧中的情节，却让我也不自觉地流下热泪。其实这世界上最真挚最纯洁的，就是没有半点私欲的情感。无所求，却甘心地付出，安静时自己问自己这样做的原因，却找不到半点理由，只是蒙眬之中感觉到幸福与美好。我与兰乔此前并不相识，此次谋面也是出乎意料，彼此也都知道一切短暂且虚幻，可是我们仍然赤诚相待，肝胆相照，我想这不是普普通通的"缘分"二字所能概括的。其实我们每个人在生活中皆是如此，不知为什么，在某一时间的人海中遇到某个陌生人，却有着不可名状的亲切感和依赖感，也许，那一刻就是两个人在轮回之中经历了生离死别后的再次重逢吧。

因为知道前路会充满危机，我们三个人仔细地整理了一下行装才出发。除了没有武器，别的装备倒还齐全。我们的口袋里带了点吃的和营养液，还有一些简单的药物。我从一棵大树上折下一段枝干，简单处理了一下，就权当是武松打虎的哨棒吧！一切收拾完毕，我们几个鼓足勇气，为了那一丝生存的希望而出发了。

我们辨别了一下方向，按照兰乔的说法，玄冥山就在太阳升起的地方，那就是正东方。只要出了这片原始森林，我们就可以看到高大巍峨的玄冥山了。现在时间已经不早，我们三个急匆匆地一头扎进了莽莽林海之中。

这原始森林根本没有路，地上还有很多被青苔和落叶覆盖的树洞，稍不留神就会摔倒受伤，甚至有被树洞吞噬的危险。我们三个互相搀扶着，小心翼翼地前行，走了两三个小时，我们几个人已经累得浑身大汗淋漓，其实并没走出去多远。好在森林之中到处都有盛着露水的巨大树叶，我们随时补充水分，倒也不觉得干渴。

我一边挥舞着"哨棒"在前面探路，一边大声地问身后的兰乔："兰乔，这结界之中，除了高山、河流、森林，难道就没有什么人和动物存在吗？你不要告诉我还有被囚禁在这里的诸神！我可是唯物主义者！"

兰乔喘着粗气，一边摇头，一边回答我说："普通人是肯定没有的，不过，其他的动物还是有的，而且……"说到这里，她突然顿住了，脸上的表情很复杂。

我竖着耳朵等待着兰乔的答案，可是半天没有动静，我回过头来，急忙追问道："兰乔，你倒是快说啊，而且什么？到底有什么样的动物？"

兰乔犹豫了半天，这才认真地、一字一句地对我说："而且，都是老爷你从未见过的，并且想象不到的、凶猛恐怖的动物！"

我笑了，对兰乔挥了挥手说："还能有什么我想象不到的，还能有九个脑袋的老虎吗？"

突然，我发现身后的兰乔和张茜停下了脚步。我回头望向她们，发现她们正直勾勾地看着我，脸上布满了极度恐惧的表情。

"你们，你们怎么了？"我十分不解地问道。

张茜颤抖着，朝我的背后努了努嘴。看她惊恐的表情，我也不由得心里发毛。我慢慢地转过头，朝着我自己的身后看去，只见离我十几步远的地方，赫然蹲着一头巨大的黑色猛兽！这猛兽嘴边支着一对巨大雪白的牙齿，并且它真的出乎我的意料，因为，它真的有九个头……

（八十二）

开明兽

这九头剑齿怪兽的身躯比我们平日里看到的老虎要大一倍以上，而且通身漆黑一团。除了拳头大的眼睛散发着凶狠的光芒外，那每一个兽头上露在血盆大口外面的如弯月一般的牙齿，在阳光的照耀下，呈现银白色，露出点点寒光。

我们三个人不知道究竟该如何是好，只能紧紧地盯着那剑齿兽九张狰狞的面孔，一动都不敢动。突然，我发现那剑齿兽的面孔竟然慢慢发生了变化——黑脸变得白净，利齿变成红唇，转眼间九个头上的怪脸竟然都变成了美女模样！这九张脸各有各的表情，有的在娇羞自怜，有的在媚眼迷离，有的在努嘴送吻……看着看着，我只觉得浑身一下子变得酥软，头脑中一阵眩晕，不知不觉间，自己竟迈起步子向这些脸走去！

我刚迈出去三四步，只觉得头上一震，紧接着一阵剧痛袭来，脑中一下清醒了过来。我抬起头再望向眼前的巨兽，那九个美人脸早已消失，又恢复了狰狞的兽头模样！我捂着头回身一看，原来是兰乔在我身后看到我行为怪异，眼神发呆，知道我一定是受了眼前怪兽的蛊惑！于是兰乔不敢怠慢，伸手给我头上一记暴击，使我瞬间恢复了清醒。我急忙倒退几步，头上的冷汗哗地就流了下来。刚才实在是太过于凶险，我这小命差一点就葬身怪兽之口了。

兰乔拉着我的手臂，低声对我说："老爷，这东西叫作开明兽，厉害得紧！咱们可千万要小心，不要着了它的道！"

原来这个东西就是开明兽！开明兽是古代中国神话传说中的神兽。在《山海经·海内西经》中说道："昆仑南渊深三百仞。开明兽身大类虎而九首，皆人面，东向立昆仑上。"大概的意思就是说，这开明兽是昆仑山守护神，是天界守门的一种神格低下的精兽。巨大的昆仑有九道门，守门的就是这开明兽，它们具有相当勇猛的性格，身体像巨大的老虎，有九个头并且长着人脸，但是表情肃穆，始终瞪大眼睛环视昆仑，不让任何异常生物进入昆仑，保护了昆仑的和平安宁。春秋时期，晋国和魏国的史官所作的一部编年体史书《竹书纪年》中则称开明兽是服侍西王母的灵兽，拥有洞察万物、预卜未来的能力。每当西王母和东王公出巡，开明兽就在前引导，甚至亲自为主人驱动花车，因此得到了西王母的喜爱。没想到在这阴阳结界之中，我们遇到的第一个怪兽就是它！反正也合情合理，本来它在昆仑山就是守大门的！

就在我胡思乱想之际，那开明兽突然一下子腾空跃起，直向我扑来！那九个流着口水的狰狞巨头一眨眼就冲到我的面前！巨大的剑齿发出的寒光使我不寒而栗，我来不及躲闪，一下瘫软在地上，只觉得一阵热气迎面扑来，我心下暗想：这回恐怕是要交待在这里喽！

就在这千钧一发之际，我胸前的金色铜铃突然一下子跳跃起来，在空中发出耀眼的光芒！还没等我伸手去抓，铜铃竟然一下子甩出一道金光，那金光直直地击向开明兽！那开明兽在空中被震得横飞了出去，结结实实地撞到了一棵大树上，眼见得把树干直接撞断，又在地上滚了好几个圈，这才停住。开明兽挣扎着从地上爬起来，九张脸都疼痛得龇牙咧嘴，不住地呻吟。不过它还是弓着腰，对着那金光"呜呜"地发出嘶吼！

我转头看了看落在一旁的金光，没错的，那就是我的狮子——"幻彩"！此时的"幻彩"可不能称为"小"了，它已经完完全全长成了一头巨狮！目测眼前的"幻彩"至少有五米长，巨大的身躯如同一座小山，脖颈上的鬃毛丰厚饱满，金光闪闪！此时"幻彩"狮口大张，狂吼一声，只震得开明兽连连倒退，缩首缩尾，刚才的威风劲早已经不知道跑到哪里去了。

也许是舍不得到嘴的猎物就这样失去，开明兽并没有逃走，还是在我们几个人的不远处逡巡，九个脑袋上的眼睛都不时地偷瞄着"幻彩"。"幻彩"缓缓地伏在地上，又慢慢地把眼睛合上，似乎进入到了睡眠状态。

开明兽觉得有机可乘，便绕到我们几个人的后面，慢慢地向我们靠近。开始的时候，开明兽还是心存忌惮，小心翼翼，当它发现"幻彩"并没有表示的时候，便越发胆大起来。开明兽猛然间横向跃了一大步，突然伸出自己最左侧的头，张开血盆大口直向我的肩膀咬来！我连忙拿起手中的木棍去挡，还没等木棍碰到那明晃晃的利齿，只见一道金光闪过，这个扑向我的狰狞的兽头竟然被打得脱离了开明兽的身体，活生生断裂了出去，那黑乎乎的鲜血直喷了我一脸！我抬头一看，这边开明兽一阵阵痛苦地嘶叫，满地打着滚。我又回头去看"幻彩"，才发现"幻彩"正张着巨口，怒目圆睁，一步一步地朝着开明兽走去！

开明兽踉踉跄跄地后退，似乎连跑的胆量和力气都没有了。"幻彩"慢慢地走到开明兽面前，那开明兽竟然恐惧得蜷缩起身体，在"幻彩"的注视下瑟瑟发抖。我刚想长吁一口气，突然，开明兽身体一展，一下子向远处跳去，与此同时，那剩下的八个兽头上寒光闪闪的剑齿竟然从八张嘴中喷射出来，十几道寒光直射向"幻彩"！

我刚要呼喊"幻彩"小心，只见"幻彩"猛地原地向上一蹿，堪堪地越过了这些飞来的剑齿。与此同时，"幻彩"在空中辗转腾挪着身体，直扑向远处的开明兽！还没等开明兽反应过来，"幻彩"在落地的一刹那，巨大的利爪一挥，那开明兽竟然被"幻彩"活生生地撕成两截，断裂的躯体在地上抽搐两下便不动了！

我和张茜看得瞠目结舌，半天没敢发出一点声音。这时，身旁的兰乔却缓缓站起身来，轻轻地来到"幻彩"面前。她抬起手臂，来回地抚摸着"幻彩"的鬃毛，嘴里轻轻地说着："小狮子，你还记得我吗？是我把你送给老爷的啊。"

"幻彩"温顺地趴在兰乔的面前，似乎认得兰乔一般。它眯着眼，不停地打量着兰乔，紧接着，又把巨大的头颅在兰乔的身上蹭来蹭去。

我这时才恍然大悟，当时在昭陵地宫中，一定是兰乔一路上在暗中保护着我和张茜，才让我们一步步化险为夷，逃出生天。而"幻彩"也一定是她当时偷偷地送给我，希望可以保护我的小宠物。

我刚要走过去，对着兰乔说几句感激的话，同时也想安慰一下兰乔，让她不要再想之前发生的事了。就在这时，"幻彩"猛地一下子站立起来，朝着我们身后的方向发出阵阵嘶吼，看来，新的危险又来临了……

（八十三）

饕餮

我们三个不敢停留，急急忙忙地钻进林子里赶路，"幻彩"走在我们三个身后，不停地转向后面低声嘶吼——能让"幻彩"如此紧张的事物，肯定是绝顶恐怖的！

我们跑着跑着，突然感觉到脚下的大地在颤抖，整个丛林的巨大树冠都在来回地摇摆，树叶如雨点般落下。难道是地震了？惊讶之余，我突然发现身后的不远处，大片大片的丛林正依次朝我们的方向倒下，那巨大的树冠一层一层，如海浪一般朝我们的方向涌来。我突然意识到，我们的身后要么跟着一只十分巨大的生物，要么跟着一群巨大的生物！

"幻彩"在我们身后不停地低声嘶吼，好像在催促我们加快速度。可是我们三个人已经疲劳到了极点，兰乔的脸色苍白，张茜也是目光迷离，我也是浑身大汗淋漓。再跑下去，就算是我能咬牙继续坚持，恐怕她们两位女士也要晕倒了！

就在这千钧一发之际，我猛然发现，我们正前方丛林之中竟然出现了一截残破的塔身。于是，我们几个来不及细想，手忙脚乱朝着那宝塔方向跑去。跑到近前我才看清楚，这宝塔竟然有几十米高，上面的塔尖早已穿破了丛林的树冠，高高地直插云天。塔身也极其雄伟，大概有十几层，每一层的外面都有着极其精致的浮雕，塔身表面覆盖着大量的绿色苔藓和藤蔓，所以远远地看上去，让我误以为塔身非常残破。宝塔的最下层是一个巨大的须弥座，足足有一人多高，四面分别有巨大的铁门通向塔身内部。

我跑到一扇铁门前，用尽全身力气，把铁门拉开一道足够我们三个和"幻彩"钻进去的缝隙。这铁门足足有半米厚，重量不可计数，要不是铁门的下面有助力的滑动装置，凭我一个人的力气是根本打不开的！

我拼命地挥着手，让兰乔和张茜跑进铁门里去，又让"幻彩"也钻了进去，最后自己才进到门里，从里面用力把大门重新合上。这巨大铁门的滑动装置设计得十分巧妙，只能向外拉开，里面还有巨大的门闩，只要在里面把门闩合上，外面的人是无论如何都进不来的。我把门闩紧紧地合好，张茜和兰乔也麻利地把其他几个方向的铁门都上了门闩。这时我才长吁了一口气，四下仔细打量起宝塔内部的结构。

宝塔里面倒是很宽敞，正中间是一个旋转向上的木质楼梯。除了四个大铁门，塔身内部的墙壁上都画着奇怪的符号，既不是字，也不是图，我看了半天也没看明白。

我顺着楼梯来到宝塔的第二层，这里和第一层一样，除了没有四扇铁门，其他都是满墙的符号，连一扇窗子都没有。接着我又来到了第三层，第四层……一直上到了第十八层！每一层结构都是完全的一样，只不过第十八层四面的墙壁上多了一扇小小的窗。

我刚来到窗前，张茜和兰乔也都跟了上来，气喘吁吁地站到我的身边。我忙问"幻彩"在何处，她们俩说"幻彩"在最下面守着四个方向的铁门，我这才放下心来。我回身用力地推开铁窗，外面一股凉风扑面而来，我刚把提着的心放下，可是往外探头一看，顿时被眼前的景象惊呆了！

宝塔下面，已经被无数的怪兽所包围！那些怪兽身材高大，足有两米多高，整个身子就是一张巨大丑陋的人脸，嘴巴极大，一直咧到后背上去！满嘴都是密密麻麻锋利的牙齿，上下交错，狰狞恐怖。怪兽的头顶上还顶着两根大腿粗细的赤色大角，看上去极不协调。这些凶猛的怪兽四肢十分粗壮，并且在前足的腋下竟然还并排长着三对巨大的眼睛！

"这，这是上古神兽——饕餮啊！"兰乔探头看了看窗外，面色大变地对我说道。

"饕餮？天哪！难道我们要把这些上古神兽都碰个遍吗？"我不自觉地抬起手臂擦了擦额头的汗水，又咽了一口唾沫，回过头看着兰乔和张茜说道，"问题是，这玩意太多了！你们看看外面，恐怕得有成千上万只吧！"

饕餮是中国古代神话传说中的一种神秘怪物，别名叫狍鸮。古书《山海经·北次二经》介绍饕餮的特点是：其形状如羊身人面，眼在腋下，虎齿人手。我们现代人一般都认为饕餮是龙的九个儿子之一，而《左传》中记载饕餮为缙云氏之子，并不是龙的儿子。

记得前不久，我曾在学校看了一部国产的商业片，叫作《长城》，里面讲的就是怪兽饕餮入侵中原的故事。不过此时此刻，在这里遇到这等猛兽，我们几个心里都惊惧万分，不知如何是好。即使宝塔坚固异常，这些饕餮无法进入到塔身里面来，我们也无法摆脱饕餮，离开这里！难道，我们要被活活困死在这里？

好在宝塔下面的铁门足够结实，塔身又没有窗户，最上面的小窗子又足够高，所以暂时饕餮除了不停地撞击塔座上的铁门，也没有什么办法冲进塔里面来。

我让张茜和兰乔在上面的窗子监视外面饕餮的动向，自己又沿着楼梯下到最底层，陪着"幻彩"监视四面铁门的状况。"幻彩"显得十分的烦躁不安，在局促的空间里来回地踱步，偶尔外面发出撞击的巨响，"幻彩"还会呜呜地吼上几声。想到刚才"幻彩"鏖战开明兽时的霸气与沉稳，再看到现在"幻彩"的局促不安，我隐隐地意识到外面这些饕餮的危险性有多大！

就在我和"幻彩"面对四下饕餮发出的撞击声忐忑不安、瑟瑟发抖的时候，突然楼梯上传来一阵急促的脚步声。我抬头一看，兰乔正探出头来对我喊道："不好了，老爷，你快来看看！"

我听到兰乔喊话的腔调都因为恐惧而发生了变化，心知一定是发生了什么巨大的变故。于是我拍了拍"幻彩"，然后几步跨上楼梯，跟着兰乔，向最上面奔去。

到了最上面，张茜正挥舞着手臂，发疯一般朝我比画着，嘴里还带着哭腔对我喊道："我的老天爷啊！你快过来看看，那是什么？"

我一边喘着粗气，一边把头探到小窗外一看，顿时大叫一声不好！只见远方的树丛翻滚，四面八方竟然涌出许多水桶粗细的巨蛇！这些巨蛇足足有二十多米长，头上都顶着鲜红的触角，嘴里吐着粗大的芯子，高高地昂着头，直奔塔身而来！

"这，这是修蛇啊！也是上古神兽！"我哭丧着脸，回头对张茜和兰乔说道。

"怎么，它们很可怕吗？难道比饕餮更危险？"张茜急切地问我。

我哭丧着脸回答道："可怕不可怕、危险不危险我不知道，我只知道，蛇会爬高……"

（八十四）

修蛇也疯狂

一条一条巨大的修蛇慢慢地蠕动到塔下，用粗壮的躯干把众多的饕餮挤开。很多来不及躲开的饕餮被修蛇的身体压在下面，眨眼间便成了一摊肉泥。还有几只胆大的饕餮，刚被挤到外面，又自顾自地回到塔根处，寻找着机会想往塔上爬。一条修蛇发了怒，猛地一甩巨大的身体，把那几只挡在身前的饕餮远远地弹了出去，摔死在丛林间！其他的饕餮一下子安静下来，露出惧怕的表情，慢慢地退到远处。但是，这些数不清的饕餮并没有离去，而是围成一个大大的包围圈！每一只饕餮都静静地看着修蛇一条一条地蠕动着，把位于包围圈中心的宝塔从根部开始，团团缠住。

此时此刻，我们三个人的心情简直已经到了崩溃的边缘。这数以百计的巨蛇一旦爬到塔尖，以"幻彩"和我们三个人的战斗力是根本招架不住的！逃跑更是绝无可能，我们很清楚自己已经被困在塔身中了。难道我们今天真的要命丧于此吗？

正当我们几个心急如焚，束手无策，上天无路、入地无门的时候，修蛇已经一条一条地顺着塔身向上爬了起来。这么大的蛇到底是怎么向上爬行的呢？原来修蛇先展开巨大的身躯把宝塔缠住，因为它全身都布满了雨伞大小的鳞片，特别是在腹部有上百个大如车盖的腹鳞，而这些鳞片前后排列，每一块都有着锋利的边缘。修蛇正是利用这些鳞片紧紧地卡住塔身，鳞片以皮肌与肋骨相连，在神经系统的指挥下，修蛇的肋肌会有节奏地收缩，肋骨前后移动，通过皮肌引起腹鳞与塔身产生相反的作用力。于是，修蛇的身体作一连串的波状弯曲，推动巨大的蛇体向上移动。

好在由于宝塔塔身粗大，所以修蛇即使身体再长，也只不过可以缠一圈多一点。这使得身体沉重的修蛇完全只靠鳞片与塔身的摩擦力来向上爬动变得十分的困难。几条修蛇刚爬了几米，就重重地掉落到地面上。看到这种情况，我们三个人的内心才略微平静了一些。

突然，几条修蛇从四处爬过来缠在了一起，看样子它们好像是在开会研究方法。不一会儿，这几条大蛇散开了。只见一条最大最粗的修蛇将身体从塔底紧紧缠绕上塔身，接着另一条修蛇爬到这条蛇身上，接续着把身体缠绕到塔身上，接着第三条修蛇又爬了上来……我终于看明白了，原来这些修蛇是要搭一个蛇梯，用身体做基座一层层地依附塔身向上推进。真没想到，这些巨大的生物竟然还有如此聪慧的头脑。

一转眼工夫，修蛇已经一条接一条地缠到塔身一半的位置，离我们的小窗子越来越近，一股发自巨蛇身体上的腥气扑面而来！张茜急得甩着我的胳膊，皱着眉头对我说："这可怎么办啊，你倒是想想办法啊！这些大长虫马上就要上来了！"

我无奈地摇了摇头，我又不是神仙，能有什么办法呢？话说回来，此刻即便是神仙在世，遇到眼前这种情况，也肯定是束手无策。

这时，趴在窗口向下看的兰乔突然挥手让我和张茜看外面，我满腹疑惑地把头探出窗口，心里感到十分纳闷这大长虫有什么可看的，越看不是越恶心、越恐惧吗？等我把头完全探出去才发现，外面的形势悄然地发生了变化。

只见一直在最外围围观的饕餮群，突然都人立起身子，朝天空嘶鸣起来。那只貌似首领的饕餮，腋下的眼睛睁得大大的，突然原地跃起，猛地向修蛇垒起的蛇塔冲去！它身后的饕餮也跟着它如潮水般涌向宝塔，一眨眼就都冲上了修蛇的身躯。修蛇群还没来得及反应，饕餮们已经快速地爬到了最上面的蛇身之上。看来这些饕餮不愿意放弃已到嘴边的猎物，所以一直在等待修蛇搭建的蛇塔足够高后，才发起冲锋。

数以万计的饕餮一眨眼就把修蛇巨大的身躯掩盖住了。修蛇自然不愿意饕餮拿走最后的胜利果实，因此，每一条修蛇都扬起巨大的脑袋，不停地来回咬噬着身上的饕餮，不断有饕餮惨叫着被修蛇咬得粉碎。可是饕餮实在是太多了，修蛇根本无法应付过来，无数饕餮的大嘴在撕咬着修蛇的身躯。缠绕在塔身上的修蛇疼痛难忍，纷纷松开身体从塔身上跌落下来，转眼间蛇塔完全地崩溃了！修蛇和饕餮在塔下开始了惊心动魄的厮斗，不时有断肢残肉在天空中来回飞舞，当真打得是血雨腥风，昏天黑地！

我们三个透过窗子看得惊心动魄，突然下面传来了"幻彩"的嘶吼声。我心里一惊，连忙顺着楼梯跑下去。

到了最下面，我才发现，宝塔原来的青砖地面，此刻竟然在不停地震动，好像下面有什么东西要钻出来似的。"幻彩"竟然比刚才更加的烦躁不安，我不知道究竟发生了什么，只好带着"幻彩"沿着楼梯往上爬。楼梯是木质的，"幻彩"的庞大身躯压在上面，发出刺耳的"咯吱咯吱"的响声，我生怕它哪一步用力过大，一下子把楼梯踩断了。

不过还好，楼梯建造得还是十分的结实，我带着"幻彩"小心翼翼地爬到了最上面。这时，张茜指着外面大声喊道："你们快看，那些在饕餮和修蛇身下鼓出来的都是些什么？"

听了张茜的话，我和兰乔都把眼睛睁得大大的，使劲盯着宝塔底下的地面。只见地面上来回翻滚的修蛇身躯和发了狂的饕餮纠缠在一起，而它们身下的地面却鼓出一个个巨大的土包！那土包越鼓越大，像小山似的，好像土包下面有什么东西要喷发出来似的。转眼间，那土包被顶起了有两层塔身那么高！突然，从土包的最顶端一下子喷出来一股红色的液体一样的东西！我定睛一看，那红色的哪里是什么液体，全是手掌大小的红色蚂蚁！蚂蚁不断地从地下涌出，转眼间已经把塔下面的修蛇和饕餮覆盖了，很多修蛇都被这红色的蚂蚁咬得疼痛难忍，来回翻滚。饕餮也被咬得惨叫连连，外围的饕餮干脆转过身去，迈步狂奔，一头扎进了丛林里！不到五分钟，所有的饕餮和修蛇都跑得一干二净，塔下面只剩下一堆堆明晃晃的白骨。宝塔四周又恢复了安静，只是空气之中弥漫着刺鼻的血腥味。

"这，这些蚂蚁太厉害了！连饕餮和修蛇都不是它们的对手！问题是，这些蚂蚁对人有攻击性没有？"我挠着头皮，咧着嘴问张茜，毕竟她是学生物的，应该了解。

张茜默不作声，一旁的兰乔皱着眉头，神情沮丧地对我说道："老爷，你看到的这些应该不是蚂蚁，它们有一个好听的名字，叫作朱蛾……"

（八十五）

冲出昊天塔

兰乔表情十分严肃地对着我和张茜说道："《山海经·海内北经》中说的'大蜂其状如螽，朱蛾其状如蛾'。这里面提到的朱蛾就是眼前的这种巨型红蚂蚁。它们群居生活，遇到任何猎物都是一拥而上，啃得干干净净！不管多么凶猛的野兽，即使是钢筋铁骨，也禁不起朱蛾的啃食。"

听了兰乔的话，我又探头看了看塔身下面的森森白骨，不由得出了一身的冷汗！好在我们塔内一层的地面是巨大的青砖铺设的，这朱蛾从地下拱出来比较费劲。要是这些朱蛾一下子涌到塔内，可真够我们几个喝一壶的！怪不得"幻彩"刚才显得十分的烦躁，原来它已经感受到脚下的东西是惹不起的！

眼看着塔下面红色的海洋慢慢地向丛林里转移，我们几个的心才慢慢放了下来。看看时间已接近正午，塔身里面密不透风，气温也越来越高。我们几个人躺在石砖地面上，热得面红耳赤，汗流浃背，连"幻彩"都浑身湿漉漉的，张大了嘴，不停地吐着气。

我实在热得受不了，于是站起身来，从窗口探出头去，一方面想凉快凉快，另一方面也想看看外面还有没有危险。突然，我发现我们所在的宝塔的整个塔身竟然变成了金黄色，不停地在闪烁着耀眼的光芒！整个宝塔在四周苍翠的丛林掩映下显得十分醒目。

"这，这是怎么回事？"我指着塔身慌张地喊道。

张茜和兰乔听了我的喊声，连忙起身跑过来看。这一刻，我发现塔身竟然已经由金色慢慢转向了红色！这宝塔竟然可以自动变换颜色！

"啊！不好！这，这是上古镇妖的昊天塔！每到正午时分要吸取太阳精华，发射巨大的冲击波！我们刚才光顾着躲这些怪兽，也没仔细看就躲进来了！"兰乔顿足疾呼。

"那我们该怎么办？"我焦急地问兰乔。

兰乔嘴里只迸出了一个字："跑！"

我一下子反应过来，连忙拉着兰乔和张茜顺着楼梯往下跑，"幻彩"也紧紧地跟在我们的后面。刚跑到塔身中间，突然整个塔身一阵剧烈地摇晃，头上面的楼梯就如同舞女的裙摆来回抖动，四下里不断地落下砖石和泥土。我们死死地扶住把手，避免被甩到楼梯下面，可是我们发现，这种震动越来越激烈、越来越频繁！转眼间，塔身的墙壁都已变成鲜血般的赤红色，好像是那流淌的岩浆，要一下子把我们吞噬掉一样。

我们顾不上别的，硬着头皮往下面跑！就在我们马上就要到达地面的那一刻，突然一声巨响，一层的地面竟然陷出了一个巨大的深坑！我们几个连同"幻彩"在内，都没有站稳，一下子被甩进坑里，骨碌碌一直滚到了很深的地方，大家满脸的灰土，显得十分的狼狈。我们几个顾不上疼痛，急急忙忙地爬起来，四下打量起这个深坑。这坑洞好像是一条泥土夯成的通道，黑洞洞的不知道通往哪里。等我们在天摇地动中好不容易扶着坑壁站稳，准备从深坑里往上爬的时候，突然我发现，头上的宝塔竟然在太阳的照射下开始"融化"了！眨眼间，塔尖已经完全变成红色的液体顺着墙壁不断地向下流！更要命的是，那些红色的液体顺着塔身竟然慢慢地灌到我们所在的这个深坑里来！

"不能上去！我们顺着这条洞走，再找别的出口！"张茜一把拉住兰乔，朝着我点了一下头，然后当先朝坑洞的另一头跑去。兰乔回头看了我一眼，也跟着张茜跑去，我回头看了看已经融化了三分之一的塔身，叹了口气，拉着"幻彩"也跟了上去。

刚跑了十几步，我们几个就已经完全处于伸手不见五指的黑暗之中。大家只能摸着墙壁，一点一点往前移动。突然，我一下撞到了前面的兰乔，只听兰乔轻轻地哼了一声，我连忙问道："兰乔，撞疼你了吧？怎么不往前走了？"

还没等兰乔说话，只听张茜在前面叹着气说道："不是不走了，是没有路走了……"

什么？这条通道竟然是死胡同？我连忙走到最前面，顺着墙壁一顿摸索。果真，通道的前方、左边和右边都是潮湿阴冷的石壁，根本无路可走！只有身后，也就是我们来的方向是畅通的。难道刚才我们错过了拐弯的岔道？我刚要对张茜和兰乔说我们可以掉头回去找路，这时一道红光突然出现在了我们身后，我定睛一看，竟是那融化的貌似岩浆的液体已经堵住了我们回去的道路，看来我们已经陷入了绝境！

正当我们几个无比焦躁，一筹莫展的时候，突然间，我借着"岩浆"发出的红光发现我们头上的石壁竟然有一个大黑洞，我连忙指着黑洞大喊着让大家爬上去！

身后的红色"岩浆"流淌得很快，眨眼之间，已经到了距离我们七八米远的地方。我赶忙蹲在地上，让张茜踩着我的肩膀先爬到上面的黑洞里，看看里面是不是有路。张茜爬到上面后，没一会儿就大声呼喊我和兰乔，说在上面发现了另外一条通道！于是我一把抱起兰乔，把她托了上去。张茜身手敏捷地把兰乔拉进了横着的通道里，紧接着，"幻彩"十分懂事地钻到我的身下，把我顶到了洞口里面。等到我被张茜拉进那条横着的通道以后，"幻彩"一下子跃进洞口，一头钻进了横着的通道。这时候，我低头向下看去，只见下面我们刚才站的地方已经被红色的"岩浆"完全覆盖了！

我们也顾不上后怕，一个挨着一个地顺着通道飞跑。大概跑了有十几分钟，突然眼前猛地一亮，顿时晃得我们几个眼睛都无法睁开。我们小心翼翼地向光亮处靠近，到了近前才发现，原来那里竟然是出去的洞口！洞口并不大，但是足可以容纳我们钻到外面去，那刺眼的光线正是阳光从外面照射进来，我们慢慢地靠着石壁坐下，闭着眼睛享受这一刻的温暖。过了好半天，我们几个人的眼睛才逐渐适应了外面的光亮，我牵着"幻彩"开心地从洞口钻了出去。洞口外面是一个十分宽敞的平台，对面高耸入云的就是巍峨壮观的玄冥山，而平台的正下方就是一望无际、碧波荡漾的达里诺尔湖！

我们冲出死亡丛林了！张茜从洞口钻出来，开心得如同小孩子一般蹦个不停。紧接着，兰乔也钻了出来，她径直走到我的身边，拉起了我的手，深情地望着我，不一会儿，竟已热泪盈眶。"幻彩"却看不出有任何激动，只是安静地蹲坐在平台的边沿，遥望着对面玄冥山的雪峰，好像在思考着什么。

我拉着兰乔走到平台的边沿，向远方望去。这一刻，我们可以并肩站立在阳光下，享受着别样的温暖。"你，心里还在怪我吗，老爷？"兰乔轻声地问我。

我抿嘴笑了一下，认真地对兰乔说："兰乔，我从未怪你，那不是你的错。我知道你的心纯净得如同透明一般，我可以不相信自己，却从未怀疑过你对我的真心和热诚！"

兰乔垂下了头，任凭泪水随风洒落，我抬起手抚摸着她的秀发，她缓缓地把头靠在了我的肩上。不知何处，飞来两只色彩鲜艳的蝴蝶，竟翩然落到了兰乔的发端。平台上四下的草丛里一阵阵花香扑鼻而来，阳光下洋溢着浓浓的爱意。那一刻，我、兰乔、张茜，还有可爱的"幻彩"，我们把自己交给了这阳光下的静谧，每一个人都如坐春风，享受着这难得的惬意与祥和。

就这样，过了一顿饭的工夫，张茜突然睁开双眼，朝着我和兰乔走过来，然后一脸茫然地问我们两个："这个，我不是想打扰你们幸福甜蜜的时刻，我只是想问问，我们下去的路，在哪儿？"

（八十六）

凤凰于飞

听了张茜的话，兰乔的脸一下子红了，连忙睁开眼，把头从我的肩膀上抬了起来。我站起身来，装作没事的样子，沿着平台的边缘一边走一边查看。等我绕了一圈，又走回到出发的地方时我才确定，除了我们来到平台时钻出来的山洞，四下里根本没有任何道路可以到下面的湖边去！我大概估算了一下，从平台到湖面的垂直距离至少有二百多米高。这就意味着，一个人如果从这个距离跳下去，就算下面是水面，也必死无疑。难道，我们还要再按照原路回去？可是来路已经被"岩浆"所截断，根本没有回头的可能性啊！

张茜和兰乔仔仔细细地又沿着平台的边缘看了一圈，确定没有任何通路后，垂头丧气地回到我身边。大家围到一起，默不作声，刚才的那股幸福与激动转眼间就烟消云散了。

这时，我身后的"幻彩"慢慢站了起来，踱步到了平台的边缘，深情地凝望着眼前的山水和丛林，眼神中竟流露出一种莫名的深情。突然，"幻彩"仰天一声长啸，那声音如同一个响雷在头顶炸裂，在空旷的大地上空久久地回荡。我们几个人根本没有防备，"幻彩"这一声长啸直把我们吓得魂飞魄散，张茜和兰乔的脸色更是吓得惨白，两个人互相搀扶着，不停地安慰着对方。

我也被"幻彩"吓了一大跳，但还是强作镇定，起身来到"幻彩"身边，用手轻轻地抚摸着它金色的鬃毛，颤声地问道："嗨，小家伙，你怎么了？"

"幻彩"回头看了看我，然后把目光又投向了远方，似乎在等待着什么。我站在"幻彩"身边，也向远方望去，可是除了那巍峨的玄冥山，我什么也没有看到。突然，"幻彩"低吼了一声，好像很愉悦的样子。与此同时，张茜手指着天际喊道："快看！那是什么？"我顺着她指的方向望去，只见蓝天与白云间，几个黑点正快速地向我们飞来！

眨眼之间，黑点飞到了平台跟前，我定睛一看，不由得大吃一惊！原来那刚才的黑点竟然是几只披着彩色羽毛的巨鸟！这几只巨鸟头大如篮，圆眼尖喙，头顶羽冠，身材修长。两翼张开有十几米长，全身羽毛赤红如火，身后有长尾，拖着五彩斑斓的尾羽，最尾端还甩出三条巨大的花翎！这巨鸟看上去慈祥端庄，富贵吉祥，这不就是传说中的凤凰吗！我在图册和年画上不止一次地见过凤凰的图案，可是当真正的凤凰出现在我面前时，我还是不由自主地为如此雍容典雅、美丽动人的飞鸟而惊叹不已！

凤凰，亦作"凤皇"，是中国古代传说中的百鸟之王。雄的叫"凤"，雌的叫"凰"，总称为凤凰，亦称为丹鸟、火鸟、鹍鸡、威凤等。古人常用凤凰来象征祥瑞，凤凰齐飞，是吉祥和谐的象征。自古以来，龙凤呈祥就是中国文化的重要元素。

据百度百科介绍，凤凰和龙的形象其实很类似，随着时间的推移愈发展愈复杂，最初在《山海经》中的记载仅仅是"有鸟焉，其状如鸡，五采而文，名曰凤皇"。古代的典籍之中，甚至还有食用凤凰的记载，《大荒西经》曰："沃之野，凤鸟之卵是食，甘露是饮。"《证类本草》云："诸天国食凤卵，如此土人食鸡卵也。"到了宋代，凤髓更是被列为八珍之一。随着时间的推移、王朝的更替，凤凰的形象慢慢变成了麟前鹿后、蛇头鱼尾、龙文龟背、燕颔鸡喙，成了多种鸟兽集合而成的一种神物。自秦汉以后，龙逐渐成为帝王的象征，帝后妃嫔们开始称凤比凤，凤凰的形象逐渐雌雄不分，整体被"雌"化。

眼前的这几只巨大的凤凰在我们头顶盘旋了一阵，缓缓地落在了平台的中间。我们几个人面面相觑，不知道凤凰的来意，只是远远地望着这些美丽至极的鸟儿！

"幻彩"又低吼了一声，不断地用头蹭着我的肩膀，把我往凤凰的面前推去。那最前面的凤凰昂首高鸣，声音清澈悦耳，婉转动听。我依旧一头雾水，呆立在凤凰的面前，不知该做些什么。那凤凰看我不动，竟全身伏在地上，翅膀紧紧地收束着，生怕碰到了我。

兰乔漫步上前，轻声在我耳畔说："老爷，'幻彩'好像是让你骑到凤凰的背上去呢！"

我听了兰乔的话，又回头看了看"幻彩"，它好像听懂了兰乔说的话一般，不住地低声嘶吼。于是我鼓起勇气，慢慢来到那伏在地上的凤凰身边，伸出手来，缓缓地抚摸了一下凤凰身上的羽毛。这羽毛竟是如此的柔软光滑，我如同抚摸着锦缎薄纱，那感觉简直无法言表！凤凰慢慢地抬起头，侧脸看着我，面部好似带着微笑，非常友好。不时地，凤凰还鸣叫几声，好像在催促我赶紧爬上它的后背。我不再犹豫，吸了一口气，一下子跃上了凤凰宽阔的后背。另一边，张茜拉着兰乔也爬上了另一只凤凰的后背。我们都稳稳地坐好，双手紧紧地把住凤凰后背的羽毛。随着"幻彩"的一声轻啸，我忙回头去看，只见"幻彩"也已经跃上了一只凤凰的脊背。我还没来得及问张茜我们该去那里，身下的凤凰已经舒展开巨大的翅膀，腾空而起！转眼间，几只凤凰载着我们直冲向蓝天，身边朵朵白云飘荡，脚下山川秀丽，湖水清澈，丛林密布，美丽的景色让我们几个叹为观止！

凤凰并没有急于把我们送到湖边，而是带着我们飞向神秘的玄冥山，似乎是想让我们近距离欣赏一下这上古神山神奇秀丽的景色。玄冥山高耸入云，顶端覆盖着积雪，远远望去是如此的神秘圣洁！

随着凤凰越飞越快，玄冥山高大的山峰离我们越来越近。就在这时，突然，从我们头上俯冲下来一个巨大的身影，好在凤凰反应机敏，一下子躲开了。我连忙侧头去看，这时才发现，刚才偷袭我们的是一只长相极为奇异恐怖的大鸟！这只大鸟全身湛蓝，羽毛上点缀着红色的斑点，头顶洁白如雪，头上顶着一条火红的长翎。这大鸟脸上长着白色的十分巨大的嘴，好像一把镰刀，两只翅膀扇动起来竟然带着火花。更令我们惊惧的是，这大鸟身下竟然只有一只粗大的爪子。转瞬之间，这大鸟已经转过身来，再一次向我们扑来。而就在这一刹那，我猛地发现，这只巨鸟的面部竟然变成了一个带着笑容的女人的脸！

我指着那奇怪的大鸟，高呼张茜和兰乔她们注意，不承想那大鸟突然张开巨嘴，一团烈火竟然向我迎头喷来！

我身下的凤凰反应机敏，迅速地俯冲下去，后背上的我堪堪躲开了火舌。饶是如此，我这小辫子好像也被烧煳了些许，一股焦臭扑鼻而来。再回头望去，只见另两只凤凰也盘旋着躲开那怪鸟。远远望去，兰乔和张茜面色如土，看样子也是受了很大的惊吓。"幻彩"在凤凰背上龇牙狂吼，可是在天上，它也奈何不了那喷火的大鸟。

几只凤凰快速地扇了几下翅膀，猛地俯身穿到了云层下面。凤凰的整个身体几乎呈九十度垂直下坠，一直快到下面的达里诺尔湖面，这才放平身子，扇动起翅膀，贴着湖面朝岸边飞去。而那单腿的怪鸟竟然不甘寂寞，虽然远远地被我们落在了身后，但还是紧紧跟随，没有放弃。此时此刻，怪鸟也身体紧贴着湖面滑翔，奔向岸边而来。

凤凰载着我们率先到了湖边的沙地。不等凤凰落稳，我们几个人麻利地蹦到地面上。回头再看，远远的一个黑点直奔着我们这里而来，正是那独脚喷火的大怪鸟！

"这究竟是什么怪东西啊？怎么突然死缠着我们不放啊？"我一脸恐惧地问兰乔。

　　兰乔脸色还是十分惨白，她缓了口气，双手抚着胸口，慢慢地回答道："这也不是普通的东西，书上记载，只要这东西一出现，就预示着灾祸的到来！它就是无敌的上古神鸟——毕方！"

（八十七）

凤凰涅槃

《山海经·西山经》中说："有鸟焉，其状如鹤，一足，赤文青质而白喙，名曰毕方，其鸣自叫也，见则其邑有讹火。"大概的意思就是说山中有一种禽鸟，形状像一般的鹤，但只有一只脚，身上有红色的斑纹和青色的羽毛，还有一张白嘴巴，名称是毕方。它鸣叫的声音就是自身名称的读音，在哪个地方出现毕方哪里就会发生怪火。

《山海经·海外南经》中说："毕方鸟在其东，青水西，其为鸟，人面一脚。"意思是说毕方鸟在它的东面，在青水的西面，这种鸟长着一副人的面孔却是一只脚。

东汉时期伟大的文学家、数学家、天文学家张衡在他的《东京赋》中说："毕方……老父神，如鸟，两足一翼，常衔火在人家作怪灾也。"由此可见，这毕方鸟千百年来都是作为大火之兆，更被称为火神的侍宠。

此时此刻，我们几个恐怕要成为这火神之鸟的美味烧烤了，它喷出的火龙转眼就可以把我们烧焦，而我们用两只脚逃生恐怕是根本来不及的。眼看着毕方贴着湖面越飞越近，我们几个却束手无策，只能眼睁睁地等待着厄运降临。

就在这千钧一发之际，我们身边的那三只凤凰突然齐声鸣叫，展翅飞上天空，迎着毕方冲了过去。那毕方身型比凤凰大了好几圈，面对三只凤凰前来阻拦竟毫不在意，自顾自昂首怪叫了一声，刹那间，那张鸟脸又缓缓变成带着微笑的女人面孔。不好，毕方又要喷火了！我惊得大喊，想提醒凤凰躲开。但一切都来不及了，眼见得一团烈火从毕方口中喷射出来，直接把三只凤凰包围在火焰中！凤凰全身的羽毛瞬间燃烧起来，发出毕毕剥剥的声音。凤凰奋力地抖动着翅膀，想要把烈火扇灭。可是，一切都是徒劳的，除了惨烈的哀鸣，凤凰根本无力摆脱烈火的包围。只见天空中，三个大火球跳动了几下，便向湖中坠落下去。毕方则在一旁扇着翅膀，洋洋得意地鸣叫着。

　　火球没有坠落到水面就消失了，三只凤凰已经完全成了灰烬。我们几个目瞪口呆地站在那里，眼睁睁地看着这悲惨的一幕，心下却也十分明了，接下来化成灰烬的，恐怕该是我们了。

　　毕方回过头来，看了我们一眼，立刻猛烈地挥动起翅膀，朝我们这里扑来。就在它的身体刚要移动的那一瞬间，突然，平静的湖面猛地跃出一个体型比鲸鱼还要大上一百倍的庞然大物！那大家伙张开大嘴，竟然把空中的毕方一口吞噬了！还没等我们看清楚，这大家伙又跃回了湖中。原本平静的湖面此刻掀起了滔天的波浪，大浪直拍到我们几个身上，我们根本来不及躲闪，惊惧之下，我们几个能做的也就是把眼睛闭上了。等我再睁开眼睛的时候，我们浑身上下都已经湿透了，就连"幻彩"都已经成了"落汤狮"。我抹了一把脸，回头看了看张茜，张茜似乎完全被眼前的景象惊呆了，还没缓过神来，仍旧呆呆地看着湖面。另一边，兰乔却若有所思地自言自语道："原来这就是鲲……"

　　鲲，传说中的大鱼，生活在北边幽深的大海——北冥。鲲在中国古代文献中，最早有记载的当数《列子·汤问》。文中说："终北之北有溟海者，天池也，有鱼焉，其广数千里，其长称焉，其名为鲲。"

《庄子》也引用了这个传说，庄周在其《庄子·逍遥游》中讲道："北冥有鱼，其名为鲲。鲲之大，不知其几千里也。"我女儿有一部最喜欢看的动画片，叫作《大鱼海棠》，讲的就是鲲的故事。可是，刚才电光火石一瞬间，我只看见了一个庞大的影子从水中跃出，却没有仔细地观察鲲到底长成什么样子，心里不由得十分遗憾。不过再一想，我们几个从毕方的火舌下逃得性命，已经是一件非常值得庆幸的事了！

"你们快看！"兰乔突然指着远处的湖面喊道，我刚刚放松的心情一下子又紧张起来。我们几个凝神望去，只见湖面上突然剧烈燃烧起来，火光直冲云霄，把半边天都染红了。我们正惊诧不已，不知道湖水为何会自己燃烧起来，突然，从火光中幻化出三只凤凰，展翅飞了出来！那凤凰的羽毛崭新明丽，金光闪耀，尾巴上的羽翎如同刚刚画好的彩虹，娇艳欲滴。这三只凤凰一边飞还一边奋力地鸣叫，不断地在天空中翩翩起舞。一时间，整个湖面波澜不惊，温情洋溢，我们几个人完全被眼前的景象感染了。

凤凰涅槃！那刚才被毕方的火球吞没的凤凰，在烈火中竟然重生，它们用生命和美丽的终结来换取人世间的幸福与祥和！它们承受了巨大的痛苦和磨炼，得以在烈火中重新铸就更加完美的躯体！看着这美好生命的再生，我们几个都不由得唏嘘不已。凤凰如此，人的一生又何尝不应该这样呢？在一个人漫长的一生里，或多或少都会经历到各种各样不同的苦痛和挫折。而我们都应该如凤凰一般，从浮躁、消沉、绝望中焕发新的生机与活力，只有这样，我们才会一步一步走向成熟、稳重，才会更加的坚强！

正当我们在内心深处无限感慨人生的时候，"幻彩"突然仰天发出一声嘶吼，一下子把我们从沉思中唤醒。我们顺着湖边的沙地望去，原来离我们不远的地方，有一个石头砌成的圆台，上面笼罩着一道道蓝色的光芒。兰乔看了，激动万分地喊道："老爷，快看！那就是我们回去的通道入口！我们终于可以回去了！”

　　我们几个经历了九死一生，终于战胜了各种意想不到的困难，找到了回去的通道，这实在是让我们无法不欢呼雀跃的一件事！我们一路狂奔，像孩子一般跑到了石台旁，刚要进到蓝色的光芒中，突然我发现，“幻彩”不见了！

　　刚刚“幻彩”就在我们几个身旁啊，怎么一眨眼就没了影踪呢？我们几个连忙大声呼唤“幻彩”的名字，四下寻找。难道是刚才我们跑过来的时候，“幻彩”跑丢了，还是湖里有什么怪物，把“幻彩”拖下湖去了？我越想越害怕，忙不迭地朝来路找去。可是这湖边的沙地平整无比，一眼就能望得到很远，视线之内根本没有任何“幻彩”的身影！

　　正在我们几个焦急万分的时候，突然远处传来一声狮子的低吼，是我的“幻彩”！我连忙抬头向远方看去，只见从玄冥山的方向，地平线处竟然缓缓走来了两只狮子！前面的一只正是我的“幻彩”，后面的那只狮子身形更加高大威猛，气宇轩昂，金色的鬃毛发出耀眼的光芒！

　　我按捺不住自己激动的心情，失声喊道：“天哪，这……这不是我的‘乐福’吗！”

（八十八）

"乐福"归来

"乐福"远远地看见了我，本来眯着的眼睛一下睁大了，脚步越来越快，到最后已经是飞一般地向我这里奔跑而来。转眼间，"乐福"便到了我的面前，上来先给了我一个大大的拥抱，一下子把我扑倒在地。它用巨大的脸颊使劲地蹭着我的脸，伸出圆桌面那么大的舌头不停地舔着我的身体，肉乎乎的大爪子还不时地拍打着我的后背。一旁的"幻彩"看得呆立在那里，它从没有想过自己一向威严的父亲竟会像眼前这般地表达自己的热情。

张茜快步来到了我身边，惊喜地看着高大威猛的"乐福"，哽咽了许久才说了一句："'乐福'原来在这里！'乐福'……'乐福'真的太帅了！"

"乐福"记得张茜，听了张茜的话仰天长啸一声，向张茜展示着自己的阳刚之气！我做梦都不曾想过会在这里看到"乐福"，欢喜得忘记了一切，只是抱着"乐福"，一会儿亲一下它的大脸，一会儿又亲一下它的大爪子。

兰乔也缓缓地走过来，看着"乐福"，柔声说道："'乐福'，你还记得我吗？当初在皇陵地宫里你被修蛇群围攻，是我帮你解了围啊！

还有，我师傅把你囚在笼子里，要用三昧地火焚烧你，也是我把你送到这里来的啊！"

我突然想起地宫中"乐福"独自一个与巨大的黑蛇搏斗，后来被蛇群围攻不知所踪，原来是兰乔救了它！还有那梦中发生的一切，原来竟然也是真实地发生过，兰乔是不会说谎的，一定是她救了"乐福"并且把"乐福"送到了这里！

"乐福"好像听懂了兰乔的话，把头转过来，眯着眼睛把头往兰乔的手上蹭去。兰乔红着脸笑着，如盛开的花儿，她伸出手去抚摸着"乐福"的头和残耳。"幻彩"可怜巴巴地看着自己的爸爸被我们几个人来回地抚摸拥抱，这会儿看我手是空的，马上跑过来让我抚摸它。一时间，三个人，两头狮子，构成了一幅和谐的画卷，天地之间充满了暖暖的爱意，每个人的心头都洋溢着幸福的春风。

过了一会儿，兰乔收束了笑容，转过头对我说："老爷，我们不能在这里停留太久，要尽快赶回去。别忘了，你们还要做很多事，还要回到自己的世界呢。"说到这儿，兰乔突然表情悲伤起来，赶忙地把脸转了回去。

我看看天色已是傍晚，于是从脖子上掏出了铜铃，对兰乔说："走，我们这就走，这回我可以把'乐福'和'幻彩'都收到铃铛里，一起都带回去了！"

兰乔没有应声，径直一个人走到传输通道的石台旁。突然，她发出了"咦"的一声，接着回过头来一本正经地对我说："老爷，平时都会有守护兽看守这里的，今天我们却没有碰到什么神兽。难道这里的守护兽是'乐福'吗？"说完，兰乔还朝着"乐福"看了看。

还没等我回话，突然发现"乐福"和"幻彩"都半蹲在地上，前爪不停地抓挠着地面的泥土，嘴里呜呜地朝着湖面低声嘶吼，难道又有什么危险到来了？这时，张茜面无血色地指着湖面说："这才是守护兽吧？"

只见刚才还水平如镜的湖水此刻竟然翻腾如沸，不一会儿湖面竟然一分为二，湖水从正中分裂出一条通道，通道中慢慢爬出一只硕大无比的鳄鱼！这只鳄鱼比我们日常见过的鳄鱼要大十倍，单单是一个脑袋就有两米长，巨大的嘴巴半张着，锋利雪白的牙齿密密麻麻地支在嘴外，一双斗大的明黄色的眼睛在又扁又长的脑袋两边虎视眈眈地望着我们！

　　兰乔面色突变，不自觉地退后几步，嘴里脱口喊出："啊！竟然是它！"

　　我和张茜从没见过如此巨大的鳄鱼，也胆战心惊地慌忙退后。我喘着粗气，忙不迭地问兰乔："你说的它到底是谁啊？"

　　兰乔咽了一口唾沫，花容失色，声音颤抖地回答道："它，它就是二十八星宿之首，东方青龙角宿角木蛟！也就是这里的守护神！"

　　"二十八星宿里有鳄鱼吗？"张茜脸色惨白地问我。

　　我木讷地点点头，的确，兰乔嘴里说的角木蛟就是鳄鱼！

　　中国古代天文学家把天空中可见的星分成二十八组，叫作二十八宿，又称二十八舍或二十八星，即将黄道和天赤道附近的天区划分为二十八个区域。具体说来，就是把南中天的恒星分为二十八群。二十八群再分为四组，人们把这四组称为四象、四兽、四维、四方神，每组各有七个星宿。说得简单些，二十八星宿就是最初古人为比较太阳、月亮、金星、木星、水星、火星、土星的运动而选择的二十八个星官，作为观测时的标记。具体分为东方青龙七宿、北方玄武七宿、西方白虎七宿、南方朱雀七宿。而东方青龙的七宿中，第一宿就是角星，守护神就是角木蛟，也就是我们看到的大鳄鱼。

　　我们头上的角星由两颗恒星组成，它们在西方天文学中的名称分别叫作室女座 α 和室女座 ζ。在二十八宿的四象划分中，它们象征着东方苍龙的两只龙角。此外，中国古代还把角宿二星看作天宫的两扇大门，日月五星的运行路线——黄道就从这两颗恒星之间穿过。在

《晋书·天文志》中说："角二星为天关，其间天门也，其内天庭也。故黄道经其中，七曜之所行也。"伟大的浪漫主义诗祖屈原在其诗作《天问》中曾提到角星："何阖而晦？何开而明？角宿未旦，曜灵安藏？"意思就是说："天门关闭为何天黑？天门开启为何天亮？东方角宿还没放光，太阳又在哪里匿藏？"

就在我们几个手足无措之际，水中的角木蛟已经爬到了岸边，离我们几个也就是五六米的距离。如此近的距离，我才看清楚，这巨大的鳄鱼浑身披着厚厚的带有尖刺的硬甲，夕阳照在硬甲上竟然反射出闪闪金光！角木蛟的尾巴有三四米长，整个尾部都长满了带有尖刺的回形钩。最令我惊讶的是那角木蛟的长长的吻部竟然布满了红色绿色的宝石，头部的正中间立着一根长长的晶莹剔透的绿色的尖角，不时地散发着幽幽的绿光，看上去着实诡秘异常！

我们几个被这角木蛟吓得动弹不得，"乐福"和"幻彩"也比较畏惧这带有神性的巨大怪物。两只狮子围着这巨大的鳄鱼呜呜地吼叫，却也不敢盲目地冲上前去，生怕吃了苦头。按照大自然的规律，狮子是鳄鱼的天敌，庞大的狮子咬死鳄鱼，甚至是跳到水中去猎捕鳄鱼都是很常见的！不过即便在大自然中如此，即便我们这边有两只勇猛异常的雄狮，可是遇到如此巨大并且作为神界守护神的鳄鱼，双方一旦交手，恐怕"乐福"和"幻彩"也没有任何获胜的把握。

时间一分一秒地过去，僵持并不是解决问题的最好的办法。就在我稍微一松懈，想用手臂擦擦额头上汗水的时候，在电光火石之间，那角木蛟向我发起了进攻……

（八十九）

角木蛟

鳄鱼给人的感觉是动作似乎总是很缓慢，其实鳄鱼的反应能力比人要快很多。所以当角木蛟张嘴向我的胳膊咬来的时候，我还愣在那里，根本没有任何防备。鳄鱼的咬合力在一千至两千公斤之间，也就是说这一口下去，我的胳膊就没了。

就在这电光火石一瞬间，"乐福"猛地扑了上去，张开大嘴，狠狠地咬住了角木蛟的爪子！普通狮子的咬合力有四百五十公斤左右，撕扯能力已经十分惊人，更不用说是"乐福"这样的巨大的雄狮。角木蛟没有防备，一下子被"乐福"咬住了前爪，便无法继续向前猛扑，咬向我的那一口在距离我肩膀半米处咬了个空。趁这个工夫，张茜一把拉住我，后退了十几步，直吓得我面色惨白，浑身冷汗。角木蛟一看我逃出了它的攻击范围，恼羞成怒，转口就去咬"乐福"！"乐福"知道角木蛟的厉害，连忙松开口，敏捷地向旁边跳去。狮子远比鳄鱼要灵活，在战斗中也会充分发挥机动灵活的作战特性，这一点正是大自然中狮子能够成为鳄鱼天敌的关键优势所在。

然而，角木蛟不是普通的鳄鱼，它是角星之神，二十八星宿之首，显然功夫不会就这么简单的几下。只见角木蛟笨拙的身体突然原地跃起，直扑向"乐福"，血盆大口对着"乐福"的前肢就咬。"乐福"用尽全力往后蹦去，堪堪躲过这一咬，可是没想到，那角木蛟动作十分连贯，回身就是一尾巴甩过来。"乐福"没有提防角木蛟这种笨拙的身体会有连续的攻击动作，反应略微慢了一点，角木蛟这一尾巴便实实在在地抽在了"乐福"的后腿上！角木蛟的这一下力气极大，"乐福"一声惨叫，一下子跌到一旁，挣扎了好一会儿才一瘸一拐地爬起来向后退去。角木蛟一击占了便宜，不想放手，连忙朝着"乐福"爬了几步，又准备腾身跃起去咬"乐福"。这时旁边的"幻彩"突然从斜刺里杀出，一口咬住了角木蛟的脖子！脖子是鳄鱼的软肋，柔软并且没有皮甲的保护，"幻彩"十分聪明，观察并准备了半天，然后跃起的力量把握得恰到好处，所以一击中的！"幻彩"这一口用尽了全身力气，角木蛟的脖子马上就崩出了大量的鲜血。

角木蛟吃痛，回身猛地一甩，就把"幻彩"甩了出去。"幻彩"在地上翻了好几个跟头才停了下来，很明显"幻彩"被摔迷糊了，不停地甩着脑袋，想恢复清醒。还没等"幻彩"站起身来，这边角木蛟已经撇下了"乐福"直奔"幻彩"扑来！

"'幻彩'快跑！"兰乔在一旁急得直跺脚。她这一喊，却把角木蛟的注意力吸引了过去，那角木蛟竟然猛地调转了方向，朝着兰乔飞速地爬去！

兰乔吓得大叫，转身要跑，可是角木蛟速度更快。眼见得角木蛟到了兰乔身后，猛地往前一蹿，大嘴竟然咬住了兰乔的裤腿，兰乔一下被拽倒在地。角木蛟使劲往回一拖，兰乔一下子就被拉到了角木蛟的面前！眼看着角木蛟张开血盆大嘴奔着兰乔的脖颈咬去，我脑海中一片空白，下意识地猛扑到兰乔的身前，用自己的身体挡住了她，同时我闭上眼睛，静静地等待着死亡的到来。

突然间晴空一声霹雳，"乐福"与"幻彩"齐声大吼，同时从两个方向朝角木蛟扑来！角木蛟被这震天的狮吼惊得一呆，再缓过神来的时候，两只雄狮已经分别杀到！

"乐福"挥起巨掌，生生地拍在了角木蛟的左眼上，只听得一声闷响，角木蛟的左眼登时爆裂！角木蛟一声惨叫，滚到一旁！趁着这个机会，我抱起兰乔爬起来，快速地跑到了一棵树后，脱离了角木蛟控制的范围！另一边，"幻彩"趁着角木蛟来回翻滚，瞄准机会一口咬住角木蛟的肚皮，朝旁边使劲一撕，硬是把角木蛟的肚皮扯开了一个大口子。"乐福"张口咬住角木蛟的脖子，角木蛟困兽犹斗，两只前爪紧紧地抓住"乐福"，锋利的爪子深深地刺进了"乐福"的身体！同时角木蛟的尾巴不停地重击着"幻彩"的身体，可是"幻彩"却丝毫没有躲避，死死地咬住角木蛟的肚皮。三只猛兽在湖边的沙地上滚来滚去，任凭血水漫天飞舞。我们几个已经完全被血水浇透了，可是我们依旧守望在那里，不忍退去，心中默默地在为"乐福"和"幻彩"祈祷祝福。

这昏天黑地的搏斗整整持续了一个多小时！一直到最后，角木蛟不动了，"乐福"和"幻彩"也一动不动了，三只猛兽如同死去了一样！四下里一片寂静，只有风吹过湖面隐隐传来的如同婴儿哭泣般的声音。

我们几个已经完全被眼前的景象所惊呆了，呆呆地望着那惨烈的战场，久久不曾缓过神来。直到兰乔忍不住哭出声音，我才猛然清醒过来，挣扎着站起身，一下子扑到了"乐福"和"幻彩"的身边！"乐福"和"幻彩"还在喘着气，它们没有死，但是受了极重的伤！身上布满了血腥的伤口——皮开肉绽，鲜血直流。我面对这样巨大的创伤竟然束手无策，只是流着眼泪用衣服给它们的伤口止血。

兰乔一边哭着，一边跑过来，从怀里掏出一个蓝色的瓶子，哆哆嗦嗦地拔开瓶塞，对着"乐福"和"幻彩"的伤口依次倒上很多白色的粉末。那粉末泛着紫色的光芒，落在伤口之上竟然迅速地止住了流血！兰乔又用双手分别去压住每一道伤口，每次她松开双手的时候，那一道伤口竟然就好像黏合在了一起，如同涂上了黏合剂一般，实在是令人称奇！我和张茜也忙不迭地冲上去帮忙，就这样，我们三个人忙了两个小时，直到天色完全暗下来的时候，才把"乐福"和"幻彩"身上的伤口全部处理完。兰乔一脸疲惫地看着我说："老爷，放心吧，'乐福'和'幻彩'不会有生命危险了，它们会很快复原的。"

我如释重负地点了点头，拉住兰乔的手说："辛苦你了。"话没说完，我猛地眼前一黑，竟然一头向下扎去。兰乔脸色大变，手疾眼快地扶住了我，然后缓缓地把我身体转过去，这才发现我的衣衫已经被鲜血浸透。兰乔一脸焦急地伸手撕开了我的衣服，发现我的后背竟然有一个碗口大的伤口，正是从伤口流出的鲜血把衣衫浸透的。这伤口应该是刚才保护兰乔时，不知道哪一下角木蛟把我伤到了，可是我一心牵挂着"乐福"和"幻彩"的安危，竟然没有感觉到后背过分的疼痛。一直到此刻，因为流血过多，我已经实在坚持不住，才让兰乔发现了伤口。

兰乔一边帮我消毒擦药，一边哭着对我说道："老爷，你是不是刚才为了救我才受的伤？你怎么这么傻啊，那个时候你还来保护我！老爷你这样，让兰乔何以为报啊！"

我疼得几乎失去了知觉，迷迷糊糊之中，我突然感觉到有清凉的水滴，一点一滴地落在我的后背上，那感觉就如同漫步在春雨之中，一切欣欣然，到处都充满着希望与芬芳……

（九十）

再遇皇太极

我再醒来的时候，仍旧躺在兰乔的怀里，伤口的剧痛已经减轻了很多。兰乔正低头看着我，眼睛又红又肿，一定是因为担心我而哭了很久。另一边，张茜照顾着"乐福"和"幻彩"。看上去，两只雄狮好像恢复得不错，都睁开了眼睛，彼此依偎在一起，时不时，还低声地嘶叫着，好像是父亲在和自己的儿子谈心。

兰乔告诉我，我背后伤得很重，伤口深可见骨，流了很多的血。要不是兰乔随身携带了秘制的金创药，恐怕我现在已经一命归西了。我强颜欢笑，用了微弱的声音对兰乔说："这点小伤，不打紧。想当初，我也是大闹天宫的齐天大圣呢！"说到这儿，伤口一疼，我又一翻白眼，差点晕过去。兰乔看在眼里，紧紧地抱着我，眼泪像断了线的珠子，噼里啪啦地掉了我一脸。

我侧头看了看倒在地上的角木蛟，发现它的尸体正在慢慢变得透明。我连忙指给兰乔和张茜看，她们这才注意到。还没等我们弄明白怎么回事，突然，角木蛟的尸体幻化成一堆水汽，四散而去！紧接着，一道白光直冲向天际，归位到了中央钧天角星的位置。我回头再看刚才角木蛟尸体所在的位置，沙地上只留下一颗拇指大小、晶莹剔透的蓝色珠子。

张茜起身慢慢走过去，小心翼翼地伸手把珠子握在手心里。那珠子一看就不是普通的东西，表面竟似有蓝光流动。张茜一脸诧异地看着我，问道："这，这是什么？"

我摇了摇头，抬眼看向兰乔。兰乔知道我是在问她，于是幽幽地说道："那是二十八星宿守护神的定魂珠。传说中把二十八颗星宿定魂珠凑齐，可以拥有神奇的力量，还可以控制天上的星辰分野。老爷，兰乔也只了解这些了。"

张茜听了，皱了皱眉头，来到我面前，把珠子塞在我手里，然后撇撇嘴对我说："这宝贝玩意还是你收藏吧，我可不感兴趣！以后你闲着没事重新布置布置星辰分野，就当解闷了。"

我苦笑着说不出话来，只得缓缓地把珠子放进上衣的口袋里，然后在兰乔的搀扶下，挣扎着站起身。我伸手摘下铜铃，对着"乐福"和"幻彩"一摇，把它们收进铜铃里。这一动，我后背的伤口又开始疼痛起来，额头上出了一下子的冷汗。兰乔见了，赶忙帮我把铜铃戴在脖子上。我忍着疼痛，抬头看了看兰乔和张茜，咬着牙说道："时候不早了，我们回去吧！"

张茜和兰乔点了点头，分别在我的两边搀扶着我，我们三个一起迈步上了传输通道的石台。霎时间，蓝光把我们三个团团包围起来，紧接着一道白光从天而降，我们几个只觉得眼前一亮，便失去了知觉。等再睁开眼的时候，我们竟然已经回到了鬼市那神秘马戏团的帐篷里。帐篷中间还是那根带有花纹的高大的木头柱子，柱子中间依然挂着那神秘的红布玩偶。帐篷里空空如也，四下一个人影都没有，那大头怪人也不知去向。我们几个顾不上想太多，张茜伸手从木头柱子上摘下红布玩偶，然后和兰乔搀着我，闪身出了帐篷。

外面的鬼市里依旧是一片漆黑，好像刚才因为抓捕我们而发出的警报还没有解除。偶尔可以看见几队黑影在各层的街道上飞一般地来回穿梭警戒，时不时还有几声呼喝，在暗夜的寂静之中显得格外刺耳。我们三个小心翼翼地来到了向上的楼梯处，驻足观察了好一会儿，没发现什么异常，又侧耳倾听了半天，也没有任何动静，这才一步一步迈上楼梯，向上爬去。

我们刚爬了一层，突然听到头上传来一队人的脚步声，张茜连忙回身准备让我们调转方向，再回到下面去。就在这时，从楼梯旁边的黑色帷幕里猛地伸出一只手来，一把拉住张茜的左臂，张茜大惊失色，刚要呼喊，紧接着帷幕中又飞快地伸出来另外一只手捂住了张茜的嘴。我和兰乔大吃一惊，刚要出手援救，只听见黑暗中一个熟悉的声音轻声对我们几个说道："大家都别动，是朕！"原来黑暗之中拉住张茜的人，不是别人，正是皇太极！

皇太极把我们几个拉进了黑色的帷幕后，帷幕后面是一间小店铺。皇太极伸手推开了虚掩的大门，等我们依次进来之后，皇太极又手脚麻利地把大门关好。看四下里没什么动静，皇太极这才转过脸来仔细地打量起我们来。

皇太极一下子就看到了我的伤，他也没想到我的伤会这么重。他紧锁着眉头，想说些什么，可是犹豫了很久又把话咽回了肚子，最后只是用手轻轻拍了拍我的肩膀，表示问候。接着他又把脸转向张茜，轻声地询问了事情的来龙去脉。听说我们三个竟然闯过了阴阳法阵，又从诸多上古神怪口中余生，最后还勉强打败了角星守护神角木蛟才回到这里，皇太极一边摇头，一边唏嘘不已。他面带惭愧之色，连声对我们几个说："真没想到，让你们陪着朕回到这里，却差点让你们三个人丢了性命，朕心甚感不安。朕在这里起誓，今后朕也愿意为你们赴汤蹈火，不惜一切，以报答亏欠你们的恩情。"

张茜摇摇头，低声回答道："别在意，老朋友，我们做的这一切，是为了你，也是为了我们自己！话说回来，既然是朋友就应该同生死，共患难。我们真的不需要你的报答。"

皇太极愣了一会儿，这才面色凝重地点了点头。接着，他又把脸转向兰乔，对兰乔说道："朕不知道该说些怎样的话来感谢你，但还是要真心地谢谢你这一路上的陪伴与指引。"

兰乔缓缓地低下头，好半天才嗫嚅着说道："皇上，这是兰乔应该做的。无论如何，我不会让老爷有半点危险的。"听了兰乔的话，我心头一热，伸手握紧了兰乔的手。

这时，张茜突然问皇太极道："皇上，你怎么知道我们在鬼市呢？为什么把我们拉到这里来？我们不赶紧回去，还在这里等什么？"

皇太极伸出一根手指，在我们面前晃了晃，然后低声说道："朕当然是听庄妃告诉朕你们要来这里找红布玩偶的。朕担心你们不知道鬼市的规矩，擅自闯入会有大麻烦，所以赶来接应你们。来到这里，朕就知道你们已经惹了大麻烦！你们以为这样就可以安安稳稳地离开鬼市？鬼市现在已经因为你们的出现停业了！那个披着大斗篷的是这鬼市的看门人，不仅这个怪物法力无边，就连他手下的那一群蒙面鬼影都厉害无比！此刻，他们已经布置了天罗地网，就等你们去摆渡船那里自投罗网呢！"

张茜听了，伸头向外面看看，外面一片安静，并没有什么动静。于是张茜一脸困惑地看着皇太极，似乎对皇太极所说的外面情况的危险性并不认同。皇太极拉着我们，悄悄地走到了店铺的后窗，伸手轻轻地把窗子推开了一条缝隙，然后示意我们几个从后窗子看看外面。我心下疑惑，不知皇太极此举的用意，不过我还是伸头透过缝隙往外看去。这一看不打紧，瞬间让我大吃一惊，只见外面是一条狭小的胡同，胡同里密密麻麻蹲满了蒙面鬼影武士。这些武士都手持利刃，虎视眈眈地望着楼梯处。一切都在黑暗之中，从外面根本看不清楚有人藏在后面，更发现不了这里设下的埋伏。刚才如果不是皇太极及时地拉住我们几个，恐怕此时此刻我们已经陷入到这些人的包围圈中了。

看了后窗外的埋伏，张茜脸色变得很难看，她伸手缓缓关上了窗子，回过头低声问皇太极："皇上，那我们该怎么办？用什么办法可以出去呢？总不能在这屋子里傻等吧！"

皇太极摊开双手，做了一个无奈的表情，然后低声说："我们还真是只能等。"

张茜一脸焦急地追问道："可是我们能等什么呢？"

皇太极默默地抬头看了看窗缝外面的夜空，过了好一会儿才说道："等天亮……"

（九十一）

疗伤

没有人问皇太极为什么要等天亮，可是每个人的心里似乎都有一种感觉，就是天亮了，鬼市也就关门休息了，到时候我们也就可以出去了。

时间是很奇怪的东西，你不在意的时候，它或许流逝得飞快，而当你苦苦守候、痴痴等待的时候，它却如同静止了一般。我们几个人坐在狭小的房间里，大气都不敢喘，话更是不能说，彼此只能用眼神交流。每一个人都在心里默默地查着时间，盼望着天亮的那一刻到来，盼望着早点离开这个令人心悸的地方。

不知道为什么，我后背的伤口越来越疼痛，眨眼之间，汗水已经打透了我的衣服。我尽力咬紧牙关，装作没事的样子，可是这一切都无法逃脱兰乔那双慧眼。她一脸的担忧，终于忍不住悄悄地趴在我耳边，轻声说道："老爷，伤口疼得厉害了吧，我再给你上点儿药。"

我连忙摆手，脸上挤出一丝笑意，向兰乔示意我并不打紧，完全可以咬牙坚持。可是刚一抬手，我竟然眼前一黑，差点跌倒，亏得兰乔一把扶住我，才没有摔倒在地上，发出什么声音。

张茜连忙转过头来，眼神中也满是关切和牵挂。我对她也笑了笑，让她别担心。这时，皇太极轻轻地走了过来，伸手从怀中取出一颗金丹，递到我手里，然后朝我点头示意让我把金丹吞服下去。我稍稍犹豫了一下，还是一扬手把金丹放到嘴里，使劲咽了下去。

我朝皇太极点头表示感谢，又回头看了看兰乔，发现她竟然面露惊喜之色。我皱了皱眉，不明所以，兰乔连忙趴到我耳边轻声说道："老爷，皇上刚刚把他保命的大还丹给您吃了，您的伤肯定没事了！那大还丹，每个大清的皇帝都只有一颗啊，真的是无比的珍贵！吃了它不仅可以包治百病，而且还有起死回生的功效呢！"

听了兰乔的话，我不禁张大了嘴，连忙转过头去再一次看向了皇太极。真没想到，皇太极会把这么贵重的丹药给了我，我的眼神之中既有无限的感激，也有满满的惊讶。

皇太极倒是很淡然地一笑，向我摆了摆手，让我无须挂怀，举止间颇有帝王的雅量风范。我也只有向他报以真诚的微笑，来表示我内心深处对他赠丹治病的感激之情。

这时，张茜突然面带惊惧地伸手指了指这间屋子的大门，我疑惑地向大门望去，这才发现那大门的户牖之上，竟然映着一个大头人的影子！那影子正缓缓地靠近我们的大门，好像在门外侧耳倾听屋子里的声音。

兰乔瞬间脸色如土，那迷离的眼神分明在告诉我们，这个大头影子不是别人，正是兰乔的师傅——我们在马戏团里遇到的巫师、地宫中遇到的大头怪人！难道，这个大头鬼有特异功能，竟然发现了我们几个人的行踪，还是我们刚才太不小心，发出了什么刺耳的声音，惊动了他？此时此刻，屋子里的每一个人都十分紧张，不约而同地屏住呼吸，死死地盯着窗纸上的大头影，气氛紧张得连时间似乎都停止了一般。

就在这千钧一发之际，突然远处有脚步声传来。户牖上一个身影来到了大头怪人身旁，小声说了些什么。大头怪人的影子静止了一会儿，然后抬起手挥了挥，紧接着两个人的身影竟然从我们房门上消失了。

听见外面完全恢复了宁静，我们大家都长吐了一口气，脸上紧张的神情才慢慢放松了下来。就在这时，后窗外也发出一阵窸窸窣窣的脚步声。等到窗下恢复了宁静，我们几个探出头向后窗外看去，发现埋伏在后面小巷里的那群人也撤退了。我浑身上下一下子放松下来，这时自己才感觉到，服下了皇太极给我的那颗丹药之后，我后背的伤口竟然不疼了！倒是伤口周围出现痒痒的感觉，胸膛里面感觉到有一股烈火在不断地升腾起来。兰乔缓缓地掀开我的衣服，惊喜地发现我后背伤口竟然在飞速地愈合！看来这皇太极的大还丹还真是名不虚传、神通无比！我心中暗道：大还丹真是个好东西，绝对货真价实，肯定不是地沟油、苏丹红、皮鞋底子做的！

兰乔重新帮我把衣服穿好，我回头看了看，发现皇太极正盘腿坐在那里闭目养神，张茜也已经累得直打瞌睡。我看兰乔也疲惫至极，面容憔悴，就让兰乔把头靠在我的肩上。我们两个人互相依偎着，慢慢地合上了眼睛。我只感觉刚合上眼，整个人就进入到了梦境之中。

梦中，我一个人在陌生的小路上孤独地走着，不知不觉来到一条河边。那河水清澈见底，有很多的鱼儿在水中游来游去。水面上笼罩着一层薄雾，远处依稀有歌声袅袅地传来。我茫然地顺着河岸朝前走，突然一个熟悉的身影在我眼前一闪，转眼消失在迷雾之中！看那婀娜的身影应该是兰乔！我高呼着兰乔的名字，冲到了迷雾中去寻找。可是雾气竟然越来越浓，慌乱之中我竟迷失了方向。我一不小心，脚下一绊，竟然跌入到河中！我的两只脚完全陷入了河床的泥沙里，用尽全身力气也无法自拔。我一边用力地摆脱，一边大声地喊道："兰乔！兰乔快来救我！"泥沙流动，眼看自己越陷越深，全身上下都完全被泥沙包围住了，我恐惧得已经无法呼吸。就在泥沙马上吞噬我的一刹那，我用尽全身力量猛地一挣扎，自己的眼睛一下子睁开了，整个人从梦中醒了过来！眼前，兰乔正在我身边紧张地看着我，两只大眼睛扑簌扑簌地闪着光芒，眼神中满是牵挂和担心。她一边拉紧我的手，一边轻声地安慰我道："老爷，兰乔在呢，是不是伤口又疼了？"

我看到兰乔，心里马上就安稳了下来。于是，我面带微笑地看着她，紧紧地握着她的手，欣赏她俏丽的容颜和那焦急的表情，兰乔的一颦一笑都是那么地让我心动不已！不知道为什么，这几日总是有这种莫名的感觉，我心里依稀明白，虽然这一切皆是虚幻，可是眼看着就要到了回去的时刻，这种感觉应该就是分别前的无奈与不舍吧。

兰乔一脸诧异地看着我，不知道我为什么梦中还要呼唤她的名字，不知道我为什么要面露微笑，更不知道我为什么如此紧紧地拉住她的双手。她刚要张嘴问我原委，这时，皇太极突然睁开了眼睛，对我们几个说道："时间差不多了，我们该出发了！"

闻听此言，张茜一骨碌站起身来，从怀中拿出红布玩偶，递到皇太极面前。皇太极皱了皱眉，又推回给张茜，低声对张茜说道："这个，还是放在你那里保管比较安全，等我们顺利回到你们的年代，再一起研究其中的玄妙奥秘吧。"说完，他站起身来，拍了拍身上的尘土，跨步来到后窗，探头向外面看看，然后回头朝我们几个挥挥手，让我们跟紧他。只见他团身探到窗外，纵身往下一蹦，轻巧地落在地面上，没有发出一点声音。张茜紧随其后，也纵身跃出窗外，然后是兰乔和我。等到我和兰乔拉着手蹦到地面的时候，我确定后背的伤口已经完全没有感觉了，兰乔一直担心的表情也彻底放松了下来。

我们在黑暗中紧跟着皇太极，顺着窗外的小巷一直走出了有八九百米，一直到了这条小巷的尽头，这里竟然有一座不大的寺庙。皇太极轻轻推开庙门，闪身进去，我们几个也尾随而入，我走在最后，回身关好了庙门。我们几个径直来到了正殿，说是正殿，其实也没有多大的地方，在殿堂中间供奉着一尊两米多高的雕像。我瞪大眼睛，仔细端详这尊雕像，发现这雕像并不是我们日常熟悉的佛祖或是菩萨，而是一个须发皆白、手持拂尘的长脸老人。

我指了指雕像，对皇太极问道："皇上，这里供奉的是何方神圣啊？"

皇太极回头看了看我，低声说道："这个人可不是一般人，他是阴阳风水学的鼻祖，也是这鬼市的创立者，他叫郭璞……"

（九十二）

崖壁天梯

郭璞，出生于 276 年，病逝于 324 年，字景纯，河东郡闻喜县人，两晋时期著名文学家、训诂学家、风水学者。郭璞为正一道教徒，除家传易学外，他还承袭了道教的术数学，是两晋时代最著名的方术士，传说他擅长预卜先知和诸多奇异的方术。他好古文、奇字，精天文、历算、卜筮，长于赋文。据传郭璞当时号召自己门下弟子遍寻天下奇珍异宝，在特定时间、地点设置市场进行交易。在市场中交易的很多珍奇物品多为盗墓之徒在墓穴中所获，因怕官府追查，所以选在夜半时分开市交易，这就是最早的"鬼市"，而郭璞自然而然就被后人供奉为"鬼市"的鼻祖。

我快步来到郭璞的塑像前，恭恭敬敬地跪拜行了大礼。张茜在一旁看了，笑着对我说着风凉话："我们的李大学士什么时候还拜起风水学的鼻祖了，这以后打算以算命为副业呗？"

我摇了摇头，一本正经地回答道："此言差矣！现在我们身处险境，也许郭璞仙师会在冥冥之中庇佑我们也未可知啊！再说了，阴阳风水学也是我们中华传统文化的一部分，我这拜一拜老祖宗也不为过！"

兰乔什么也没说，静静地来到我身边，和我并肩跪拜起来。我侧头看她，只见她脸上无比虔诚，口中还默念着什么，一连磕了十几个头。还没等我和兰乔起身，皇太极走过来，小声对我们几个说："快点跟我过来，再耽误时间，一切就来不及了！"说完，他竟一步跳上了郭璞塑像所在的祭台上，然后几步迈到郭璞塑像的身后，一闪身不见了。

我们几个一脸惊愕，来不及多想，也连忙跟着跳上了祭台，来到郭璞塑像的后面，这才发现在郭璞塑像背后的墙上竟然有个一人多高、无比深邃的黑洞。这黑洞明显是精心开凿的，洞口还刻着很多道教文化内容的花纹。黑洞里面是一条狭窄的隧道，弯弯曲曲不知通向何方。正当我们几个犹豫不决、不知道该不该进去的时候，皇太极的声音从洞中传来："你们几个磨磨蹭蹭还在等些什么？再等一会儿，追兵就找到我们了！"

我和张茜互相对视了一眼，心下想：连皇陵地宫、阴阳结界我们都进去闯了闯，这个黑洞又算得了什么呢？于是张茜一马当先，我拉着兰乔紧跟其后，我们几个人进了洞口，一头钻进了漆黑的隧道之中。

这隧道里面伸手不见五指，左右也十分狭窄，将将可以容纳一个人通过。我们几个互相搀扶着一步一步地往前走。走了没有多远，前方忽然一亮，出现了光线，细看之下，原来这隧道竟然已经到了头。我们穿过隧道尽头的小门，发现外面是一个紧靠着悬崖的不大的露天平台，皇太极正站在平台一角通往悬崖上方的铁梯前。我抬头看了看，只见这铁梯直插云霄，看不到尽头。我不禁皱了皱眉头，对皇太极说道："皇上，我们几个就从这里爬上去？这未免也太危险了吧？"我这个人最怕爬高，眼见得这条铁梯如此危险，不由得腿先软了下来。

皇太极一脸严肃地说道："不错！这是唯一出去的通道！而且只

有太阳跳出地面之前的这一小会儿，悬崖上面的人往下面送香灰时才会把梯子放下来！你们再磨蹭一会儿，梯子就要收回去了！"话音未落，皇太极已经纵身跃上铁梯，一步一步向上爬去。

张茜看了我一眼，低声问我："你的伤能行吗？"我点了点头，拍了拍她的肩膀，让她放心。于是，张茜长吁了一口气，也紧跟着皇太极爬上了铁梯。

兰乔走到我身边，柔声对我说："老爷，你先上，我在你后面！你有伤，不能太着急，更不能过分地用力。累了你就歇一会儿，手可一定要把住啊！"

我笑了笑，伸手拉住了兰乔的小手，深情地对她说道："夫人别担心，我的伤已经没有大碍了！听我的，你先上，我在后面断后，看着你在我前面，我更安心。"说完我就扶着兰乔上了铁梯。兰乔从来不违抗我，听我这么说也就顺从地向上爬去。刚爬了几步，兰乔又回过头对我说："老爷，你可千万要慢些，一定小心伤口才是！"看我点头答应，兰乔才放心地继续向上爬去。我望着兰乔慢慢变小的背影，长喘了一口气，一咬牙，纵身跃上了铁梯。

刚爬了二十几步，我突然听到铁梯下面的隧道里传来一阵脚步声和喧哗声！不好！应该是大头怪人的追兵到了！我连忙催促兰乔，让她告诉前面的张茜和皇太极加快速度，自己也三步并作两步地紧忙向上爬去。

我又往上爬了三四十步，这时下面的隧道口和平台已经淹没在云雾之中了。突然，铁梯猛地一阵抖动，差点没把我从铁梯上晃下来！我连忙向下看去，只见朦朦胧胧雾气之中，竟然有很多黑点顺着铁梯向上爬来！我估计那些黑点应该就是大头怪人的手下，连忙拍了拍兰乔的双脚，告诉她下面有追兵追来了。想必兰乔把消息依次告诉给了上面的张茜和皇太极，只见最上面的皇太极停下了脚步，探头朝下面看去。片刻之后，皇太极焦急地向我喊道："你注意后面动静，我们抓紧往上爬，这铁梯恐怕禁不住这么多人，随时都会垮掉！"我听了皇太极的话，后背的冷汗就流下来了，慌忙之中我朝皇太极点了点头，心里不禁一阵阵地担忧。脚下的这铁梯似乎瞬间变得弱不禁风，好像下一秒钟就要垮掉了一般。不过，我们已经顾不上什么了，几个人都拼了命地往上爬去。

我一边拼命地往上爬，一边探头向下面看去。下面的人爬得很快，一转眼，底下的黑点大了不少！我不断地大声催促着前面皇太极他们几个人加快速度，眼见得张茜和兰乔已经累得气喘吁吁、精疲力尽、手脚发抖，随时都有掉下去的危险！这垂直上下的铁梯实在是不好攀爬，往下一看两腿就软了，根本使不上劲。越往上爬越害怕，别说使劲快爬了，就是慢慢爬都吃不消！我不能再过分地催促兰乔和张茜了，毕竟她们是女同志，如此高强度的攀登会让她们出意外的。于是，当我的脑袋每次撞到兰乔的脚跟时，我就干脆停下来喘几口气，什么话也不说了。

过了一会儿，我突然听到下面发出阵阵的嘶叫声，那声音着实令我毛骨悚然。我连忙低头向下看去，发现下面铁梯上的黑点竟然又大了很多，距离我也就还有三四十级了。我索性停下脚步，仔仔细细地端详了一下下面的那些黑点，越看越觉得下面追来的不像是人！这些黑点浑身毛茸茸的，体型又圆又壮，手脚细长，动作十分麻利！

我慌忙抬头向上面的皇太极喊去："我说皇帝老儿啊，你看看下面那些黑点，怎么看起来不像是人啊！一个个毛茸茸的，怎么看起来像是大猩猩呢！"

皇太极听了，脸色一变，低头向下看了一眼，便大声朝我喊道："不好！快爬！那不是人！我们快爬！"

我们几个人发现平时一贯沉着的皇太极此刻吓得连声音都变了，也不知道究竟发生了什么，只好先闭上嘴，手脚并用地急忙往上面爬去。我一边奋力地爬一边大声问皇太极："皇上，你最好别吓唬我们！

能不能直白地告诉我们一声，下面追上来的究竟是什么东西啊，那东西到底是人还是鬼啊？"

皇太极满脸通红，脸上鼓着青筋，一边疯狂地向上攀爬，一边声音颤抖地回答我说："你这回猜对了！这些东西真的不是人，它们是鬼市的巫师从地缝炼狱中释放出来前来索命的魔鬼！它们叫作鬼魃……"

狮子

一部颠覆大脑认知的
多维度小说

清宫 李东兵◎著 谜影

下

辽宁人民出版社

目　录

（九十三）

死里逃生

听了皇太极的话，我们几个都面露惊恐之色，不再言语，拼了命地往上爬。我平素里恐高的毛病，在这一刻好像都烟消云散了一般，因为我们根本没有精力和时间去考虑恐高的问题，心里面唯一想的就是千万不要让下面那些毛茸茸的怪东西追上我们！

又顺着铁梯向上爬了百十来级，我们已经依稀看到头顶有楼阁的红墙黄瓦，胜利就在前方，大家一阵欢呼，手脚忙活得更快了！铁梯的尽头是一截类似于烟囱的四周带有围挡的圆形垂直通道，通道里面其实也还是铁梯，只不过就是周围不再空荡荡的了，爬起来也就不会害怕了。皇太极最先爬到了铁梯尽头，一头钻进了垂直通道，猛地向上推开通道堵头的铁盖子，纵身跃了上去。接着张茜也手忙脚乱地钻进了通道，皇太极从上面伸出手来往上拉张茜。我正要催促兰乔快点爬进那条垂直的通道，突然，我感觉下面有一阵劲风袭来！我低头一看，只见一团巨大的黑影猛地向上蹿来！黑影眨眼之间到了我的脚下，突然伸出一截白花花的手臂，颀长的手掌一下子握住了我的脚踝处！我"哎哟"一声，连忙用另一只脚去踩那只大手掌，这时我才看清楚，那团黑影竟然是一个毛茸茸巨大的身体！还没等我踩到那大手掌，从毛茸茸的身体中猛地探出一个又大又圆的头来，直接伸到了我的眼前！如此近距离凝视那张脸，使我一直到现在都经常在夜晚被梦魇纠缠——那是一张恐怖到无以言表的鬼脸！

那毛茸茸的东西的整张脸都是透明的！脸上没有鼻子，只有两个血红的空洞！眼睛看不到眼皮，也没有瞳孔，只有白色的布满血丝的球状体来回地转动。这东西嘴巴大得惊人，一直咧到了脸的后部，满嘴都是横七竖八的利齿！嘴里分明还有一条鲜红细长的舌头，时不时伸出来在苍白的鬼脸前扫一圈！这东西浑身是毛，偌大的脑袋上却没有头发，头顶上不知是什么东西冒着热气，一鼓一鼓的，如同煮沸了的豆腐脑一般。

这如此恐怖的面孔让我不自觉地尖叫一声，紧接着我眼前一黑，双手差一点松脱铁梯，身子摇摇摆摆，几乎就要从铁梯上坠落下去。

兰乔听到我的惊呼，回身一看情形不好，甩手向我身下的怪物射出几点寒光！那些寒光直直地射入怪物毛茸茸的体内。还没等我反应过来，那怪物突然一下子爆裂开来！体内瞬间喷射出殷红黏稠的液体和各种碎块，劈头盖脸地喷了我满身，甚至有不少碎块血沫都崩进了我的嘴里。我顾不上别的，慌忙地腾出一只手来不停地擦去脸上污秽的液体，嘴巴也呸呸地吐个不停！

这时，上面的兰乔高呼一声："老爷快上来！后面又有怪物来了！"我低头向下一看，只见几个黑点风驰电掣般地向我爬来，我也顾不上再去擦拭污秽，连忙向上爬去！

这时兰乔已经从垂直通道爬到了地面上，转过身来拉我的胳膊。我就着兰乔拉我的力量，也纵身往上一跃，恰好皇太极从另一侧伸手架住了我的胳膊，我一下子就被他们两个直接拉出了通道！

我刚站起身来想要关上铁盖子，只见张茜不知从什么地方拿过来一桶灯油，顺着铁梯直倒下去！铁梯沾上了油，一下子变得十分滑，那些个被称为"鬼魁"的怪物爬起来明显困难了许多，速度大大减缓。皇太极又抬来一桶灯油，按照张茜的方法倾倒下去，很多灯油直接倒在了怪物毛茸茸的身上。张茜从怀中掏出一个火折子，擦亮之后，一扬手丢到了铁梯上。

刹那间，火光冲天，铁梯变成了一条长长的火龙！"鬼魁"们被烈火团团包住，一个个地从铁梯上摔落下去，发出令人毛骨悚然的凄惨叫声。我不忍再看，忍着阵阵热浪的袭来，用尽全身力气把铁盖子严严实实地盖了下去。滚滚的黑烟从下面不断地翻滚上来，呛得我们几个泪如雨下。我们几个转身跑到旁边的一间院落里，横七竖八地躺在了台阶上喘起气来。

刚才每个人都拼尽全力向上攀爬，现在才发现手脚已经酸疼得几乎无法忍受！不仅如此，刚才大火升腾，我们又吸进了不少黑烟，现在个个都是眼睛通红，咳嗽不已。我更是受到不少惊吓，索性摊开四肢躺在青石地面上，让全身放松一下。我刚把眼睛闭上，身旁的兰乔突然"啊"的一声大叫，差一点把我的心脏吓出来，皇太极和张茜也都齐齐看向了我！我低头一看，原来我的脚踝处还挂着那"鬼魁"的一截手掌！那断掌在地上拖来拖去，更加血肉模糊，让人看了不觉作呕。张茜皱了皱眉头，站起身来走到我的面前，使尽全身力气，一脚把那断掌从我脚踝上踢开。断掌划出一道优美的抛物线，远远地坠落到平台下面去了。我心中暗自赞叹，张茜这脚法，参加女足世界杯也不为过！

我本身受伤的时候就消耗了大量元气，紧接着又一口气连跑带爬地到了这里，根本也没有好好地休息过，此刻便觉得浑身将要虚脱，胸口一阵阵地翻腾，好像马上就要呕吐出来一样。尽管浑身布满了污秽，可是我根本顾不上这一身的腥臭，自顾自躺在地上大口地喘气。兰乔却并不嫌弃，坐到我身边，掏出手帕认真地给我擦拭着脸颊上的污物。我知道她也很疲劳，又是一个女孩子，不好意思再累到她，就伸出手来想去制止。可是兰乔用另一只手轻轻地按住了我的手，不再放开。我心里猛地一震，顿时明白了这个时候兰乔是不可能接受任何的制止的。情感就是如此，一个人真心给予你的，任何拒绝都是一种伤害！

此刻，天已经微微地亮了，一道红霞从天际慢慢地爬升上来。我睁开疲惫的双眼，四下里打量了一圈。我惊奇地发现，我们正身处在一个飞檐重叠、金顶密布的巨大建筑群中！而我们现在所在的院落，只不过是众多建筑中的一处小小的角落。

我回过头，朝着皇太极的方向喊道："嗨，皇上，我们这是在哪里啊？这么多宫殿，看上去怎么像你的皇宫啊？"

皇太极躺在地上，头都没抬地回答我说："这不是宫殿，是庙宇！这里就是大清皇寺——实胜寺。"说话间，阵阵悠扬的钟声传入到我们的耳畔。

原来这就是实胜寺，可是我记忆之中的皇寺没有这么雄伟壮观啊。我按捺不住自己好奇的心理，慢慢坐起身来，认真端详起这座皇太极赐建的黄教喇嘛庙。我们所处的地方应该是实胜寺的后庭的一个普通院落，院子正中是一栋三层楼高的五间重檐歇山式的大殿，建在青砖平台基座上，殿顶用了盖黄琉璃瓦边剪边。大殿周围的内廊有二十四根鲜红的明柱，横五楹进三楹，也为飞檐斗拱歇山式木架结构，同样盖着金黄色琉璃瓦镶缘剪边。整个内廊与大殿相衬，显得院子里的建筑富丽堂皇，熠熠生辉。

我慢慢踱到大殿正面，只见大殿正门紧闭，大门的上方悬挂着一块巨大的蓝边金匾，上面用汉文、满文和蒙古文书写着"玛哈噶喇佛楼"。我用力推开大殿的户牖红门，迈过高大的门槛，进到大殿内部，只见大殿里面正中的香台上立着一尊金佛。金佛为站像，双手捧降魔杖，高约一尺二寸，呈古铜色，造型极为生动。我上前仔细端详，发现金佛身上刻着"玛哈噶喇佛祖"几个大字。

我正纳闷这是何方圣佛，怎么此前从未听过。突然，一个人影从大殿的金佛后面闪出，几步站到了我的面前，对着我怒目圆睁，一脸杀气！我定睛一看，眼前站的是一个穿着红色袈裟、手拿佛珠的喇嘛！我刚要鞠躬问好，却发现这个喇嘛的左腿上竟然拴着臂膀粗细的铁索，铁索的另一头紧紧地固定在金佛后面的墙壁上……

（九十四）

玛哈噶喇金佛

还没等我说话，那个腿上戴着铁索的喇嘛就大声骂了起来："又是皇太极那狗皇帝派来打我主意的吧？赶紧给我滚出去！小心我要了你的狗命！"

我愣了愣神，没想到这皇寺之中竟然还有与皇太极结下深仇的喇嘛。眼前这个喇嘛腿上拴着锁链，想必是个行为乖张、喜怒无常的人，具体因为什么而与皇太极结的仇怨我并不知晓，也不想知晓。很多事情，知道还不如不知道！于是我默不作声，转身想离开大殿。

这时，身后大殿正门被推开，皇太极带着张茜和兰乔也缓步进到了大殿里来。皇太极慢慢踱步到金佛前，表情凝重地望着金佛，好像根本没有看到那个戴着铁索的喇嘛一般。

过了一会儿，皇太极回过头看着我，用一只手指了指金佛对我说道："这尊金佛叫作玛哈噶喇金佛，是朕当年征服蒙古林丹汗部，林丹汗的母亲献给朕的三件宝贝之一！这尊金佛是当年黄教创始人宗嘎巴在募得千金后铸成的，因此在整个佛教界备受尊敬。所以朕接受了这尊金佛，并派重兵看护送回盛京。奇怪的是，在返回盛京的路上，驮运金佛的白骆驼走到距离盛京城五里的地方就卧地不起，无论士兵如何鞭打催赶，那白骆驼也不起身。于是朕便下旨不再赶路，在白骆驼卧倒的原地修建了一座专门供奉玛哈噶喇金佛的庙宇，也就是我们现在所处的这个地方。"

我没领会皇太极为什么要和我们几个说这些，是有什么特别用意，还是在单纯地给我们当导游。我看了看那个戴着铁索的喇嘛，又看了看皇太极，不知该说些什么，一时间大殿之中气氛十分尴尬。张茜和兰乔站在那里，丝毫没有想说话的意思，我只好一边打量着金佛，一边问皇太极："那'玛哈噶喇'到底是什么意思啊？"

皇太极绕着金佛走了半圈儿，这才抬眼看着我回答道："玛哈噶喇，又作'摩诃葛利'，意译为'大黑天'，本是印度崇拜的一种神，传说是大自在天的化身。也有一些僧人说这个'大黑天'为战神，礼祀此神，可增威德，举事能胜。后来，玛哈噶喇被佛教接纳，成为密宗护法神之一。在蒙元时期，藏传佛教来到中原，又把玛哈噶喇介绍给元朝皇帝。自忽必烈的帝师八思巴命阿尼哥塑此神像后，历代蒙古皇帝都奉此为保护神。此神像曾秘密供奉于山西五台山，后又移至八思巴的故乡西藏萨迦地方供奉，几经转折。一直到了我们女真族崛起，朕征服了蒙古部落后，当时蒙古部落的墨尔根喇嘛奉林丹汗母亲的命令，将此神像作为礼物献给了朕。"皇太极说到这里，脸色突然一变，语气瞬间变得十分的愤怒："朕本以为蒙古部落已被征服，献上金佛是表示对朕臣服与尊敬，连那匹白骆驼都畏惧朕的威名，跪倒不前。这些年每次朕来这里，都沐浴更衣，焚香洒扫，恭恭敬敬地参拜这尊佛像。可是，直到有一天，朕无意中发现了这尊佛像的秘密，才弄清了当初林丹汗母亲献上金佛的真正目的！"

说到这里，皇太极猛地把头转向那戴着铁索的喇嘛，厉声说道："多铎，朕让你在这里找到金佛的秘密，这一转眼三年过去了，你可发现金佛有何异处？"

皇太极这一句话，把我们几个人都震惊得不约而同地张大了嘴，目光齐刷刷地盯向那个拎着铁索的红衣喇嘛。真没想到，这个人竟然就是历史上大名鼎鼎的大清和硕豫亲王——多铎！

之前在永福宫，我、张茜和兰乔都偷听到皇太极与庄妃的对话。当时我们只是以为庄妃与多铎相恋在前，皇太极夺人所爱在后，庄妃和多铎余情未了，难以自持，被皇太极发现了什么端倪，于是皇太极便把多铎秘密地关押起来，所以庄妃恳求皇太极放过多铎，并希望可以再见多铎一面。这本来就是合情合理并且极为狗血的剧情，我当时根本没用心去细想，现在看来，事情好像完全没有当初想的那么简单！

"皇太极，你少拿那些花言巧语来骗我了！我与大玉儿两情相悦，彼此真心相爱！你把她抢去我无话可说，谁让你是我们大清的皇帝！可是我与大玉儿并无任何僭越之处，偶尔相见也是恪尽君臣礼仪，说几句寒暄的话罢了。没想到你竟然心胸狭隘，无中生有，把我绑到这里来，假意让我看管金佛，实则是剥夺了我的自由，终身监禁！可叹我多铎半生英雄，竟然遇到你这个昏君，被你囚禁于此。不能为国尽忠，战死沙场，这实在是我多铎一生最大的遗憾！"多铎的声音如同炮弹一样落在我们几个人中间，看得出这个人性格十分耿直，内心豪爽仗义！此时此刻，多铎怒目圆睁，脖子上青筋突起，腿上的铁索被挣得哗哗作响！若没有铁索束缚，恐怕多铎早已冲上来与皇太极撕扯成一团了！

皇太极听了多铎的话，脸色倒是平和了很多。他也紧紧地盯着多铎的脸，许久才叹了口气说道："多铎，我们兄弟手足情深，相处多年，在你心中，朕就是一个为了儿女私情而置祖宗社稷、兄弟手足之情于不顾的自私自利的小人吗？"

多铎鼻子里崩出"哼"的一声，愤怒地转过脸去！

皇太极摇了摇头，对着多铎缓缓地说道："那好，今天就让你彻底明白这么多年来朕所做的一切其中的原因所在！"说完，他突然抬高声音，转过头朝着门外喊道："你进来吧！"

大殿的大门被轻轻地推开了，一个人慢慢地走进大殿里面。只见这个人身披黑色的金丝披肩，披肩的帽子戴在头上，把脸完全遮掩住了。这个人慢慢地走到戴着铁索的红衣喇嘛面前，缓缓地摘下了头上的帽子，露出了憔悴但不失俏丽的面容。没错，这个人正是庄妃——大玉儿！

多铎看到庄妃，一下子冲上前来，紧紧地拉住了庄妃的双手，泪水从这个坚强汉子的脸上瞬间滑落。庄妃也早已经是梨花带雨，泣不成声，她也紧紧地握着多铎的手，哽咽着说道："多铎，你……你好吗？"

多铎看到庄妃出现，刚才所有的愤怒和刚毅都瞬间消失了，此刻竟然激动得许久都说不出话来，只是深情地望着庄妃，那一双紧紧地握着庄妃的双手竟然不住地在颤抖！

看到这个场景，皇太极的脸抽动了几下，不自然地把脸转了过去，想是内心深处也是百感交集，无法自已。我抬头看了看兰乔，恰好兰乔的目光也扫到我的脸上，我们神色黯然地默默把头低下。此时无声胜有声，这一刻每一个人的沉默，都蕴藏着心中真挚情感的翻腾与千言万语的倾诉。可是这一刻，又有什么比沉默更合适的表达方式呢？

过了好一会儿，庄妃和多铎的情绪逐渐平静下来。庄妃抬手擦了擦脸上的泪水，转过身对皇太极说道："皇上答应臣妾再见豫亲王一面，臣妾跪谢皇上金口玉言，一言九鼎，成全了臣妾。可是臣妾也知道，皇上您让臣妾来这里，绝对不只是与豫亲王见一面这么简单。皇上安排这一切的缘由，臣妾鲁钝，还请皇上明示。"

多铎也耐不住性子，抖动着铁索，大喊起来："皇上，既然你让我见了大玉儿，我也不再骂你！你刚才说的什么金佛里的秘密所在，快快讲出来吧，我多铎洗耳恭听！"

皇太极缓缓地转过身来，看了看多铎，又看了看庄妃，然后踱步到了金佛前面。他又仔仔细细地端详了金佛好半天，这才对着庄妃和多铎问道："难道，这么长时间过去了，你们真的不知道藏在这玛哈噶喇金佛里的秘密？"

（九十五）

"去岁浆"

多铎和庄妃满脸迷茫地对视了一眼，不约而同地摇了摇头，看样子他们是真的不知道金佛中的秘密。

皇太极叹了口气，缓缓地说道："三年了，多铎，整整三年你都没有破解玛哈噶喇金佛的秘密！可怜朕一片苦心，却换来你们这无尽的仇怨！"说到这里，皇太极慢慢地走到金佛面前，伸出手小心翼翼地按了一下金佛的左耳，接着眼前的一幕让在场所有人都惊呆了！只见金佛突然从中间向两旁缓缓裂开，自腹中慢慢探出一个金色的托盘，托盘里赫然立着一个拳头大小的镶满了各色名贵钻石的透明玉制酒壶！酒壶里面盛着朱红色的液体此刻正来回地晃动，在满屋烛火的照耀下，折射出诱人的光芒。

多铎瞪大了眼睛，歪着头看了半天，然后伸手指着这小小的酒壶向皇太极问道："皇上，这，这是什么？为什么酒壶会在金佛腹中？"

皇太极伸出手把这小小的酒壶从托盘上拿了下来，然后用手指夹住壶盖轻轻一拧，那酒壶的盖子就向上打开了。皇太极把小酒壶的壶口放在鼻子前轻轻地嗅了嗅，然后看了看多铎，冷笑一声说道："多铎，这就是蒙古部落祖传的'去岁浆'，喝一滴这酒壶里面的液体人便会少活一年，这些都给一个人喝下去，这个人就少活五十年。"说着，他把小酒壶轻轻地放在了金佛前面的祭台上，然后抬起头来，凝视着庄妃的脸，略带悲伤地说道："庄妃，你们蒙古部落虽被朕征服，其实众人心有不甘。那林丹汗死前也嘱咐族人要忍辱负重，伺机报仇！这些林丹汗的族人知道朕一向小心谨慎，他们明目张胆地刺杀是绝无可能的，所以那林丹汗的母亲假意献上金佛，并将自己的儿媳、女儿以及公主一并改嫁与朕，实则让这些女人在朕的身边伺机用藏在金佛腹中的'去岁浆'，添到朕的酒饭之中，让朕在不知不觉间吃下去，以减少寿禄。一旦朕驾崩，到时蒙古林丹汗部落便可以趁着混乱之时，寻找机会摆脱大清统治！"

听到这里，庄妃和多铎不由得发出一声惊呼！我和兰乔也张大了嘴，简直不敢相信皇太极所说的是真的。只有张茜，面色如常，想必皇太极事先已经和她有过交流，她才不至于如我们一般大惊失色。

皇太极用他那如同利剑一般的目光把大殿内的每个人都环视了一遍，最后目光停在了庄妃和多铎脸上。不知不觉间，悲伤再一次充满了皇太极的眼中，他慢慢地拉起多铎的双手，对着多铎一字一字缓缓地说道："刚开始，朕担心你年轻，担心你被庄妃勾引拉拢，会做出对朕不利的事情！当然，朕也一直怀疑庄妃是林丹汗母亲派到朕身边做卧底的奸细。可是这二十几年来，朕多次故意布局想要揭穿庄妃的本来面目，可是庄妃并没有露出半点破绽，朕也就不好直接翻脸说破。但是你多铎，不明其中原委，一心以为朕心胸狭隘，故意事事为难你和庄妃，于是你心生怨恨，难以解开！其实朕只是不放心你，怕你被别人利用，做出对我们女真族不利的事，最后成为我们大清的千古罪人！"

皇太极说到这里，那多铎的脸色变得铁青，满头大汗顺着脸颊不停地流淌下来。多铎嘴唇动了又动，却连半个字也说不出来。

皇太极叹了口气，缓缓地松开了多铎的双手，然后看着多铎和庄妃说道："其实朕何尝不知道你们两个青梅竹马，男欢女爱！只是当时这种情况，朕也只能把庄妃安排在自己身边加以防范，绝不能冒险成全你们二人，而使我大清帝国处于重重危机之中。这二十多年里，朕以为时间可以洗涤去你们心头感情的旧迹，让你们忘记彼此，忘却旧情。看来朕还是小看了这深藏于你们心中的'真情'二字！"

皇太极说到这里，庄妃那苍白的脸上猛地抽搐了几下，紧接着，只听"扑通"一声，庄妃一下子跪倒在皇太极的面前。只见她泪如雨下，哽咽地说道："臣妾确实是跟随本族之人归顺皇上的，但是臣妾并不是皇上所说的那被派来谋害皇上的刺客！至于这'去岁浆'，臣妾更是闻所未闻。如果皇上不相信臣妾，就请现在赐臣妾死罪吧。"说完，庄妃竟一头向大殿之中的红柱子撞去。

皇太极眼疾手快，一伸手把庄妃拦了下来，嘴里呵斥道："既然是朕冤枉你，你又何必寻死呢！你这脾气，烈得很！二十几年了，一点都没有改变！"

这边，多铎没等皇太极话音落地，也缓缓地向皇太极跪下，对着皇太极磕了几个头，然后伏在地上颤着声音说道："皇上，臣弟资质鲁钝，并没有领悟皇兄的一片苦心，让皇上您以身犯险，这本就是死罪一条。还请皇上赐臣弟死罪，臣弟绝没有任何言语！不过此事与大玉儿绝无半点干系，大玉儿进宫二十几年，服侍皇上兢兢业业，还给皇上生了九阿哥。请皇上看在九阿哥的情分上，不要怪罪大玉儿。臣弟九泉之下，也会铭记皇兄的恩情！"

庄妃听了多铎的话，连忙哭着对皇太极喊道："不不不！皇上，这事与豫亲王才是没有任何关系！是臣妾不明就里，任性妄为，既伤害了皇上的威严，又让豫亲王为臣妾做了傻事。臣妾恳请皇上宽宥豫亲王的罪过，妾身愿意承担一切罪责！皇上！"

这边多铎听了庄妃的话，又要张口替庄妃担责。突然间，皇太极猛地一挥手，大喝了一声："罢了！你们在这里互相为对方辩解，究竟置朕于何地？庄妃入宫二十几年，对朕忠心耿耿，没有半点差错，朕心里也是知道的。至于多铎你为了朕的江山和大清的社稷出生入死，忠诚可靠，朕这做皇兄的也明明白白。既然你们都有心要为对方开罪，那朕就给你们一个机会！今天在这里，我们就把这件事做一个了结！"

说到这里，皇太极指了指祭台上的"去岁浆"说道："你们如果心甘情愿为对方担责受死，那就去把这'去岁浆'喝下去！一个人喝了，朕便放过另一人，不再计较从前的一切！如何？"

我听了皇太极的话，抬头看看那小酒壶中殷红色的液体，不由得为庄妃和多铎捏了一把汗！这一小壶喝下去，减寿几十年倒还是小事，弄不好当场就得七窍流血，死于非命！突然，在我身旁的兰乔拉了拉我的手，我连忙转过头望向兰乔。只见她一脸焦急，似乎在向我哀求，让我去游说皇太极改变主意。

还没等我拿定主意，却看见庄妃已经慢慢地从地上站起身来，伸手去拿祭台上那装着红色液体的小酒壶了。就在庄妃的手指马上触及酒壶把手的一刹那，一旁的多铎却已跃起身来，一把抢先拿到酒壶！接着，多铎动作麻利地拔开壶盖，仰起脖子，把壶中的红色液体一饮而尽！饮罢，多铎一下子把小酒壶摔碎在地上，仰天大笑起来！

大殿里除了皇太极，其他人都不由得被眼前的场景惊呆了，庄妃更是扑倒在多铎的脚下，抱着多铎那拴着铁索的双腿痛哭起来！皇太极抬起头，漠然地看了看多铎，从怀中掏出一把铜钥匙甩在多铎的面前，冷冷地说道："好！这件事到此为止！多铎，你回去还做你的豫亲王吧！"说完，拂袖出门而去！

我们几个呆呆地站在原地，不知所措！多铎弯腰把庄妃扶起来，伸手为庄妃擦去脸上的泪滴，笑着说："这多好，我们又见面了！只要能见到你，少活几十年，值得！"

多铎弯腰解开腿上的铁索，回身对庄妃拱手说道："大玉儿，今日一别，恐再难相见！你一定要多多保重，我多铎心中自会时常念记着你！今生不能再见，来世我再去寻你！"说完转身出了大殿，头也不回地走了……

于是，我们现在看到的史料就记载为，顺治六年（1649）三月十八日，豫亲王多铎突然染天花死亡，年仅三十六岁，谥号"通"……

（九十六）

巨蜈蚣

张茜和兰乔都上前去搀扶倒在地上哭成泪人的庄妃，我想此刻也只有女人最能理解和安慰女人了，于是我也转身出了大殿，转到大殿后面的石台去等待。到了石台我却看见皇太极正垂着头，一个人呆呆地伫立在那里，眼睛一眨不眨地盯着地面。

我走到皇太极身边，也不知道该说些什么安慰他，只好靠在墙壁上不说话。过了好一会儿，皇太极才抬起头来看了我一眼，长叹了口气，不住地摇起头来。我犹豫了半天，还是开口问他："皇上，你为什么一定要让多铎和庄妃去喝那个'去岁浆'呢？我知道你是个心地善良的人，你完全可以给他们一条生路啊。"

皇太极仰头望了望苍天，苦笑了一下，自言自语地说道："朕只想在临走之前试探一下他们二人是不是真的如他们所说，对这一切都不知情，可是……看来，这一切都是命中的定数，不可更改，也不能更改啊……"

皇太极的话音还没落，张茜和兰乔从大殿转了过来，看样子她们也很悲伤，脸上还挂着泪痕。我连忙问她们："你们俩怎么过来了，庄妃娘娘呢？"

张茜摆了摆手说："庄妃她自己回宫去了，唉！可怜的女人……"

皇太极眉头一皱，欲言又止，我们也知道此事剪不断，理还乱，所以索性谁也不说话了。大家随便地坐在地上，各自想着自己的心事。

就这样过了有一盏茶的工夫，我疲倦得已经昏昏欲睡，这时一群鸽子从头顶飞过，鸽哨发出悠扬的声音，好像海风呼啸，更似笛声婉转。皇太极一下子抬起头来，紧张地看着我们几个问道："今天，今天是什么日子？"

我脑海中一片茫然，回头看看张茜，又看看兰乔。张茜摇摇头，兰乔想了想，回答道："皇上，今天应该是八月初八。"

"八月初八，八月初八，那我们还有一天的时间……"皇太极喃喃自语道。

我疑惑地问道："怎么了，皇上，不是说众星拱月之夜就可以回去吗？就算明天我们回不去，我们也可以等到三个月之后下一次的众星拱月之夜回去啊。"

皇太极看看我，摇了摇头说："对你们来说，可以赶下一个众星拱月之夜回去，而朕不可以，朕明天晚上必须要离开这里！"

"为什么啊？"我挠了挠头不解地问道。

皇太极没有说话，旁边的张茜接过话来，大声地回答道："为什么，为什么，你怎么糊涂了？历史上皇太极就是崇德八年也就是1643年的农历八月初九病逝的！明天皇上就驾崩了！你让他还怎么待下去？"

我一下子恍然大悟！是啊！明天就是皇太极的"死期"啊！历史是不可以改变的！

皇太极皱着眉头对我们几个说道："我们得抓紧时间了，现在还不能说我们已经有了可以找到'天眼'宝石的确切线索。"说到这里，他把头转向张茜，说道："快把那红布玩偶拿出来，趁这个时候，我们一起研究研究，看看还能找出什么线索来。"

张茜点了点头，从怀中掏出了那个红布玩偶，递到了我们的面前。这时大家才注意到，玩偶上的钢针早已经不在了，而且这个红布玩偶其实不是用红布做成的，而是在灰褐色布片做成的身体外面套了一件血红色的兜兜，看起来很是诡异！

皇太极把红布玩偶翻过来倒过去，看了又看，也没找到什么端倪，只好一脸茫然地又把玩偶递了回来。张茜又从皇太极手中接过玩偶，把玩偶戴着兜兜的身体仔仔细细看了个遍，也是没发现什么。这时，一旁的兰乔突然指了指玩偶的兜兜说："老爷，我觉得这个兜兜是应该可以解开的吧。"

我觉得兰乔说得有理，就拿过玩偶，把玩偶最外面的红色兜兜解了下来。这时太阳的光芒直射下来，恰好穿过了红色的兜兜，皇太极"咦"了一声，突然指着红布兜兜说道："大家快看！那兜兜上好像画有一张地图！"

我连忙把红兜兜高举过头顶，迎着阳光看去，只见红布上依稀画着类似山川与河流的图画，并且在一些地方还有红色的圆点。兰乔在一旁仔细地查了一下，红布兜兜上共有九处红色圆点，遍布在整个图画东南西北的不同位置。我刚要详细地去分辨一下那些圆点的具体位置，突然张茜指着不远处我们顺着铁梯子爬上来的那个圆圆的通道盖子说："你们看！那个盖子在动！"

一时间，我们所有人的目光都朝那个铁盖子看去！果真，那个沉重的铁盖子此时此刻竟然在一点一点地拱起来！难道是那些没有被烧死的"鬼魈"又爬上来了吗？我们站在那里不知所措，只是呆呆地望着那铁盖子在动。

突然盖子不动了，我们几个面面相觑，刚要上前看个究竟，突然，一声巨响，那铁盖子竟被下面一股巨大的力量冲到了半空中！接着一条火一般长长的身影从通道里冲了上来，我定睛一看，不由得头皮发麻，这不是一条如同长龙一般全身通红的巨大蜈蚣吗！

410

还没等我们几个回过神来，那蜈蚣竟然对着我们晃了晃头，紧接着张开头上的铁钳，露出长满刚毛的嘴来！说时迟，那时快，一道火焰从蜈蚣口中喷出，直奔着我们面门而来！我们几个一片惊呼，连忙转身朝着刚才我们看到金佛的大殿方向逃去。饶是我们反应神速，动作还是十分的狼狈。我跑在最后面，裤子后面竟然被烧了一个大洞！亏得大洞在大腿后面的位置，否则要是露出屁股的话，可真是丢死人了！

　　我们刚跑到供奉金佛的大殿前的空场上，那巨大的蜈蚣竟弓起身子，猛地蹿到天上，从我们头顶直扑下来！这时我才看清楚，这怪物足足有十五六米长、一米多宽，身体两旁密密麻麻的枝节一样的脚正在不停地有规律地摆动！我从小就比较讨厌蜈蚣、蚰蜒一类的多足动物，此刻我看到这么大的一只蜈蚣在眼前扭来扭去，不由得后背起了一堆的鸡皮疙瘩，两条腿瞬间就软了下来。

　　就在我愣神的工夫，那大红蜈蚣又是一口烈火喷来！这东西脑子倒很聪明，一团火喷到了我们的前面，火焰一下子把我们前路完全堵死了。我们几个为了防止被火烧到，只能停下脚步。就这么一停顿，大蜈蚣的尾巴就从我们脑后扫了过来！我们实在无处可躲，大家不约而同都来了一个就地十八滚！饶是如此，我的左胳膊还是被蜈蚣尾巴上的硬毛扫到，左手握着的那脱掉了红兜兜的玩偶一下子被打到了半空中。我暗叫一声不好，右手赶忙把那画着地图的红兜兜塞到怀里，然后一个鱼跃去抓空中的玩偶。

　　说时迟，那时快，那蜈蚣一击落空，紧接着又是一尾扫来！我身体跃在空中，根本无法躲避，眼看着那蜈蚣巨大的尾巴就要把我拍扁。电光火石之间，我身后的兰乔和张茜同时伸手拉住我的双脚，直挺挺地把我从半空中拉到了地面上！虽然这一下摔得我眼冒金星，浑身剧痛，可是也让我从蜈蚣的这一击中捡了一条性命。与此同时，另一旁的皇太极见状，原地一跃，伸手去抓那空中下坠的红布玩偶。那蜈蚣无法连续起势，眼看玩偶要被皇太极拿到，竟然一口火喷向皇太极！皇太极连忙缩身躲避，从空中直摔下来，狼狈地在地上滚了十几圈才停下。等我们抬头再看时，那一团火竟然把半空中的玩偶包在里面，瞬间烧成灰烬了！

我们几个瞠目结舌，辛辛苦苦得来的红布玩偶竟然就这样变成灰烬了！那一刻，我们的内心简直完全地崩溃了。突然，那随风飘散的灰烬之中，一道金光闪来，我们几个的眼睛一瞬间被刺得无法睁开。那大蜈蚣竟也显得有些慌张，急急忙忙爬到大殿山墙的阴影中，把身子盘成一团，缩着不动了。

金光过后，我们几个缓缓地睁开眼睛，只见面前一朵祥云浮在半空之中。祥云之上立着一个须发皆白的老人，面容慈祥，一手捋着自己的胡子，一手拄着一根巨大的拐杖，看样子一定是个有道行的神仙。我慢慢地站起身来，走到浮云下面，仰头凝视了"神仙"半天，然后大声地问道："请问，您老是哪路神仙啊？"

那老人听我问话，不由得哈哈大笑起来，半天才收敛了笑容，低下头看着我说："连我你都认不出来了吗？你在下面还给我磕过头呢！我就是郭璞啊……"

（九十七）

神仙郭璞

　　郭璞？他不是鬼市的创立者、我和兰乔在庙里磕头叩拜的那个神仙嘛！怎么这么快许的愿就灵验了，神仙都出来保佑我们了？我一边心里不住地胡思乱想，另一边我的眼睛上上下下仔细打量着眼前这个白头发、白胡子的老头。过了好一会儿，我才满腹狐疑地问道："老人家，您是郭璞，是个神仙，那您跑到那个红布玩偶里做什么？这只血红色的大蜈蚣又是怎么回事？"

　　郭璞听了哈哈大笑，捋着白胡子说："你这个人倒是喜欢刨根问底啊！好吧，那我就回答你的问题。那个红布玩偶是我闭关修行的蛊盅，而那边的大红蜈蚣是在'鬼市'地下修行千年的妖精。你们这些人中一定有人身体里流淌的是'灵幻之血'，说白了就是有人是轮回不死之人，就把这孽畜给吸引来了。喝了'灵幻之血'，这孽畜的修为可是会大为精进呢！不过我没想到的是这孽畜竟然吐出三昧真火，看来你们也是把它逼急了。要不是那个孽畜吐火烧化了我的蛊盅，我还在里面快活地睡大觉呢！"

　　郭璞笑嘻嘻地说完这些话，看我们几个脸上流露着半信半疑的表情，就想露一手给我们看看。只见郭璞闭上眼睛，嘴里默念着什么，突然一道红光从他天灵盖上射出，在天上兜转了几圈，突然那道红光如箭一般地朝着墙角那巨大的血红蜈蚣射去！那蜷缩着身体的蜈蚣竟然哆哆嗦嗦，既不反抗，也不逃走，眨眼之间便被红光罩住！只见那道红光上下飞舞，几下子便把巨大蜈蚣切得粉碎，化为一团血浆，洒在地上。郭璞又闭目念起咒语，把红光和地上的血污一并收了，然后缓缓地落在地面，这才睁开眼睛望向我们，脸上又恢复了标志性的笑容。

我们几个被眼前的场景惊得目瞪口呆，看郭璞收了法术，这才信以为真，纷纷围到了郭璞的面前，像欣赏文物一样细致入微地打量起郭璞来。张茜更是神采飞扬地看着郭璞，嘴里不住地说道："原来神仙真的存在啊？和小人书上画得一模一样！"

郭璞倒是很随和，盘腿坐在地上，咧着嘴笑呵呵地对我们几个说道："我不过是个得道的仙，可称不上神！我修道就是求个长生不老、御剑飞天之术，天天玩得开心罢了。"

张茜把脑袋凑过来，笑嘻嘻地问道："老神仙，问您老一件事，您练的法术之中有没有驻颜术啊？那种可以让人一辈子都青春永驻、不会变老的法术，快教教我！"

郭璞顿时哈哈大笑，半天才故作神秘地回答道："当然有！你诚心想学我便教给你！这套口诀叫作'大品天仙诀'！"

我听了之后马上接道："这个法术我倒是听过，那不是《西游记》中孙悟空从菩提老祖那里学来的长生不老之术吗？难道真的有这个口诀？"

郭璞一边捋着胡子，一边认真地点着头说："当然有了，这个口诀是道家弟子秘传长生之术，也可青春永驻，百病不侵。不过……"

张茜看郭璞欲言又止，连忙问道："不过什么？不会是什么只传男不传女的规矩吧？"

郭璞摇摇头说："那倒不是，只不过'大品天仙诀'练就之后会变成猴子的脸孔，但可永葆年轻，你可愿意？"

张茜听罢，脸色大变，脑袋晃得如拨浪鼓一般，一边摆手一边说道："不要不要，我还是老老实实做我的中年妇女吧！"一席话逗得我与兰乔哈哈大笑起来。

一旁的皇太极突然叹了口气，摇着头说道："都什么时候了，还有心思开这种玩笑，我们还是赶紧问问郭老神仙'天眼'宝石和地图的事吧。"说罢，伸手向郭璞作揖道："请老神仙指点，我们几个正在寻找'天眼'宝石，郭老神仙，那'天眼'宝石究竟是何物，为何有如此神力，可使人穿越时空、掌管宇宙、统治十界、驾驭八方呢？"

郭璞仔细打量了一下皇太极，然后抬头望着天空，沉默了一会儿才回答道："既然你们问起'天眼'宝石的来由，那本仙就细细与你们道来。其实这'天眼'宝石就是女娲补天时最后补上去的那一块石头。因为女娲娘娘特意留了这么一个与天外宇宙相通的出入口，所以这最后一块石头便被她注入了灵力。这块小小的石头拥有生命与意念，不仅可大可小，来去自如，更可以操控各种生命，洞悉宇宙间的规律。正因如此，女娲的后人把这块石头称为'天眼'宝石！女娲娘娘也怕'天眼'宝石落入恶人之手，被邪恶势力操控，这样只会给世间带来无尽的浩劫。所以，女娲娘娘特意安排诸位天神严密守护'天眼'宝石！从古至今，'天眼'宝石都被妥善保护于神秘之处，安然无恙。一直到几百年前，一股邪恶势力在人世间突然出现。这股自称为'太阳部落'的势力十分神秘，号称替上古诸神守护着古老的宇宙秘密。而太阳部落光明正大地宣称'天眼'宝石应该重出江湖，改变现有的混乱秩序。于是太阳部落教众倾巢而出，在宇宙之间寻找'天眼'宝石！没想到，'天眼'宝石还真让这伙人找到了！守卫'天眼'宝石的天神与太阳部落的教众们进行了一场殊死的搏斗！天神们虽然法力高深，但是太阳部落有黑暗势力帮助，并且人数众多，所以天神们最终寡不敌众，被太阳部落夺走并激活了'天眼'宝石。黑暗势力虽然拿到了'天眼'宝石，但是没法完全去驾驭它，所以在用'天眼'宝石妄图改变宇宙秩序的时候，竟然引发了'天眼'宝石之中的巨大能量。你们应该知道，历史中曾经发生了一次神秘的大爆炸，那就是因为'天眼'宝石的能量被激活而导致的！"说到这儿郭璞顿了一顿，我抬头看去，只见老神仙面色严肃，须发飘飘，气宇轩昂，一时间我竟然难以分辨眼前的这位老人究竟是位神仙，还是一位学识渊博的老学者。

这时，张茜在一旁问道："老神仙，您说的那次大爆炸可是发生在明朝天启年间？"我听了张茜的话，一下子恍然大悟，连忙抢着说道："是啊是啊！根据史料记载，明朝天启六年五月初六日巳时，也就是1626年5月30日上午9时，位于北京城西南隅的王恭厂火药库附近区域，发生了一场离奇的大爆炸。这次爆炸范围半径大约750米，面积达到2.23平方公里，共造成2万余人死伤。这次爆炸原因不明、现象奇特、灾祸巨大，被史书称为'古今未有之变'，这就是史书上非常有名的天启大爆炸，一直到我生活的科技发达的时代也没有办法解释。郭老神仙说的大爆炸一定就是这件事。"

郭璞点着头说道："你们说的一点不错！那次爆炸之后，那'天眼'宝石被激活了灵力，一下子飞到天上消失无踪，不知跑到何处去了。这'天眼'宝石拥有生命与智慧，自己会寻找新的地方藏匿起来。现在何止你们要找'天眼'宝石，天界的神仙，人间的生灵，包括那伙神秘的太阳部落信徒都在四处寻找'天眼'宝石的下落。"

说到这里，张茜一脸失落地问道："按照老神仙的说法，没有任何的线索去找'天眼'宝石，那不就是大海捞针吗？这让我们上哪里去找啊！"

郭璞笑了笑，对着张茜说道："这'天眼'宝石倒也不是随意地躲藏，当初女娲娘娘也知道一旦'天眼'宝石失去踪迹，无论是天神还是世人都难以找到，所以留下了一幅地图！'天眼'宝石无论藏到哪里，地图上都会显现出踪迹。虽然老仙我不知道'天眼'宝石的踪迹，但是我倒是知道哪可以寻得'天眼'宝石的地图的下落！"说到这里，郭璞脸上布满了洋洋自得的表情，看上去如同一个刚刚和小伙伴摔跤获胜的十几岁调皮的孩子。

我们几个不约而同地大声问道："那地图到底在哪里啊？郭老神仙你快说啊！"

郭璞卖了半天的关子，吊足了我们几个的胃口，才接着说道："你们知道最早发现'天眼'宝石踪迹地图的人是谁吗？他叫作徐光启！"

听到郭璞提到徐光启的名字，我们几个又一次惊呼了起来，徐光启这个名字对我们每个中国人来说都再熟悉不过了！

徐光启出生于 1562 年，字子先，号玄扈，汉族，上海县法华汇（今上海市）人。他是明代著名科学家、政治家，官至崇祯朝礼部尚书兼文渊阁大学士、内阁次辅。徐光启毕生致力于数学、天文、历法、水利等方面的研究，勤奋著述，尤精晓农学，译有《几何原本》《泰西水法》《农政全书》等著书。同时他还是一位沟通中西文化的先行者，为 17 世纪中西文化交流作出了重要贡献。1633 年，徐光启病逝，谥号文定。

徐光启亲身经历了 1626 年的天启大爆炸，这件事我没有什么疑问，他绘制星图、编撰历法也是世人皆知，可是现在郭璞说徐光启找到了昭示"天眼"宝石的下落的地图，这可是我闻所未闻，且连做梦都想不到的事情……

（九十八）

《卜算子》

郭璞看我们都愣住了神，就伸展了一下腰身，打了一个哈欠，接着又吧唧吧唧嘴，这才说道："其实你们也不必惊讶，那徐光启其实也没有死，只不过他找到了'天眼'宝石，穿越到别的空间去了。"

郭璞的话让我们所有人都瞠目结舌，郭璞倒是很轻松地继续说道："这徐光启在天启大爆炸的时候，眼见得空中划过的'天眼'宝石发出夺目光芒，就按照自己所掌握的天文知识，不断地追踪'天眼'宝石，终于在追踪的途中发现了女娲娘娘留下来的地图。而他自己按照地图的指示找到'天眼'宝石，并穿越到了异度空间。他临走之前留下了'天眼'宝石和这幅地图，以方便后人寻找。当然，他也怕'天眼'宝石落入居心叵测的人手中，于是将地图分成十二块，分别藏在神州大地的不同藏匿点。无论你先找到哪一块，都会从这一块地图碎片上找到下一块地图碎片的信息。一直到十二块地图碎片凑齐，地图拼出来了，'天眼'宝石所在地点自然而然地也就找到了！"说到这里，郭璞竟然兴奋地摇起头来，嘴里还哼起了小曲。

皇太极急忙问道："不对啊，不是说这地图是九块吗？怎么变成十二块了呢？"

郭璞摇了摇头说："不对，不对，难道除了标注的地点，地图上说明的部分就不算在地图里了吗？那地点标注的部分确实是九块，可是旁边说明的部分还有三块呢！没有这三块的说明，也同样找不到'天眼'宝石的！这肯定是哪个阴谋家故意散播的谣言，好让别人根本搜集不全地图碎片！现在没有人搜集到地图碎片吧，你们是不是一块都没找到啊？"

我听了郭璞的话，从怀中小心翼翼地掏出防水口袋，把里面的那片发黄的纸片递到郭璞面前，问道："老神仙，您帮我看看，我这个碎片是您说的那地图中的一块吗？"

郭璞斜眼看了看，脸上一下子露出惊讶的表情，嘴里喊道："哎呀呀！你怎么得到的？你从哪里得到的？"说完一把拿过了我手中的地图碎片，又抬头看了看我说："那个红布兜兜也在你那里吧，快拿给我。"

我连忙从怀中又拿出了红布兜兜，递上前去。郭璞接过来，嘴里默念，施了法术，那兜兜竟然自己浮在空中！郭璞抬手一掷，那张地图碎片也缓缓飞到空中。只见金光一闪，那纸片竟然与红兜兜合为一体！紧接着，红兜兜悠悠地从空中落下，正好掉在郭璞的手中。郭璞把兜兜打开，只见红兜兜上原来隐隐约约画的地图上，此刻有一个地方已经十分清晰地呈现出来。我一眼就看出来，那地方正是盛京的位置！

郭璞伸手指了指兜兜上面的地图说道："你们每得到一块地图拼图，就放在上面，集齐了全部的碎片也就可以找到'天眼'宝石了。你们来看看，上面是不是还缺少十一块？"

我们盯着郭璞手中拿着的兜兜仔细查了起来，的的确确，除了盛京显示出来的地方，还有十一个地方是虚幻的。我和皇太极互相看了一眼，皇太极也是一脸茫然。

郭璞把这块兜兜还给了我，然后又接连打了几个哈欠说道："你们好好保管地图，我可要回去了。对了，你们还有什么要问的吗？"

张茜连忙问道："老神仙，那我们接下来该做什么？还请您明示啊。"

郭璞看了看张茜，努努嘴说道："时机到了，你们那兜兜上会有一个地方发出亮光，那就是给你们的指引，告诉你去那里寻找下一块地图碎片，一直到你们找到最后一块拼图。至于你们现在该干吗……从哪里来，回哪里去，就这么简单！"说完，郭璞站起身来，就要离开。

突然，郭璞猛地回身，来到兰乔面前，盯着兰乔看了好半天，竟然说了一句："可怜，可惜啊！"还没等我们弄明白是什么意思，郭璞已经化作一阵清风，转眼便不见了踪影。

我们几个默默地收拾好东西，皇太极让我们分头离开实胜寺，各自回自己的住所去休息，准备。皇太极还千叮咛万嘱咐地让我们不要泄露任何风声，静待明天晚上日落之后，大家到宫中集合，一起回到现代去。

我们分散开，先后出了实胜寺，皇太极停下脚步，让我和他一起回皇宫一趟。我本想让兰乔自己先回家休息，自己直接和皇太极回皇宫去。可是我突然发现，此时天已经大亮，我身上却还穿着夜行衣，这身打扮直接去皇宫着实不太方便。于是我就和皇太极打了招呼，先和兰乔回家换衣服，然后再去宫中找皇太极。

回家的路上，兰乔一直不说话，我以为是郭璞最后说的两句话吓坏了她，就故意逗她道："夫人何必多想，我们好不容易回来了，一会儿我们先去好好地大吃一顿，开心一下，如何？"

兰乔看了看我，突然问道："老爷，你，你是要回去了吗？"

我愣了半天，不知该如何回答，心里突然明白，原来兰乔是因为我要回到现代去而失落不已。不知不觉间，我的心里也酸涩不已，似乎离别的伤感完全是一道无法逾越的鸿沟。

一路上，我们竟然变成沉默不语，此时的无声真的好似千言万语。只是我们的手还紧紧地牵着，生怕这一放开再见便会是三生三世之后。就这样，我们牵着手回到了家里面。兰乔先让彩霞和明月服侍我洗漱更衣，自己则回到房里去梳洗打扮。过了一会儿，兰乔又亲自给我准备了早饭，端到房间里陪我一起用早餐。

我看兰乔梳洗后一如既往的明艳动人，再想起即将分离，不知何年何日才会再见面，鼻子一酸，我的眼圈竟也红了起来。

兰乔深情地看着我，突然牵起我的手，把我拉到屋外的水潭边，然后勉强在脸上挤出笑容，对我说："老爷，在你的世界里，你工作的学校是不是有一泓湖水，叫作梵铃湖？"

我一边点头，一边惊讶地问道："夫人怎么知道？难道你也去过那里？"

兰乔未置可否，一双水汪汪的大眼睛凝视着我，半晌，突然开口唱道：

漫步赏梵铃，瑟叶枝间火。我自逍遥尔自怜，聚散皆难惹。
说好不思君，君可思量我？莫把山盟作玉花，付与他人可。

唱罢，兰乔眼中泪水夺眶而出，她一下扑入我的怀中泣不成声。我一边用手轻抚着她的秀发，一边在心里反复地吟唱着这首《卜算子》，泪水也不禁从双颊滚滚而落。

相识这许多天，我和兰乔相敬如宾，彼此从未有过半点亵渎之意。本以为萍水相逢，露水夫妻，好聚好散，无须牵绊。可是我们竟好像前世有缘，今生再见，彼此倾心倚仗，互相依靠。没几天工夫，我们竟已如相伴几生的夫妻，难以分别了。

就这样相拥许久，我和兰乔彼此心绪却难以平复。又过了一会儿，兰乔才转过身，拿出手帕擦着眼泪。我默默地抚摸着她的发辫，近距离地看着她靓丽的背影。兰乔被我看得不好意思，转过头对我说："老爷，既然要回去了，那我带你去看看我们的孩子吧。"

我突然想起来，我刚刚穿越到此的时候，听明月和彩霞说我和夫人还有三男三女六个孩子，可直到现在，竟然连孩子一面都没有见到过呢。想到这里，我不由得脸上发烧，心里暗自骂自己不是个称职的父亲。兰乔看我一脸尴尬，也没说话，直接拉住我的手，带着我往后院而来。三拐两拐，我们来到了一个独立的小庭院。院子里面风景优美，草长花艳，院子中间还有转椅和秋千，一看就是孩子们嬉戏的乐园。

我笑着对兰乔说："孩子们呢？快把他们喊出来吧。"

兰乔指着正房说："老爷，进屋去看吧，孩子们在屋子里等您呢。"

我听了兰乔的话，迈步就往屋子里走去。掀开门帘进屋之后，我抬头一看，不由得大吃一惊，眼前大堂的正中分明摆着一张供桌，桌子上面竟然摆放着六座灵牌……

（九十九）

校场决斗

　　我一时间目瞪口呆，望着这些灵牌不知所措。兰乔跟在我身后，也走进了屋子，这时她脸色变得苍白，缓缓地对我说道："老爷，你也不必惊慌，这几个牌位在我们来之前就已经立在这里了。妾身第一次来这间屋子的时候，当时也是吓得魂飞魄散！后来我侧面问丫鬟们才知道，我们这几个孩子竟然也是在一个晚上突然间消失，不见了踪影。之前，皇上说宸妃的孩子突然间失踪了，侧妃娘娘在现代的孩子也突然间失踪了，再加上突然失踪的我们的这些孩子，老爷，你不觉得这其中有什么关联吗？这些失踪的孩子会不会都与'天眼'宝石有着某种关联呢？或者换个角度去想，这些失踪的孩子，此时此刻会不会都在一起呢？"

　　听了兰乔的话，我默不作声，事情发展到现在，"天眼"宝石带给我们的很多的线索和证据确实十分诡异，其中也有很多匪夷所思的事情似乎存在着某种关联。可是目前我们所掌握的信息和线索暂时无法找到整个事件的答案，更无法找到"天眼"宝石。所以，我们现在能做的也只是静观其变，根据事态的发展再做打算。

　　我转过头，拉着兰乔慢慢地退出了这间诡异的屋子。院子里一阵凉风吹过，我猛地打了几个寒战，浑身上下布满寒意。这时我才发现，我后背的衬衣竟然已经被汗水完全打湿了。

我让兰乔在家里好好休息，自己则出了门，坐上马车直奔皇宫而去。皇太极让我去找他，必定是有要事商量，我已经在家里耽搁了半天，所以一路上快马加鞭。马车急匆匆地来到了皇宫西侧的轿马场，我下了车，进了边门，也不用太监引路，一溜小跑地自行奔向崇政殿。

皇太极却并没有在崇政殿里，我转身出来，穿过凤凰楼，来到后面的清宁宫。清宁宫里依旧没有皇太极的身影，我问了几个太监、宫女，他们都说没看到皇上。皇太极不会遇到什么不测了吧？我心里也是止不住地胡思乱想，于是径直奔向张茜所在的侧宫想问问情况。

我刚走到凤凰楼下，迎面便碰到了匆匆忙忙赶来的张茜。还没等我说话，张茜就一脸愁容地对我说道："你怎么还在这里闲逛啊？多铎与多尔衮兄弟两个去校场决斗，拉着皇上去做见证呢！我担心这其中有什么蹊跷，皇上这都去了好一会儿了，我们赶紧去校场看看情况吧！"

我一听，不由得眉头紧锁，这都什么时候了，皇太极还有闲心管这些事。不管怎样，还是要先确保皇太极的安全为重，于是我和张茜快步从东便门出了皇宫，坐上马车，扬鞭催马，急三火四地往校场赶去。

校场在盛京城的东北角，占地五百多亩，平时是八旗兵操练和受训的地方。皇太极、多尔衮和多铎都是文武全才，平时少不得来校场比试切磋一番。我和张茜赶到校场里围的时候，皇太极正端坐在居中的观礼台上，而多尔衮和多铎则骑着各自的战马，浑身戎装打扮，手持兵刃厮杀在一起。只见校场之上马蹄声声，尘土飞扬，寒光闪闪，杀声震天。

我和张茜登上观礼台，来到皇太极身边。只见皇太极脸色沉重，紧锁眉头，看到我们两个来了，也只是挥挥手示意我们坐下，半句话也没说，好像心里无比烦闷一般。周围有很多的大臣和卫士，我和张茜不敢直接与皇太极交谈，只好找了最边上的椅子，坐下观战。

史书上记载，多尔衮与多铎两个人兄弟情深，彼此扶持，并没有任何不睦。可是此时此刻，在他们两个人的脸上却满满地流露出不共戴天的仇恨之情。多铎手持狼牙棒，一双眼睛冒着血光，喷射着仇恨的火焰。多尔衮咬牙切齿，脸上青筋暴露，剑眉陡立，挥舞着偃月刀，直冲过来。两个人厮斗在一起，战马也相互纠缠，兵器不时地互相撞击，发出刺耳的铮铮声，时而还迸发出点点火星。在场的数千兵将都与皇太极一样，目不转睛，屏息凝视，每个人都为交手的双方暗暗捏了一把汗。

多尔衮与多铎的武功在伯仲之间，难分高下，不知不觉间，两个人来来往往已经打了四五百个回合。就在两个人激战正酣之时，突然听得一阵马蹄声远远地传来。我抬头望去，一个红衣女子骑着一匹白马由校场入口处飞驰而来。只见这女子打马来到多尔衮与多铎马前，飞身跃下马背，对着多尔衮和多铎大喝一声："住手！"我定睛一看，这红衣女子不是别人，正是庄妃大玉儿！

多尔衮和多铎都是一怔，拨马各自后退。庄妃趁势转过身，面对皇太极所在的观礼台大声说道："皇上在此，臣妾乃皇上钦命册立的庄妃，这些年伺候皇上勤勤恳恳，兢兢业业，承蒙皇上宠爱，臣妾感恩涕零。此前宫中传言豫亲王多铎与臣妾关系暧昧，实属诽谤，今日在此，臣妾在皇上面前对天起誓，臣妾与豫亲王绝无半点纠葛，所言如果有虚，愿遭天谴！"此时此刻的庄妃满脸坚毅，说话字如珠玑，包括皇太极在内的在场一干众人，听得面容无不变色。

庄妃目光环扫校场，最后又把目光落在皇太极的脸上，然后继续说道："臣妾并没有受到睿亲王胁迫，所做一切皆出自臣妾本心，为皇上分忧是臣妾的职分所在。因为臣妾，睿亲王与豫亲王手足相残，臣妾深感羞愧，今皇上在此，臣妾愿意用诚意来化解纠纷，稳定朝纲。"说罢，庄妃突然从怀中抽出一把雪亮的匕首，猛地刺入自己的左肩之中！但见血光飞溅，在场之人无不失声惊呼！

皇太极猛地从龙椅上站起身来，满脸难以置信的神情！场地之中多尔衮和多铎更是飞身下马，双双抢到庄妃身前，两个人都伸手抱住了正缓缓跌倒的庄妃。

我和张茜对视了一眼，大概明白了事情的原委。想是那豫亲王多铎从实胜寺归来，看到庄妃受到睿亲王多尔衮的胁迫，怒火中烧，直接告到皇太极那里。兄弟两人一言不合，竟然到校场来比武决斗，用生死来分个高下。皇太极不忍说破，只好跟随前来，眼看着多尔衮与多铎厮斗却束手无策，所以面露愁容，焦急万分，不承想庄妃闯了来，用自残的方式来阻止这场决斗的进行。我伸手擦了擦额头的汗水，心里不由得感慨起来。现在有多少人看了那些杜撰出来的清宫电视剧，心中无限向往从前的碧瓦朱墙内的生活，殊不知这皇帝王爷过的日子，实在是步步惊心，时时危机，哪里有什么安逸享乐、快意从容，更谈不上什么风花雪月浪漫柔情了！完全不如我一个普通官员，可以在自己的家中与兰乔相知相伴，丝毫没有任何的烦恼与恐惧。

正当这时，突然一个人从观礼台后排闪身出来，来到皇太极面前悠悠拜了下去，嘴里大声说道："启禀圣上，臣妾要告发庄妃大玉儿在后宫施展妖法，蛊惑人心，妄图谋害皇上，祸及社稷！请皇上重重责罚！臣妾这里有证据呈送给皇上看！"

我和张茜一起转头看去，原来跪在前面说话的人竟然是那与多尔衮不清不楚的淑妃娘娘，而她的身旁竟然还跪着一个人！这个人穿着女人的服饰，身材瘦小，但是头上戴着帽子，把脸完全遮挡住了，看不出来是谁。

皇太极此刻心里正记挂着庄妃的伤势，本来平日里对淑妃就不亲近，偏偏在这个当口淑妃竟然来参奏庄妃，心下顿生厌烦，不知不觉间脸上流露出不屑一顾的表情。

淑妃抬头看得分明，心下更加嫉妒皇上偏爱庄妃，索性直接站起身来，从怀中掏出一样东西，高举过头，嘴里大声地喊道："皇上，您睁开龙眼，看看这到底是什么！"

皇太极侧目一看，浑身顿时一震，脸上表情极其惊愕，目瞪口呆地站在台上竟然说不出话来！我和张茜十分奇怪，一起探头去看那淑妃手里到底拿了什么。

只见淑妃高举过头的，竟然是一个穿着红兜兜的玩偶，玩偶身上插满了钢针！

天哪！这红布玩偶，竟然和我们千辛万苦找回来的、被皇寺里面的大蜈蚣吐火烧掉的那个一模一样！

（一〇〇）

爆炸

皇太极一个箭步从观礼台上跃下，冲到淑妃面前，伸手从淑妃手中把红布玩偶拿了过来，放在眼前仔细端详起来。端详了半天，皇太极抬起头来，这才注意到淑妃身旁跪在地上的那个蜷缩在斗篷里的女子。皇太极看了看这个跪在地上的女子，又看了看淑妃，眉头紧锁，面色阴沉地问道："这个人，是谁？"

淑妃看到皇上来到自己面前，竟然面露得意之色，伸出手指着跪着的女子说道："臣妾一直觉得庄妃举止异常，鬼鬼祟祟，所以平日里留了个心眼儿，让手下人多注意永福宫里的动静。今天吃了早饭，臣妾手下的宫女进来禀告，说庄妃起了大早不知去向。我连忙带人到了永福宫里查看，不想一进大堂，竟碰到这个穿着诡异的女子。她手里拿着这鬼里鬼气的玩偶，在大堂万字炕的神龛前装神弄鬼，口中念念有词！臣妾听得分明，这女子念的咒语之中竟然出现了皇上的名字！皇上，这不是明摆着的事实嘛，必定是庄妃自己出门，以掩人耳目，暗地里派自己手下的宫女来做这等大逆不道、卑鄙龌龊的事，妄图诅咒谋害皇上！亏得臣妾心思细密，暗中留意，现在人赃俱获，看庄妃还有何话可说！请皇上明察！"一番话说完之后，淑妃更加得意，两边嘴角上扬，眉毛也已经要飞到了头皮上面。淑妃满脸欢喜地等待皇太极夸奖，时不时地还用眼睛扫视着远处昏倒的庄妃，嘴里不由自主地发出得意的哼声。

听了淑妃的话，皇太极愁眉不展，再一次低头端详起手里的红布玩偶。过了好半天，才缓缓抬起头，朝着观礼台上我和张茜所在的位置望过来。皇太极的目光捕捉到我和张茜后，点头示意让我们两个人到他身边去。我和张茜对视了一眼，纵身跃到台下，几步来到皇太极面前。皇太极抬起手，把红布玩偶递了过来，张茜伸手接过红布玩偶，仔细查看了半天，然后又把玩偶递给了我。

我接过这个玩偶，上上下下仔细打量了一番，发现这个红布玩偶虽然大小以及细节装饰都与之前我们从"鬼市"找到的那个红布玩偶一模一样，但是这个玩偶身上的红布兜兜与玩偶身上的其他衣服完全是一体的，甚至连丝线与针眼都找不出来！我仔细查看了半天，玩偶的衣服上也并没有任何隐藏的图画或是文字。

我抬起头，朝着紧盯着我的皇太极摇了摇头，示意玩偶上并无任何有价值的信息。皇太极轻叹了一口气，缓缓地摇了摇头，看来这个玩偶应该同我们找的"天眼"宝石与地图没有任何关联。皇太极沉思片刻，转头看向那个跪在地上的神秘女子，那女子的身体依旧蜷缩在斗篷中，半点面容都看不到。

突然间，皇太极厉声喝道："你到底是谁？竟然敢在皇宫禁地施展妖术，还不赶紧露出真面目来！来人，把这个人的帽子给朕摘下来！"话音未落，一旁的淑妃早已急不可耐地冲上前去，一把抓向这个女子的帽子。这女子躲闪不及，帽子被淑妃一把抓落，只见一头长发从帽子中散落出来！众人齐齐把目光投向这女子的面容，细看之下，所有人都大吃一惊，眼前跪在地上的这个人不是别人，竟然是皇太极的正妻，身为六宫之首的皇后娘娘——博尔济吉特·哲哲！

皇太极一脸错愕，瞪大了眼睛，失声说道："怎么……怎么会是你？"

皇后哲哲先向皇帝拜了下去，行了礼才直起身来，语气竟颇为平静从容地说道："启禀皇上，妾身并没有去永福宫里施展妖术，只是最近这些日子一直听说皇上在四处找寻这个红衣玩偶，以至于心情焦虑，寝食难安。妾身牵挂皇上的龙体，希望替皇上分忧，这才趁着庄妃不在的时候到永福宫里私下寻找。这个红衣玩偶就是妾身在永福宫的神龛里面找到的，没想到的是妾身刚要带着这个玩偶来禀报皇上，便被那淑妃带了几个人，不问青红皂白地绑到这里来了。妾身所言句句属实，还请皇上为妾身做主！"

皇后把话说完，便又伏身在地上，等待皇太极说话。皇太极眉头皱得更紧，半天都没有反应，好像在沉思着什么。一旁的淑妃犹豫了一下，但还是上前对皇太极说道："不，皇上，臣妾不承想……臣妾不知道是皇后娘娘！臣妾还以为是庄妃布置的手下宫女在装神弄鬼呢！但是……臣妾没想到的是皇后娘娘也说谎！臣妾进到永福宫大门的时候，可不是您刚才说的那个情形！既然皇后娘娘不肯说实话，那就让臣妾多嘴，把当时的诡异景象详细地说给皇上听吧。"话音未落，淑妃刚刚还是满脸犹豫的神情，突然一下子变成了咄咄逼人的气势，一双贼溜溜的大眼睛围着皇后转来转去，好像要把皇后一口吃掉似的！

皇太极最讨厌的就是淑妃这个样子，虽然他也想知道当时究竟发生了什么，但还是用了极不耐烦的语气对淑妃说道："你要说便说，在那里卖什么关子！"

淑妃没想到皇上对她仍是一副冰冷嘴脸，顿时收了刚才颐指气使的神情，满脸不情愿地嘟着嘴说道："臣妾遵旨！当时臣妾带着几个人轻手轻脚地来到永福宫门外的时候，四下里并没有任何守卫和侍从。本来我还挺纳闷的，但是当时也来不及多想，我就直接进门到了大堂，却发现一个女人……不，是皇后娘娘竟然在地上来回地爬着！"

皇太极突然转过脸来，对着淑妃狠狠地说道："难道你看不出来她是皇后吗？"

淑妃被皇太极吓得脸色变得惨白，连退了两步，战战兢兢地说道："是，是的，臣妾看不出来！皇后娘娘当时戴着一个半截的面具，下面张着的嘴里吐出一根长长的舌头，在地上垂着！那场景实在是万分可怕……"说到这里，淑妃一下子跪在地上，浑身竟然打着哆嗦，嘴里不住地说："臣妾句句属实，不敢有半句谎言，还请皇上明察！"

皇太极依旧用了极其严厉的语气对淑妃喝道："既然如此可怕，可是刚才你来的时候，朕可没看出你有半点惊惧的样子啊！"

淑妃瘫倒在地上，一边啜泣，一边说道："臣妾，臣妾一直以为是庄妃在那里装神弄鬼，根本没想到会是皇后娘娘啊。臣妾一直以为，庄妃平日里就爱虚张声势，就算是再可怕的样子，一定也是装出来的。臣妾要是当时就知道是皇后娘娘，恐怕臣妾早就吓死过去了。"

众人听得淑妃这样说，都面露慌张的神色，眼光齐刷刷地看向皇后，心底都在暗暗猜测皇后那样做的原因何在。我也不解地看向张茜，可是张茜并没有看我，她只是直盯盯地看着皇后哲哲的身体，眼睛一眨不眨，好像要有什么事发生一样。

我转过头，望向跪在地上的皇后哲哲，这时我才发现，皇后披在身后的斗篷竟然在向外慢慢张开，好像斗篷里面有什么东西想要挣脱出来似的。这时，皇太极也注意到了皇后身后斗篷的变化，迈步绕着皇后转了几圈，厉声喝道："皇后，你到底要耍什么花样？"

这时，昏倒在地的庄妃嘤咛一声，苏醒过来。她抬眼看了看眼前的情形，又看到跪在地上的皇后身后的斗篷，猛地挣扎着站起身来，身旁的多铎与多尔衮连忙伸手来扶。庄妃却一把推开两个人的手臂，一个箭步来到了我的面前，一把抢过我手中的红布玩偶！在众人惊愕的目光中，庄妃把这个玩偶远远地甩到观礼台的后面。皇太极刚要发声询问，只听得观礼台后一声巨响，刹那间地动山摇，一股巨大的气浪袭来，一干人等都站立不稳，横七竖八地倒了一地。

庄妃本来就受了重伤，这一下又牵动了伤口，鲜血一下子喷溅出来，面色更加惨白。气浪袭来，庄妃一下子被扑倒在地，在飞扬的灰土中剧烈地咳嗽着。我拼了命地挥舞着双手赶走着眼前的烟雾，足足有一盏茶的工夫，灰尘才慢慢散尽。这时我才注意到，我们身后的观礼台竟然在刚才的爆炸中完全地化为一堆废墟！真想不到，这一个小小的玩偶身体里，竟然藏着如此烈性的炸药，要不是庄妃醒得及时，我们这一群人，包括皇太极，此刻已经血肉横飞，命丧当场了！校场上四周的八旗亲兵都乱成一团，呼喝声此起彼伏，十几个官阶高的统领都跑到废墟前来给皇太极问安。多尔衮和多铎都来到皇上身边站立，多铎更是口中大喊："保护皇上！保护皇上！"

皇太极倒还是神色如常，伸手拍着龙袍上的尘土。淑妃早已吓得花容失色，旗头都已经歪向一旁，瘫在地上哆嗦不已，说不出话来。地上跪着的皇后哲哲，面色阴沉，好像刚才什么事都没有发生过，只是在那里一个劲地摇头。皇太极迈步上前，想要质问皇后哲哲，一旁的庄妃用尽全身力气，大喝一声："皇上，不要靠近她！"

皇太极听了，停下脚步，转头望向庄妃。只见庄妃挣扎着站起身来，用布满血污的双手扶着一旁被炸断的横木，一步一步挪到皇太极面前。庄妃拉住皇太极的手，断断续续地说道："皇上，她不是，不是！皇上，不要，不要靠近她……"话音未落，庄妃竟然眼前一黑，仰面跌倒在皇太极的怀中。

皇太极一把抱住庄妃，一边指着跪倒在地的皇后哲哲，一边柔声地说道："庄妃不要害怕，朕自会给你做主！此时此刻，任她是六宫之尊的皇后，也不能把你怎样！"

庄妃缓缓地睁开双眼，看着皇太极那满脸的牵挂与焦急，笑了笑，马上又皱起眉头，一字一句地说道："不，皇上，她不是您的皇后！她绝不是您的皇后！她也绝不是臣妾的姑姑！绝不是！"

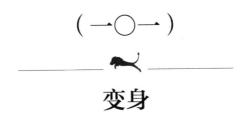

变身

众人听了庄妃的话，无不心惊胆战、面色惨白地看向皇后哲哲。只见皇后的斗篷如同一个正在吹起来的大气球一般，不断地膨胀向外张开，好像下面有一个巨大的东西正在往外钻。在场的每一个人都不由自主地慢慢向后退去，生怕这斗篷下面蹿出一只怪物来。

皇太极被身前的多尔衮和多铎保护着，也慢慢地向坍塌了的观礼台后面退去。就在这时，皇后哲哲突然抬起头来，血红的眼睛死死地盯着皇太极，嘴里恨恨地说道："皇上，妾身身为正宫，伺候了你半辈子，你却不相信妾身的话，偏要相信庄妃那狐狸精的胡言乱语！那好，今天就让你知道知道妾身的厉害！"说话间，皇后哲哲的斗篷突然向上张开，一道耀眼的金光猛地从斗篷下面直射出来！霎时间，校场上的众人都被那金光刺得睁不开眼睛，纷纷用手去遮挡。就在这时，一个长长的黑影从皇后哲哲的斗篷下立了起来！我定睛一看，那在空中来回摆动的黑影竟然是一根足足有十几米长、树干粗细带着尖刺的尾巴！与此同时，皇后哲哲的面部逐渐发生了变化——她的眼圈越来越黑，嘴唇越来越红，牙齿也变得越来越长、越来越尖利！

面目狰狞的皇后哲哲一步一步向皇太极走去，嘴里大声地说道：

"皇上，你还记得当年妾身远嫁到辉发扈尔奇山城的时候，你对妾身有多喜爱吗？那一年妾身才十五岁，十五岁的小女孩，懂得什么呢？妾身只知道自己的丈夫也不过是个二十二岁的小伙子，于是妾身就告诉自己，忘记那美丽的科尔沁草原吧，安心地做一个女真部落首领的福晋！如今三十年过去了，皇上已经成了大清朝的天子，妾身也成了六宫之首的皇后，按理说妾身还有什么放不下、不满足的呢？可是，妾身的蒙古部落呢？妾身心中的大草原呢？记得妾身的额娘每次来我大清朝拜，总是笑呵呵地对妾身说：'别忘记自己的家乡，别忘记自己的心。'那妾身现在就告诉皇上您，哲哲的心依旧还在科尔沁草原上飞翔，哲哲身体里流淌着的还是蒙古族的血！妾身永远都是科尔沁草原上空飞翔的白鸽！"皇后哲哲说到这里，竟然面带笑容，张开双臂，好像此时此刻那身子里流淌着的高贵的蒙古族血液都在沸腾！

皇太极虽然不断地后退，可是脸上没露出半点恐惧之色，他一边摇着头，一边对着皇后哲哲一字一句地回答道："哲哲，这就是你心里的真实想法？三十年，时间没有化解你心里的仇恨，反倒是你被心里的仇恨完全地吞噬了！你觉着这样做就是忠于自己的民族、忠于自己草原上的人民了吗？你那内心深处飞舞的不是草原上的白鸽，而是欲望的魔鬼！你觉得这样做，就可以为你的部落报仇了吗？不！你错了！你这样只会让你草原上的人民陷入水深火热之中！我知道现在说什么对你来说都没有意义，可是朕不理解的是，你有什么仇恨都应该对朕发泄，为什么要用红布玩偶杀掉庄妃呢？她也是来自蒙古部落，而且她可是你的亲侄女啊！"

"哈哈哈！"皇后哲哲歇斯底里地仰天大笑，那笑声在空旷的校场上空回荡，听得我后背一阵阵发凉！半天，皇后哲哲才收敛了笑容，立着眼睛对皇太极说道："庄妃这个忘本的贱女人，在本宫眼中根本不值一钱，本宫杀她何用！本宫把红布玩偶下了蛊，然后放在庄妃的永福宫中，庄妃知道红布玩偶对于皇上的重要性，发现后一定会献与皇上。皇上说得没错，妾身想要的是皇上的命，只不过到时候，皇上出了什么意外，所有人都自然而然地怀疑是庄妃所为，一切后果与本宫又有何干？"

皇太极饶是一代君王，气度不凡，听到这里也气得牙关咬得嘣嘣作响！只见他额头青筋暴露，双拳紧握，浑身直打哆嗦。皇太极挣脱开多铎与多尔衮的保护，冲上前几步，指着皇后哲哲喝道："可庄妃她是你的亲侄女，你们是至亲！你为了复仇，这几年来修炼得人不人鬼不鬼，这也罢了，你竟然利用自己亲侄女的性命来完成自己的阴谋，这也下得去手，你还是个人吗？"

皇后哲哲斜眼看了看倒在一旁的庄妃，阴森森地说道："如果庄妃已经背叛了本宫这个姑姑，那本宫为什么要保全她这个侄女呢！"话音未落，皇后哲哲身后那粗大的尾巴竟然猛地一收，紧接着，箭一般地向庄妃刺去！那尾巴顶端探出的足有三四十厘米长的尖刺，在阳光的照耀下发出阵阵耀眼的寒光。

此刻的庄妃根本无力躲闪，眼见得就要命丧当场！突然，一片寒光如暴雨般射向皇后哲哲！皇后哲哲惊呼一声，连忙闪身后退，同时一根尾巴挥舞得密不透风，将一旁射来的寒光尽数挡在身外。这时我才看清，打出一把暗器，出手去救庄妃的，不是别人，正是豫亲王多铎！

在这千钧一发之际，我和张茜急忙闪身来到庄妃身边，七手八脚地把庄妃架到了观礼台废墟的后面，远远地离开了皇后哲哲。庄妃肩膀上的伤口虽然被多尔衮和多铎兄弟两个简单地包扎了一下，但是还在不停地往外渗血，整个衣袖已经完全地被鲜血浸透了。庄妃脸色惨白地靠在张茜怀里，看着我们两个一脸焦急的神情，她挣扎着把嘴凑到了我和张茜的耳边，断断续续地说道："皇后，她的脑后，插着一根金针，拔掉它，她就恢复原身了……"话没说完，庄妃竟一口气没喘上来，一歪头晕了过去。

此时此刻，在观礼台的前面，豫亲王多铎手持狼牙棒已经与皇后哲哲战成一团。双方你来我往，眨眼间便缠斗了十几回合。突然，皇后哲哲卖了一个破绽，转身朝着人群大喊道："多尔衮，你还在等什么？还不动手杀了皇上！所有的一切都是你的，难道你忘了当初皇上杀你额娘的血海深仇了吗？"

　　这几句话，说得在场的人都一震，所有人都不约而同地盯向多尔衮。皇太极此刻就站在多尔衮身旁，听了皇后哲哲的话，也不由得紧张起来，转过头表情严肃地凝视着多尔衮。那多尔衮一脸铁青，手里的大刀不停地颤抖，刀身上的铁环不停地震动，发出哗啦啦的声音！

　　这边正与皇后哲哲厮斗的多铎也分神看向多尔衮，他不能确定自己的哥哥此刻是否会突然出手，与皇后哲哲联手对付皇上。多铎深知自己的哥哥多尔衮对于额娘阿巴亥殉葬先皇之事一直以来耿耿于怀，最近这一段时间多尔衮的表现又颇为反常，貌似有什么心事没有告诉自己。所以在这一刻，多铎心里也不由自主地打起鼓来。

　　高手过招，胜负就在一瞬间。多铎这么一分神，手上的动作就慢了下来，那皇后哲哲看准机会，猛地挥起巨尾朝多铎下盘横扫过去！多铎脚下躲闪不及，一下子被巨尾带倒在地，手中的大刀横甩了出去！紧接着，皇后哲哲袖口一抖，几颗寒星飞一般射向多铎的胸口！多铎躺在地上，已经无力躲闪，只好仰天一声长叹，闭目等死！说时迟，那时快，只听得"当"的一声，一柄大刀飞到多铎面前，把那几颗暗器堪堪挡开！那暗器击打在大刀的侧面，留下了几朵耀眼的火花。在场所有人都暗自惊呼一声，不约而同地看向大刀飞来的方向。原来飞刀救了多铎性命的，不是别人，正是多铎的哥哥——和硕睿亲王多尔衮！

　　皇后哲哲也是一个愣神，趁此机会，多尔衮飞身来到多铎身前，抬手抓住自己的大刀，把那大刀舞得密不透风，几下子就把皇后逼到了一旁。皇后哲哲不断地用尾巴左右招架，嘴里大声地骂道："多尔衮，你个无赖小人，说好的我们联手举事，你却出尔反尔！你以为本宫怕你不成？好，那本宫就先杀了你，然后再找皇上算账！"

多尔衮一边施展刀法，一边对着皇后哲哲厉声说道："你个妖后，当初收买本王说的可是今天这些话？你欺骗本王，还在这里恬不知耻地污蔑本王，死到临头还要拉着本王与你一起送死！当初你还说这事与庄妃没有半点关系，不会动她半根毫毛，现在不也是要痛下杀手！来，来，来！本王今天就收了你这妖孽，免得你继续祸害别人！"说罢，大刀舞得更是虎虎生风。

皇后哲哲听了多尔衮的话，大笑几声，然后说道："就凭你多尔衮这三脚猫的功夫，还想动本宫半根毫毛？"说罢，皇后哲哲缓缓闭上眼睛，嘴里默念咒语。就在大家猜测她又要耍什么花样的时候，只听平地里突然一声炸雷，四下里阴风骤起，那皇后哲哲竟然慢慢浮到了半空中！只见从皇后哲哲的身后缓缓伸出一对巨大的翅膀，那翅膀好像是精钢打造的一般，羽毛的边缘都是锋利的矛钩！阳光照射在这对巨大的翅膀之上，光芒四射，照得校场之上的人们都纷纷侧身掩目！只见皇后哲哲不停地扇动翅膀，四周发出呼呼的风声，直吹得尘土漫天，飞沙走石！突然，风声消失，那翅膀停止了扇动！紧接着，皇后哲哲把翅膀边缘锋利的矛钩对准前方，猛地朝多尔衮和多铎扑了过来……

（一〇二）

绿焰蝙蝠

"来人哪，把皇后哲哲拿下！"一旁的皇太极看到多尔衮和多铎兄弟有危险，连忙大喝一声。身旁几个八旗御前侍卫听到皇上的命令，挥舞着兵器勇敢地朝着皇后哲哲冲了上去！皇后哲哲丝毫没有停下的意思，直冲向地面。只见一阵血光之后，那几个御前侍卫竟然眨眼之间被皇后的巨大翅膀扫成几段，翅膀顶端锋利的边缘在血雾中散发着诡异的光芒。

多尔衮弯下腰，伸出手一把拉起倒在地上的多铎。突然间脑后风起，血雾弥漫。多尔衮来不及回身，扬起大刀朝自己的脑后劈去！只见大刀与皇后哲哲劈来的翅膀在空中相交，顿时火花四溅，发出巨大的"咔嚓"声！多尔衮征战四方，戎马一生，倚仗的就是自己武功高强。饶是如此，此刻多尔衮竟然被震得手臂发麻，大刀几乎就要脱手而出。还没等多尔衮缓过神来，皇后的巨大尾巴又从下盘扫了过来，眼看着就要扫到双腿！无奈之下，多尔衮只好松了手中的大刀，就地一跃，堪堪躲过了下盘的攻击！可是这样一来，多尔衮手中的武器也失去了。

皇后哲哲一阵狂笑，两边的翅膀极速扇动。那翅膀带着风，闪着银光，眨眼之间把多尔衮和多铎兄弟二人团团包围住，眼看多尔衮与多铎两人就要命丧当场！

千钧一发之际，我再也不能袖手旁观，于是我咬紧了牙，一下子从观礼台的废墟后跳了出来，伸手指着皇后哲哲，口中大喝一声："住手！"可是我脑子里一片空白，也不知道接下来该说些什么，情急之下我只能张嘴大声唱道：

> 清风吹过脸庞，
> 漫步在草原上，
> 身边放牧的少年郎，
> 歌声为何如此忧伤？
> 天地辽阔，
> 四野苍茫，
> 歌声献给心上的姑娘，
> 幽幽水边，
> 高高山岗，
> 美丽的姑娘你在何方？
> 牛羊成群雁成行，
> 水清天蓝野花香，
> 一路走来歌声悠扬，
> 这里是我美丽的家乡……

这首歌叫作《草原》，是当年我去内蒙古呼伦贝尔大草原旅游的时候和当地蒙古族的牧民学来的。这危急时刻，我脑子里只想着皇后哲哲是蒙古人，所以不自觉就把这首蒙古族民歌唱了出来！我的歌声虽然称不上婉转悠扬，蒙古歌曲的味道更是完全的不纯正，可是我的嗓门很大，歌声在这校场的上空也是来回地飘荡。

歌声中，皇后哲哲竟然呆住了，她慢慢地从半空中缓缓降落在地面上，继而那巨大的翅膀越扇越慢，最后停止了扇动，继而收束闭合，缩回到了身体里。在我的歌声里，皇后哲哲慢慢地转过身来。她闭着眼睛，脸上洋溢着久违的笑容，好像全身心都沉浸在这美妙的歌声里，沉浸在脑海中涌现出的一望无际的大草原中。在场所有的人都静静地聆听着我的歌声，仿佛在这一刻，每个人都忘记了刚才血腥的杀戮，留给大家的，只有草原上浓郁的花香和牛羊的嘶鸣。

一曲唱罢，四下里一片安静，偌大的校场上，此刻竟然只能听见众人的心跳声。我没想到自己的歌声可以有如此大的吸引力，不仅制止了皇后哲哲的杀戮，而且还感染了在场的每一个人。看着众人投来赞叹的目光，我一时间竟面红耳赤地呆立在原地，不知道接下来该如何是好。

皇后哲哲仍然面对着我，双手合一，缓缓地睁开了双眼。她依旧微笑着，嘴里轻柔地对我说道："太美了，先生唱得太美了！牛羊成群，水清天蓝，这就是我美丽的家乡，我的科尔沁大草原！"言语之中，充满了皇后哲哲对自己故乡无尽的回忆与期待。

就在这时，我突然发现皇后哲哲的脑后，赫然立着一根长长的金色的钢针！那金针足足有一尺长，此刻正随着校场四周吹来的清风微微地抖动——那应该就是庄妃提到的使皇后变身的金针！我假装淡定地慢慢踱步靠近皇后哲哲，嘴里故作轻松地问道："皇后娘娘，您多久没有回自己的故乡了？您多久没有看到一望无际的大草原了？"

皇后哲哲低下了头，思考了好一会儿，才用充满伤感的语调回答道："不瞒先生说，本宫已经快三十年没回家乡了！离家的白鸽，三十年没有回草原了……"

我连忙说道："皇后娘娘，那我们回您的家乡去看看如何？去看看那草原美景，去看看大地鹰飞，去看看牛羊遍野，去看看落日余晖……"

此时此刻，皇后哲哲好像已经完全融入了我为她设置的场景之中。她脸上带着期许，嘴里跟着念叨着："草原美景，大地鹰飞，牛羊遍野，落日余晖……"

这时，我已经慢慢踱步到了皇后哲哲的身旁。看她丝毫没有伤害我的意思，于是我长吁了一口气，飞快地抬手把插在皇后哲哲脑后的金针拔了下来！

　　就在金针拔下来的一刹那，皇后哲哲浑身猛地一震，脸上那祥和的笑意一下子消失得无影无踪！只见她侧过脸来，对我怒目圆睁，好像要一口吃掉我似的！我手里紧握着那根金针，战战兢兢地往后退去。一边退，我一边死死地盯着皇后哲哲的身体，怕她猛地出招来袭击我。可是皇后哲哲并没有动，我发现她的面部正在悄悄地发生着变化——眼睛越来越小，眉毛变得暗淡，颧骨不断下移，下颏也越来越尖，那身后带有锋利边缘的翅膀也一块一块地掉落在地上，慢慢化为一摊血水。变化到了最后，皇后哲哲已经完全变成了另外一个女子。我仔细端详了一下，不由得惊呼出来，这装作皇后哲哲的女人不是别人，正是我和张茜在昭陵地宫里遇到的神秘队伍中那个尖脸的蛇蝎女子！

　　蛇蝎女子一边惊呼着，一边伸出手来抚摸自己的脸颊，继而呼号了一会儿，她竟然转身远远跑开了。我如释重负，转过身对皇太极说道："还好，皇上，我一首歌把她……"还没等我一句话说完，只见跑出去的蛇蝎女子突然幻化成一个巨大的黑影！那黑影在天空中上下翻飞，扑到我们面前时我才看清楚，那黑影竟然是一只巨大的蝙蝠！在我看来，蝙蝠就是长着翅膀的老鼠，只见这巨大的蝙蝠牙尖爪利，伸开的翅膀足足有四五米长，一颗硕大的老鼠一样的头让人看了毛骨悚然。更为恐怖的是，那蝙蝠的嘴里吐出两只巨大的门牙，每一颗都有四五十厘米长。那蝙蝠口中发出刺耳的"吱吱"声，竟然直接奔着我的面孔飞了过来！我来不及躲闪，双腿一软坐倒在地上，就在这时，我脖子上戴着的铜铃当当地响了起来！

　　我拼了命抓住铜铃，一边摇晃，一边大声喊道："'乐福''幻彩'，快来救我！"

　　只见一道金光从铜铃中闪出，我的大"乐福"带着可爱的"幻彩"一下子出现在我面前！"乐福"仰天一声长啸，"幻彩"也跟着昂着脖子吼了起来！那声音震耳欲聋，响天彻地，震得那巨大的蝙蝠使劲地拍打着双翼，掉头落荒而逃。

"乐福"收了吼声，慢慢眯上了眼睛。"幻彩"知道这是"乐福"让它独自去解决战斗。于是"幻彩"低吼了几声，猛地蹿了出去，气势汹汹地追向半空中的巨型蝙蝠！

巨型蝙蝠发现"幻彩"追了上来，看上去十分胆怯的样子，竟然呆立在空中，连翅膀都似乎拍不动了。"幻彩"见状，更加得意，原地跃起身来，张开大嘴扑向蝙蝠，想要在眨眼之间把蝙蝠撕得粉碎！就在这时，那半空中呆立的蝙蝠突然张开尖尖的大嘴，朝着"幻彩"的双眼一下子吐出一股绿色的液体！"幻彩"没有任何防备，身体又正在空中，根本无法躲闪，眼看着那绿色的液体就要溅入眼中！就在这电光火石之间，一旁的"乐福"以迅雷不及掩耳之势，挥出巨掌，一下子把"幻彩"打飞了出去！蝙蝠喷出的绿色液体全都洒到了"乐福"脚下的沙地上，只见一阵白烟升起，沙地竟然被绿色的液体腐蚀出了一个巨大的沙坑！天啊！要是刚才这液体溅入"幻彩"的眼里，那恐怕现在"幻彩"的脸上就只剩下两个血窟窿了！

"乐福"顾不上被打飞的"幻彩"，一跃扑向半空中的巨蝙蝠！那蝙蝠灵巧地闪身躲开，回身竟然用长长的尾巴卷起一团烈火，向着"乐福"弹了过来。

"乐福"闪身躲过火团，那火团一下子落在地面上的绿色液体上，只听得"噗"的一声，绿色液体竟然被点燃起来！整个火光呈墨绿色，火焰如同黏稠的液体一样，诡异地来回跳动着！"乐福"好像也没有见过这样的火焰，一愣神的工夫，那绿色火焰竟然旋转着，把"乐福"包在中间！那燃烧着的火苗不断地变大，如同一队西域的美女，在迷离的夜色之中，纵情地热舞着！火苗之中的"乐福"竟然一反常态，在火焰中缩成一团，发出一阵让人撕心裂肺的哀号……

（一〇三）

圣女庄妃

那绿色的火焰快速地连成片，火苗越来越高，渐渐围成一个巨大的火球，不停地灼烧着四周的一切——土壤、石块、沙子……没有任何一种东西不能被它融化，没有一种东西可以阻止火焰的蔓延。"乐福"在火球中间那块越来越小的空地上束手无策，只要碰到任何一点火星，它就会马上被灼烧成为灰烬！"乐福"似乎知道自己已经是难逃厄运，它在火焰中间用绝望的眼神看着我，嘴里不断地发出呜呜的呻吟声，好像在向我告别。"幻彩"看见"乐福"身陷绝境，也在一旁不断地嘶叫。不时地，"幻彩"来到我身旁，对着我低吼几声，那声音既像痛哭，又似哀求。

此时此刻，我也无比焦急，绞尽脑汁，想尽一切办法去解救"乐福"。我先从腰间取下水袋，打开塞子，把里面的水浇到绿色的火焰上。可是水还没有碰到火焰就已经变成了一团水汽，转眼消失得干干净净，根本不起任何作用。我又抱起一大块沙石想去压灭火焰，可是沙石竟然也转眼变成了气体，火焰却越烧越旺。

难道就这样眼睁睁地看着自己心爱的"乐福"被活活烧死？这一刻我急得心如刀绞，泪水横流，恨不得自己钻进火焰中去代替"乐福"承受这痛苦。可是在场的每一个人都对这绿色的火焰束手无策，就连一向稳重的皇太极也是急得团团转。

不知什么时候，那蝙蝠的老鼠脸竟然幻化回了蛇蝎女子的脸。半空之中，这个人脸蝙蝠看到此刻的情形竟然哈哈大笑起来，那丧心病狂的笑声将蛇蝎女子的脸扭到了一起，看上去极为丑恶可怖！

这时，张茜搀着庄妃从观礼台的废墟后步履蹒跚地来到绿色的火焰前。张茜深情地看着里面可怜的"乐福"，不由得泪流满面。庄妃面色依旧惨白，形容憔悴，嘴唇干裂，受了伤的肩膀似乎血还没有完全止住。但是庄妃好像完全不在乎自己的伤势，她慢慢抬起一只手，从另一只手的手腕上拿下一个晶莹剔透的手镯。这个手镯通体透明，散发着淡淡的光芒，里面似乎流动着淡蓝色的液体。只见庄妃把手镯举过头顶，嘴里念念有词。突然间，她把手镯探到自己肩膀的伤口处蘸满了自己的鲜血，然后一挥手，把手镯扔到了绿色火焰的上空！庄妃伸手一指，一道红光过后，那手镯竟然在空中炸得粉碎！手镯的粉末连同里面的液体一起撒向绿色的火焰，只听得一阵"吱吱"作响，一瞬间，绿色的火焰竟然完全熄灭了！"乐福"一下子精神起来，兴奋得直冲到我身边，扑进我的怀里！"幻彩"也极为欢喜，凑过来把脑袋和"乐福"的脑袋并在一起，蹭来蹭去。

庄妃身边的张茜见状，一下子把庄妃抱到怀里，不住地称谢，那眼泪流得倒比刚才更多了。就在所有人都为"乐福"的获救开心不已之时，一旁的淑妃突然冲了过来，几步来到皇太极身前，大声地喊道："皇上！您看，妾身没说错吧！庄妃娘娘她就是会妖法的！这回皇上亲眼所见，不是臣妾瞎说吧！"说罢，斜着眼睛瞪了庄妃几眼，脸上还露出了洋洋得意的神情。

皇太极本来看到"乐福"获救，非常开心，这时突然听到淑妃的话，脸色一下子又铁青起来！皇太极斜着眼睛上下打量着淑妃，半天，嘴里才狠狠地说了一句："蠢东西，还不给朕滚下去！"说完，兀自把脸扭到了一旁去，再也不看淑妃一眼。

与此同时，那飞在天空中的蛇蝎女子看到火焰被庄妃扑灭，满脸惊讶，继而脸上又布满了出离的愤怒。她一下子从半空中跳到地上，收起了蝙蝠的躯干和翅膀，恢复了女子的身体。才一落地，蛇蝎女子便张牙舞爪地扑向庄妃，如同市场中撒泼的妇女——头发散着，嘴里骂着。庄妃却看也不看，只是低头望着地上有一丝最粗的青烟正腾空而起。就在那蛇蝎女子伸出双手，马上就要抓到庄妃的一刹那，庄妃用了那没有受伤的手轻轻挥了挥，那股青烟便向蛇蝎女子飘去。只是眨眼之间，青烟之中夹杂着的绿色的火星，一下子便把蛇蝎女子全身都点燃了。那蛇蝎女子在绿色火苗之中拼命地挣扎，继而开始撕心裂肺地惨叫。火苗却越烧越旺，几秒钟的工夫，便把蛇蝎女子完全地吞噬了，四周都充满了刺鼻的烧焦的味道。不一会儿，惨叫声停止了，火苗也渐渐地熄灭了。又过了一会儿，烟雾散尽，地面上除了焦土，什么都没有。就好像那蛇蝎女子刚才不曾出现一般，一切就如同一场噩梦，只留下一干人等在焦土四周默然伫立。

半晌，庄妃才默默地来到皇太极面前，脚步依旧跟跟跄跄，被鲜血浸湿了半边的衣服紧紧地贴着身体，伤口处包扎的药布早已变成了血红色。面对皇太极，庄妃一下跪倒在地，俯身拜了下去。

皇太极伸手要拦，可是稍加迟疑，又把手收回来。他看了庄妃一眼，不忍直视庄妃那惨淡的面容，便把脸转向一旁，摇着头叹了一口气。

庄妃强忍着疼痛，牙齿咬着自己的嘴唇，竟然把嘴唇都咬破了。过了好一会儿，疼痛感稍减，庄妃这才用了虚弱的声音一字一字地说道："启禀皇上，妾身罪该万死，不该在皇上面前施展法术，更不应该自入宫以来一直对皇上瞒着自己的真实身份。妾身并非入宫之后才修习法术，其实在嫁给皇上之前，妾身是蒙古科尔沁部落的圣女。部落的圣女从小被选出后，跟随着自己部落的萨满师尊练习法术，本就应该终身不嫁。可是没想到，后来臣妾遇到了皇上……总之，请皇上治妾身欺君之罪，妾身死不足惜！"

皇太极听了庄妃的话，缓缓转过身来，看了看跪在地上的庄妃那惨白又不失俏丽的面庞，伸手把庄妃从地上搀扶起来。皇太极沉思了一会儿，朗声对庄妃说道："朕本来是要治你的罪！可是看在你受伤之后，仍然舍命保护'乐福'的分儿上，那就功过相抵了吧！不过庄妃你要如实告诉朕，你以圣女身份，怎么会嫁到我女真部落来？据朕所知，你们科尔沁部落的圣女是不允许嫁人的啊！难道这其中有什么蹊跷？"

庄妃咬了咬嘴唇，又拜了下去，轻声说道："这其中的端倪，还请皇上亲自去问皇后娘娘吧！当年妾身也是奉命嫁给皇上的！"

"可是，可是皇后刚才不是已经……哦！那个是假冒的皇后！可是真皇后现在不知所踪，也不知道是不是早已遭了毒手……"皇太极一边摇着头，一边叹着气说道。

庄妃抬起头来，看着皇太极，认真地说道："皇上，那就请您移驾去皇后的寝宫看看，也许会发现什么线索呢！"

皇太极看庄妃语气如此坚定，于是朝着身后的众人一挥手，大声喝道："传朕旨意，所有人回宫，到清宁宫去看看！太医，照顾庄妃娘娘！"说完，皇太极还特意回头指着多尔衮和多铎说："你们两个也跟着朕回去，谁也不要走！"

我和张茜对视了一眼，不知道我们还要不要跟回皇宫去。张茜努努嘴，意思是这当口，咱俩别给皇太极添乱，先跟着回去吧。于是我们两个不再言语，我先把"乐福"和"幻彩"收回到铜铃之中，然后跟着众人快步到了校场的马厩，刚要起身上马，突然一匹马自远处疾驰而来，眨眼到了面前。细看之下，马上之人竟然是我的管家。只听他上气不接下气地对我说："不好了，老爷，夫人、夫人她不见了！"

我听了，不由得眉头一皱，兰乔早上才和我回家去的，我这刚出来多半天，怎么人还失踪了呢？平日里兰乔从不出门，乖巧得紧，这突然不知去向，一定是有什么重要的事情发生了！我再回忆起早上兰乔给我唱的小曲，一股不祥的预兆在心底油然而生。可是正当这会儿，我也不能把眼前的事情都撇下，自顾自地回家去找兰乔。我只好挥了挥手，让管家先行回家，自己骑在马上，跟着众人朝皇宫而去。一路上，我脑子里一片混乱，把事情从头到尾地理了一遍，也想不出个所以然来。

张茜看我脸色不对，催马到我身边问道："怎么了？发生什么事了？"

我摇了摇头，轻声回了句："没事，兰乔不见了，她从不出门的。"

张茜默然不语，过了一会儿，她突然拍了拍我的肩膀，说道："你不觉得事情远远没有相聚离别这么简单吗？相信我，也许等待你的，是一个你从未想象到的结果……"

（一〇四）

清宁宫

　　不知怎么回事，得知兰乔失踪的消息，我的心绪变得十分烦乱。眼前一会儿出现了警幻仙界中，兰乔在前面婀娜的身姿；一会儿又出现了"鬼市"之中，兰乔在大头怪人的呵斥声中泪流满面的场景；一会儿又会出现兰乔在家里的池塘边，忘情地吟诵《卜算子》的情形。虽然张茜极力地安抚我，我自己也尽可能地告诫自己遇事要冷静，可是脑海里不由自主地浮想联翩，完全不受自己控制。

　　在胡思乱想之中，我跟随着众人回到了皇宫的轿马场。我刚下了马，一旁突然冲出两个人，来到我面前跪倒在地。我定睛一看，竟然是明月和彩霞。我连忙问道："你们两个怎么来了？平日里你们根本不出门的！难道夫人她回来了？"

　　明月和彩霞一脸焦急，面色惨白，甚至都要哭出声来。明月抢着对我说道："老爷，夫人失踪还没有回来，刚刚那……那侧院里面又发生了一件咄咄怪事！现在家里的仆人们都坐立不安，人心惶惶，好多人都因为害怕，收拾东西逃走了！"

　　听了明月的话，我心里十分纳闷，侧院不就是那供奉着六个孩子牌位的独立院落吗？虽然平日里鬼气森森，可是还能发生什么怪事呢？而且发生的怪事会把仆人们都吓跑了？我实在想不出个所以然，便好言安抚明月和彩霞，让她们把事情的原委仔细说来。

明月长喘了几口气，这才略微平静一些，脸上也恢复了血色，然后一板一眼地对我说道："老爷，今天您走后不久，夫人就不知道去哪里了。我们几个人都没看见夫人出门，就在院里前前后后地找起来。后来园丁小石头说他好像看见夫人去侧院的那几间屋子了，我们几个就一起过去找找看。可是我们几个到了侧院才发现，侧院的大门被人从里面紧紧地锁住了！我们几个费了九牛二虎之力才把门撞开，却发现侧院里面竟然发生了很大的变化！原来院子里的东西都不见了，连房子都没有了！偌大的院子中间立着一根粗大的木头柱子，那柱子通体漆黑，上面画满了乱七八糟看不懂的花纹。更可怕的是，那木头柱子上竟然绑着一头被剥了皮的狮子！"说到这里，明月又是满脸惶恐，仿佛当时的情景又在眼前出现了一般。

我心里记挂着兰乔，连忙追问明月道："那你们在院子里面找到夫人了吗？"

明月和彩霞一个劲地摇着头，哭着齐声说道："没有，什么都没有，没有任何夫人的线索！更不知道是什么人把侧院弄成那个血腥恐怖的样子！"

听了明月和彩霞的叙述，我突然觉得她们所说的侧院里的场景，同我们之前在"鬼市"的马戏团里的场景很是相似！难道又是和那个神秘的宗教、和那个被兰乔称作师傅的大头怪人有着什么关联吗？

这时候，皇太极带着其他人早已走得无影无踪，我心下虽然惦记着兰乔，但也只能让明月和彩霞先回家去。我自己一个人心事重重地进了宫门，顺着甬道，朝着凤凰楼后的清宁宫走去。

我刚走到清宁宫的门口，就见张茜从里面烦躁无比地走了出来。我连忙上前问道："怎么样？找到什么线索了吗？"

张茜摇摇头说："就这么大点的地方，哪里藏得了什么人或是东西。这么多人在里面翻了半天，什么也没找到。看得我这个心烦！"

我探头往清宁宫的屋子里看了看，然后回过头，低下声音问张茜："那皇上呢？"

张茜努了努嘴，道："在里面正发无名火呢，你去看看吧，小心别挨骂！我就不进去了。"

我点了点头，闪身进了清宁宫的大门。皇太极正坐在口袋间的万字炕上，一脸的怒气，好像还没找到消气的方式。地中间跪着十几个人，看上去应该是清宁宫的仆人和太监，都耷拉着脑袋，一脸的惶恐，看上去应该是没有找到任何线索，正在接受皇太极的责骂。多尔衮和多铎站在万字炕旁，脸上布满了焦急烦闷的神情。淑妃娘娘斜靠在口袋房的山墙上，低着头摆弄着自己的丝帕，她知道皇上此刻心情焦虑，所以知趣地躲在不起眼的角落里，默不作声。

我先环视众人一圈，然后径直来到皇太极面前，跪下问了安。皇太极看见我来了，脸色略有缓和，抬手示意让我平身。然后朝着跪在地上的众人冷冷说道："都起来吧，一群没用的东西，都给朕退下！"一众人等包括淑妃娘娘都忙不迭地磕头谢恩，起身出去了。

皇太极抬眼看了看屋子里剩下的几个人，挥了挥手，让多尔衮和多铎兄弟都坐在对面的万字炕上。我一边躬身行礼，一边说道："皇上，微臣斗胆恳求在清宁宫中四处查看一番，看看能不能寻找到一些有价值的线索。"

皇太极怔了一下，马上点头说道："对啊，先生这么聪明，没准儿可以找到些什么线索！先生请自便吧！朕和睿亲王、豫亲王在这聊聊天，你无须挂怀，我们互不影响。"我谢了恩，便在这清宁宫中四下打量起来。

说实在话，这清宁宫真的太局促了，与清朝入关后居住的北京紫禁城里的宫殿比起来，实在是一个天上、一个地下。那北京紫禁城里的宫殿，从房间大小到宫殿装饰，再到室内陈设都如同现在豪华楼盘中的别墅一般，而清宁宫就好比是回迁小区里一室一厅的封闭单间，不仅格局单调，而且装修过于简单。具体地说，整个房间除了摆放着不多的装饰物外，并没有什么装修，基本等同于我们现在刚买到手的清水房。

本来我以为，这清宁宫建在三米八高的石台上，地面之下也许会有什么暗道或者密室，毕竟之前皇太极带着我和张茜走过皇宫之下的"御用密道"。可是我四下查看了半天，也没找到任何密道的痕迹，更没发现什么机关或者标志。皇太极并没有提到"御用密道"，就说明他心里清楚密道里面肯定不会有任何线索，既然如此，我也不能当着别人的面提及这个只有皇帝才知道的"御用密道"。不过，根据目前的情况可以肯定的是，真正的皇后哲哲应该不在清宁宫里，也许被蛇蝎女子藏在别的地方，也许已经死了很久。我脑子一边思考着，一边踱步到了东西万字炕相连接的横炕处，端详起上面供奉着的神龛来。

与此同时，我耳边听见皇太极对多尔衮说道："老十四，你和朕说心里话，你是不是还记恨着朕当年让你额娘给父皇殉葬的事？"

我耳朵虽然听着，可是不能回头去看，目光只能停留在面前的神龛上。多尔衮好半天没有回话，足足过了一炷香的工夫，他才回话道："皇上不必听信那妖女的鬼话，臣弟那时虽然年龄尚幼，但是也看到了父皇临终前的遗诏，是父皇要额娘去陪他，这一切与皇兄无关！"

这回又轮到皇太极沉默了，过了好半天，皇太极才又说道："老十四，你说的可是真心话？朕听说有人在背后议论，说那父皇的遗诏是朕伪造的，老十四，你心里是不是也在怀疑这个事啊？你不必掩饰，但说无妨。"

多尔衮并没有说话，皇太极似乎又转向对多铎问道："老十五，那你呢？你怎么想？"

多铎沉吟了半天，才朗声回答道："启禀皇兄，其实臣弟刚开始的时候是完全不相信那是父皇的遗诏！臣弟认为就是皇兄为了获得皇位并且自保，故意矫诏害死额娘的！不过现在，我相信皇兄，臣弟知道皇兄不是那样的人！"

皇太极语气十分平静地继续问多铎："那老十五，你是从什么时候开始信任朕的呢？"

多铎毫不犹豫地回答道："就是在实胜寺里，从你把我放了的那一刻开始！"

屋子里又恢复了安静，我只好继续假装在神龛前查看着什么，不能回身去看，也不能转身离开。过了好一阵儿，皇太极的声音才又缓缓地传入我的耳朵："老十四，现在你心里想的不仅仅是你额娘的死吧，你和朕说心里话，你是不是还想着朕的皇位？"

多尔衮这次回答得倒很干脆，语气十分平静地说道："皇上这是在试探臣弟吧？臣弟一向对皇上忠心耿耿，不知道皇上为何如此怀疑臣弟呢。"

还没等皇太极说话，一旁的多铎"嚯"地站起身来，朝着多尔衮喝道："哥，我知道你心里不爽不是为了皇位，更不是因为要替额娘报仇，而是因为大玉儿对不对？"

多尔衮听了多铎的话，竟然也猛地站起身来，嘴里厉声对多铎喝道："你放屁！我看是因为你心里放不下大玉儿，才妄图嫁祸于我！这里里外外哪个人不知道你与大玉儿从前有过旧情，你敢当着皇上的面否认吗？"

多铎毫不相让，马上高声回答道："我嫁祸你做什么？我与大玉儿的事情皇上已经核查过了，容不得你在这里血口喷人！你心里有鬼，害怕别人说吗？"

多尔衮上前一步，厉声喝道："狗东西，你敢再说一次？"

眼见着两个人剑拔弩张，在皇太极面前就要动起手来！我心下十分忐忑，处境又极为尴尬，正合计胡乱找个什么借口，赶紧从清宁宫退出去。就在这时，我突然发现面前的神龛里，除了供奉着萨满神像之外，竟然还立着一只青铜狮子！那狮子只有巴掌大小，做工却十分精巧，更让我诧异的是那狮子的一只耳朵竟然残缺了一半！我失声惊呼，指着这残耳的小狮子像，回身问皇太极道："皇上，您知道这里面一直供奉着这个东西吗？"

（一〇五）

真真假假

听我突然在一旁问话，皇太极愣了一下，马上起身来到神龛前面。他顺着我手指的方向往神龛里望去，仔细端详了那青铜小狮子半天，然后一脸诧异地抬头望着我，半天才说道："这个狮子朕之前从未见过，也没留意到底是什么时候出现的，不过从工艺上看，应该就是一个普通的装饰物吧，不过那耳朵……"说到这里，皇太极停住了，又弯下腰仔细端详起神龛里的青铜狮子来。

另一边，多尔衮和多铎还在剑拔弩张地激烈争吵，我不自觉地回头看一眼，也不知接下来该做些什么，才可以停止他们之间的纷争。这时，皇太极在一旁问我："你说，那个狮子像不像一个开关啊？"

听了皇太极的话，我一下子愣住了，半天才回过神来，于是我把手伸进神龛里，轻轻触摸了一下那青铜狮子。不想一碰之下，那狮子竟然缓缓缩进神龛的隔板中了！我大惊失色，一把拉住皇太极，还没等我张口说话，只听得轰隆隆的一阵巨响，把我们几个屋子里的人都吓了一跳！伴随着响声，四下里顿时尘土飞扬，呛得我们几个喘不过气来。众人纷纷遮掩口鼻，捂住眼睛，四散躲避。

张茜在外面听到异响，一个箭步跳进屋子里来，却被眼前的场景惊出一身冷汗！还没等张茜开口发问，扑面的尘土已经进了她的口中，呛得她不断剧烈地咳嗽，那些想问的问题眨眼间全都挤回到她肚子里了。

足足有一顿饭的工夫，尘埃方才落定，我们几个人仍旧不断地咳嗽着。大家你看看我，我看看你，彼此都是灰头土脸，狼狈不堪。众人也无暇去顾及他人，只是自顾自地在那里擦眼泪抹眼睛，张茜更是大口大口地往地上吐着嘴里的脏东西。

这时我才发现，那神龛竟然缩到了横炕背靠的山墙里面，横炕上原来神龛的位置竟然露出了一个巨大的黑洞！我凑到黑洞旁，探头向黑洞里望去，只见黑洞深不见底，里面也没有任何光亮。皇太极和张茜也连忙走了过来，向黑洞里望去。看了半天，皇太极一脸蒙地抬起头，看了看我，又看了看张茜，然后指着地上的深洞说道："朕在这里生活了二十年，都不晓得这竟然还有个深洞！你们两个快快随朕下去看看。"说罢，皇太极竟然就要团身往黑洞里面跳。

身后的多尔衮和多铎连忙过来制止。多尔衮上前对皇太极说道："皇上贵体，还是在上面等候消息吧，臣弟是武将，还是先让臣弟下去看看！"

皇太极皱了皱眉头，不置可否，不知道是不是心里还对多尔衮有所提防。看见皇太极不应声，多铎连忙上前一步说道："臣弟愿随十四哥下去看看，请皇上放心！"

皇太极见状，这下才点了点头，又嘱咐了哥儿俩几句。多尔衮明显有些生气，回头狠狠地瞪了多铎一眼，张嘴想要说些什么，不过最后还是忍住了。多铎从炕桌上拿了一盏油灯，从怀中掏出火刀，把油灯点亮了，然后朝多尔衮努了努嘴。多尔衮"哼"了一声，当先朝黑洞里面跳了下去。他一落地我们才发现，这黑洞并不是很深，不过三米左右的样子。多尔衮跳下去后，多铎把油灯递给了多尔衮，然后也纵身跳了下去。

我，皇太极，还有张茜都围在地洞口处，看着下面的火光慢慢变弱，直至消失，看来黑洞里面的空间还是很大的。我侧头盯着皇太极，满腹狐疑地问他道："皇上，你确定这里面不是你那'御用密道'？"

　　皇太极紧盯着地洞里面，没有回答我，只是坚定地摇了摇头。既然皇太极如此肯定，那我也就没必要再问了。于是，我们几个不再言语，默默地守着地洞口，等待多尔衮和多铎兄弟俩的消息。

　　过了有一盏茶的工夫，洞里面传来了脚步声，火光又一点一点地出现了。又过了一会儿，从洞口闪出个人影，看身形是多尔衮。只见他肩膀上扛着一个人，看这人的穿着打扮，应该是个女人。我和张茜七手八脚地把这个女人拉了上来，皇太极上前一看，这女人正是皇后哲哲。看样子哲哲已经在洞中生活了很久，不仅皮肤十分粗糙，而且脸上满是污垢，头发乱蓬蓬的，衣服也很脏。皇太极伸手探了探哲哲的鼻息，发现哲哲并没有死，只不过是昏了过去。于是皇太极连忙叫来外面候着的宫女和太监，把皇后抬出去找太医救治。

　　等我们回身再到地洞口的时候，发现下面竟然又递上来一个人！这个人脸朝下，看样子也是昏死了过去。我们满腹狐疑地把这个人翻过来一看，皇太极不由自主地惊叫一声，紧接着我和张茜也一阵惊呼。原来这第二个抬出来的，不是别人，正是那总找庄妃麻烦，又与多尔衮不清不楚的淑妃娘娘！

　　我长大了嘴巴看向皇太极，皇太极也是满脸惊愕地看着我！如果这个从地洞里抬出来的是真的淑妃，那刚才在门口炕沿上斜靠着的那个女人又是谁呢？

　　这时，多尔衮和多铎先后从地洞里爬了出来。当他们看到救出来的人竟然是淑妃娘娘的时候，两个人也面色大变，错愕不已！皇太极示意大家先不要慌张，接着仔细地询问了多尔衮和多铎地洞下面的情况。按照多尔衮和多铎的说法，下面就是一个十几米长的长方形甬道，走到尽头就是一个方屋子，里面有一些简单的生活用品。在屋子角落的稻草堆上躺着两个人，多尔衮与多铎也没看清楚是谁，就摸着黑，一人一个把这两个人背到地面上来了。现在他们才知道，原来囚禁在地洞里的这两个人，一个是皇后哲哲，另一个就是淑妃娘娘了。

皇太极皱着眉头，坐在炕沿上不说话了。张茜把淑妃抬到北炕上，回身找了湿手帕，替淑妃轻轻地擦起脸来。多尔衮和多铎站在皇太极的一旁，也是低头揣摩着事情的来龙去脉，一脸的不解与疑惑。

就在这时，外面忽然有人通报，说淑妃娘娘求见。众人听了心头一凛，不由得都把脸看向门外。皇太极脸色极为凝重，想了想，高声说了句："让她进来吧。"

话音刚落，"淑妃"便进到了屋子里面。看样子"淑妃"刚才回到自己宫里不仅换了件新衣裳，而且还重新梳妆打扮了一番，才又回到清宁宫来的。"淑妃"见了皇上，一边行了个万福礼，一边嘴里说道："臣妾淑妃拜见皇上！"

皇太极回了句："起来吧。""淑妃"这才站直了身子，眼睛却死死地盯着我们身后的洞口。此时此刻，"淑妃"根本没有注意到炕上还躺着一个人，她目光从洞口移开后，便直勾勾地盯向多尔衮。她发现多尔衮竟然一反常态地看着自己，便索性直接问起多尔衮来："睿亲王为何如此这般看我？难道我身上有什么特别的地方？"

不等多尔衮说话，皇太极在一旁突然问道："淑妃，你不回去休息，又来这里做什么？"

"淑妃"笑着回答道："启禀皇上，臣妾是想来看看可曾找到什么关于皇后的线索。"

皇太极点了点头，冷冷地对"淑妃"说："还别说，朕还真找到了皇后哲哲！不仅找到了皇后，还找到了一个比皇后更重要的人！"

"淑妃"听了，不解地追问道："皇上说的是谁啊？除了皇后，谁还能是更重要的人呢？"

皇太极慢慢站起身来，踱步到"淑妃"身边，围着"淑妃"绕了几圈，然后淡淡地说道："还能有谁能比皇后更加重要呢？当然是你啊，淑妃！你在朕这里，比皇后更加重要！"

"淑妃"听了皇太极的话，脸色不由得一变，不过还是尽力装出十分平静的样子，嘴上说道："臣妾，臣妾怎么会比皇后娘娘还要重要呢！皇上您又说笑了。"

皇太极冷笑了几声，伸手指了指北炕上躺着的人，慢慢地把头靠近"淑妃"的脸，仍旧用了温柔的声音说道："那淑妃你过去看看，那个人你可认识！"

"淑妃"这时才发现北炕上躺着一个人。霎时间，"淑妃"脸色变得惨白，双手不由自主地颤抖着，豆大的汗珠顺着脸颊流了下来。"淑妃"哆哆嗦嗦地扯下腋下夹着的手帕，不停地擦拭着自己额头上的汗水。没一会儿，那手帕便已经完全湿透了。

皇太极使了一个眼色，多尔衮和多铎迈步来到"淑妃"的身后，挡住了"淑妃"逃跑的路线。"淑妃"却并没注意到这些，只是一个劲地端详着炕上躺着的人，嘴里还不停地念叨着："怎么，怎么会是她！不是说好了，她永远不会再出现吗？"

（一〇六）

谜团

"淑妃"缓缓地转过头来，却并没有去看皇太极，眼睛只是直勾勾地盯着多尔衮。她的脸上表情十分复杂，有喜有怒，似怨似怜，朱唇抖动，好像有什么话要说，却又一下子说不出口，不经意间，那一双眼中已经噙满了泪水。

时间好像一下子静止了，一屋子人就这样呆立着，有人在等待答案，也有人在思考应该把答案给谁。许久，"淑妃"突然扬起手，摘掉了自己的旗头，然后一点一点地拿掉了发髻上的配饰。这时，众人才发现，"淑妃"的发髻后面竟然也立着一根明晃晃的金针！

还没等皇太极发话，"淑妃"已然抬起手，慢慢地把自己头上的金针拔了下来！一时间，屋里所有的人都看呆了！

"淑妃"的容貌开始慢慢起了变化，额头变窄，眼睛变大，鼻梁变高……不一会儿，"淑妃"已经完全变成了另外一个陌生的女子！

皇太极再也忍耐不住，"啪"地拍了一下炕沿，厉声喝道："大胆！何人竟敢假扮淑妃，祸乱宫廷！还不从实招来？"

这恢复了原样的女子此刻却并无半点惊慌，冷笑一声，从容地说道："我当初选择如此，便已料到会有今日，皇上也莫以为抓住了几个人，一切便都已结束了。有太阳在天空中，便没有任何人可以阻止灵魂转世，时空变幻，太阳部落才是真正的世界主宰者！皇上，难道您不是太阳部落中的一员吗？难道您不想要'天眼'宝石吗？"

皇太极怒目圆睁，大喝道："放肆！来人！把这个疯女人给朕拉出去砍了！"

"皇上！"站在门口的多尔衮突然对着皇太极大喊了一声。接着，在大家惊异的目光中，多尔衮"扑通"跪在地上，一边对着皇太极磕头，一边流着泪大声地说着："皇上，这个女人是臣弟的大福晋！大福晋多年患病未愈，神志不清，是臣弟看护不严，让她跑出来做出这等出格之事，还请皇上念及臣弟多年来忠心耿耿的分儿上，饶了她的性命吧！"

什么？我简直不能相信自己的耳朵，眼前这个假冒淑妃的女人，竟然是多尔衮的大福晋！那之前我和兰乔在永福宫里偷看到的那不清不楚的一幕，难道是多尔衮两口子在演戏？难道多尔衮一直都不知道自己的大福晋易容改扮成了淑妃娘娘？多尔衮的大福晋假扮成淑妃到底怀着什么样的目的？为什么被识破后，多尔衮的大福晋会提到"天眼"宝石和太阳部落呢？一系列谜团同时涌在我的脑海里，等待着谜底的揭晓。

多尔衮看皇太极不说话，怕皇太极坚持要杀了自己的大福晋，急忙站起身来，来到大福晋面前，劈头就给了她一记大耳光！打完了还不过瘾，他嘴里还骂道："不知好歹的东西！我以为你失踪了，却不知你在这里装神弄鬼，你到底想要干什么？在家老老实实地做大福晋不好吗？还不向皇上如实交代！"

多尔衮这一巴掌打得极重，大福晋的脸一下子就肿了起来。大福晋满眼都是泪水，十分委屈地看着多尔衮。这一刻，皇上打她，她都不会在乎，而她最亲最爱的男人打了她，却让她感到委屈至极！

说起多尔衮的大福晋，在历史上也是颇有名号的。史料记载，多尔衮前后共有六个福晋，其中这个大福晋被称为嫡福晋，出生于1610年，病逝于1649年，历史上称她为元妃。她是多尔衮的原配大福晋，是科尔沁博尔济吉特氏，蒙古科尔沁部桑噶尔寨台吉之女，科尔沁贝勒明安之孙女，孝端文皇后的从侄女，孝庄文皇后的从姐，也就是说大福晋的祖父和庄妃的祖父是亲兄弟。后金天命八年，也就是明天启三年（1623）5月28日，大福晋与多尔衮成婚，顺治六年，即1649年12月卒，时年四十岁。多尔衮私下里给自己的大福晋一个谥号，叫作敬孝忠恭元妃。很多影视作品都称多尔衮的大福晋为小玉儿，就是因为把大福晋当作孝庄文皇后布木布泰的亲妹妹。因为孝庄文皇后小名叫大玉儿，所以大家自然而然都管她的妹妹叫小玉儿。其实大玉儿的名字都不是来源于正史，小玉儿更是个杜撰出来的人物，也就是说，历史上小玉儿并不存在，多尔衮的大福晋和小玉儿也没有任何关联。至于多尔衮和孝庄文皇后关系是否暧昧，历史上没有明确的记载，不过史料可是记载了多尔衮非常在乎和喜爱这个大福晋，这是千真万确。

我看多尔衮的样子，似乎是真的不知道自己的大福晋易容成了淑妃，他眉目间的气恼绝对是发自肺腑的，不过每个人也都能看得出，他的打骂其实是在维护自己的大福晋。皇太极如此聪明的人，自然也都把这一切看在眼里，懂在心里。

皇太极不松口，并不是他不能原谅多尔衮的大福晋乔装改扮成淑妃这件事，而是因为发生的这一切都实在太过匪夷所思。整个事件不仅掺杂进了古老且神秘的宗教信仰，甚至还包含着"天眼"宝石、时空穿梭这样的诡异内容，要知道，在清朝初年发生这些事，以当时的科技水平是根本无法给出合理解释的，所以当时的人们就只能通过神秘诡异的巫术去寻找答案了。皇太极知道事情的严重性和复杂性，如果不即刻顺藤摸瓜，查出真相，恐怕这件事会殃及诸多人的性命，甚至还会断送大清王朝的江山社稷。现在皇太极的身边，值得依赖和信任的人并不多，即使是多尔衮与多铎兄弟，也存在着诸多怀疑和芥蒂。皇太极身为大清皇帝，此时此刻仍旧感觉到孤独与无助，这大概就是我们所说的高处不胜寒吧。

这时，一直气恼不已的多尔衮突然放低了声音，语气变得十分温柔。他对跪在地上的大福晋说道："你为何要离开我到这里来呢？而且你为何要假扮成别人呢？"

大福晋本来就泪流满面，这一下子更被多尔衮的语气所融化，忍不住号啕大哭起来。她一边哭一边说道："王爷，你还记得我们的孩子吗？"

多尔衮一下子怔住了，紧接着脸上瞬间布满了痛苦的表情。看得出来，大福晋所提的孩子应该是他们之间一段十分痛苦的往事。多尔衮嗫嚅了半天，这才用嘶哑的声音回答道："都过去这么久了，还提他做什么呢？"

大福晋哭得越发的厉害："他要是活到今天，应该八岁了吧，多好的年龄啊……"

听到这里，皇太极突然长叹了一口气，低下头默默地沉思着什么。多尔衮看了一眼皇太极，沉着脸，把身子转了过去。

大福晋突然站起身来，扑到皇太极的身前，歇斯底里地喊道："皇上，今天你必须给我一个答案！为什么，你为什么在八年前要杀了我刚出生的孩子！"

看到多尔衮的大福晋疯狂的样子，皇太极竟然没有躲闪。他紧盯着大福晋那布满泪水的脸，欲言又止。好半天，在大福晋的哭声中，皇太极默不作声，除了偶尔摇摇头。他表情显得十分痛苦，手里不停地摆弄着脖子上的串珠，时而抬起头看看大福晋，紧接着又快速地把头低下去。

我茫然地转头看了看张茜，张茜对着我摇了摇头，这其中究竟发生了什么，我们一无所知，又不好发问，只好继续在这种悲伤且尴尬的气氛中保持沉默。

这时，多尔衮转过身来，他的脸上也满是泪水。说实话，我从没想过像多尔衮这样的男人也会流泪，在我心目中，他虽然阴险贪婪，但也确实坚强勇武，丝毫与温婉柔情挨不上边！此刻看着多尔衮铁汉柔情的样子，我还真有些出乎意料。只见多尔衮流着泪对着大福晋说道："这件事你不应该责问皇上。六年前，我们大清突然遭受了大瘟疫，八旗族人死的死，病的病，一多半人都倒下了，眼看我们就要亡国亡族！我们的萨满国师要我们大清用一位刚出生的皇族王子的鲜血去祭祀天神，说只有这样才可帮助我大清百姓摆脱浩劫。那时皇上的九阿哥刚刚出生，于是皇上便要用自己九阿哥的性命去祭祀天神。我清清楚楚记得，那天皇上从九阿哥的额娘庄妃那里抱出九阿哥的情形。当时，庄妃娘娘痛哭流涕，跪在地上对皇上哀求不已，可是皇上为了我们大清全族百姓的生存，毅然决然地把九阿哥交给了萨满国师！"

"不！"大福晋声嘶力竭地大声喊道，"皇上并没有用自己的九阿哥祭祀天神！他偷偷地用我的儿子换走了九阿哥！祭祀天神的是我的儿子，是我的儿子！皇上，你还我儿子来！你为什么要杀了我的儿子？为什么？九阿哥还在！九阿哥还活着！皇上用我的儿子换回了九阿哥！"

"你错了！"多尔衮厉声喝道，"是我！是我拿我们的儿子偷偷换走了九阿哥！是我干的！是我……"说到后来，多尔衮已经近乎咆哮，眼睛瞪得大大的，好像要流出血来……

（一〇七）

"狸猫换太子"

多尔衮的话一下子把大福晋惊呆了，她摇着头，满脸不相信的样子，一边后退，一边喃喃地说着："不，不可能，王爷你怎么会做这样的傻事，那可是你亲生的儿子，你怎么会让他去死？不对！一定是皇上干的！王爷你怕说实话，皇上会杀了你，对不对？不，我不相信王爷你说的话，不相信！"说到这里，大福晋目光又如同匕首一般，狠狠地射向皇太极。

此刻，听了多尔衮与大福晋的对话，皇太极脸上的表情更显复杂。不过，他还是坐在那里，默不作声，只是偶尔地抬起手，用袖子擦拭一下额头的汗水。

多尔衮让自己的情绪平复了一下，半天才长吁了一口气，抬起头对着大福晋柔声说道："夫人，我实话和你说吧，孩子真的是我背着皇上偷偷去调换的。当时皇上并不知情，也绝没有半点逼迫我，是我心甘情愿拿自己的孩子去替换九阿哥的。说来惭愧，我当时这么做，并不是因为我想用自己的孩子去救九阿哥，而是因为萨满国师和我说，接受祭祀的孩子并不是去死，而是会成为整个世间甚至宇宙洪荒的主人！我听完后，便动了心。我一辈子就是个王爷，我想让自己的儿子成为地位更加显赫的人物！所以我去和皇上说，愿意用自己的儿子去替换九阿哥，可是皇上当时就拒绝了！皇上当时告诉我的话我还记得清清楚楚！皇上说孩子虽然不大，可那也是一条鲜活的生命，不应该随意去践踏。我们虽为人父母，却也不能决定孩子的生死。即使是为了大清帝国，为了整个女真族的安危，这份责任也应该由皇帝来承担，这便是皇帝的使命！身为皇帝，绝不可以肆意推卸责任，更不能伤害别人家的孩子！皇上当时并不知道事情的真相，还以为我是真心实意地为君分忧，当时我感动得热泪盈眶。而我因为计划没有得逞，十分沮丧焦虑。回到王府，我想了一夜，最后干脆把心一横，一不做，二不休，我决定来一个'狸猫换太子'！我趁晚上守卫空虚，抱着自己的儿子潜入到祭坛里，把祭台上的九阿哥换了出来。然后我又趁着夜色把九阿哥送回到了永福宫。当晚，庄妃娘娘正为失去孩子而夜不能寐，以泪洗面，痛不欲生，突然间发现九阿哥回到了永福宫，还以为是上天有眼，神明显灵，把九皇子还给她了，一个劲地对着大门磕头谢恩！等皇上后来发现祭祀的孩子并不是九阿哥时，祭祀已经完成了！就这样，我的儿子被我亲手送上了不归路！夫人，你可知道，当我看到自己的儿子鲜血洒满祭台的时候，我有多后悔、多痛心吗？但是这世上没有后悔药，所有的后果与痛苦都需要我自己来承担。我唯一感到不解的，是皇上知道了这件事的原委后，却并没有责骂我，事情就这样过去了。夫人，这就是事情的真相，我没有半句虚言。所以请不要再责怪皇上了，要打要骂，要杀要剐，你冲着我多尔衮来吧！谁让我贪心不足蛇吞象，最后搬起石头砸了自己的脚！报应啊！是我多尔衮对不起夫人你，没想到当年的债，竟然要夫人去偿还……"说到这里，多尔衮转身面向皇太极，跪倒在地上磕了几个头，口中大声地说道："皇上圣明，臣弟愿意替自己的夫人承担罪过，请皇上不要再为难我的夫人！"话音未落，多尔衮猛然一跃，竟一头撞向身边的朱红色柱子！一切发生在电光石火的一瞬间，众人根本来不及阻拦，多尔衮的脑袋实实在在地撞在了粗大的木头柱子上。眨眼之间，多尔衮便血流满面，瘫倒在地，看上去狰狞至极！多铎大呼一声，连忙上前抱住多尔衮，然后从怀中掏出丝帕要给多尔衮包扎伤口。多尔衮伤得很重，但神志还清醒，他一摆手把多铎推到了一旁，任凭额头的鲜血汩汩地流下来。

大福晋对眼前的一切没有任何反应，依旧满脸茫然，眼神呆滞，神情萎靡，嘴里来回不停地叨咕着："不可能，这绝对不可能……"

多尔衮满脸都是鲜血，前胸的衣服都已经被浸透了，可是他看到自己的大福晋如此模样，皇太极却并没有任何言语，于是顾不上许多，挣扎着爬到皇太极面前，哭着哀求道："皇上，今天臣弟已经把事情说得清清楚楚、明明白白。臣弟说了，千错万错都是臣弟的错，与我大福晋无关，还请皇上治臣弟的罪，宽恕我的大福晋吧！"说完，多尔衮又伏在地上磕起头来，头上的鲜血流了满地。

皇太极皱着眉头，看了看地上跪着的多尔衮，欠起身子，伸手想去扶他，嘴里说道："其实，这个……唉，罢了罢了，朕还是不说为好！"说罢，皇太极又收回了手，坐正了身子，把脸扭向一边，不再去看面前的多尔衮。

"皇上不说，那就由臣妾来说吧！"突然间，一个声音从门外传了进来。众人抬眼望去，只见迈步走进来的正是庄妃娘娘。她肩膀受了很重的伤，此刻已经重新包扎过了，不过脸色依旧惨白，应该是失血过多所致。庄妃步履蹒跚地走到皇太极面前，这时我们才发现，她的身后，还跟着一个五六岁的小男孩！这孩子身材不高，略显瘦弱，剑眉大眼，高鼻阔唇，身上穿着黄色的团花长袄，头上戴着红色的瓜皮小帽，看上去十分文弱。小男孩看了看四下的众人，又看到地上跪着的多尔衮满面满身的鲜血，不由得惊恐异常，一下子躲在庄妃身后，不敢露出脸来。

庄妃挣扎着给皇太极行了礼，然后回身看着那小男孩，严厉地喝道："福临，看到父皇为何不磕头请安？这些日子没有好好管教你，难道连起码的规矩都忘记了吗？"那男孩听了庄妃的话，满脸慌张，眼睛不停地扫着屋子里的每一个人，不过他还是听话地来到皇太极面前，跪倒在地上，一边磕头，一边嘴上说道："父皇在上，儿臣福临给父皇请安了，父皇万岁，万岁，万万岁！"

我和张茜对视了一眼，原来这个孩子不是别人，正是皇太极的第九个儿子，日后大清帝国的第三任皇帝——顺治，全名叫作爱新觉罗·福临！

皇太极连忙摆摆手，让庄妃母子起来，嘴里柔声说道："庄妃，你受了很重的伤，不在永福宫里修养，带着福临跑到这里来干什么？"

还没等庄妃回话，一旁多尔衮的大福晋突然冲了过来，一把把跪在地上的福临拖了起来，嘴里喊着："你来这里干什么？用孩子来刺激我是吗？我现在不管是谁把我的儿子送给萨满国师的，反正我的儿子死了，别人的儿子也别想活了！"说着，大福晋竟然从怀里掏出一把闪着寒光的匕首，架在了福临的脖子上。福临只有五六岁，哪里见过这等场面，本身胆子又小，一下子哭出声来。听到福临啼哭，皇太极再也坐不住了，一下站起身来，手指着大福晋喝道："大胆妇人，还不赶紧把福临放开！伤了福临半根毫毛，朕一定将你千刀万剐！"

这边跪在地上一脸鲜血的多尔衮也爬起身来，对着大福晋厉声呵斥道："夫人疯了吗？怎能做出这等大逆不道之事，快快把九阿哥放开！"

多铎一下子拔出佩刀，想要冲上去抢回福临，可是看到大福晋的匕首紧紧地架在福临的脖子上，咬了咬牙，又退了回来，生怕自己一时鲁莽而误伤了九阿哥。我和张茜也没什么好办法，大福晋明显受到了强烈的刺激，此时此刻什么过激的举动都做得出来，所以众人只能远远地围着大福晋，寻找解救福临的机会。

这时，跪在地上的庄妃慢慢站起身来，走到大福晋面前，脸上竟然看不到半点惊慌与着急。只见庄妃看了看还在啼哭的福临，然后轻轻地对大福晋说道："想不到你堂堂一个为人母的女人，竟然会对一个六岁的孩子动手。不过别的孩子你动得，这个孩子你却动不得。"

大福晋咬着嘴唇狠狠地说道："我的孩子死了，别人的孩子我有什么动不得的？管他是阿哥还是皇子，我今天非要动一动不可！"说着，又把手里的匕首狠狠地往福临的脖子压去。

在众人的惊呼声中，庄妃依旧面不改色心不跳，气定神闲地对大福晋说道："那好！我问你，大福晋，你低头好好看看这个孩子，觉得他到底像谁呢？"

大家听了庄妃的话，都不约而同地盯着福临去看，大福晋也是满脸惊疑之色，嘴上说着："像谁有什么关系？福临他是九阿哥，除了皇上，难道还能像别人不成？"可是眼睛还是上下仔细打量起福临的样子来。

我和张茜也觉得庄妃话里有话，连忙瞪大眼睛去看福临。细看之下，我和张茜都不由得大惊失色，这福临眉眼鼻唇和皇太极与庄妃都差异极大，倒与和硕睿亲王多尔衮如同一个模子刻出来的一样！难道这其中当真有着什么不为人知的秘密？

（一〇八）

层层迷雾

　　大福晋看着怀里的福临，越来越紧张，最后竟然把手里的匕首丢在地上，一把将福临扭转过来，面对面地仔细端详起来。多尔衮也觉得奇怪，踱步到福临面前，眼睛上下打量着他。看到福临害怕的样子，多尔衮连忙退到一旁，从怀中掏出一块丝帕，急匆匆地擦拭起自己头上、脸上的鲜血来。

　　这边庄妃还是很平静的样子，对着多尔衮和大福晋说道："那是崇德三年，戊寅年，福临刚刚满月。天上出现血月，地上瘟疫流行，大批大批的人倒下，失去生命，女真族面临着巨大的危机。萨满国师要皇上用皇族新生王子之血来拯救全族。皇上别无选择，只好把福临献了出去，交给了萨满国师，准备在月圆之夜祭祀天神。我作为福临的母亲，根本无法就这样失去自己的儿子。于是当天晚上，我便换好服装，准备去萨满国师的祭坛偷回福临。"说到这里，庄妃慢慢地走到多尔衮面前，盯着多尔衮好一会儿，才继续说道："我顺利地潜到了祭坛中福临所在的大帐外面的时候，却发现大帐之中，萨满国师在与一个人密谈着什么。那个人穿着黑斗篷，遮挡着脸，看不清楚到底是谁。我心下疑惑，觉得其中必有蹊跷，于是我在大帐外面找个隐蔽的地方躲了起来，足足等了有一个时辰。虽然没有听到大帐里面两个人说了什么，可是当他们走出大帐的时候，我却看到了那个披着斗篷的人帽子里的那张脸！"庄妃突然伸手指向多尔衮，大声地喝道："那个人就是你，和硕睿亲王多尔衮！你和萨满国师密谋的，恐怕就是移花接木，用自己的孩子替换福临的事吧！那个时候我还不明白，你为什么愿意用自己刚出生的孩子去代替福临送命，直到你走后，另一个人到来，我才知道了事情的真相！"

多尔衮脸上不断地抽搐着，没有擦干净的血污和汗水交汇在一起，不停地顺着脸颊流到衣服上，刚才手里握着的丝帕，此刻早已被丢在了地上，沾满了血污和泥土。

大福晋痴痴地看着福临，嘴里木然地问道："你究竟看到了谁？"

"来的人正是皇后，我的姑姑哲哲！"庄妃把脸转向大福晋，一字一句地说道："我没想到皇后竟然会出现，只好继续躲在大帐外面，听萨满国师与皇后两个人说话。这次两个人说话声音很大，所以说话的内容被我听得一清二楚。皇后让萨满国师不要再继续进行替蒙古部落的复仇行动，更是严厉地斥责萨满国师不应该帮助睿亲王多尔衮去做争权夺利、利欲熏心的事情。可是那萨满国师坚持要帮助蒙古部落复国，并对天发誓要让女真族受到惩罚！萨满国师激动地说已经与多尔衮达成了协议，让多尔衮的儿子成为宇宙新秩序的统治者，成为太阳部落的首领，而萨满国师已经在多尔衮的儿子身体里下了蛊，所以多尔衮的儿子将会完全地受萨满国师的摆布！这样一来，蒙古部落复国大计指日可待，我清王朝距离亡国已经不远了。皇后听了萨满国师的计划，坚决地反对，并扬言要去皇上那里告发萨满国师与多尔衮之间的阴谋，两个人发生了激烈的争吵！就在我茫然不知所措的时候，突然争吵声停止了。我探头往大帐里面一看才发现，皇后竟然躺在地上，不省人事！萨满国师叫了两个人进到大帐里来，嘱咐了几句，两个人便抬着皇后娘娘，从大帐后面出去了。如果我没猜错的话，从那个时候开始，皇后娘娘就被他们控制在了这个黑洞之中了吧！"

庄妃说到这里，伸手摸了摸福临的额头，面色略微缓和了一些，然后接着说道："谁承想这血月祭祀竟然如此神秘，参加了血月祭祀的孩子不仅不会送命，竟然还可以成为整个宇宙的统治者！一边是我舍不得孩子去祭祀，另一边睿亲王却急着要拿自己的孩子去替换福临，这其中的奥妙，外人是根本理解不了的。即便在当时，我也是一头雾水，脑子里十分混乱，想不出什么整个事情的原委。等我看到萨满国师离开，大帐里再无旁人的时候，我便潜入大帐，福临就躺在大帐中的一个摇篮里。还没等我动手抱福临离开，又听到有脚步声奔着大帐而来，于是我只能又躲到了大帐里的柜子后面。进来的不是别人，正是怀里抱着自己孩子的睿亲王多尔衮！他偷偷摸摸地把自己的孩子放到摇篮里，然后把福临包在襁褓中，夹在腋下，走出了大帐。我担心福临的安危，便从大帐出来，一路尾随多尔衮而去，一直跟到了多尔衮的家中。多尔衮把福临偷偷地放回到自己儿子的房中，才回去换了衣服休息。我放了迷香，迷倒了仆人和奶妈，进到房中抱出了福临，然后偷偷地回到了宫中。我思前想后，还是把这件事的来龙去脉告诉了皇上！可当时皇上却并不相信臣妾的话，认为一切都是因为我护子心切编出来的故事，便让我把福临送回到祭坛的大帐去！我自然拼死保护福临，坚决不同意再把福临送回去。可是当我回到永福宫没过多久，我竟然脑袋沉沉的，不知不觉地昏睡在了福临的摇篮边。等我醒来的时候，摇篮里的孩子已经不是福临了，我想应该是睿亲王和大福晋的儿子吧！"说到这里，庄妃回头看了一眼皇太极，说道："这件事过去这么久了，福临都已经这么大了，难道皇上到现在也不愿意给臣妾一个说法吗？难道就让臣妾的心里永远无法知晓臣妾昏睡之后发生的事情吗？"

听了庄妃的话，皇太极面色苍白，双手不停地来回揉搓着，玉扳指都已经被搓得要掉落下来了。皇太极沉默了好一会儿，才抬起头对着庄妃说道："其实萨满国师所说的一切，朕之前也并非没听说过。你所说的皇后与萨满国师密谋为蒙古部落复仇一事，朕也早就有所察觉。可是当天晚上在永福宫下迷药的人真的并不是朕，也不是朕从永福宫偷出福临，去换回了十四弟的孩子。不过做这个事的人，朕却知道是谁，因为当天晚上，朕遇到了这个人！"话音未落，庄妃一下子打断了皇太极的话，语气十分激动地问道："既然皇上说不是皇上做的，那好，皇上和臣妾说说，究竟是谁抢走了臣妾的孩子。"

　　皇太极死死地盯着庄妃的眼睛，缓缓地说道："那天晚上，朕确实想要去永福宫再找你聊聊，想把朕知道的事情的来龙去脉和你讲清楚，让你能够理解朕的责任与苦衷，安心地把福临交给朕，把多尔衮的孩子换回来。可是当朕走到永福宫外的时候，突然发现一个人的身影闪进了永福宫。朕心下十分疑惑，当时天色已晚，怎么会有人穿着夜行衣进到永福宫去呢？朕在宫外隐蔽处观察了一会儿，看到那个人影又从永福宫里面闪出来，消失在了夜幕之中。朕担心你和福临的安危，急忙跑进永福宫里，发现你已中了迷香晕倒在摇篮边，而福临早已不知去向！"皇太极说到这里，转过身远远地望着大福晋怀中的福临，看着福临此刻已然哭红的眼睛，不由得长叹了一口气，继续说道："朕猜想偷走福临的人，必然还会回到祭坛去，于是朕就直接来到了祭坛的大帐旁埋伏起来。大帐里的摇篮之中，一个孩子正在那里熟睡，我便远远地在暗中紧紧盯着那摇篮中的孩子。果然，不到半盏茶工夫，那个从永福宫冲出来的人便来到了大帐中的摇篮旁。奇怪的是，这个人竟然深情地望着怀里的福临，好半天才依依不舍地把福临放在了摇篮中，又把摇篮里的另一个孩子裹在襁褓中抱在怀里。这人刚要转身离开，突然，另一个身影一闪，拦在了这个人的面前，一把打掉了抱着孩子这个人的面罩！朕一看，差一点喊出声音来，门口的身影不是别人，竟然就是——淑妃！而抱着孩子的也不是别人，就是朕的大儿子——和硕肃亲王豪格！"

庄妃听到这里，倒吸一口凉气，嘴里失声说道："怎么，怎么会是豪格？他来抢我的孩子做什么？难道他也知道了这其中的秘密？"

皇太极摇了摇头，接着说道："朕当时也猜想不出原因，心下觉得应该还是萨满国师使的诡计，好让更多的人，特别是朕身边的人参与到这件事中。这样可以使朕前后左右亲近的人互相牵制，萨满国师才能顺利实现自己的计划。那豪格见到淑妃拦住去路，大吃一惊，连声让淑妃赶紧让开，不要坏了大事。淑妃却并不让开，一个劲地要豪格放下孩子。这时朕才意识到，淑妃应该与朕十四弟多尔衮关系暧昧，恐怕这个孩子也与淑妃有着千丝万缕的关联！"

皇太极说到这里，突然一个声音从炕上传来："皇上，这一点您猜错了，我在乎的并不是多尔衮，孩子也与我没有半点关系。我在乎的，是豪格！"众人闻声齐往炕上望去，发现说话的不是别人，正是已经苏醒过来的淑妃娘娘……

（一〇九）

再起波澜

淑妃坐起了身子，伸手整理了一下自己的头发。或许是在阴暗的坑洞里待得太久了，眼睛已经不太适应外面的光线，虽然此刻天色已经渐黑，可是淑妃仍旧不停地眨着眼睛，眼角也不断地流出眼泪来。

大福晋好像恢复了清醒，竟然上前给淑妃递了一块丝帕。淑妃接过丝帕，擦了擦眼睛。那丝帕顿时失去了光泽，中间脏了一大块，看样子淑妃已经好久没有洗漱过了，这对一个女人来说，简直无法忍受，更何况是一个爱美的女人。淑妃低头看了看被自己弄脏的丝帕，脸上露出悲戚的神情。

大家都没有说话，静静地看着炕上的淑妃。过了一会儿，淑妃才抬起头，看了看屋子里的人，这才开口说道："请皇上莫怪臣妾这般模样，臣妾把该说的话都说完，便马上回去梳洗。其实具体是哪一日被绑到这洞里来的，臣妾已经记不清了，毕竟，在这洞中时间是没有概念的。但是皇上方才说的那个晚上发生的事情，臣妾记得清清楚楚，就好像在眼前一般。"

话说到这里，淑妃不停地咳嗽起来，大福晋连忙给淑妃递过来一碗水。淑妃看了看大福晋，微微笑了笑，然后接过碗来一饮而尽，看样子她渴坏了。淑妃把茶碗放到炕上，用袖子擦了擦嘴，接着说道："那日臣妾正在宫中绣花，大概晚饭时分，豪格突然推门进来了！我很纳闷，这么晚他来臣妾的衍庆宫做什么？豪格开口便问臣妾是否知道皇上用福临祭祀的事，臣妾听得一头雾水，摇头说不清楚。豪格看臣妾当真不知晓事情的来龙去脉，便从怀中掏出一个黑色的布包，在臣妾眼前慢慢打开。臣妾心下好奇，便屏息凝视。那布包打开之后，里面竟然是一个包着金环的绿色的翠玉宝石！臣妾不知道这宝石的来历，伸手去拿，可是那宝石突然变红，如同冒出了火焰一般！臣妾的手还没触及宝石，便已经被灼烤得难以忍受，不由得缩了回来。豪格平日里与臣妾接触得并不很多，可是那天他拿着那会变颜色的宝石，一再地让我看宝石在地上投下的光影。臣妾不知其中原委，按照豪格的指示细细端详才发现，那宝石投在地上的光影之中竟然有几个人的图像在来回地变换！更让臣妾瞠目结舌的是那几个人影之中，竟然还有臣妾自己！臣妾紧张地蹲在地上从头到尾看了一遍，这才明白，那图像竟然是臣妾和睿亲王打情骂俏的场景！可是，臣妾知道光影之中的淑妃根本就不是臣妾！那一刻，臣妾惊讶到了极点，也害怕到了极点！心下担忧万一皇上看到了这个宝石的光影，臣妾恐怕是百口莫辩啊！"

说到这里，淑妃又要水喝，大福晋连忙去倒水，我趁着这个当口侧过头望向皇太极。皇太极脸色极差，低着头一声不吭。一旁的福临年龄太小，对淑妃娘娘所讲的内容并不感兴趣，起身想要到外面去玩。还没等福临走到门口，皇太极"啪"地猛拍了一下身旁的炕桌，大喝一声："福临，你到哪里去？没有朕的旨意，谁也不得出去！"福临吓了一大跳，脸色苍白，又不敢哭出声来，一下子扑到庄妃的怀里，不敢发出一点动静。

皇太极转过脸，对着淑妃说道："你继续说下去！"

淑妃点了点头，继续说道："那宝石可以发出会动的光影，已经让臣妾很是惊恐，光影的内容是虚假的，还牵扯到臣妾的清白，这就更让臣妾难以接受。臣妾当时就大声地质问豪格这宝石是从哪里得来的，豪格当时脸色大变，怕外人听到，急忙上来捂臣妾的嘴。在臣妾的追问之下，豪格才告诉臣妾这宝石是从萨满国师的祭台偷来的。臣妾十分不解豪格为何要去祭台偷这块宝石。豪格便向臣妾解释说是萨满国师告诉他这块宝石会预知未来，臣妾看到那段光影不是过去发生的事，而是即将要发生的事！豪格还告诉臣妾，他竟然在宝石的影像中看到，皇上把皇位传给了九阿哥福临！豪格十分气愤地对臣妾说，他是皇上的大阿哥，理应继承皇位，没想到皇上竟然会把江山社稷托付给一个乳臭未干的娃娃，所以他要改变这一结果！臣妾听豪格这么说，心里也是很着急，但是臣妾担心的是宝石中自己和睿亲王亲昵的影像被皇上看到。臣妾当时就想把宝石里面影像的内容赶紧删掉，免得有什么麻烦。就在这时，在一旁一直目光呆滞的豪格突然对着臣妾喊道：'福临，关键在福临身上！'说完，他竟站起身来，把宝石揣进怀里，一溜烟冲了出去。等臣妾回过神来，冲出去找他的时候，他早就没了踪影。我猜他一定会去萨满国师的祭坛，于是就换了衣服，趁着夜色先行来到了祭坛。"淑妃说到这里，拿起丝帕擦了擦额头上的汗水。张茜看她嘴唇又干裂得渗出血丝，便上前给她面前的空水碗倒满了水。淑妃直盯盯地看着张茜，突然问道："你，你是哪一个？我怎么好像看你很眼生呢？"

张茜犹豫了一下，没有说话，退了下去。淑妃依旧追问不已，皇太极在一旁说道："她是侧妃扎鲁特，你难道都忘记了吗？"淑妃想了很久，又对着张茜仔细地端详了半天，突然大声地说道："不，她怎么会是扎鲁特呢？扎鲁特不是这个样子，我绝对不会记错的！"

皇太极脸色一变，厉声喝道："先不要管扎鲁特，你先把你那天看到的统统说给朕听，半句都不要丢！"

淑妃看皇上发怒，不敢不听从，只好收回目光，咳了几声，继续说道："臣妾到了祭坛的大帐，大帐里面空无一人，不过臣妾一眼就看到了摇篮里的福临！臣妾不敢造次，先找了一个隐蔽的地方藏好。不多时就看到一个人怀里抱着一个襁褓来到祭坛下的摇篮前。我仔细一看，这个人不是豪格，竟然是睿亲王多尔衮！只见他从怀里的襁褓中抱出一个刚出生的婴儿来，小心翼翼地放在摇篮中，又用极快的速度把原来摇篮中的福临抱起来放进襁褓里。睿亲王看上去好像极其小心谨慎，换完孩子之后还四下里巡视了半天，才转身离开。臣妾满心纳闷，睿亲王为什么要把福临换走？难道他是受皇上的委托，把福临换走的？他换过来的孩子又是谁家的？正当我一个人在那里胡思乱想，突然看见一个人直奔祭坛前的摇篮而来，看身形也并非是肃亲王豪格。只见这个人盯着摇篮中的孩子看了一会儿，却并没有碰摇篮中的孩子，而是四下巡视了一圈，找了一个角落藏了起来。臣妾还没弄清这个人是谁，只好躲在角落中胡思乱想，就这样过了有一炷香的工夫。突然，豪格进到了大帐之中！让臣妾十分诧异的是，豪格怀里也抱着一个孩子，臣妾仔细一看，不由得大吃一惊，那孩子竟然还是福临！豪格把福临放回到摇篮之中，同时又把睿亲王放进去的孩子包在襁褓里。臣妾当时思维完全陷入混沌，这几个人来回地换孩子究竟是因为什么？这事到底与福临有何干系？"淑妃讲到这里，突然情绪变得十分激动，声音也越来越大。猛然间，她身子往前一倾，晕倒在了炕上。

庄妃连忙走过去查看淑妃的状况，好半天才回过头对皇太极说道："皇上，看样子淑妃是好久没吃东西了，让臣妾给她喂些东西吧。"

皇太极皱着眉点了点头，庄妃便转过身去，从怀中掏出了一颗黄色的药丸，然后扶起淑妃，把药丸塞进了淑妃的嘴里。庄妃又给淑妃喂了点水，不一会儿，淑妃"嘤"的一声醒了过来，看来那黄色的药丸还是很有效力的。紧接着，淑妃竟然开始呕吐起来，接着她不断地从口鼻之中呕出长长的黄色的虫子一样的东西。足足呕了有一炷香的工夫，淑妃这才慢慢停止了呕吐。

皇太极站起身来，看着地上淑妃呕出来的一团团黄线虫，问道："这是什么东西？"

庄妃面色平静地答道："皇上，这恐怕就是绑架劫持淑妃的人给淑妃下的蛊吧。"

淑妃这时气色好转了很多，于是在大福晋的搀扶下，从炕上起了身。淑妃喝了口水，继续讲道："臣妾当时正在瞎想，突然发现肃亲王豪格抱着那个孩子转身要走，于是也顾不上什么了，一下子跃到了豪格面前，让他交出宝石。可豪格哪里肯同意，他急着要把襁褓里的孩子送回去，不愿与臣妾纠缠，拼了命地想要冲出去。正当我们对峙的时候，突然我脑后一痛，眼前一黑，就晕死了过去。至于后来豪格怎么样，臣妾就不得而知了！"说完，淑妃叹了口气，不再说话。

屋子里的人你看看我，我看看你，不知接下来该怎么办。这时，皇太极突然说道："其实，那晚打晕淑妃的人，也在我们这里。"

话音未落，只听一个人朗声说道："不错！皇上圣明，打晕淑妃的人便是臣弟！"众人看去，说话的竟然是豫亲王多铎！

寻找真相

　　淑妃惊愕地看着多铎，眼神中流露出不解和怀疑，从她的表情看得出她做梦也没想到，在祭坛大帐之中把她打晕的人竟然是多铎。

　　多尔衮转头看了看多铎，脸上布满疑云，低声问道："原来那天你也在，可是那天你去祭坛做什么呢？"

　　多铎不自觉地抬眼看了看庄妃，然后才轻声回答道："其实我那天，那天是去永福宫看庄妃娘娘，可是到了永福宫才发现她竟被人下了迷药，昏睡过去了。我觉得事情很蹊跷，却一时也想不明白。就在我从永福宫出来，刚走到衍庆宫旁的神斗下，发现一个人穿着夜行衣从衍庆宫里出来，奔着宫外而去。我顿时心生疑惑，猜测这个人或许会与庄妃被迷倒有关联。于是我便偷偷尾随着这个人，一路来到了祭坛。到了祭坛的大帐，我不清楚大帐里面的状况，不敢贸然跟入，只是远远守在大帐旁的暗处。那个黑衣人在大帐中转了转，便又从大帐中走了出来，这时我才看清楚，这个人竟然是淑妃娘娘，她好像在焦急地等什么人！就在我偷偷观望淑妃的时候，身后突然有一个人在我耳边小声地说道：'你是要福临死呢，还是要福临活？'我当时吓得出了一身的冷汗，回头才发现我身后竟然站着一个脸上戴着一个黑色面具的黑袍人！那面具距离我的脸只有几寸，黑夜中面具的嘴里还吐着热气，两只黑洞洞的眼窝里射出两道冰冷的寒光，看上去无比的狰狞！不知道为什么，我那时连拔剑的力气都没有了，只是呆呆地站立在那里，任凭那面具围着我的脸看来看去。"多铎说到这里，不住地吞咽着唾液，好像仍旧十分恐惧的样子。这一刻，所有的人都涨红了脸，屏住呼吸，似乎每一个人都身处在当时的情境之中，同多铎一起面对着那张面具。一时间，屋子里只有众人心脏跳动的声音。

多铎抬手擦了擦额头的汗水，缓解了一下紧张的情绪，这才接着讲道："过了一会儿，那黑袍面具人又开口对我说：'你要是心里记挂着庄妃娘娘，那你赶紧去救福临吧。'我心中不解，却又不敢多说什么，只能哆哆嗦嗦地问黑袍人：'敢问阁下，我该如何救福临呢？'黑袍面具人死死盯了我半天，才又开口说话，他说：'一会儿，不管那淑妃拦住何人，你都出手去把她杀掉！'我虽然惊惧不已，可还是问道：'淑妃娘娘到底会阻拦什么人？'那黑袍面具人一下子扑到我的面前，恶狠狠地对我说：'那不重要！你只需要记住，你不除掉淑妃，庄妃和福临就都得去死！'话没说完，那黑袍面具人一下子便从我的面前消失了！当时，我呆立在黑暗之中，一动都不敢动，脑子里不住地胡思乱想。不瞒皇上和诸位，我多铎征战沙场从没有过害怕的感觉，可是那一夜，我真的恐惧到了极点。"多铎说到这里，脸色惨白，脸上汗水直流，看得出来，至今他也没有从那天晚上的阴影之中摆脱出来。

缓了口气，多铎对着皇太极接着说道："至于刚才淑妃娘娘说的先后到祭坛大帐的几个人，臣弟却没有注意到。臣弟只是看到当豪格抱着一个襁褓，从大帐里冲出来的时候，淑妃冲上前去拦住了肃亲王豪格。臣弟记得黑袍面具人嘱咐的话，不敢怠慢，蒙好了面，便冲了出去。可是让臣弟出手杀了淑妃，那是臣弟万万做不到的。情急之下，臣弟只好用剑柄把淑妃打昏过去。豪格不知道臣弟是谁，也不知晓臣弟这样做的目的，一下子愣在当场，这时臣弟才看见他手里抱着一个刚出生的婴儿，那婴儿却并不是福临。就在这时，那个黑袍面具人突然出现了！他看了看躺在地上的淑妃，又看了看抱着孩子的豪格，然后命令豪格把怀中孩子交给臣弟，让臣弟把孩子放回到永福宫的摇篮中。臣弟不敢拒绝，只好接过孩子，一路回到了永福宫。臣弟把孩子放回摇篮里的时候，庄妃娘娘还没有醒！现在我才知道，原来那孩子竟然是十四哥的儿子！"多铎说完，抬手用袖子擦了擦额头，转头再看时，竟然发现淑妃正用十分狠毒的目光盯着他！多铎见状，连忙转过了头，竟不敢去直视淑妃的眼睛。

皇太极慢慢地站起身来，走到多铎的面前，面无表情地问道："多铎，你说在祭坛遇到的那个黑袍面具人，现在你可知道他到底是谁？"

多铎摇着头，嗫嚅着说道："臣弟鲁钝！一直到现在，臣弟也不知道这个人是谁。但是那天晚上之后，臣弟每晚睡觉时却总会梦到那双透过面具直勾勾地看着臣弟的眼睛！"

这时，炕沿边的大福晋缓缓站起身，来到了福临面前，深情地看着福临，嘴里念叨着："难道这是真的？难道你真的是我的孩子？"

我不忍直视这煽情的场景，连忙转过头去，却发现在这一刻，庄妃也泪流满面。想必知道了事情的真相之后，两位母亲心里都无比痛苦，而庄妃心中更加思念那生死未卜的真正的福临。

皇太极看上去也十分难过，他不无悲伤地说道："朕当时并不知整个事情的原委，还以为睿亲王忠诚可靠，甘愿为朕分忧，宁可舍弃自己儿子的性命也不愿意让朕失去福临。但是朕当时以为，朕为一国之君，怎能如此自私自利，让十四弟的孩子来替代本该由朕的孩子来承担的责任呢！朕只是希望福临可以用自己幼小的生命换来大清子民的安康！从这一点来说，朕是对不住庄妃的！"说到这里，皇太极看了看一旁伤心欲绝的庄妃，然后又把脸转向多尔衮，说道："十四弟，你就这么向往皇帝的宝座吗？那你为什么不直接和朕说呢？朕明天……不，是朕百年之后，便把皇位传于你可好？你又何必用自己亲生的孩子做赌注，费尽周折呢？"

多尔衮脸上表情无比复杂，一下子跪倒在地上，嘴里讷讷地说着："皇上，不是，这……"

皇太极仰天长叹："唉！可怜朕的福临，还未更事，就这样不明不白地殒命了！"

就在这时，一个声音从门外传来："父皇莫要伤心，福临并没有死！"

听了这句话，屋子里所有的人都大吃一惊，齐齐往门口望去。只见一个身材高大、气宇轩昂、身穿王爷服饰的中年男子从外面走了进来，拜倒在皇太极面前。皇太极瞠目结舌了半天，才急切地向跪在面前的人问道："豪格，你快平身，你刚才说什么？你说福临没有死？"

这时我才恍然大悟，原来跪在地上的这个人不是别人，正是皇太极的大儿子——和硕肃亲王豪格！

爱新觉罗·豪格，生于1609年，死于1648年，清太宗皇太极的长子，满洲正蓝旗人，母为皇太极第二任大福晋乌拉那拉氏。豪格初封为贝勒，天聪六年（1632）7月，被晋封为和硕贝勒。崇德元年（1636）4月，被晋封为和硕肃亲王。同年6月，豪格掌管户部事务，12月，跟随皇太极亲征朝鲜王朝。崇德三年（1638）8月，豪格陪同多尔衮进攻明朝，翌年4月班师。崇德六年（1641）3月，豪格因罪被降为郡王。崇德七年（1642）7月，豪格又因为军功重新被晋封为亲王。

顺治元年（1644）4月，豪格因为中伤多尔衮被削爵。之后豪格跟随清军入关，清定都北京后，仍被封为肃亲王。顺治三年（1646）1月，豪格被授为靖远大将军，出征四川。同年12月，豪格缴灭张献忠政权。顺治五年（1648）2月，豪格胜利回京，但是在3月，即被多尔衮构陷削爵，幽禁于北京，同年4月死于狱中，时年四十岁。顺治七年（1650）1月，多尔衮与兄阿济格各纳其福晋一人。顺治八年（1651）2月，顺治帝亲政之后为豪格昭雪，恢复其封爵。顺治十三年（1656）9月，豪格被追谥为肃武亲王。乾隆四十三年（1778）1月，乾隆下旨让豪格配享太庙，特诏改现袭爵位为显亲王，世袭罔替。同年8月，豪格牌位入祀盛京贤王祠。

豪格从地上站起身来，对着皇太极说道："父皇，刚才儿臣在外面听得真切，但那天发生的事情并不完全如众人所说一般，因为这里面有一个人说了谎！"

（一一一）

神秘光影

听了豪格的话，屋子里的众人都面露惊疑之色，相互打量，心中暗自猜测起来。

皇太极焦急地催着豪格道："豪格，既然你知道详情，也是当事人之一，那就快把知道的事情统统说给朕听！"

"儿臣遵旨！"豪格又向皇太极行了一个礼，然后不疾不徐地说道："刚才父皇听到的，儿臣没经历过的不敢妄言，儿臣只说说亲身经历过的事。那天儿臣正在自己府上一个人喝酒，喝得多了些，便斜靠在炕上小睡。蒙眬之中，儿臣突然感到一股寒风吹来，不由得打了几个寒战。待到儿臣睁眼看时，面前竟然站立着一个穿着黑袍、戴着面具的怪人。儿臣仗着酒劲未消，站起身来大声喝问来人是谁，那个穿黑袍的人并未回答，只是说要带儿臣去看一样东西。儿臣稀里糊涂地就被他带到了祭坛的大帐之中。这个人从大帐中的掐丝珐琅八宝鱼儿罐中取出了一块绿色的宝石。只见他手一抖，那绿色宝石就投出了一团光影，照在那雪白的帷帐上。光影十分神奇，竟然演绎的是未来发生的事情！只见一个六七岁的孩子身穿龙袍，坐上龙椅，接受众人的朝拜，孩子身旁站立的赫然是郑亲王济尔哈朗和睿亲王多尔衮。

儿臣心下疑惑，连忙问黑衣面具人登基的孩子是谁，他冷笑了几声告诉儿臣说：'皇上的儿子，还能有谁可以登基，当然是皇九子福临！'我听了之后大吃一惊，心里却并不相信。儿臣不相信父皇会选择九弟福临为继承人是有原因的，一是因为儿臣是父皇的长子，这些年随父皇出生入死，征战四方，立下不少功劳。儿臣认为，即使立储，相信父皇也会优先考虑儿臣的；二是因为之前儿臣见过刚出生的九弟福临，他的小眼睛单眼皮让儿臣记忆犹新！而影像之中穿龙袍登基的孩子却是大眼睛双眼皮，样貌看上去与福临完全不同。即使孩子长大之后样貌会与儿时相比发生很大的变化，但是眼睛不会改变。所以儿臣当时确信，那图像中的孩子必定不会是九弟福临。那黑衣人看儿臣面露怀疑之色，便又给我看了另外一段光影。那光影之中出现的竟然是儿臣正在路上行走，突然一辆马车朝儿臣撞来，儿臣躲闪不及，被撞入了路旁的一户农家，身受重伤。那农家本住着一位年轻的汉族女子，美艳动人，不可方物。她看到儿臣伤得很重，便焦急地扶儿臣进到房中，替儿臣包扎了伤口，并亲自驾牛车将儿臣送回了府上。儿臣看过这一段影像，更加摸不着头脑。等到儿臣想仔细询问那黑袍面具人的时候，这怪人却拿着宝石消失了！儿臣心下十分奇怪，却也没有什么办法，只好一个人出了大帐回王府去。一路上，儿臣还想着光影中发生的事，百思不得其解，不知不觉就走到了抚近门外。就在这时，路上竟然有一匹马被炮仗所惊，带着车辕狂奔着朝儿臣撞来！儿臣躲闪不及，被那马车掀到了一户农家的院子里。儿臣浑身上下伤痕累累，伤口很深，流了不少的血。接下来发生的一切与我从宝石光影中看到的内容完全一致，那漂亮的年轻女子推门出来，发现了儿臣并替儿臣包扎了伤口，并驾车将儿臣送回到府上。这位儿臣的救命恩人当真是美艳绝伦，儿臣只看了一眼，便牵肠挂肚，难以忘怀。"

豪格说到这里，脸上竟布满了幸福的神情。这时，多铎突然插话道："豪格，你说的这个女子可是你现在的福晋？"

485

豪格睁大了眼睛，点头道："正是！"

多铎恍然大悟道："你的福晋我亲眼见过，确实不凡！这宫中上下无人不知你的福晋是一等一的汉族美女，想必皇上也有所耳闻。不过今日我才知道豪格你是怎么把这等美女娶到手的，原来是美人救英雄啊。"

豪格嘴角一翘，却并没有理会多铎的话，继续对着皇太极说道："儿臣经历的一切与那宝石投出的光影中的内容完全一致。那一刻儿臣才知道，那宝石预言的事情未来都是会实现的！回到家中，儿臣心里十分烦乱，几次想要冲到宫中当面问问父皇为何把皇位传给了九弟福临，为何把儿臣这嫡长子舍弃了！但是儿臣总不能平白无故地和父皇提起这事，到时父皇一定认为儿臣是信口胡说，想继承皇位已经想得神志不清了。儿臣思前想后，觉得解决这个问题唯一的方法就是儿臣先要把那宝石偷来，亲眼让父皇看到那光影的内容，这样父皇才会相信儿臣所说的一切！于是儿臣在匆忙之中换了夜行衣，趁着夜幕降临，回到了祭坛。儿臣刚到大帐之外，便听见大帐之内有两个人在说话。儿臣在外面偷听了一会儿，便分辨出里面说话的一个是萨满国师，另一个是睿亲王多尔衮！他们开始说的都是祭天驱魔之事，提到父皇用九皇子福临来祭天，以祛除瘟疫。但是儿臣再听下去，便开始糊涂了。多尔衮言语之间分明是要拿自己的儿子替换福临祭天，而且言外之意，祭天之后，多尔衮的儿子竟会君临天下，成为天下的共主，掌握至高无上的王权！儿臣听了，不由得出了一身的冷汗，怕父皇不明此事个中的缘由，不仅让九弟福临枉送了性命，更会因此失去大清的江山社稷。说来惭愧，即便在那个危急时刻，儿臣仍旧没有忘记那宝石。好容易等到萨满国师和多尔衮离开了大帐，儿臣赶忙溜进了大帐之中。儿臣轻而易举地就从大帐里的掐丝珐琅八宝鱼儿罐里找到了宝石，便用布把宝石包起来，溜回了自己的府邸。回到家中，儿臣迫不及待地掏出宝石，想仔细再看一遍那小孩子登基的影像。儿臣也学着那黑袍面具人的样子，手握着宝石用力甩了儿下，不想这次光影之中出现的竟然是淑妃娘娘和多尔衮！多尔衮正把一个陌生的女人装扮成淑妃娘娘，那女人装扮之后，和淑妃娘娘简直一模一样！多尔衮看着假淑妃娘娘放声大笑，两个人竟然抱作一团。儿臣看到这个影像，不由得大惊失色，生怕多尔衮要利用假淑妃娘娘行不利于父皇之事！儿臣思来想去，决定还是先去宫里找真正的淑妃娘娘商量此事，然后再一起想办法揭开多尔衮的阴谋！于是儿臣便包好宝石，进了皇宫。可是没想到的是，淑妃娘娘看了宝石发出的光影，竟然认为儿臣是故意在用妖术来胁迫她，还痛斥儿臣与睿亲王多尔衮素来不睦，别有用心地拿这段影像来攻击睿亲王，以达到自己将来继承大统的目的。淑妃虽然说的是气话，却一下子点醒了儿臣。确实如淑妃所说，儿臣如此这般盲目急躁地去揭开事情的真相，恐怕不仅不会得到想要的结果，倒容易被父皇误会，从而失去大阿哥的地位。就在儿臣前思后想之时，那宝石竟又投出新的光影！光影里面多尔衮在祭坛的大帐之中用自己的孩子换走了福临，而庄妃娘娘又去多尔衮的府上夺回了福临。看罢之后，儿臣内心竟然起了波澜，心下盘算，无论如何也不能让多尔衮的儿子当了皇帝。即便是福临登了帝位，儿臣私下里或许还会有回旋的余地，可是如果是多尔衮的儿子偷梁换柱地当了皇帝，多尔衮是万万不能容下儿臣的。于是儿臣连忙收了宝石，决定先到永福宫去，把福临和多尔衮的儿子换回来，先让福临去祭天！于是儿臣斗胆迷倒了庄妃娘娘，抢走了福临，直奔祭坛而去。到了大帐里，儿臣看见摇篮中的孩子，又看看怀里的福临，心下一时十分犹豫。毕竟福临是父皇宠爱的九阿哥，是儿臣的弟弟，万一整个事情和萨满国师所说的有异，那福临便会失去幼小的性命。儿臣正犹豫间，突然大帐外有响动，儿臣心里一阵害怕，便手忙脚乱地把福临放在摇篮之中，用褓褓包了另一个孩子，便要抽身离开。可是儿臣刚出了大帐，淑妃娘娘便跳出来拦住儿臣的去路，要儿臣交出宝石！儿臣万般解释都无法脱身，又怕手里的孩子哭叫，坏了大事，当时真是急得欲哭无泪，手足无措。就在这时，突然从淑妃身后跳出一个蒙面之人，用手中的剑柄把淑妃打晕在地。还没等儿臣弄明白怎么回事，那个黑袍面具人便出现了！他厉声让儿臣把孩子交给那个蒙面人，儿臣心下畏惧，不敢不从，便把孩子递给了蒙面人，那蒙面人拿了孩子，黑袍面具人便让蒙面人赶紧把孩子送回到永福宫去。那蒙面人应了一声，便转身跑掉了。事情发生到这里，之前的细节大家都已知晓，但是大家并不知道接下来发生了什么！"

说到这里，豪格顿了顿，目光盯向了多尔衮那血迹斑斑的脸，好半天才继续说道："父皇，那个蒙面人走了之后，黑袍面具人却并没有消失！他转过头来死盯着儿臣不说话，许久暴喝一声：'还不快把宝石还回来！'儿臣大吃一惊，知道偷宝石的事已败露，只好乖乖地从怀中掏出宝石递给了他。黑袍面具人让儿臣不要把看到的光影内容告诉给任何人，否则就会杀了儿臣！说完，那怪人就让儿臣回去了。可是儿臣战战兢兢地往回走的时候，突然良心发现，实在不忍九弟福临枉送了性命，于是儿臣把心一横，决定再闯一次永福宫，用那个刚刚送回去的孩子再把福临换回来！就这样，儿臣就又一次偷偷潜进了永福宫，那孩子已被蒙面人放进了庄妃娘娘身边的摇篮之中。趁着庄妃娘娘还没有醒来，于是儿臣便把那个孩子重新包在襁褓之中，趁着夜色，再一次回到了祭坛！"

合体

此刻的豪格，脸上的神情显得很不安，或许他觉得自己所做的一切，确实有些不齿，可是面对着自己的父皇，他又不得不把事情讲清楚，因为只有这样他才可以摆脱嫌疑。毕竟，觊觎皇位总比谋害父皇的罪过要小得多。

皇太极面色阴沉，语气却依旧平淡地对豪格说："后面究竟发生了什么，豪格你且说来。"

豪格咬了咬牙，对着皇太极继续说道："启禀父皇，那晚当儿臣到了祭坛大帐的时候，发现祭祀已经开始了！那个身穿黑袍、戴着面具的人，正在大帐之外的祭坛上作法念咒。祭坛下面点燃了十几堆篝火，整个祭坛被熊熊火光包围。祭坛的四周，几十个人都虔诚地跪在地上。祭坛最前面分明摆着一个婴儿的摇篮。摇篮之中，福临被严严实实地包在一个锦被里，儿臣距离太远，看不到福临的小脸，却听得见福临的啼哭声。可怜的福临并不清楚一场厄运即将到来，此时的啼哭怕是因为天气寒冷或是肚中饥饿，大声地在呼唤自己的妈妈罢了。儿臣在祭坛之下正不知该如何用自己怀里的孩子去替换福临的时候，那个黑袍面具人突然在祭台上高声喊叫了起来！这怪人喊的什么儿臣完全听不懂，听上去似乎是某种咒语。这时，周围所有的人都口中高呼着'国师'，儿臣这才恍然大悟，原来这个黑袍面具人就是我们大清的萨满国师！那萨满国师喊声刚一停，一个穿着黑色衣服的人便从地上站起来，走到祭坛前的摇篮里抱起福临，然后一步一步登上祭台。在火光的照耀下，这个抱着福临的黑衣人的脸清清楚楚地映入儿臣的眼帘！这个人不是别人，正是睿亲王多尔衮！"

众人听到这里，目光不由得都看向站在一旁的多尔衮。多尔衮脸色苍白，低着头不发一言。

豪格继续说道："只见多尔衮把福临轻轻地放在了萨满国师的面前，然后便退到一旁，虔诚地伏在地上磕起头来。萨满国师低头看了看面前的福临，嘴里又说了些什么。一旁的多尔衮又站起身来，从祭台旁拿出了一把巨大的铜斧，然后来到了祭台上福临的身边站定。萨满国师嘴里继续念着咒语，声音不断地变大，祭坛的上空雷声滚滚，不断地劈出巨大的闪电来。有几道闪电直接劈到了祭台下面的火堆里，在众人的惊呼声中，四下里浓烟弥漫，火光冲天！儿臣当时也是心惊胆战，不知所措。这时，祭坛上的多尔衮缓缓举起了巨斧，看样子是要用巨斧去劈开福临！儿臣见状大呼不好，几个箭步绕到了祭台后面，就在多尔衮手中的大斧落下来的一刹那，儿臣拼了命地将手里包着孩子的襁褓顺着祭台的地面滑了过去！这襁褓滑过去，竟然整整齐齐地和包着福临的锦被并在了一起，那一刻，两个孩子的哭声似乎也重合在了一起。多尔衮并没注意到脚下的孩子有何异常，仍然高高地举着手中的大斧。可是大斧并没有劈下来，而是在空中甩出一道刺眼的闪电！那道闪电一下子把两个孩子紧紧地罩住，持续闪耀着的刺眼光芒越来越亮，儿臣的眼睛实在是受不了了，只能紧紧地闭上双眼，用两手盖住。最后，整个祭坛都被这刺眼的光芒完完全全所笼罩，饶是儿臣闭着眼睛，也能感受得到那无比强烈的光芒。等到光芒散尽的时候，儿臣才勉强一点一点地睁开眼睛，这时，儿臣突然发现，那多尔衮面前并排躺着的两个孩子竟然只剩下了一个！而且，两个孩子身上的锦被此刻竟然缠在一起，包在这个孩子的身上。如果儿臣没猜错的话，福临和多尔衮抱来的孩子应该是融为一体了！"

皇太极听到这里，猛地站起身来，对着豪格失声喊道："豪格，你看清楚了？真的变成一个孩子了？福临和多尔衮的儿子变身成一个孩子了？"

豪格点着头说道："事已至此，儿臣再说谎话又有何用？儿臣说的句句属实，都是儿臣亲眼所见！"

皇太极双腿一软，一下子坐回到炕上。他挣扎着又站起身来，眼睛紧紧地盯着福临。另一边，庄妃娘娘也忙不迭地把福临拉到自己的面前，上上下下打量起来。

这时，张茜突然向豪格行了个礼，然后大声问道："可是不知后来这孩子是如何回到永福宫的呢，还请肃亲王告知。"

皇太极也一下子醒悟过来，转过头问豪格道："是啊，孩子后来是怎么回来的呢？"

豪格连忙回答道："回父皇的话，当然是儿臣抱回来的！闪电过后，萨满国师抱起祭坛上的孩子又念了一顿咒语，然后把孩子放回到摇篮之中，便带着多尔衮等人离开了。儿臣急忙现身，在祭台四周又寻找查看了半天，确定只剩下这一个孩子！于是儿臣便壮着胆子把孩子抱了回来。在回来的路上，儿臣还担心那闪电劈中了孩子，会不会给孩子带来伤害。儿臣便把孩子上上下下、里里外外仔细查看了一番，发现孩子毫发无损，只是额头中间被闪电灼出了一'卐'形的疤痕。儿臣这才放下心来，急急忙忙把孩子送回到永福宫中。回去的时候，庄妃娘娘依旧没有清醒过来。儿臣把孩子放进了摇篮中，这才转身离开。父皇，这就是事情的来龙去脉，也就是儿臣说福临没有死的原因。"

众人听了豪格的话，齐齐地去看福临的额头。我站得虽远，但是细看之下，果然发现福临的额头上有一个浅浅的"卐"形的疤痕，看来豪格所言非虚。史料记载，福临，也就是顺治皇帝即位后，在位十八年，虽不曾如野史记载般出家为僧，但是在位期间礼佛吃斋，虔心读经，佛缘颇深，恐怕这与他额头上的"卍"形疤痕不无关联。据说顺治皇帝驾崩之后，埋葬棺椁的孝陵里面都奉旨不得有陪葬品，只是在地宫中装满了香烛与纸钱，想必这也是因为顺治皇帝用佛门的礼制来安排的身后之事。

正当我一个人胡思乱想之际，突然，多尔衮快步走到皇太极面前，扑通一声跪倒在地，一边磕头，一边对皇太极说道："皇兄忠厚宽悯，还请饶恕我的福晋！当年臣弟鬼迷心窍，做下如此荒唐之事，连累妻儿！臣弟愿承担一切罪过，请皇兄开恩！"

皇太极看也不看多尔衮，目光只是停留在福临身上，嘴里也没有言语，只是挥了挥手，让福临到他怀里来。福临心下害怕，又不敢违抗自己父皇的旨意，就扭扭捏捏地来到皇太极怀里。皇太极认认真真地看着福临头上的疤痕，许久才对福临说道："'卍'是佛祖的心印，藏语称其为'雍仲'，在藏传佛教中表达的是吉祥的含义。看来福临你此生与佛有缘，注定要肩负传承佛法的重任。"

话音还没落，庄妃几步走过来，跪在地上哭道："皇上，既然福临还在，他便还是我的孩子。之前都是臣妾照顾福临不周，才生得如此祸端，请皇上恕罪。"

听了庄妃的话，大福晋也过来跪在地上哭诉道："请皇上饶恕我家王爷，此事罪过都在奴婢，奴婢也是思子心切，才鬼迷了心窍，一心想要报仇。却不知事情竟如此复杂，奴婢错怪了皇上，也连累了王爷，请皇上治奴婢的罪，千万不要怪罪我家王爷！"

这边多铎、淑妃和豪格也都跪倒在地，嘴里一齐喊着"请皇上治罪"。整个清宁宫屋子里面除了皇太极，只剩下我和张茜站在地上，我们一时手足无措，场面十分尴尬。

皇太极低头叹了口气，又抬起头望了望窗子外面。这时月亮已经上了中天，怕已经是半夜时分。皇太极抬头看了我一眼，低声说道："唉，这一天终于还是来了。好了，你们都先退下吧，朕也好好想想，治不治罪，明儿个再说！"说完挥了挥手，众人便各自退下。

我和张茜知道，皇太极知道自己就要穿越回去了，所以也不想再计较什么。福临既然与多尔衮儿子融为一体，这倒也是一个不错的结果。即使皇太极不在了，多尔衮也会把福临当作自己的亲儿子去对待的，绝不会为难庄妃和福临母子。至于豪格，既然已经晓得天命降于福临，应该也不会再有企图，只不过日后豪格必然会与多尔衮心生嫌隙，这些皇太极也顾不上太多，随他们去吧。

史料记载，皇太极驾崩之后并未留下遗嘱传位于某一皇子，于是满洲八旗分为两派，分别支持豪格与多尔衮即位称帝。但是最终成功登上帝位的是年仅六岁的福临，是为顺治皇帝。豪格与多尔衮都是尽心地去辅佐福临，多尔衮更是被尊称为"皇父摄政王"。庄妃也母凭子贵，当上了皇太后。豪格果然与多尔衮处处针锋相对，最后被多尔衮陷害，死于狱中。这些历史，想必很多人都耳熟能详了。

皇太极把庄妃福临母子两个留下，可能还有些话要嘱咐，我和张茜识趣地跪安离开了清宁宫。我和张茜都已疲惫到了极点，此刻也无暇细聊，便先各自回家休息。我心里更是记挂着兰乔，催马赶回家中。进了家门，管家还有明月和彩霞都还没睡，强打着精神你一言我一语地和我讲述夫人失踪的来龙去脉。我跟着他们到前后院又查看了一番，也并没发现兰乔的任何踪迹。我心头烦乱，便先让大家回去休息，自己一个人站在院子里，在月光下思念着兰乔。还有不到一天的时间我就要回去了，难道在我回去之前，老天真的不打算让我再见兰乔一面了吗？

夜凉如水，一轮明月挂在天边。我整夜无眠，守着房门，盼望下一刻兰乔会推门进来，笑着对我说："老爷，还不曾睡呢，兰乔给老爷唱段小曲如何？"

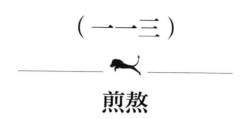

（一一三）

煎熬

天不知不觉地亮了，这也许是我在大清帝国的最后一天。当然，也许以后还能穿越到大清来，谁知道呢？这一切都交给命运吧。好多事情都是出乎我意料的，包括这穿着大清官服度过的最后一天，真没想到会是在浑浑噩噩中开始的。

头疼得厉害，眼睛也肿起来了，我用凉水冲了一把脸。彩霞和明月貌似昨晚也没有休息好，两个人都挂着黑黑的眼圈，如同一对可爱的大熊猫一般。早饭摆了一桌子，我却一口都没吃，总有一种想要呕吐的感觉，实在是没有胃口。不知是因为要回到现实世界中内心紧张激动，还是因为时时刻刻在牵挂担心着兰乔，总之，这最后一天的感觉实在是糟透了。在这个"家"中，没有兰乔，感觉一切都没有生气，没有任何让人开心的理由，没有站起或是坐下的意义，更没有吃早餐的欲望和要求。

我挥挥手，让明月和彩霞都退下了，自己一个人起身，迈步穿过月亮门，又来到兰乔居住的院子。我伸手推开虚掩着的院门，一股清香扑面而来。院子里四处还浮动着兰乔的倩影，我耳畔依稀还回荡着兰乔的声音。我—— 一个不惑之年的男人，竟在此时此刻变成了那痴迷于初吻的小男生，脑子里除了曾经的甜蜜回忆，其他的一切早已抛到了九霄云外。

这时，门外传来了一阵脚步声把我一下子从回忆中惊醒，难道是兰乔回来了？我一下子冲到门口，情不自禁地喊道："兰乔，你回来了？是你吗？"

门被推开了，进来的是张茜。她看着我满脸失望的神情，叹了口气，说道："我的李大先生，你这是怎么了？都到这个时候怎么还儿女情长了呢？"

我被张茜说得满面通红，一边摆手，一边摇着头，嘴里一个劲地说道："没有，没有啊，兰乔一直没有消息，我只是比较担心她……"

张茜笑了笑，双手掐腰，换了一种语调对我说道："哎哟，这还真拿我当三岁小孩子了，难道我没有过恋爱的感觉吗？你照镜子看看你现在的样子就明白了！"

我不知道该如何把张茜的话接下去，连忙转移话题，笑着问张茜道："这么早，你来找我做什么？难道是我们现在就要回去了？"

张茜摇头道："那倒还没有。不过我来找你确实有事，皇太极要我们去见他。你收拾一下，我们这就出发，别耽误了正经事。"

我应了一声，回到自己的房中转了一圈，发现也没什么可收拾的，就急忙和张茜往大门走去。刚到大门口，就看到明月和彩霞站在那里正眼巴巴地望着我，满脸哀伤的样子，好像知道我这一走就不会再回来了一样。两个人眼圈里泪光闪闪，竟然马上就要哭出来了。

我不知该说些什么去安慰明月和彩霞，只能停下脚步，默默地看着她们。好一会儿，她们才哽咽着说道："老爷，夫人不要我们了，您是不是也要走了，不要我们了？您到哪里就带着我们吧，我们伺候您，不会给您添麻烦！老爷，求求您，就带着我们两个人吧！"

还没等我回答，张茜在一旁抢着说道："我看行！"接着，张茜一本正经地看着我说："你家不是正好缺个保姆吗？这干活麻利、性格温柔、忠心耿耿，还如花似玉的大姑娘保姆，到哪儿去找啊？你这一下还找到两个！要我说就都带走吧，我看这事可行！"说完，她还转过头去对着明月和彩霞说道："跟着走可以，不过你们两个可没有工钱。你们老爷管吃管住，你们两个一辈子当保姆，能接受不？"

我听得瞠目结舌，刚要开口制止张茜不要再开玩笑，可是一旁的明月和彩霞一个劲地点头道："太好了！我们不要工钱，我们只要跟着老爷！只要老爷肯带我们走，我们一辈子当牛做马都愿意！"

我长叹一口气，双手捂住了脸，不知此刻是感动还是难过，也不知道是该戳破张茜的玩笑，还是该为明月和彩霞继续编织美好的幻想。

就在这时，管家老王也过来了，苦着脸说道："老爷，您也带着我吧！我这么大岁数了，没什么亲人，就把老爷当亲人了。老爷到哪里我也跟着，就住在您家隔壁伺候您！"

张茜听了，笑得直不起腰，半天才捂着肚子对管家说道："你这隔壁老王就算了，你住在你们老爷家隔壁，你们老爷不放心！"一席话，说得管家一脸茫然，不敢再应声了。

我勉强挤出些笑颜，对明月、彩霞和管家说道："你们不要这样，这里就是我的家！我这出门是去找夫人，不是不要你们了！我去哪里都会回来的，你们好好帮我把家看好，等着我和夫人回来。"

几个人听了我的话，只好一步三回头地回去了，我这才和张茜上了车，往皇宫驶去。一路上，我和张茜将昨天晚上众人所讲的事情重新理顺了一下，说到每一个关键的节点，我们两人还依然唏嘘不已。皇太极心地太过仁慈，对身边的王公大臣、妃嫔皇子也过分纵容，很多事情正是因为他这样的性格而变得不可控。我和张茜除了慨叹事情的变幻无常，超出想象，心下也明白，一切已然是无法改变的了。

不多时，我和张茜来到皇宫外的轿马场，下了车，进了西便门，迎头就碰到了皇太极带着几个随从走了出来。我和张茜刚要跪地问安，皇太极直接一把拦住我们，急匆匆地说道："别跪了，走，跟朕去祭坛看看！"

我和张茜还没弄明白怎么回事，就被皇太极拉上了他的车。马夫一声吆喝，车子便朝着城外祭坛方向飞快地驶去。

在车厢里，我和张茜与皇太极面对面地坐着。皇太极看上去十分疲倦，紧锁着眉头，我和张茜见状也不敢开口发问。过了有一盏茶工夫，皇太极才抬起头，对我和张茜说道："昨天牵扯到的一干人等，朕都已经宽宥了，但有个人朕到现在也没有见到。朕以为，这个人才是整个事件之中最重要的那个人！"

张茜眼珠一转，马上说道："皇上，你说的是那个萨满国师吧？"

皇太极点着头说道："不错！就是他！你们知道，这萨满国师也是当年从蒙古部落归降而来的，现在看来，一切都是一场策划好的阴谋。所以，你们这就跟朕去会一会萨满国师，要不，咱们回去了，这萨满国师也消停不了！"

我和张茜连连点头。确实如此，皇太极把这个阴险可怕的萨满国师留给福临，恐怕还会生出更多的祸患。

皇太极皱着眉头，捋着下巴上的胡须，缓缓说道："其实之前，朕就觉得这萨满国师故弄玄虚，十分可疑。可是当年蒙古部落归顺我们大清的时候，提出的条件之一就是要保留萨满国师的地位和待遇，而且我们很多女真人也信奉萨满教，所以朕就接受了这个条件。现在看来，萨满国师的目标恐怕不只是颠覆我们大清帝国、恢复蒙古政权这么简单，他想要的除了整个天下，还有整个世界，甚至是整个宇宙！之前的宸妃，以及皇后和淑妃，包括多尔衮和多铎兄弟两个，多尔衮的大福晋，甚至连朕的大阿哥豪格都牵扯其中，朕细想之下，着实震惊不已！萨满国师的目标必定是'天眼'宝石，他们也在搜集可以寻到'天眼'宝石的地图，恐怕接下来，我们回到你们的时代也无法摆脱萨满国师的骚扰和威胁！你们可知道，这萨满国师法力高深，不仅可以穿越时空，而且可以控制人的意志，甚至可以把身边的每一个人都变成他的帮凶？"

我和张茜听了，都哑口无言。这一路走来，我们经历得太多太多，不是每一件事我们都可以理解得了的。很多的事情已经完全超越了我们认知能力的范畴，我们现在只能一步一步地去探索验证，究竟哪一段历史是真实的，而哪一段历史又是出乎意料的。记得有一句非常有名的话是这样说的：历史是人创造的，历史也是留给人们去探究的，验证的历史才是真实的！

不知不觉间，车已经出了城外。这时，皇太极把头探出车外，低声喝道："停车！"然后回过头对我和张茜小声说道："咱们就从这里下车，然后步行走到祭坛去！"说完他掀开帘子，一马当先下了车。

张茜紧跟在皇太极的后面，小声地嘀咕着："为什么要走过去啊？好像还有很远呢。"

皇太极伸手扶了张茜一把，然后压低声音对张茜说："再往前走，就到了萨满国师可以感知的范围了，不能让他知道我们来了……"

（一一四）

曼陀罗小屋

皇太极并没有让我和张茜跟着他从正门进到祭坛里面去找萨满国师，而是让我们两个从后面偷偷地进去，看看能不能找到有价值的线索。我和张茜远远地绕到祭坛后面十分荒凉之处，找了一个矮一些的墙垛，闪身翻了进去。

我们两个刚一站定，就被眼前的景象惊呆了。放眼望去，只见祭坛后面一望无际的原野上，密密麻麻地种满了白色的大喇叭花。微风吹过，不计其数的花朵随风摇曳，十分壮观。

我弯下腰，刚要伸手去摘一朵喇叭花，张茜却面色沉重地一把拉住我的手，低声对我说道："不能动，这花有剧毒！"

"剧毒？不会吧，这不是喇叭花吗？"我挠着脑袋，脸上一副不屑的样子，心下合计，这么好看的喇叭花，怎么会有剧毒呢？

张茜一本正经地对我说道："这花叫作曼陀罗，你应该听说过吧！"我听了张茜的话，再回头看看眼前的大喇叭花，不由得惊呆了！

曼陀罗花又叫洋金花、大喇叭花、山茄子、夕颜，果实名为狗核桃、毛苹果，为茄科植物。曼陀罗花原产印度，花期是从5月到9月，果期是从6月到10月。曼陀罗花喜欢温暖、向阳及排水良好的砂质土壤，多野生在田间、沟旁、道边、河岸、山坡等地方。这么漂亮的花却对农业生产有着巨大的危害，主要危害的农作物有棉花、豆类、薯类、蔬菜等。此外，曼陀罗花有剧毒，传说它生长于断头台下，当它被人连根拔起的时候，所发出的尖叫声会令在场的所有生物死亡。

曼陀罗花在佛教中有别样的含义，《阿育王经》七曰："曼陀罗，翻圆华。"法华光宅疏一曰："曼陀罗华者，译为小白团华。摩诃曼陀罗华者，译为大白团华。"法华玄赞二曰："曼陀罗华者，此云适意，见者心悦故。"慧苑音义上曰："曼陀罗华，此云悦意华，又曰杂色华，亦云软华，亦云天妙华。"由此可见，佛教经文中的曼陀罗也称曼荼罗、满达、曼扎、曼达，梵文 mandala，意思为坛场，以轮围具足或"聚集"为本意，在经文中泛指一切圣贤、一切功德的聚集之处。佛教教义中的曼陀罗有多层含义，它作为象征宇宙世界结构的本源，是应用很广泛的供品之一，也是变化多样的本尊神及众神聚集居处的模型缩影。寺庙中供奉曼陀罗的意义是指用世间最珍贵的宝物盛满三千世界，奉献给佛、法、僧三宝。

我和张茜万没想到萨满教的祭坛里竟然也有佛教信徒膜拜的三宝花，而且数量还如此之多。时间紧迫，我和张茜来不及多想，便小心翼翼地顺着曼陀罗花间的一条小路向前走去。小路并不是特别的长，走了有十几分钟，路的尽头是一个朱墙黄顶的三层房子。我和张茜试探着推开了门，房子里面空无一人，只是到处堆放着各种各样的工具，有精巧的小磨石、各种各样的器皿，还有萃取汁液的药布，屋子里完全就像是一个理科实验室。我依稀听见屋子里面有流水的声音，就信步往最里面走去，到了屋子的尽头才发现，在窗子下面的石案上，竟然摆着一台巨大的机器！

这台机器足足有三米高，机器的一头是一个十几米长巨大的传送带，上面放着刚从外面采摘的连根带叶的曼陀罗花，很多花束下面还结了种子。曼陀罗花被传送到了机器里，随着机器的轰鸣，在机器的另一头的一个类似于水管的出口，白色的液体正源源不断地流出来，缓缓流进了一个巨大的铜缸里。这时张茜也跟了过来，看到铜缸里的液体，一脸惊恐地对我说："这是曼陀罗液，剧毒无比，古时候人称金汁！一滴金汁可以杀死一百头牛！这么多的金汁，天哪，恐怕可以把整个地球的生物都杀掉！"

听了张茜的话，我低头看了看那缸中如同牛奶般细腻润泽的散发着清香的液体，实在无法想象这竟会是杀人于无形的剧毒毒药。我们两个就伫立在铜缸旁，看着那白色的液体不断地流进去，半天都没有说话。突然，我脑海中涌出一个问题，便转过头问张茜："皇太极在位的时候，清朝有电吗？"

张茜一愣，瞠目结舌地看着我，显然她没想过这个问题，也不知道答案是什么。

众所周知，英国物理学家法拉第经过十年的钻研，在1831年发现了"电磁感应定律"，也就是在封闭的线圈通过磁场就会产生电流，任何封闭电路中感应电动势的大小，等于穿过这一电路磁通量的变化率。当时有许多大资本家想买下法拉第的成果，法拉第还说了一句让全世界的人都永远铭记的话："电存在于大自然，它属于全人类。"

中国社会对电的使用，是随着西方的侵略同步进入的。1879年，在世界上第一台火力发电机组建成四年后，上海电气公司一台十二千瓦的蒸汽发电机组建成发电，是为中国电力工业的发端。此后数年间，北京、天津、广州等地开始办电，电力开始为工业生产提供动力。

可以确定的是，清朝初期绝不会有电力！但是如果没有电，这么大的机器又是如何带动起来的呢？我和张茜十分奇怪这台机器的动力来源，于是就弯下腰，四下查看机器下面是否有其他的动力来源。

机器的中间部分有一个巨大的齿轮箱，外面还露着一个桌面大小、一米厚的硕大齿轮。齿轮上连着一米宽的皮带，正是这皮带牵动齿轮，引导整部机器运行。皮带的另一头却从一扇窗子伸到了外面，貌似动力是从窗外传输给屋子里这台机器的。我心下十分好奇，挤到了窗子前，想把头探出去看看外面皮带的另一头到底有什么玄妙。

窗子并不大，我费了九牛二虎之力才把头探出去，可是我刚一抬眼，就被外面的景象惊呆了！

窗子外面竟然是一个无以言表的灰暗世界！小小的皮带，接到了外面一个深不见底的巨大坑道之中。坑道里竖着一架十层楼高的巨大水车，水车四周聚集了无数赤身裸体、满身血污的人，每一个人都在拼命地推着手中的撬杠和推杆，用人力去转动那巨大无比的水车！水车一点点地转动，便会牵引着皮带，带动屋子里的机器运行。我深深惊讶于眼前这无比震撼的劳动场景，但细看之下，不由得倒吸了一口凉气！那数以万计推着水车的人竟然都没有长眼睛！每一个人的眼窝处都是……不！确切地说，所有人的脸上都没有眼窝，平平的面颊，只有鼻子凸显出来。有些人脸上布满着血迹，可是没有任何痛苦的表情。更让我心惊胆战的是每个人的嘴里都伸着长长的猩红色的舌头，张开的嘴唇缓缓地蠕动着，似乎在齐声念着一种咒语。坑道四周的墙壁不断地渗出血水，整个水车周围的土地都被这些血水浸泡着，甚至连水车下面静止的河水都被染成了红色。这一刻，空气中仿佛弥漫着血腥和恶臭，让我再也无法忍受。

张茜在我身后，看我脸色惨白，摇摇欲坠，连忙把我从窗口扶了下来。还没等站稳，我便开始大口地呕吐起来，早上我没吃什么，吐出来的都是胆汁和胃液。

我蹲在地上，一阵阵的迷糊，好不容易缓解了点，便把外面的情况简单和张茜说了，让张茜自己去窗口证实一下是不是什么幻象。张茜听了，死活也不要自己去窗口看，只是面色惨白，呆呆地望着我，半天才说了句："这里看起来繁花似锦，没想到竟然是人间地狱。"

　　还没等我回话，突然，我脑后的那扇窗子竟然传来巨大的敲击声！我猛地从地上站起身来，紧张地看了看张茜，外面明明是一个巨大的看不见底的深坑，怎么会有人爬到这里敲窗子呢？紧接着，清清楚楚的又是一阵敲击声传来！我战战兢兢地走到窗子前，缓缓地打开窗户。猛然间，无数双手从窗外伸了进来，直直地抓向了我！张茜惊呼一声，一把把我拉了回来！这时我才看清，窗子外面布满了我刚刚看到的，那些在水车旁用力推动水车的，没有眼睛，吐着红色舌头，赤身裸体，散发着腥臭的鬼一样的人，都在争先恐后地爬上来，聚拢在窗子外面！我不顾一切地冲上去，双手使劲地推着窗户，想要把这些人不人鬼不鬼的怪物都拦在外面。可是窗外的手太多了，我根本不是对手。窗子怎么都掩不上，窗子本身倒是发出咔嚓咔嚓的声音，好像转眼间就要碎掉了似的。

　　张茜一把拉住我，说道："快跑！"我一咬牙，双手一松，转身跟着张茜朝屋外跑去。我们两个几步就出了门，一边跑一边回头望去，怕那些妖怪追上来。可是身后没有妖怪，只有一望无际的曼陀罗花海，而那房子周围，哪里有什么坑道和水车……

（一一五）

三生殿

　　我和张茜虽然满腹疑问，但仍心有余悸，不敢久留，匆匆忙忙朝着祭坛的方向走去。从外面觉得祭坛似乎只有一间院子那样大，可是进到里面发现，祭坛竟然超出想象的辽阔。我和张茜在曼陀罗花海中走了足足有半个时辰，才来到祭台背面的石台下。我抬头仰望，眼前的祭台竟然如此的高大雄伟，足足有五层楼那么高。头一天晚上听众人嘴里反反复复地讲到祭台，我还以为就是一个木头架子搭建的小舞台，现在亲眼所见才发现，这祭台光是台阶就有百十来级！祭台四周都是三米多高的龙纹雕柱，柱子之间用汉白玉栏板连接，每一块石板上面都雕刻着各种各样古怪的图画。每一根龙纹雕柱上缠满了五颜六色的写满经文的旗子，微风拂过，祭台瞬间便成了彩色的海洋。

　　我侧过头看了看张茜，撇着嘴说："这么高，咱们还要爬上去吗？恐怕我会吃不消啊。"

　　张茜笑道："这一路来，你什么时候认过输、讨过饶，看来是真心不想上去啊。那好，我们先去看看皇太极和萨满国师那边见面了没有。"

　　我连忙点头同意，于是我们就沿着祭台下面的小路向前走去。走到祭台正面的时候，突然看到祭台的台阶前有一个兀自随风摇摆的饭桌大小的竹制摇篮，估计这就是大家说的祭祀的时候摆放婴儿的那个摇篮。不知道有多少无辜的孩子，躺在这摇篮里嗷嗷啼哭，然后在酣酣熟睡中，匆匆地离开了这个世界。

祭台的正对面，是一个高大的白色帐篷，看上去和蒙古包十分相似，估计这就是大家说的萨满国师所在的地方。我和张茜看四下里没有人影，便蹑手蹑脚地来到帐篷外面，立着耳朵听了半天，却没有听见任何动静。我悄悄地掀开门帘，小心翼翼地进到帐篷里面，可是帐篷里面空空如也，不仅没有任何东西，更没发现半个人影。我心下十分纳闷，皇太极不是说来这里找萨满国师嘛，可是现在别说是萨满国师，就是皇太极也不见了踪影。我满脸疑惑地从帐篷里出来，把情况和张茜简单说了一下，张茜也觉得十分纳闷。没办法，我和张茜又在帐篷周围寻找起来。但偌大的祭坛，地面上只有这几个建筑，皇太极再无其他地方可去，我和张茜不由得一脸茫然。找不到萨满国师，我可以接受，可是皇太极失踪，就让我无法理解了。就算皇太极没找到萨满国师，也一定会告诉我和张茜一声，等我们一起回去的，绝对不会不声不响就自行离开。看来事情绝不会那么简单，我和张茜都觉得皇太极一定是换了一个地方与萨满国师见面，可是这个地方在哪里呢？

不知不觉间，我和张茜又走到了祭台前。我抬头望着祭台那一眼望不到头的台阶，自言自语道："这皇太极和萨满国师不会是在这祭台上面吧？难道又要爬台阶？"

张茜突然把头转向我，盯了我足足有一分钟后，才张口问我道："我记得你和我说你曾经做过一个梦，那梦里你就是爬了很多级的台阶，对不对？"

我被张茜突然抛来的问题问愣了，半天才缓过神来，回答道："是啊，那是在昭陵地宫里，我们走散的时候我坐在那扇大石门旁做的一个梦，当时梦里带路的女子就是兰乔啊！"

张茜抬头看了看这个高耸入云的祭台，汉白玉的石阶和柱子，然后用了一种异样的声调问我道："老李啊，你睁大眼睛仔细看看祭台，再低头好好回想一下你梦里的高台，那高台和这个祭台是不是一个样子？"

听张茜这么说，我又抬头仔细端详了半天眼前的祭台，张茜不说没感觉到，她这么一说，我倒是觉得祭台与梦中的高台略有几分相似。不过我记得梦中爬的那高台根本看不到顶儿，每一层都要爬无数级的台阶，当时累得我差点吐血，而眼前的祭台明显没有那么高大。我又来回地打量了半天，摇着头对张茜说："看起来，不是很像，我梦中的高台要比这祭台大得多，我觉得咱们还是应该去刚才有神秘机器的那间屋子去看看。"说完，我便起身准备往回走。

张茜却没有动，依旧抬着头呆呆地望着祭台的顶端，嘴里缓缓地说道："也许，皇太极和萨满国师就在上面，也许，你的兰乔也在上面，也许，一切的答案就在上面……"

张茜的话音未落，我已经转过身来，奔着阶梯方向跑去。一边跑，一边对着张茜喊道："那还等什么，我们赶紧上去看看不就知道了！"

张茜愣了一下，然后摇着头苦笑着，迈步紧紧跟上了我。

当我双脚迈上祭台汉白玉的台阶时，心里猛然间产生出一种熟悉的感觉，似乎有一个声音在对我不停地呼唤，呼唤我赶快回到曾经熟悉的地方。我不由得加快了脚步，难道梦里曾经到过的就是这里？我细细品味着每次跃起时的呼吸，感受每次驻足时的心跳，我越来越确定，那梦中到过的高台就是这里！

果然，当我们一口气爬上第一层三百多级台阶后，和梦中完全一样，我发现前面不远处又出现了另一段新的台阶！于是我们再继续向上攀登，到了第二层，我们又发现了通往第三层的台阶。就这样，我和张茜一连爬了九段台阶。到了最后，我和张茜已经上气不接下气，面色惨白，浑身都被汗水打透了。张茜一把拉住我，大口大口地喘着气，好半天才说出话来："休息，休息一会儿，不行了，再往上爬，你的兰乔没看见，我先看见阎王爷了！"

其实，此时此刻我也已经是浑身无力了，听了张茜的话，我一下子像烂泥一样瘫坐在台阶上。头发像刚被雨水浇过似的湿漉漉的，汗水如同溪流一样，一道道地顺着腮帮流下来。

张茜直接坐在我下面的台阶上，身子靠在我腿上，头歪向了一边，看样子马上就要昏厥过去了。我赶忙从身上掏出了水袋，递给张茜，她喝了几口水，又靠在我的腿上不动了。

我也喝了几大口水，这才感觉略微舒服了一些，但我心下惦记着兰乔，不想因为休息耽误太长时间。于是我不等身体完全缓解，便咬紧牙关，强打精神，四下张望起来。台阶四周此刻竟然布满了烟雾，从下面看这祭台不过是十层楼那么高，可现在我和张茜至少已经爬了有五十层楼，依旧看不到祭台的尽头。

就在这时，突然从祭台的最上面传来了说话的声音！我连忙屏息倾听，是皇太极的声音！我一把拉起张茜，沿着阶梯快步地朝上面跑去。

又是几百级台阶，又是一身大汗，我和张茜几乎是互相搀扶着才来到了最上面一层。祭台顶层四周布满似云似烟的雾气，我和张茜不敢贸然地到祭坛的中心去，只得一前一后，顺着汉白玉围栏，摸索着靠近说话的声音。走了大概有一百步，我和张茜耳听得说话的声音越来越近，这时，我们面前的迷雾中隐隐地出现了一间巨大的宫殿。那宫殿四角飞檐，金瓦朱墙，每一面都有几十根巨大的蟠龙柱直插云霄，柱子与柱子之间由巨大的户牖连接。大殿正面摆着一个巨大的青铜香炉，里面密密麻麻插着胳膊粗细的八角大香，香头散发出来的烟柱直冲天际，原来这整个祭台上的烟雾都是来自于此。透过烟雾，我看见宫殿的正门上悬挂着一块三米多长、一米多宽的巨大蓝底鎏金牌匾，上面用篆书写了三个大字：三生殿。

我抓了抓自己脑后的小辫子，心下暗想：我只知道明代的汤显祖写过一出剧本，叫作《牡丹亭》，里面说在那杭州灵隐寺边上立着一块三生石，杜丽娘在此死而复生，与心爱的柳梦梅美满团圆。不知道这里的三生殿与这三生石有何瓜葛，莫非这里也是黄泉路边、奈何桥畔的轮回之所？我咽了口唾沫，后背不知不觉间已被汗水打透，脑海中不由得回想起刚才在曼陀罗花海尽头的屋子里面看到的那地下巨坑中恐怖血腥的场景。说这里是阳间与地下黄泉的交界之处，不管别人信不信，反正我是深信不疑！

我正一个人瞎想，身边的张茜伸出手拉住我的胳膊，小心翼翼地朝大殿的一侧走去。我们两人缓缓地移到了两根巨大的朱红石柱中间，找了个柱子与户牖的夹缝处蹲了进去，这里既可以听到大殿里面的说话声，又不容易被外面的人发现。

我透过狭小的户牖缝隙朝大殿里面望去，只见宽阔的大堂上，皇太极正与对面的一个人大声说话。我努力地伸着头，想看清对面这个人的面貌，不想用力过大，脑袋一下子磕在了户牖之上，发出了"咚"的一声闷响。屋子里的人好像听到了响动，皇太极和对面的人同时转过头来看向我这里！他们这一动，我差点没叫出声音来！只见皇太极对面那个人的脸上戴着神秘的面具，头上戴着巨大的斗笠——这个人不就是我在昭陵地宫和"鬼市"马戏团里遇到的那个大头怪人吗！难道，难道他就是萨满国师？

（一一六）

真实身份

按照皇太极的说法，我和张茜现在已经处于萨满国师的感知范围之内，更何况这一段时间，那大头怪人对我和张茜已经非常熟悉，如果大头怪人就是萨满国师，那我们稍不留神，就会暴露行踪。看见大头怪人一个劲儿往我这里看，我心下十分忐忑，张茜也皱紧眉头，牙咬得紧紧的死死盯着我，恨不得再给我几巴掌。

就在这时，大殿中的皇太极突然把手中的水碗重重地放在身前的桌子上，杯子与桌面猛烈碰撞，发出了巨大的声响。大头怪人把头转了回去，巨大帽子里诡异的面具上射出两道寒光直直地盯着皇太极。半晌，大头怪人才用了嘶哑的声音恭敬地对皇太极说道："皇上这次匆忙来到微臣这里，怕是有什么大事要来问微臣吧？"

皇太极眉尖一挑，挤出一丝冷笑回答道："国师什么时候变得如此会说话了？是从祭天仪式之后变成这样的吗？不过，既然国师如此坦诚，朕也不绕弯子了。寒暄的话说完了，朕想问国师几个问题。"

听到这儿，我朝张茜点了点头，看来这一路上神秘兮兮的大头怪人果真就是皇太极所说的那从蒙古归降大清的萨满国师！张茜没有表情，眉宇间流露出深深的忧虑，我不敢发出声音，只好先转头继续听大殿里面皇太极与大头怪人的对话。

大头怪人听了皇太极的话，发出几声干笑。因为他戴着面具，所以我和张茜看不出他脸上有任何的表情。笑声过后，大头怪人依旧用了那极为难听的嘶哑声音说道："皇上但问无妨，微臣定当知无不言，言无不尽。"

皇太极仰天大笑了几声，一边捋着下颏上的胡须，一边说道："那好，国师，这么多年了，我们都没有如此这般聊上几句。以国师所知，定会知道今晚朕会发生什么事，对吧？"

这大头怪人倒也爽快，犹豫都没有犹豫，直接回答道："是的，微臣知道。今晚皇上将要仙去归西，不过您现在是永生之体，归西也只不过是穿越到另一个空间罢了。不过皇上不必挂怀，不管皇上去哪里，微臣都会陪伴皇上左右的，这点皇上心里想必很清楚。"

皇太极皱了皱眉头，拉长了语调说道："那国师也应该知道，朕并不愿意如此。朕只想好好地活着，好好地死去，不愿意永存于世间，看着世人的聚散离合，独自一人承受这世间的孤单与痛苦。即使有国师的陪伴，对朕来说，永生又有什么价值和意义呢？"

大头怪人没有马上说话，只是死死地盯着皇太极的脸，许久才干咳几声，接着说道："那皇上到底想怎样呢？"

皇太极面不改色，缓缓地说道："朕要找到'天眼'宝石，然后让自己变回普通人。"

"仅此而已？"大头怪人提高了声调问道。

皇太极点了点头，笑着说："是的，仅此而已。"

大头怪人又陷入了沉默，也许他并不相信皇太极寻找"天眼"宝石的目的竟然如此简单，他上上下下地打量着皇太极，妄图找到哪怕一丝一毫皇太极说谎的证据。不过，令大头怪人不可理解的是他什么破绽都没找到，就连内心深处神秘的感知力对于皇太极内心想法的捕捉也是一无所获。足足过了一炷香的时间，大头怪人才又开口说话：

"好吧。不过皇上不是已经在找'天眼'宝石，并且已经有所收获了吗？"

"难道国师不是在找'天眼'宝石吗？而且国师都已经穿越到了未来，到了朕的皇陵深处去寻找'天眼'宝石的地图了吧？"皇太极语气咄咄逼人，看样子是要打破砂锅问到底，不把事情问清楚不罢休。

大头怪人没想到皇太极这般直接地问他这个问题，支支吾吾了半天才回答道："皇上既然什么都知道，那微臣也没什么可遮遮掩掩的。'天眼'宝石是通灵之物，得到它不仅可以永生，还可以穿越时空。更重要的是'天眼'宝石是恢复宇宙新秩序的权力象征，得到它才能被赋予世间乃至整个宇宙至高无上的权力。微臣对权力没什么兴趣，但是恢复宇宙新秩序是自古以来我们萨满神教的职责所在，所以'天眼'宝石微臣是势在必得的，还请皇上理解。"

皇太极皱了皱眉，继续问道："什么时候，我们大清朝的萨满国师成了建立和维护宇宙新秩序的信徒了？"

大头怪人突然反问皇太极道："皇上难道不知道太阳部落吗？"

皇太极未置可否，依旧朗声道："太阳部落？国师不妨说来给朕听听。"

大头怪人哼了一声，缓缓说道："皇上圣明，您应该知道我们所踩的大地其实是一颗圆形的球体，未来人称之为地球。而这个圆形球体所在的广袤的天空，未来人称之为银河系。用未来的科学来解释，银河系是一个棒旋星系，直径约 10 万光年，包括 1000 亿到 4000 亿颗恒星。太阳是银河系较典型的恒星，位于分支悬臂猎户臂上，离银河系中心有 2.61 万光年，太阳系移动速度约 240 公里／秒，2.26 亿年转一圈。太阳系是以太阳为中心，和所有受到太阳的引力约束天体的集合体，包括八大行星，也就是按照距离太阳从近到远的顺序排列的水星、金星、地球、火星、木星、土星、天王星、海王星。此外太阳系还有至少 173 颗已知的卫星、5 颗已经辨认出来的矮行星和数以亿计的太阳系小天体。这些太阳系中的星体是按照一定的规则来运行和变化的，而每一颗星体在世间都对应着一个个体，每个个体也按照这设定好的规则来完成自己的使命。这些所有的星体对应的个体，就自动成为太阳部落的成员。可是这么多个体，如何来校正自己星体的轨道，实现自己穿越和变幻的具体轨迹，完成自己的使命呢？那就要靠'天眼'宝石来实现了！说得具体一点，'天眼'宝石就是让每一个太阳部落的成员回归自己的本位，并掌握自身个体行动内容和规律，使自身对应的太空中的星体按照固定的轨道和方向运行！换句话说，谁得到了'天眼'宝石，谁就可以在宇宙中随心所欲地安排穿行，并且可以控制其他星体以及星体对应的个体的运动，当然，还可以从宇宙中消除任何一个星体！"

听到这里，皇太极脸色微微一变，不过他很快恢复了镇定，向大头怪人问道："那国师想要得到'天眼'宝石，是想要消除掉哪一颗星体或是哪一个人呢？"

大头怪人闻听此言，突然放声大笑，嘶哑的声音在大殿上空回荡，简直令人魂飞魄散！过了好一会儿，这令人窒息的笑声才停止，大头怪人这才说道："皇上的问题实在太过好笑，微臣是太阳部落的长老，任务就是保护'天眼'宝石不被某一个人私自占有，为害宇宙苍生，仅此而已！"话音未落，大头怪人突然反问道："那皇上要得到'天眼'宝石，是不是也有别的目的呢？难道单纯是为了修正自己的轨迹，不是想要抹去别人的轨迹吗？"

皇太极冷笑一声，大声说道："难道除了你们这些长老，朕就不能保护'天眼'宝石吗？"

大头怪人一愣，紧接着又是一阵狂笑，他一边笑一边说道："皇上确实是太阳部落的成员，在天上有相应的星体，但是每一颗星体运行的轨迹是固定的，难道皇上不相信？皇上刚出生的时候就参加了祭天的典礼，所以才有了现在穿梭时空的能力和永生之身。不过皇上并不具备上天赋予的长老权力，所以皇上对应的星体在运行轨迹中就没有这项职责！这也就是皇上您不会法术的原因所在！"

皇太极低下头，一阵沉默，好像思考着什么，突然他猛地抬起头，对着大头怪人问道："那国师在祭天的时候，用多尔衮的儿子偷换福临，这也是上天安排的？"

听了皇太极的话，大头怪人身子猛地一晃，双手一下子握起了拳头，眼神中明显出现了一丝慌乱。他站起身来，慢慢走到皇太极面前，恨恨地问道："皇上，您怎么会知道这件事？难道是多尔衮他跟您说的？不，不可能！"

皇太极低沉着脸说道："要想人不知，除非己莫为。国师和多尔衮私下交往也有多时了吧，朕算了算，大概应该是国师从蒙古部落归顺我女真族的时候，你们就走到一起了吧？国师你说是吗？"

大头怪人脸上戴着面具，看不清此刻的表情，不过可以想象，听了皇太极的话，想必此刻脸上也一定是一阵红一阵白，身上冷汗直流吧。大头怪人强作镇定，声音颤抖着说道："皇上到底还知道些什么？"

皇太极露出咄咄逼人的气势，一下子站起身来继续说道："国师从一开始就知道多尔衮兄弟因为母亲被赐死一事对朕耿耿于怀，所以便大加笼络，甚至许以承诺，帮助多尔衮登上帝位，在天上立星永安，朕说得没错吧？其实国师你还是对朕当年灭掉了蒙古部落难以释怀，所以想利用萨满国师的身份，报仇雪恨，让大清灭亡，让蒙古部落复国，这一点朕说得也没错吧？还有一点，也是最重要的一点，国师，其实你的真实身份并不是什么萨满国师，而是朕征服蒙古部落之时，假装已经因病死去的蒙古部落最后一任首领——林丹汗，对吗？"

大头怪人此刻已经完全崩溃，伸出枯槁的手指着皇太极，嘶哑地喊道："皇太极，你，你，你怎么会知道这一切？"

（一一七）

林丹汗

　　据史料记载，林丹汗出生于 1592 年，死于 1634 年，孛儿只斤氏，名林丹巴图尔，汗号为呼图克图汗，是成吉思汗的嫡系后裔。林丹汗是蒙古帝国第三十五任大汗，在位三十年，一般认为是蒙古末代大汗。1604 年，林丹汗的爷爷布延彻辰汗去世后，十三岁的林丹巴图尔以长孙身份继承汗位，统辖察哈尔部。他即位后初信黄教，后改宗红教，并兴建了都城察汉浩特（今内蒙古赤峰阿鲁科尔沁旗）。林丹汗试图恢复蒙古的统一，重建成吉思汗的霸业，但他当时也面临着新兴的女真族的威胁。因此，他对外采取联明抗金的方针，对内则谋求控制蒙古其他部落，而且他以"攘外必先安内"为原则，优先进行对蒙古的统一，避免与后金正面交锋。1627 年，林丹汗西迁，平定右翼诸部。1632 年，后金汗皇太极讨伐林丹汗，林丹汗远遁青海。1634 年，林丹汗因天花死于青海大草滩，终年四十三岁。其子额哲于翌年投降后金，蒙古帝国灭亡。

　　听了皇太极和大头怪人的对话，我和张茜目瞪口呆地看着彼此，这一切简直太令人匪夷所思了。原来林丹汗并没有死，所谓得天花病死看来也只是林丹汗为了复仇而设计的阴谋而已。林丹汗摇身一变，成为蒙古部落的萨满国师，跟随着自己的儿子额哲归降后金，暗中颠覆大清政权，复兴蒙古帝国。之前，我一直不能理解，为什么宫中所有从蒙古部落嫁过来的后妃都暗中听从萨满国师的摆布，与自己的丈夫皇太极同床异梦。现在我终于明白了其中真正的原因！蒙古部落曾经的大汗就在身边发号施令，这些蒙古部落归顺过来的人怎么能不听从呢？庆幸的是，皇太极发现了这一切。他不断地暗中搜集证据，寻找原因，结成线索，得出结论，却从来没有对我和张茜提起过任何关于这件事情的信息。看来皇太极并不愿意在别人面前提起这件事，只是独自隐忍，直到刚才这一刻才彻底地将真相揭开。

大头怪人也好，萨满国师也罢，此刻我们都可以叫他林丹汗了。林丹汗慢慢地拿起手中的拐杖，身上露出重重的杀气，嘴里嘶哑的声音突然变得清朗起来，他开口说道："皇太极，我自认为事情的前前后后没有半点纰漏，你是如何得知我真正的身份的呢？事已至此，你也说出来让我明白明白！"

皇太极仰天大笑，伸手指着林丹汗说道："既然你如此爽快地承认了，那朕和你说说也无妨！林丹汗，你自以为整个事情做得天衣无缝，其实从一开始我就知道你没有死！当年你死讯来得突然，死得又过于蹊跷，朕就心存疑虑，偷偷派人去了青海大草滩，把你的坟挖开查看，果然棺材里面只有一套衣服。所以朕就推断，你只不过是用假死来转移朕的视线，然后在暗中谋划对朕不利之事。在你死后的第二年，你儿子额哲率领蒙古部落前来归降，朕暗中派人把每一个归降的蒙古部落的人都查得清清楚楚。所有人之中，只有一个人最为神秘——没有背景，没有任何信息，甚至没有父母和兄弟——那个人就是你，蒙古部落来的萨满国师。你之所以一直戴着面具，是因为认识你的人太多了，你担心朕看到你的脸便可以把你认出来。而且如果朕没猜错的话，当时你跟着队伍前来归顺的时候，那'天眼'宝石要么在你手上，要么你知道'天眼'宝石的确切下落，所以你才会答应多尔衮，帮助他立星改运，满足他的欲望和野心。按照你的计划，哲哲做了朕的皇后，宸妃和庄妃也身居五宫，后宫已经完全在你的控制之下。你又拉拢多尔衮和豪格，让他们自相残杀，想让朕自乱阵脚。然后林丹汗你就一直在等待今天的到来，等待朕的大去之时。到时候，你便可以取代朕，统治我们大清政权，恢复蒙古的统治。可是你千算万算，却忽略了一个环节，有一个人并没有按照你的计划去做，也正是因为这个人，朕才彻底地掌握了你的阴谋！"

听了皇太极的话，林丹汗一时间怒火冲天，身上的斗篷竟然被身体发出的杀气撑得满满的，如同一把撑开的巨大黑色雨伞。他手里拿着的木杖向外迸发出道道的闪电，顺着他那枯树枝般的手臂一直传到脸上！猛然间，林丹汗歇斯底里地吼道："大玉儿！一定是大玉儿！我早说过，事情坏就坏到这个女人手里！我大蒙古帝国复国在即，谁也无法阻拦，别说是你皇太极，就是天上诸神来了，也拦不住我林丹巴图尔！"

"不，你错怪朕的庄妃了！她心性善良，隐忍有度，进宫以来没做过任何不利于朕的事，也没有透露过任何你的秘密。"皇太极摇头说道。

"那是谁？皇太极，你快说，这个人到底是谁？"林丹汗已经处于一种极度癫狂的状态，双手青筋暴露，木杖被他抓得吱吱作响。我在外面看得提心吊胆，生怕这个疯子突然对皇太极动起手来，皇太极没有任何法术，根本无法抵挡。

皇太极竟然一副满不在乎的样子，他抬手端起了茶杯，轻轻地抿了一口茶，然后满脸享受的样子。看样子，皇太极正在让茶香顺着自己的口腔流到喉咙深处，然后让自己的全部身心都在这茶香中得到愉悦。就这样，在林丹汗暴怒到快要崩溃的目光中，皇太极缓缓说道："好吧，林丹汗，那朕告诉你，让朕知道了真相的人是宸妃海兰珠！"

听了皇太极亲口说出的答案，林丹汗一下子愣住了。半天，他才从牙齿缝里挤出来一句话:"不可能!绝对不可能!海兰珠在离开之前把所有的事情都安排得天衣无缝,绝对不可能是海兰珠!皇太极,你在骗我!"

皇太极突然抬头问林丹汗:"'天眼'宝石是怎么从你手里消失的?要是朕没说错的话,宸妃海兰珠的离去和'天眼'宝石的失踪有关联吧?"

林丹汗又是一愣,半天才恨恨地说道:"不错!皇太极你太聪明了!'天眼'宝石确实是两年前被人盗走了,所以我才让海兰珠去把'天眼'宝石找回来。"

皇太极冷笑一声,大声地喝道:"林丹汗,你在说谎!'天眼'宝石不是被人盗走了,而是被天界诸神收回了!想必天神们也不会愿意这如此重要的宝贝落在你这等恶人手里!朕没猜错的话,收回'天眼'宝石的应该就是你说的太阳部落的守护者,他们为了能够让真正的'天眼'宝石拥有者获得宇宙的力量,承担起该有的职责,才留下寻找'天眼'宝石的地图!自古以来,任何人寻找'天眼'宝石都要依靠这幅地图的指引。现在,'天眼'宝石回到了它该去的地方,后人再要寻找'天眼'宝石,便还要依靠这地图上给出的信息!太阳部落的守护者怕地图被你们这群阴谋家抢占去,便把地图分成了数块,藏于各地。所以,你是牺牲了宸妃的性命,让她去另一个空间寻找地图碎片了,对吗?"

林丹汗默然不语,只是用双手紧紧握住木杖,慢慢地把木杖高举过头顶。他缓缓地腾空而起,一直升到了五六米高处,浑身散发出炫目的光芒。林丹汗在半空之中对着皇太极狠狠地说道:"皇太极,既然你什么都知道了,为什么还要问我呢?既然你什么都知道了,那我还有什么理由让你活下去呢?"说罢,林丹汗把手中的木杖一点点地指向皇太极,那若隐若现的雷电又开始围绕着木杖发出一道道耀眼的光芒。

皇太极慢慢抬起头来，望着半空中的林丹汗，朗声道："林丹汗，你心里怀着仇恨，就永远不能够感受到人世间的美好。其实蒙古部落也罢，女真部落也好，我们在一起和谐生活，大家相安无事，有什么不好的呢？你如果能够让全天下每一个民族的百姓都过上幸福安康的日子，那朕可以不立太子，把皇位传给你，把天下让给你，你看如何？"

林丹汗听了皇太极的话，一阵狂笑，边笑边大声说道："皇太极，你以为一个区区皇帝的名号就能让我心动？想当初我们蒙古帝国纵横天下，拥有无比广阔的疆域，南到南海，北到北冰洋，东到日本海，西到天山，这样幅员辽阔的浩大帝国我都不放在心上，更何况你这一个小小的关外女真政权！我的目标是要夺回'天眼'宝石，统治宇宙，把整个宇宙变成我的帝国！皇太极，我最讨厌你这惺惺作态的面孔，你死了你那虚伪的善心吧！你也不必等到今天晚上再去死了，现在我就要了你的命！"说罢，林丹汗抡起木杖，泰山压顶般地从半空中向皇太极扑来，身后的斗篷化作两只巨大的翅膀在空中不断地扇动！

皇太极虽然命悬一线，却并不紧张。只见他轻轻地朝一旁挥了挥手，但见一个金黄色的影子如箭一般冲向了半空中的林丹汗，一下子就把林丹汗撞到了一旁！我瞪大眼睛仔细一看才发现，半空中竟然有一个骑着一头通体雪白的母狮、浑身上下穿着白色纱衣、手里捧着一支琉璃盏的女人！我失声说道："这，这是观音菩萨来了！"

张茜侧头看了看我，说："这不是观音菩萨，你仔细看看，骑在母狮上的是庄妃娘娘……"

（一一八）

雪狮茉缇

　　我瞪大了眼睛仔细一看，那骑在母狮上的，果真是庄妃娘娘！只不过此刻的庄妃与平时完全不同，只见她褪去了满族皇妃的装饰，换上了道家的凤冠霞帔，缁衣的羽带随风舞动，尽显出她超凡脱俗的气质。庄妃的五官精致得就如同画家用画笔细腻勾画出来的一般，鼻唇棱角分明，色彩十分明艳，额头画了一朵出水莲花，娇艳欲滴，精致优雅至极。再看庄妃身下的这头雪狮也是威风凛凛，霸气十足，虽然在身材上没有"乐福"和"幻彩"那般健硕，但是眉目之间多了几分沉稳和淡定。

　　林丹汗奋力地挥舞着翅膀，仿佛在释放着心中的怒火，他怒目圆睁，手中的木杖指着庄妃大声喝道："大玉儿，你忘记了自己身体里流淌着蒙古族的鲜血了吗？你忘记了是草原把你养育长大的吗？没想到，你竟然背叛了你的民族、背叛了我！好，好，好！今天我就让你尝尝这三昧真火的厉害！"话音未落，林丹汗已经默念咒语，双手交替挥舞着木杖，顿时天地之间飞沙走石。突然，林丹汗双臂一抖，一股烈焰从木杖的顶端喷出，直奔庄妃的面门袭来！

　　庄妃催动坐骑，母狮奋力一跃，灵巧地躲过了火焰的袭击。与此同时，庄妃在半空中甩手丢出三颗滚雷，那滚雷在林丹汗面前炸开，细小的碎片铺天盖地地朝着林丹汗卷去！林丹汗暗骂了一声，猛地用翅膀把自己的身体紧紧包围起来。所有的滚雷碎片都如雨点般砸在巨大的翅膀上，可是翅膀竟然毫发无损！真不知这翅膀究竟是什么材质的，竟然可以阻挡如此猛烈的爆炸。林丹汗缓缓打开翅膀，翅膀上残留的滚雷碎片簌簌地落在地上。

林丹汗仰天大笑，好一会儿才收了笑容，对庄妃说道："大玉儿，就凭你这三脚猫的功夫，还想与我抗衡？来吧，让你见识见识我的厉害！"说罢，林丹汗口中又念起咒语，接着他猛地挥起木杖。这次从木杖顶端射出三股火焰，分别从不同的方向朝着庄妃扑去。庄妃连连催动胯下雪狮，这雪狮动作极其灵敏，不断地在空中辗转腾挪，眨眼之间将三股火焰尽数避开。不过雪狮背上的庄妃却面色阴沉，来回闪躲的动作已经显得有点狼狈。

这时，我身边的张茜一把拉住我，低声喝道："快把'乐福'和'幻彩'放出来，去帮帮庄妃娘娘！"

我猛然间醒悟过来，连忙掏出挂在脖颈上的铜铃，朝着庄妃的方向用力一甩，两只金黄色的身影一下子就出现在了庄妃身旁。还没等我发号施令，"乐福"便仰天狂啸一声，猛扑向半空中林丹汗的翅膀咬去！"幻彩"也不示弱，紧跟在"乐福"后面，抓向林丹汗的身后！庄妃见状，也打了个呼哨，催动雪狮扑向林丹汗的面门。

两头巨狮突然出现，让林丹汗措手不及，转眼间三个方向的攻击同时到来，林丹汗顿时被弄得手忙脚乱。这边，"乐福"已经一口咬住林丹汗左侧的翅膀，奋力地来回抖动，眨眼之间那巨大的翅膀竟然被撕脱了一半，软绵绵地搭在林丹汗的后背上动弹不得。这样一来，林丹汗便无法用翅膀保护自己，更无法在空中飞行。如果在地面上缠斗，林丹汗根本无法抵御三头狮子与庄妃的轮番攻击。林丹汗自知不敌，突然猛地用木杖点了一下地面。刹那间，地面出现了一股剧烈旋转的云雾气流。这气流越来越猛烈，一眨眼的工夫，已经如龙卷风一般高大粗壮，扫得屋子里的人和狮子都立足不稳，睁不开眼睛。过了一会儿，风势才慢慢减弱，等到风停了下来，大家再找眼前的林丹汗时，他早已不见了踪影！

庄妃只好收了法术，慢慢地从雪狮背上跃下来，款款走到皇太极面前，一边作揖一边柔声说道："原来臣妾并不知道皇上的好，现在臣妾终于感觉到了。可是，可是皇上要离开臣妾了。"说罢，庄妃眼圈通红，竟然要流出泪来。

皇太极轻轻地拢住庄妃的肩膀，也十分温柔地说道："能得到庄妃的真心相对，哪怕这一生只有一天，朕也知足了！"

我和张茜看到林丹汗借风逃遁，连忙跑进大殿，看到皇太极和庄妃两个人正真情流露，我们急忙知趣地把目光转向了那三头狮子。我本来以为这三头狮子初次在一起相处，一定会耳鬓厮磨、手舞足蹈、扑咬打斗，一起玩耍的，不想眼见的气氛竟然十分异常。那雪狮蹲在中间，"乐福"在一旁恭恭敬敬地注视着母狮，而"幻彩"竟然伏在雪狮脚下，好像在十分谦恭地向雪狮行礼！

看着这个场景，我十分不解。这三头狮子在这一刻的相聚竟然如此的庄严肃穆，就如同一位高贵的女王在接见自己的臣民——女王面无表情，臣民们却激动不已。

张茜也凑过来问我："这不对劲吧？怎么觉得'乐福'是'幻彩'的爸爸，而这个庄妃带来的白狮子是'幻彩'的奶奶呢？"

我点了点头回答道："没错！感觉这白狮子不是'幻彩'的奶奶就是它姥姥！你看那'乐福'在一旁毕恭毕敬、小心翼翼的样子，要不是它丈母娘，怎么会怕成这样？"

张茜捂着嘴笑道："那你呢？你看到你的丈母娘是不是也是这般样子啊？哆嗦不哆嗦？用不用跪在地上磕头？"

我白了张茜一眼，没好气地回答道："怎么在你眼中，我就得和

'乐福'一模一样呗？我家里就不能有点民主吗？告诉你，我在岳父岳母那里还真是有很高的地位呢！"

还没等我说完，突然那雪狮朝着"乐福"大吼一声，一向威严的"乐福"这一刻竟然瑟瑟发抖，慢慢地伏在了地上。这时，皇太极和庄妃走了过来，庄妃笑着问我道："李先生，这个典故，您不清楚来历吗？"

我挠着脑后的小辫子，半天没吭声，脑子里飞快地思考着。一旁的皇太极笑了笑，走到我身边，在我耳畔轻轻说了句："忽闻河东狮子吼，拄杖落手心茫然！"我一下子恍然大悟，原来庄妃娘娘说的典故是指我们在生活中常说的一个成语——河东狮吼！

河东狮吼一词来源于宋元丰三年，也就是 1080 年，北宋大文学家苏轼因"乌台诗案"被贬到黄州任团练副使，不期遇上了自己的好朋友陈季常。陈季常在龙丘住的地方叫濯锦池，宽敞华丽。他本人又十分好客，喜欢"蓄纳声妓"，每有客人来了，就以歌舞宴客，就像现在人们招待客人去卡拉 OK 一样。不过，他的妻子柳氏凶悍善妒，每当陈季常宴客并以歌女陪酒时，柳氏就醋意大发，用木棍敲打墙壁，客人尴尬不已，只好散去。平时陈季常喜欢谈论佛事，苏轼就借用狮吼戏喻其悍妻的怒骂声，作了一首题为《寄吴德仁兼简陈季常》的长诗，其中有这么几句：

> 龙丘居士亦可怜，
> 谈空说有夜不眠。
> 忽闻河东狮子吼，
> 拄杖落手心茫然。

河东是柳氏的故乡，狮子吼一语来源于佛教，意指如来正声，佛教经典称"狮子吼则百兽伏"，所以佛家用狮子吼来比喻佛祖讲经声震寰宇的威严。苏轼在诗中极为生动地记述了柳氏凶悍、季常无奈的景况。后来，这个故事被宋代的洪迈写进《容斋三笔》中，广为流传。从此河东狮吼用来比喻妇人妒悍，大吵大闹，而怕老婆的人则被戏称为有"季常癖"。

我虽然知道这个典故，可是仍然搞不清楚"乐福"和雪狮的关系，于是呆呆地问庄妃道："这雪狮与我这两只雄狮有何关系？为何会出现这般场景呢？"

庄妃眯着眼睛笑道："李先生，你难道真看不出来它们是一家三口吗？"

什么？！我简直不敢相信，我的"乐福"竟然和雪狮是两口子，而"幻彩"在这里竟然遇到了它的亲娘！我指着雪狮，磕磕巴巴地问庄妃："怎么会这么巧？它们，它们是什么时候在一起的？"

庄妃依旧抿嘴微笑着对我说道："这几只狮子本来都是幽冥之界的灵物，偶然机遇被我收服了过来。冥冥中注定，这两只雄狮会与李先生结缘，将常伴你左右，而这只母狮，便留了下来与我为伴。"说着，庄妃踱步到雪狮身边，伸出手抚摸着雪狮的额头。

我心中一阵欢喜，看来"乐福"当年选伴侣时眼光不错，口味独特！不管怎样，"乐福"与"幻彩"以后不会再孤单了。突然，我又想起一个问题，连忙张口问庄妃："那，这雪狮叫什么名字呢？"

庄妃一下子收敛了笑容，回头看了看皇太极，又看了看身前的雪狮，轻叹了一口气，这才轻轻地说道："它的名字叫作'茉缇'……"

（一一九）

黄中李

庄妃把"茉缇"留给了我，确切地说，是留在了"乐福"和"幻彩"身边。我把这一家三口都收回到铜铃中——"茉缇"还是那么骄傲地走在前面，"乐福"和"幻彩"恭恭敬敬地跟在后面，但是脸上明显有着开心和幸福的神情。不知为什么，看着这一家三口欢聚团圆，我的心里也觉得暖暖的，无比的踏实。

皇太极抬头看了看天，然后对我们说道："时间也不早了，我们赶紧往回走吧，不要耽误了今晚的事情。"说罢起身就往大殿外走去。

庄妃走到我和张茜面前，十分温柔地对我们两个说："你们有时间可要带着本宫的'茉缇'回来看望本宫才好。"

还没等我和张茜点头答应，外面突然传来皇太极的喊声："糟糕至极！我们有麻烦了！"我们几个闻声连忙奔到大殿之外，眼前的景象一下子让我们都惊呆了！

整个大殿外面已经变得一片血红，原先重重的烟雾已经完全地散开了。整个祭台的地面黏糊糊的，慢慢地在渗出红色的血液。那液体不断地汇聚成流，然后顺着阶梯向下面淌去。此时此刻，祭台下面已经是殷红的血的海洋，那血水不断地拍打着汉白玉围栏，白色已经完全被猩红取代！与此同时，无数赤身裸体的，被剜掉双目、割掉舌头、打碎牙齿的血肉模糊的躯体正在从血水中爬出来，争先恐后地爬到台阶上，互相拥挤着、践踏着，嘴里发出痛苦的呻吟声，朝着祭台最顶端的大殿爬来！眨眼之间，祭台之上已经变成了我之前在曼陀罗花海的小屋窗口里看到的景象——这不就是在血海中起伏的人间地狱嘛！

"我们该怎么办？"张茜面色苍白，转头望向皇太极。

皇太极面色阴沉，并没有说话，想必此刻他也没什么好办法来摆脱这种险境。

庄妃想了一会儿，皱着眉头对我们说道："这一定是林丹汗使出的法术，把我们困在了这里！以我目前的道行，恐怕是无法破解的！想不到短短几年，林丹汗的法力竟然精进了这么多！看来我们今天要有麻烦！"

皇太极绕着大殿四下里看了看，然后回到我们身旁，焦急地说道："林丹汗就是想把朕和你们几个困在这里，使我们不能按照设定好的时间穿越回去，这样便打破了我们在天上的星体原有的运行轨迹，从而阻止我们去找到'天眼'宝石！我们要赶快想出办法离开这里，在穿越时间到来之前赶回到宫中！"

庄妃脸上也露出焦急的表情，她尽量保持着冷静的语气说道："道理是这个道理，可是现在我们能做些什么呢？这些地狱傀影以我的法术是无法破解的，一旦被这些傀影吸附住，会慢慢被它们吞噬，求生不得，求死不能！庆幸的是这些东西行动比较缓慢，我们还有些时间想办法抵御！"

我和张茜连忙点头道："庄妃娘娘说得是，既然我们无法马上脱身，那就先想办法尽可能阻拦这些东西爬上来！"

但是让我们挠头的是，祭坛大殿这一层面积太大，汉白玉的楼梯也宽阔无比，这些地狱傀影从四面八方爬上来，根本无法进行有效的阻拦！还有一种选择，就是我们退到大殿里面去，不过大殿的柱子之间都是户牖，根本不结实，稍一用力就推开了，我们也无法建立有效的防御！

正当我们无计可施、焦头烂额的时候，猛然间庄妃拍了一下手，然后一脸惊喜地对我们几个说道："刚才那林丹汗不是长了两只翅膀，飞了出去嘛，我们也可以飞啊！"

听了庄妃的话，我当时就蒙了，伸开自己的双臂挥了挥，然后尴尬地对庄妃说道："庄妃娘娘，我们几个这小翅膀恐怕飞不起来啊！"

庄妃捂住嘴笑道："这样子自然是没有办法飞的，不过我们刚才在大殿里面的时候，本宫发现了可以让我们长出翅膀的宝贝！"说完，庄妃一手拉着张茜，一手拉着皇太极，朝大殿里面跑去，我满脑袋问号，迈步紧紧地跟在他们几个后面。

进了大殿，庄妃来到最里面供奉的萨满火神像前，只见供桌上摆着一盆一尺多高的盆栽，胳膊粗细的枝干上布满了红色的枝叶，枝叶间长满了金色的果实，貌似李子一般，看上去十分精巧可爱。

庄妃伸手从枝叶间摘下一个小金李，然后转头向皇太极问道："皇上，你可知道这是什么果实吗？"

皇太极皱着眉摇了摇头，我和张茜也跟着茫然地摇着头，庄妃笑着说："你们可曾听说过'黄中李'？"

庄妃话音未落，我一下子尖叫起来："啊！知道知道！传说昆仑仙岛上的龙月城，有一鸿蒙先天灵根，叫作黄中李，乃西王母所有！相传此树万年一开花，万年一结果，再过万年才成熟，三万年也只有九个果子。其花形状好似莲花，其果形状好似珠蕊。花果之上皆有'黄中'二字。"

庄妃听我说完，笑着把手中的金李递到我的手中，说道："那李先生就看看这果实上是不是有'黄中'二字。"

我接过果实，仔细端详，果然发现这果实中间淡淡地印着"黄中"两个小字。可是这盛产于昆仑仙岛上的东西，怎么会跑到这盛京祭坛之中了呢？

庄妃看我满脸疑惑，便接着说道："昆仑仙岛上的圣果本不该在这里，不过当年在蒙古部落我便听说，那林丹汗一身法术就是从昆仑仙岛拜师学来的。我猜想这东西应该是林丹汗当年学艺的时候从昆仑仙岛上带回来的一小株，一直偷偷地带在身边，后来归顺皇上以后，就把这圣物放在这大殿之中了。看这果子的成色和大小应该还没有完全成熟，不过服一颗帮助我们长出翅膀，应该是没有任何问题的。"

我曾经在一些古籍中读到过，普通人吃一颗"黄中李"便会化为"飞龙引"，也就是成为长出翅膀的虬龙，不但能够腾云驾雾，而且可以化羽飞升！不过这东西毕竟是神话中的神果灵根，我们这凡间的普通人吃了之后会有怎样的效果谁也不敢保证。

这时，皇太极站起来说道："时间紧迫，大家就不要再犹豫了。既然没有其他的办法可以逃出这里，那大家就抓紧服食这仙果吧，再耽误一会儿，外面的那些鬼东西就冲上来了！等到那时，怕是吃什么也走不掉了！"说完，皇太极当先从盆栽上摘下一颗珍珠般大小的"黄中李"，径直地吞入口中，然后大踏步地朝大殿外面走去。

看到皇太极率先吃了"黄中李"，庄妃娘娘和张茜也都先后摘下一颗"黄中李"吞了下去。我见状，也不好再犹豫，伸手挑了一颗最小的"黄中李"放到嘴里，轻轻地咀嚼起来。出乎意料的是，这果子酸甜可口，汁水丰富，甚是好吃。只不过果实太小，还没来得及细细品味，就已经在口中融化掉了。

吃完了"黄中李"，我也快步朝大殿外面走去。等我到了大殿外面的平台上，外面的天空已经变成深紫色。我从平台上面俯瞰下去，整个祭台的下面几层已经密密麻麻爬满了地狱傀影，无数肉乎乎的血色的躯体在蠕动，就如同那腐肉上布满的蛆虫，看得我浑身发抖，后背发凉。

这时，张茜忽然喊了一声："大家快看！"我们几个连忙顺着张茜手指的方向望去，只见大殿侧面，很多的地狱傀影已经爬到了大殿这一层的栏板上，几个爬得快一些的，正伸头往我们这里窥视！当然，它们什么都看不见，只是感觉到了人类的气息。地狱傀影嗜血成性，闻到人的味道，便抑制不住冲动，想要冲上去一饱口福。

　　我看形势紧迫，刚要回头去询问庄妃，为何这"黄中李"吃下去毫无效力，我们几个浑身上下没有任何异常的变化。就在这时，我突然感觉到耳边一阵风起，只见一道白影从眼前直冲云霄。我定睛一看，那在半空中的竟然是庄妃娘娘！她的身后伸展出两只巨大的白色翅膀，正在优雅地上下扇动。这一刻，庄妃娘娘便如同神话中天上的仙女，婀娜美丽，芬芳动人，一时间把我看得呆住了……

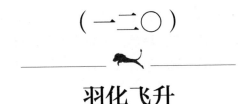

（一二〇）

羽化飞升

正当我陶醉于半空中庄妃娘娘那无边优雅之中的时候，身边又腾起两个影子。原来皇太极和张茜也都长出了翅膀，飞到了空中。皇太极挥动的是墨一样的黑色羽翅，而张茜挥动的是一对散发着夺目光芒的金色翅膀。我刚伸出手来向他们挥手，嘴里夸奖的话还没说出口，只听得庄妃在空中一声厉喝："李先生，你还在等什么！小心脚下！"

我被庄妃的厉声呼喝惊得一哆嗦，连忙回头去看。这时我才发现，十几个地狱傀影已经爬了上来，离我最近的一个傀影竟然已经伸开手向我抓来，那血肉模糊的细长的指尖离我的脚踝只有两尺的距离！

我连忙向前跳了几步，那地狱傀影移动并不迅速，慢慢爬行的样子倒是很像那动物世界中的巨型树懒。我拼命抖动了几下肩膀，可是身后并没有翅膀生出来，眼见得前面汉白玉栏板处又翻过来几只地狱傀影，此时此刻，除了身后的大殿，我竟然已经无路可去！事已至此，我长叹一声，只好闪身躲进了大殿之中。

皇太极和庄妃都没想到我服了"黄中李"后竟然生不出翅膀来。焦急之下，他们连声呼喊让我进到大殿里，把剩下的几颗"黄中李"

全部吃下去。我没得选择，只好关上大殿正门，转身朝大殿最里面跑去。我来到供桌前，看到那盆栽的树冠上还有七八颗"黄中李"，便七手八脚地都摘了下来，一股脑地塞进了嘴里，大口地咀嚼了起来。一时间，那香气扑鼻的果肉汁液填满了我的整个口腔。我来不及细细品味，一股脑咽了下去，然后扭过头去看自己的肩膀，可是仍旧没有半点翅膀的踪影。

这时，大殿四周的户牖都发出吱吱呀呀的声音，接着猛地一阵碎裂声，成千上万的地狱傀影从四面八方涌入到大殿里，密密麻麻地向我的方向蠕动而来。此时此刻，我已经无路可退，我只能把身体紧紧地靠在供桌之上，仰天长叹，难道今天我注定要命丧于此吗？

冥冥之中，好像有一个熟悉的声音在我耳边响起："老爷，你要静下心来，张开双臂，想着飞翔，这样翅膀就会张开的！"我闭上眼睛，默默地按照声音的指示去做，刹那间，一阵疾风扫过，我的身后竟然伸出一双三四丈长巨大的红色翅膀！整个翅膀全部都由一米长红色的羽毛组成，猛烈扇动之下，竟然卷起两股旋转的带着火焰的风柱，把附近的地狱傀影全部卷在其中，烧为灰烬！我的身体一下子从地面跃向空中，直奔大殿顶棚而去。由于翅膀的力量太大，一时间我竟无法控制方向，整个身体生生地从大殿的屋顶撞了出去！巨大的冲击力把整个大殿的屋顶撞得粉碎，而突然出现的我更是把外面半空中焦急无比的皇太极、庄妃和张茜吓得目瞪口呆！慢慢地，我才熟悉了扇动翅膀飞行的方法，控制着自己的身体飞到了皇太极的身边。

张茜看着我巨大的翅膀，瞪大了眼睛说道："老李，你这也太夸张了！这么大的翅膀，你到底吃了多少果子啊？"

庄妃盯着我那巨大的翅膀上下打量了半天，长长吁了口气，对我说道："李先生吃了太多的'黄中李'，这翅膀巨大的威力恐怕已经超出想象！李先生要善于驾驭自己的翅膀，今后在危难之时定会有所帮助！"

此刻我虽然身在半空之中，可是翅膀扇动起来仍旧威力巨大！祭台大殿前面的地狱傀影纷纷被我翅膀扇出来的巨大火柱所吞噬，还有更多的傀影被狂风从祭台上吹落，一时间祭台上血流成河，哀叫声此起彼伏。

突然，在众多地狱傀影中间涌出了几个巨大的、身体格外健硕的血红傀影。这种巨傀有四五米高，身体浑圆肥胖，在其他的傀影的帮助下，巨傀慢慢地立起身子，张开血盆大口，对准我们几个猛地喷出一股白色的黏液。那黏液酸臭异常，微微冒着白色的烟雾，看上去恶心至极。

庄妃和张茜都是女子，对这扑面而来的黏液极为敏感，两个人纷纷捂住口鼻，振翅高飞，远远地躲开那些黏液。皇太极身手十分敏捷，拍打着翅膀也躲过了黏液的攻击。

我的翅膀太过于庞大，振翅的频率不及皇太极他们几个的三分之一，虽然我尽力地舞动翅膀，却还是被一股黏液沾到了一侧翅膀的边缘！虽然我心下感觉十分恶心，但也没太过在意，只想着等回到城里一定要好好洗干净。可是突然间我闻到一股烧焦的味道，我急忙弯腰看去，只见那黏液沾到我翅膀的羽毛后竟然开始缓缓地燃烧，那火焰发出蓝色的光芒，一跳一跳的，不断地向翅膀四周蔓延开来。紧接着，一阵灼烧的剧痛传来，我不由得呻吟了几声。皇太极顿时发现了我翅膀上的蓝色火焰，大叫一声不好，连忙振翅飞到我的身旁，从怀中掏出一个乳白色的净瓶，然后对准我翅膀上的火焰倒了下去！净瓶中流出一股透明的液体，直接浇到了蓝色火焰上，一股白烟腾空而起，火焰一下子被扑灭了，而我肩上疼痛的感觉也瞬间消失了。

皇太极擦了擦头上的汗水，把净瓶放回到怀中，一脸严肃地对我说："那巨傀是这些地狱傀影的母尊，千万小心那母尊口中吐出的黏液，那是一种十分强烈的浓酸，不仅会腐蚀筋骨，还会在空气中燃烧，普通的水是无法将其扑灭的！幸亏今天朕来的时候带了天柱山的雪水，才把这酸火灭掉。"

我听了以后不由得伸出舌头，心里暗叫一声好悬！没想到这些看上去蠢蠢的家伙，竟然还有这么一招杀手锏！就在这时，下面又有十几股黏液喷来，我连忙用尽全身力量拍动翅膀，向着庄妃和张茜的位置飞去。

看到我和皇太极都飞过来了，庄妃向我们挥了挥手，然后带着我们向城里飞去。大概过了一盏茶的工夫，我们飞到距离城墙不远的地方，便开始下降。然后，我们几个找了一个没人的地方，平稳地降落，抖了抖肩膀，收起了翅膀。

这翅膀简直太神奇了，收起之后什么都看不出来，需要飞行的时候，抖一抖肩膀就可以放出翅膀，展翅高飞！我和张茜都对这翅膀喜爱极了，一想到回到我们的世界里，也许这翅膀将不可以再使用，顿时我们两个人的脸上布满了失落与无奈。

我们几个整理好衣衫，皇太极给宫里的车队发了信号，大家就在大路边的树丛中等候马车来接我们回去。这时已经是下午时分，夕阳西下，天色慢慢地暗了下来，四周也起了凉风。

庄妃走到皇太极的身边，并肩坐下，歪着头看了看皇太极的脸，轻轻地说道："皇上，您瘦了，这段时间太过于劳累了吧？"

皇太极微笑着看着庄妃，许久才回答道："庄妃，朕今晚就要走了！之前你对朕素有隔阂，朕不怪你。其实朕从未奢望你会真心地爱朕，朕的心里只希望你和福临生活得幸福安稳，其他的对朕来说，真的是不重要了。"

庄妃眼圈一红，哽咽着说道："这么多年，发生了这么多事，谁能想到这其中有着怎样的秘密呢？臣妾自从进了宫嫁给皇上，一直是提心吊胆，步步惊心，生怕哪里出了问题无法去应对！我虽然知道那林丹汗的阴谋，可这些年来，臣妾真的没有任何想加害皇上的心思。臣妾只希望陪着福临安安稳稳地长大成人就足够了。其实，臣妾自己的性命并不重要，可是福临的安危时刻牵动着臣妾的心！"

皇太极凝视着庄妃的脸，摇着头说道："其实你早该把所有的心里话都对朕说出来，这样我们也许早就可以理解彼此，扶持对方，同舟共济，共赴难关。可惜啊可惜，朕今晚就要走了，朕是真的还想和你多待一阵啊！"

这一刻，庄妃再也控制不住，眼中的泪水夺眶而出，一下子泣不成声。皇太极伸手拢住庄妃的肩膀，慢慢地为她擦去脸上的泪水。此时，皇太极也是无比的伤心和难过，嘴唇抽搐着，一字一句地对庄妃说道："庄妃，现在朕可以叫你一声大玉儿吗？"

庄妃把头紧紧地埋在皇太极的怀抱中，闭起眼睛感受着皇太极那无比熟悉却又略显陌生的胸膛，深情地点了点头……

（一二一）

伤疤

夕阳西下，大地逐渐被黑暗笼罩，我靠在树丛上闭着眼睛。此时此刻即使我无法入眠，也要假装小憩熟睡。我深以为，睁着眼睛去聆听皇太极对庄妃的那一声"大玉儿"的呼唤，都是对这个场景的亵渎。我是如此，相信张茜在另一头，也会如此。就当我们此时知趣地闭上眼睛，是对这看似平凡、实则伟大的爱情的由衷致敬吧！

微风拂过树叶，哗哗地作响，这时庄妃又说话了："皇上，你为何不问我心里为什么会有多铎？难道你不在乎吗？"

皇太极沉默了好半天，才轻声地说道："大玉儿，那你现在就告诉朕这其中的原因吧。"

庄妃轻轻地叹了口气，说道："那是因为在我小的时候，多铎救过我的命。"

皇太极好像微微地颤抖了一下，不过他马上恢复了平静，语气依旧温柔地问道："哦？还有这等事？多铎什么时候救了你的命？又是在哪里救的呢？"

庄妃幽幽地道："其实我想了很久，还是觉得应该在皇上离开臣妾之前和皇上说明白，否则皇上一定会认为臣妾是个水性杨花的女人。那是在臣妾嫁给皇上之前的一年，那一年臣妾只有十一岁。皇上派多尔衮和多铎去了我们蒙古科尔沁部落替皇上提亲，臣妾的父亲博尔济吉特·布和应允把臣妾嫁给皇上。于是按照蒙古部落的规矩，臣妾就和多尔衮、多铎一起回女真部落来拜见先祖。一群人中，只有多铎和臣妾年龄相仿。这一路上，多铎怕臣妾想家，很是照顾臣妾，陪臣妾说话，还给臣妾抓来漂亮的蝴蝶哄臣妾开心，当时臣妾心里确实对多铎产生了好感。在第三天晚上，我们整个队伍在草原上扎好营帐准备休息，臣妾也收拾好衣服，准备入睡。这时，臣妾突然听见帐篷外传来几声百灵鸟的叫声，臣妾纳闷得很，这半夜时分怎么会有百灵鸟鸣叫呢？于是臣妾披好衣服，偷偷地钻出了帐篷，朝着声音传来的方向走去。当时荒野四周都是一片黑暗，只有夜风呼啸、草浪翻腾的声音。臣妾心下一阵害怕，刚要转身回去，突然从草丛深处蹿出一道黑影，直扑向臣妾的面门！臣妾一下子被扑倒在地，回身看时，那黑影竟然是一头饿急了的野狼！臣妾来不及起身，那饿狼便又张开血盆大口咬来，臣妾当时又惊又怕，就觉得眼前一道蓝光闪过，便晕了过去。等臣妾醒来的时候，臣妾已经被人救回到了帐篷里。臣妾询问了四下的守卫，却没有任何人看到是谁救了臣妾。那一晚情况危急，四周又漆黑一团，臣妾觉得那道蓝光应该是救臣妾的人穿着一件蓝色的褂子，除此之外，臣妾便一无所知了。第二天出发时臣妾突然发现，多铎的身上竟然穿着一件无比肥大的蓝色的褂子，肩头和前胸处还有好几个巨大的破洞！所以臣妾猜想，一定是多铎在那一晚看到臣妾遇险，便奋不顾身救了臣妾的命！所以从那一刻起，臣妾就对多铎有了感激之心。那时候，臣妾和多铎都还是个孩子，那种无比感激崇拜的情感和念头在一个小女孩的心里是很难磨灭的。这就是臣妾对多铎挂怀的原因所在，今日与皇上说清楚，也算打开了这么多年来臣妾心里的一个心结！"

庄妃说完之后，发现皇太极并没有什么反应，抬头望去，才发现皇太极正在一个人傻傻地发呆。庄妃轻轻地摇晃着皇太极说道："皇上原来没有在听臣妾的话。"

皇太极一下子被摇醒了过来，连忙尴尬地说道："听了，朕听了。那大玉儿，后来你可曾问过多铎那晚发生的事？"

庄妃点头说道："问是问过，不过多铎说什么也不告诉臣妾，也许他是不愿意臣妾因为这件事而过于感激他吧。"

皇太极又是一阵沉默，许久，皇太极长叹了一口气，突然站起身来，对庄妃说道："既然今晚朕就要离开了，那有些事情说出来也无妨了。"说完，他身手麻利地解开上衣，把自己的左肩膀露了出来。在月光的照射下，只见皇太极左侧的肩膀上，有着一道一尺多长非常恐怖的疤痕！庄妃看到了皇太极肩膀上的伤疤，不由得"啊"地叫了一声，扑到皇太极的身边，就着月光又仔细地端详了伤疤好一会儿，才颤抖着说道："这，这是怎么回事？皇上，这肩膀上的伤疤到底是怎么来的？"

皇太极笑了笑，还是那般温柔地对着庄妃说道："其实那一年去蒙古科尔沁部落，朕也在队伍中，只不过当时没有得到父皇的允许，所以朕是偷偷地扮作马童跟着去的！在科尔沁部落，朕听说布和把自己的二女儿许配给了朕，还让这个女儿跟着队伍回到我们女真部落来，于是朕就想晚上偷偷看看这个女孩长得是什么样子。前两天朕都没有机会接近你，只能特意安排多铎一路上陪你说话，逗你开心。一直到了第三天晚上，队伍安营扎寨之后，朕才找机会来到你的帐篷外。朕知道你是个贪玩的小女孩，于是就用百灵鸟的叫声把你吸引出来。可是你出来后，径直就往草原深处走，朕又不敢喊你，只好在你身后偷偷地跟着你，保护你。一直到那头野狼出现，朕不得不现身去救你，所以就被那野狼咬伤了。"

庄妃满脸惊愕不已，双手紧紧抓住皇太极的双臂，用颤抖的声音说道："可是，可是那衣服是怎么回事呢？"

皇太极笑道："朕受的伤太重，强忍着跑到多铎大帐之中，让手下人帮朕包扎。朕也怕被你发现，就对多铎千叮咛万嘱咐不让他把事情的经过告诉你。从第二天开始，朕还让他穿着朕的衣服出行，希望可以让你认为是他救了你。朕平日里骑马射箭，身体十分强健，即便如此，朕的伤也足足养了两个多月才痊愈！"

大玉儿一下子扑倒在皇太极的怀里，哭着说道："皇上，可是你为什么不告诉臣妾呢？为什么要让臣妾这么多年来一直在心里承受着虚幻回忆的折磨呢？难道你就愿意这样折磨臣妾吗？还是要故意看臣妾的笑话呢？皇上，臣妾简直无颜再见皇上了！"

皇太极一边用手轻轻地抚摸着庄妃的头发，一边柔声道："要不是今晚……朕也不会说这件事的！有时候不说要比说更好，爱是不需要天天用嘴说的。"

庄妃此刻已经泣不成声，只顾着趴在皇太极的怀里哭泣。我只好又闭上眼睛，假装还在沉睡之中，心里却暗暗地骂着那赶车前来的皇宫里的侍从，为什么这么久了还不出现，让我在这里不断忍受着皇太极和庄妃的催泪煎熬？

这时，张茜突然慢慢地挪到我的身边，小声地对我说："怎么这么久了，来接我们的车队还没有到，会不会出了什么事？"

我摇了摇头，心下也是一阵的嘀咕。于是我悄悄地站起身来，拉着张茜小声说："走！我们去大路边看看！"

我们两个摸黑来到大路边，顺着大路向城里的方向望去，只见大路上干干净净，一个人影都没有。回过头再往祭坛的方向看去，夜空中恍恍惚惚仍有红色的火光出现。我看了看张茜，努了努嘴说："怎么办？要不我们还是抖抖翅膀飞回去？"

还没等张茜说话，这边皇太极拉着还在哽咽的庄妃走了过来，脸上也是带着焦急的表情。看到我和张茜，皇太极连忙问道："怎么？车队还没有到吗？平日里只需要半个时辰就可以到的，今天怎么这么久还没有动静？难道宫里发生了什么事不成？我们不能再等了，咱们顺着大路赶紧进城吧！"说完，拉着我们几个转身就要出发。

这时，张茜突然一把拉住我，用一种异样的眼光盯了我半天，问道："老李！你脖子上的铜铃呢？"

我听了张茜的话，连忙伸手去摸，可是一摸之下才发现，我那宝贝铜铃竟然不见了踪影……

（一二二）

"金字塔"

我顿时焦急万分，连忙到刚才坐着的地方四下寻找，却没发现任何踪迹。那铜铃虽然珍贵，但我更在乎的是住在铜铃中的"乐福"一家三口，它们可是我的命根子啊！我一下子摇出翅膀，回头对着皇太极和庄妃说道："皇上，咱们兵分两路，你们两个赶紧回宫里看看发生了什么事，我还得回祭坛一趟，去找回我的狮子！"

我话音未落，张茜也急忙对皇太极和庄妃说道："皇上你们先回宫，我陪着李先生去找铜铃，你们不必担心，我们找到后马上就回宫里！"

庄妃十分焦急地说："可是祭坛里那么大，怎么能找得到那么小的一个铜铃呢？"

皇太极安慰庄妃道："大玉儿，这个不必担心，铜铃在自己主人视线中的时候，会发出蓝色的光芒。所以在夜晚之中，一眼就可以看到了。"说罢，皇太极又转过头对我和张茜说道："你们两个快去快回，千万要小心行事，朕在宫里等你们！"

我和张茜点头答应，然后张开翅膀，直朝着那片殷红发紫的天空飞去。

一路上我心急如焚，不断奋力地扇着翅膀，恨不得一下子就飞到祭坛那里。我的翅膀要比张茜的翅膀大上好几倍，所以不知不觉中竟然把张茜落下很远。

不一会儿，我便来到了祭坛的上空。从高处往下望去，脚下的祭坛已经完全被堆积如山的地狱傀影所覆盖。各种不同姿态、血肉模糊的身躯紧紧地聚集在一起，堆成了一座流淌着鲜血和黏液的肉山。那弥漫在空气中的酸臭气味刺鼻，即使我身在高空，仍然无法忍受，不由自主地开始鼻酸流泪。

可是这个时候我已经顾不上自己不舒服了，虽然泪水横流，我仍然努力地睁大双眼，尽可能地去寻找祭台上是否有闪耀着的蓝色光芒。可是我在天上绕着祭台来回飞了十几圈，眼睛都已经看得花了，也没找到一丝一毫的蓝色光芒。

这时，张茜也气喘吁吁地飞到了我的身边，看我一脸焦急失望的表情，就知道我一无所获。于是张茜安慰我道："别着急，我们刚才也就是在这里活动，那些地狱傀影想要得到铜铃也不可能，它们无法控制铜铃的威力，弄不好还会被铜铃所杀。所以我们俩再仔细找找，也许是滚到哪个角落里去了。"

我脑子里一片空白，只能点了点头，降低高度，绕着祭坛继续寻找。下面的地狱傀影明显感受到了我的存在，纷纷昂起头，那些巨大的母尊不断地往天上喷射黏液，我只好在空中拼命地躲闪。但是我还是尽可能地降低高度，恨不得一寸一寸地把祭坛的土地挖开来找。越是这个时候，我脑海里越是不停地浮现出"乐福""幻彩"可爱的样子。我简直快急疯了，不知不觉中，身后的翅膀竟然越扇越快，周围的空气不断加速对流，眨眼间，两道带着火焰的龙卷风在我的身体两侧出现了！

张茜看到我发狂的样子，冲过来一把拉住我，大声对我说："你这样，会把铜铃也卷走的！"我心下一惊，连忙让自己呼吸平稳下来，使自己大脑恢复思考。这时，我的翅膀扇动的频率也慢慢地降了下来，那两道龙卷风慢慢地消失了。这时，张茜突然指了指祭坛中间的平台说道："你不觉得那里有点不同寻常吗？"

我顺着张茜手指的方向看去，只见那平台原来大殿的位置，无数的地狱傀影挤在一起，彼此踩踏，在原地垒起了一座蠕动的"金字塔"！难道这些傀影身子下面有什么东西需要它们去拼命地压住？

我咬了咬牙，对张茜说："管他是因为什么，先翻开看看！"张茜点了点头，紧接着马上提醒我说："注意力度！"我应了一声，马上奋力地扇起翅膀来！

瞬间，翅膀便扇起了一股巨大的龙卷风，向那地狱傀影垒起的"金字塔"扫去！

龙卷风是大气中最强烈的涡旋现象，常发生于夏季的雷雨天气时，尤以下午至傍晚最为多见。龙卷风影响范围虽然不大，但破坏力大得惊人。龙卷风经过之处，常会发生拔起大树、掀翻车辆、摧毁桥梁及建筑物等现象。它往往使成片庄稼、万株果木瞬间被毁，令交通中断，房屋倒塌，人畜生命和经济遭受巨大威胁和损失。大自然中的龙卷风是怎样形成的呢？主要是因为地面上的水吸热变成水蒸气，上升到天空蒸汽层上层，由于蒸汽层上层温度低，水蒸气体积缩小，比重增大，蒸汽下降。由于蒸汽层下面温度高，下降过程中吸热，再度上升遇冷，再下降，如此反复，气体分子逐渐缩小，最后集中在蒸汽层底层，在底层形成低温区，水蒸气向低温区集中，这就形成云。云团逐渐变大，云内部上下云团温差越来越小，水蒸气分子升降幅度越来越大，云内部上下对流越来越激烈，云团下面上升的水蒸气直向上升，水蒸气分子在上升过程中受冷体积收缩，越来越小，呈漏斗状，云下气体分子不断补充空间便产生了龙卷风。

我身后巨大翅膀扇出的龙卷风虽然没有大自然中龙卷风形成的时间长，但是威力要强上几十甚至上百倍！一道几十米粗的红色风柱以排山倒海的气势直接罩住了祭台中间的地狱傀影垒起来的"金字塔"。顿时，"金字塔"四周所有的令人作呕的地狱傀影都被卷上高空，然后再如雨点般坠落到地上！

看到龙卷风如此巨大的威力，张茜又大声地提醒我道："小心些，别把铜铃一股脑都给卷到天上去了！"

我听了张茜的话，连忙控制好力量，小心翼翼地扇着翅膀。也许很多人并不知道，龙卷风的风眼里虽然没有风，但是并不安全！中心没有风，并不代表风眼中很平静。因为龙卷风中心周围风速很大，导致了风眼中心的气压低于标准大气压值几倍，伴随着很大的向上气流，经过任何地方都会把一切的东西吸上去。所以龙卷风不能被看作一个有很大破坏力的帷幕在移动，而是一个急速旋转的物体在移动，由于离心力的作用，所以风是到不了中心点的。

我现在需要注意的是要恰到好处地收缩风力，龙卷风不仅要准确地罩住祭台中间地狱傀影垒起的金字塔而不移动，并且要用适度的风力把上面这些肉乎乎的躯体全部扫掉，最后当风力到最下层的时候减弱为零，保留最下面的东西不被风吹走。更为重要的是，在这一瞬间，一定要让整个龙卷风消失，不再继续存在，这样才能保证最下面的东西完好无损！

说起来容易，但操作起来实在是太难了。我的这一对大翅膀实在太过于沉重，驾驭起来真有些力不从心，而且我现在才刚刚开始操控这对翅膀，根本没有达到熟能生巧的地步。

但是现在没有任何选择，我只能尝试着去做到这一切。为了我的"乐福""幻彩"和"茉缇"，也为了我心中那份永远不灭的情感，我要拼尽全力去完成这个任务，而且绝对不可以失败！

我咬紧牙关，不断扇动着翅膀，催动眼前的巨大的红色龙卷风柱将地狱傀影的"金字塔"一点一点吹散。这时，那些窝在地狱傀影之间的巨大的母尊突然躬起身子，猛然间一起向我喷出黏液。这些黏液在天上竟然汇聚成一颗巨大的黏液团，山呼海啸般地直奔我而来！我正奋力地扇动翅膀，等我发现时，那黏液团已经到了我的面前……

地狱"夸父"

　　眼看着我的全身就要被那地狱傀影的母尊吐出的如同强酸一般的黏液所包围，我却束手无策，只能闭目等死。突然间，一道金光不知从何处飞来，落在我的身前，眨眼之间筑起了一道光墙，把那扑面而来的黏液悉数挡在了光墙之外。黏液散落下去，全都落在了下面祭台上的地狱傀影头上，一阵"嘶嘶啦啦"的声音响起，倒把那些肉乎乎蠕动的躯体腐蚀了无数，转眼那些哀号的鬼影都化成了血水，汩汩地向下流去。

　　我转头望去，只见我头上一个人影正在我身边作法，那金光墙正是她幻化出来的！我只觉得这个身影极其熟悉，却没有看到这个人的面目。我刚要大声询问是谁助我，可是那个人影竟然一下子消失得无影无踪，只留下我一个人在空中目瞪口呆。

　　这时张茜突然大声地喊道："李先生！快看快看！快看下面！"

　　我低头一看，那地狱傀影垒起的"金字塔"在龙卷风和酸性黏液的双重攻击下，已然崩溃，所有血肉模糊的躯体纷纷从"金字塔"上滚落下来！就在这时，一股幽蓝的光芒一下子从那"金字塔"底散发出来！我一下子惊呼出来，没错！那就是我的铜铃发出的光芒！我连忙奋力催动龙卷风，把残余的地狱傀影都扫荡干净。

张茜看到祭台上已经被清理得差不多了，便高喊了一声："掩护我！"然后便轻展羽翼，动作十分优雅地滑翔下去，稳稳地落到了祭台中间。此刻的祭台上已是一片狼藉，大殿被龙卷风卷得片瓦不留，满地的腥臭黏液，偶尔还有几块断裂的傀影残肢。张茜踮着脚走到那蓝光所在的地方，弯腰把铜铃捡起来，这才露出一丝笑容，向我挥了挥手！

我赶忙收住风势，让龙卷风慢慢减弱。等到龙卷风完全消失了，我拍打着翅膀也准备落到祭台上，去和张茜会合。就在这时，突然大地一阵剧烈的晃动，祭台上的张茜差点摔倒在地，而我在半空中竟也被震得东倒西歪！紧接着，在天摇地动之中，整个祭台竟然一分为二，从中间裂开！巨大的裂缝不断地扩大，把整个大地都撕裂开来！我拼命地喊着张茜，让她赶紧飞到上面来！张茜左右摇摆，好不容易张开翅膀，摇摇晃晃地飞离了地面。我低头再往下看时，那祭台处巨大的裂缝之中竟然鼓出了一个巨大的肉球来！

我定睛一看，那肉球竟然是一个无比巨大的、没有眼睛和鼻子、满嘴黏液、头上血肉模糊、浑身上下都流着脓血的傀影母尊！它慢慢从裂缝中爬出来，然后缓慢地站起身子，看样子足足有二百米高！他伸长手臂，四下乱抓，竟然差一点抓住半空中的张茜！我大吃一惊，连忙双手拉住张茜，奋力扇动翅膀，把她带到更高的相对安全的地方。

张茜花容失色，脸色惨白地看着那傀影母尊，半天都说不出话来。平静了好一会儿，她才战战兢兢地问我："这，这个怎么会这么大？"

我皱着眉头回答道："这恐怕就是地狱傀影的母尊之王，它有个名字，叫作'夸父'！"

夸父是中国上古时期神话传说人物之一。在黄帝时期，北方大荒中，有座名叫成都载天的大山，居住着大神后土的子孙，称夸父族。

夸父族人都是热心公益、善于奔跑、身怀巨力的人。因为他们长得个个身材高，力气大，所以又称巨人族。他们仰仗这些条件，专喜替人打抱不平。夸父族的人帮助蚩尤部落对抗黄帝部落，但是后来被黄帝打败。

《山海经·海外北经》中讲道："夸父与日逐走，入日。渴，欲得饮，饮于河、渭；河、渭不足，北饮大泽。未至，道渴而死。弃其杖，化为邓林。"

《山海经·大荒东经》中说道："大荒东北隅中，有山名曰凶犁土丘。应龙处南极，杀蚩尤与夸父，不得复上。故下数旱，旱而为应龙之状，乃得大雨。"

《山海经·大荒北经》中提到："大荒之中，有山名曰成都载天。有人珥两黄蛇，把两黄蛇，名曰夸父。后土生信，信生夸父。夸父不量力，欲追日景，逮之於禺谷。"

此外，《列子·汤问》中也讲道："夸父不量力，欲追日影，逐之於隅谷之际。渴欲得饮，赴饮河、渭。河、渭不足，将走北饮大泽。未至，道渴而死。弃其杖，尸膏肉所浸，生邓林。邓林弥广数千里焉。"

这其中讲的夸父大概都是相同的形象：身材高大，善于奔跑，手握黄蛇，追赶太阳，最后渴死。神话传说中夸父是一个巨人，其实夸父是一个巨人部落，居住在长江流域，与九黎族是盟友，所以九黎族的首领蚩尤与黄帝交战的时候，夸父族坚定地站在蚩尤一方参战，不幸战败，被迫离开了原来居住的黄河流域，向南搬迁。在搬迁的过程中遇到大旱，失去生活用水，最后全族悲惨地灭亡了。神话传说中夸父死后落于地狱，化为巨大的傀影母尊，继续为害人间。

此时此刻，那巨大的傀影母尊"夸父"已然张开大嘴，满口的黏液蓄势待发。那口黏液足足有小湖泊那么大，纵是我和张茜身有翅膀，恐怕也在劫难逃。正当我在半空中拉着张茜，手足无措之时，突然又是一道金光当空劈来，直奔着"夸父"而去。说时迟，那时快，那道金光一下子便把"夸父"包得密不透风！我和张茜满脸惊愕，不由得扇动翅膀，向后退去。就在这时，金光突然四下炸裂开来，接着发出剧烈的爆炸声！"夸父"虽然高大，但是动作极其缓慢，此时被金光罩住根本无法摆脱。眨眼之间，"夸父"已经被炸得浑身碎裂，血浆和腐烂的肉块像雨点一般洒落向地面。"夸父"不甘心就这样被炸得粉碎，依旧伸开血肉模糊的双臂，奋力地来回挥舞着，想要挣开金光的束缚！可是那血肉暴露在外，粗壮如轮的手臂刚刚挥动了一下，金光已经完全炸裂，那刺目的金色光芒猛然间把"夸父"炸成数段！那一段段的躯体随着漫天飞舞的血雨，都散落到了地上巨大的裂缝中！这场面极其震撼，也无比的血腥，比我之前看过的任何一部恐怖片还要刺激、还要恶心，可以说完全超越了人类感官所能承受的极限！我和张茜已然无法忍受，人在半空之中便大口地呕吐起来！等我们呕吐完毕，再抬起头寻找是谁发出的金光，四周早已没了人影，眼前只剩下惨红的天空。放眼望去，整个祭台的巨大裂缝中血流成河，尸块遍野，一切宛如世界末日来临一般。

我和张茜实在无法再多停留一秒钟，于是我们强忍住胃里的翻江倒海，赶紧飞离了祭坛上空，径直回到了城外之前停留的地方。我和张茜落了地，收了翅膀，又干呕了好半天，才渐渐恢复了正常。

张茜一边拿丝帕擦着嘴，一边从怀中掏出铜铃来，递到我手中。我赶忙低头去看铜铃中的狮子们。还好，"乐福"一家三口在铜铃中悠闲自在，嬉戏玩耍，它们哪里知道刚刚外面经历的血雨腥风，还以为铜铃一直乖乖地挂在我的脖子上呢。

我把铜铃认真地系在脖子上，再三检查确定不会掉落，才放心地坐在草丛之中休息。一旁的张茜，早已经靠在我身上昏昏欲睡了。我也疲惫至极，不知不觉便进入了迷蒙之中。

不知道睡了多久，突然一滴水珠打在我的脸上。我伸手抹了抹，睁开眼，望了望天空。头顶上的夜空乌云密布，天空竟然下起了小雨。我摇了摇身边的张茜，急切地问道："快醒醒，现在是什么时候了？"

张茜一下子被我摇醒了，她努力地睁开眼睛，低头看了看腰间的沙漏。突然，她一下子蹦了起来，嘴里大声地喊道："不好，就要三更天了，我们回去的时间马上就要到了！"

我听了她的话，脑袋嗡的一声，也一骨碌爬了起来，一把拉住张茜朝城里跑去。一边跑，我一边问张茜："现在下着雨，头上乌云密布，没有月亮，我们怎么回去呢？"

张茜没有说话，只是不由自主地抬起头望向天空，我也跟着她的目光向天空望去。就在这一刻，头顶的乌云竟然缓缓地露出一个圆洞，一轮圆月从圆洞之中散发出皎洁清幽的光芒。眨眼之间，周遭的一切都完全笼罩在这神秘的月光里……

（一二四）

打破结界

　　我和张茜在神奇且清幽的云洞月光之中拼命地奔跑，顾不上两边偶尔出现的路人那惊诧的眼神，顾不上从祭坛回来已经完全透支的身体，更顾不上前方的道路上还会有多少危险。我们只希望一步就可以跨到皇宫，一步就可以跨到传输点，一步就可以跨到属于我们的时代。

　　一边奔跑，我们还在一边机械地说话，不是为了让彼此开心，更不是有重要的事要谈，而是我们需要通过聊天来不断刺激自己，避免睡着——是的，我们真的太累了，哪怕是在奔跑，也可以瞬间睡着。

　　我开口问张茜："那道金光屏障，你看见没有？是谁发出来的？谁会在暗中保护我们呢？"

　　张茜喘着粗气，迷茫地看了我一眼，冷冷地回答道："我还想问你呢！那金光不仅保护我们，而且还帮助我们消灭了'夸父'。说实话，我觉得以我们两个的实力，联起手来对付'夸父'那个极度恶心的肉人，也是必败无疑！"

　　提起那个"夸父"，我瞬间又有一种想吐的感觉。我用力地咽了一口口水，把那种感觉压了下去，这才点了点头。张茜强作笑脸，对我说道:"你看看,你也同意我的看法吧,咱们打不过那个'夸父'!"

我转头看了她一眼,皱紧眉头说道:"不,我点头是同意你说的那个'夸父'确实看上去太恶心了,至于它厉不厉害,我倒没感觉。我只希望它别拿我的铜铃,别碰我的狮子。"

"呸!"张茜直接啐了我一口,骂道:"这会儿来能耐了,刚才要不是那金光,咱俩现在就得泡在又酸又臭的黏液里,叫天天不应,叫地地不灵,一直恶心死!你有办法击败'夸父'吗?人家就压住你的铜铃,你又有什么办法?你能伸手去掏啊?"

张茜这个人,什么都好,就是说话太直了,有时候几句话就把你说得瞠目结舌,却找不到合适的语言去反驳,那心里的感觉,真叫一个纠结!好在我已经习惯了她这个人说话的风格,所以此刻,我只是笑了笑,继续向前奔跑。

我们一路跑到了皇宫的北轿马场,轿马场里竟然空无一人,甚至连车马都不见踪影。我和张茜正站在原地纳闷,突然远远地看见两个人从轿马场的另一头朝这边走来,我定睛一看,原来是皇太极和庄妃!我十分纳闷,他们两个人怎么还在这里?怎么没有进到皇宫里面去呢?我和张茜连忙迎上去问个究竟。

皇太极一脸焦急,不等我说话,直接对我和张茜说道:"不是我们不进去,是我们进不去!朕估计皇宫一定是被林丹汗设了结界,朕和庄妃使尽了浑身解数,也无法破解,在这里已绕了一个多时辰了!"

我抬头看了看月亮,估计现在已经接近午夜时分,传输点恐怕就要出现了,而我们几个人竟然连进到皇宫里面的路都还没有找到。结界需要去破解,破解就要找到破解的关键点,可是现在结界布满了皇宫甚至整个皇城,单凭我们几个人的力量,想在短短的时间内找到结界的关键点,实在是难上加难!

张茜听了皇太极的话,面露焦急,四下打量了一下,发现凡是通往皇宫的通道，不管是大门、便门还是角门，都被红砖封死了。张茜又抖出翅膀，展翅飞到了半空中，可是那红色的宫墙竟然也不断地升高，张茜不管如何用力高飞，都无法逾越这道高墙！

张茜只好落了下来，收起翅膀，不住地跺脚叹气。就在我们几个一筹莫展之际，我突然想起兰乔带我走的那个通往皇宫里面的密道！于是我急忙问皇太极道："皇上可知道除了'皇帝密道'之外，还有一条从井口通往宫里的密道吗？上次我曾经走过一次的，不知道这密道是不是也在结界的控制范围之内。"

皇太极听我这么说，满脸的迷茫，皱着眉说道："从井口进到宫里的路，朕怎么从来不知道。按理说，这结界只能罩住地面以上的建筑，地下的通道怕是拦不住的。不过到底能不能进得去宫里，还得是我们亲自去试一试。"

我应了一声，拉着皇太极就朝着宫外跑去，庄妃和张茜一脸茫然地跟在我们后面。我凭借着记忆，在街上绕来绕去，最后终于找到了兰乔带我进去的那间院子。我们鱼贯而入，直接来到后院花园当中的水井旁。我探头向井下望去，虽然水井下面还是荧光闪闪，但是我并不确定下面是否设有结界。我抬头看了看皇太极，皇太极一脸坚毅朝我点了点头，是啊，已经到了这个时候，我们也没有什么可以选择的余地了。于是我咬了咬牙，当先跳进了井中。双脚落地，我看四下里并无异常，便弯下腰，顺着那条熟悉的隧道往前跑去。

皇太极、庄妃和张茜都依次跳了进来，跟在我后面跑来。一路上并无任何异常之处，等我跑到炉灶口的时候，我心里不由得踏实多了。看来，密道里并没有设置结界，因为要是有结界的话，相信我们是根本跑不到这里来的！

我们几个小心翼翼地从炉灶中钻了出来，进到了清宁宫筒子房旁的灶间里。还没等我们几个研究下一步该怎么办，就听见灶间外面传来了说话的声音。我们几个蹑手蹑脚地凑到门前，一边从门缝中观察外面的情况，一边竖着耳朵听起来。门缝实在太小，我们只看到外面万字炕的一角，却看不到任何人影。

这时，一个人的声音传了进来："再有不到半个时辰，传输通道就会打开，只要我们阻拦住皇太极他们穿越回去，以后地图就是我们的了，'天眼'宝石自然就会手到擒来。现在皇太极还没有动静，恐怕他们几个还在城外跑圈吧！哈哈哈！"听声音，说话的不是别人，正是那林丹汗，也就是那大头怪人、萨满国师！

这时，只听见另一个声音说道："你不要小看了皇上，别忘了皇上的身边还有庄妃帮助他。也许此时此刻，他们马上就要进到这里来了！"皇太极听了这个人说话，不由得皱了皱眉头。我侧脸看了看张茜，张茜也正好望向了我，我们不约而同地点了一下头。没错，说话的正是和硕睿亲王——多尔衮。

不过听口气，多尔衮倒好像盼望着皇太极快点出现。正在我们十分惊讶的时候，只见门缝之中，林丹汗快步走向万字炕，挥手扇了一记响亮的耳光！那个被打的人猛地冲了出来，好像要与林丹汗拼命。我从门缝仔细看去，这个人正是多尔衮！只见他浑身五花大绑，脸上满是伤痕，衣服被撕成一条一条的，身后两个大汉紧紧地抓住他的臂膀。饶是如此，多尔衮仍旧对着林丹汗破口大骂："林丹汗，你是个疯子！彻彻底底的疯子！只怪我一心只想复仇，中了你的奸计！你别高兴得太早，你什么都得不到的！"

林丹汗仰天狂笑，伸出手指着多尔衮说道："别人骂我，我也就听了，只有你没有资格骂我！你居心叵测，心怀鬼胎，想要利用我达到篡位登基的目的！要不是这样，我们能走到一起吗？我是个恶人，那你就是个逆贼！你觉得皇太极现在还能信任你吗？庄妃还能信任你吗？你现在除了给我当狗，什么都干不了！多尔衮，就算你给我当狗，我都嫌弃你！"

多尔衮双目圆睁，几乎要喷出火来，嘴里的牙齿咬得吱吱作响！

只见他猛地挣脱了两个大汉的双手，低头向林丹汗撞去，一副拼命的架势！

可是多尔衮刚冲了几步，就被林丹汗用了法术钉在原地，他用尽全身的力气也不能往前半步，只好在原地一边跺脚，一边继续破口大骂："林丹汗，我不是人，我居心叵测，但是我绝不做半点于我大清不利的事，因为我知道我是女真人！而你是蒙古人，你要做的是灭亡我大清，恢复蒙古族的统治！别说皇上，就是我也不答应！你就死了心吧！你的蒙古灭亡了！灭亡了！哈哈哈！"

林丹汗终于被激怒了，猛然间举起手中的木杖，口中念念有词，木杖的周围又发出了道道闪电，屋子里面顿时雷声滚滚。这一刻，只要林丹汗挥一挥手，多尔衮就要命丧当场！

就在这时，屋子的另一头传来一个清幽冷漠的声音："师傅，请您不要生气！杀掉多尔衮不必师傅亲自动手，还是让徒儿来做吧！"

话音未落，我一下子蹦了起来，差一点就冲出门去！没错！说话的这个人不是别人，正是我日思夜盼的兰乔啊……

（一二五）

双面兰乔

皇太极一把拉住我，摇着头示意我要忍耐，不要在此时过于冲动，我瞬间恢复了理智，慢慢地退了回去。其实我的内心深处是极其纠结的，我既盼望可以马上见到兰乔，可是心里又真的不愿意去承认她背叛了我，回到了林丹汗的身边，为这个疯子卖命的现实。

我心里不停地告诉自己，这么久的时间，兰乔对我一直是真心真意，她是绝对不会做出任何对我不利的事情的，这一点我可以完全地信任她！但是疑问也随之而来，既然兰乔如此真诚待我，可是她又为何突然消失，回到她的师傅林丹汗身边呢？难道有什么事情不方便告诉我，还是受到了她师傅的胁迫，不得不回去？这些问题不停地在我脑海里翻滚，不停地在我心头纠结，除非当面去问兰乔，否则我无法找到，也无法相信任何答案！

我在屋里胡思乱想，百感交集，外面却并不知道灶间里发生了什么。兰乔轻盈地迈着步子走到多尔衮的面前，一伸手就拎起了多尔衮。从门缝中看去，兰乔好像略显憔悴，只是依旧如水般的明艳动人的脸上，没有任何的表情，整个人如同一尊蜡像一般。

林丹汗收起了手杖，挥了挥手，示意兰乔把多尔衮拉出去，嘴里却还不停地骂着："赶紧弄死这个狗东西，不过别在这里动手，兰乔，你把他拉出去，到后面烟囱的背阴处，把这个狗东西给我碎尸万段了！让他今天和皇太极一块儿见阎王去！看他还嘴硬！"

令我们没有想到的是，此时此刻，即使面对死亡，多尔衮也没有表现出丝毫的胆怯和畏惧。他仍然大义凛然地骂着林丹汗，言语间充满着对大清的热爱以及为自己国家慷慨赴死的豪迈！虽然之前，我们每个人都为多尔衮的狼子野心所不齿，可是在这一刻，即便是皇太极，也无法不对多尔衮的视死如归和英勇无畏而动容。

多尔衮的骂声随着脚步声渐渐远去，进而消失，我们每个人都沉默了。

半晌，脚步声又从外面响起，听声音这回进来的是兰乔自己。林丹汗抬头看了看兰乔，问道："多尔衮处理完了？动作倒是蛮快的！你要是一直都这么听话，我还何必要费这么大力气来阻拦皇太极！还有你日日牵挂的那个穿越而来的夫君，处处与我作对，不过此时此刻，恐怕他已经被祭坛中的'夸父'压成肉泥了。这就是你不听话的结果，也是那小子咎由自取！谁让他站到皇太极那一边的！"

兰乔听了林丹汗的话，语气依旧十分平淡地回答道："师傅不要再提那个所谓的夫君了，我与他本来就是露水姻缘，各取所需，没什么感情可言，又说什么牵挂顾及呢？从此以后，我和他天各一方，人鬼殊途，再不相干了！"

兰乔的话，每一个字都如同一把重锤，狠狠地砸在我的心上。话中的决绝让我悲痛不已，痛不欲生。本以为在这世间，再无此般纯洁美好的爱情，拼了命地去保护，用尽心思去珍惜，可是到头来，一切却只是海市蜃楼，虚幻空无，连些许回忆都是一场噩梦！这一刻，我真的欲哭无泪；这一刻，我实在羞愧难当；这一刻，我只想快点逃离这个世界！

这时，耳边又传来了林丹汗的说话声："哈哈哈！看时间已经差不多了，传输点即将打开，皇太极他们到现在还是踪影全无，看来穿越回去是不可能了！'天眼'宝石是我的了！"

可是林丹汗话音未落，兰乔便上前打断了他："师傅，恐怕事情不是你想象的那般，也许他们已经在这间房子里，就在暗处偷窥着我们说话！"说罢，兰乔慢慢地走向我们所在的灶间大门。

这一刻，屋子里的每个人都无比的紧张，生怕兰乔发现我们。我心里暗暗祈祷着兰乔不要走过来，不要把我们交给林丹汗，可是嘴里的祷词还没念完，兰乔已经伸手把灶间的大门用力地推开了！

我们几个人根本来不及躲藏，只能完全地暴露在林丹汗的目光下！林丹汗一下子站起身来，面具下的表情应该是无比的狰狞。不过片刻之后，林丹汗还是恢复了平静，甚至笑着说道："好样的，兰乔，要不是你，差一点又让皇太极这帮人钻了空子！既然所有的人都来了，那再好不过！就让我们一起看传输点打开，然后再一起看传输点关闭，如何啊？接下来就是皇太极暴毙，庄妃暴毙，所有人逐一暴毙！这大清的天下就完全是我林丹汗的了！哈哈哈！"说着，林丹汗一挥手，从外面进来一队身穿黑衣的教徒，手中都持着利刃。这些人把刀架在我们脖子上，逼着我们走到了清宁宫大厅的正中间。

当我走过兰乔身边的时候，我不由自主地望了兰乔一眼，恰巧我的目光与兰乔的目光交汇在了一起！然而，兰乔的眼中，除了冰冷就是冰冷，没有任何昔日的温存与情愫。那感觉如同寒冬中独自一人在无尽的雪原中行走，没有任何方向，感受不到生的气息。我能做的，似乎只有自己一步一步走向死亡，可怜得甚至连诀别的话都不知向谁倾诉！

我快速地转过头，收回目光，呆呆地跟着大家，麻木地伫立在大厅里。皇太极很自然地坐在了炕沿上，林丹汗倒也没制止，只是慢慢地来到皇太极面前，凝视了皇太极很久，然后一字一句地说道："你到底还是进来了！这是我最佩服你的地方，你总能做出出人意料的事，给人以惊喜！我布置了各种结界，可是你仍旧能走到这里，这就是当年上天选择你做皇帝的原因！不！不！现在皇帝的宝座是我的了！皇太极，今天我就要让你亲眼看到自己的毁灭！"

皇太极就如同没有听到林丹汗的话一般，脸上没有任何表情，坐在那里，不知道究竟在想些什么。

林丹汗又把脸转向了庄妃，他面具上那幽灵一般的目光死死地盯着庄妃，好半天才说道："大玉儿，今天我就要让你知道知道，背叛自己的民族、背叛自己的部落是什么下场！现在皇太极也好、多尔衮也罢，哪一个还救得了你？哈哈哈，来，你跪下求我，也许我可以原谅你一次，怎么样？"

庄妃眉角一立，满脸不屑地看着林丹汗。突然，庄妃一口唾沫啐到了林丹汗的脸上，嘴里大声地说道："我为我们蒙古部落有你这样的大汗而感到耻辱！你根本就不配做蒙古人！你才是真正的败类、真正的无耻小人！"

庄妃的话显然激怒了林丹汗！他挥舞着手杖，转过头大声地对兰乔喊道："快去，给我打大玉儿十个耳光！马上去！现在就打！"

兰乔听了林丹汗的命令，没有丝毫犹豫，直接来到庄妃面前，还没等庄妃说话，伸手就给了庄妃一记耳光！这耳光力气极大，一下子就把庄妃的脸颊打得肿了起来！庄妃用惊愕的眼神看着兰乔，可这边兰乔丝毫没有停手的意思，劈劈啪啪连着扇了庄妃十多个耳光！皇太极猛地站起身来想要阻拦，却被身旁两个黑衣人用刀架在脖子上，生生地被按回到炕沿上，动弹不得！

我和张茜也被一众黑衣人用刀逼到墙角。张茜怒火中烧，恨恨地看着我，嘴里小声骂道："这就是你说的聪明蕙质、温柔可人？这就是你说的典雅高贵、贤淑大方？这就是你说的知书达理，善解人意？我看你是瞎了狗眼、迷了心窍！"

我知道张茜是愤怒到了极点，其实我心里也在暗暗地骂自己，骂自己在这个年纪还相信童话故事，骂自己无缘无故地相信爱情，骂自己丢脸丢到了清朝来！

兰乔好像听到了什么，她转过身，踱步到了我和张茜面前，然后慢慢抽出了腰中的宝剑，架在了张茜的脖子上，嘴里淡淡地说道："你，刚才说了什么？你再大声地说一次给我听，好吗？"

（一二六）

孽情

张茜的骨气从来就没消失过，此时此刻，她更是怒目圆睁地盯着兰乔，嘴里大声地说着："我说就说，还怕你不成！我说你是个彻头彻尾的白眼狼！是个狐狸精！是个变色龙！是个不知道廉耻的丑女人！"

兰乔的脸色瞬间涨得通红，我偷偷地看着她，竟然发现此刻她的嘴角在不断地抽搐。好一会儿，兰乔慢慢地转过身，迈步向一旁走去，突然张茜在兰乔的身后又吼了起来："没话说了吧？当初李先生就是个傻瓜，百般维护迁就你，结果换来的却是你的狼心狗肺！现在他终于看明白了，你就是一个骗子！彻头彻尾的大骗子！你根本不值得任何人信任！你就是林丹汗身边不知好歹的一条狗！"

听了张茜的话，兰乔再也控制不住自己的情绪，猛地转过身来，抡圆了胳膊，狠狠给了张茜一个耳光！那耳光的力量出奇的大，只听得"啪"的一声，张茜根本没来得及吭声，便被这一记耳光扇得摔倒在地，晕了过去！

我快步上前，从地上扶起张茜，然后用眼神恶狠狠地盯向兰乔！无论如何我都没想到，她会用如此狠手扇向与自己并肩战斗的战友！兰乔面色惨然，紧皱着眉头，既不看我，也不说话。我恨不得刚才她的那一巴掌扇在我自己的脸上，这样才能让我更加清醒地认清眼前的事实，清楚地懂得什么才是真实的人心与情感！

林丹汗慢慢来到我和兰乔的面前，从那奇丑无比的面具的黑眼窝中凝视了我半天，然后又转过脸去死死盯着兰乔，好半天才阴阳怪气地说道："兰乔，你能变成今天这样冷酷无情，也是让我出乎意料的！不过我还是很喜欢你现在的样子——心狠手辣！当机立断！冷酷到了极点！现在回想你当初优柔寡断、欲言又止的那个鬼样子，实在是太不成气候了！"

兰乔脸上表情麻木，眼皮都没有动一下，只是嘴里说着："徒儿不敢忘记师傅的救命、养育之恩，谨记师傅的教诲。"

林丹汗点着头说道："这还像句人话！原来你还记得师傅救了你的命，养育过你！"

兰乔木讷地回答着："徒儿当然记得！那是在徒儿五岁的时候，科尔沁部落和女真部落交战，我的父母都被女真部落掳走，我在大草原上被一群饥饿的野狼围住！千钧一发之际，是师傅出现救了兰乔的命！并把兰乔带回到家中抚养，还传授给兰乔武功和法术，到现在已经二十三年了！"

林丹汗点着头说道："你记得就好！所以你要给你的父母报仇，你要杀了所有的女真人！不要和大玉儿一样，不要忘记了你身体里流的是蒙古人的鲜血！"

这个时候我才明白过来，原来兰乔竟然也是来自蒙古部落！当初因为战乱被林丹汗收养，拜了林丹汗为师，所以才不得不听命于林丹汗的摆布。

这时，林丹汗突然伸手指了指我，对着兰乔说："那好！既然你听师傅的话，那师傅让你刺瞎他的双眼！"

林丹汗的话让在场的每一个人都心中一颤，我心下也不由得一紧。我不知道林丹汗说出此话的用意是什么，但是我更在乎此时此刻兰乔的反应。我把目光投向了兰乔，终于，在这个时候，我亲眼看到兰乔浑身猛地一抖！

兰乔终于抬眼看了看我，脸上虽然依旧没有表情，却惨白异常！兰乔朱唇微启，好像要说什么，但是马上又闭紧嘴唇，好像在思考着什么。林丹汗在一旁又开始大声地催促了："怎么，兰乔，师傅的话也不听了吗，还是你对他旧情未断，不忍下手啊？"

兰乔一惊，马上狠狠地摇了摇头，说道："没有，师傅！徒儿只是在想，用什么方法可以让他更加痛苦，饱受折磨！"

听了兰乔的话，我瞠目结舌，不知道该说些什么，因为我从来没想过这样的语言会出自兰乔的口中。那口吻，如同彼此有着血海深仇，穷尽一生都无法化解怨恨；那语气，如同彼此之间贵贱无通，用尽全力也无法改变心底的偏见；那态度，如同彼此真情两相亏欠，纵是天涯海角，也要使出浑身解数让负心之人跪在面前讨饶认错。我相信，此时此刻我的浑身上下都被所谓的真情殴打得体无完肤，我相信在这一刻，全世界最可怜却又最可悲的人一定是我！这大概便是"现世报"吧，我痛因我错！

兰乔缓缓地抽出了腰间那镶了红钻的匕首，锋利的刀刃在烛火的照耀下发出刺眼夺目的光芒。兰乔慢慢地把匕首架到了我的脖子上，我竟然丝毫没有感受到匕首的冰凉，的确，这一刻我的心里正经历着最最寒冷的严冬，无尽的北风席卷着漫天狂舞的雪花，把我内心的情感世界在眨眼间变得银装素裹、万里冰封！

"兰乔，谢谢你！"泪在我的眼中转，我嘴边却强挤出笑容。

听了我的话，兰乔一愣，手不自觉一抖！那匕首锋利异常，竟然一下子把我的脖子划出一道长长的口子！鲜血迸流出来，溅得我满脸都是，我也惊奇于我竟然没感觉到伤口的疼痛。我伸手抹了一把脖子，鲜血在我的手掌上肆意横流，我笑了笑，没有一滴泪水。是的，那最大的伤口并不在我的脖子上，所以极度失望后的麻木掩盖了我的一切感觉。

兰乔被我喷涌而出的鲜血惊呆了，下意识中，她手忙脚乱地想要给我止血。可是一瞬间，她又醒悟过来，连忙用冷漠的表情去掩盖那流露出来的关切和担忧。

这个时候，张茜苏醒过来，看到我满头满脸鲜血的样子，惊呼着爬起来，用手撕下一块衣襟给我包扎止血！待到张茜看到兰乔手里的匕首时，顿时明白过来，于是她一边给我擦拭血迹，一边破口大骂兰乔。刹那间，周围所有的人都鸦雀无声，静静地听着回荡在屋子上空的骂声。兰乔也只是涨红着脸紧盯着我，一言不发。

过了一会儿，张茜骂够了，不再出声。兰乔如释重负般地吐了口气，然后朝着我说道："你还有什么要说的吗？没有的话，我这便要取你双目了！"

我笑着，对兰乔点了点头，然后闭上眼睛，静静地等待着她动手。其实只要兰乔一句话，又何劳她亲自动手，我自己便会把双目取出放在她的手中。我心里在想着乱七八糟的事，嘴上却不知不觉地唱了起来：

清月残枝，去年今日，此时独自哀愁。任墨香飘散，冷酒盈喉。空有相思满腹，多少次，苦坐西楼。忽听见，琴声入耳，泪染双眸。

无求，亦无怨恨，相见已知足，勿要强留。总叹姻缘浅，痴恋难休。掬捧溪中流水，惊倒影，何已白头。轻声问，繁花眼迷，可有温柔。

一首《凤凰台上忆吹箫》唱得我泪流满面，泣不成声！我不忍心看兰乔冷漠的表情，所以始终紧闭着双眼。

这时，林丹汗那邪恶的声音再一次从耳边响起："兰乔，你还和他废什么话！赶紧刺瞎他的双眼，免得为师我亲自去动手！"

我不知道此刻兰乔是何模样，只是突然感觉到一阵寒风袭来，我心里明白，那是兰乔挥舞着匕首，直奔我的双目而来了……

（一二七）

神龛传输

就在这时，突然一道刺目的白光从天空射进了屋子里，刚好照在万字炕横炕上的神龛顶端！整个屋子如同白昼一般，屋子里所有人都被这突如其来的亮光晃得睁不开眼睛，而我虽然紧闭双眼，却依旧不能阻止那光芒对我眼球的刺激。

兰乔的匕首并没有刺到我，于是我缓缓地睁开了眼睛，这时我才发现，兰乔并不在我的面前。我只看到林丹汗死盯着那横炕上的神龛，许久才说了一句："原来如此，这传输点竟然还需要钥匙才可以进得去！"

所有人的目光都集中在那神龛上，并且每一个人都明白了林丹汗这句话的含义！原来月光照在那神龛顶端，穿透一个碗大的圆孔，一直投到神龛内部的空间之中。一个人如果不进到神龛里面去，是断然不能完全笼罩在月光中的，而人不完全笼罩在月光里，也就根本无法进行传输！如果我没猜错的话，要想传输，就必须要想办法先打开神龛正面的铁门，然后进到神龛里面去才可以进行，这也正是这尊神龛建造得如此庞大的缘故！想必林丹汗已经看明白了其中的秘密所在，但是他说的所谓的钥匙可真的是弄得在场每一个人都一头雾水，我也从来没听皇太极提到过半句开锁的话题。我伸手按住脖子上的伤口，转过头看向皇太极。皇太极一脸急迫的神情，看到我把目光投向他，也只是苦着脸对我摇了摇头，看来皇太极对此毫不知情。

我慢慢地挪动身体，小心翼翼地靠近皇太极，尽量不要惹得别人注意。眼见得四下里的人都被月光与神龛吸引去了，我连忙回头对皇太极小声问道："这传输月光可以持续多久？"

皇太极小声地回答道："恐怕只有半个时辰吧，具体朕也说不清楚！"

我听了皇太极的话，心里暗自神伤，恐怕这一次咱们几个人是回不去了。原先我是眷恋着兰乔，舍不得离开，可是现在我对兰乔已经彻底死心，恨不得马上回到自己的世界去，不愿意再多停留一分一秒。本来林丹汗的阻挠已经让我心恨不已，这时候又遇到了一个闻所未闻的钥匙问题，简直让我无比烦躁。

这边，林丹汗举起手中的木杖，面对着神龛，口中念念有词。皇太极失口喊了一声："不好！"庄妃、张茜和我都齐刷刷地看向皇太极。皇太极脸色极其难看，对着我们说道："林丹汗想要破坏神龛，这样恐怕我们以后永远也回不去了！"

"啊！"我们几个都倒吸一口凉气，这林丹汗果然阴险狠毒，为了阻止我们寻找地图碎片，竟然想到了把我们强留在清朝的阴损办法。我们必须要去阻止他！可是现在这种状况，我们又能怎样阻止呢？

林丹汗手中的木杖此刻已经变成了暗红色！那在木杖中间流淌着的红色液体似乎是鲜血，此刻正散发着热气，来回拱出了大量的气泡，并且慢慢地沸腾起来！皇太极在一旁叹了口气，沮丧地说道："没想到，林丹汗竟然练成了'血煞刀'，这种来自于蒙古大漠深处的密法，别说是击破神龛，切断传输通道，就算是杀了我们几个也简直是易如反掌！"

说话间，林丹汗的木杖一端突然射出一股浓浓的血柱，直冲向神龛！眼见得神龛就要在血柱猛烈的撞击下四分五裂，忽然间，一道金光跃来，把神龛团团围住，那血柱碰到金光竟然化为一股泉水，叮咚地流到了地上。

林丹汗十分惊讶，面具下面的脸恐怕此刻也会惨白异常吧！他缓缓地转过身来，四下寻找金光的来源！林丹汗突然如鬼魅一般闪到皇太极和我的面前，面具下面释放出了歇斯底里的喊声："是你们两个在搞鬼吧？那我就先杀了你们！"

闻听此言，庄妃连忙起身要去保护皇太极。皇太极一把拉住庄妃，用眼神告诉她："不要轻举妄动！"庄妃欲言又止，只好退了回去。

这时，一个尖细的女人声音从外面传来："别瞎猜了，林丹汗，你这区区法术还想称霸天下，简直是可笑至极！来，今天本宫就来教训教训你！"话音刚落，一个身影从外面飘然而至，走到了大厅中间站定，我们几个仔细看了半天才认出来，刚刚进来的这个人竟然是不久前从地洞里被救出来的皇后哲哲！

皇太极也十分纳闷，脱口问道："皇后，怎么会是你？你刚刚脱困，身体恢复了吗？朕没想到，你竟然也会法术！"

皇后哲哲语气十分平缓地对皇太极说道："皇上不必担心，臣妾并无大碍！当年臣妾也正是无意中发现了林丹汗的阴谋，出面制止他，才被他暗算扔到了地窖之中。臣妾虽然是蒙古人，但是臣妾明白天下一统的道理，绝不会如这林丹汗一般鼠目寸光，心胸狭隘！今天臣妾拼了命也要保护皇上，保护我们大清的基业！"

庄妃这时也挺身上前，并肩站在皇后哲哲的身边，语气坚毅地对皇后哲哲说道："姑姑，大玉儿也愿意拼尽全力助您一臂之力，除掉这穷凶极恶的林丹汗，来保护皇上平安！"

我和张茜互相对视了一眼，同时迈步走到皇后哲哲身旁，与她并肩站定，嘴里高声说道："那我们也尽点绵薄之力！"

林丹汗瞪大眼睛，看了看我们几个，突然仰天大笑起来，笑了好半天才慢慢收住，然后拿起木杖指着我们几个，狠狠地说道："就凭你们几个手下败将，还想阻拦我？哲哲，我当初没杀你是看在你多年忠诚的分儿上留你一条狗命，没想到你反而不识好歹，恩将仇报！那好，既然这样，那我就把你碎尸万段！还有大玉儿，你别敬酒不吃吃罚酒，就凭你们几个的道行，你认为能对我造成威胁吗？皇太极，你真窝囊废，堂堂皇帝，竟然让几个女人来保护你！那好，来吧，我一个一个送你们上西天！"

说着，林丹汗手中的木杖又开始变红，这次颜色比上次更深更浓！整个屋子都被木杖发出的红光所笼罩，突然外面一声巨响，我们从窗子向外看去，那清宁宫门前的索伦杆竟然倒在地上，原本平整的地面竟然慢慢撕裂出一道巨大的裂缝！裂缝中一下子伸出无数血肉模糊的手臂来，密密麻麻，互相挤压着，扒住缝隙往地面上爬来！我惊讶地看了一眼张茜，张茜也是神色慌张，不错，这缝隙中爬出来的正是那祭坛中我们遇到的地狱傀影！

皇后哲哲见状，口中急忙念咒，然后玉臂轻挥，连连向林丹汗发出四五道金光！这一边，庄妃也化出粗大的闪电，不断地击向林丹汗！我和张茜刚要上前去给林丹汗几记勾拳，突然，兰乔一下子挡在我们面前，手中紧握的还是那柄锋利的匕首！

我皱着眉头，朝兰乔喝道："兰乔，你快快让开，小心误伤了你！"

兰乔犹豫了一下，还是冷冷地回道："在我师傅面前，你们竟然还敢说大话，我今天就要让你们看看我的厉害！"说完，兰乔竟然迅速地挥舞着匕首，轻啸一声，向我和张茜扑来！

张茜拔出身上一直携带的短剑，迎了上去，两个人你来我往地厮杀起来！兰乔和张茜身手都十分敏捷，在狭小的空间里不断地辗转腾挪，打斗得异常激烈。两个人兵器相交的那一瞬间，火花四溅，发出一阵阵刺耳的声音。

另一头，皇太极和皇后哲哲与林丹汗也交上了手。双方你来我往三四十个回合，斗了一个旗鼓相当，不分胜负。

此时，屋子里一片混乱，那些黑衣人怕被法术伤到，都跑到外面去了。我看没人顾得上我，便一个人慢慢移到了神龛的前面，上上下下地打量起神龛来！这神龛最下面果然是一个铁门，大小也就是一个小孩子通过的宽度。铁门镶满了手指粗细的栏杆，我一只手用力地抓住栏杆摇晃了半天，铁门竟然纹丝未动！我索性把两边的袖子都挽上去，双手同时拉住铁门的栅栏，用尽全身力量又去摇晃，结果铁门依旧没有什么反应！这时我才发现，铁门下端有一个不起眼的小洞，看上去应该是一个钥匙孔，这恐怕就是林丹汗说的插进钥匙的地方！

就在我束手无策之际，突然一阵凉风直奔我的面门而来，我连忙一缩头，一道寒光堪堪擦着我的头皮掠了过去，我急得转身喊道："谁？！谁竟敢偷袭我？"

（一二八）

钥匙

　　话喊出口，我才意识过来，这寒光是从正前方射向我的，所以暗器绝对不可能来自于身后正在打斗的那些人。难道暗器是从神龛里发出来的？我连忙躲到一旁，十分警惕地盯着前方的神龛，防止再有暗器射出来！半晌，神龛并没有什么动静，我不敢再去随便触碰铁门，便回过头来关注几人的战况。

　　皇太极没有什么法术，皇后哲哲虽然有一些法术，但是功力远在林丹汗之下，所以两个人在和林丹汗交手中明显落了下风。林丹汗的攻势咄咄逼人，几次对皇太极痛下杀手，皇太极都在皇后哲哲的帮助下，手忙脚乱地躲了过去，场面十分狼狈。我刚要冲上去帮忙，可是皇太极见我过来，马上大喊让我退下，可能是知道我也不会法术，怕我被林丹汗伤到。奇怪的是，清宁宫中杀得如此热闹，外面院子里除了从地下面不断涌出地狱傀影外，却看不到半个宫里卫士和侍从的影子！

　　张茜与兰乔倒是杀了个平手，你来我往，谁也占不到便宜。不知道为什么，兰乔一直没有催动法术，只是用普通的武功和张茜缠斗，这倒是让张茜暂时没吃什么亏。

庄妃和几个从外屋冲进来的黑衣教众斗在一起，那几个教众虽会法术，但是道行平平。庄妃虽然是以寡敌众，却占了上风，看样子十几招之内就可以解决战斗。

　　我抬起头，看了看窗外的月光。此刻月光已渐朦胧，看来留给我们的时间已经不多了。可是这神龛没有钥匙是根本无法打开的，整个神龛制造得十分坚固结实，强行破坏不仅没有什么效果，而且随时随地还会有暗器暴射出来，弄不好破坏了传输通道，我们就根本无法回到自己的时代了。正当我束手无策、焦急不已的时候，屋子另一头的林丹汗发现了我正在研究神龛，他一面连连催动大招，将皇太极和皇后哲哲逼到屋子的一角，一面口中念咒，只听得"哗啦"一声，四面的墙壁竟然被撞开几个大洞，无数的地狱傀影蠕动着血肉模糊的躯体朝屋子里爬来！几个在近处的傀影，直接闯了进来，那股酸臭的血腥味立刻布满了整个清宁宫！

　　我们几个人不约而同地皱起眉头，暗自叫苦。别说林丹汗法力高深，我们毫无胜算，单是这些数不胜数、恶心至极的地狱傀影，一旦被缠上，我们就很难在短时间内甩开它们！更让我们焦急的是，时间正一点一点地流逝，穿越的通道就在我们眼前，可是我们竟然因为没有开门的钥匙，所以连门都进不去！不知道皇太极和张茜内心的感觉是不是和我一样，反正在我心里，热望在一点一点冷却，期盼在一点一点消失，而恐惧和无助在一点一点变成绝望，弥漫且充斥着整个内心世界。

　　屋子里太小，我没办法伸出翅膀，也就无法使出火焰龙卷风。眼见得那几个地狱傀影已经爬到面前，我忽然看见万字炕边有两盏一米长的铁烛台，便一只手一盏抄了起来，朝着门口最近的一个地狱傀影砸去。

　　烛台正正好好地砸在地狱傀影的额头上，巨大的力量把地狱傀影的头一下砸得粉碎！我回过手又把烛台砸向另一个地狱傀影的后脑勺，同样"噗"的一声，又一个地狱傀影的头颅瞬间碎裂开来！一时间，白花花的脑浆和殷红的鲜血在屋子里漫天飞舞，屋子里的每一个人都笼罩在血雾中，没一会儿，所有人的衣服竟然都染成了血红色！我已经杀红了眼，顾不上什么内心感受，只是用尽全身的力气机械地挥舞着手中的烛台，一边砸，一边大口大口地呼吸着这带着血雾的难闻的空气。

转眼之间，我已经打倒了十几个爬进来的地狱傀影，可是四下里涌进屋子里来的地狱傀影越来越多，我本已麻木的内心也越发地绝望起来。

林丹汗发现了我们每个人脸上写满了绝望，不由得心花怒放，放声大笑，他一边笑一边朝着我们喊道："哈哈哈，你们看看月光，还有不足一刻钟的光景传输通道就要关闭了，看看这局面你们怎么收拾？我就是要在这里缠死你们，让你们永远留在这里，生不如死！"

皇太极抬头看了看射在神龛上面的月光，摇着头叹道："看来是天数如此，朕无能，还连累你们几个陪朕一起去死，朕对不住你们啊！"

林丹汗听了皇太极的慨叹，更加得意，狂笑几声，举起手中的木杖，便要向皇太极使出自己的绝招——"血煞刀"！

就在这千钧一发之际，屋子另一头正与张茜缠斗的兰乔，突然卖了一个破绽，原地跃起身来，口中默念法诀，双手猛地推出一道冰柱！让我们所有人目瞪口呆的是，那冰柱竟然不是射向张茜，而是从后面射向了林丹汗！林丹汗根本没有任何防备，一下子被封在冰柱之中，甚至脸上还保持着狂笑的表情，那手中的木杖里面流动的红色液体也凝结成冰！

接着，兰乔又挥出几道冰柱，把附近的几个教众和地狱傀影同样封住，然后回过头来对我们喊道："你们还不走！到底在等什么？！"

一下子，我们所有人都醒悟过来，连忙涌向神龛！此刻的月光已经变得无比的暗淡，随时随地都有消失的可能！

可问题是，我们没有打开铁门的钥匙！

皇太极要伸手去拉铁门，我连忙伸手拦住，告诉大家这神龛遇到外力强行打开铁门，里面会发出暗器。众人听了，面色惨淡，精神一下子又萎靡了不少。

我的眼光不自觉地望向兰乔，发现兰乔正深情地望着我，我们的目光重新交汇在了一起。我眼中一热，却不知道该说些什么。兰乔慢慢地走到我的面前，掏出丝帕按在我脖子的伤口上，眼泪如注，嘴里小声地念着："老爷，你真傻，你真的太傻了……"

我一把拉住兰乔的手，哽咽着对她说道："兰乔，我，我知道你不是那样的人！别人不知道，但是我知道，我心里知道，你表面上冷酷无情，可是你的眼里流露出的是真诚！兰乔，我感受得到！真的感受得到！"

兰乔一下子扑到我的怀里，放声大哭，一边哭一边对我说："老爷，老爷，你真的这么信任兰乔吗？你心里不怪兰乔伤了你吗？那一刻我真的好想扑过去给你止血、给你包扎，老爷，请你原谅我，原谅兰乔吧！"兰乔的泪水流到了我的脖子伤口处，我感觉到一丝钻心的疼痛，可是那疼痛让我无比的幸福与激动。兰乔的这一声"老爷"，瞬间让我从麻木之中摆脱了出来。我内心深处不自觉地呼喊着：兰乔，原来你真的是我在这个世界中的灵魂，左右着我一切的悲欢离合与喜怒哀乐，也决定着我心中是明月朗照，还是阴雨连绵。

就在这时，庄妃走到我和兰乔的身旁，伸手抚摸着兰乔的脸庞，轻声说道："其实并不是每个人都误会你了，妹妹，你家老爷不是一直都坚定无比地信任你吗？还有我，我要是不信任你，怎么会把这进入传输通道的钥匙送给你呢？"

听了庄妃的话，每个人都目瞪口呆，兰乔也惊诧不已，连忙从我怀中抬起头来，睁大了眼睛看着庄妃，不解地问道："钥匙？庄妃娘娘几时把这贵重的钥匙送给我了呢？"

看着兰乔满脸的疑惑，庄妃微笑着说道："妹妹，上次在永福宫中，我亲手戴到你头上的那根金簪呢？"

兰乔一愣，飞快地从头上拔出那根金簪，递到了庄妃娘娘的手里。庄妃低头看了看手中握着的金簪，自言自语道："这根金簪是当时宸妃消失的时候，留在神龛上的，我悄悄把它收好，深知这金簪一定干系重大。此刻我才知道，原来这就是打开传输通道的钥匙！"说完，庄妃迈步上前，把金簪缓缓插入到铁门下面的小孔中，然后握紧金簪的簪首，向右转动，只听"咔嚓"一声轻响，神龛外面的铁门被打开了！

（一二九）

千钧一发

铁门被打开了，皇太极弯下腰，又伸手推开了铁门里面的木门。我探头看去，木门里面光溜溜的，只是正中间有一个圆圆的石台，刚好可以容纳一个人站在上面，月光透过神龛顶部的圆洞，恰好直射在石台上，把石台完全地笼罩住。

时间已经所剩不多，月光已经开始忽明忽暗，皇太极连忙弯下腰往神龛里面走。刚走了半步，他突然停住了脚步，回过头望向身后的皇后哲哲和庄妃娘娘。皇后哲哲泪流满面，满眼的不舍，庄妃更是无比的神伤，泣不成声。皇太极转回身来，一只手拉住皇后哲哲的手臂，另一只手握住庄妃的手，深情地说道："这里就交给你们了，大清就交给你们了，照顾好福临，朕……去了！"

皇后哲哲擦了擦眼中的泪水，深情地对皇太极说道："皇上尽管放心，臣妾自会尽忠职守，绝不会违背祖训，也不会忘记皇上的嘱托！"

另一头的庄妃，眼泪却根本停不下来，她哭着对皇太极说道："皇上，我们怕是再不能相见了吧？可是臣妾亏欠皇上的实在是太多太多，你这一走，让臣妾如何报还呢？臣妾知道皇上是永生的，臣妾恳请皇上在未来，别忘记偶尔去臣妾的墓前看看臣妾，陪臣妾说说话，如果能这样，臣妾便知足了！"

皇太极动情地说道："你们不知道，别人寻找'天眼'宝石是为了永生，是为了权力！而朕寻找'天眼'宝石是为了可以在地下和你们共眠！放心吧，会有那么一天，朕会逃离永生，到黄泉之下去寻找你们，那才是朕心中的永恒！记住，关外皇帝置陵到朕这一代为止，让朕和父皇的陵寝在这里守望龙脉即可！从天象来看，我们大清龙脉只能承受两位帝王的陵寝，全部葬在这里，龙脉将不堪重负，导致大清国运衰败！一旦福临即位，驾崩之后不要葬回祖坟，今后大清的皇帝以及子子孙孙都要到关外重新寻找皇陵墓地，这一点你们一定要谨记！"

皇后哲哲不停地用丝帕擦拭眼泪，庄妃更是情难自已，三个人拥泣在一起，一时难以分开。我和张茜也不忍心去打扰他们，只好悄悄地把头转了过去。

我转头的时候，不由自主地去看兰乔，兰乔却在那里呆呆地想着什么，丝毫没有注意到我的眼神。我轻轻地抚摸了一下兰乔束起的长发，兰乔一惊，慌乱中抬头看向我，眼神却又马上左右躲闪起来。

半天，兰乔才轻轻地对我说："老爷，你真的要走了吗？兰乔还会再见到你吗？"

我望着兰乔，看她的眼，看她的眉，点点皆为不舍；看她的长发，看她的玉指，处处都是真情。我拉住兰乔的手说道："我们一起去寻找剩下的地图碎片，如何？"

听了我的话，兰乔眼中马上闪过一丝光芒，瞬间又黯淡下来，口中讷讷地说道："怎么会呢？兰乔和老爷并不在一个时代啊。即使穿越，可是谁又能保证我会穿越到老爷所在的空间呢？即使穿越到老爷所在的空间，茫茫人海，我又到哪里去找老爷呢？"说着说着，兰乔竟然又流出泪来。

我把兰乔拥入怀中，轻轻地抚摸着兰乔的长发，强忍住内心深处真情的冲撞，强挤出一丝笑容，对兰乔说："傻兰乔，你应该相信我们还会遇到，而且一定会遇到！记住，兰乔！如果你穿越到了我们的世界，就戴上你那最爱的红色围巾，去梵铃湖畔找我，我每天都会去那里等你的！记住！梵铃湖畔！"

　　兰乔从我怀中直起身子，一双大眼睛扑簌扑簌深情地望着我，嘴里说着："梵铃湖畔，梵铃湖畔……老爷，我去了梵铃湖畔，就能找到你了，是吗？"

　　我用力地点了点头，泪水模糊了我的眼睛。

　　兰乔哽咽着继续问我："老爷，你真的会带我去寻找地图碎片吗？你真的愿意这样做？"

　　我再一次用力地点了点头。

　　兰乔一下子又扑进我的怀里，浑身颤抖着，我分明感觉到她的热泪流到了我的肩上，也流进了我的心里。

　　这时，皇太极在一旁拍了拍我的肩膀，轻声说道："李先生，朕还有几句话要对你和张茜说。"

　　兰乔听了，连忙起身，躲到一旁擦眼泪。我也连忙调整情绪，对皇太极说道："皇上请讲！"

　　皇太极低头想了想，这才叹了口气说道："一会儿，我们穿越回去，怕是不能回到同一个地方！究竟朕能穿越到哪里，变成一个什么角色，朕也不知晓。但是我们一定要想办法找到对方，集合在一起，然后继续去寻找剩下的地图碎片，继续去寻找'天眼'宝石！别忘了，这是我们的使命！回去之后，朕会想方设法去盛京故宫凤凰楼留下记号，你们方便的时候要多去查看，多加留意！"

　　"可是皇上，你为什么不去找我呢？毕竟我和张茜回去以后还是会按部就班地生活啊！"我不解地问道。

　　"不！绝对不可以！"皇太极一脸严肃地说道，"一旦穿越过去，我们要注意周围的每一个人。因为那些过去、现在和将来失踪的人，有可能都在寻找'天眼'宝石！他们以崭新的角色出现在你的身边，默默地等待朕的出现！一旦他们发现了朕，就会想方设法挟持朕，而朕一旦被挟持了，天上的星迹就会发生改变，历史便会重新调整，'天眼'宝石也会重新寻找地方隐藏！我们之前找到的那块碎片就失去了价值和意义！你明白了吗？"

我似乎明白了事情的严重性，回头看了看张茜，张茜紧锁着眉头朝着皇太极点了点头。我转过头来对着皇太极说道："皇上你说的，我们都记住了。不过穿越回去之后，一切都需要你去重新适应，你肩负着如此重要的使命，也一定要多加小心啊！"

皇太极点了点头，再一次拍了拍我和张茜的肩膀，然后转身向铁门里钻去。

就在这时，我们的身后突然传来炸裂的声音！众人回头一看，那冰冻着林丹汗的冰柱竟然已经被炸得粉碎，林丹汗正挥舞着手中的木杖张牙舞爪地向我们扑来！

我们根本没想到林丹汗被冰封之后依旧可以施展法术，所以一时间目瞪口呆，不知所措！趁着我们发呆的时候，林丹汗挥舞着散发着紫色光芒的木杖瞬间发出三道明晃晃的"血煞刀"，直奔我们而来！所有人中我距离林丹汗最近，眨眼之间，"血煞刀"已经到了我的面门，眼看我就要命丧当场！

说时迟，那时快，就在这电光石火的一瞬间，我身旁的兰乔突然跃起身来，一下子扑到我的身上，那三道"血煞刀"悉数砸在兰乔的后心！兰乔惨叫一声，一口血喷到我的脸上，接着身子一软，瘫倒在我的怀里。我一把抱住兰乔，发疯一样地喊着她的名字！

一旁的皇太极见状，猛地扑到林丹汗的身上，两个人竟然肉搏在一起！此时此刻，所有的法术已经派不上用场，皇后哲哲和庄妃也只能站在一旁，焦急地来回转着，根本帮不上忙。皇太极和林丹汗四只手缠在一起，身体在地上滚来滚去，眨眼之间，两个人竟然挤到了神龛下面的铁门入口处！皇太极身体较胖，再加上个林丹汗，铁门的入口竟然被两个人挤得摇摇欲坠！就在这千钧一发的时刻，只见皇太极两腿狠狠地蹬向铁门，自己的身体猛地向神龛里面蹿去。林丹汗不肯松手，两个人竟然一起滚到了神龛里面的石台上！那月光幽幽地洒在两个人的身上，只听得"唰"的一声，两个人齐齐地不见了！

（一三〇）

伤逝

兰乔在我的怀里轻轻地呻吟着，我感受得到，她的身体在慢慢地变冷，甚至变淡。我的双手好像在抱着一个即将透明的影子，我拼尽全力地握住她，不让她就这样离开我！

可是兰乔的伤实在是太重了，"血煞刀"把兰乔的后背的脊骨都震碎了，而且还伤到了内脏，不断有鲜血从她的口鼻中流淌出来。我掏出丝帕，不停地帮她擦拭，可是那鲜血流个不停，流个不停……那一刻我的泪也流个不停，心中的绝望与痛楚也流个不停！

兰乔紧紧地拉着我的手，努力地睁开眼睛，望着我，嘴角挤出一丝笑容，轻轻地说道："老爷，其实你真的很傻……在祭坛，那金光墙其实就是兰乔发出来保护老爷你的啊，难道老爷感觉不到吗？怎么老爷的心里还会怀疑兰乔会背叛老爷呢？兰乔心里一直都记挂着老爷，要不是师傅用老爷的生命来胁迫兰乔，兰乔怎么会离开老爷呢？老爷……兰乔舍不得离开你啊。"说到这里，兰乔不停地咳嗽着，大口大口的鲜血从口中喷射出来，顺着脖颈流到了我的怀里。

兰乔好像很疲惫的样子，缓缓地合上眼睛，我连忙摇醒她，口中大声地喊着张茜："快，快拿药，快救救她！"我又把头转向庄妃和皇后哲哲，用哀求的声音喊道："庄妃娘娘，皇后娘娘，你们会法术，我求求你们了，快救救兰乔吧！救救她吧！"

庄妃和皇后哲哲伏到兰乔身边，看了看兰乔的伤势，然后对望一眼，含着热泪向我摇了摇头。我知道兰乔伤得很重，可是我决不可以就这么眼睁睁地看着她消失在我眼前！

就在我歇斯底里四下求助的时候，兰乔突然在我怀里轻轻地说道："老爷，兰乔好冷，好冷……"我低头往怀里看去，这一刻，兰乔那俏丽的脸庞竟然已经变得极度苍白，她浑身不住地颤抖着。我拼了命地抱紧兰乔，想用自己的体温去温暖她。可是，兰乔的身体还是越来越冷，与此同时，我的心也在慢慢地变冷！

不知不觉间，兰乔的身体连同身上的服饰都已经变成半透明状，我知道她就要离我而去了。兰乔艰难地伸出那纤纤的玉手来，抚摸着我的脸庞，嘴里轻声地说道："老爷，莫要哭，兰乔只是去轮回了，穿越到你的世界，去梵铃湖畔去找老爷。老爷，你在那里等我，等兰乔……"

我使劲地点着头，任凭泪水流到兰乔的脸上，我嘴里大声地喊着："兰乔，我等你，我在梵铃湖畔等你，别忘了，别忘了带着你的红围巾！"周围的张茜、庄妃和皇后哲哲也都流着热泪，不忍直视兰乔此刻的模样，更不忍直视我悲痛欲绝的样子。

我真的忘记我曾这样为谁哭过，也许我们记住的，都是生活中快乐的场景，可是悲伤与痛苦真的是生活中不可或缺的另一半。一个男人在任何场合号啕大哭都是失态的，可是此时此刻，我除了哭泣又能做些什么呢？哭泣不仅仅是因为悲伤，更是因为我真的感受到了，什么是极端的无助。

一颗流星从天际划落，那光芒竟然已经盖过了月光。兰乔望着天空中的流星，虚弱地说着："老爷，看，那颗流星就是兰乔。兰乔要走了，但兰乔会去找老爷的，会去……"

我抬头望着流星，心中不断祈求着流星不要走得太快。那流星似乎真的慢了下来，甚至停了下来，如同挂在天幕之中的一盏明灯。那圆圆的光晕，好像在和我共同回忆着曾经的一幕一幕。

在梦中的九层高台上，与兰乔的初见便是如此的玄幻迷离，那时候我并不知道会有今日痛苦的别离，否则，我宁愿选择当时从高台上跳下，哪怕粉碎了自己的身体，也不要兰乔今日来粉碎我的心。人们都说初遇的美好胜过雨后的莲花，清雅脱俗，无限柔情。可是，没有人告诉我初遇之后会是什么，我以为会是地久天长，我以为会是两厢厮守，我以为会是甜美幸福……可是我等来的，却是初遇后再次相逢，相逢后的生离死别！

我也忘不了来到清朝的第一天，我在那小院中等待从房里走出来的夫人。那本不是初遇，却比初遇更加美好；那本不是姻缘，却比姻缘更加迷人；那本不是深爱，却比深爱更加销魂。那一刻，我穿越到这里有了自己的夫人，却如同我从陌生的世界回到了自己原本温暖的家。我深信，兰乔绝不会是我生命中的过客，而是我宿命里的唯一！

我更忘不了兰乔陪着我冲入"鬼市"，又跟随我闯出阴阳结界。我们也曾有过隔阂，也曾产生过误会，可是每次我们都能够用真情化解危机，用信任驱除迷茫，最后结果总是我们走得越来越近，手牵得越来越紧。

兰乔失踪的时候，我的世界真的变得昏暗无光，我无法相信眼前的事实，每天都在不停地祈盼。人们往往相信自己亲眼所见的事物，可是眼睛看到的，有时候真的会欺骗你的心。我最为后悔的就是我到最后似乎也放弃了对兰乔的信任，没有坚守住自己内心深处对爱的执着。所以，所以上天在此刻惩罚我，让我在这个世界的心、在这个世界的爱，都离我远去，永不回来。

我还在不停地回忆之中，可是怀里的兰乔已经完全透明。我低下头，看到的是隔着兰乔身体的自己的双手。兰乔的血在我的手上慢慢干涸，兰乔的心跳也在逐渐地减弱。这时，整个世界都陷入了死一般的沉寂之中，等待那最后时刻的来临。突然，兰乔睁开双眼，深情地看着我，我的耳边竟然传来了她悠扬的歌声：

漫步赏梵铃，瑟叶枝间火。我自逍遥尔自怜，聚散皆难惹。
说好不思君，君可思量我？莫把山盟作玉花，付与他人可。

歌声在我头顶的夜空中回荡，蓦然间，兰乔的身体化作一团光环，从我怀中慢慢地升到天上去。那光环灿烂夺目，把整个夜空点亮，就犹如那莲台下七彩的露珠结成的项链，更好似天宫中的九玄仙女挥舞的彩裙，那场景如诗如歌，却也如泣如诉。

"莫把山盟作玉花，付与他人可。"

兰乔，你不必担心我会把这样的爱恋再演绎一次，你更无须担心我会把这般真情再给予他人。虽然你就这样离开了我，但是这世间已再无情爱眷恋，即便再有一个绝色佳人出现在我穿越的途中，那她也不再是我心中那个永远的兰乔了。莫忘记，你脚下的河水已经流向前方，你从岸上再一次跳进水中的时候，那脚下流淌着的已不再是那条属于你的河流。

我慢慢地从地上爬起来，神情麻木地走向神龛。刚进入铁门，我突然停下了脚步，再一次回眸窗外的夜空。那淡淡的光环依稀还在，我深情地凝望它最后一眼。我不知道回去以后，是否还可以在天空中看到那团光环释放出的光芒，那是我在这个世界里全部的真爱，我真心希望那束光芒可以恒久远，可以永流传。

张茜在我的身后，轻轻地拍了拍我，轻声说道："走吧，天下没有不散的筵席，属于你的，自然还会再见！"我茫然地看着张茜，似乎她说的话我根本听不懂一般。

这时天空中的月光愈加地黯淡下来，林丹汗在皇宫周围设下的结界慢慢地消失了，屋里屋外的那些地狱傀影也不见了踪影，清宁宫周围陆续出现了很多宫里的侍卫和随从。所有的人都手持着灯笼和火把，大呼小叫地朝着清宁宫围拢过来。我朝着庄妃和皇后哲哲点了点头，转身拉着张茜钻进了神龛之中。月光依旧照在那石台上，只是暗淡得快要融入到周围的黑暗中了。我和张茜一起迈到亮光之中，我只觉得浑身一震，眼前越来越亮，全身所有的感觉都在挣脱自己的身体，顺着头顶的月光冲向夜空。就在最后一丝感觉消失的一瞬间，我的耳边依稀传来了庄妃娘娘和皇后哲哲带着哭腔的喊声："皇上驾崩了！皇上驾崩了……"

尾 声

我再醒来的时候，已经躺在了医院里面，四周一片雪白。我慢慢地坐起身子，看着自己身上穿着的蓝白条纹病号服，不由得在心里喃喃自语："我这是在哪里啊？"

我的脖子上包扎着厚厚的纱布，手上打着点滴，胳膊肘和膝盖都打着石膏，嘴里也打了固定。我使劲动了动自己的脖子，一阵钻心的疼痛传来，我便不敢再动了。

这时，病房的门开了，进来的是我的妻子和女儿。妻子脸色很不好，看到我醒了，刚要说话，却又咽了回去，只是默然地把手中的饭盒放在我的床头柜上。女儿倒是笑呵呵跑上来，对我喊道："爸爸，你终于醒了！"

我勉强笑了笑，对着女儿微微点了点头。这时，妻子实在忍不住了，大声地说道："我早和你说过，让你最近不要出门，你这一段时间状态很不好，你不听，非要去，怎么样，飞机失事了吧？你差一点就没命了！你能不能让我们娘儿俩省点心！不为我，为了你女儿还不行吗？"

"什么？飞机失事？"我听得目瞪口呆，"什么时候？在哪里？到底怎么回事？"

女儿接过话茬说道："爸爸，你失忆了吗？这也难怪，脑震荡嘛，一般都会失忆！你从西安坐一架小飞机回沈阳，飞机刚起飞就一头扎到秦岭深处了。你和张茜老师被人们在飞机残骸里找到了，你们都身受重伤，然后被送到医院急救，你整整昏迷了一个多月。现在回到沈阳康复都已经一周了，今天早上大夫说你会醒来的，没想到你真准时！哈哈哈！"

我听了女儿的话，瞠目结舌，一脑袋问号！甚至我自己都不能确定，之前发生的那一切到底是真实的，还是一场梦而已！我挣扎着要下地，妻子拦住我，怒道："你要干什么？还不老实点养伤！"

我笑了笑，对妻子说："我去看看张茜。"其实我是想去张茜那里求证一下，我所经历的到底是否真实发生过。

"她的伤比你轻一些，已经出院回家了！都什么时候了，还顾着看别人？"妻子的语气明显已经十分的不满。

我没有说话，心下一阵茫然。突然，我一下想起了什么，伸手去摸自己脖子下的铜铃，可是，我什么也没有摸到！

我心下一惊，难道这一切真的是一场梦？这时女儿递过来一个铜铃，歪着头问我："爸爸，你是在找这个吗？"

我一把把铜铃拿在手中，放在眼前仔细看去。在那铜铃的缝隙中，"乐福"恰好在里面正盯着我看！那憨头憨脑的样子，可爱依旧。"乐福"的身后，"幻彩"正在玩弄着"乐福"的尾巴，而"茉缇"正在后面打着瞌睡，一副悠闲的样子。我的心一下放在了肚里，慢慢地把铜铃挂在了脖子上。这时女儿又递过来一个笔记本，我打开一翻，里面夹着那片地图的残片和一块方正的红色锦缎。我默默地把笔记本合上，压在了自己枕头下。看来我真的经历了无法想象的一切，那不是梦，一切都是真实的，所有一切的线索和我的狮子们都还在！可是不知为什么，我的心里还弥漫着淡淡的忧愁和伤感，我努力地想回忆出什么，可是除了疼痛，我再无所获。

我在医院足足又躺了一个半月，除了忍受伤痛的折磨，我还要在每日里忍受妻子的埋怨和牢骚。我是真心想早点出院，可是我的身体伤得实在厉害，得不到主治医生的允许，我是没办法逃离医院的。后来我索性天天睡觉，闭着眼睛回忆从前发生的事，让妻子的那些唠叨从左耳朵进去，再从右耳朵溜走。

我出院的时候，已经是初冬时节，外面寒风萧瑟，落叶飘零。回到家里，我把笔记本锁到了保险柜中，思来想去，又把脖子上的铜铃也跟笔记本锁在了一起。

我的腿依然有些疼痛，不过我还是拄着拐杖急急忙忙来到了学校，我听说张茜早就上班了，我想去见见她。

在研究生实验室里，我找到了张茜，还没等张茜和我说寒暄的话，我就迫不及待地问她现在的情况。张茜得知我把地图和铜铃锁在了保险柜里，这才一板一眼地和我说道："我一周去一趟故宫的凤凰楼，没有任何皇太极的消息，更没找到任何标记和暗号。恐怕皇太极还没有穿越过来，或者还没来到我们这里。"

我呆坐在椅子上，不知该说些什么，许久我才抬头看了看张茜，问道："那我们该怎么办，要不要去主动找皇太极，还是直接去寻找下一块碎片？"

张茜摇了摇头说道："地图上既然没有什么暗示，那我们也无法自行去寻找下一块碎片，现在我们能做的，恐怕只有等待了！"

等待，可是我们要等到什么时候呢？我们究竟在等什么呢？我和张茜谁也不知道。的确，除了等待，我真的不知道该做些什么，甚至除了回忆，我都不知道自己该想些什么！

从张茜那里出来，我回到自己的办公室，张茜告诉我她的父亲还没有回来，她也没有找到任何关于她父亲的线索。当然，她的儿子也依然杳无音信。我略微有些惆怅，也不知该做些什么，便伸手打开尘封已久的笔记本电脑，点击进入自己的邮箱，发现里面竟然堆积了几百封邮件。我依次点开查看，发现里面有几封来自于一个神秘的邮箱地址。那地址写着：西安市临潼区秦始皇陵东 1.5 公里四号坑。

我一头雾水地打开邮件，里面没有任何文字，只有一张照片。这照片又极其模糊，看不出个所以然来。我脑子很乱，不知不觉又开始头痛，索性关上笔记本，闭目养起神来。

我的领导推门走了进来，看我在休息，轻声地说道："李老师在休息啊？没事，听说你出院了，过来看看你。大难不死，必有后福啊！好好休息，早点恢复！"

我连忙点头表示感谢，领导刚要走，突然又转过身来，小声地说道："李老师，你可能不知道吧，你上回刚走，考古队就来了，在梵铃湖一顿所谓的抢救性发掘，最后挖出了一条密道，说是通往北陵的地宫。听说挖掘过程中还出现了巨大的毒蜂和蝎子，很恐怖、很玄妙啊！"

我木然地点了点头，领导看我没什么兴趣，说了声"多保重"，就转身离开了。

我心里烦闷，便裹紧大衣，拄着拐杖，一步一步地走出办公楼。我在办公楼前，远远地望着那依旧高大雄伟的古生物博物馆，听说那里已经闭馆装修，不知什么时候才会再次对外开放。那里是故事开始的地方，不知什么时候我还会在那里找到故事的答案。

我一步一步踱到了梵铃湖畔，因为是初冬时节，所以湖面并未完全冰封。半个湖面依旧是波光粼粼，碧水荡漾。另外的一半覆盖着一层薄冰，在太阳的照射下反射出耀眼的光芒。此时此刻，我并不能看到有任何考古发掘的迹象，甚至连原来横卧在湖中央的下马碑都已不见了踪影。

我望着这熟悉的景色，感受着梵铃湖畔的冷风，口中不由得念道：

漫步赏梵铃，瑟叶枝间火。我自逍遥尔自怜，聚散皆难惹。
说好不思君，君可思量我？莫把山盟作玉花，付与他人可。

正当我的思绪随着这首《卜算子》渐渐打开的时候，突然一个温柔清亮、似乎很熟悉的声音传入我的耳中："老师您好，麻烦问一下，这就是赫赫有名的梵铃湖吧？"

我蓦然回首，映入眼帘的，是一个女子俏丽的身影，我还没来得及细看她的面容，便被她脖子上一抹鲜红吸引住了——那是一条鲜红的围巾，是的，那围巾竟似乎散发着光芒，如同夜空中绽放的耀眼的星……

（第一季完）